Die Verlage Aufbau und Suhrkamp widmen
diese gemeinsame Ausgabe Helene Brecht-Weigel.

Bertolt Brecht
Werke

Große kommentierte
Berliner und Frankfurter Ausgabe
Herausgegeben von
Werner Hecht
Jan Knopf
Werner Mittenzwei
Klaus-Detlef Müller
Band 3

Bertolt Brecht
Stücke 3

Aufbau-Verlag Berlin und Weimar
Suhrkamp Verlag Frankfurt am Main

Bearbeitet von Manfred Nössig

Bertolt Brecht, Werke, Band 3
Suhrkamp Verlag. Erste Auflage 1988

Stücke 3

Der Flug der Lindberghs
Das Badener Lehrstück vom Einverständnis
Der Jasager
Der Jasager. Der Neinsager
Die Maßnahme (1930)
Die Maßnahme (1931)
Die heilige Johanna der Schlachthöfe
Die Ausnahme und die Regel
Die Mutter (1933)
Die Mutter (1938)

Der Flug der Lindberghs

Ein Radiolehrstück
für Knaben und Mädchen

Mitarbeiter: Elisabeth Hauptmann · Kurt Weill

Der erste Versuch: »Flug der Lindberghs«*, ein Radiolehrstück für Knaben und Mädchen, nicht die Beschreibung eines Atlantikflugs, sondern ein pädagogisches Unternehmen, ist zugleich eine bisher nicht erprobte Verwendungsart des Rundfunks, bei weitem nicht die wichtigste, aber einer aus einer Reihe von Versuchen, welche Dichtung für Übungszwecke verwenden.

Personen

Die Lindberghs · Das Radio, auch als: Amerika, Die Stadt New York, Das Schiff, Der Nebel, Der Schneesturm, Der Schlaf, Europa, Die Fischer, Geräusche (Wasser · Motor · Eine große Masse)

* Hierzu existieren Musiken von Paul Hindemith und Kurt Weill.

1

Aufforderung an jedermann

RADIO

Das Gemeinwesen bittet euch: wiederholt
Den Ozeanflug des Kapitän Lindbergh
Durch das gemeinsame
Absingen der Noten
Und das Ablesen des Textes.

Hier ist der Apparat
Steig ein
Drüben in Europa erwartet man dich
Der Ruhm winkt dir.

DIE LINDBERGHS

Ich besteige den Apparat.

2

Die amerikanischen Zeitungen rühmen den Leichtsinn der Lindberghs

AMERIKA (RADIO)

Ist es wahr, man sagt, du hättest bei dir
Nur deinen Strohhut und seist also
Eingestiegen wie ein Narr? Auf einem
Alten Blech willst du
Überfliegen den Atlantik?
Ohne einen Begleiter für die Orientierung
Ohne Kompaß und ohne Wasser?

3

Vorstellung des Fliegers Charles Lindbergh und sein Aufbruch in New York zu seinem Flug nach Europa

DIE LINDBERGHS

Mein Name ist Charles Lindbergh
Ich bin 25 Jahre alt
Mein Großvater war Schwede
Ich bin Amerikaner.
Meinen Apparat habe ich selbst ausgesucht.

Er fliegt 210 km in der Stunde
Sein Name ist »Geist von St. Louis«
Die Ryanflugzeugwerke in San Diego
Haben ihn gebaut in 60 Tagen. Ich war dabei
60 Tage, und 60 Tage habe ich
Auf Land- und Seekarten
Meinen Flug eingezeichnet.
Ich fliege allein.
Statt eines Mannes nehme ich mehr Benzin mit.
Ich fliege in einem Apparat ohne Radio.
Ich fliege mit dem besten Kompaß.
3 Tage habe ich gewartet auf das beste Wetter
Aber die Berichte der Wetterwarten
Sind nicht gut und werden schlechter:
Nebel über den Küsten und Sturm über dem Meer
Aber jetzt warte ich nicht länger
Jetzt steige ich auf.

Ich wage es.
Ich habe bei mir:
2 elektrische Lampen
1 Rolle Seil
1 Rolle Bindfaden
1 Jagdmesser
4 rote Fackeln in Kautschukröhren versiegelt
1 wasserdichte Schachtel mit Zündhölzern
1 große Nadel
1 große Kanne Wasser und eine Feldflasche Wasser
5 eiserne Rationen Konserven der amerikanischen Armee jede
ausreichend für 1 Tag. Im Notfall aber länger.
1 Hacke
1 Säge
1 Gummiboot.
Jetzt fliege ich.
Vor 2 Jahrzehnten der Mann Blériot
Wurde gefeiert, weil er
Lumpige 30 km Meerwasser
Überflogen hatte.
Ich überfliege
3000.

4
Die Stadt New York befragt die Schiffe

DIE STADT NEW YORK (RADIO)
Hier spricht die Stadt New York:
Heute morgen 8 Uhr
Ist ein Mann von hier abgeflogen
Über das Wasser eurem Kontinent
Entgegen.
Seit sieben Stunden ist er unterwegs
Wir haben kein Zeichen von ihm
Und wir bitten
Die Schiffe, uns zu sagen
Wenn sie ihn sehen.

DIE LINDBERGHS
Wenn ich nicht ankomme
Sieht man mich nicht mehr.

DAS SCHIFF (RADIO)
Hier spricht das Schiff »Empress of Scotland«
49 Grad 24 Minuten nördlicher Breite und 34 Grad 78 Minuten westlicher Länge
Vorhin hörten wir in der Luft
Über uns das Geräusch
Eines Motors
In ziemlicher Höhe.
Wegen des Nebels
Konnten wir nichts Genaues sehen
Es ist aber möglich, daß
Dies euer Mann war
Mit seinem Apparat
Dem »Geist von St. Louis«.

DIE LINDBERGHS
Nirgends ein Schiff und
Jetzt kommt der Nebel.

5
FAST WÄHREND SEINES GANZEN FLUGES HAT DER FLIEGER MIT NEBEL ZU KÄMPFEN

DER NEBEL (RADIO)
Ich bin der Nebel und mit mir muß rechnen
Der auf das Wasser hinausfährt.
1000 Jahre hat man keinen gesehen
Der in der Luft herumfliegen will!
Wer bist du eigentlich?
Aber wir werden da sorgen
Daß man auch weiterhin da nicht herumfliegt!
Ich bin der Nebel!
Kehre um!

DIE LINDBERGHS
Was du da sagst
Das will schon überlegt sein
Wenn du noch zulegst, kehre ich
Vielleicht wirklich um.
Wenn keine Aussicht da ist
Kämpfe ich nicht weiter.
Entweder mit dem Schild oder auf dem Schild
Mache ich nicht mit.
Aber jetzt
Kehre ich noch nicht um.

DER NEBEL (RADIO)
Jetzt bist du noch groß, weil
Du dich noch nicht auskennst mit mir
Jetzt siehst du noch etwas Wasser unter dir
Und weißt
Wo rechts und wo links ist. Aber
Warte noch eine Nacht und einen Tag
Wo du kein Wasser siehst und den Himmel nicht
Auch dein Steuer nicht
Noch deinen Kompaß.
Werde älter, dann wirst du
Wissen, wer ich bin:
Ich bin der Nebel!

DIE LINDBERGHS
Sieben Männer haben meinen Apparat gebaut in San Diego
Oftmals 24 Stunden ohne Pause
Aus ein paar Metern Stahlrohr.
Was sie gemacht haben, das muß mir reichen
Sie haben gearbeitet, ich
Arbeite weiter, ich bin nicht allein, wir sind
Acht, die hier fliegen.

DER NEBEL (RADIO)
Jetzt bist du 25 Jahre alt und
Fürchtest wenig, aber wenn du
25 Jahre und eine Nacht und einen Tag alt bist
Wirst du mehr fürchten.
Übermorgen und 1000 Jahre noch wird es Wasser hier geben
Luft und Nebel
Aber dich wird es
Nicht geben.

DIE LINDBERGHS
Bis jetzt war es Tag, aber jetzt
Kommt die Nacht.

DER NEBEL (RADIO)
Seit 10 Stunden kämpfe ich gegen einen Mann, der
In der Luft herumfliegt, was man
Seit 1000 Jahren nicht gesehen hat. Ich kann
Ihn nicht herunterbringen
Übernimm du ihn, Schneesturm!

DIE LINDBERGHS
Jetzt kommst du
Schneesturm!

6
In der Nacht kam ein Schneesturm

DER SCHNEESTURM (RADIO)
Seit einer Stunde ist in mir ein Mann
Mit einem Apparat!
Bald oben hoch über mir
Bald unten nahe beim Wasser!
Seit einer Stunde werfe ich ihn

Gegen das Wasser und gegen den Himmel
Er kann sich nirgends halten, aber
Er geht nicht unter.
Er fällt nach oben
Und er steigt nach unten
Er ist schwächer als ein Baum an der Küste
Kraftlos wie ein Blatt ohne Ast, aber
Er geht nicht unter.
Seit Stunden sieht dieser Mensch nicht den Mond
Noch seine eigene Hand
Aber er geht nicht unter.
Auf seinen Apparat habe ich Eis gepackt
Daß er schwer wird und ihn herabzieht
Aber das Eis fällt ab von ihm und
Er geht nicht runter.

DIE LINDBERGHS

Es geht nicht mehr
Gleich falle ich ins Wasser
Wer hätte gedacht, daß es
Hier auch noch Eis gibt!
3000 Meter bin ich hoch gewesen und
3 Meter tief über dem Wasser
Aber überall ist der Sturm, Eis und Nebel.
Warum bin ich Narr aufgestiegen?
Jetzt habe ich Furcht zu sterben
Jetzt gehe ich unter.
4 Tage vor mir sind zwei Männer
Über das Wasser geflogen wie ich
Und das Wasser hat sie verschlungen und mich
Verschlingt es auch.

7
Schlaf

DER SCHLAF (RADIO)

Schlaf, Charlie
Die schlimme Nacht
Ist vorüber. Der Sturm
Ist aus. Schlafe nur, Charlie
Der Wind trägt dich doch.

DIE LINDBERGHS
Der Wind tut für mich gar nichts
Mir sind feindlich Wasser und Luft, und ich
Bin ihr Feind.

DER SCHLAF (RADIO)
Nur eine Minute beuge dich vor
Auf den Steuerhebel, nur die Augen schließe ein wenig
Deine Hand bleibt wach.

DIE LINDBERGHS
Oftmals 24 Stunden ohne Pause
Haben meine Kameraden in San Diego
Diesen Apparat gebaut. Möge ich
Nicht schlechter sein als sie. Ich
Darf nicht schlafen.

DER SCHLAF (RADIO)
Es ist noch weit. Ruhe dich aus
Denke an die Felder von Missouri
Den Fluß und das Haus
Wo du daheim bist.

DIE LINDBERGHS
Ich bin nicht müde.

8
Ideologie

DIE LINDBERGHS

I
Viele sagen, die Zeit sei alt
Aber ich habe immer gewußt, es ist eine neue Zeit.
Ich sage euch, nicht von selber
Wachsen seit 20 Jahren Häuser wie Gebirge aus Erz
Viele ziehen mit jedem Jahr in die Städte, als erwarteten sie etwas.
Und auf den lachenden Kontinenten
Spricht es sich herum: das große gefürchtete Meer
Sei ein kleines Wasser.
Ich fliege jetzt schon als erster über den Atlantik
Aber ich habe die Überzeugung: schon morgen
Werdet ihr lachen über meinen Flug.

2
Aber es ist eine Schlacht gegen das Primitive
Und eine Anstrengung zur Verbesserung des Planeten
Gleich der dialektischen Ökonomie
Welche die Welt verändern wird von Grund auf.
Jetzt nämlich
Laßt uns bekämpfen die Natur
Bis wir selber natürlich geworden sind.
Wir und unsere Technik sind noch nicht natürlich
Wir und unsere Technik
Sind primitiv.

Die Dampfschiffe sind gegen die Segler gefahren
Welche die Ruderboote hinter sich zurückließen.
Ich
Fliege gegen die Dampfschiffe
Im Kampf gegen das Primitive.
Mein Flugzeug, schwach und zittrig
Meine Apparate voller Mangel
Sind besser als die bisherigen, aber
Indem ich fliege
Kämpfe ich gegen mein Flugzeug und
Gegen das Primitive.

3
Also kämpfe ich gegen die Natur und
Gegen mich selber.
Was immer ich bin und welche Dummheiten ich glaube
Wenn ich fliege, bin ich
Ein wirklicher Atheist.

Zehntausend Jahre lang entstand
Wo die Wasser dunkel wurden am Himmel
Zwischen Licht und Dämmerung unhinderbar
Gott. Und ebenso
Über den Gebirgen, woher das Eis kam
Sichteten die Unwissenden
Unbelehrbar Gott, und ebenso
In den Wüsten kam er im Sandsturm und

In den Städten wurde er erzeugt von der Unordnung
Der Menschenklassen, weil es zweierlei Menschen gibt
Ausbeutung und Unkenntnis, aber
Die Revolution liquidiert ihn. Aber
Baut Straßen durch das Gebirge, dann verschwindet er
Flüsse vertreiben ihn aus der Wüste. Das Licht
Zeigt Leere und
Verscheucht ihn sofort.

Darum beteiligt euch
An der Bekämpfung des Primitiven
An der Liquidierung des Jenseits und
Der Verscheuchung jedweden Gottes, wo
Immer er auftaucht.

Unter den schärferen Mikroskopen
Fällt er.
Es vertreiben ihn
Die verbesserten Apparate aus der Luft.
Die Reinigung der Städte,
Die Vernichtung des Elends
Machen ihn verschwinden und
Jagen ihn zurück in das erste Jahrtausend.

4
So auch herrscht immer noch
In den verbesserten Städten die Unordnung
Welche kommt von der Unwissenheit und Gott gleicht.
Aber die Maschinen und die Arbeiter
Werden sie bekämpfen, und auch ihr
Beteiligt euch an
Der Bekämpfung des Primitiven!

9
Wasser

DIE LINDBERGHS
Jetzt
Kommt das Wasser wieder näher.

WASSERGERÄUSCH (RADIO)

DIE LINDBERGHS

Ich muß
Hochkommen! Dieser Wind
Drückt so.

WASSERGERÄUSCH (RADIO)

DIE LINDBERGHS

Jetzt geht es besser
Aber was ist das? Das Steuer
Will nicht mehr recht. Irgendwas
Stimmt nicht. Ist das nicht
Ein Geräusch im Motor? Jetzt
Geht es schon wieder abwärts.
Halt!

WASSERGERÄUSCH (RADIO)

DIE LINDBERGHS

Mein Gott! Beinahe
Hätte es uns aber gefaßt!

10

WÄHREND DES GANZEN FLUGES SPRACHEN ALLE AMERIKANISCHEN ZEITUNGEN UNAUFHÖRLICH VON LINDBERGHS GLÜCK

AMERIKA (RADIO)

Ganz Amerika glaubt, daß der Ozeanflug
Des Kapitän Lindbergh glücken wird.
Trotz schlechter Wetterberichte und
Des mangelhaften Zustandes seines leichten Flugzeugs
Glaubt jedermann in den Staaten, daß
Er ankommen wird.
Niemals, schreibt eine Zeitung, ist ein Mann
Unseres Landes so sehr
Für einen Glücklichen gehalten worden.
Wenn der Glückliche über das Meer fliegt
Halten sich die Stürme zurück.
Wenn die Stürme sich nicht zurückhalten
Bewährt sich der Motor.
Wenn der Motor sich nicht bewährt
Bewährt sich der Mann.

Und bewährt sich der Mann nicht
Bewährt sich das Glück.
Also darum glauben wir
Daß der Glückliche ankommt.

11

Die Gedanken des Glücklichen

DIE LINDBERGHS

Zwei Kontinente, zwei Kontinente
Warten auf mich! Ich
Muß ankommen!
Auf wen wartet man schon?
Und sogar der, auf den man nicht wartet
Ankommen muß er.
Mut ist gar nichts, aber
Ankommen ist alles.
Wer auf das Meer
Hinausfliegt und ersauft
Der ist ein verdammter Narr, denn
Auf dem Meer ersauft man
Also muß ich ankommen.
Wind drückt herunter und
Nebel macht steuerlos, aber
Ich muß ankommen.
Freilich mein Apparat
Ist schwach, und schwach ist
Mein Kopf, aber
Drüben erwarten sie mich und sagen
Der kommt an und da
Muß ich ankommen.

12

So fliegt er, schrieben die französischen Zeitungen, über sich die Stürme, um sich das Meer und unter sich den Schatten Nungessers

EUROPA (RADIO)

Auf unsern Kontinent zu

Seit mehr als 24 Stunden
Fliegt ein Mann.
Wenn er ankommt
Wird ein Punkt erscheinen am Himmel
Und größer werden und
Ein Flugzeug sein und
Wird herabkommen und
Auf der Wiese wird herauskommen ein Mann und
Wir werden ihn erkennen
Nach dem Bild in der Zeitung, das
Vor ihm herüberkam.
Aber wir fürchten, er
Kommt nicht. Die Stürme
Werden ihn ins Meer werfen
Sein Motor wird nicht durchhalten
Er selber wird den Weg zu uns nicht finden.
Also darum glauben wir
Wir werden ihn nicht sehen.

13
LINDBERGHS GESPRÄCH MIT SEINEM MOTOR

DER MOTOR LÄUFT (RADIO)
DIE LINDBERGHS
Jetzt ist es nicht mehr weit. Jetzt
Müssen wir uns noch zusammennehmen
Wir zwei.
Hast du genug Öl?
Meinst du, das Benzin reicht dir aus?
Hast du kühl genug?
Geht es dir gut?
DER MOTOR LÄUFT (RADIO)
DIE LINDBERGHS
Das Eis ist schon ganz weg
Das dich bedrückt hat.
Der Nebel, das ist meine Sache.
Du machst deine Arbeit
Du mußt nur laufen.
DER MOTOR LÄUFT (RADIO)

DIE LINDBERGHS
Erinnere dich: In St. Louis sind wir zwei
Länger in der Luft gewesen
Es ist gar nicht mehr weit. Jetzt kommt
Schon Irland, dann kommt Paris
Werden wir es schaffen?
Wir zwei?
DER MOTOR LÄUFT (RADIO)

14
Endlich unweit Schottlands sichtet Lindbergh Fischer

DIE LINDBERGHS
Dort
Sind Fischerboote.
Die wissen
Wo die Insel ist.
Hallo, wo
Ist England?
DIE FISCHER (RADIO)
Da ruft etwas.
Horch!

Was soll da rufen?

Horch, das Rattern!
In der Luft
Rattert etwas!

Was soll da rattern?
DIE LINDBERGHS
Hallo, wo
Ist England?
DIE FISCHER (RADIO)
Schau, dort
Fliegt ein solches Ding!
Das ist ein Flugzeug!

Wie soll da ein Flugzeug sein?
Niemals
Kann ein solches Ding aus Stricken
Leinwandfetzen und Eisen
Über das Wasser!
Nicht einmal ein Narr
Würde sich hineinsetzen
Es fiele doch
Einfach ins Wasser
Schon der Wind
Würde es einstecken und welcher Mensch
Hielte so lange Zeit am Steuer aus?

DIE LINDBERGHS

Hallo, wo
Ist England?

DIE FISCHER (RADIO)

Schau doch wenigstens!

Wozu da schauen, wo es
Doch niemals sein kann?

Jetzt ist es fort.
Ich weiß auch nicht
Wie es sein kann.
Es war aber.

15

AUF DEM FLUGPLATZ LE BOURGET BEI PARIS ERWARTET IN DER NACHT DES 21. MAI 1927, ABENDS 10 UHR, EINE RIESENMENGE DEN AMERIKANISCHEN FLIEGER

EUROPA (RADIO)

Jetzt kommt er!
Am Himmel erscheint
Ein Punkt.
Er wird größer. Es ist
Ein Flugzeug.
Jetzt kommt es herab.
Auf die Wiese heraus

Kommt ein Mann
Und jetzt
Erkennen wir ihn: das ist
Lindbergh.
Der Sturm hat ihn nicht verschlungen
Noch das Wasser.
Bewährt hat sich sein Motor und er
Hat den Weg gefunden zu uns.
Er ist angekommen.

16
Ankunft des Fliegers Charles Lindbergh auf dem Flugplatz Le Bourget bei Paris

GERÄUSCH EINER GROSSEN MASSE (RADIO)

DIE LINDBERGHS

Ich bin Lindbergh. Bitte tragt mich
In einen dunklen Schuppen, daß
Keiner sehe meine
Natürliche Schwäche.
Aber meldet meinen Kameraden in den Ryanwerken von San Diego
Daß ihre Arbeit gut war.
Unser Motor hat ausgehalten
Ihre Arbeit war ohne Fehler.

17
Bericht über das Unerreichbare

RADIO UND DIE LINDBERGHS

Zu der Zeit, wo die Menschheit
Anfing sich zu erkennen
Haben wir Wägen gemacht
Aus Holz, Eisen und Glas.
Und sind durch die Luft geflogen
Und zwar mit einer Schnelligkeit, die den Hurrikan
Um das Doppelte übertraf.
Und zwar war unser Motor
Stärker als 100 Pferde, aber

Kleiner als ein einziges.
1000 Jahre fiel alles von oben nach unten
Ausgenommen der Vogel.
Selbst auf den ältesten Steinen
Fanden wir keine Zeichnung
Von irgendeinem Menschen, der
Durch die Luft geflogen ist
Aber wir haben uns erhoben.
Gegen Ende des 3. Jahrtausend unserer Zeitrechnung
Erhob sich unsere
Stählerne Einfalt
Aufzeigend das Mögliche
Ohne uns vergessend zu machen: das
Unerreichbare.
Diesem ist dieser Bericht gewidmet.

Das Badener Lehrstück vom Einverständnis

Mitarbeiter: Slatan Dudow · Elisabeth Hauptmann

Der siebente Versuch: Das Baden-Badener »Lehrstück«, ist nach dem »Flug der Lindberghs« ein weiterer Versuch im Lehrstück. Das Lehrstück erwies sich beim Abschluß als unfertig: dem Sterben ist im Vergleich zu seinem doch wohl nur geringen Gebrauchswert zuviel Gewicht beigemessen. Der Abdruck erfolgt, weil es, aufgeführt, immerhin einen kollektiven Apparat organisiert. Zu einigen Teilen existiert eine Musik von Paul Hindemith.

Personen

Der Flieger · Die drei Monteure · Der Führer des gelernten Chors (Vorsänger) · Sprecher · Drei Clowns · Der gelernte Chor · Die Menge

Auf einem in seinen Abmessungen der Anzahl der Mitspielenden entsprechenden Podium steht im Hintergrund der gelernte Chor. Links ist das Orchester aufgestellt, links im Vordergrund steht ein Tisch, an dem der Dirigent der Sänger und Musikanten, der Leiter der allgemeinen Gesänge (Vorsänger) und der Sprecher sitzen. Die Sänger der vier Gestürzten sitzen an einem Pult rechts im Vordergrunde. Zur Verdeutlichung der Szene können neben oder auf dem Podium die Trümmer eines Flugapparates liegen.

1
Bericht vom Fliegen

DIE VIER FLIEGER *berichten:*
Zu der Zeit, wo die Menschheit
Anfing sich zu erkennen
Haben wir Flugzeuge gemacht
Aus Holz, Eisen und Glas
Und sind durch die Luft geflogen.
Und zwar mit einer Schnelligkeit, die den Hurrikan
Um das Doppelte übertraf.
Und zwar war unser Motor
Stärker als hundert Pferde, aber
Kleiner als ein einziges.
Tausend Jahre fiel alles von oben nach unten
Ausgenommen der Vogel.
Selbst auf den ältesten Steinen
Fanden wir keine Zeichnung
Von irgendeinem Menschen, der
Durch die Luft geflogen ist.
Aber wir haben uns erhoben.
Gegen Ende des zweiten Jahrtausends unsrer Zeitrechnung
Erhob sich unsere
Stählerne Einfalt
Aufzeigend das Mögliche
Ohne uns vergessen zu machen: das
Noch nicht Erreichte*.

* Im ersten Versuch heißt es fälschlich: Das Unerreichbare. Dies ist auszubessern in: das noch nicht Erreichte.

2
Der Sturz

DER FÜHRER DES GELERNTEN CHORS *spricht die Gestürzten an:*

Fliegt jetzt nicht mehr.
Ihr braucht nicht mehr geschwinder zu werden.
Der niedere Boden
Ist für euch
Jetzt hoch genug.
Daß ihr reglos liegt
Genügt.
Nicht oben über uns
Nicht weit vor uns
Nicht in eurem Laufe
Sondern reglos
Sagt uns, wer ihr seid.

DIE GESTÜRZTEN *antworten:*

Wir beteiligten uns an den Arbeiten unserer Kameraden.
Unsere Flugzeuge wurden besser
Wir flogen höher und höher
Das Meer war überwunden
Schon waren die Berge niedrig.
Uns hatte erfaßt das Fieber
Des Städtebaus und des Öls.
Unsere Gedanken waren Maschinen und
Die Kämpfe um Geschwindigkeit.
Wir vergaßen über den Kämpfen
Unsere Namen und unser Gesicht
Und über dem geschwinderen Aufbruch
Vergaßen wir unseres Aufbruchs Ziel.
Aber wir bitten euch
Zu uns zu treten und
Uns Wasser zu geben
Und unter den Kopf ein Kissen
Und uns zu helfen, denn
Wir wollen nicht sterben.

DER CHOR *wendet sich an die Menge:*

Hört ihr, vier Menschen
Bitten euch, ihnen zu helfen.

Sie sind
In die Luft geflogen und
Auf den Boden gefallen und
Wollen nicht sterben.
Darum bitten sie euch
Ihnen zu helfen.
Hier haben wir
Einen Becher mit Wasser und
Ein Kissen.
Ihr aber sagt uns
Ob wir ihnen helfen sollen.

DIE MENGE *antwortet dem Chor:*
Ja.

DER CHOR *zur Menge:*
Haben sie euch geholfen?

DIE MENGE
Nein.

DER SPRECHER *wendet sich an die Menge:*
Über die Erkaltenden hinweg wird untersucht, ob
Es üblich ist, daß der Mensch dem Menschen hilft.

3
Untersuchungen ob der Mensch dem Menschen hilft

Erste Untersuchung

DER FÜHRER DES GELERNTEN CHORS *tritt vor:*
Einer von uns ist über das Meer gefahren und
Hat einen neuen Kontinent entdeckt.
Viele aber nach ihm
Haben aufgebaut dort große Städte mit
Vieler Mühe und Klugheit.

DER GELERNTE CHOR *erwidert:*
Das Brot wurde dadurch nicht billiger.

DER FÜHRER DES GELERNTEN CHORS
Einer von uns hat eine Maschine gemacht
Durch die Dampf ein Rad trieb und das war
Die Mutter vieler Maschinen.

Viele aber arbeiten daran
Alle Tage.

DER GELERNTE CHOR *erwidert:*
Das Brot wurde dadurch nicht billiger.

DER FÜHRER DES GELERNTEN CHORS
Viele von uns haben nachgedacht
Über den Gang der Erde um die Sonne, über
Das Innere des Menschen, die Gesetze
Der Allgemeinheit, die Beschaffenheit der Luft
Und den Fisch der Tiefsee.
Und sie haben
Große Dinge gefunden.

DER GELERNTE CHOR *erwidert:*
Das Brot wurde dadurch nicht billiger.
Sondern
Die Armut hat zugenommen in unseren Städten
Und es weiß seit langer Zeit
Niemand mehr, was ein Mensch ist.
Zum Beispiel: während ihr flogt, kroch
Ein euch Ähnliches vom Boden
Nicht wie ein Mensch!

DER FÜHRER DES GELERNTEN CHORS *wendet sich an die Menge:*
Hilft der Mensch also dem Menschen?

DIE MENGE *erwidert:*
Nein.

Zweite Untersuchung

DER FÜHRER DES GELERNTEN CHORS *wendet sich an die Menge:*
Betrachtet unsere Bilder und sagt danach
Daß der Mensch dem Menschen hilft!

Es werden zwanzig Photographien gezeigt, die darstellen, wie in unserer Zeit Menschen von Menschen abgeschlachtet werden.

DIE MENGE *schreit:*
Der Mensch hilft dem Menschen nicht.

Dritte Untersuchung

DER FÜHRER DES GELERNTEN CHORS *wendet sich an die Menge:*
Betrachtet unsere Clownsnummer, in der
Menschen einem Menschen helfen!

Drei Zirkusclowns, von denen einer, Herr Schmitt genannt, ein Riese ist, besteigen das Podium. Sie sprechen sehr laut.

EINSER Heute ist es ein schöner Abend, Herr Schmitt.

ZWEIER Was sagen Sie zu dem Abend, Herr Schmitt?

HERR SCHMITT Ich finde ihn nicht schön.

EINSER Wollen Sie sich nicht setzen, Herr Schmitt?

ZWEIER Hier ist ein Stuhl, Herr Schmitt, warum antworten Sie uns jetzt nicht?

EINSER Kannst du nicht sehen: Herr Schmitt wünscht den Mond zu betrachten.

ZWEIER Du, sag mir einmal, warum kriechst du Herrn Schmitt immer in den Arsch? Das belästigt Herrn Schmitt.

EINSER Weil Herr Schmitt so stark ist, darum krieche ich Herrn Schmitt in den Arsch.

ZWEIER Ich auch.

EINSER Bitte Herrn Schmitt, sich zu uns zu setzen.

HERR SCHMITT Mir ist heute nicht gut.

EINSER Da müssen Sie sich aufheitern, Herr Schmitt.

HERR SCHMITT Ich glaube, ich kann mich nicht mehr aufheitern. *Pause.* Was habe ich denn für eine Gesichtsfarbe?

EINSER Rosig, Herr Schmitt, immer rosig.

HERR SCHMITT Sehen Sie, und ich glaubte, ich sähe weiß aus im Gesicht.

EINSER Das ist aber merkwürdig, Sie sagen, Sie meinen, Sie sähen weiß aus im Gesicht? Wenn ich Sie nämlich jetzt so ansehe, da muß ich schon sagen, ich meine jetzt auch, Sie sähen weiß aus im Gesicht.

ZWEIER Da würde ich mich aber setzen, Herr Schmitt, wo Sie doch so aussehen.

HERR SCHMITT Ich möchte mich heute nicht setzen.

EINSER Nein, nein, nicht setzen, auf keinen Fall setzen, lieber stehen bleiben.

HERR SCHMITT Warum, meinen Sie, soll ich stehen bleiben?

EINSER *zum Zweier:* Er kann sich heute nicht setzen, weil er sonst vielleicht nie wieder aufstehn kann.

HERR SCHMITT Ach Gott!

EINSER Hören Sie, er merkt es schon selber. Da bleibt der Herr Schmitt schon lieber stehen.

HERR SCHMITT Sagen Sie, ich glaube fast, mein linker Fuß tut mir etwas weh.

EINSER Sehr?

HERR SCHMITT *wehleidig:* Wie?

EINSER Tut er Ihnen sehr weh?

HERR SCHMITT Ja, er tut mir schon sehr weh...

ZWEIER Das kommt vom Stehen.

HERR SCHMITT Ja, soll ich mich setzen?

EINSER Nein, auf keinen Fall, das müssen wir vermeiden.

ZWEIER Wenn Ihnen der linke Fuß weh tut, dann gibt es nur eines: weg mit dem linken Fuß.

EINSER Und je rascher, desto besser.

HERR SCHMITT Ja, wenn Sie glauben...

ZWEIER Natürlich.

Sie sägen ihm den linken Fuß ab.

HERR SCHMITT Einen Stock, bitte.

Sie geben ihm einen Stock.

EINSER Nun, können Sie jetzt besser stehen, Herr Schmitt?

HERR SCHMITT Ja, links. Den Fuß müßt ihr mir aber geben, ich möchte ihn nicht verlieren.

EINSER Bitte, wenn Sie Mißtrauen haben...

ZWEIER Wir können ja auch gehen...

HERR SCHMITT Nein, nein, jetzt müßt ihr dableiben, weil ich doch nicht mehr gehen kann allein.

EINSER Hier ist der Fuß.

Herr Schmitt nimmt den Fuß unter den Arm.

HERR SCHMITT Jetzt ist mir mein Stock heruntergefallen.

ZWEIER Dafür haben Sie ja jetzt Ihren Fuß wieder.

Beide lachen schallend.

HERR SCHMITT Jetzt kann ich wirklich nicht mehr stehen. Denn jetzt fängt natürlich auch das andere Bein an, wehe zu tun.

EINSER Das läßt sich denken.

HERR SCHMITT Ich möchte Sie nicht mehr belästigen als nötig ist, aber ohne den Stock kann ich schwer auskommen.

ZWEIER Bis wir den Stock aufheben, können wir Ihnen geradesogut das andere Bein absägen, das Ihnen ja sehr weh tut.

HERR SCHMITT Ja, vielleicht ist es dann besser.

Sie sägen ihm das andere Bein ab. Herr Schmitt fällt um.

HERR SCHMITT Jetzt kann ich nicht mehr aufstehen.

EINSER Scheußlich, und gerade das wollten wir unbedingt vermeiden, daß Sie sitzen.

HERR SCHMITT Was?!

ZWEIER Sie können nicht mehr aufstehen, Herr Schmitt.

HERR SCHMITT Sagen Sie mir das nicht, das tut mir weh.

ZWEIER Was soll ich nicht mehr sagen?

HERR SCHMITT Das...

ZWEIER Daß Sie nicht mehr aufstehen können?

HERR SCHMITT Können Sie denn nicht Ihren Mund halten?

ZWEIER Nein, Herr Schmitt, aber ich kann Ihnen Ihr linkes Ohr herausschrauben, dann hören Sie mich nicht mehr sagen, daß Sie nicht aufstehen können.

HERR SCHMITT Ja, vielleicht ist das besser.

Sie schrauben ihm sein linkes Ohr ab.

HERR SCHMITT *zum Einser:* Jetzt kann ich nur mehr Sie hören. *Zweier geht herüber auf die andere Seite.* Bitte um das Ohr! *Wird wütend.* Und bitte auch um das fehlende zweite Bein. Das ist keine Art, einen kranken Menschen zu behandeln. Liefern Sie sofort die in Verlust geratenen Gliedmaßen an mich, ihren Eigentümer, zurück. *Sie geben ihm auch das andere Bein unter den Arm und legen ihm das Ohr in den Schoß.* Überhaupt, wenn Sie hier etwa mit mir Ihren Schabernack treiben wollen, so haben Sie sich gründlich – was ist denn nur mit meinem Arm?

ZWEIER Das wird eben sein, weil Sie dies viele nutzlose Zeug schleppen.

HERR SCHMITT *leise:* Sicher. Könntet ihr es mir nicht abnehmen?

ZWEIER Aber wir könnten Ihnen ja den ganzen Arm abnehmen, das ist dann doch besser.

HERR SCHMITT Ja, bitte, wenn ihr meint...

ZWEIER Natürlich.

Sie sägen ihm den linken Arm ab.

HERR SCHMITT Danke, ihr macht euch viel zuviel Mühe mit mir.

EINSER So, Herr Schmitt, da haben Sie alles, was Ihnen gehört, das kann Ihnen keiner mehr rauben.

Sie legen ihm alle abgenommenen Gliedmaßen in den Schoß. Herr Schmitt betrachtet sie.

HERR SCHMITT Komisch, ich habe so unangenehme Gedanken im Kopf. Ich bitte Sie *zu Einser,* mir etwas Angenehmes zu sagen.

EINSER Gerne, Herr Schmitt, wollen Sie eine Geschichte hören? Zwei Herren kommen aus einem Gasthaus. Da sie in einen furchtbaren Streit geraten, bewerfen sie sich mit Pferdeäpfeln, der eine trifft den anderen mit einem Pferdeapfel in den Mund, da sagt der andere: so, den lasse ich jetzt drinnen, bis die Polizei kommt.

Zweier lacht, Herr Schmitt lacht nicht.

HERR SCHMITT Das ist keine schöne Geschichte. Können Sie mir nicht etwas Schönes erzählen, ich habe, wie gesagt, unangenehme Gedanken im Kopf.

EINSER Nein, leider, Herr Schmitt, außer dieser Geschichte wüßte ich nichts mehr zu erzählen.

ZWEIER Aber wir können Ihnen ja den Kopf absägen, wenn Sie so dumme Gedanken drin haben.

HERR SCHMITT Ja, bitte, vielleicht hilft das.

Sie sägen ihm die obere Kopfhälfte ab.

EINSER Wie ist Ihnen jetzt, Herr Schmitt, ist Ihnen leichter?

HERR SCHMITT Ja, viel leichter. Jetzt ist mir viel leichter. Nur, es friert mich sehr am Kopf.

ZWEIER Setzen Sie doch Ihren Hut auf. *Brüllt:* Hut aufsetzen!

HERR SCHMITT Ich kann doch nicht herunterlangen.

ZWEIER Wollen Sie den Stock haben?

HERR SCHMITT Ja, bitte. *Er fischt nach dem Hut.* Jetzt ist mir der Stock heruntergefallen, da kann ich den Hut nicht erreichen. Es friert mich sehr stark.

ZWEIER Wenn wir Ihnen den Kopf überhaupt herausschraubten?

HERR SCHMITT Ja, ich weiß nicht...

EINSER Doch...

HERR SCHMITT Nein wirklich, ich weiß schon gar nichts mehr.

ZWEIER Eben deshalb.

Sie schrauben ihm den Kopf heraus. Herr Schmitt fällt hintenüber.

HERR SCHMITT Halt!! Leg mir doch einer die Hand auf die Stirn!

EINSER Wo?

HERR SCHMITT Faß mich doch einer an der Hand.

EINSER Wo?

ZWEIER Ist Ihnen jetzt leichter, Herr Schmitt?

HERR SCHMITT Nein. Ich liege nämlich mit meinem Rücken auf einem Stein.

ZWEIER Ja, Herr Schmitt, alles können Sie nicht haben.

Die beiden lachen schallend.

(Ende der Clownsnummer.)

DIE MENGE *schreit:*
Der Mensch hilft dem Menschen nicht.

DER FÜHRER DES GELERNTEN CHORS
Sollen wir das Kissen zerreißen?

DIE MENGE
Ja.

DER FÜHRER DES GELERNTEN CHORS
Sollen wir das Wasser ausschütten?

DIE MENGE
Ja.

4
Die Hilfeverweigerung*

DER GELERNTE CHOR
Also
Soll ihnen nicht geholfen werden.
Wir zerreißen das Kissen, wir
Schütten das Wasser aus.

Der Sprecher zerreißt jetzt das Kissen und schüttet das Wasser aus.

DIE MENGE *liest für sich:*
Freilich saht ihr
Hilfe an manchem Ort
Mancherlei Art, erzeugt durch den Zustand
Der noch nicht zu entbehrenden
Gewalt.
Dennoch raten wir euch, der grausamen

* Vgl. Versuch 6 »Lesebuch für Städtebewohner« Nr. 10.

Wirklichkeit
Grausamer zu begegnen und
Mit dem Zustand, der den Anspruch erzeugt
Aufzugeben den Anspruch. Also
Nicht zu rechnen mit Hilfe:
Um Hilfe zu verweigern, ist Gewalt nötig
Um Hilfe zu erlangen, ist auch Gewalt nötig.
Solange Gewalt herrscht, kann Hilfe verweigert werden
Wenn keine Gewalt mehr herrscht, ist keine Hilfe mehr nötig.
Also sollt ihr nicht Hilfe verlangen, sondern die Gewalt abschaffen.
Hilfe und Gewalt geben ein Ganzes
Und das Ganze muß verändert werden.

5
Die Beratung

DER GESTÜRZTE FLIEGER
Kameraden, wir
Werden sterben.
DIE DREI GESTÜRZTEN MONTEURE
Wir wissen, daß wir sterben werden, aber
Weißt du es?
Höre also:
Du stirbst unbedingt
Dein Leben wird dir entrissen
Deine Leistung wird dir gestrichen
Du stirbst für dich
Es wird dir nicht zugesehen
Du stirbst endlich
Und so müssen wir auch.

6
Betrachtung der Toten

DER SPRECHER
Betrachtet die Toten!
Es werden sehr groß zehn Photographien von Toten gezeigt, dann sagt der Sprecher: »Zweite Betrachtung der Toten«, und die Photographien werden noch einmal gezeigt.
Nach der Betrachtung der Toten beginnen die Gestürzten zu schreien.

DIE GESTÜRZTEN
Wir können nicht sterben.

7
Die Verlesung der Kommentartexte*

DER GELERNTE CHOR *wendet sich an die Gestürzten:*
Wir können euch nicht helfen.
Nur eine Anweisung
Nur eine Haltung
Können wir euch geben.
Sterbt, aber lernt
Lernt, aber lernt nicht falsch.

DIE GESTÜRZTEN
Wir haben nicht viel Zeit
Wir können nicht mehr viel lernen.

DER GELERNTE CHOR
Habt ihr wenig Zeit
Habt ihr Zeit genug
Denn das Richtige ist leicht.
Aus dem gelernten Chor tritt der Sprecher mit einem Buch. Er begibt sich zu den Gestürzten, setzt sich und liest aus dem Kommentar.

DER SPRECHER 1. Wer etwas entreißt, der wird etwas festhalten.
Und wem etwas entrissen wird, der wird es auch festhalten.
Und wer etwas festhält, dem wird etwas entrissen.
Welcher von uns stirbt, was gibt der auf? Der gibt doch nicht

* Fatzerkommentar, Sterbekapitel.

nur seinen Tisch oder sein Bett auf! Wer von uns stirbt, der weiß auch, ich gebe auf, was da vorhanden ist, mehr als ich habe, schenke ich weg. Wer von uns stirbt, der gibt die Straße auf, die er kennt, und auch, die er nicht kennt. Die Reichtümer, die er hat, und auch, die er nicht hat. Die Armut selbst. Seine eigene Hand.

Wie nun wird der einen Stein heben, der nicht geübt ist? Wie wird der einen großen Stein heben? Wie wird, der das Aufgeben nicht geübt hat, seinen Tisch aufgeben oder: alles aufgeben, was er hat und was er nicht hat. Die Straße, die er kennt, und auch, die er nicht kennt. Die Reichtümer, die er hat, und auch, die er nicht hat? Die Armut selbst? Seine eigene Hand?

2. Als der Denkende in einen großen Sturm kam, saß er in einem großen Fahrzeug und nahm viel Platz ein. Das erste war, daß er aus seinem Fahrzeug stieg, das zweite war, daß er seinen Rock ablegte, das dritte war, daß er sich auf den Boden legte. So überwand er den Sturm in seiner kleinsten Größe.

DIE GESTÜRZTEN *erkundigen sich beim Sprecher:*

Überstand er so den Sturm?

DER SPRECHER

In seiner kleinsten Größe überstand er den Sturm.

DIE GESTÜRZTEN

In seiner kleinsten Größe überstand er den Sturm.

DER SPRECHER 3. Um einen Menschen zu seinem Tode zu ermutigen, bat der eingreifend Denkende ihn, seine Güter aufzugeben. Als er alles aufgegeben hatte, blieb nur das Leben übrig. Gib mehr auf, sagte der Denkende.

4. Wenn der Denkende den Sturm überwand, so überwand er ihn, weil er den Sturm kannte und er einverstanden war mit dem Sturm. Also, wenn ihr das Sterben überwinden wollt, so überwindet ihr es, wenn ihr das Sterben kennt und einverstanden seid mit dem Sterben. Wer aber den Wunsch hat, einverstanden zu sein, der hält bei der Armut. An die Dinge hält er sich nicht! Die Dinge können genommen werden und dann ist da kein Einverständnis. Auch an das Leben hält er sich nicht. Das Leben wird genommen werden und dann ist da kein Einverständnis. Auch an die Gedanken hält er sich nicht, die Gedanken können auch genommen werden und dann ist da auch kein Einverständnis.

8
Das Examen

Der gelernte Chor examiniert die Gestürzten im Angesicht der Menge.

1

DER GELERNTE CHOR
Wie hoch seid ihr geflogen?
DIE DREI GESTÜRZTEN MONTEURE
Wir sind ungeheuer hoch geflogen.
DER GELERNTE CHOR
Wie hoch seid ihr geflogen?
DIE GESTÜRZTEN MONTEURE
Wir sind viertausend Meter hoch geflogen.
DER GELERNTE CHOR
Wie hoch seid ihr geflogen?
DIE GESTÜRZTEN MONTEURE
Wir sind ziemlich hoch geflogen.
DER GELERNTE CHOR
Wie hoch seid ihr geflogen?
DIE GESTÜRZTEN MONTEURE
Wir haben uns etwas über den Boden erhoben.
DER FÜHRER DES GELERNTEN CHORS *wendet sich an die Menge:*
Sie haben sich etwas über den Boden erhoben.
DER GESTÜRZTE FLIEGER
Ich bin ungeheuer hoch geflogen.
DER GELERNTE CHOR
Und er ist ungeheuer hoch geflogen.

2

DER GELERNTE CHOR
Wurdet ihr gerühmt?
DIE GESTÜRZTEN MONTEURE
Wir wurden nicht genug gerühmt.
DER GELERNTE CHOR
Wurdet ihr gerühmt?
DIE GESTÜRZTEN MONTEURE
Wir wurden gerühmt.

DER GELERNTE CHOR
Wurdet ihr gerühmt?
DIE GESTÜRZTEN MONTEURE
Wir wurden genug gerühmt.
DER GELERNTE CHOR
Wurdet ihr gerühmt?
DIE GESTÜRZTEN MONTEURE
Wir wurden ungeheuer gerühmt.
DER GESTÜRZTE FLIEGER
Ich wurde nicht genug gerühmt.
DER GELERNTE CHOR
Und er wurde nicht genug gerühmt.

3

DER GELERNTE CHOR
Wer seid ihr?
DIE GESTÜRZTEN MONTEURE
Wir sind die, die den Ozean überflogen.
DER GELERNTE CHOR
Wer seid ihr?
DIE GESTÜRZTEN MONTEURE
Wir sind einige von euch.
DER GELERNTE CHOR
Wer seid ihr?
DIE GESTÜRZTEN MONTEURE
Wir sind niemand.
DER FÜHRER DES GELERNTEN CHORS *zur Menge:*
Sie sind niemand.
DER GESTÜRZTE FLIEGER
Ich bin Charles Nungesser.
DER GELERNTE CHOR
Und er ist Charles Nungesser.

4

DER GELERNTE CHOR
Wer wartet auf euch?
DIE GESTÜRZTEN MONTEURE
Viele über dem Meer warten auf uns.
DER GELERNTE CHOR
Wer wartet auf euch?

DIE GESTÜRZTEN MONTEURE
Unser Vater und unsere Mutter warten auf uns.
DER GELERNTE CHOR
Wer wartet auf euch?
DIE GESTÜRZTEN MONTEURE
Niemand wartet auf uns.
DER FÜHRER DES GELERNTEN CHORS *zur Menge:*
Niemand wartet auf sie.

5
DER GELERNTE CHOR
Wer also stirbt, wenn ihr sterbt?
DIE GESTÜRZTEN MONTEURE
Die zuviel gerühmt wurden.
DER GELERNTE CHOR
Wer also stirbt, wenn ihr sterbt?
DIE GESTÜRZTEN MONTEURE
Die sich etwas über den Boden erhoben.
DER GELERNTE CHOR
Wer also stirbt, wenn ihr sterbt?
DIE GESTÜRZTEN MONTEURE
Auf die niemand wartet.
DER GELERNTE CHOR
Wer also stirbt, wenn ihr sterbt?
DIE GESTÜRZTEN MONTEURE
Niemand.
DER GELERNTE CHOR
Jetzt wißt ihr:
Niemand
Stirbt, wenn ihr sterbt.
Jetzt haben sie
Ihre kleinste Größe erreicht.
DER GESTÜRZTE FLIEGER
Aber ich habe mit meinem Fliegen
Meine größte Größe erreicht.
Wie hoch immer ich flog, höher flog
Niemand.
Ich wurde nicht genug gerühmt, ich
Kann nicht genug gerühmt werden

Ich bin für nichts und niemand geflogen.
Ich bin für das Fliegen geflogen.
Niemand wartet auf mich, ich
Fliege nicht zu euch hin, ich
Fliege von euch weg, ich
Werde nie sterben.

9
Ruhm und Enteignung

DER GELERNTE CHOR
Jetzt aber
Zeigt, was ihr erreicht habt.
Denn nur
Das Erreichte ist wirklich.
Gebt also jetzt den Motor her
Tragflächen und Fahrgestell, alles
Womit du geflogen bist und
Was ihr gemacht habt.
Gebt es auf!

DER GESTÜRZTE FLIEGER
Ich gebe es nicht auf.
Was ist
Ohne den Flieger das Flugzeug?

DER FÜHRER DES GELERNTEN CHORS
Nehmt es!
Das Flugzeug wird von den Gestürzten weg in die andere Ecke des Podiums getragen.

DER GELERNTE CHOR *während der Enteignung, rühmt die Gestürzten:*
Erhebt euch, Flieger, ihr habt die Gesetze der Erde verändert.
Tausend Jahre fiel alles von oben nach unten
Ausgenommen der Vogel.
Selbst auf den ältesten Steinen
Fanden wir keine Zeichnung
Von irgendeinem Menschen, der
Durch die Luft geflogen ist
Aber ihr habt euch erhoben
Gegen Ende des zweiten Jahrtausends unserer Zeitrechnung.

DIE DREI GESTÜRZTEN MONTEURE *zeigen plötzlich auf den gestürzten Flieger:*
Was ist das, seht doch!
DER FÜHRER *schnell zum gelernten Chor:*
Stimmt das »Völlig unkenntlich« an.
DER GELERNTE CHOR *umringt den gestürzten Flieger:*
Völlig unkenntlich
Ist jetzt sein Gesicht
Erzeugt zwischen ihm und uns, denn
Der uns brauchte und
Dessen wir bedurften: das
War er.
DER FÜHRER DES GELERNTEN CHORS
Dieser
Inhaber eines Amts
Wenn auch angemaßt
Entriß uns, was er brauchte, und
Verweigerte uns, dessen wir bedurften
Also sein Gesicht
Verlosch mit seinem Amt:
Er hatte nur eines!
Vier aus dem gelernten Chor diskutieren über ihn hinweg:
DER ERSTE
Wenn es ihn gab
DER ZWEITE
Es gab ihn.
DER ERSTE
Was war er?
DER ZWEITE
Er war niemand.
DER DRITTE
Wenn er einer war
DER VIERTE
Er war niemand.
DER DRITTE
Wie sichtete man ihn?
DER VIERTE
Indem man ihn beschäftigte.
ALLE VIER
Indem man ihn anruft, entsteht er.

Wenn man ihn verändert, gibt es ihn
Wer ihn braucht, der kennt ihn.
Wem er nützlich ist, der vergrößert ihn.

DER ZWEITE

Und doch ist er niemand.

DER GELERNTE CHOR *zusammen zur Menge:*

Was da liegt ohne Amt
Ist es nichts Menschliches mehr.
Stirb jetzt, du Keinmenschmehr!

DER GESTÜRZTE FLIEGER

Ich kann nicht sterben.

DIE GESTÜRZTEN MONTEURE

Du bist aus dem Fluß gefallen, Mensch.
Du bist nicht im Fluß gewesen, Mensch.
Du bist zu groß, du bist zu reich.
Du bist zu eigentümlich.
Darum kannst du nicht sterben.

DER GELERNTE CHOR

Aber
Wer nicht sterben kann
Stirbt auch.
Wer nicht schwimmen kann
Schwimmt auch.

10
Die Austreibung

DER GELERNTE CHOR

Einer von uns
An Gesicht, Gestalt und Gedanke
Uns gleichend durchaus
Muß uns verlassen, denn
Er ist gezeichnet über Nacht und
Seit heute morgen ist sein Atem faulig.
Seine Gestalt verfällt, sein Gesicht
Einst uns vertraut, wird schon unbekannt.
Mensch, rede mit uns, wir erwarten
An dem gewohnten Platz deine Stimme. Sprich!

Er spricht nicht. Seine Stimme
Bleibt aus. Jetzt erschrick nicht, Mensch, aber
Jetzt mußt du weggehen. Gehe rasch!
Blick dich nicht um, geh
Weg von uns.
Der Sänger des gestürzten Fliegers verläßt das Podium.

11
Das Einverständnis

DER GELERNTE CHOR *redet die drei gestürzten Monteure an:*
Ihr aber, die ihr einverstanden seid mit dem Fluß der Dinge
Sinkt nicht zurück in das Nichts.
Löst euch nicht auf wie Salz im Wasser, sondern
Erhebt euch
Sterbend euren Tod wie
Ihr gearbeitet habt eure Arbeit
Umwälzend eine Umwälzung.
Richtet euch also sterbend
Nicht nach dem Tod.
Sondern übernehmt von uns den Auftrag
Wieder aufzubauen unser Flugzeug
Beginnt!
Um für uns zu fliegen
An den Ort, wo wir euch brauchen
Und zu der Zeit, wo es nötig ist. Denn
Euch
Fordern wir auf, mit uns zu marschieren und mit uns
Zu verändern nicht nur
Ein Gesetz der Erde, sondern
Das Grundgesetz
Einverstanden, daß alles verändert wird
Die Welt und die Menschheit
Vor allem die Unordnung
Der Menschenklassen, weil es zweierlei Menschen gibt
Ausbeutung und Unkenntnis.

DIE GESTÜRZTEN MONTEURE
Wir sind einverstanden mit der Änderung.

DER GELERNTE CHOR
Und wir bitten euch

Verändert unsern Motor und verbessert ihn
Auch vergrößert Sicherheit und Geschwindigkeit
Und vergeßt auch nicht das Ziel über dem geschwinderen Aufbruch.

DIE GESTÜRZTEN MONTEURE

Wir verbessern die Motore, die Sicherheit und
Die Geschwindigkeit.

DER GELERNTE CHOR

Gebt sie auf!

DER FÜHRER DES GELERNTEN CHORS

Marschiert!

DER GELERNTE CHOR

Habt ihr die Welt verbessert, so
Verbessert die verbesserte Welt.
Gebt sie auf!

DER FÜHRER DES GELERNTEN CHORS

Marschiert!

DER GELERNTE CHOR

Habt ihr die Welt verbessernd die Wahrheit vervollständigt, so
Vervollständigt die vervollständigte Wahrheit
Gebt sie auf!

DER FÜHRER DES GELERNTEN CHORS

Marschiert!

DER GELERNTE CHOR

Habt ihr die Wahrheit vervollständigend die Menschheit verändert, so
Verändert die veränderte Menschheit.
Gebt sie auf!

DER FÜHRER DES GELERNTEN CHORS

Marschiert!

DER GELERNTE CHOR

Ändernd die Welt, verändert euch!
Gebt euch auf!

DER FÜHRER DES GELERNTEN CHORS

Marschiert!

Der Jasager*

Schuloper

* Nach dem japanischen Stück »Taniko«, in der englischen Nachdichtung von Arthur Waley.

Mitarbeiter: Elisabeth Hauptmann · Kurt Weill

Personen

Der Lehrer · Der Knabe · Die Mutter · Die drei Studenten · Der große Chor

I

DER GROSSE CHOR
Wichtig zu lernen vor allem ist Einverständnis
Viele sagen ja, und doch ist da kein Einverständnis
Viele werden nicht gefragt, und viele
Sind einverstanden mit Falschem. Darum:
Wichtig zu lernen vor allem ist Einverständnis.

Der Lehrer in Raum 1, die Mutter und der Knabe in Raum 2.

DER LEHRER Ich bin der Lehrer. Ich habe eine Schule in der Stadt und habe einen Schüler, dessen Vater tot ist. Er hat nur mehr seine Mutter, die für ihn sorgt. Jetzt will ich zu ihnen gehen und ihnen Lebewohl sagen, denn ich begebe mich in Kürze auf eine Reise in die Berge. *Er klopft an die Tür.* Darf ich eintreten?

DER KNABE *tritt aus Raum 2 in Raum 1:* Wer ist da? Oh, der Herr Lehrer ist da, der Herr Lehrer kommt, uns zu besuchen!

DER LEHRER Warum bist du so lange nicht zur Schule in die Stadt gekommen?

DER KNABE Ich konnte nicht kommen, weil meine Mutter krank war.

DER LEHRER Das wußte ich nicht. Bitte, sag ihr gleich, daß ich hier bin.

DER KNABE *ruft nach Raum 2:* Mutter, der Herr Lehrer ist da.

DIE MUTTER *sitzt in Raum 2 auf dem Holzstuhl:* Bitte ihn, hereinzukommen.

DER KNABE Bitte, treten Sie ein.

Sie treten beide in Raum 2.

DER LEHRER Ich bin lange nicht hier gewesen. Ihr Sohn sagt, Sie seien krank gewesen. Geht es Ihnen jetzt besser?

DIE MUTTER Machen Sie sich keine Sorgen wegen meiner Krankheit, sie hatte keine bösen Folgen.

DER LEHRER Das freut mich zu hören. Ich komme, um Ihnen Lebewohl zu sagen, denn ich begebe mich in Kürze auf eine Forschungsreise in die Berge. Denn in der Stadt jenseits der Berge sind die großen Lehrer.

DIE MUTTER Eine Forschungsreise in die Berge! Ja, in der Tat, ich habe gehört, daß die großen Ärzte dort wohnen, aber ich habe auch gehört, daß es eine gefährliche Wanderung ist. Wollen Sie etwa mein Kind mitnehmen?

DER LEHRER Das ist keine Reise, auf die man ein Kind mitnimmt.

DIE MUTTER Gut. Ich hoffe, Sie kehren gesund zurück.

DER LEHRER Jetzt muß ich gehen. Leben Sie wohl. *Ab in Raum 1.*

DER KNABE *folgt dem Lehrer nach Raum 1:* Ich muß etwas sagen.

Die Mutter horcht an der Tür.

DER LEHRER Was willst du sagen?

DER KNABE Ich will mit Ihnen in die Berge gehen.

DER LEHRER

Wie ich deiner Mutter bereits sagte
Ist es eine schwierige und
Gefährliche Reise. Du wirst nicht
Mitkommen können. Außerdem:
Wie kannst du deine Mutter
Verlassen wollen, die doch krank ist?
Bleibe hier. Es ist ganz
Unmöglich, daß du mitkommst.

DER KNABE

Eben weil meine Mutter krank ist
Will ich mitgehen, um für sie
Bei den großen Ärzten in der Stadt jenseits der Berge
Medizin zu holen und Unterweisung.

DER LEHRER Ich muß noch einmal mit deiner Mutter reden. *Er geht nach Raum 2 zurück.*

Der Knabe horcht an der Tür.

DER LEHRER Ich bin noch einmal zurückgekommen. Ihr Sohn sagt, daß er mit uns gehen will. Ich sagte ihm, daß er Sie doch nicht verlassen könnte, wenn Sie krank sind, und daß es eine schwierige und gefährliche Reise sei. Er könne ganz unmöglich mitkommen, sagte ich. Aber er sagte, er müsse mit, um für Ihre Krankheit in der Stadt jenseits der Berge Medizin zu holen und Unterweisung.

DIE MUTTER Ich habe seine Worte gehört. Ich zweifle nicht an dem, was der Knabe sagt – daß er gern mit Ihnen die gefährliche Wanderung machen will. Komm herein, mein Sohn!

Der Knabe tritt in Raum 2.

Seit dem Tag, an dem
Uns dein Vater verließ
Habe ich niemanden
Als dich zur Seite.
Du warst nie länger
Aus meinem Gedächtnis und aus meinen Augen
Als ich brauchte, um
Dein Essen zu bereiten
Deine Kleider zu richten und
Das Geld zu beschaffen.

DER KNABE Alles ist, wie du sagst. Aber trotzdem kann mich nichts von meinem Vorhaben abbringen.

DER KNABE, DIE MUTTER, DER LEHRER
Ich werde (er wird) die gefährliche Wanderung machen
Und für deine (meine, ihre) Krankheit
In der Stadt jenseits der Berge
Medizin holen und Unterweisung.

DER GROSSE CHOR
Sie sahen, daß keine Vorstellungen
Ihn rühren konnten.
Da sagten der Lehrer und die Mutter
Mit einer Stimme:

DER LEHRER, DIE MUTTER
Oh, welch tiefes Einverständnis!
Viele sind einverstanden mit Falschem, aber er
Ist nicht einverstanden mit der Krankheit, sondern
Daß die Krankheit geheilt wird.

DER GROSSE CHOR
Die Mutter aber sagte:

DIE MUTTER
Ich habe keine Kraft mehr.
Wenn es sein muß
Geh mit dem Herrn Lehrer.
Aber schnell, schnell
Kehre aus der Gefahr zurück.

2

DER GROSSE CHOR
Die Leute haben die Reise
In die Berge angetreten.
Unter ihnen befanden sich der Lehrer
Und der Knabe.
Der Knabe war den Anstrengungen nicht gewachsen:
Er überanstrengte sein Herz
Das die schnelle Heimkehr verlangte.
Beim Morgengrauen am Fuße der Berge
Konnte er kaum seine müden
Füße mehr schleppen.

Es treten in Raum 1: der Lehrer, die drei Studenten, zuletzt der Knabe mit einem Krug.

DER LEHRER Wir sind schnell hinangestiegen. Dort ist die erste Hütte. Dort wollen wir ein wenig verweilen.

DIE DREI STUDENTEN Wir gehorchen.

Sie treten auf das Podest in Raum 2. Der Knabe hält den Lehrer zurück.

DER KNABE Ich muß etwas sagen.

DER LEHRER Was willst du sagen?

DER KNABE Ich fühle mich nicht wohl.

DER LEHRER Halt! Solche Dinge dürfen nicht sagen, die auf eine solche Reise gehen. Vielleicht bist du müde, weil du das Steigen nicht gewohnt bist. Bleib ein wenig stehen und ruhe ein wenig. *Er tritt auf das Podest.*

DIE DREI STUDENTEN Es scheint, daß der Knabe krank ist vom Steigen. Wir wollen den Lehrer darüber befragen.

DER GROSSE CHOR Ja. Tut das!

DIE DREI STUDENTEN *zum Lehrer:* Wir hören, daß dieser Knabe krank ist vom Steigen. Was ist mit ihm? Bist du besorgt seinetwegen?

DER LEHRER Er fühlt sich nicht wohl, aber sonst ist alles in Ordnung mit ihm. Er ist müde vom Steigen.

DIE DREI STUDENTEN So bist du also nicht besorgt seinetwegen?

Lange Pause.

DIE DREI STUDENTEN *untereinander:*
Hört ihr? Der Lehrer hat gesagt

Daß der Knabe nur müde sei vom Steigen.
Aber sieht er nicht jetzt ganz seltsam aus?
Gleich nach der Hütte aber kommt der schmale Grat.
Nur mit beiden Händen zufassend an der Felswand
Kommt man hinüber.
Wir können keinen tragen.
Sollten wir also dem großen Brauch folgen und ihn
In das Tal hinabschleudern?
Sie rufen nach Raum 1 hinunter, die Hand wie einen Trichter vor dem Mund:
Bist du krank vom Steigen?

DER KNABE
Nein.
Ihr seht, ich stehe doch.
Würde ich mich nicht setzen
Wenn ich krank wäre?
Pause. Der Knabe setzt sich.

DIE DREI STUDENTEN Wir wollen es dem Lehrer sagen. Herr, als wir vorhin nach dem Knaben fragten, sagtest du, er sei nur müde vom Steigen. Aber jetzt sieht er ganz seltsam aus. Er hat sich auch gesetzt. Wir sprechen es mit Entsetzen aus, aber seit alters her herrscht hier ein großer Brauch: die nicht weiter können, werden in das Tal hinabgeschleudert.

DER LEHRER Was, ihr wollt dieses Kind in das Tal hinabwerfen?

DIE DREI STUDENTEN Ja, das wollen wir.

DER LEHRER Das ist ein großer Brauch. Ich kann mich ihm nicht widersetzen. Aber der große Brauch schreibt auch vor, daß man den, welcher krank wurde, befragt, ob man umkehren soll seinetwegen. Ich trage in meinem Herzen großes Leid um dieses Geschöpf. Ich will zu ihm gehen und ihm schonend von dem großen Brauch berichten.

DIE DREI STUDENTEN Bitte, tu das. *Sie stellen sich mit den Gesichtern gegeneinander.*

DIE DREI STUDENTEN, DER GROSSE CHOR
Wir wollen ihn fragen (sie fragten ihn), ob er verlangt
(verlange)
Daß man umkehrt (umkehre) seinetwegen.
Aber auch, wenn er es verlangte
Wollen wir (wollten sie) nicht umkehren

Sondern ihn in das Tal hinabwerfen.

DER LEHRER *ist zu dem Knaben in Raum 1 hinabgestiegen:* Hör gut zu! Seit alters her besteht das Gesetz, daß der, welcher auf einer solchen Reise krank wurde, ins Tal hinabgeworfen werden muß. Er ist sofort tot. Aber der Brauch schreibt auch vor, daß man den, welcher krank wurde, befragt, ob man umkehren soll seinetwegen. Und der Brauch schreibt auch vor, daß der, welcher krank wurde, antwortet: Ihr sollt nicht umkehren. Wenn ich deine Stelle einnehmen könnte, wie gern würde ich sterben!

DER KNABE Ich verstehe.

DER LEHRER Verlangst du, daß man umkehren soll deinetwegen?

DER KNABE Ihr sollt nicht umkehren.

DER LEHRER Verlangst du also, daß dir geschieht, wie allen geschieht?

DER KNABE Ja.

DER LEHRER *ruft von Raum 1 nach Raum 2:* Kommt herunter! Er hat dem Brauch gemäß geantwortet!

DER GROSSE CHOR, DIE DREI STUDENTEN *diese im Hinabgehen nach Raum 1:* Er hat ja gesagt.

Die drei Studenten tragen den Knaben auf das Podest in Raum 2.

DIE DREI STUDENTEN

Lehne deinen Kopf an unsern Arm.
Strenge dich nicht an.
Wir tragen dich vorsichtig.

Die drei Studenten stellen sich vor ihn, ihn verdeckend, an den hinteren Rand des Podiums.

DER KNABE *unsichtbar:*

Ich wußte wohl, daß ich auf dieser Reise
Mein Leben verlieren könnte.
Der Gedanke an meine Mutter
Hat mich verführt zu reisen.
Nehmt meinen Krug
Füllt ihn mit der Medizin
Und bringt ihn meiner Mutter
Wenn ihr zurückkehrt.

DER GROSSE CHOR

Dann nahmen die Freunde den Krug
Und beklagten die traurigen Wege der Welt
Und ihr bitteres Gesetz
Und warfen den Knaben hinab.
Fuß an Fuß standen sie zusammengedrängt
An dem Rande des Abgrunds
Und warfen ihn hinab mit geschlossenen Augen
Keiner schuldiger als sein Nachbar
Und warfen Erdklumpen
Und flache Steine
Hinterher.

Der Jasager
Der Neinsager

Schulopern

Mitarbeiter: Elisabeth Hauptmann · Kurt Weill

Der elfte Versuch: die Schulopern »Der Jasager« und »Der Neinsager« mit einer Musik von Weill, ist für Schulen bestimmt. Die zwei kleinen Stücke sollten womöglich nicht eins ohne das andere aufgeführt werden.

Personen

Der Lehrer · Der Knabe · Die Mutter · Die drei Studenten · Der große Chor

Der Jasager*

Schuloper

I

DER GROSSE CHOR
Wichtig zu lernen vor allem ist Einverständnis
Viele sagen ja, und doch ist da kein Einverständnis
Viele werden nicht gefragt, und viele
Sind einverstanden mit Falschem. Darum:
Wichtig zu lernen vor allem ist Einverständnis.

Der Lehrer in Raum 1, die Mutter und der Knabe in Raum 2.

DER LEHRER Ich bin der Lehrer. Ich habe eine Schule in der Stadt und habe einen Schüler, dessen Vater tot ist. Er hat nur mehr seine Mutter, die für ihn sorgt. Jetzt will ich zu ihnen gehen und ihnen Lebewohl sagen, denn ich begebe mich in Kürze auf eine Reise in die Berge. Es ist nämlich eine Seuche bei uns ausgebrochen, und in der Stadt jenseits der Berge wohnen einige große Ärzte. *Er klopft an die Tür.* Darf ich eintreten?

DER KNABE *tritt aus Raum 2 in Raum 1:* Wer ist da? Oh, der Lehrer ist da, der Lehrer kommt, uns zu besuchen!

DER LEHRER Warum bist du so lange nicht zur Schule in die Stadt gekommen?

DER KNABE Ich konnte nicht kommen, weil meine Mutter krank war.

DER LEHRER Das wußte ich nicht, daß deine Mutter auch krank ist. Bitte, sag ihr gleich, daß ich hier bin.

DER KNABE *ruft nach Raum 2:* Mutter, der Lehrer ist da.

DIE MUTTER *sitzt in Raum 2:* Bitte ihn, hereinzukommen.

DER KNABE Bitte, treten Sie ein.

Sie treten beide in Raum 2.

DER LEHRER Ich bin lange nicht hier gewesen. Ihr Sohn sagt, die Krankheit hat auch Sie ergriffen. Geht es Ihnen jetzt besser?

DIE MUTTER Leider geht es mir nicht besser, da man gegen diese Krankheit ja bis jetzt keine Medizin kennt.

* Nach dem japanischen Stück »Taniko«, in der englischen Nachdichtung von Arthur Waley.

DER LEHRER Man muß etwas finden. Daher komme ich, um Ihnen Lebewohl zu sagen: morgen begebe ich mich auf eine Reise über die Berge, um Medizin zu holen und Unterweisung. Denn in der Stadt jenseits der Berge sind die großen Ärzte.

DIE MUTTER Eine Hilfsexpedition in die Berge! Ja, in der Tat, ich habe gehört, daß die großen Ärzte dort wohnen, aber ich habe auch gehört, daß es eine gefährliche Wanderung ist. Wollen Sie etwa mein Kind mitnehmen?

DER LEHRER Das ist keine Reise, auf die man ein Kind mitnimmt.

DIE MUTTER Gut. Ich hoffe, Sie kehren gesund zurück.

DER LEHRER Jetzt muß ich gehen. Leben Sie wohl. *Ab in Raum 1.*

DER KNABE *folgt dem Lehrer nach Raum 1:* Ich muß etwas sagen.

Die Mutter horcht an der Tür.

DER LEHRER Was willst du sagen?

DER KNABE Ich will mit Ihnen in die Berge gehen.

DER LEHRER

Wie ich deiner Mutter bereits sagte
Ist es eine schwierige und
Gefährliche Reise. Du wirst nicht
Mitkommen können. Außerdem:
Wie kannst du deine Mutter
Verlassen wollen, die doch krank ist?
Bleibe hier. Es ist ganz
Unmöglich, daß du mitkommst.

DER KNABE

Eben weil meine Mutter krank ist
Will ich mitgehen, um für sie
Bei den großen Ärzten in der Stadt jenseits der Berge
Medizin zu holen und Unterweisung.

DER LEHRER Ich muß noch einmal mit deiner Mutter reden.

Er geht nach Raum 2 zurück. Der Knabe horcht an der Tür.

DER LEHRER Ich bin noch einmal zurückgekommen. Ihr Sohn sagt, daß er mit uns gehen will. Ich sagte ihm, daß er Sie doch nicht verlassen könnte, wenn Sie krank sind, und daß es eine schwierige und gefährliche Reise sei. Er könne ganz unmöglich mitkommen, sagte ich. Aber er sagte, er müsse mit, um für Ihre Krankheit in der Stadt jenseits der Berge Medizin zu holen und Unterweisung.

DIE MUTTER Ich habe seine Worte gehört. Ich zweifle nicht an dem, was der Knabe sagt – daß er gern mit Ihnen die gefährliche Wanderung machen will. Komm herein, mein Sohn!

Der Knabe tritt in Raum 2.

Seit dem Tag, an dem
Uns dein Vater verließ
Habe ich niemanden
Als dich zur Seite.
Du warst nie länger
Aus meinem Gedächtnis und aus meinen Augen
Als ich brauchte, um
Dein Essen zu bereiten
Deine Kleider zu richten und
Das Geld zu beschaffen.

DER KNABE Alles ist, wie du sagst. Aber trotzdem kann mich nichts von meinem Vorhaben abbringen.

DER KNABE, DIE MUTTER, DER LEHRER

Ich werde (er wird) die gefährliche Wanderung machen
Und für deine (meine, ihre) Krankheit
In der Stadt jenseits der Berge
Medizin holen und Unterweisung.

DER GROSSE CHOR

Sie sahen, daß keine Vorstellungen
Ihn rühren konnten.
Da sagten der Lehrer und die Mutter
Mit einer Stimme:

DER LEHRER, DIE MUTTER

Viele sind einverstanden mit Falschem, aber er
Ist nicht einverstanden mit der Krankheit, sondern
Daß die Krankheit geheilt wird.

DER GROSSE CHOR

Die Mutter aber sagte:

DIE MUTTER

Ich habe keine Kraft mehr.
Wenn es sein muß
Geh mit dem Herrn Lehrer.
Aber schnell, schnell
Kehre aus der Gefahr zurück.

2

DER GROSSE CHOR
Die Leute haben die Reise
In die Berge angetreten.
Unter ihnen befanden sich der Lehrer
Und der Knabe.
Der Knabe war den Anstrengungen nicht gewachsen:
Er überanstrengte sein Herz
Das die schnelle Heimkehr verlangte.
Beim Morgengrauen am Fuße der Berge
Konnte er kaum seine müden
Füße mehr schleppen.

Es treten in Raum 1: der Lehrer, die drei Studenten, zuletzt der Knabe mit einem Krug.

DER LEHRER Wir sind schnell hinangestiegen. Dort ist die erste Hütte. Dort wollen wir ein wenig verweilen.

DIE DREI STUDENTEN Wir gehorchen.

Sie treten auf das Podest in Raum 2. Der Knabe hält den Lehrer zurück.

DER KNABE Ich muß etwas sagen.

DER LEHRER Was willst du sagen?

DER KNABE Ich fühle mich nicht wohl.

DER LEHRER Halt! Solche Dinge dürfen nicht sagen, die auf eine solche Reise gehen. Vielleicht bist du müde, weil du das Steigen nicht gewohnt bist. Bleib ein wenig stehen und ruhe ein wenig. *Er tritt auf das Podest.*

DIE DREI STUDENTEN Es scheint, daß der Knabe müde ist vom Steigen. Wir wollen den Lehrer darüber befragen.

DER GROSSE CHOR Ja. Tut das!

DIE DREI STUDENTEN *zum Lehrer:* Wir hören, daß dieser Knabe müde ist vom Steigen. Was ist mit ihm? Bist du besorgt seinetwegen?

DER LEHRER Er fühlt sich nicht wohl, aber sonst ist alles in Ordnung mit ihm. Er ist müde vom Steigen.

DIE DREI STUDENTEN So bist du also nicht besorgt seinetwegen?

Lange Pause.

DIE DREI STUDENTEN *untereinander:*
Hört ihr? Der Lehrer hat gesagt

Daß der Knabe nur müde sei vom Steigen.
Aber sieht er nicht jetzt ganz seltsam aus?
Gleich nach der Hütte kommt der schmale Grat.
Nur mit beiden Händen zufassend an der Felswand
Kommt man hinüber.
Hoffentlich ist er nicht krank.
Denn wenn er nicht weiter kann, müssen wir ihn
Hier zurücklassen.

Sie rufen nach Raum 1 hinunter, die Hand wie einen Trichter vor dem Mund:

Wir wollen jetzt den Lehrer fragen. *Zum Lehrer:* Als wir vorhin nach dem Knaben fragten, sagtest du, er sei nur müde vom Steigen, aber jetzt sieht er ganz seltsam aus. Er hat sich auch gesetzt.

DER LEHRER Ich sehe, daß er krank geworden ist. Versucht doch, ihn über den schmalen Grat zu tragen.

DIE DREI STUDENTEN Wir versuchen es.

Technikum: Die drei Studenten versuchen den Knaben über den »schmalen Grat« zu bringen. Der »schmale Grat« muß von den Spielern aus Podesten, Seilen, Stühlen usw. so konstruiert werden, daß die drei Studenten zwar allein, nicht aber, wenn sie auch noch den Knaben tragen, hinüberkommen.

DIE DREI STUDENTEN Wir können ihn nicht hinüberbringen, und wir können nicht bei ihm bleiben. Was auch sei, wir müssen weiter, denn eine ganze Stadt wartet auf die Medizin, die wir holen sollen. Wir sprechen es mit Entsetzen aus, aber wenn er nicht mit uns gehen kann, müssen wir ihn eben hier im Gebirge liegenlassen.

DER LEHRER Ja, vielleicht müßt ihr es. Ich kann mich euch nicht widersetzen. Aber ich halte es für richtig, daß man den, welcher krank wurde, befragt, ob man umkehren soll seinetwegen. Ich trage in meinem Herzen großes Leid um dieses Geschöpf. Ich will zu ihm gehen und ihn schonend auf sein Schicksal vorbereiten.

DIE DREI STUDENTEN Bitte, tue das. *Sie stellen sich mit den Gesichtern gegeneinander.*

DIE DREI STUDENTEN, DER GROSSE CHOR

Wir wollen ihn fragen (sie fragten ihn), ob er verlangt
(verlange)

Daß man umkehrt (umkehre) seinetwegen
Aber auch wenn er es verlangt
Wollen wir (wollten sie) nicht umkehren
Sondern ihn liegenlassen und weitergehen.

DER LEHRER *ist zu dem Knaben nach Raum 1 hinabgestiegen:* Hör gut zu! Da du krank bist und nicht weiter kannst, müssen wir dich hier zurücklassen. Aber es ist richtig, daß man den, welcher krank wurde, befragt, ob man umkehren soll seinetwegen. Und der Brauch schreibt auch vor, daß der, welcher krank wurde, antwortet: Ihr sollt nicht umkehren.

DER KNABE Ich verstehe.

DER LEHRER Verlangst du, daß man umkehren soll deinetwegen?

DER KNABE Ihr sollt nicht umkehren!

DER LEHRER Bist du also einverstanden, daß du zurückgelassen wirst?

DER KNABE Ich will es mir überlegen. *Pause des Nachdenkens.* Ja, ich bin einverstanden.

DER LEHRER *ruft von Raum 1 nach Raum 2:* Er hat der Notwendigkeit gemäß geantwortet.

DER GROSSE CHOR UND DIE DREI STUDENTEN *diese im Hinabgehen nach Raum 1:* Er hat ja gesagt: Geht weiter!
Die drei Studenten bleiben stehen.

DER LEHRER
Geht jetzt weiter, bleibt nicht stehen
Denn ihr habt beschlossen, weiterzugehen.
Die drei Studenten bleiben stehen.

DER KNABE Ich will etwas sagen: Ich bitte euch, mich nicht hier liegenzulassen, sondern mich ins Tal hinabzuwerfen, denn ich fürchte mich, allein zu sterben.

DIE DREI STUDENTEN Das können wir nicht.

DER KNABE Halt! Ich verlange es.

DER LEHRER
Ihr habt beschlossen, weiterzugehen und ihn dazulassen
Es ist leicht, sein Schicksal zu bestimmen
Aber schwer, es zu vollstrecken.
Seid ihr bereit, ihn ins Tal hinabzuwerfen?

DIE DREI STUDENTEN Ja. *Die drei Studenten tragen den Knaben auf das Podest in Raum 2.*

Lehne deinen Kopf an unsern Arm.
Strenge dich nicht an.
Wir tragen dich vorsichtig.
Die drei Studenten stellen sich vor ihn, ihn verdeckend, an den hinteren Rand des Podiums.

DER KNABE *unsichtbar:*
Ich wußte wohl, daß ich auf dieser Reise
Mein Leben verlieren könnte.
Der Gedanke an meine Mutter
Hat mich verführt zu reisen.
Nehmt meinen Krug
Füllt ihn mit der Medizin
Und bringt ihn meiner Mutter
Wenn ihr zurückkehrt.

DER GROSSE CHOR
Dann nahmen die Freunde den Krug
Und beklagten die traurigen Wege der Welt
Und ihr bitteres Gesetz
Und warfen den Knaben hinab.
Fuß an Fuß standen sie zusammengedrängt
An dem Rande des Abgrunds
Und warfen ihn hinab mit geschlossenen Augen
Keiner schuldiger als sein Nachbar
Und warfen Erdklumpen
Und flache Steine
Hinterher.

Der Neinsager

Schuloper

I

DER GROSSE CHOR
Wichtig zu lernen vor allem ist Einverständnis
Viele sagen ja, und doch ist da kein Einverständnis
Viele werden nicht gefragt, und viele
Sind einverstanden mit Falschem. Darum:
Wichtig zu lernen vor allem ist Einverständnis.

Der Lehrer in Raum 1, die Mutter und der Knabe in Raum 2.

DER LEHRER Ich bin der Lehrer. Ich habe eine Schule in der Stadt und habe einen Schüler, dessen Vater tot ist. Er hat nur mehr seine Mutter, die für ihn sorgt. Jetzt will ich zu ihnen gehen und ihnen Lebewohl sagen, denn ich begebe mich in Kürze auf eine Reise in die Berge. *Er klopft an die Tür.* Darf ich eintreten?

DER KNABE *tritt aus Raum 2 in Raum 1:* Wer ist da? Oh, der Herr Lehrer ist da, der Herr Lehrer kommt, uns zu besuchen!

DER LEHRER Warum bist du so lange nicht zur Schule in die Stadt gekommen?

DER KNABE Ich konnte nicht kommen, weil meine Mutter krank war.

DER LEHRER Das wußte ich nicht. Bitte, sag ihr gleich, daß ich hier bin.

DER KNABE *ruft nach Raum 2:* Mutter, der Herr Lehrer ist da.

DIE MUTTER *sitzt in Raum 2 auf dem Holzstuhl:* Bitte ihn, hereinzukommen.

DER KNABE Bitte, treten Sie ein.

Sie treten beide in Raum 2.

DER LEHRER Ich bin lange nicht hier gewesen. Ihr Sohn sagt, Sie seien krank gewesen. Geht es Ihnen jetzt besser?

DIE MUTTER Machen Sie sich keine Sorgen wegen meiner Krankheit, sie hatte keine bösen Folgen.

DER LEHRER Das freut mich zu hören. Ich komme, um Ihnen Lebewohl zu sagen, denn ich begebe mich in Kürze auf eine

Forschungsreise in die Berge. Denn in der Stadt jenseits der Berge sind die großen Lehrer.

DIE MUTTER Eine Forschungsreise in die Berge! Ja, in der Tat, ich habe gehört, daß die großen Ärzte dort wohnen, aber ich habe auch gehört, daß es eine gefährliche Wanderung ist. Wollen Sie etwa mein Kind mitnehmen?

DER LEHRER Das ist keine Reise, auf die man ein Kind mitnimmt.

DIE MUTTER Gut. Ich hoffe, Sie kehren gesund zurück.

DER LEHRER Jetzt muß ich gehen. Leben Sie wohl. *Ab in Raum 1.*

DER KNABE *folgt dem Lehrer nach Raum 1:* Ich muß etwas sagen.

Die Mutter horcht an der Tür.

DER LEHRER Was willst du sagen?

DER KNABE Ich will mit Ihnen in die Berge gehen.

DER LEHRER

Wie ich deiner Mutter bereits sagte
Ist es eine schwierige und
Gefährliche Reise. Du wirst nicht
Mitkommen können. Außerdem:
Wie kannst du deine Mutter
Verlassen wollen, die doch krank ist?
Bleibe hier. Es ist ganz
Unmöglich, daß du mitkommst.

DER KNABE

Eben weil meine Mutter krank ist
Will ich mitgehen, um für sie
Bei den großen Ärzten in der Stadt jenseits der Berge
Medizin zu holen und Unterweisung.

DER LEHRER Aber wärest du denn auch einverstanden mit allem, was dir auf der Reise zustoßen könnte?

DER KNABE Ja.

DER LEHRER Ich muß noch einmal mit deiner Mutter reden.

Er geht nach Raum 2 zurück. Der Knabe horcht an der Tür.

DER LEHRER Ich bin noch einmal zurückgekommen. Ihr Sohn sagt, daß er mit uns gehen will. Ich sagte ihm, daß er Sie doch nicht verlassen könnte, wenn Sie krank sind, und daß es eine schwierige und gefährliche Reise sei. Er könne ganz unmöglich mitkommen, sagte ich. Aber er sagte, er müsse mit, um für Ihre Krankheit in der Stadt jenseits der Berge Medizin zu holen und Unterweisung.

DIE MUTTER Ich habe seine Worte gehört. Ich zweifle nicht an dem, was der Knabe sagt – daß er gern mit Ihnen die gefährliche Wanderung machen will. Komm herein, mein Sohn!

Der Knabe tritt in Raum 2.

Seit dem Tag, an dem
Uns dein Vater verließ
Habe ich niemanden
Als dich zur Seite.
Du warst nie länger
Aus meinem Gedächtnis und aus meinen Augen
Als ich brauchte, um
Dein Essen zu bereiten
Deine Kleider zu richten und
Das Geld zu beschaffen.

DER KNABE Alles ist, wie du sagst. Aber trotzdem kann mich nichts von meinem Vorhaben abbringen.

DER KNABE, DIE MUTTER, DER LEHRER

Ich werde (er wird) die gefährliche Wanderung machen
Und für deine (meine, ihre) Krankheit
In der Stadt jenseits der Berge
Medizin holen und Unterweisung.

DER GROSSE CHOR

Sie sahen, daß keine Vorstellungen
Ihn rühren konnten.
Da sagten der Lehrer und die Mutter
Mit einer Stimme:

DER LEHRER, DIE MUTTER

Viele sind einverstanden mit Falschem, aber er
Ist nicht einverstanden mit der Krankheit, sondern
Daß die Krankheit geheilt wird.

DER GROSSE CHOR

Die Mutter aber sagte:

DIE MUTTER

Ich habe keine Kraft mehr.
Wenn es sein muß
Geh mit dem Herrn Lehrer.

Aber schnell, schnell
Kehre aus der Gefahr zurück.

2

DER GROSSE CHOR
Die Leute haben die Reise
In die Berge angetreten.
Unter ihnen befanden sich der Lehrer
Und der Knabe.
Der Knabe war den Anstrengungen nicht gewachsen:
Er überanstrengte sein Herz
Das die schnelle Heimkehr verlangte.
Beim Morgengrauen am Fuße der Berge
Konnte er kaum seine müden
Füße mehr schleppen.

Es treten in Raum 1: der Lehrer, die drei Studenten, zuletzt der Knabe mit einem Krug.

DER LEHRER Wir sind schnell hinangestiegen. Dort ist die erste Hütte. Dort wollen wir ein wenig verweilen.

DIE DREI STUDENTEN Wir gehorchen.

Sie treten auf das Podest in Raum 2. Der Knabe hält den Lehrer zurück.

DER KNABE Ich muß etwas sagen.

DER LEHRER Was willst du sagen?

DER KNABE Ich fühle mich nicht wohl.

DER LEHRER Halt! Solche Dinge dürfen nicht sagen, die auf eine solche Reise gehen. Vielleicht bist du müde, weil du das Steigen nicht gewohnt bist. Bleib ein wenig stehen und ruhe ein wenig. *Er tritt auf das Podest.*

DIE DREI STUDENTEN Es scheint, daß der Knabe krank ist vom Steigen. Wir wollen den Lehrer darüber befragen.

DER GROSSE CHOR Ja. Tut das!

DIE DREI STUDENTEN *zum Lehrer:* Wir hören, daß dieser Knabe krank ist vom Steigen. Was ist mit ihm? Bist du besorgt seinetwegen?

DER LEHRER Er fühlt sich nicht wohl, aber sonst ist alles in Ordnung mit ihm. Er ist müde vom Steigen.

DIE DREI STUDENTEN So bist du also nicht besorgt seinetwegen?

Lange Pause.

DIE DREI STUDENTEN *untereinander:*
Hört ihr? Der Lehrer hat gesagt
Daß der Knabe nur müde sei vom Steigen.
Aber sieht er nicht jetzt ganz seltsam aus?
Gleich nach der Hütte aber kommt der schmale Grat.
Nur mit beiden Händen zufassend an der Felswand
Kommt man hinüber.
Wir können keinen tragen.
Sollten wir also dem großen Brauch folgen und ihn
In das Tal hinabschleudern?
Sie rufen nach Raum 1 hinunter, die Hand wie einen Trichter vor dem Mund:
Bist du krank vom Steigen?

DER KNABE
Nein.
Ihr seht, ich stehe doch.
Würde ich mich nicht setzen
Wenn ich krank wäre?
Pause. Der Knabe setzt sich.

DIE DREI STUDENTEN Wir wollen es dem Lehrer sagen. Herr, als wir vorhin nach dem Knaben fragten, sagtest du, er sei nur müde vom Steigen. Aber jetzt sieht er ganz seltsam aus. Er hat sich auch gesetzt. Wir sprechen es mit Entsetzen aus, aber seit alters her herrscht hier ein großer Brauch: die nicht weiter können, werden in das Tal hinabgeschleudert.

DER LEHRER Was, ihr wollt dieses Kind in das Tal hinabwerfen?

DIE DREI STUDENTEN Ja, das wollen wir.

DER LEHRER Das ist ein großer Brauch. Ich kann mich ihm nicht widersetzen. Aber der große Brauch schreibt auch vor, daß man den, welcher krank wurde, befragt, ob man umkehren soll seinetwegen. Ich trage in meinem Herzen großes Leid um dieses Geschöpf. Ich will zu ihm gehen und ihm schonend von dem großen Brauch berichten.

DIE DREI STUDENTEN Bitte, tu das. *Sie stellen sich mit den Gesichtern gegeneinander.*

DIE DREI STUDENTEN, DER GROSSE CHOR
Wir wollen ihn fragen (sie fragten ihn), ob er verlangt (verlange)

Daß man umkehrt (umkehre) seinetwegen.
Aber auch, wenn er es verlangte
Wollen wir (wollten sie) nicht umkehren
Sondern ihn in das Tal hinabwerfen.

DER LEHRER *ist zu dem Knaben in Raum 1 hinabgestiegen:* Hör gut zu! Seit alters her besteht das Gesetz, daß der, welcher auf einer solchen Reise krank wurde, ins Tal hinabgeworfen werden muß. Er ist sofort tot. Aber der Brauch schreibt auch vor, daß man den, welcher krank wurde, befragt, ob man umkehren soll seinetwegen. Und der Brauch schreibt auch vor, daß der, welcher krank wurde, antwortet: Ihr sollt nicht umkehren. Wenn ich deine Stelle einnehmen könnte, wie gern würde ich sterben!

DER KNABE Ich verstehe.

DER LEHRER Verlangst du, daß man umkehren soll deinetwegen? Oder bist du einverstanden, daß du ins Tal hinabgeworfen wirst, wie der große Brauch es verlangt?

DER KNABE *nach einer Pause des Nachdenkens:* Nein. Ich bin nicht einverstanden.

DER LEHRER *ruft von Raum 1 nach Raum 2:* Kommt herunter! Er hat nicht dem Brauch gemäß geantwortet!

DIE DREI STUDENTEN *im Hinabgehen nach Raum 1:* Er hat nein gesagt. *Zum Knaben:* Warum antwortest du nicht dem Brauch gemäß? Wer a gesagt hat, der muß auch b sagen. Als du seinerzeit gefragt wurdest, ob du auch einverstanden sein würdest mit allem, was sich aus der Reise ergeben könnte, hast du mit ja geantwortet.

DER KNABE Die Antwort, die ich gegeben habe, war falsch, aber eure Frage war falscher. Wer a sagt, der muß nicht b sagen. Er kann auch erkennen, daß a falsch war. Ich wollte meiner Mutter Medizin holen, aber jetzt bin ich selber krank geworden, es ist also nicht mehr möglich. Und ich will sofort umkehren, der neuen Lage entsprechend. Auch euch bitte ich umzukehren und mich heimzubringen. Euer Lernen kann durchaus warten. Wenn es drüben etwas zu lernen gibt, was ich hoffe, so könnte es nur das sein, daß man in unserer Lage umkehren muß. Und was den alten großen Brauch betrifft, so sehe ich keine Vernunft an ihm. Ich brauche vielmehr einen neuen großen Brauch, den wir sofort einführen müssen, nämlich den Brauch, in jeder neuen Lage neu nachzudenken.

DIE DREI STUDENTEN *zum Lehrer:* Was sollen wir tun? Was der Knabe sagt, ist vernünftig, wenn es auch nicht heldenhaft ist.

DER LEHRER Ich überlasse es euch, was ihr tun sollt. Aber ich muß euch sagen, daß man euch mit Gelächter und Schande überschütten wird, wenn ihr umkehrt.

DIE DREI STUDENTEN Ist es keine Schande, daß er für sich selber spricht?

DER LEHRER Nein. Darin sehe ich keine Schande.

DIE DREI STUDENTEN Dann wollen wir umkehren, und kein Gelächter und keine Schmähung sollen uns abhalten, das Vernünftige zu tun, und kein alter Brauch uns hindern, einen richtigen Gedanken anzunehmen.
Lehne deinen Kopf an unsern Arm
Strenge dich nicht an
Wir tragen dich vorsichtig.

DER GROSSE CHOR
So nahmen die Freunde den Freund
Und begründeten einen neuen Brauch
Und ein neues Gesetz
Und brachten den Knaben zurück.
Seit an Seit gingen sie zusammengedrängt
Entgegen der Schmähung
Entgegen dem Gelächter, mit geschlossenen Augen
Keiner feiger als sein Nachbar.

Die Maßnahme

Lehrstück

[Fassung 1930]

Mitarbeiter: Slatan Dudow · Hanns Eisler

Personen

Die vier Agitatoren, nacheinander auch als: Der junge Genosse, Der Leiter des Parteihauses, Die zwei Kulis, Der Aufseher, Die zwei Textilarbeiter, Der Polizist, Der Händler · Der Kontrollchor

DER KONTROLLCHOR

Tretet vor! Eure Arbeit war glücklich, auch in diesem Lande
Marschiert die Revolution, und geordnet sind die Reihen der Kämpfer auch dort.
Wir sind einverstanden mit euch.

DIE VIER AGITATOREN Halt, wir müssen etwas sagen! Wir melden den Tod eines Genossen.

DER KONTROLLCHOR Wer hat ihn getötet?

DIE VIER AGITATOREN Wir haben ihn getötet. Wir haben ihn erschossen und in eine Kalkgrube geworfen, darüber fordern wir euer Urteil.

DER KONTROLLCHOR Stellt dar, wie es geschah und warum, und ihr werdet hören unser Urteil.

DIE VIER AGITATOREN Wir werden anerkennen euer Urteil.

I
Die Schriften der Klassiker

DIE VIER AGITATOREN Wir kamen als Agitatoren aus Moskau, wir sollten in die Stadt Mukden fahren, um Propaganda zu machen, und in den Betrieben aufbauen die chinesische Partei. Wir sollten uns im Parteihaus melden, welches das letzte nach der Grenze zu war, und einen Führer anfordern. Da trat uns im Vorzimmer ein junger Genosse entgegen, und wir sprachen von der Art unserer Aufgabe. Wir wiederholen das Gespräch.

Sie stellen sich drei gegen einen auf, einer von den vieren stellt den jungen Genossen dar.

DER JUNGE GENOSSE Ich bin der Sekretär des Parteihauses, welches das letzte nach der Grenze zu ist. Mein Herz schlägt für die Revolution. Der Anblick des Unrechts trieb mich in die Reihen der Kämpfer. Ich bin für die Freiheit. Ich glaube an die Menschheit. Und ich bin für die Maßnahmen der kommunistischen Partei, welche gegen Ausbeutung und Unkenntnis für die klassenlose Gesellschaft kämpft.

DIE DREI AGITATOREN Wir kommen aus Moskau.

DER JUNGE GENOSSE Wir haben euch erwartet.

DIE DREI AGITATOREN Warum?

DER JUNGE GENOSSE Wir kommen nicht weiter. Es gibt Unordnung und Mangel, wenig Brot und viel Kampf. Viele sind voll Mut, aber wenige können lesen. Wenig Maschinen, und niemand versteht sie. Unsere Lokomotiven sind in Bruch gefahren. Habt ihr Lokomotiven mitgebracht?

DIE DREI AGITATOREN Nein.

DER JUNGE GENOSSE Habt ihr Traktoren bei euch?

DIE DREI AGITATOREN Nein.

DER JUNGE GENOSSE Unsere Bauern spannen sich noch selber vor die alten Holzpflüge. Dabei haben wir nichts, um unsere Äcker zu bestellen. Habt ihr Saatgut mitgebracht?

DIE DREI AGITATOREN Nein.

DER JUNGE GENOSSE Bringt ihr wenigstens Munition und Maschinengewehre?

DIE DREI AGITATOREN Nein.

DER JUNGE GENOSSE Wir müssen hier zu zweit die Revolution verteidigen. So habt ihr sicher einen Brief des Zentralkomitees an uns, worin steht, was wir tun sollen?

DIE DREI AGITATOREN Nein.

DER JUNGE GENOSSE So wollt ihr uns selber helfen?

DIE DREI AGITATOREN Nein.

DER JUNGE GENOSSE Wir stehen Tag und Nacht in den Kleidern, gegen den Ansturm des Hungers, des Verfalls und der Gegenrevolution. Ihr aber bringt uns nichts.

DIE DREI AGITATOREN So ist es: wir bringen nichts für euch. Aber über die Grenze nach Mukden bringen wir den chinesischen Arbeitern die Schriften der Klassiker und der Propagandisten: das Abc des Kommunismus; den Unwissenden Belehrung über ihre Lage, den Unterdrückten das Klassenbewußtsein und den Klassenbewußten die Erfahrung der Revolution. Von euch aber sollen wir anfordern ein Automobil und einen Führer.

DER JUNGE GENOSSE So habe ich schlecht gefragt?

DIE DREI AGITATOREN Nein, auf eine gute Frage folgte eine bessere Antwort. Wir sehen, daß von euch schon das Äußerste verlangt wurde; aber es wird noch mehr von euch verlangt: einer von euch zweien muß uns nach Mukden führen.

DER JUNGE GENOSSE Ich verlasse also meinen Posten, der zu schwierig war für zwei, für den aber jetzt einer genügen muß. Ich werde mit euch gehen. Vorwärts marschierend, ausbreitend die Lehre der kommunistischen Klassiker: die Weltrevolution.

DER KONTROLLCHOR

LOB DER U.S.S.R.

Schon beredete die Welt
Unser Unglück
Aber noch saß an unserm
Kargen Tisch
Aller Unterdrückten Hoffnung, die
Sich mit Wasser begnügt
Und das Wissen belehrte
Hinter zerfallender Tür
Mit deutlicher Stimme die Gäste.
Wenn die Türen zerfallen
Sitzen wir doch nur weiterhin sichtbar
Die der Frost nicht umbringt noch der Hunger
Unermüdlich beratend
Die Geschicke der Welt.

DIE VIER AGITATOREN So war der junge Genosse von der Grenzstation einverstanden mit der Art unserer Arbeit, und wir traten, vier Männer und eine Frau, vor den Leiter des Parteihauses.

2
DIE AUSLÖSCHUNG

DIE VIER AGITATOREN Aber die Arbeit in Mukden war illegal, darum mußten wir, vor wir die Grenze überschritten, unsere Gesichter auslöschen. Unser junger Genosse war damit einverstanden. Wir wiederholen den Vorgang.
Einer der Agitatoren stellt den Leiter des Parteihauses dar.

DER LEITER DES PARTEIHAUSES Ich bin der Leiter des letzten Parteihauses. Ich bin einverstanden, daß der Genosse von meiner Station als Führer mitgeht. Es sind aber Unruhen in den Fabriken von Mukden, und es sieht in diesen Tagen auf diese Stadt die ganze Welt, ob sie nicht einen von uns treten sieht aus den Hütten der chinesischen Arbeiter, und ich höre, es liegen Kanonenboote bereit auf den Flüssen und Panzerzüge stehen auf den Bahndämmen, um uns sofort anzugreifen, wenn einer von uns dort gesehen wird. Ich veranlasse also die Genossen, als Chinesen über die Grenze zu gehen. *Zu den Agitatoren:* Ihr dürft nicht gesehen werden.

DIE ZWEI AGITATOREN Wir werden nicht gesehen.

DER LEITER DES PARTEIHAUSES Wenn einer verletzt wird, darf er nicht gefunden werden.

DIE ZWEI AGITATOREN Er wird nicht gefunden.

DER LEITER DES PARTEIHAUSES So seid ihr bereit, zu sterben und zu verstecken den Toten?

DIE ZWEI AGITATOREN Ja.

DER LEITER DES PARTEIHAUSES Dann seid ihr nicht mehr ihr selber, du nicht mehr Karl Schmitt aus Berlin, du nicht mehr Anna Kjersk aus Kasan und du nicht mehr Peter Sawitsch aus Moskau, sondern allesamt ohne Namen und Mutter, leere Blätter, auf welche die Revolution ihre Anweisung schreibt.

DIE ZWEI AGITATOREN Ja.

DER LEITER DES PARTEIHAUSES *gibt ihnen Masken, sie setzen sie auf:* Dann seid ihr von dieser Stunde an nicht mehr Niemand, sondern von dieser Stunde an und wahrscheinlich bis zu eurem Verschwinden unbekannte Arbeiter, Kämpfer, Chinesen, geboren von chinesischen Müttern, gelber Haut, sprechend in Schlaf und Fieber chinesisch.

DIE ZWEI AGITATOREN Ja.

DER LEITER DES PARTEIHAUSES Im Interesse des Kommunismus einverstanden mit dem Vormarsch der proletarischen Massen aller Länder, ja sagend zur Revolutionierung der Welt.

DIE ZWEI AGITATOREN Ja. So zeigte der junge Genosse sein Einverständnis mit der Auslöschung seines Gesichtes.

DER KONTROLLCHOR Wer für den Kommunismus kämpft, der muß kämpfen können und nicht kämpfen; die Wahrheit sagen und die Wahrheit nicht sagen; Dienste erweisen und Dienste verweigern; Versprechen halten und Versprechen nicht halten. Sich in Gefahr begeben und die Gefahr vermeiden; kenntlich sein und unkenntlich sein. Wer für den Kommunismus kämpft, hat von allen Tugenden nur eine: daß er für den Kommunismus kämpft.

DIE VIER AGITATOREN Wir gingen als Chinesen nach Mukden, vier Männer und eine Frau, Propaganda zu machen und aufzubauen die chinesische Partei durch die Schriften der Klassiker und der Propagandisten, das Abc des Kommunismus; den Unwissenden Belehrung zu bringen über ihre Lage, den Unterdrückten das Klassenbewußtsein und den Klassenbewußten die Erfahrung der Revolution.

DER KONTROLLCHOR

LOB DER ILLEGALEN ARBEIT

Schön ist es
Das Wort zu ergreifen im Klassenkampf
Laut und schallend aufzurufen zum Kampf die Massen
Zu zerstampfen die Unterdrücker, zu befreien die Unterdrückten
Schwer ist und nützlich die tägliche Kleinarbeit
Zähes und heimliches Knüpfen
Des großen Netzes der Partei vor den
Gewehrläufen der Unternehmer:
Reden, aber
Zu verbergen den Redner.
Siegen, aber
Zu verbergen den Sieger.
Sterben, aber
Zu verstecken den Tod.
Wer täte nicht viel für den Ruhm, aber wer
Tut's für das Schweigen?
Aber es lädt der ärmliche Esser die Ehre zu Tisch
Aus der engen und zerfallenden Hütte tritt
Unhemmbar die Größe.
Und der Ruhm fragt umsonst
Nach den Tätern der großen Tat.

DIE VIER AGITATOREN In der Stadt Mukden trieben wir Propaganda unter den Arbeitern. Wir hatten kein Brot für den Hungrigen, sondern nur Wissen für den Unwissenden, darum sprachen wir von dem Urgrund des Elends, merzten das Elend nicht aus, sondern sprachen von der Ausmerzung des Urgrunds.

3
Der Stein

DIE VIER AGITATOREN Zuerst gingen wir in die untere Stadt. Da zogen Kulis einen Kahn an einem Strick vom Ufer aus. Aber der Boden war glatt. Als nun einer ausglitt, und der Aufseher stieß ihn, sagten wir dem jungen Genossen: Folge ihnen und treib Propaganda bei ihnen, wenn sie fertig sind mit ihrer Arbeit. Verfalle aber nicht dem Mitleid! Und wir fragten: Bist du einverstanden, und er war einverstanden und ging eilig hin und verfiel sofort dem Mitleid. Wir zeigen es.
Zwei Agitatoren stellen Kulis dar, indem sie an einen Pflock ein Tau anbinden und das Tau über der Schulter ziehen. Einer stellt den jungen Genossen, einer den Aufseher dar.

DIE ZWEI KULIS Wir sind die Kulis und schleppen den Reiskahn den Fluß herauf.

DER KONTROLLCHOR

Gesang der Reiskahnschlepper

In der Stadt oben am Fluß
Gibt es für uns einen Mundvoll Reis
Aber der Kahn ist schwer, der hinauf soll
Und das Wasser fließt nach unten
Wir werden nie hinaufkommen.
  Zieht rascher, die Mäuler
  Warten auf das Essen
  Zieht gleichmäßig, stoßt nicht
  Den Nebenmann.

Im Kahn ist Reis. Der Bauer, der
Ihn geerntet hat, bekam
Eine Handvoll Münzen, wir
Kriegen noch weniger. Ein Ochse
Wäre teurer. Wir sind zuviel.
  Zieht rascher. Die Mäuler
  Warten auf das Essen.
  Zieht gleichmäßig. Stoßt nicht
  Den Nebenmann.

Die Nacht kommt schon bald. Das Lager
Zu klein für eines Hundes Schatten
Kostet einen halben Mundvoll Reis
Weil das Ufer zu glatt ist
Kommen wir nicht vom Fleck.
Zieht rascher. Die Mäuler
Warten auf das Essen
Zieht gleichmäßig. Stoßt nicht
Den Nebenmann.

DER JUNGE GENOSSE Häßlich zu hören ist die Schönheit, mit der diese Männer zudecken die Qual ihrer Arbeit.
DER AUFSEHER Ich bin der Aufseher. Ich muß den Reis bis zum Abend in der Stadt haben. Zieht rascher.
DER KONTROLLCHOR
Unsere Väter zogen den Kahn von der Flußmündung
Ein Stück weit höher. Unsere Kinder
Werden die Quelle erreichen, wir
Sind dazwischen.
Zieht rascher. Die Mäuler
Warten auf das Essen.
Zieht gleichmäßig. Stoßt nicht
Den Nebenmann.
DER KULI *gleitet aus:* Ich kann nicht weiter.
DER KONTROLLCHOR *während die Kulis stehen und gepeitscht werden:*
Länger als wir
Hält das Tau, das in die Schulter schneidet
Die Peitsche des Aufsehers
Hat vier Geschlechter gesehen
Wir sind nicht das letzte.
Zieht rascher. Die Mäuler
Warten auf das Essen
Zieht gleichmäßig. Stoßt nicht
Den Nebenmann.
DER JUNGE GENOSSE Schwer ist es, ohne Mitleid diese Männer zu sehen. *Zum Aufseher:* Siehst du nicht, daß der Boden zu glatt ist?
DER AUFSEHER Was ist der Boden?

DER JUNGE GENOSSE Zu glatt! *Zum Kuli:* Hier nehme ich einen Stein und lege ihn in den Schlamm, und jetzt tritt.

DER KONTROLLCHOR

Wenn der Reis in der Stadt ankommt
Und die Kinder fragen, wer
Den schweren Kahn geschleppt hat, heißt es:
Er ist geschleppt worden.
  Zieht rascher. Die Mäuler
  Warten auf das Essen.
  Zieht gleichmäßig. Stoßt nicht
  Den Nebenmann.

DER AUFSEHER Du, willst du behaupten, daß das Ufer zu glatt ist, als daß man einen Kahn voll Reis ziehen kann?

DER JUNGE GENOSSE Ich habe nur diesem Mann einen Stein hingelegt.

DER AUFSEHER So glaubst du, ohne dich können wir den Kahn nicht ziehen oder die Stadt Mukden braucht keinen Reis?

DER JUNGE GENOSSE Wenn die Leute hinfallen, können sie den Kahn nicht ziehen.

DER AUFSEHER Soll ich für jeden einen Stein hinlegen von hier bis in die Stadt Mukden?

DER JUNGE GENOSSE Ich weiß nicht, was du sollst, aber ich weiß, was diese sollen.

DER KONTROLLCHOR

Das Essen von unten kommt
Zu den Essern oben. Die
Es schleppten, haben
Nicht gegessen.

DER KULI Das ist ein Narr, über den lacht man.

DER AUFSEHER Nein, das ist einer von denen, die uns die Leute aufhetzen. Hallo, faßt ihn.

DIE VIER AGITATOREN Und sofort wurde er gefaßt. Und er wurde gejagt zwei Tage lang und traf uns, und wir wurden mit ihm gejagt durch die Stadt Mukden eine Woche lang und durften uns nicht mehr blicken lassen im unteren Stadtteil.

Diskussion

DER KONTROLLCHOR

Aber ist es nicht richtig, zu unterstützen den Schwachen

Wo immer er vorkommt, ihm zu helfen
Dem Ausgebeuteten, in seiner täglichen Mühsal
Und der Unterdrückung!

DIE VIER AGITATOREN Er hat ihm nicht geholfen, aber uns hat er gehindert, Propaganda zu treiben im unteren Stadtteil.

DER KONTROLLCHOR Wir sind einverstanden.

DIE VIER AGITATOREN Der junge Genosse sah ein, daß er das Gefühl über den Verstand gestellt hatte. Aber wir trösteten ihn und sagten ihm die Worte des Genossen Lenin:

DER KONTROLLCHOR

Klug ist nicht, der keine Fehler macht, sondern
Klug ist, der sie schnell zu verbessern versteht.

4
Gerechtigkeit

DIE VIER AGITATOREN Wir gründeten die ersten Zellen in den Betrieben und bildeten aus die ersten Funktionäre, richteten eine Parteischule ein und lehrten sie, heimlich herzustellen die verbotene Literatur. Aber dann trieben wir Propaganda in den Baumwollspinnereien, und jeder hatte seinen Platz, und dem jungen Genossen sagten wir: Stelle dich an das Fabriktor und verteile die Flugblätter, aber verrate dich nicht. Da fiel der Verdacht auf einen, der bei ihm stand und statt seiner gegriffen wurde. Da konnte er nicht schweigen. Wir zeigen es:

DIE DREI AGITATOREN Du hast versagt bei den Reiskahnschleppern.

DER JUNGE GENOSSE Ja.

DIE DREI AGITATOREN Hast du gelernt daraus?

DER JUNGE GENOSSE Ja.

DIE DREI AGITATOREN Wirst du dich besser halten bei den Textilarbeitern?

DER JUNGE GENOSSE Ja.

Zwei Agitatoren stellen Textilarbeiter dar.

DIE ZWEI TEXTILARBEITER Wir sind Arbeiter in der Baumwollspinnerei.

DER KONTROLLCHOR

GESANG DER TEXTILARBEITER

Heute war schon wieder
Weniger Geld in der Lohntüte
Wenn wir von den Webstühlen weggehen
Stellen sich andere an unseren Platz
Wir können nicht weggehen.

DER JUNGE GENOSSE Streikt! Der Lohn ist zu niedrig! Geht weg von euren Webstühlen! Stellt euch in die Tore und laßt niemand an eure Webstühle.

DER KONTROLLCHOR

Wenn wir uns in die Tore stellen und
Niemand an unsere Webstühle lassen
Kommen die Soldaten und schießen auf uns
Wir können uns nicht in die Tore stellen.

DER JUNGE GENOSSE Streikt! Der Lohn ist zu niedrig! Stellt euch in die Tore und kämpft mit den Soldaten!

DER KONTROLLCHOR

Wer verhungert zuerst? Wer
Stellt sich zuerst gegen die Gewehre? Wer
Fängt an? Wer
Darf am Abend essen?

DER JUNGE GENOSSE Streikt! Der Lohn ist zu niedrig! Alle fangen an, und jeder muß der Erste sein!

DIE ZWEI TEXTILARBEITER Wir gehen nach Betriebsschluß nach Hause, wir sind sehr unzufrieden, wissen aber nicht, was wir tun sollen.

DER JUNGE GENOSSE *steckt dem einen ein Flugblatt zu, der andere bleibt untätig dabei stehen:* Lies es und gib es weiter. Wenn du es gelesen hast, wirst du wissen, was du tun sollst.

DER ERSTE *nimmt es und geht weiter.*

Einer der Agitatoren stellt einen Polizisten dar.

DER POLIZIST Ich bin ein Polizist und bekomme von den Herrschenden mein Brot dafür, daß ich die Unzufriedenheit bekämpfe. *Er nimmt dem Ersten das Flugblatt weg.* Wer hat dir das Flugblatt gegeben?

DER ERSTE Ich weiß es nicht, einer hat es mir im Vorbeigehen zugesteckt.

DER POLIZIST *tritt auf den Zweiten zu:* Du hast ihm das Flugblatt gegeben. Wir von der Polizei suchen solche, die solche Flugblätter verteilen.

DER ZWEITE Ich habe keinem ein Flugblatt gegeben.

DER JUNGE GENOSSE Ist denn die Belehrung der Unwissenden über ihre Lage ein Verbrechen?

DER POLIZIST *zum Zweiten:* Eure Belehrungen führen zu schrecklichen Dingen. Wenn ihr eine solche Fabrik belehrt, dann kennt sie ihren eigenen Besitzer nicht mehr. Dieses kleine Flugblatt ist gefährlicher als zehn Kanonen.

DER JUNGE GENOSSE Was steht denn drin?

DER POLIZIST Das weiß ich nicht. *Zum Zweiten:* Was steht denn drin?

DER ZWEITE Ich kenne das Flugblatt nicht, ich habe es nicht verteilt.

DER JUNGE GENOSSE Ich weiß, daß er es nicht getan hat.

DER POLIZIST *zum jungen Genossen:* Hast du ihm das Flugblatt gegeben?

DER JUNGE GENOSSE Nein.

DER POLIZIST *zum Zweiten:* Dann hast du es ihm gegeben.

DER JUNGE GENOSSE *zum Ersten:* Was geschieht mit ihm?

DER ERSTE Er kann erschossen werden.

DER JUNGE GENOSSE Warum willst du ihn erschießen, Polizist? Bist du nicht auch ein Prolet?

DER POLIZIST *zum Zweiten:* Komm mit. *Schlägt auf seinen Kopf ein.*

DER JUNGE GENOSSE *hindert ihn daran:* Er war es nicht.

DER POLIZIST Dann warst es also doch du!

DER ZWEITE Er war es nicht!

DER POLIZIST Dann wart ihr es beide.

DER ERSTE Lauf, Mensch, lauf, du hast die Tasche voll Flugblätter.

DER POLIZIST *schlägt den Zweiten nieder.*

DER JUNGE GENOSSE *zeigt auf den Polizisten. Zum Ersten:* Jetzt hat er einen Unschuldigen erschlagen, du bist Zeuge.

DER ERSTE *greift den Polizisten an:* Du gekaufter Hund.

Der Polizist zieht den Revolver. Der junge Genosse faßt den

Polizisten von hinten am Hals, der erste Kuli biegt ihm den Arm langsam nach hinten. Der Schuß geht los, der Polizist wird entwaffnet.

DER JUNGE GENOSSE *schreit:* Zu Hilfe, Genossen! Zu Hilfe! Hier werden Unbeteiligte erschlagen!

DIE VIER AGITATOREN Und sofort kamen die Arbeiter aus den Fabriken gelaufen, um gegen die Polizeigewalt zu demonstrieren. So entstand der Streik der Textilarbeiter; aber der Kuliverband verlangte die Bestrafung des Polizisten, und der Polizist wurde bestraft; der Streik aber war abgebrochen für lange Zeit, und die Wachen wurden verstärkt in den Fabriken. Alle sprachen von der Ermordung des Unschuldigen, aber wir wurden verjagt aus den Fabriken.

Diskussion

DER KONTROLLCHOR Aber ist es nicht richtig, gerecht zu handeln und immer zu bekämpfen die Ungerechtigkeit, wo immer sie vorkommt?

DIE VIER AGITATOREN Um die große Ungerechtigkeit zu erhalten, wurde die kleine Gerechtigkeit gewährt. Aber uns wurde der große Streik aus den Händen geschlagen.

DER KONTROLLCHOR Wir sind einverstanden.

5
Was ist eigentlich ein Mensch?

DIE VIER AGITATOREN Wir kämpften täglich mit den alten Verbänden, der Hoffnungslosigkeit und der Unterwerfung; wir lehrten die Arbeiter, den Kampf um den besseren Lohn in den Kampf um die Macht zu verwandeln. Lehrten sie Waffengebrauch und die Art, in den Straßen zu kämpfen.

DIE VIER AGITATOREN Dann hörten wir, daß die Kaufleute der Zölle wegen einen Streit hatten mit den Engländern, die die Stadt beherrschten. Um den Streit unter den Herrschenden auszunutzen für die Beherrschten, schickten wir den jungen Genossen mit einem Brief zu dem reichsten der Kaufleute. Darin stand: Bewaffne die Kulis! Dem jungen Genossen sagten wir: Gewinne sein Vertrauen. Aber als das Essen auf den Tisch kam, schwieg er nicht. Wir zeigen es.

DIE DREI AGITATOREN Du hast versagt in den Spinnereien.

DER JUNGE GENOSSE Ja.

DIE DREI AGITATOREN Hast du gelernt daraus?

DER JUNGE GENOSSE Ja.

DIE DREI AGITATOREN Wirst du die Waffen bringen von den Kaufleuten?

DER JUNGE GENOSSE Ja.

Ein Agitator als Händler.

DER HÄNDLER Ich bin der Händler. Ich erwarte einen Brief vom Kuliverband über eine gemeinsame Aktion gegen die Engländer.

DER JUNGE GENOSSE Hier ist der Brief vom Kuliverband.

DER HÄNDLER Ich lade dich ein, mit mir zu essen.

DER JUNGE GENOSSE Es ist eine Ehre für mich, mit Ihnen essen zu dürfen.

DER HÄNDLER Während das Essen zubereitet wird, will ich dir meine Ansicht über Kulis mitteilen. Setze dich bitte hierhin.

DER JUNGE GENOSSE Ich interessiere mich sehr für Ihre Ansicht.

DER HÄNDLER Warum bekomme ich alles billiger als ein anderer? Und warum arbeitet ein Kuli für mich fast umsonst?

DER JUNGE GENOSSE Ich weiß es nicht.

DER HÄNDLER Weil ich ein kluger Mann bin. Ihr seid auch kluge Leute, denn ihr versteht es, von den Kulis Gehälter zu bekommen.

DER JUNGE GENOSSE Wir verstehen es. – Werden Sie übrigens die Kulis gegen die Engländer bewaffnen?

DER HÄNDLER Vielleicht, vielleicht. Ich weiß, wie man einen Kuli behandelt. Du mußt einem Kuli so viel Reis geben, daß er nicht gerade stirbt, sonst kann er nicht für dich arbeiten. Ist das richtig?

DER JUNGE GENOSSE Ja, das ist richtig.

DER HÄNDLER Ich aber sage: Nein, wenn die Kulis billiger sind als der Reis, kann ich einen neuen Kuli nehmen. Ist das richtiger?

DER JUNGE GENOSSE Ja, das ist richtiger. – Wann werden Sie übrigens die ersten Waffen in den unteren Stadtteil schicken?

DER HÄNDLER Bald, bald. Du müßtest sehen, wie die Kulis, die mein Leder verladen, in der Kantine meinen Reis kaufen.

DER JUNGE GENOSSE Ich müßte es sehen.

DER HÄNDLER Was meinst du, zahle ich viel für die Arbeit?

DER JUNGE GENOSSE Nein, aber Ihr Reis ist teuer, und die Arbeit muß eine gute sein, aber Ihr Reis ist ein schlechter.

DER HÄNDLER Ihr seid kluge Leute.

DER JUNGE GENOSSE Und wann werden Sie die Kulis gegen die Engländer bewaffnen?

DER HÄNDLER Nach dem Essen können wir das Waffenlager besichtigen. Ich singe dir jetzt mein Leiblied vor.

SONG VON ANGEBOT UND NACHFRAGE

Reis gibt es oben am Fluß
Unten am Ufer des Meeres brauchen die Leute Reis
Wenn wir den Reis in den Lagern lassen
Wird der Reis für sie teurer.
Die den Reiskahn schleppen, kriegen dann noch weniger Reis
Dann wird der Reis für mich noch billiger.
Was ist eigentlich Reis?
Weiß ich, was ein Reis ist?
Weiß ich, wer das weiß!
Ich weiß nicht, was ein Reis ist
Ich kenne nur seinen Preis.
Der Winter kommt, die Leute brauchen Kleider
Da muß man Baumwolle kaufen
Und die Baumwolle nicht hergeben
Wenn die Kälte kommt, werden die Kleider teurer.
Die Baumwollspinnereien zahlen zuviel Lohn.
Es gibt überhaupt zuviel Baumwolle.
Was ist eigentlich Baumwolle?
Weiß ich, was eine Baumwolle ist?
Weiß ich, wer das weiß!
Ich weiß nicht, was eine Baumwolle ist
Ich kenne nur ihren Preis.
So ein Mensch braucht zuviel Fressen
Dadurch wird der Mensch teurer
Um das Fressen zu schaffen, braucht man Menschen
Die Köche machen das Essen billiger, aber
Die Esser machen es teurer
Es gibt überhaupt zuwenig Menschen.

Was ist eigentlich ein Mensch?
Weiß ich, was ein Mensch ist?
Weiß ich, wer das weiß!
Ich weiß nicht, was ein Mensch ist
Ich kenne nur seinen Preis.

Zum jungen Genossen: Und jetzt werden wir meinen guten Reis essen.

DER JUNGE GENOSSE *steht auf:* Ich kann nicht mit Ihnen essen.

DIE VIER AGITATOREN Das sagte er, und kein Gelächter und keine Drohung brachten ihn dazu, mit dem zu essen, den er verachtete, und der Händler vertrieb ihn und die Kulis wurden nicht bewaffnet.

DISKUSSION

DER KONTROLLCHOR Aber ist es nicht richtig, die Ehre zu stellen über alles?

DIE VIER AGITATOREN Nein.

DER KONTROLLCHOR Wir sind einverstanden.

DER KONTROLLCHOR

ÄNDERE DIE WELT, SIE BRAUCHT ES

Mit wem säße der Rechtliche nicht zusammen
Dem Recht zu helfen?
Welche Medizin schmeckte zu schlecht
Dem Sterbenden?
Welche Niedrigkeit begingest du nicht, um
Die Niedrigkeit auszutilgen?
Könntest du die Welt endlich verändern, wofür
Wärest du dir zu gut?
Versinke in Schmutz
Umarme den Schlächter, aber
Ändere die Welt: sie braucht es!
Wer bist du?
Stinkend verschwinde aus
Dem gesäuberten Raum! Wärest du
Doch der letzte Schmutz, den du
Entfernen mußt!

DIE VIER AGITATOREN Dennoch gelang es uns in diesen Tagen, vor den Gewehrläufen der Unternehmer das Netz der Partei zu knüpfen.

6
Empörung gegen die Lehre

DIE VIER AGITATOREN In dieser Woche nahmen die Verfolgungen außerordentlich zu. Wir hatten nur mehr ein verstecktes Zimmer für die Setzmaschine und die Flugschriften. Aber am Abend des dritten Tages unter Gefahr unsere Zufluchtsstätte erreichend, trat uns aus der Tür der junge Genosse entgegen. Und es standen Säcke vor dem Haus im Regen. Wir wiederholen das Gespräch.

DIE DREI AGITATOREN Was sind das für Säcke?

DER JUNGE GENOSSE Das sind unsere Propagandaschriften.

DIE DREI AGITATOREN Was soll mit denen geschehen?

DER JUNGE GENOSSE Ich muß euch etwas mitteilen: die neuen Führer der Arbeitslosen sind heute hierhergekommen und haben mich überzeugt, daß wir sogleich mit der Aktion beginnen müssen. Wir wollen die Propagandaschriften verteilen. Wir haben sofort zum Generalstreik aufgerufen.

DIE DREI AGITATOREN Jetzt hast du uns viermal verraten.

DER JUNGE GENOSSE Das Elend wird größer und die Unruhe wächst in der Stadt.

DIE DREI AGITATOREN Die Unwissenden fangen an, ihre Lage zu erkennen.

DER JUNGE GENOSSE Die Arbeitslosen haben unsere Lehre angenommen.

DIE DREI AGITATOREN Die Unterdrückten werden klassenbewußt.

DER JUNGE GENOSSE Sie gehen auf die Straße und wollen die Spinnereien demolieren.

DIE DREI AGITATOREN Die Wege zur Revolution zeigen sich. Unsere Verantwortung wird größer. Und da stellst du die Propagandaschriften vor die Tür, daß jeder sie sehen kann.

DER JUNGE GENOSSE

Die Arbeitslosen können nicht mehr warten und ich
Kann auch nicht mehr warten
Es gibt zu viele Elende.

DIE DREI AGITATOREN Aber Kämpfer gibt es noch zu wenige.

DER JUNGE GENOSSE Ihre Leiden sind ungeheuerlich.

DIE DREI AGITATOREN Es genügt nicht, zu leiden.

DER JUNGE GENOSSE Hier, bei uns drinnen, sind sieben, die im Auftrag der Arbeitslosen zu uns gekommen sind, hinter ihnen stehen siebentausend, und sie wissen: das Unglück wächst nicht wie auf der Brust der Aussatz; die Armut fällt nicht von den Dächern wie der Dachziegel; sondern Unglück und Armut sind Menschenwerk; der Mangel wird für sie gekocht, aber ihr Jammern wird verzehrt als Speise. Sie wissen alles.

DIE DREI AGITATOREN Wissen sie, wieviel Regimenter die Regierung hat?

DER JUNGE GENOSSE Nein.

DIE DREI AGITATOREN Dann wissen sie zu wenig. Wo sind eure Waffen?

DER JUNGE GENOSSE *er zeigt die Hände:* Wir werden mit Zähnen und Nägeln kämpfen.

DIE DREI AGITATOREN Das reicht nicht aus. Höre also, daß wir auf Befehl der Partei mit dem Kuliverband, welcher die Massen der Arbeiter führt, über die Lage gesprochen und beschlossen haben, mit der bewaffneten Aktion zu warten, bis die Delegierten der Bauernverbände in der Stadt eingetroffen sind.

DER JUNGE GENOSSE So hört, was ich sage: Mit meinen zwei Augen sehe ich, daß das Elend nicht warten kann. Wie leicht, wenn wir nichts tun, verlaufen sie sich und gehen heim. Darum widersetze ich mich eurem Beschluß zu warten.

DIE DREI AGITATOREN

Sieh nicht nur mit deinen Augen!
Der einzelne hat zwei Augen
Die Partei hat tausend Augen.
Die Partei sieht sieben Staaten
Der einzelne sieht eine Stadt.
Der einzelne hat seine Stunde
Aber die Partei hat viele Stunden.
Der einzelne kann vernichtet werden
Aber die Partei kann nicht vernichtet werden.
Denn sie beruht auf der Lehre der Klassiker

Welche geschöpft ist aus der Kenntnis der Wirklichkeit
Und bestimmt ist, sie zu verändern, indem sie, die Lehre
Die Massen ergreift.

DER JUNGE GENOSSE So frage ich: dulden die Klassiker, daß das Elend wartet?

DIE DREI AGITATOREN Sie sprechen nicht von Mitleid, sondern von der Tat, die das Mitleid abschafft.

DER JUNGE GENOSSE Dann sind die Klassiker also nicht dafür, daß jedem Elenden gleich und sofort und vor allem geholfen wird?

DIE DREI AGITATOREN Nein.

DER JUNGE GENOSSE Dann sind die Klassiker Dreck, und ich zerreiße sie; denn der Mensch, der lebendige, brüllt, und sein Elend zerreißt alle Dämme der Lehre. Darum mache ich jetzt die Aktion, jetzt und sofort; denn ich brülle und ich zerreiße die Dämme der Lehre. *Er zerreißt die Schriften.*

DIE DREI AGITATOREN

Zerreiße sie nicht! Wir brauchen sie
Jede einzelne. Sieh doch die Wirklichkeit!
Deine Revolution ist schnell gemacht und dauert einen Tag
Und ist morgen abgewürgt.
Aber unsere Revolution beginnt morgen
Siegt und verändert die Welt.
Deine Revolution hört auf, wenn du aufhörst.
Wenn du aufgehört hast
Geht unsere Revolution weiter.

DER KONTROLLCHOR

LOB DER PARTEI

Denn der einzelne hat zwei Augen
Die Partei hat tausend Augen.
Die Partei sieht sieben Staaten
Der einzelne sieht eine Stadt.
Der einzelne hat seine Stunde
Aber die Partei hat viele Stunden.
Der einzelne kann vernichtet werden
Aber die Partei kann nicht vernichtet werden
Denn sie beruht auf der Lehre der Klassiker

Welche geschöpft ist aus der Kenntnis der Wirklichkeit
Und bestimmt ist, sie zu verändern, indem sie, die Lehre
Die Massen ergreift.

DER JUNGE GENOSSE Alles das gilt nicht mehr; im Anblick des Kampfes verwerfe ich alles, was gestern noch galt, kündige alles Einverständnis mit allen, tue das allein Menschliche. Hier ist eine Aktion. Ich stelle mich an ihre Spitze. Mein Herz schlägt für die Revolution. Hier ist sie.

DIE DREI AGITATOREN Schweig!

DER JUNGE GENOSSE Der Anblick des Unrechts trieb mich in die Reihen der Kämpfer. Hier ist Unrecht.

DIE DREI AGITATOREN Schweig!

DER JUNGE GENOSSE Hier ist Unterdrückung. Ich bin für die Freiheit!

DIE DREI AGITATOREN Schweig! Du verrätst uns!

DER JUNGE GENOSSE
Ich sah zuviel.
Darum trete ich vor sie hin
Als der, der ich bin, und sage, was ist.
Er nimmt die Maske ab.
Wir sind gekommen, euch zu helfen
Wir kommen aus Moskau.
Er zerreißt die Maske.

DIE VIER AGITATOREN
Und wir sahen hin, und in der Dämmerung
Sahen wir sein nacktes Gesicht
Menschlich, offen und arglos. Er hatte
Die Maske zerrissen.
Und aus den Häusern
Schrien die Ausgebeuteten: Wer
Stört den Schlaf der Armen?
Und ein Fenster öffnete sich und eine Stimme schrie:
Hier sind Fremde! Jagt die Hetzer!
So waren wir kenntlich!
Und in dieser Stunde hörten wir, daß es Unruhen gäbe
Im unteren Stadtteil, und die Unwissenden warteten in den
Versammlungshäusern und die Unbewaffneten in den
Straßen.

Und wir schlugen ihn nieder
Hoben ihn auf und verließen in Eile die Stadt.

7
Äusserste Verfolgung und Analyse

DER KONTROLLCHOR
Sie verließen die Stadt!
Die Unruhen wachsen in der Stadt
Aber die Führung flieht über die Stadtgrenze.
Eure Maßnahme!

DIE VIER AGITATOREN Wartet ab! Als wir auf der Flucht in die Nähe der Kalkgruben vor der Stadt kamen, sahen wir hinter uns unsere Verfolger.

DER KONTROLLCHOR
Sie laufen wie Rennpferde!
Die Betriebsräte kommen um Rat in die Zentrale
Aber auf den Propagandaschriften schlafen die Obdachlosen.
Eure Maßnahme!

DIE VIER AGITATOREN
Wartet ab!
Ja, auch jetzt noch
Halfen wir ihm: eine Strecke lang, bis zu den
Kalkgruben.

DER KONTROLLCHOR
Die Massen warten in den Versammlungshäusern
Aber die Redner laufen über die Kalkberge!
Eine Maßnahme!

DIE VIER AGITATOREN
Wartet ab!
Es ist leicht, das Richtige zu wissen
Fern vom Schuß
Wenn man Monate Zeit hat
Aber wir
Hatten zehn Minuten Zeit und
Dachten nach vor den Gewehrläufen
Und mußten sehen das Gesicht des Unglücklichen
Unseres Genossen.

DER KONTROLLCHOR
Eure Maßnahme! Eure Maßnahme!

DIE VIER AGITATOREN

Wartet ab!
Wie das Tier dem Tiere hilft
Wünschten auch wir uns, ihm zu helfen, der
Mit uns gekämpft für unsere Sache.

DER KONTROLLCHOR

In den Zeiten äußerster Verfolgung und der Verwirrung der Theorie
Zeichnen die Kämpfer das Schema der Lage
Abzuwägen Einsatz und Möglichkeit.

DIE VIER AGITATOREN

Wir taten es.

Die Analyse

ERSTER AGITATOR Die Massen sind auf der Straße (sagten wir).

ZWEITER AGITATOR Aber wir müssen sie in die Versammlungen bringen.

DRITTER AGITATOR Denn sonst wissen sie nicht, was sie tun sollen, und verlaufen sich, vor die Delegierten der Bauernverbände in der Stadt eingetroffen sind.

ZWEITER AGITATOR Also können wir unseren Genossen nicht über die Grenze bringen.

DRITTER AGITATOR Wenn wir ihn aber verstecken und er kommt wieder: was geschieht, wenn er erkannt wird?

ERSTER AGITATOR Es liegen Kanonenboote bereit auf den Flüssen und Panzerzüge stehen auf den Bahndämmen, um uns anzugreifen, wenn einer von uns dort gesehen wird. Er darf nicht gesehen werden.

DIE VIER AGITATOREN

Wenn man uns trifft, wo immer es sei
Schreit man: Die Herrschenden
Sollen vernichtet werden!
Und die Kanonen gehen los.

Denn wenn der Hungernde
Stöhnend zurückschlägt
Haben wir ihn bezahlt
Daß er stöhnt und zurückschlägt.

DER KONTROLLCHOR
Auf unserer Stirne steht
Daß wir gegen die Ausbeutung sind.
Auf unserm Steckbrief steht: Diese
Sind für die Unterdrückten!

Wer den Verzweifelten hilft
Der ist der Abschaum der Welt.
Wir sind der Abschaum der Welt
Wir dürfen nicht gefunden werden.

8
Die Grablegung

DIE DREI AGITATOREN
Also haben wir beschlossen:
Dann muß er verschwinden, und zwar ganz.
Denn wir können ihn nicht mitnehmen und nicht da lassen
Also müssen wir ihn erschießen und in die Kalkgrube werfen, denn
Der Kalk verbrennt ihn.
Wir wiederholen unser letztes Gespräch
Und verlangen euer Urteil.

DER ERSTE AGITATOR Wir wollen ihn fragen, ob er einverstanden ist, denn er war ein mutiger Kämpfer.

DER ZWEITE AGITATOR Aber auch, wenn er nicht einverstanden ist, muß er doch verschwinden, und zwar ganz.

DER ERSTE AGITATOR *zum jungen Genossen:* Wir müssen dich erschießen und in die Kalkgrube werfen, damit der Kalk dich verbrennt. Und wir fragen dich: »Bist du einverstanden?«

DER JUNGE GENOSSE Ja.

DIE DREI AGITATOREN Er hat ja gesagt.

DER KONTROLLCHOR Er hat der Wirklichkeit gemäß geantwortet.

DER KONTROLLCHOR Fandet ihr keinen Ausweg, zu erhalten den jungen Kämpfer dem Kampf?

DIE VIER AGITATOREN
Bei der Kürze der Zeit fanden wir keinen Ausweg
Fünf Minuten im Angesicht der Verfolger

Dachten wir nach über eine
Bessere Möglichkeit.
Auch ihr jetzt denkt nach über
Eine bessere Möglichkeit.
Pause.

DIE VIER AGITATOREN
Klagend zerschlugen wir uns unsere Köpfe mit unseren Fäusten
Daß sie uns nur den furchtbaren Rat wußten: jetzt
Abzuschneiden den eigenen Fuß vom Körper; denn
Furchtbar ist es, zu töten.
Aber nicht andere nur, auch uns töten wir, wenn es nottut
Da doch nur mit Gewalt diese tötende
Welt zu ändern ist, wie
Jeder Lebende weiß.
Noch ist es uns, sagten wir
Nicht vergönnt, nicht zu töten. Einzig mit dem
Unbeugbaren Willen, die Welt zu verändern, begründeten wir
Die Maßnahme.

DER KONTROLLCHOR
Erzählt weiter, unser Mitgefühl
Ist euch sicher
Nicht leicht war es, zu tun, was richtig war.

DIE DREI AGITATOREN Wohin sollen wir dich tun, fragten wir ihn.

DER JUNGE GENOSSE In die Kalkgrube, sagte er.

DIE DREI AGITATOREN Wir fragten: Willst du es allein machen?

DER JUNGE GENOSSE Helft mir.

DIE DREI AGITATOREN
Wir sagten: Lehne deinen Kopf an unsern Arm
Schließ die Augen
Wir tragen dich.

DER JUNGE GENOSSE *unsichtbar:*
Er sagte noch: Im Interesse des Kommunismus
Einverstanden mit dem Vormarsch der proletarischen Massen
Aller Länder
Ja sagend zur Revolutionierung der Welt.

DIE DREI AGITATOREN
Dann erschossen wir ihn und

Warfen ihn hinab in die Kalkgrube.
Und als der Kalk ihn verschlungen hatte
Kehrten wir zurück zu unserer Arbeit.

DER KONTROLLCHOR

Und eure Arbeit war glücklich
Ihr habt verbreitet
Die Lehre der Klassiker
Das Abc des Kommunismus
Den Unwissenden Belehrung über ihre Lage
Den Unterdrückten das Klassenbewußtsein
Und den Klassenbewußten die Erfahrung der Revolution.
Und die Revolution marschiert auch dort
Und auch dort sind geordnet die Reihen der Kämpfer
Wir sind einverstanden mit euch.

Die Maßnahme

Lehrstück

[Fassung 1931]

Mitarbeiter: Slatan Dudow · Hanns Eisler

Der zwölfte Versuch: »Die Maßnahme« mit einer Musik von Hanns Eisler, ist der Versuch, durch ein Lehrstück ein bestimmtes eingreifendes Verhalten einzuüben.

Personen

Die vier Agitatoren, nacheinander auch als: Der junge Genosse, Der Leiter des Parteihauses, Die zwei Kulis, Der Aufseher, Die zwei Textilarbeiter, Der Polizist, Der Händler · Der Kontrollchor

DER KONTROLLCHOR
Tretet vor! Eure Arbeit war glücklich, auch in diesem Lande
Marschiert die Revolution, und geordnet sind die Reihen der
Kämpfer auch dort.
Wir sind einverstanden mit euch.

DIE VIER AGITATOREN Halt, wir müssen etwas sagen! Wir melden den Tod eines Genossen.

DER KONTROLLCHOR Wer hat ihn getötet?

DIE VIER AGITATOREN Wir haben ihn getötet. Wir haben ihn erschossen und in eine Kalkgrube geworfen.

DER KONTROLLCHOR Was hat er getan, daß ihr ihn erschossen habt?

DIE VIER AGITATOREN Oftmals tat er das Richtige, einige Male das Falsche, aber zuletzt gefährdete er die Bewegung. Er wollte das Richtige und tat das Falsche. Wir fordern euer Urteil.

DER KONTROLLCHOR Stellt dar, wie es geschah und warum, und ihr werdet unser Urteil hören.

DIE VIER AGITATOREN Wir werden euer Urteil anerkennen.

1
Die Lehren der Klassiker

DIE VIER AGITATOREN Wir kamen als Agitatoren aus Moskau, wir sollten in die Stadt Mukden fahren, um Propaganda zu machen, und in den Betrieben unterstützen die chinesische Partei. Wir sollten uns im Parteihaus melden, welches das letzte nach der Grenze zu war, und einen Führer anfordern. Da trat uns im Vorzimmer ein junger Genosse entgegen, und wir sprachen von der Art unserer Aufgabe. Wir wiederholen das Gespräch.

Sie stellen sich drei gegen einen auf, einer von den vieren stellt den jungen Genossen dar.

DER JUNGE GENOSSE Ich bin der Sekretär des Parteihauses, welches das letzte nach der Grenze zu ist. Mein Herz schlägt für die Revolution. Der Anblick des Unrechts trieb mich in die Reihen der Kämpfer. Der Mensch muß dem Menschen helfen. Ich bin für die Freiheit. Ich glaube an die Menschheit. Und ich bin für die Maßnahmen der kommunistischen Partei, welche gegen Ausbeutung und Unkenntnis für die klassenlose Gesellschaft kämpft.

DIE DREI AGITATOREN Wir kommen aus Moskau.

DER JUNGE GENOSSE Wir haben euch erwartet.

DIE DREI AGITATOREN Warum?

DER JUNGE GENOSSE Wir kommen nicht weiter. Es gibt Unordnung und Mangel, wenig Brot und viel Kampf. Viele sind voll Mut, aber wenige können lesen. Wenig Maschinen, und niemand versteht sie. Unsere Lokomotiven sind in Bruch gefahren. Habt ihr Lokomotiven mitgebracht?

DIE DREI AGITATOREN Nein.

DER JUNGE GENOSSE Habt ihr Traktoren bei euch?

DIE DREI AGITATOREN Nein.

DER JUNGE GENOSSE Unsere Bauern spannen sich noch selber vor die alten Holzpflüge. Dabei haben wir nichts, um unsere Äcker zu bestellen. Habt ihr Saatgut mitgebracht?

DIE DREI AGITATOREN Nein.

DER JUNGE GENOSSE Bringt ihr wenigstens Munition und Maschinengewehre?

DIE DREI AGITATOREN Nein.

DER JUNGE GENOSSE Wir müssen hier zu zweit die Revolution verteidigen. So habt ihr sicher einen Brief des Zentralkomitees an uns, worin steht, was wir tun sollen?

DIE DREI AGITATOREN Nein.

DER JUNGE GENOSSE So wollt ihr uns selber helfen?

DIE DREI AGITATOREN Nein.

DER JUNGE GENOSSE Wir stehen Tag und Nacht in den Kleidern, gegen den Ansturm des Hungers, des Verfalls und der Gegenrevolution. Ihr aber bringt uns nichts.

DIE DREI AGITATOREN So ist es: wir bringen nichts für euch. Aber über die Grenze nach Mukden bringen wir den chinesischen Arbeitern die Lehren der Klassiker und der Propagandisten: das Abc des Kommunismus; den Unwissenden Belehrung über ihre Lage, den Unterdrückten das Klassenbewußtsein und den Klassenbewußten die Erfahrung der Revolution. Von euch aber sollen wir ein Automobil und einen Führer anfordern.

DER JUNGE GENOSSE So habe ich schlecht gefragt?

DIE DREI AGITATOREN Nein, auf eine gute Frage folgte eine bessere Antwort. Wir sehen, daß von euch schon das Äußerste verlangt wurde; aber es wird noch mehr von euch verlangt: einer von euch zweien muß uns nach Mukden führen.

DER JUNGE GENOSSE Ich verlasse also meinen Posten, der zu schwierig war für zwei, für den aber jetzt einer genügen muß. Ich werde mit euch gehen. Vorwärts marschierend, ausbreitend die Lehre der kommunistischen Klassiker: die Weltrevolution.

DER KONTROLLCHOR

LOB DER U.S.S.R.

Schon beredete die Welt
Unser Unglück.
Aber noch saß an unserm
Kargen Tisch
Aller Unterdrückten Hoffnung, die
Sich mit Wasser begnügt
Und das Wissen belehrte
Hinter zerfallender Tür
Mit deutlicher Stimme die Gäste.
Wenn die Tür zerfällt
Sitzen wir doch nur weiterhin sichtbar
Die der Frost nicht umbringt noch der Hunger
Unermüdlich beratend
Die Geschicke der Welt.

DIE VIER AGITATOREN So war der junge Genosse von der Grenzstation einverstanden mit der Art unserer Arbeit, und wir traten, vier Männer und eine Frau, vor den Leiter des Parteihauses.

2
DIE AUSLÖSCHUNG

DIE VIER AGITATOREN Aber die Arbeit in Mukden war illegal, darum mußten wir, bevor wir die Grenze überschritten, unsere Gesichter auslöschen. Unser junger Genosse war damit einverstanden. Wir wiederholen den Vorgang.

Einer der Agitatoren stellt den Leiter des Parteihauses dar.

DER LEITER DES PARTEIHAUSES Ich bin der Leiter des letzten Parteihauses. Ich bin einverstanden, daß der Genosse von meiner Station als Führer mitgeht. Es sind aber Unruhen in den Fabriken von Mukden, und es sieht in diesen Tagen auf diese Stadt die ganze Welt, ob sie nicht einen von uns treten sieht aus den Hütten der chinesischen Arbeiter, und ich höre, es liegen Kanonenboote bereit auf den Flüssen und Panzerzüge stehen auf den Bahndämmen, um uns sofort anzugreifen, wenn einer von uns dort gesehen wird. Ich veranlasse also die Genossen, als Chinesen über die Grenze zu gehen. *Zu den Agitatoren:* Ihr dürft nicht gesehen werden.

DIE ZWEI AGITATOREN Wir werden nicht gesehen.

DER LEITER DES PARTEIHAUSES Wenn einer verletzt wird, darf er nicht gefunden werden.

DIE ZWEI AGITATOREN Er wird nicht gefunden.

DER LEITER DES PARTEIHAUSES So seid ihr bereit, zu sterben und zu verstecken den Toten?

DIE ZWEI AGITATOREN Ja.

DER LEITER DES PARTEIHAUSES Dann seid ihr nicht mehr ihr selber, du nicht mehr Karl Schmitt aus Berlin, du nicht mehr Anna Kjersk aus Kasan und du nicht mehr Peter Sawitsch aus Moskau, sondern allesamt ohne Namen und Mutter, leere Blätter, auf welche die Revolution ihre Anweisung schreibt.

DIE ZWEI AGITATOREN Ja.

DER LEITER DES PARTEIHAUSES *gibt ihnen Masken, sie setzen sie auf:* Dann seid ihr von dieser Stunde an nicht mehr Niemand, sondern von dieser Stunde an und wahrscheinlich bis zu eurem Verschwinden unbekannte Arbeiter, Kämpfer, Chinesen, geboren von chinesischen Müttern, gelber Haut, sprechend in Schlaf und Fieber chinesisch.

DIE ZWEI AGITATOREN Ja.

DER LEITER DES PARTEIHAUSES Im Interesse des Kommunismus einverstanden mit dem Vormarsch der proletarischen Massen aller Länder, ja sagend zur Revolutionierung der Welt.

DIE ZWEI AGITATOREN Ja. So zeigte der junge Genosse sein Einverständnis mit der Auslöschung seines Gesichtes.

DER KONTROLLCHOR Wer für den Kommunismus kämpft, der muß kämpfen können und nicht kämpfen; die Wahrheit sagen und die Wahrheit nicht sagen; Dienste erweisen und Dienste verweigern; Versprechen halten und Versprechen nicht halten. Sich in Gefahr begeben und die Gefahr vermeiden; kenntlich sein und unkenntlich sein. Wer für den Kommunismus kämpft, hat von allen Tugenden nur eine: daß er für den Kommunismus kämpft.

DIE VIER AGITATOREN Wir gingen als Chinesen nach Mukden, vier Männer und eine Frau, Propaganda zu machen und zu unterstützen die chinesische Partei durch die Lehren der Klassiker und der Propagandisten, das Abc des Kommunismus; den Unwissenden Belehrung zu bringen über ihre Lage, den Unterdrückten das Klassenbewußtsein und den Klassenbewußten die Erfahrung der Revolution.

DER KONTROLLCHOR

LOB DER ILLEGALEN ARBEIT

Schön ist es
Das Wort zu ergreifen im Klassenkampf.
Laut und schallend aufzurufen zum Kampf die Massen
Zu zerstampfen die Unterdrücker, zu befreien die
Unterdrückten.
Schwer ist und nützlich die tägliche Kleinarbeit
Zähes und heimliches Knüpfen
Des Netzes der Partei vor den
Gewehrläufen der Unternehmer:
Reden, aber
Zu verbergen den Redner.
Siegen, aber
Zu verbergen den Sieger.
Sterben, aber
Zu verstecken den Tod.
Wer täte nicht viel für den Ruhm, aber wer
Tut's für das Schweigen?
Aber es lädt der ärmliche Esser die Ehre zu Tisch
Aus der engen und zerfallenden Hütte tritt
Unhemmbar die Größe.
Und der Ruhm fragt umsonst
Nach den Tätern der großen Tat.

Tretet vor
Für einen Augenblick
Unbekannte, verdeckten Gesichtes und empfangt
Unsern Dank!

DIE VIER AGITATOREN In der Stadt Mukden trieben wir Propaganda unter den Arbeitern. Wir hatten kein Brot für die Hungrigen, sondern nur Wissen für den Unwissenden, darum sprachen wir von dem Urgrund des Elends, merzten das Elend nicht aus, sondern sprachen von der Ausmerzung des Urgrunds.

3
Der Stein

DIE VIER AGITATOREN Zuerst gingen wir in die untere Stadt. Da zogen Kulis einen Kahn an einem Strick vom Ufer aus. Aber der Boden war glatt. Als nun einer ausglitt, und der Aufseher stieß ihn, sagten wir dem jungen Genossen: Folge ihnen und treib Propaganda bei ihnen. Sag ihnen, du habest in Tientsin Schuhe für Kahnschlepper gesehen, die unten Bretter hatten, so daß sie nicht ausrutschen konnten. Versuche zu erreichen, daß sie auch solche Schuhe fordern. Verfalle aber nicht dem Mitleid! Und wir fragten: Bist du einverstanden, und er war einverstanden und ging eilig hin und verfiel sofort dem Mitleid. Wir zeigen es.

Zwei Agitatoren stellen Kulis dar, indem sie an einen Pflock ein Tau anbinden und das Tau über der Schulter ziehen. Einer stellt den jungen Genossen, einer den Aufseher dar.

DER AUFSEHER Ich bin der Aufseher. Ich muß den Reis bis zum Abend in der Stadt Mukden haben.

DIE ZWEI KULIS Wir sind die Kulis und schleppen den Reiskahn den Fluß herauf.

DIE KULIS

Gesang der Reiskahnschlepper

In der Stadt oben am Fluß
Gibt es für uns einen Mund voll Reis

Aber der Kahn ist schwer, der hinauf soll
Und das Wasser fließt nach unten
Wir werden nie hinaufkommen.
Zieht rascher, die Mäuler
Warten auf das Essen
Zieht gleichmäßig, stoßt nicht
Den Nebenmann.

DER JUNGE GENOSSE Häßlich zu hören ist die Schönheit, mit der diese Männer zudecken die Qual ihrer Arbeit.

DER AUFSEHER Zieht rascher.

DIE KULIS

Die Nacht kommt schon bald. Das Lager
Zu klein für eines Hundes Schatten
Kostet einen halben Mundvoll Reis
Weil das Ufer zu glatt ist
Kommen wir nicht vom Fleck.
Zieht rascher. Die Mäuler
Warten auf das Essen
Zieht gleichmäßig. Stoßt nicht
Den Nebenmann.

DER KULI *gleitet aus:* Ich kann nicht weiter.

DIE KULIS *während sie stehen und gepeitscht werden, bis der Gestürzte wieder hochgekommen ist:*

Länger als wir
Hält das Tau, das in die Schulter schneidet
Die Peitsche des Aufsehers
Hat vier Geschlechter gesehen
Wir sind nicht das letzte.
Zieht rascher. Die Mäuler
Warten auf das Essen
Zieht gleichmäßig. Stoßt nicht
Den Nebenmann.

DER JUNGE GENOSSE Schwer ist es, ohne Mitleid diese Männer zu sehen. *Zum Aufseher:* Siehst du nicht, daß der Boden zu glatt ist?

DER AUFSEHER Was ist der Boden?

DER JUNGE GENOSSE Zu glatt!

DER AUFSEHER Was? Willst du behaupten, daß das Ufer zu glatt ist, als daß man einen Kahn voll Reis ziehen kann?

DER JUNGE GENOSSE Ja.

DER AUFSEHER So glaubst du, die Stadt Mukden braucht keinen Reis?

DER JUNGE GENOSSE Wenn die Leute hinfallen, können sie den Kahn nicht ziehen.

DER AUFSEHER Soll ich für jeden einen Stein hinlegen von hier bis in die Stadt Mukden?

DER JUNGE GENOSSE Ich weiß nicht, was du sollst, aber ich weiß, was diese sollen. Glaubt nicht, was zweitausend Jahre nicht ging, das geht nie. In Tientsin habe ich bei Kahnschleppern Schuhe gesehen, die unten Bretter haben, so daß sie nicht ausrutschen können. Das haben sie durch gemeinsames Fordern erreicht. Fordert also gemeinsam solche Schuhe!

DIE KULIS Eigentlich können wir diesen Kahn ohne solche Schuhe nicht mehr schleppen.

DER AUFSEHER Aber der Reis muß heute abend in der Stadt sein. *Er peitscht sie, sie ziehen.*

DIE KULIS

Unsere Väter zogen den Kahn von der Flußmündung
Ein Stück weit höher. Unsere Kinder
Werden die Quelle erreichen, wir
Sind dazwischen.
  Zieht rascher. Die Mäuler
  Warten auf das Essen.
  Zieht gleichmäßig. Stoßt nicht
  Den Nebenmann.

Der Kuli stürzt wieder.

DER KULI Helft mir.

DER JUNGE GENOSSE Bist du kein Mensch? Hier nehme ich einen Stein und lege ihn in den Schlamm *zum Kuli:* und jetzt tritt!

DER AUFSEHER Richtig. Was helfen uns Schuhe in Tientsin? Ich will euch lieber erlauben, daß euer mitleidiger Kamerad mit einem Stein nebenherläuft und ihn jedem hinlegt, der ausrutscht.

DIE KULIS

Im Kahn ist Reis. Der Bauer, der
Ihn geerntet hat, bekam
Eine Handvoll Münzen, wir
Kriegen noch weniger. Ein Ochse
Wäre teurer. Wir sind zuviel.

Einer der Kulis rutscht aus, der junge Genosse legt ihm den Stein hin, der Kuli kommt wieder hoch.

DIE KULIS

Zieht rascher. Die Mäuler
Warten auf das Essen.
Zieht gleichmäßig. Stoßt nicht
Den Nebenmann.
Wenn der Reis in der Stadt ankommt
Und die Kinder fragen, wer
Den schweren Kahn geschleppt hat, heißt es:
Er ist geschleppt worden.

Einer der Kulis rutscht aus, der junge Genosse legt ihm den Stein hin, der Kuli kommt wieder hoch.

DIE KULIS

Zieht rascher. Die Mäuler
Warten auf das Essen.
Zieht gleichmäßig. Stoßt nicht
Den Nebenmann.
Das Essen von unten kommt
Zu den Essern oben. Die
Es schleppten, haben
Nicht gegessen.

Einer der Kulis rutscht aus, der junge Genosse legt ihm den Stein hin, der Kuli kommt wieder hoch.

DER JUNGE GENOSSE Ich kann nicht mehr. Ihr müßt andere Schuhe fordern.

DER KULI Das ist ein Narr, über den man lacht.

DER AUFSEHER Nein, das ist einer von denen, die uns die Leute aufhetzen. Hallo, faßt ihn.

DIE VIER AGITATOREN Und sofort wurde er gefaßt. Und er wurde gejagt zwei Tage lang und traf uns, und wir wurden mit ihm gejagt durch die Stadt Mukden eine Woche lang und durften uns nicht mehr blicken lassen im unteren Stadtteil.

DISKUSSION

DER KONTROLLCHOR

Aber ist es nicht richtig, zu unterstützen den Schwachen
Wo immer er vorkommt, ihm zu helfen

Dem Ausgebeuteten, in seiner täglichen Mühsal
Und der Unterdrückung!

DIE VIER AGITATOREN Er hat ihm nicht geholfen, aber uns hat er gehindert, Propaganda zu treiben im unteren Stadtteil.

DER KONTROLLCHOR Wir sind einverstanden.

DIE VIER AGITATOREN Der junge Genosse sah ein, daß er das Gefühl vom Verstand getrennt hatte. Aber wir trösteten ihn und sagten ihm die Worte des Genossen Lenin:

DER KONTROLLCHOR
Klug ist nicht, der keine Fehler macht, sondern
Klug ist, der sie schnell zu verbessern versteht.

4
Gerechtigkeit

DIE VIER AGITATOREN Wir gründeten die ersten Zellen in den Betrieben und bildeten aus die ersten Funktionäre, richteten eine Parteischule ein und lehrten sie, heimlich herzustellen die verbotene Literatur. Aber dann arbeiteten wir in den Textilfabriken, und als der Lohn gesenkt wurde, trat ein Teil der Arbeiter in den Streik. Da aber der andere Teil weiterarbeitete, war der Streik gefährdet. Wir sagten dem jungen Genossen: Stelle dich an das Fabriktor und verteile die Flugblätter. Wir wiederholen das Gespräch.

DIE DREI AGITATOREN Du hast versagt bei den Reiskahnschleppern.

DER JUNGE GENOSSE Ja.

DIE DREI AGITATOREN Hast du gelernt daraus?

DER JUNGE GENOSSE Ja.

DIE DREI AGITATOREN Wirst du dich besser halten beim Streik?

DER JUNGE GENOSSE Ja.

Zwei Agitatoren stellen Textilarbeiter und einer einen Polizisten dar.

DIE ZWEI TEXTILARBEITER Wir sind Arbeiter in der Textilfabrik.

DER POLIZIST Ich bin ein Polizist und bekomme von den Herrschenden mein Brot dafür, daß ich die Unzufriedenheit bekämpfe.

DER KONTROLLCHOR
Komm heraus, Genosse! Riskiere

Den Pfennig, der kein Pfennig ist
Die Schlafstelle, auf die es regnet
Und den Arbeitsplatz, den du morgen verlierst!
Heraus auf die Straße! Kämpfe!
Um zu warten ist es zu spät!
Hilf dir selbst, indem du uns hilfst: übe
Solidarität!

DER JUNGE GENOSSE
Gib preis, was du hast, Genosse!
Du hast nichts.

DER KONTROLLCHOR
Komm heraus, Genosse, vor die Gewehre
Und bestehe auf deinem Lohn!
Wenn du weißt, daß du nichts zu verlieren hast
Haben ihre Polizisten nicht genug Gewehre!
Heraus auf die Straße! Kämpfe!
Um zu warten ist es zu spät!
Hilf dir selbst, indem du uns hilfst: übe
Solidarität!

DIE ZWEI TEXTILARBEITER Wir gehen nach Betriebsschluß nach Hause, unsere Löhne sind abgebaut, wir wissen nicht, was wir tun sollen, und arbeiten weiter.

DER JUNGE GENOSSE *steckt dem einen ein Flugblatt zu, der andere bleibt untätig dabei stehen:* Lies es und gib es weiter. Wenn du es gelesen hast, wirst du wissen, was du tun sollst.

DER ERSTE *nimmt es und geht weiter.*

DER POLIZIST *nimmt dem Ersten das Flugblatt weg:* Wer hat dir das Flugblatt gegeben?

DER ERSTE Ich weiß es nicht, einer hat es mir im Vorbeigehen zugesteckt.

DER POLIZIST *tritt auf den Zweiten zu:* Du hast ihm das Flugblatt gegeben. Wir von der Polizei suchen solche, die solche Flugblätter verteilen.

DER ZWEITE Ich habe keinem ein Flugblatt gegeben.

DER JUNGE GENOSSE Ist denn die Belehrung der Unwissenden über ihre Lage ein Verbrechen?

DER POLIZIST *zum Zweiten:* Eure Belehrungen führen zu schrecklichen Dingen. Wenn ihr eine solche Fabrik belehrt, dann kennt sie ihren eigenen Besitzer nicht mehr. Dieses kleine Flugblatt ist gefährlicher als zehn Kanonen.

DER JUNGE GENOSSE Was steht denn drin?

DER POLIZIST Das weiß ich nicht. *Zum Zweiten:* Was steht denn drin?

DER ZWEITE Ich kenne das Flugblatt nicht, ich habe es nicht verteilt.

DER JUNGE GENOSSE Ich weiß, daß er es nicht getan hat.

DER POLIZIST *zum jungen Genossen:* Hast du ihm das Flugblatt gegeben?

DER JUNGE GENOSSE Nein.

DER POLIZIST *zum Zweiten:* Dann hast du es ihm gegeben.

DER JUNGE GENOSSE *zum Ersten:* Was geschieht mit ihm?

DER ERSTE Er kann erschossen werden.

DER JUNGE GENOSSE Warum willst du ihn erschießen, Polizist? Bist du nicht auch ein Prolet?

DER POLIZIST *zum Zweiten:* Komm mit. *Schlägt auf seinen Kopf ein.*

DER JUNGE GENOSSE *hindert ihn daran:* Er war es nicht.

DER POLIZIST Dann warst es also doch du!

DER ZWEITE Er war es nicht!

DER POLIZIST Dann wart ihr es beide.

DER ERSTE Lauf, Mensch, lauf, du hast die Tasche voll Flugblätter.

DER POLIZIST *schlägt den Zweiten nieder.*

DER JUNGE GENOSSE *zeigt auf den Polizisten. Zum Ersten:* Jetzt hat er einen Unschuldigen erschlagen, du bist Zeuge.

DER ERSTE *greift den Polizisten an:* Du gekaufter Hund.

Der Polizist zieht den Revolver. Der junge Genosse faßt den Polizisten von hinten am Hals, der erste Kuli biegt ihm den Arm langsam nach hinten. Der Schuß geht los, der Polizist wird entwaffnet.

DER JUNGE GENOSSE *schreit:* Zu Hilfe, Genossen! Zu Hilfe! Hier werden Unbeteiligte erschlagen!

DER ZWEITE KULI *aufstehend zum Ersten:* Jetzt haben wir einen Polizisten niedergeschlagen und können morgen nicht mehr in den Betrieb und *zum jungen Genossen:* du bist schuld.

DER JUNGE GENOSSE Wenn ihr in den Betrieb geht, verratet ihr eure Genossen.

DER ZWEITE KULI Ich habe eine Frau und drei Kinder, und als ihr herausgingt und streiktet, hat man uns die Löhne erhöht. Hier, ich hatte doppelte Löhnung! *Er zeigt das Geld.*

DER JUNGE GENOSSE *schlägt dem Kuli das Geld aus der Hand:* Schämt euch, ihr gekauften Hunde!
Der erste Kuli springt ihm an den Hals, während der zweite sein Geld aufliest. Der junge Genosse schlägt den Angreifer mit dem Gummiknüppel nieder.

DER ZWEITE KULI *schreit:* Hilfe! Hier sind Hetzer!

DIE VIER AGITATOREN Und sofort kamen die Arbeitenden aus dem Betrieb und vertrieben die Streikposten.

Diskussion

DER KONTROLLCHOR Was hätte der junge Genosse tun können?

DIE VIER AGITATOREN Er hätte den Kulis sagen können, daß sie sich gegen die Polizei nur verteidigen konnten, wenn sie erreichten, daß die anderen Arbeiter in dem Betrieb sich mit ihnen gegen die Polizei solidarisch erklärten. Denn der Polizist hatte eine Ungerechtigkeit begangen.

DER KONTROLLCHOR Wir sind einverstanden.

5
Was ist eigentlich ein Mensch?

DIE VIER AGITATOREN Wir kämpften täglich mit den alten Verbänden, der Hoffnungslosigkeit und der Unterwerfung; wir lehrten die Arbeiter, den Kampf um den besseren Lohn in den Kampf um die Macht zu verwandeln. Lehrten sie Waffengebrauch und die Art, in den Straßen zu kämpfen. Dann hörten wir, daß die Kaufleute der Zölle wegen einen Streit hatten mit den Engländern, die die Stadt beherrschten. Um den Streit unter den Herrschenden auszunutzen für die Beherrschten, schickten wir den jungen Genossen mit einem Brief zu dem reichsten der Kaufleute. Darin stand: Bewaffne die Kulis! Dem jungen Genossen sagten wir: Verhalte dich so, daß du die Waffen bekommst. Aber als das Essen auf den Tisch kam, schwieg er nicht. Wir zeigen es.
Ein Agitator als Händler.

DER HÄNDLER Ich bin der Händler. Ich erwarte einen Brief vom Kuliverband über eine gemeinsame Aktion gegen die Engländer.

DER JUNGE GENOSSE Hier ist der Brief vom Kuliverband.

DER HÄNDLER Ich lade dich ein, mit mir zu essen.

DER JUNGE GENOSSE Es ist eine Ehre für mich, mit Ihnen essen zu dürfen.

DER HÄNDLER Während das Essen zubereitet wird, will ich dir meine Ansicht über Kulis mitteilen. Setze dich bitte hierhin.

DER JUNGE GENOSSE Ich interessiere mich sehr für Ihre Ansicht.

DER HÄNDLER Warum bekomme ich alles billiger als ein anderer? Und warum arbeitet ein Kuli für mich fast umsonst?

DER JUNGE GENOSSE Ich weiß es nicht.

DER HÄNDLER Weil ich ein kluger Mann bin. Ihr seid auch kluge Leute, denn ihr versteht es, von den Kulis Gehälter zu bekommen.

DER JUNGE GENOSSE Wir verstehen es. – Werden Sie übrigens die Kulis gegen die Engländer bewaffnen?

DER HÄNDLER Vielleicht, vielleicht. Ich weiß, wie man einen Kuli behandelt. Du mußt einem Kuli so viel Reis geben, daß er nicht gerade stirbt, sonst kann er nicht für dich arbeiten. Ist das richtig?

DER JUNGE GENOSSE Ja, das ist richtig.

DER HÄNDLER Ich aber sage: Nein, wenn die Kulis billiger sind als der Reis, kann ich einen neuen Kuli nehmen. Ist das richtiger?

DER JUNGE GENOSSE Ja, das ist richtiger. – Wann werden Sie übrigens die ersten Waffen in den unteren Stadtteil schicken?

DER HÄNDLER Bald, bald. Du müßtest sehen, wie die Kulis, die mein Leder verladen, in der Kantine meinen Reis kaufen.

DER JUNGE GENOSSE Ich müßte es sehen.

DER HÄNDLER Was meinst du, zahle ich viel für die Arbeit?

DER JUNGE GENOSSE Nein, aber Ihr Reis ist teuer, und die Arbeit muß eine gute sein; aber Ihr Reis ist ein schlechter.

DER HÄNDLER Ihr seid kluge Leute.

DER JUNGE GENOSSE Und wann werden Sie die Kulis gegen die Engländer bewaffnen?

DER HÄNDLER Nach dem Essen können wir das Waffenlager besichtigen. Ich singe dir jetzt mein Leiblied vor.

Song von der Ware

Reis gibt es unten am Flusse
In den obern Provinzen brauchen die Leute Reis
Wenn wir den Reis in den Lagern lassen
Wird der Reis für sie teurer.
Die den Reiskahn schleppen, kriegen dann noch weniger Reis
Dann wird der Reis für mich noch billiger.
Was ist eigentlich Reis?
Weiß ich, was ein Reis ist?
Weiß ich, wer das weiß!
Ich weiß nicht, was ein Reis ist
Ich kenne nur seinen Preis.

Der Winter kommt, die Leute brauchen Kleider
Da muß man Baumwolle kaufen
Und die Baumwolle nicht hergeben
Wenn die Kälte kommt, werden die Kleider teurer.
Die Baumwollspinnereien zahlen zuviel Lohn.
Es gibt überhaupt zuviel Baumwolle.
Was ist eigentlich Baumwolle?
Weiß ich, was eine Baumwolle ist?
Weiß ich, wer das weiß!
Ich weiß nicht, was eine Baumwolle ist
Ich kenne nur ihren Preis.

So ein Mensch braucht zuviel Fressen
Dadurch wird der Mensch teurer
Um das Fressen zu schaffen, braucht man Menschen
Die Köche machen das Essen billiger, aber
Die Esser machen es teurer
Es gibt überhaupt zuwenig Menschen.
Was ist eigentlich ein Mensch?
Weiß ich, was ein Mensch ist?
Weiß ich, wer das weiß!
Ich weiß nicht, was ein Mensch ist
Ich kenne nur seinen Preis.

Zum jungen Genossen: Und jetzt werden wir meinen guten Reis essen.

DER JUNGE GENOSSE *steht auf:* Ich kann nicht mit Ihnen essen.

DIE VIER AGITATOREN Das sagte er, und kein Gelächter und keine Drohung brachten ihn dazu, mit dem zu essen, den er verachtete, und der Händler vertrieb ihn und die Kulis wurden nicht bewaffnet.

Diskussion

DER KONTROLLCHOR Aber ist es nicht richtig, die Ehre zu stellen über alles?

DIE VIER AGITATOREN Nein.

DER KONTROLLCHOR

Ändere die Welt, sie braucht es

Mit wem säße der Rechtliche nicht zusammen
Dem Recht zu helfen?
Welche Medizin schmeckte zu schlecht
Dem Sterbenden?
Welche Niedrigkeit begingest du nicht, um
Die Niedrigkeit auszutilgen?
Könntest du die Welt endlich verändern, wofür
Wärest du dir zu gut?
Wer bist du?
Versinke in Schmutz
Umarme den Schlächter, aber
Ändere die Welt: sie braucht es!
Lange nicht mehr hören wir euch zu als
Urteilende. Schon
Als Lernende.

DIE VIER AGITATOREN Kaum auf der Treppe, erkannte der junge Genosse seinen Fehler und stellte uns anheim, ihn über die Grenze zurückzuschicken. Wir sahen klar seine Schwäche, aber wir brauchten ihn noch, denn er hatte einen großen Anhang in den Jugendverbänden und er half uns viel in diesen Tagen, vor den Gewehrläufen der Unternehmer das Netz der Partei zu knüpfen.

6
Der Verrat

DIE VIER AGITATOREN In dieser Woche nahmen die Verfolgungen außerordentlich zu. Wir hatten nur mehr ein verstecktes Zimmer für die Setzmaschine und die Flugschriften. Aber eines Morgens kam es zu starken Hungerunruhen in der Stadt und auch vom flachen Lande kamen Nachrichten über starke Unruhen. Am Abend des dritten Tages unter Gefahr unsere Zufluchtsstätte erreichend, trat uns aus der Tür der junge Genosse entgegen. Und es standen Säcke vor dem Haus im Regen. Wir wiederholen das Gespräch.

DIE DREI AGITATOREN Was sind das für Säcke?

DER JUNGE GENOSSE Das sind unsere Propagandaschriften.

DIE DREI AGITATOREN Was soll mit denen geschehen?

DER JUNGE GENOSSE Ich muß euch etwas mitteilen: die neuen Führer der Arbeitslosen sind heute hierhergekommen und haben mich überzeugt, daß wir sogleich mit der Aktion beginnen müssen. Wir wollen also die Propagandaschriften verteilen und die Kasernen stürmen.

DIE DREI AGITATOREN Dann hast du ihnen den falschen Weg gezeigt. Aber nenne uns deine Gründe und versuche, uns zu überzeugen!

DER JUNGE GENOSSE Das Elend wird größer und die Unruhe wächst in der Stadt.

DIE DREI AGITATOREN Die Unwissenden fangen an, ihre Lage zu erkennen.

DER JUNGE GENOSSE Die Arbeitslosen haben unsere Lehre angenommen.

DIE DREI AGITATOREN Die Unterdrückten werden klassenbewußt.

DER JUNGE GENOSSE Sie gehen auf die Straße und wollen die Spinnereien demolieren.

DIE DREI AGITATOREN Die Erfahrung der Revolution fehlt ihnen. Unsere Verantwortung wird um so größer.

DER JUNGE GENOSSE

Die Arbeitslosen können nicht mehr warten und ich
Kann auch nicht mehr warten
Es gibt zu viele Elende.

DIE DREI AGITATOREN Aber Kämpfer gibt es noch zu wenige.

DER JUNGE GENOSSE Ihre Leiden sind ungeheuerlich.

DIE DREI AGITATOREN Es genügt nicht, zu leiden.

DER JUNGE GENOSSE Hier, bei uns drinnen, sind sieben, die im Auftrag der Arbeitslosen zu uns gekommen sind, hinter ihnen stehen siebentausend, und sie wissen: das Unglück wächst nicht wie auf der Brust der Aussatz; die Armut fällt nicht von den Dächern wie der Dachziegel; sondern Unglück und Armut sind Menschenwerk; der Mangel wird für sie gekocht, aber ihr Jammern wird verzehrt als Speise. Sie wissen alles.

DIE DREI AGITATOREN Wissen sie, wieviel Regimenter die Regierung hat?

DER JUNGE GENOSSE Nein.

DIE DREI AGITATOREN Dann wissen sie zu wenig. Wo sind eure Waffen?

DER JUNGE GENOSSE *er zeigt die Hände:* Wir werden mit Zähnen und Nägeln kämpfen.

DIE DREI AGITATOREN Das reicht nicht aus. Du siehst nur das Elend der Arbeitslosen, aber nicht das Elend der Arbeitenden. Du siehst nur die Stadt, aber nicht die Bauern des flachen Lands. Du siehst die Soldaten nur als Unterdrückende und nicht als unterdrückende Elende in Uniform. Geh also zu den Arbeitslosen, widerrufe deinen Rat, die Kasernen zu stürmen, und überzeuge sie, daß sie heute abend an der Demonstration der Arbeiter aus den Betrieben teilnehmen sollen, und wir werden die unzufriedenen Soldaten zu überzeugen versuchen, daß sie in Uniform ebenfalls mit uns demonstrieren.

DER JUNGE GENOSSE Ich habe die Arbeitslosen daran erinnert, wie oft die Soldaten auf sie geschossen haben. Soll ich ihnen jetzt sagen, daß sie mit Mördern demonstrieren sollen?

DIE DREI AGITATOREN Ja, denn die Soldaten können erkennen, daß es falsch war, auf die Elenden ihrer eigenen Klasse zu schießen. Erinnere dich doch an den klassischen Rat des Genossen Lenin, nicht alle Bauern als Klassenfeinde zu betrachten, sondern die Dorfarmut als Mitkämpfer zu gewinnen.

DER JUNGE GENOSSE So frage ich: dulden die Klassiker, daß das Elend wartet?

DIE DREI AGITATOREN Sie sprechen von Methoden, welche das Elend in seiner Gänze erfassen.

DER JUNGE GENOSSE Dann sind die Klassiker also nicht dafür, daß jedem Elenden gleich und sofort und vor allem geholfen wird?

DIE DREI AGITATOREN Nein.

DER JUNGE GENOSSE Dann sind die Klassiker Dreck, und ich zerreiße sie; denn der Mensch, der lebendige, brüllt, und sein Elend zerreißt alle Dämme der Lehre. Darum mache ich jetzt die Aktion, jetzt und sofort; denn ich brülle und ich zerreiße die Dämme der Lehre. *Er zerreißt die Schriften.*

DIE DREI AGITATOREN

Zerreiße sie nicht! Wir brauchen sie
Jede einzelne. Sieh doch die Wirklichkeit!
Deine Revolution ist schnell gemacht und dauert einen Tag
Und ist morgen abgewürgt.
Aber unsere Revolution beginnt morgen
Siegt und verändert die Welt.
Deine Revolution hört auf, wenn du aufhörst.
Wenn du aufgehört hast
Geht unsere Revolution weiter.

DER JUNGE GENOSSE Hört, was ich sage: mit meinen zwei Augen sehe ich, daß das Elend nicht warten kann. Darum widersetze ich mich eurem Beschluß zu warten.

DIE DREI AGITATOREN Du hast uns nicht überzeugt. Geh also zu den Arbeitslosen und überzeuge sie, daß sie sich in die Front der Revolution eingliedern müssen. Dazu fordern wir dich jetzt auf im Namen der Partei.

DER JUNGE GENOSSE

Wer aber ist die Partei?
Sitzt sie in einem Haus mit Telefonen?
Sind ihre Gedanken geheim, ihre Entschlüsse unbekannt?
Wer ist sie?

DIE DREI AGITATOREN

Wir sind sie.
Du und ich und ihr – wir alle.
In deinem Anzug steckt sie, Genosse, und denkt in deinem Kopf
Wo ich wohne, ist ihr Haus, und wo du angegriffen wirst, da kämpft sie.
Zeige uns den Weg, den wir gehen sollen, und wir

Werden ihn gehen wie du, aber
Gehe nicht ohne uns den richtigen Weg
Ohne uns ist er
Der falscheste.
Trenne dich nicht von uns!

Wir können irren und du kannst recht haben, also
Trenne dich nicht von uns!

Daß der kurze Weg besser ist wie der lange, das leugnet keiner
Aber wenn ihn einer weiß
Und vermag ihn uns nicht zu zeigen, was nützt uns seine Weisheit?
Sei weise bei uns!
Trenne dich nicht von uns!

DER JUNGE GENOSSE Weil ich recht habe, kann ich nicht nachgeben. Mit meinen zwei Augen sehe ich, daß das Elend nicht warten kann.

DER KONTROLLCHOR

LOB DER PARTEI

Denn der einzelne hat zwei Augen
Die Partei hat tausend Augen.
Die Partei sieht sieben Staaten
Der einzelne sieht eine Stadt.
Der einzelne hat seine Stunde
Aber die Partei hat viele Stunden.
Der einzelne kann vernichtet werden
Aber die Partei kann nicht vernichtet werden
Denn sie ist der Vortrupp der Massen
Und führt ihren Kampf
Mit den Methoden der Klassiker, welche geschöpft sind
Aus der Kenntnis der Wirklichkeit.

DER JUNGE GENOSSE Alles das gilt nicht mehr; im Anblick des Kampfes verwerfe ich alles, was gestern noch galt, kündige alles Einverständnis mit allen, tue das allein Menschliche. Hier ist eine Aktion. Ich stelle mich an ihre Spitze. Mein Herz schlägt für die Revolution. Hier ist sie.

DIE DREI AGITATOREN Schweig!

DER JUNGE GENOSSE Hier ist Unterdrückung. Ich bin für die Freiheit!

DIE DREI AGITATOREN Schweig! Du verrätst uns!

DER JUNGE GENOSSE Ich kann nicht schweigen, weil ich recht habe.

DIE DREI AGITATOREN Ob du recht oder unrecht hast – wenn du sprichst, sind wir verloren! Schweig!

DER JUNGE GENOSSE

Ich sah zuviel.
Darum trete ich vor sie hin
Als der, der ich bin, und sage, was ist.
Er nimmt die Maske ab und schreit:
Wir sind gekommen, euch zu helfen
Wir kommen aus Moskau.
Er zerreißt die Maske.

DIE VIER AGITATOREN

Und wir sahen hin, und in der Dämmerung
Sahen wir sein nacktes Gesicht
Menschlich, offen und arglos. Er hatte
Die Maske zerrissen.
Und aus den Häusern
Schrien die Ausgebeuteten: Wer
Stört den Schlaf der Armen?
Und ein Fenster öffnete sich und eine Stimme schrie:
Hier sind Fremde! Jagt die Hetzer!
So waren wir kenntlich!
Und in dieser Stunde hörten wir, daß es Unruhen gäbe
Im unteren Stadtteil, und die Unwissenden warteten in den Versammlungshäusern und die Unbewaffneten in den Straßen.
Er aber hörte nicht auf zu brüllen.
Und wir schlugen ihn nieder
Hoben ihn auf und verließen in Eile die Stadt.

7
Äusserste Verfolgung und Analyse

DER KONTROLLCHOR

Sie verließen die Stadt!

Die Unruhen wachsen in der Stadt
Aber die Führung flieht über die Stadtgrenze.
Eure Maßnahme!

DIE VIER AGITATOREN

Wartet ab!
Es ist leicht, das Richtige zu wissen
Fern vom Schuß
Wenn man Monate Zeit hat
Aber wir
Hatten zehn Minuten Zeit und
Dachten nach vor den Gewehrläufen.

Als wir auf der Flucht in die Nähe der Kalkgruben vor der Stadt kamen, sahen wir hinter uns unsere Verfolger. Unser junger Genosse öffnete die Augen, erfuhr, was geschehen war, sah ein, was er getan hatte, und sagte: Wir sind verloren.

DER KONTROLLCHOR

Eure Maßnahme!
In den Zeiten äußerster Verfolgung und der Verwirrung der Theorie
Zeichnen die Kämpfer das Schema der Lage
Abzuwägen Einsatz und Möglichkeit.

DIE VIER AGITATOREN Wir wiederholen die Analyse.

ERSTER AGITATOR Wir müssen ihn über die Grenze schaffen, sagten wir.

ZWEITER AGITATOR Aber die Massen sind auf der Straße.

DRITTER AGITATOR Und wir müssen sie in die Versammlungen bringen.

ERSTER AGITATOR Also können wir unsern Genossen nicht über die Grenze schaffen.

DRITTER AGITATOR Wenn wir ihn aber verstecken und er wird gefunden, was geschieht, da er erkannt ist?

ERSTER AGITATOR Es liegen Kanonenboote bereit auf den Flüssen und Panzerzüge stehen auf den Bahndämmen, um uns anzugreifen, wenn einer von uns dort gesehen wird. Er darf nicht gesehen werden.

DER KONTROLLCHOR

Wenn man uns trifft, wo immer es sei
Schreit man: Die Herrschenden

Sollen vernichtet werden!
Und die Kanonen gehen los.

Denn wenn der Hungernde
Stöhnend zurückschlägt den Peiniger
Haben wir ihn bezahlt
Daß er stöhnt und zurückschlägt.

Auf unserer Stirne steht
Daß wir gegen die Ausbeutung sind.
Auf unserm Steckbrief steht: Diese
Sind für die Unterdrückten!

Wer den Verzweifelten hilft
Der ist der Abschaum der Welt.
Wir sind der Abschaum der Welt
Wir dürfen nicht gefunden werden.

8
Die Grablegung

DIE DREI AGITATOREN
Wir beschlossen:
Dann muß er verschwinden, und zwar ganz.
Denn wir können ihn nicht mitnehmen und nicht da lassen
Also müssen wir ihn erschießen und in die Kalkgrube werfen, denn
Der Kalk verbrennt ihn.

DER KONTROLLCHOR
Fandet ihr keinen Ausweg?

DIE VIER AGITATOREN
Bei der Kürze der Zeit fanden wir keinen Ausweg.
Wie das Tier dem Tiere hilft
Wünschten auch wir uns, ihm zu helfen, der
Mit uns gekämpft für unsere Sache.
Fünf Minuten im Angesicht der Verfolger
Dachten wir nach über eine
Bessere Möglichkeit.
Auch ihr jetzt denkt nach über eine
Bessere Möglichkeit.

Pause.
Also beschlossen wir: jetzt
Abzuschneiden den eigenen Fuß vom Körper.
Furchtbar ist es, zu töten.
Aber nicht andere nur, auch uns töten wir, wenn es nottut
Da doch nur mit Gewalt diese tötende
Welt zu ändern ist, wie
Jeder Lebende weiß.
Noch ist es uns, sagten wir
Nicht vergönnt, nicht zu töten. Einzig mit dem
Unbeugbaren Willen, die Welt zu verändern, begründeten wir
Die Maßnahme.

DER KONTROLLCHOR
Erzählt weiter, unser Mitgefühl
Ist euch sicher
Nicht leicht war es, zu tun, was richtig war.
Nicht ihr spracht ihm sein Urteil, sondern
Die Wirklichkeit.

DIE VIER AGITATOREN Wir wiederholen unser letztes Gespräch.

DER ERSTE AGITATOR Wir wollen ihn fragen, ob er einverstanden ist, denn er war ein mutiger Kämpfer. (Freilich das Gesicht, das unter der Maske hervorkam, war ein anderes, als das wir mit der Maske verdeckt hatten, und das Gesicht, das der Kalk verlöschen wird, anders, als das Gesicht, das uns einst an der Grenze begrüßte.)

DER ZWEITE AGITATOR Aber auch wenn er nicht einverstanden ist, muß er verschwinden, und zwar ganz.

DER ERSTE AGITATOR *zum jungen Genossen:* Wenn du gefaßt wirst, werden sie dich erschießen, und da du erkannt wirst, ist unsere Arbeit verraten. Also müssen wir dich erschießen und in die Kalkgrube werfen, damit der Kalk dich verbrennt. Aber wir fragen dich: weißt du einen Ausweg?

DER JUNGE GENOSSE Nein.

DIE DREI AGITATOREN So fragen wir dich: bist du einverstanden?

Pause.

DER JUNGE GENOSSE Ja.

DIE DREI AGITATOREN Wohin sollen wir dich tun, fragten wir ihn.

DER JUNGE GENOSSE In die Kalkgrube, sagte er.
DIE DREI AGITATOREN Wir fragten: Willst du es allein machen?
DER JUNGE GENOSSE Helft mir.
DIE DREI AGITATOREN
Lehne deinen Kopf an unsern Arm
Schließ die Augen.
DER JUNGE GENOSSE *unsichtbar:*
Er sagte noch: Im Interesse des Kommunismus
Einverstanden mit dem Vormarsch der proletarischen Massen
Aller Länder
Ja sagend zur Revolutionierung der Welt.
DIE DREI AGITATOREN
Dann erschossen wir ihn und
Warfen ihn hinab in die Kalkgrube.
Und als der Kalk ihn verschlungen hatte
Kehrten wir zurück zu unserer Arbeit.
DER KONTROLLCHOR
Und eure Arbeit war glücklich
Ihr habt verbreitet
Die Lehre der Klassiker
Das Abc des Kommunismus
Den Unwissenden Belehrung über ihre Lage
Den Unterdrückten das Klassenbewußtsein
Und den Klassenbewußten die Erfahrung der Revolution.
Und die Revolution marschiert auch dort
Und auch dort sind geordnet die Reihen der Kämpfer
Wir sind einverstanden mit euch.
Aber auch euer Bericht zeigt uns, wieviel
Nötig ist, die Welt zu verändern:
Zorn und Zähigkeit, Wissen und Empörung
Schnelles Eingreifen, tiefes Bedenken
Kaltes Dulden, endloses Beharren
Begreifen des Einzelnen und Begreifen des Ganzen:
Nur belehrt von der Wirklichkeit, können wir
Die Wirklichkeit ändern.

Die heilige Johanna der Schlachthöfe

Schauspiel

Mitarbeiter: Hans Hermann Borchardt · Emil Burri · Elisabeth Hauptmann

Der dreizehnte Versuch: »Die heilige Johanna der Schlachthöfe«, soll die heutige Entwicklungsstufe des faustischen Menschen zeigen. Das Stück ist entstanden aus dem Stück »Happy End« von Elisabeth Hauptmann. Es wurden außerdem einige klassische Vorbilder und Stilelemente verwendet: die Darstellung bestimmter Vorgänge erhielt die ihr historisch zugeordnete Form. So sollen nicht nur die Vorgänge, sondern auch die Art ihrer literarisch-theatralischen Bewältigung ausgestellt werden.

Personen

Johanna Dark, Leutnant der Schwarzen Strohhüte · Pierpont Mauler, Fleischkönig · Cridle, Graham, Lennox, Meyers – Fleischfabrikanten · Sullivan Slift, Makler des Mauler · Vorarbeiter · Der Bursche (Der Arbeiter) · Frau Luckerniddle · Gloomb, Arbeiter · Kellner · Ein Makler · Paulus Snyder, Major der Schwarzen Strohhüte · Mulberry, Hauswirt · Jackson, Mitglied der Schwarzen Strohhüte · Mädchen der Schwarzen Strohhüte (Martha) · Zwei Detektive · Zwei Arbeiterführer · Zwei Musiker · Die Arbeiter · Die Zeitungsjungen · Die Schwarzen Strohhüte · Die Packherren (Die Schlächter) · Die Aufkäufer · Die Makler · Die Viehzüchter · Die kleinen Spekulanten · Die Armen · Die Zeitungsleute · Stimmen der Johanna

I

Der Fleischkönig Pierpont Mauler bekommt einen Brief von seinen Freunden in New York

Chicago, Schlachthöfe

MAULER *liest einen Brief:* »Wie wir deutlich merken, lieber Pierpont, ist der Fleischmarkt seit kurzer Zeit recht verstopft. Auch widerstehen die Zollmauern im Süden allen unseren Angriffen. Demnach scheint es geraten, die Hand vom Fleischhandel zu lassen, lieber Pierpont.« Diesen Wink bekomme ich heute von meinen lieben Freunden aus New York. Hier kommt mein Kompagnon. *Er verbirgt den Brief.*

CRIDLE
Warum so finster, lieber Pierpont?

MAULER
Erinnere, Cridle, dich, wie wir vor Tagen –
Wir gingen durch den Schlachthof, Abend war's –
An unsrer neuen Packmaschine standen.
Erinnere, Cridle, dich an jenen Ochsen
Der blond und groß und stumpf zum Himmel blickend
Den Streich empfing: mir war's, als gält er mir.
Ach, Cridle, ach, unser Geschäft ist blutig.

CRIDLE
Die alte Schwäche also, Pierpont?
Unglaublich fast, du, der Gigant der Packer
Des Schlachthofs König, vor dem Schlächter zittern
Zergehst in Schmerz um einen blonden Ochsen!
Verrat's, ich bitt dich, niemand außer mir.

MAULER
O treuer Cridle!
Ich hätte nicht zum Schlachthof gehen sollen!
Seit ich in dies Geschäft hineinging, also sieben
Jahre, vermied ich's, Cridle, ich vermag's
Nicht länger, heute noch geb ich es auf, dies blutige Geschäft.
Nimm du's, ich geb dir meinen Anteil billigst
Dir gäb ich ihn am liebsten, denn wie du
Mit dem Geschäft verwachsen bist, ist's keiner.

CRIDLE
Wie billig?

MAULER

Darüber kann's bei alten Freunden
Wie du und mir kein langes Handeln geben.
Schreib zehn Millionen!

CRIDLE

Das wär nicht teuer, wenn nicht Lennox wär
Der mit uns ringt um jede Büchse Fleisch
Der uns den Markt verdirbt mit niedren Preisen
Und uns kaputtmacht, wenn er nicht kaputtgeht.
Eh der nicht fiel, und nur du kannst ihn fällen
Nehm ich dein Angebot nicht an. So lange mußt du
Noch dein Gehirn, das listenreiche, üben.

MAULER

Nein, Cridle, dieses Ochsen Ächzen
Verstummt nicht mehr in dieser Brust. Drum eilig
Muß dieser Lennox fallen, denn ich selber
Bin ganz gewillt, ein guter Mann zu werden
Und nicht ein Schlächter. Cridle, komm, ich will
Dir sagen, was du machen mußt, daß Lennox
Schnell fällt. Dann aber mußt du
Mir dies Geschäft abnehmen, das mir leid ist.

CRIDLE

Wenn Lennox fällt. *Beide ab.*

2
Der Zusammenbruch der grossen Fleischfabriken

Vor der Lennoxschen Fleischfabrik

DIE ARBEITER

Wir sind 70000 Arbeiter in den Lennoxschen Fleischfabriken und wir
Können keinen Tag mehr mit so kleinen Löhnen weiterleben.
Gestern wurde wieder hurtig der Lohn gesenkt
Und heut hängt schon wieder die Tafel aus
Jeder kann weggehen, der
Mit unsern Löhnen nicht zufrieden ist.
Gehn wir doch alle einfach weg und
Scheißen auf den Lohn, der täglich geringer wird.
Stille.

DIE ARBEITER
Lange schon ist diese Arbeit uns ekelhaft
Die Fabrik uns die Hölle und nur
Alle die Schrecken des kalten Chicagos konnten
Uns halten hier. Aber jetzt
Kann man für zwölf Stunden Arbeit nicht mehr
Das trockene Brot verdienen und
Die billigste Hose. Jetzt
Kann man gradsogut weggehn und
Schon gleich verrecken.
Stille.
DIE ARBEITER
Wofür halten uns die? Glauben sie
Wir stünden wie Ochsen da, bereit
Zu allem? Sind wir
Ihre Deppen? Lieber verrecken doch! Auf der Stelle
Gehen wir weg.
Stille.
DIE ARBEITER
Es muß doch schon sechs Uhr sein?
Warum nicht aufgemacht, ihr Schinder? Hier
Stehen eure Ochsen, ihr Metzger, aufgemacht!
Sie klopfen.
Vielleicht sind wir vergessen worden?
Gelächter.
DIE ARBEITER
Aufgemacht! Wir
Wollen herein in eure
Drecklöcher und Sudelküchen, um
Den vermögenden Essern ihr
Verschmiertes Fleisch zu kochen.
Stille.
Mindestens verlangen wir
Den alten Lohn, der auch schon zu klein ist, mindestens
Den Zehnstundentag und mindestens –
EIN MANN *geht vorüber:*
Worauf wartet ihr? Wißt ihr nicht
Daß Lennox geschlossen hat?
Zeitungsjungen laufen über die Bühne.

DIE ZEITUNGSJUNGEN Der Fleischkönig Lennox muß seine Fabriken schließen! 70000 Arbeiter brot- und obdachlos! M. L. Lennox, ein Opfer des erbitterten Konkurrenzkampfes mit dem bekannten Fleischkönig und Philanthropen Pierpont Mauler.

DIE ARBEITER

Wehe!
Die Hölle selbst
Schließt ihr Tor für uns!
Wir sind verloren. Der blutige Mauler hält
Unsern Ausbeuter am Hals und
Uns geht die Luft aus!

P. MAULER

Straße

DIE ZEITUNGSJUNGEN Chicagoer Tribüne am Mittag! Der Fleischkönig und Philanthrop P. Mauler begibt sich zu der Eröffnung der P. Maulerschen Krankenhäuser, der größten und teuersten Hospitäler der Welt!

P. Mauler geht mit zwei Männern vorbei.

EIN PASSANT *zum andern:* Das ist P. Mauler. Wer sind die Männer, die ihn begleiten?

DER ANDERE Das sind Detektive. Sie bewachen ihn, damit er nicht niedergeschlagen wird.

UM DEM JAMMER DER SCHLACHTHÖFE TROST ZU SPENDEN, VERLASSEN DIE SCHWARZEN STROHHÜTE IHR MISSIONSHAUS. JOHANNAS ERSTER GANG IN DIE TIEFE.

Vor dem Haus der Schwarzen Strohhüte

JOHANNA *an der Spitze eines Stoßtrupps der Schwarzen Strohhüte:*

In finsterer Zeit blutiger Verwirrung
Verordneter Unordnung

Planmäßiger Willkür
Entmenschter Menschheit
Wo nicht mehr aufhören wollen in unseren Städten die Unruhen:
In solche Welt, gleichend einem Schlachthaus
Herbeigerufen durch das Gerücht drohender Gewalttat
Damit nicht rohe Gewalt des kurzsichtigen Volkes
Zerschlag das eigene Handwerkszeug und
Zertrample den eigenen Brotkorb
Wollen wir wieder einführen
Gott.
Wenig berühmt nur mehr
Fast schon berüchtigt
Nicht mehr zugelassen
An den Stätten des wirklichen Lebens:
Aber der Untersten einzige Rettung!
Drum haben wir uns entschlossen
Für ihn die Trommel zu rühren
Auf daß er Fuß fasse in den Quartieren des Elends
Und seine Stimme erschalle auf den Schlachthöfen.
Zu den Schwarzen Strohhüten:
Und dies unser Unternehmen ist sicher
Das letzte seiner Art. Letzter Versuch also
Ihn noch einmal aufzurichten in zerfallender Welt und zwar
Durch die Untersten.
Sie marschieren mit Getrommel weiter.

VON MORGENS BIS ABENDS ARBEITETEN DIE SCHWARZEN STROHHÜTE AUF DEN SCHLACHTHÖFEN, ABER ALS ES ABEND WURDE, HATTEN SIE SO GUT WIE NICHTS ERREICHT

Vor den Lennoxschen Fleischfabriken

EIN ARBEITER Sie machen wieder eine große Schiebung am Fleischmarkt, heißt es. Bis die vorbei ist, müssen wir eben warten und Kohldampf schieben.

EIN ARBEITER In den Kontoren ist Licht. Da rechnen sie den Profit aus.

Die Schwarzen Strohhüte kommen. Sie stellen ein Schild auf, auf dem »Übernachten 20 cts«, »mit Kaffee 30 cts«, »Würstchen 15 cts« steht.

DIE SCHWARZEN STROHHÜTE *singen:*

Obacht, gib Obacht!
Wir sehen dich, Mann, der versinkt
Wir hören dein Geschrei um Hilfe
Wir sehen dich, Frau, die winkt.
Haltet die Autos an, stoppt den Verkehr!
Mut, ihr versinkenden Leute, wir kommen, schaut her!
Du, der du untergehst
Sieh uns, oh, sieh uns, Bruder, bevor du untergehst!
Wir bringen dir zu essen
Wir haben nicht vergessen
Daß du noch draußen stehst.
Sag nicht, es hilft nichts, denn jetzt wird es anders
Das Unrecht dieser Welt kann nicht bestehn
Wenn alle mit uns kommen und marschieren
Und kümmern sich um nichts und helfen gehn.
Wir werden auffahren Tanks und Kanonen
Und Flugzeuge müssen her
Und Kriegsschiffe über das Meer
Um dir, Bruder, einen Teller Suppe zu erobern.
Denn ihr armen Leute
Ihr seid eine große Armee!
Drum muß es sein noch heute
Daß jeder euch beisteh!
Vorwärts marsch! Richt euch! Zum Sturm an das Gewehr!
Mut, ihr versinkenden Leute, wir kommen, schaut her!

Schon während des Singens verteilen die Schwarzen Strohhüte ihr Traktätchen »Der Schlachtruf«, Löffel, Teller und Suppe. Die Arbeiter sagen »danke« und hören nunmehr Johannas Rede zu.

JOHANNA Wir sind die Soldaten des lieben Gottes. Wegen unserer Hüte nennt man uns auch die Schwarzen Strohhüte. Wir marschieren mit Trommeln und Fahnen überall hin, wo Unruhe herrscht und Gewalttaten drohen, um an den lieben Gott zu erinnern, den sie alle vergessen haben, und ihre Seelen zu ihm zurückzubringen. Soldaten nennen wir uns, weil wir eine

Armee sind und auf unserem Marsch kämpfen müssen mit dem Verbrechen und dem Elend, jenen Mächten, die uns nach unten ziehen wollen. *Sie fängt an, selbst die Suppe auszuteilen.* So, jetzt eßt mal die warme Suppe, und dann wird sich alles gleich wieder ganz anders anschauen, aber denkt gefälligst auch ein wenig an den, der euch die Suppe bescheret. Und wenn ihr so nachdenkt, dann werdet ihr sehen, daß das überhaupt die ganze Lösung ist: Oben streben und nicht unten streben. Oben sich nach einem guten Platz anstellen und nicht unten. Oben der erste sein wollen und nicht unten. Jetzt seht ihr ja, was für ein Verlaß auf das irdische Glück ist. Gar keiner. Das Unglück kommt wie der Regen, den niemand machet und der doch kommt. Ja, woher kommt euer ganzes Unglück?

EIN ESSER Von Lennox & Co.

JOHANNA Der Herr Lennox hat jetzt vielleicht mehr Sorgen als ihr. Was verliert denn ihr? Das geht doch in die Millionen, was der verliert!

EIN ARBEITER Kärglich schwimmt das Fett in dem Süppchen, aber viel gesundes Wasser enthält sie und nicht gespart ist die Wärme.

ANDERER ARBEITER Haltet das Maul, ihr Schmausenden! Lauschet dem himmlischen Text! Denn sonst wird euch das Süppchen entzogen.

JOHANNA Ruhe! Liebe Freunde, warum seid ihr wohl arm?

ARBEITER Na, erzähl's uns mal.

JOHANNA Ich will es euch sagen: Nicht weil ihr nicht mit irdischen Gütern gesegnet seid – das kann nicht jeder sein –, sondern weil ihr keinen Sinn für das Höhere habt. Darum seid ihr arm. Diese niederen Genüsse, nach denen ihr strebt, nämlich dieses bißchen Essen und hübsche Wohnungen und Kino, das sind ja nur ganz grobe sinnliche Genüsse, Gottes Wort aber ist ein viel feinerer und innerlicherer und raffinierterer Genuß, ihr könnt euch vielleicht nichts Süßeres denken als Schlagsahne, aber Gottes Wort ist eben doch noch süßer, ei, wie süß ist Gottes Wort! Das ist wie Milch und Honigseim, und bei ihm wohnet man wie in einem Palast aus Ophyr und Alabaster. Ihr Kleingläubigen, die Vögel unter dem Himmel haben keine Stellungsnachweise und die Lilien auf dem Felde haben keine Arbeit und er ernähret sie doch, weil sie lobsingen zu seinem Preis. Ihr wollt alle nach oben kommen, aber in was für ein Oben und wie wollt ihr hinaufkommen?! Und da sind es eben wir Schwarzen Strohhüte, die euch fragen, ganz praktisch: was muß einer haben, daß er überhaupt hochkommt?

ARBEITER Einen Stehkragen.

JOHANNA Nein, keinen Stehkragen. Vielleicht braucht man auf Erden einen Stehkragen, damit man weiterkommt, aber vor Gott muß man noch viel mehr umhaben, einen ganz anderen Glanz, aber da habt ihr nicht einmal einen Gummikragen um, weil ihr eben euren ganzen inneren Menschen vollständig vernachlässigt habt. Wie aber wollt ihr hinaufkommen, oder was ihr in eurem Unverstand so »hinauf« nennt, durch die rohe Gewalt! Als ob Gewalt jemals etwas anderes ausgerichtet hätte als Zerstörung. Ihr glaubt, wenn ihr euch auf die Hinterbeine stellt, dann gibt es das Paradies auf Erden. Aber ich sage euch: So macht man kein Paradies, so macht man das Chaos.

Ein Arbeiter kommt gelaufen.

ARBEITER

Frei wurde eben ein Arbeitsplatz!
Drüben winkt er, der lohnende
In der fünften Fabrik!
Äußerlich ist er ein Abtrittsloch.
Lauft!

Drei Arbeiter lassen die vollen Teller stehen und laufen weg.

JOHANNA Hallo, ihr, wo lauft ihr denn hin? Wenn man euch von Gott erzählt! Das wollt ihr nicht hören! Was?!

EIN MÄDCHEN VON DEN SCHWARZEN STROHHÜTEN Die Suppe ist aus.

DIE ARBEITER

Das Süppchen ist aus
Fettlos war es und wenig, aber
Besser wie nichts.

Alle wenden sich ab und stehen auf.

JOHANNA Ja, bleibt aber nur sitzen, das schadet gar nichts, die große himmlische Suppe nämlich, die geht nicht aus.

DIE ARBEITER

Wann endlich werdet ihr
Aufmachen eure Schabekeller

Ihr Menschenmetzger?
Es bilden sich Gruppen.

EIN MANN
Wie bezahl ich mein Häuschen jetzt, das schmucke feuchte
In dem wir zu zwölft sind? Siebzehn
Raten hab ich bezahlt und verfällt jetzt die letzte:
Werfen sie uns auf die Straße und nimmermehr
Sehen wir den gestampften Boden mit dem gelblichen Gras
Und nie mehr atmen wir
Die gewohnte verpestete Luft.

EIN ZWEITER MANN *in einem Kreis:*
Da stehen wir mit Händen wie Schaufeln
Und Nacken wie Rollwagen und wollen verkaufen
Die Hände und Nacken
Und niemand erwirbt sie.

DIE ARBEITER
Und unser Werkzeug, ein riesiger Haufen
Dampfhämmer und Kräne
Versperrt hinter Mauern!

JOHANNA Ja, was ist denn? Jetzt wenden die sich einfach weg!
So, habt ihr jetzt gegessen? Wohl bekomm's und danke.
Warum habt ihr denn bis jetzt zugehört?

EIN ARBEITER Für die Suppe.

JOHANNA Wir fahren fort. Singet!

DIE SCHWARZEN STROHHÜTE *singen:*
Geht hinein in die Schlacht
Wo das Gewühl am stärksten ist.
Singet nur, singet mit Macht! Noch ist es Nacht!
Aber der Morgen kommt schon mit Macht!
Bald auch zu euch kommt der Herr Jesus Christ.

EINE STIMME VON HINTEN Bei Mauler gibt's noch Arbeit!
Die Arbeiter bis auf wenige Frauen ab.

JOHANNA *finster:* Packt die Musikinstrumente zusammen. Habt ihr gesehen, wie sie fortliefen, als die Suppe aus war!
Das erhebt sich nicht höher als
Bis zu einer Schüssel Rand. Das
Glaubt an nichts mehr, was es nicht
In seiner Hand hat – wenn's an die Hand glaubt.
Lebend von Minute zu Minute unsicher

Können die sich nicht mehr erheben
Vom niedersten Boden. Denen
Ist nur mehr der Hunger gewachsen. Sie
Berührt kein Lied mehr, zu ihnen dringt
In solche Tiefe kein Wort.

Zu den Umstehenden: Wir Schwarzen Strohhüte kommen uns vor, als sollten wir mit unsern Löffeln einen hungernden Erdteil sättigen.

Die Arbeiter kommen zurück. Geschrei von fern.

DIE ARBEITER *vorn:* Was ist das für ein Geschrei? Ein riesiger Strom von Leuten aus der Richtung der Packhöfe!

STIMME *hinten:*
Auch Mauler und Cridle schließen!
Die Maulerschen Fabriken sperren aus!

DIE ZURÜCKFLUTENDEN ARBEITER
Laufend nach Arbeit, begegneten wir auf halbem Wege
Einem ganzen Strom von Verzweifelten
Die ihre Arbeit verloren hatten und
Uns nach Arbeit fragten.

ARBEITER *vorn:*
Wehe! Auch von dort kommt ein Zug Menschen!
Unübersehbar! Auch Mauler
Hat geschlossen. Wohin mit uns?

DIE SCHWARZEN STROHHÜTE *zu Johanna:* Komm jetzt mit. Wir sind durchfroren und naß und müssen essen.

JOHANNA Dann will ich aber wissen, wer an all dem schuld ist.

DIE SCHWARZEN STROHHÜTE
Halt! Misch dich nicht ein da! Sicherlich
Schreien sie dir die Ohren voll. Nur mit Niedrigem
Ist ihr Sinn angefüllt! Faulenzer sind es!
Gefräßig und arbeitsscheu und von Geburt an
Bar jeder höheren Regung!

JOHANNA Nein, ich will's wissen. *Zu den Arbeitern:* Jetzt sagt mir: Warum lauft ihr hier herum und habt keine Arbeit?

DIE ARBEITER
Der blutige Mauler liegt in einem Kampf mit
Dem geizigen Lennox und drum hungern wir.

JOHANNA
Wo wohnt der Mauler?

DIE ARBEITER
Dort, wo das Vieh verhandelt wird, in
Einem großen Gebäude, der Viehbörse.

JOHANNA
Dort will ich hingehn, denn
Ich muß es wissen.

MARTHA *eine von den Schwarzen Strohhüten:*
Misch dich nicht hinein da! Wer viel fragt
Kriegt viele Antworten.

JOHANNA
Nein, diesen Mauler will ich sehen, der solches Elend
Verrichtet.

DIE SCHWARZEN STROHHÜTE
Dann sehen wir schwarz für dein weiteres Schicksal, Johanna.
Nicht misch dich in irdischen Zank!
Dem Zank verfällt, wer sich hineinmischt!
Seine Reinheit vergeht schnell. Bald
Vergeht vor der alles beherrschenden Kälte seine
Wenige Wärme. Die Güte verläßt ihn, der den schützenden
Ofen flieht.
Von Stufe zu Stufe
Nachstrebend nach unten, der dir nimmer werdenden
Antwort zu
Wirst du verschwinden in Schmutz!
Denn nur Schmutz wird gestopft in die Münder
Der ohne Vorsicht Fragenden.

JOHANNA Ich will's wissen.
Die Schwarzen Strohhüte ab.

3
Pierpont Mauler verspürt den Hauch einer anderen Welt

Vor der Viehbörse

Unten wartend Johanna und Martha, oben die Fleischfabrikanten Lennox und Graham im Gespräch. Lennox ist kalkweiß.

GRAHAM
Dich hat der wüste Mauler so getroffen
O guter Lennox! Unaufhaltsam ist
Der Aufstieg dieses Ungetüms, ihm wird
Natur zur Ware, selbst die Luft verkäuflich.
Was wir im Magen haben, er verkauft's uns noch mal.
Aus eingestürzten Häusern holt er Zins, aus faulem
Fleisch Geld, und wirfst du ihn mit Steinen
Setzt er in Geld gewiß die Steine um, und so
Unbändig ist sein Geldsinn, so natürlich
Ihm diese Unnatur, daß auch er selber
Nicht diesen Trieb in sich verleugnen könnt
Denn wiß: er selbst ist weich und liebt das Geld nicht
Und kann nicht Elend sehen und schläft nicht nachts.
Drum mußt du ihm dich nahn mit halberstickter Stimme
Und sagen: Mauler, sieh mich an und nimm
Die Hand von meinem Hals, denk an dein Alter.
Sei sicher, er erschrickt. Vielleicht: er weint...

JOHANNA *zu Martha:*
Du allein, Martha, bist mit mir gegangen
Bis hierher. Alle andern
Verließen mich mit Warnung auf den Lippen
Als ging ich schon ins Äußerste – merkwürdige Warnung
Ich danke dir, Martha.

MARTHA Auch ich warnte dich, Johanna.

JOHANNA Und gingst mit mir.

MARTHA Wirst du ihn aber auch erkennen, Johanna?

JOHANNA Ich werde ihn schon kennen!
Cridle kommt heraus.

CRIDLE

So, Lennox, jetzt ist's Schluß mit Unterbieten
Jetzt bist du aus und ich sperr zu und warte
Bis sich der Markt erholt. Ich wasche meine Höfe
Und öl die Messer durch und stell mir einige
Von diesen neuen Packmaschinen auf, mit denen man
Ein hübsches Sümmchen Arbeitslohn einspart.

GRAHAM

Verdammte Zeiten!
Verwüstet liegt der Markt und überschwemmt von Ware.
Der Handel, der so blühend war, liegt brach.
Euch raufend um den längst verstopften Markt
Verdarbt ihr euch die Preise, selbst euch unterbietend, so
Zerstampfen Büffel im Kampf um Gras das Gras, um das sie kämpfen.

Mauler kommt mit seinem Makler Slift in einem Haufen von Fleischpackern heraus, hinter ihm zwei Detektive.

DIE FLEISCHPACKER

Jetzt kommt's drauf an, wer durchhält!

MAULER

Gefällt ist Lennox. *Zu Lennox:* Du bist aus, gib's zu.
Und jetzt verlang ich von dir, Cridle, daß du
Den Packhof übernimmst, wie's im Vertrag steht
Wenn Lennox aus ist.

CRIDLE

Ja, aus ist Lennox. Aber aus ist auch
Die gute Zeit am Markt, drum mußt du, Mauler
Herunter von den zehn Millionen Dollar für deine Aktien!

MAULER

Was? Der Preis steht
Hier im Vertrag! Hier, Lennox, schau, ob dies
Nicht ein Vertrag ist und ein Preis drinsteht!

CRIDLE

Ja, ein Vertrag gemacht zu guter Zeit!
Und steht die schlechte Zeit auch im Vertrag?
Was soll ich jetzt allein mit einem Schlachthof
Und niemand kauft mehr eine Büchse Fleisch?
Jetzt weiß ich auch, warum du keine Ochsen
Mehr sterben sehen konntest: weil ihr Fleisch
Nicht mehr verkauft wird!

MAULER
Nein, weil mein Herz
Vor dem Gebrüll der Kreatur sich aufbäumt!

GRAHAM
Oh, großer Mauler, ich erkenne jetzt
Die Größe deines Tuns, ach, selbst dein Herz
Hat Weitblick!

LENNOX
Mauler, ich wollt mit dir noch einmal…

GRAHAM
Rühr an sein Herz, Lennox! Rühr an sein Herz!
's ist eine empfindliche Müllgrub!
Er haut Mauler in die Herzgrube.

MAULER Au!

GRAHAM Siehst du! Er hat ein Herz!

MAULER
So, Freddy, jetzt mach ich mit Cridle aus, daß er
Dir keine Büchse abnehmen darf, weil du
Mich in den Leib haust.

GRAHAM
Das gilt nicht, Pierpy! Das heißt Privates
Mit dem Geschäft vermengen.

CRIDLE Ist gut, Pierpy, gern. Ganz wie du willst.

GRAHAM Ich hab 2000 Arbeiter, Mauler!

CRIDLE Schick sie ins Kino! Aber, Pierpy, unser Vertrag gilt nicht. *Er rechnet in einem Büchlein.* Als wir den Vertrag über dein Ausscheiden machten, standen die Anteile, von denen du wie ich ein Drittel hast, auf 390. Du hast sie mir für 320 gegeben; das war billig. Heute ist es teuer, denn sie stehen auf 100, da der Markt verstopft ist, wenn ich dich auszahlen will, muß ich die Anteile auf den Markt werfen. Wenn ich das tue, sinken sie auf 70, und wovon soll ich dich dann auszahlen? Dann bin ich aus.

MAULER
Wenn du mir das sagst, Cridle, muß ich ja sofort
Mein Geld aus dir herausziehn
Bevor du aus bist!
Ich sag dir, Cridle, ich bin so erschreckt
Daß mir der Schweiß ausbricht, höchstens sechs Tage

Kann ich dir geben! Wo denk ich hin? Fünf Tage
Wenn es so mit dir steht.

LENNOX Mauler, sieh mich.

MAULER Lennox, sag du, ob der Vertrag was über schlechte Zeiten sagt.

LENNOX Nein. *Lennox ab.*

MAULER *schaut ihm nach:*
Mir scheint, als ob ein Kummer ihn bedrückte
Und ich, so im Geschäft (wär ich's doch nicht!)
Erkannt es nicht! O tierisches Geschäft!
Mich ekelt's, Cridle.
Cridle ab. Johanna hat inzwischen den einen Detektiv zu sich gewinkt und ihm etwas gesagt.

DER DETEKTIV Herr Mauler, da sind einige, die mit Ihnen sprechen wollen.

MAULER
Abgerissenes Pack, was? Neidisch aussehend, was?
Und gewalttätig, wie? Ich
Bin nicht zu sprechen.

DER DETEKTIV Es sind ein paar von der Organisation der Schwarzen Strohhüte.

MAULER Was ist das für eine Organisation?

DER DETEKTIV Sie sind weit verzweigt und zahlreich und angesehen bei den unteren Ständen, wo man sie die Soldaten des lieben Gottes nennt.

MAULER
Ich hörte schon von ihnen. Seltsamer Name:
Des lieben Gottes Soldaten… aber
Was wollen die von mir?

DER DETEKTIV Sie haben mit Ihnen zu sprechen, sagen sie.
Währenddem geht jetzt der Börsenlärm weiter: Ochsen 43, Schweine 55, Rinder 59 usw.

MAULER
Gut, sag ihnen, ich will sie sehn.
Sag ihnen aber auch, daß sie selbst nichts sagen dürfen, was ich
Nicht selber frag. Auch Tränen oder Lieder
Besonders rührselige, dürfen sie nicht plärren.
Sag ihnen noch, am meisten könnt's ihnen nützen

Wenn ich den Eindruck hätt, sie seien
Gutgesinnte Menschen, gegen die nichts vorliegt
Und die nichts wollen von mir, was ich nicht hab.
Und noch was: sag nicht, daß ich der Mauler bin.
Der Detektiv geht hinüber zu Johanna.

DER DETEKTIV
Er will euch sprechen, aber
Ihr sollt nichts fragen, sondern nur antworten
Wenn er euch fragt.
Johanna tritt auf Mauler zu.

JOHANNA Sie sind der Mauler!

MAULER Nicht ich bin's. *Zeigt auf Slift.* Der ist's.
Johanna deutet auf Mauler.

JOHANNA Sie sind der Mauler.

MAULER Nein, der ist's.

JOHANNA Sie sind's.

MAULER Wie kennst du mich?

JOHANNA Weil du das blutigste Gesicht hast.
Slift lacht.

MAULER Du lachst, Slift?
Graham ist inzwischen weggelaufen.

MAULER *zu Johanna:* Wieviel Geld bekommt ihr für den Tag?

JOHANNA Zwanzig Cents, aber das Essen und die Kleidung.

MAULER
Dünne Kleider, Slift, und sicher magere Suppen, wie?
Ja, die Kleider mögen dünn sein und die Suppen nicht fett.

JOHANNA
Warum, Mauler, sperrst du die Arbeiter aus?

MAULER *zu Slift:*
Daß sie arbeiten ohne Verdienst
Das ist merkwürdig, nicht? Niemals noch hört ich
Daß solches vorgefallen wär, daß einer arbeitet
Für nichts und ist's nicht leid. Auch find ich keine Furcht
In ihrem Aug
Vor Brückenbogen und Elend.
Zu Johanna:
Ihr Schwarzen Strohhüte seid seltsame Leute.
Ich frag euch nicht, was ihr Besonderes wollt
Von mir. Ich weiß, man nennt mich – dummes Pack! –

Den blutigen Mauler, sagt, ich hätt den Lennox
Um seine Sach gebracht oder dem Cridle
Der unter uns ein wenig guter Mensch ist
Ungelegenheiten bereitet. Euch kann ich sagen:
Das ist nur Geschäftliches und wird euch
Nicht interessieren. Was andres aber war's, worüber
Ich gern eure Ansicht hörte. Ich habe vor, dies blutige
Geschäft baldmöglichst aufzugeben: ganz.
Neulich nämlich, das wird euch interessieren, sah ich
Einen Ochsen sterben und war so erschüttert, daß
Ich alles aufgeben will, auch meinen Anteil
An der Fabrik verkauft hab, 12 Millionen Dollars. Ich gab sie dem
Für 10. Haltet ihr
Das nicht für richtig und nach eurem Sinn?

SLIFT

Er sah den Ochsen sterben und beschloß
Statt dieses armen Ochsen
Den reichen Cridle nun zu schlachten.
War das richtig?
Die Fleischpacker lachen.

MAULER

Lacht nur. Mich ficht nicht an euer Lachen. Ich sehe
Euch noch weinen.

JOHANNA

Herr Mauler, warum haben Sie die Schlachthöfe zugemacht?
Das muß ich wissen.

MAULER

Ist's nicht ein Äußerstes, daß ich die Hand herausnahm
Aus einem großen Geschäft, nur weil es blutig ist?
Sag, daß es richtig ist und dir gefällt.
Nein, sag mir's nicht, ich weiß schon, ich geb's zu, es sind
Einige dadurch ins Unglück gekommen, sie haben keine
Arbeit mehr, ich weiß. 's war leider unvermeidlich.
Übrigens schlechte Leute, rohes Gesindel, geht lieber nicht hin, aber sag mir:
Daß ich die Hand aus dem Geschäft nahm, das
Ist doch richtig?

JOHANNA
Ich weiß nicht, ob du im Ernst fragst.

MAULER
Das kommt, weil meine verdammte Stimm Verstellung
Gewohnt ist, drum auch weiß ich: Du
Magst mich nicht. Sag nichts.
Zu den andern:
Mir ist, als weht aus einer andern Welt ein Hauch mich an.
Er nimmt allen alles Geld ab und gibt's ihr.
Gebt Geld her, ihr Viehmetzger, jetzt gebt Geld her!
Er nimmt's ihnen aus den Taschen, gibt es Johanna.
Nimm's für die armen Leute, Mädchen!
Aber wisse, ich fühl keinerlei Verpflichtung
Und schlaf recht gut. Warum ich hier helf? Vielleicht nur
Weil mir dein Gesicht gefällt, weil's so unwissend ist, obgleich
Du 20 Jahre lebtest.

MARTHA *zu Johanna:*
Ich glaube nicht, daß er es ehrlich meint
Verzeih, Johanna, daß auch ich jetzt weggeh
Denn auch du, scheint's mir, solltest
Wirklich dies alles lassen!
Martha geht ab.

JOHANNA Herr Mauler, das ist doch nur ein Tropfen auf den heißen Stein. Können Sie ihnen nicht wirklich helfen?

MAULER
Sagt's überall, ich billige sehr eure Tätigkeit und
Wollt, solche wie ihr gäb's mehr. Aber das mit
Den armen Leuten dürft ihr nicht so nehmen.
's sind schlechte Leute. Menschen rühren mich nicht
Sie sind nicht unschuldig und selber Metzger. Doch
Lassen wir das.

JOHANNA Herr Mauler, auf den Schlachthöfen sagen sie, Sie sind schuld an dem Elend.

MAULER
Mit Ochsen hab ich Mitleid, der Mensch ist schlecht.
Die Menschen sind für deinen Plan nicht reif
Erst muß, bevor die Welt sich ändern kann
Der Mensch sich ändern.
Noch einen Augenblick.

Er spricht leise zu Slift:
Gib ihr noch abseits, wenn sie allein ist, Geld!
Sag: für ihre Armen, daß sie es nehmen kann
Ohn zu erröten, dann aber sieh, was sie sich kauft.
Wenn das nicht hilft, ich wollt, es hülfe nicht
Dann nimm sie mit
Zum Schlachthof und zeig ihr
Ihre armen Leute, wie sie schlecht sind und tierisch, voll Verrat und Feigheit
Und daß sie selber schuld sind.
Vielleicht hilft das.
Zu Johanna:
Hier, Sullivan Slift, mein Makler, wird dir etwas zeigen.
Zu Slift:
Denn wiß, mir ist fast unerträglich, daß es solche gibt
Wie dieses Mädchen, nichts besitzend als den schwarzen Hut
Und zwanzig Cents am Tag und furchtlos.
Mauler geht weg.

SLIFT *zu Johanna:*
Ich wollt nicht wissen, was du wissen willst
Doch wenn du's wissen willst, komm morgen hierher.

JOHANNA *sieht Mauler nach:*
Das ist kein schlechter Mensch, das ist der erste
Den unsere Trommeln aufscheuchen aus dem Gestrüpp der Niederträchtigkeit
Und der den Ruf vernimmt.

SLIFT *im Abgehen:*
Laß dich, ich rat dir ab, nicht ein mit denen
Auf den Schlachthöfen, das ist ein niedriges Pack, eigentlich
Der Abschaum der Welt.

JOHANNA Ich will ihn sehen.

4
Der Makler Sullivan Slift zeigt Johanna Dark die Schlechtigkeit der Armen: Johannas zweiter Gang in die Tiefe.

Gegend der Schlachthöfe

SLIFT
Jetzt, Johanna, will ich dir zeigen
Wie schlecht die sind
Mit denen du Mitleid hast, und
Daß es nicht am Platz ist.

Sie gehen an einer Fabrikmauer entlang, auf der steht »Mauler & Cridle, Fleischfabriken«. Der Name Cridle ist kreuzweis durchgestrichen. Aus einem Pförtchen treten zwei Männer. Slift und Johanna hören ihr Gespräch.

VORARBEITER *zu einem jungen Burschen:* Vor vier Tagen ist uns ein Mann namens Luckerniddle in den Sudkessel gefallen, da wir die Maschinen nicht schnell genug abstellen konnten, geriet er entsetzlicherweise in die Blattspeckfabrikation hinein, dies ist sein Rock und dies seine Mütze, nimm sie und laß sie verschwinden, sie nehmen nur einen Haken in der Garderobe weg und machen einen schlechten Eindruck. Es ist gut, sie zu verbrennen und am besten gleich. Ich vertraue dir die Sachen an, weil ich dich als einen verläßlichen Menschen kenne: ich würde meine Stellung verlieren, wenn das Zeug wo gefunden würde. Sobald die Fabrik aufgemacht wird, kannst du natürlich Luckerniddles Platz bekommen.

DER BURSCHE Sie können sich auf mich verlassen, Herr Smith.

Der Vorarbeiter geht durch das Pförtchen zurück.

DER BURSCHE Schade um den Mann, der jetzt als Blattspeck in die weite Welt hinausgehen muß, aber schade eigentlich auch um seinen Rock, der noch gut erhalten ist. Onkel Blattspeck ist jetzt in seine Blechbüchse gekleidet und braucht ihn nicht mehr, während ich ihn sehr gut brauchen könnte. Scheiß darauf, ich nehm ihn. *Er zieht ihn an und wickelt seinen Rock und seine Mütze in Zeitungspapier.*

JOHANNA *schwankt:* Mir ist übel.

SLIFT Das ist die Welt, wie sie ist. *Er hält den jungen Burschen auf.* Woher haben Sie denn diesen Rock und diese Mütze? Die stammen doch von dem verunglückten Luckerniddle.

DER BURSCHE Bitte, sagen Sie es nicht weiter, Herr. Ich werde die Sachen sofort wieder ausziehen. Ich bin sehr heruntergekommen. 20 Cents, die man in den Kunstdüngerkellern mehr verdient, haben mich voriges Jahr verlockt, an der Knochenmühle zu arbeiten. Da bekam ich es an der Lunge und eine langwierige Entzündung an den Augen. Seither ist meine Leistungsfähigkeit zurückgegangen und seit Februar habe ich nur zweimal eine Arbeitsstelle gefunden.

SLIFT Laß die Sachen an. Und komm heute mittag in die Kantine 7. Du kannst dir dort ein Mittagessen und einen Dollar holen, wenn du der Frau des Luckerniddle sagst, woher deine Mütze stammt und dein Rock.

DER BURSCHE Aber ist das nicht roh, Herr?

SLIFT Ja, wenn du es nicht nötig hast!

DER BURSCHE Sie können sich auf mich verlassen, Herr.

Johanna und Slift gehen weiter.

FRAU LUCKERNIDDLE *sitzt vor dem Fabriktor und klagt:*
Ihr da drinnen, was macht ihr mit meinem Mann?
Vor vier Tagen ging er zur Arbeit, er sagte:
Stell mir die Suppe warm am Abend! Und ist bis
Heute nicht gekommen! Was habt ihr mit ihm gemacht
Ihr Metzger! Seit vier Tagen stehe ich hier in der
Kälte, auch nachts, und warte, aber es wird mir nichts
Gesagt, und mein Mann kommt nicht heraus! Aber ich sage
Euch, ich werde hier stehen, bis ich ihn
Zu sehen bekomme, und wehe! wenn ihr ihm etwas
getan habt!

Slift tritt auf die Frau zu.

SLIFT Ihr Mann ist verreist, Frau Luckerniddle.

FRAU LUCKERNIDDLE Jetzt soll er wieder verreist sein!

SLIFT Ich will Ihnen etwas sagen, Frau Luckerniddle, er ist verreist, und es ist für die Fabrik sehr unangenehm, wenn Sie da herumsitzen und dummes Zeug reden. Wir machen Ihnen daher ein Angebot, wozu wir gesetzlich gar nicht gezwungen wären. Wenn Sie Ihre Nachforschungen nach Ihrem Mann einstellen, dann können Sie drei Wochen lang mittags in unserer Kantine umsonst Essen bekommen.

FRAU LUCKERNIDDLE Ich will wissen, was mit meinem Mann los ist.

SLIFT Wir sagen Ihnen, daß er nach Frisco gefahren ist.

FRAU LUCKERNIDDLE Der ist nicht nach Frisco gefahren, sondern es ist euch etwas passiert mit ihm und ihr wollt es verbergen.

SLIFT Wenn Sie so denken, Frau Luckerniddle, können Sie von der Fabrik kein Essen annehmen, sondern müssen der Fabrik einen Prozeß machen. Aber überlegen Sie sich das gründlich. Morgen bin ich in der Kantine für Sie zu sprechen. *Slift kehrt zu Johanna zurück.*

FRAU LUCKERNIDDLE Ich muß meinen Mann wiederhaben. Ich habe niemand außer ihm, der mich erhält.

JOHANNA

Sie wird nie kommen.
Viel mögen sein zwanzig Mittagessen
Für einen Hungrigen, aber
Es gibt mehr für ihn.

Johanna und Slift gehen weiter. Sie kommen vor eine Fabrikkantine und sehen zwei Männer, die durch ein Fenster hineinschauen.

GLOOMB Hier sitzt der Antreiber, der dran schuld ist, daß ich meine Hand in die Blechschneidemaschine brachte, und frißt sich den Bauch voll. Wir müssen dafür sorgen, daß sich das Schwein zum letzten Male auf unsere Kosten vollfrißt. Gib mir lieber deinen Prügel, der meine bricht vielleicht gleich ab.

SLIFT Bleib hier stehen. Ich will mit ihm reden. Und wenn er herkommt, dann sag, du suchst Arbeit. Dann wirst du sehen, was das für Leute sind. *Er geht zu Gloomb.* Bevor Sie sich zu etwas hinreißen lassen, wie es mir den Anschein hat, möchte ich Ihnen gern einen günstigen Vorschlag machen.

GLOOMB Ich habe jetzt keine Zeit, Herr.

SLIFT Schade, es wären Vorteile für Sie damit verbunden gewesen.

GLOOMB Machen Sie es kurz. Wir dürfen das Schwein nicht verpassen. Er muß heute seinen Lohn beziehen für dieses unmenschliche System, für das er den Antreiber macht.

SLIFT Ich hätte einen Vorschlag, wie Sie sich helfen könnten. Ich bin Inspektor in der Fabrik. Es ist sehr unangenehm, daß der

Platz an Ihrer Maschine leer geblieben ist. Den meisten Leuten ist er zu gefährlich, gerade weil Sie so viel Aufhebens wegen Ihrer Finger gemacht haben. Es wäre natürlich sehr gut, wenn wir wieder jemand für den Posten hätten. Wenn Sie zum Beispiel jemand dafür brächten, wären wir sofort bereit, Sie wieder einzustellen, ja Ihnen sogar einen leichteren und besser bezahlten Posten zu geben wie bisher. Vielleicht gerade den Posten des Vorarbeiters. Sie machen mir einen scharfen Eindruck. Und der da drinnen hat sich zufällig in der letzten Zeit mißliebig gemacht. Sie verstehen. Sie müßten natürlich auch für das Tempo sorgen, und vor allem, wie gesagt, jemand finden für den Platz an der, ich geb's zu, schlecht gesicherten Blechschneidemaschine. Da drüben zum Beispiel steht ein Mädchen, das Arbeit sucht.

GLOOMB Auf das, was Sie sagen, kann man sich verlassen?

SLIFT Ja.

GLOOMB Die da drüben? Sie macht einen schwachen Eindruck. Der Platz ist nicht für Leute, die rasch müde werden. *Zu dem anderen:* Ich habe es mir überlegt, wir werden es morgen abend machen. Die Nacht ist günstiger für solche Späße. Guten Morgen. *Geht auf Johanna zu.* Sie suchen Arbeit?

JOHANNA Ja.

GLOOMB Sie sehen gut?

JOHANNA Nein. Ich habe voriges Jahr in den Kunstdüngerkellern gearbeitet an einer Knochenmühle. Da bekam ich es auf der Lunge und eine langwierige Augenentzündung. Seither ist meine Leistungsfähigkeit stark zurückgegangen. Ich bin seit Februar ohne Stellung. Ist es ein guter Platz?

GLOOMB Der Platz ist gut. Es ist eine Arbeit, die auch schwächere Leute wie Sie machen können.

JOHANNA Ist wirklich kein anderer Platz möglich? Ich habe gehört, die Arbeit an dieser Maschine sei gefährlich für Leute, die rasch müde werden. Ihre Hände werden unsicher und dann greifen sie in die Schneiden.

GLOOMB Das ist alles nicht wahr. Sie werden erstaunt sein, wie angenehm die Arbeit ist. Sie werden sich an den Kopf greifen und sich fragen, wie können die Leute nur so lächerliche Geschichten über diese Maschine erzählen.

Slift lacht und zieht Johanna weg.

JOHANNA Jetzt fürcht ich mich fast, weiterzugehen, denn was werde ich noch sehen!

Sie gehen in die Kantine und sehen Frau Luckerniddle, die mit dem Kellner spricht.

FRAU LUCKERNIDDLE *rechnend:* Zwanzig Mittagessen... dann könnte ich... dann ginge ich und dann hätte ich... *Sie setzt sich an einen Tisch.*

KELLNER Wenn Sie nicht essen, müssen Sie hinausgehen.

FRAU LUCKERNIDDLE Ich warte auf jemand, der heute oder morgen kommen wollte. Was gibt es heute mittag?

KELLNER Erbsen.

JOHANNA

Dort sitzt sie.
Ich dacht, sie wär ganz fest, und fürchtete
Sie käme morgen doch, und jetzt lief sie schneller als wir hierher
Und ist schon da und wartet schon auf uns.

SLIFT Geh und bring ihr selbst das Essen, vielleicht besinnt sie sich.

Johanna holt Essen und bringt es Frau Luckerniddle.

JOHANNA Sie sind heute schon da?

FRAU LUCKERNIDDLE Ich habe nämlich seit zwei Tagen nichts gegessen.

JOHANNA Sie wußten doch nicht, daß wir heute schon kommen?

FRAU LUCKERNIDDLE Das ist richtig.

JOHANNA Auf dem Weg hierher habe ich sagen hören, Ihrem Mann sei in der Fabrik etwas zugestoßen, woran die Fabrik schuld ist.

FRAU LUCKERNIDDLE Ah so, Sie haben sich Ihr Angebot wieder überlegt? Ich kann also die zwanzig Essen nicht bekommen?

JOHANNA Sie haben sich aber doch mit Ihrem Mann gut verstanden, wie ich höre? Mir sagten Leute: Sie haben niemand außer ihm.

FRAU LUCKERNIDDLE Ja, ich habe schon seit zwei Tagen nichts gegessen.

JOHANNA Wollen Sie nicht bis morgen warten? Wenn Sie Ihren Mann aufgeben, wird niemand mehr nach ihm fragen.

Frau Luckerniddle schweigt.

JOHANNA Nimm's nicht.

Frau Luckerniddle reißt ihr das Essen aus der Hand und fängt an, gierig zu essen.

FRAU LUCKERNIDDLE Er ist nach Frisco gefahren.

JOHANNA

Und Keller und Lager sind voll Fleisch
Das unverkäuflich ist und schon verdirbt
Weil's keiner abnimmt.

Hinten kommt der Arbeiter mit dem Rock und der Mütze herein.

ARBEITER Guten Morgen, also ich kann hier essen?

SLIFT Setzen Sie sich nur zu der Frau dort.

Der Mann setzt sich.

SLIFT *hinter ihm:* Sie haben da eine hübsche Mütze. *Der Arbeiter verbirgt sie.* Wo haben Sie die her?

DER ARBEITER Gekauft.

SLIFT Wo haben Sie sie denn gekauft?

DER ARBEITER Die habe ich in keinem Laden gekauft.

SLIFT Woher haben Sie sie dann?

DER ARBEITER Die hab ich von einem Mann, der in einen Sudkessel gefallen ist.

Frau Luckerniddle wird es schlecht. Sie steht auf und geht hinaus. Im Hinausgehen sagt sie zum Kellner.

FRAU LUCKERNIDDLE Lassen Sie den Teller stehen. Ich komme zurück. Ich komme jeden Mittag hierher. Fragen Sie nur den Herrn. *Ab.*

SLIFT Drei Wochen lang wird sie kommen und fressen, ohne aufzusehen, wie ein Tier. Hast du gesehn, Johanna, daß ihre Schlechtigkeit ohne Maß ist?

JOHANNA

Wie aber beherrschest du
Ihre Schlechtigkeit! Wie nützt ihr sie aus!
Siehst du nicht, daß es auf ihre Schlechtigkeit regnet?
Sicherlich gern hätte sie doch
Treue gehalten ihrem Mann wie andere auch
Und nach ihm gefragt, der ihr Unterhalt gab
Eine Zeitlang noch, wie es sich gehört.
Aber der Preis war zu hoch, der zwanzig Essen betrug.
Und hätte der junge Mensch, auf den

Sich jeder Schurke verlassen kann
Der Frau des Toten den Rock gezeigt
Wenn es nach ihm gegangen wär?
Aber der Preis erschien ihm zu hoch
Und warum sollte der Mann mit dem einen Arm
Nicht mich warnen? Wenn nicht der Preis
So kleiner Rücksicht für ihn so hoch wär?
Sondern verkaufen den Zorn, der gerecht ist, aber zu teuer?
Ist ihre Schlechtigkeit ohne Maß, so ist's
Ihre Armut auch. Nicht der Armen Schlechtigkeit
Hast du mir gezeigt, sondern
Der Armen Armut.
Zeigtet ihr mir der Armen Schlechtigkeit
So zeig ich euch der schlechten Armen Leid.
Verkommenheit, voreiliges Gerücht!
Sei widerlegt durch ihr elend Gesicht!

5
Johanna stellt der Viehbörse die Armen vor

Die Viehbörse

DIE PACKHERREN
Wir verkaufen Büchsenfleisch!
Aufkäufer, kauft Büchsenfleisch!
Frisches, saftiges Büchsenfleisch!
Maulers und Cridles Blattspeck!
Grahams Ochsenlenden butterweich!
Wildes Kentuckyschmalz preiswert!

DIE AUFKÄUFER
Und es ward stille über den Wassern und
Eine Pleite unter den Aufkäufern!

DIE PACKHERREN
Durch die gewaltigen Fortschritte der Technik
Fleiß der Ingenieure und Weitblick der Unternehmer
Ist es uns gelungen
Für Maulers und Cridles Blattspeck
Grahams Ochsenlenden butterweich
Wildes Kentuckyschmalz preiswert

Den Preis um ein Drittel zu senken!
Aufkäufer, kauft Büchsenfleisch!
Ergreift die Gelegenheit!

DIE AUFKÄUFER

Und ein Schweigen ward über den Bergesgipfeln
Und die Hotelküchen verhüllten ihr Haupt
Und die Läden wandten sich schaudernd ab
Und es verfärbte sich der Zwischenhandel!
Wir Aufkäufer erbrechen uns, wenn wir
Eine Büchse Fleisch sehen. Der Magen dieses Lands
Hat sich überfressen an Fleisch aus Büchsen
Und widersetzt sich.

SLIFT

Was schreiben dir denn deine Freunde in New York?

MAULER

Theorien. Wenn's nach denen ginge
Müßt jetzt der ganze Fleischring in den Dreck
Und das auf Wochen, bis er nicht mehr japst
Und ich hätt auf dem Hals das ganze Fleisch!
Unsinn!

SLIFT

Lachen möcht ich, wenn die jetzt wirklich in New York
Die Zölle klein kriegten, den Süden uns aufschlössen
Und machten so ein Ding wie eine Hausse und wir
Wären nicht eingestiegen!

MAULER

Und wenn's so ginge! Hättest du die Stirn
Aus solchem Elend dir dein Fleisch zu schneiden
Wo sie jetzt aufpassen wie die Luchse
Wer hier was macht! Ich hätt die Stirn nicht.

DIE AUFKÄUFER

Da stehen wir Aufkäufer mit Gebirgen von Büchsen
Und Kellern voll von gefrorenen Ochsen
Und wollen verkaufen die Ochsen in Büchsen
Und niemand erwirbt sie!
Und unsre Kunden, die Küchen und Läden
Sind bis zu den Decken voll von Gefrierfleisch!
Und brüllen nach Käufern und Essern!
Wir kaufen nichts mehr!

DIE PACKHERREN

Da stehen wir Packherrn mit Schlachthof und Packraum
Die Ställe voll Ochsen, Tag und Nacht unter Dampf
Laufen die Maschinen, Pökel, Bottich und Sudkessel
Und wollen die Herden, die brüllenden, fressenden
Umwandeln in Büchsenfleisch und niemand will Büchsenfleisch.
Wir sind verloren!

DIE VIEHZÜCHTER

Und wir, die Viehzüchter?
Wer kauft jetzt Vieh? In unsren Ställen stehen
Ochsen und Schweine, fressend teuren Mais
Und auf den Zügen fahren sie heran und fahrend
Fressen sie und auf den Bahnhöfen in
Zinsfressenden Verschlägen warten sie, immer fressend.

MAULER

Und jetzt weisen die Messer sie zurück.
Der Tod, dem Vieh die kalte Schulter zeigend
Schließt seinen Laden.

DIE PACKHERREN *schreien auf Mauler ein, der die Zeitung liest:*

Verräterischer Mauler, Nestbeschmutzer!
Meinst du, wir wissen nicht, wer da so ganz geheim
Vieh hier verkauft und drückt den Preis ins Bodenlose!
Seit Tagen bietest du Fleisch an!

MAULER

Ihr frechen Metzger, heult in eurer Mütter Schoß
Weil die verfolgte Kreatur zu brüllen aufhört!
Geht heim und sagt, daß einer unter euch
Die Ochsen nicht mehr brüllen hören konnte
Und euer Brüllen jenem Brüllen vorzog!
Ich will mein Geld und Ruh für mein Gewissen!

EIN MAKLER *vom Eingang der Börse im Hintergrund herbrüllend:*

Riesiger Kurssturz am Effektenmarkt!
Große Verkäufe in Aktien. Cridle vormals Mauler
Reißen die Kurse des ganzen Fleischrings
Mit in die Tiefe.

Unter den Fleischfabrikanten entsteht ein Tumult. Sie bestürmen Cridle, der kalkweiß dasteht.

DIE PACKHERREN
Was soll das, Cridle, sieh uns mal ins Auge!
Jetzt stößt du Aktien ab bei dieser Börse?

DIE MAKLER
Bei 115!

DIE PACKHERREN
Hast du Dreck im Kopf?
Das bist nicht du allein, den du da umbringst!
Scheißkerl! Verbrecher!

CRIDLE *zeigt auf Mauler:*
Haltet euch an den!

GRAHAM *stellt sich vor Cridle:*
Das ist der Cridle nicht, das ist ein anderer
Der da fischt, und wir sollen die Fische sein!
’s gibt Leute, die jetzt an den Fleischring wollen
Und ganze Arbeit tun! Steh Rede, Mauler!

DIE PACKHERREN *zu Mauler:*
’s geht, Mauler, ein Gerücht, du ziehst dein Geld
Aus Cridle, der schon wanken soll, und Cridle
Selbst schweigt und zeigt auf dich.

MAULER
Wenn ich diesem Cridle, der mir selbst zugestanden hat
Daß er faul ist, mein Geld noch eine Stunde ließe, wer von euch
Nähm mich noch ernst als Kaufmann, und nichts wünsch ich
So, als daß ihr mich ernst nehmt.

CRIDLE *zu den Umstehenden:* Vor knapp vier Wochen machte ich einen Kontrakt mit Mauler. Er wollte mir seine Anteile, die ein Drittel aller Anteile ausmachten, für zehn Millionen Dollars verkaufen. Von diesem Tage an hat er, wie ich heute erst erfahre, heimlich durch große Verkäufe billigen Viehs die schon sowieso versackenden Preise noch weiter verdorben. Er konnte sein Geld verlangen, wann immer er wollte. Ich hatte vor, ihn auszuzahlen, indem ich einen Teil seiner Aktien, die ja hoch standen, auf dem Markt unterbrachte und einen Teil davon belieh. Da kam die Baisse. Maulers Anteile sind heute nicht mehr zehn, sondern drei Millionen, die ganzen Werke statt dreißig zehn Millionen wert. Das sind genau die zehn Millionen, die ich Mauler schulde und die er über Nacht verlangt.

DIE PACKHERREN

Wenn du das tust und drängst den Cridle so
Mit dem wir nicht verschwägert sind, dann weißt du
Wohl, daß das uns auch angeht. Den ganzen Handel
Verwüstest du, der selber schuld ist dran
Daß unsere Büchsen billig sind wie Sand
Weil du den Lennox schlugst durch billige Büchsen!

MAULER

Hättet ihr nicht zu viel geschlachtet, ihr
Rasenden Metzger! Jetzt will ich mein Geld
Und wenn ihr alle betteln geht, mein Geld
Muß her! Ich hab andere Pläne.

DIE VIEHZÜCHTER

Lennox gefällt! Und Cridle wankt! Und Mauler
Zieht all sein Geld heraus!

DIE KLEINEN SPEKULANTEN

Ach, unser, der kleinen Spekulanten, gedenkt
Niemand. Die aufschreiend sehen
Den Sturz des Kolosses, wohin er fällt, wen er erschlägt
Sehen sie nicht. Mauler, unser Geld!

DIE PACKHERREN Achtzigtausend Büchsen zu fünfzig, aber schnell!

DIE AUFKÄUFER Nicht eine einzige!

Stille. Man hört das Trommeln der Schwarzen Strohhüte und die Stimme Johannas.

JOHANNAS STIMME Pierpont Mauler! Wo ist der Mauler?

MAULER

Was für ein Trommeln ist das? Wer
Ruft meinen Namen?
Hier, wo jeder
Die nackte Fresse zeigt von Blut verschmiert!

Auftreten die Schwarzen Strohhüte. Sie singen ihr Kampflied.

DIE SCHWARZEN STROHHÜTE *singen:*

Obacht, gebt Obacht!
Dort ist ein Mann, der versinkt!
Dort ist ein Geschrei um Hilfe
Dort ist eine Frau, die winkt.
Haltet die Autos an, stoppt den Verkehr!

Ringsum versinken Menschen und keiner schaut her!
Könnt ihr denn gar nicht sehn?
Hallo für euren Bruder und nicht für irgendwen!
Steht auf von eurem Essen
Habt ihr denn ganz vergessen
Daß viele draußen stehn?
Ich hör euch sagen: das wird niemals anders
Das Unrecht dieser Welt wird stets bestehn.
Wir aber sagen euch: man muß marschieren
Und kümmern sich um nichts und helfen gehn
Und auffahren Tanks und Kanonen
Und Flugzeuge müssen her
Und Kriegsschiffe über das Meer
Um den Armen einen Teller Suppe zu erobern.
Und das muß sein noch heute
Daß jeder uns beisteh
Denn die guten Leute
Das ist keine große Armee.
Vorwärts marsch! Richt euch! Zum Sturm an das Gewehr!
Ringsum versinken Menschen und keiner schaut her!

Währenddem ist die Börsenschlacht weitergegangen. Aber es pflanzt sich nach vorn ein Gelächter fort, das von Zurufen angeführt wird.

DIE PACKHERREN Achtzigtausend Büchsen zum halben Preis, aber schnell!

DIE AUFKÄUFER Nicht eine einzige!

DIE PACKHERREN Mauler, dann sind wir aus.

JOHANNA Wo ist der Mauler?

MAULER
Geh jetzt nicht weg, Slift! Graham, Meyers
Bleibt stehen vor mir.
Ich will hier nicht gesehen sein.

DIE VIEHZÜCHTER
Kein Ochse mehr verkäuflich in Chicago
Ganz Illinois kommt um an diesem Tag
Mit steigenden Preisen habt ihr uns gehetzt, Ochsen zu züchten
Da stehen wir mit Ochsen
Und niemand erwirbt sie.
Mauler, du Hund, du bist schuld an dem Unglück.

MAULER

Nichts von Geschäften jetzt. Graham, mein Hut. Denn ich muß weg
Hundert Dollars für meinen Hut.

CRIDLE So sei verdammt. *Cridle geht ab.*

JOHANNA *hinter Mauler:* Bleiben Sie nur hier, Herr Mauler, und hören Sie, was ich Ihnen zu sagen habe, und das können alle hören. Ruhe.
Ja, nicht wahr, das ist euch jetzt nicht recht, daß wir Schwarzen Strohhüte hier erscheinen, an euren verborgenen und dunklen Orten, wo ihr euren Handel treibet! Ich habe schon gehört, was ihr da macht, wie ihr das Fleisch immer teurer macht mit euren Umtrieben und raffinierten Schlichen. Aber wenn ihr geglaubt habt, daß das verborgen bleibt, da seid ihr aber auf dem Holzwege, jetzt und am Tage seines Gerichtes, denn da wird es offenbar, und wie steht ihr dann da, wenn euch unser Herr und Heiland antreten läßt in einer Reihe und fragt mit seinen großen Augen: wo sind jetzt meine Ochsen? Was habt ihr getan mit ihnen? Habt ihr sie auch der Bevölkerung zugänglich gemacht zu erschwinglichen Preisen? Oder wo sind sie hingekommen? Und wenn ihr dann verlegen dasteht und nach Ausreden sucht wie in euren Zeitungen, die auch nicht immer nur die Wahrheit drucken, dann werden die Ochsen hinter euch brüllen in alle den Scheunen, wo ihr sie versteckt haltet, damit sie im Preise steigen bis ins Aschgraue, und mit ihrem Brüllen werden sie vor dem allmächtigen Gott wider euch zeugen!
Gelächter.

DIE VIEHZÜCHTER

Wir Viehzüchter finden dabei nichts zum Lachen!
Angewiesen Sommer und Winter auf das Wetter, stehen wir
Dem alten Gott bedeutend näher.

JOHANNA Und jetzt ein Beispiel: Wenn einer einen Damm baut gegen das unvernünftige Wasser und tausend Leute helfen ihm mit ihrer Hände Arbeit und dann bekommt er eine Million dafür, aber der Damm reißt sofort, wenn das Wasser kommt, und es ertrinken alle, die dran bauen, und noch viel mehr – was ist der, der einen solchen Damm baut? Ihr könnt sagen, das ist ein Geschäftsmann oder, je nachdem, das ist ein

Lump, aber wir sagen euch, das ist ein Dummkopf. Und ihr alle, die ihr das Brot verteuert und den Menschen das Leben zur Hölle macht, daß alle zu Teufeln werden, ihr seid dumm, armselige und schäbige Dummköpfe und nichts sonst!

DIE AUFKÄUFER *schreiend:*
Durch eure rücksichtslose
Preistreiberei und schmutzige Gewinnsucht
Bringt ihr euch selber um!
Dummköpfe!

DIE PACKHERREN *zurück:*
Selber Dummköpfe!
Gegen Krisen kann keiner was!
Unverrückbar über uns
Stehen die Gesetze der Wirtschaft, unbekannte.
Wiederkehren in furchtbaren Zyklen
Katastrophen der Natur!

DIE VIEHZÜCHTER
Uns am Hals haben, dafür kann keiner was?
Schlechtigkeit ist es, ausgetüftelte Schlechtigkeit!

JOHANNA Denn warum ist diese Schlechtigkeit in der Welt? Ja, wie soll's denn anders sein! Natürlich, wenn jeder seinem Nächsten wegen einem Stückchen Schinken aufs Brot mit einer Axt über den Kopf hauen muß, damit er es ihm vielleicht abtritt, was er doch braucht zu seines Lebens Notdurft, und der Bruder ringend mit dem Bruder um das Nötigste, wie soll da der Sinn für das Höhere nicht ersticken in des Menschen Brust?! Betrachten Sie doch einmal den Dienst am Nächsten einfach als Dienst am Kunden! Dann werden Sie das Neue Testament gleich verstehen und wie grundmodern das ist, auch heute noch. Service! Was heißt denn Service anders als Nächstenliebe? Das heißt richtig verstanden! Meine Herren, ich höre immer, daß die armen Leute nicht genug Moral haben, und das ist auch so. Da unten in den Slums nistet die Unmoral selber und damit die Revolution.

Aber da frage ich Sie nur: woher sollen sie denn eine Moral haben, wenn sie sonst nichts haben? Ja, woher nehmen und nicht stehlen? Meine Herren, es gibt auch eine moralische Kaufkraft. Heben Sie die moralische Kaufkraft, dann haben Sie auch die Moral. Und ich meine mit Kaufkraft etwas ganz

Einfaches und Natürliches, nämlich Geld, Lohn. Und das führt mich wieder zur Praxis: wenn ihr so fortfahrt, dann könnt ihr am End euer Fleisch selber fressen, denn die da draußen haben eben keine Kaufkraft.

DIE VIEHZÜCHTER *vorwurfsvoll:*
Da stehen wir mit Ochsen
Und niemand erwirbt sie.

JOHANNA Aber ihr sitzet hier, ihr großmächtigen Herren, und glaubt, man kommt euch nicht auf eure Schliche, und wollt nichts wissen von all dem Elend draußen in der Welt. Aber da schaut sie nur an, die ihr so behandelt und zugerichtet habt, und die ihr nicht als eure Brüder anerkennen wollt, tretet nur vor, ihr Mühseligen und Beladenen, in das Licht des Tages. Schämet euch nicht. *Johanna zeigt den Börsenleuten die Armen, die sie mitgebracht hat.*

MAULER *schreit:* Tut diese weg. *Er fällt in Ohnmacht.*

STIMME *hinten:* Pierpont Mauler ist in Ohnmacht gefallen.

DIE ARMEN Das ist der, der an allem schuld ist!
Die Packherren bemühen sich um Mauler.

DIE PACKHERREN
Wasser für Pierpont Mauler!
Einen Arzt für Mauler!

JOHANNA
Zeigtest du, Mauler, mir der Armen
Schlechtigkeit, so zeige ich dir
Der Armen Armut, denn von euch entfernt
Und damit entfernt von Gütern, unentbehrlichen
Leben, nicht sichtbar mehr, solche, die ihr
In solcher Armut haltet, so geschwächt und in so dringlicher
Abhängigkeit von unerreichbarer Speis und Wärm, daß sie
Gleichermaßen entfernt sein können von jedem Anspruch
Auf Höheres als gemeinste Freßgier, tierischste Gewöhnung.
Mauler kommt wieder zu sich.

MAULER Sind sie noch da? Ich bitt euch, tut sie weg.

DIE PACKHERREN Die Strohhüte? Sollen sie weg?

MAULER Nein, die hinter ihnen.

SLIFT Er macht die Augen nicht auf, bevor sie entfernt sind.

GRAHAM
So, kannst du sie nicht sehen? Du bist es doch

Der sie so zugerichtet hat.
Wenn du die Augen zumachst, sind sie
Noch lang nicht weg.

MAULER
Ich bitt euch, tut sie weg. Ich kauf!
Ihr alle, hört: Pierpont Mauler kauft!
Daß diese Arbeit haben und entfernt sind.
Was in acht Wochen ihr an Fleischbüchsen herstellt:
Ich kauf's.

DIE PACKHERREN Er hat gekauft! Der Mauler hat gekauft!

MAULER Zum Tagespreis!

GRAHAM *hält ihn auf:* Und was auf Lager liegt?

MAULER *am Boden liegend:* Ich kauf's.

GRAHAM Zu 50?

MAULER Zu 50!

GRAHAM Er hat gekauft! Ihr hört's, er hat gekauft!

MAKLER *rufen hinten durch Megaphone aus:* Pierpont Mauler stützt den Fleischmarkt. Laut Kontrakt übernimmt er zum heutigen Preis von 50 die gesamten Lagerbestände des Fleischrings, dazu übernimmt er die Produktion zweier Monate von heute ab, gleichfalls zu 50. Der Fleischring liefert am 15. November an Pierpont Mauler mindestens 800000 Zentner Konserven.

MAULER
Doch jetzt, ich bitt euch, Freunde, tragt mich weg.
Mauler wird weggetragen.

JOHANNA
Ja, lassen Sie sich jetzt nur hinaustragen!
Wir arbeiten da wie die Ackergäule unsre Missionsarbeit.
Und ihr da oben macht solche Sachen!
Sie haben mir sagen lassen: ich soll nichts reden, ja
Was sind Sie denn
Daß Sie dem lieben Gott das Maul verbinden wollen. Du sollst
Nicht einmal dem Ochsen, der da drischet, das Maul
verbinden!
Aber ich red doch.
Zu den Armen:
Am Montag habt ihr wieder Arbeit.

DIE ARMEN Solche Leute sahen wir nie sonst. Eher schon solche wie die zwei, die bei ihm standen. Die sehn bei weitem schlimmer aus als er selber.

JOHANNA Singet jetzt zum Abschied das Lied: Wann ermangelt je das Brot.

DIE SCHWARZEN STROHHÜTE *singen:*

Wann ermangelt je das Brot
Dem, der Gott sich hat verschrieben.
Ach, der leidet keine Not
Der in seinem Schoß geblieben.
Denn wie soll es dorthin schnein?
Und wie soll dort Hunger sein?

DIE AUFKÄUFER

Der Mann ist krank im Kopf. Der Magen dieses Landes
Hat sich überfressen an Fleisch aus Büchsen und widersetzt sich.
Und der läßt Fleisch in Büchsen tun
Die niemand kauft. Streicht seinen Namen aus.

DIE VIEHZÜCHTER

So, jetzt herauf die Preise, elende Schlächter!
Bevor ihr jetzt den Viehpreis nicht verdoppelt
Wird nicht ein Gramm geliefert, denn ihr braucht's.

DIE PACKHERREN

Behaltet euren Dreck! Wir kaufen nicht.
Denn der Vertrag, den ihr hier schließen saht
Ist ein Papier. Der Mann, der ihn gemacht
War seines Sinns nicht mächtig. Keinen Cent
Treibt er von Frisco bis New York
Für solche Geschäfte auf.

Die Packherren ab.

JOHANNA Wer sich aber wirklich interessiert für Gottes Wort und was er sagt und nicht nur, was der Kurszettel sagt, und es muß ja auch hier einige geben, die anständig sind und ihr Geschäft gottesfürchtig betreiben, dagegen haben wir gar nichts, also der kann am Sonntag nachmittag unsre Gottesdienste besuchen in der Lincolnstraße um zwei Uhr. Ab drei Uhr Musik, Eintritt frei.

SLIFT *zu den Viehzüchtern:*

Was Pierpont Mauler verspricht, hält er.
Nun atmet auf! Nun muß der Markt gesunden!

Ihr, die ihr gebt und die ihr nehmt das Brot!
Der tote Punkt ist endlich überwunden!
Schon war Vertrauen, die Eintracht schon bedroht.
Ihr Arbeitgeber, Arbeitnehmer ihr
Ihr ziehet ein und ihr öffnet die Tür!
Vernünftiger Rat, vernünftig aufgenommen
Hat über Unvernunft die Oberhand bekommen.
Die Tore gehen auf! Der Schornstein raucht!
Ist's doch die Arbeit, die ihr beide braucht.

DIE VIEHZÜCHTER *stellen Johanna auf der Treppe:*
Euer Reden und Auftreten hat uns, den Viehzüchtern
Sehr großen Eindruck gemacht und manchen
Hier sehr tief erschüttert, denn auch wir
Leiden ganz schrecklich.

JOHANNA
Wißt, auf den Mauler
Hab ich ein Aug, der ist erwacht, und ihr
Wenn ihr was braucht zu eurer Notdurft
So kommt mit mir, daß er auch euch aufhilft
Denn nunmehr soll er nicht mehr zur Ruhe kommen
Bis allen geholfen ist.
Denn der kann helfen und darum
Ihm nach.

Johanna und die Schwarzen Strohhüte ab, gefolgt von den Viehzüchtern.

6
Der Grillenfang

City. Das Haus des Maklers Sullivan Slift, ein kleines Haus mit zwei Eingängen.

MAULER *im Innern des Hauses, spricht mit Slift:* Versperr die Tür, mach soviel Licht wie möglich und jetzt, Slift, betracht dir mein Gesicht genau, ob wirklich jeder mir's ankennt.

SLIFT Was ankennt?

MAULER Nun, meinen Beruf.

SLIFT Den Metzger? Warum, Mauler, fielst du um auf ihr Reden?

MAULER
Was redete sie denn? Ich hab's
Nicht gehört, denn hinter ihr
Standen solche mit so schrecklichen Gesichtern
Des Elends, und zwar jenes Elends, das
Vor einem Zorn kommt, der uns alle wegfegt
Daß ich nichts weiter sah. Jetzt, Slift
Will ich dir meine wahre Ansicht sagen
Über unsre Geschäfte:
So ohne alles, nur mit Kauf und Verkauf
Mit kaltem Hautabziehn von Mensch zu Mensch
Kann es nicht gehn; es sind zu viele, die
Vor Jammer brüllen, und es werden mehr.
Was da in unsere blutigen Keller fällt, das
Ist nicht mehr zu vertrösten, die
Werden uns, wo sie uns fassen
Auf die Pflaster schlagen
Wie faulen Fisch. Wir alle hier, wir
Sterben nicht mehr im Bett. Bevor wir
So weit sind, wird man in Rudeln uns
An Mauern stellen und diese Welt säubern von uns und
Unserm Anhang.

SLIFT Sie haben dich verwirrt! *Beiseite:* Ich will ihm ein halbrohes Beefsteak aufzwingen. Seine alte Schwäche hat ihn wieder gepackt. Vielleicht daß nach dem Genuß von rohem Fleisch seine Besinnung zurückkehrt. *Er geht und brät ihm auf einem Gaskocher ein Beefsteak.*

MAULER
Ich frag mich oft, warum
Rührt mich dies dumme, weltenferne Reden
Billig und flach Geplapper, einstudiert?
Weil es umsonst getan wird sicher und 18 Stunden am Tag und
In Regen und Hunger.

SLIFT
In solchen Städten, die von unten brennen
Und oben schon gefrieren, reden immer
Noch einige von dem und jenem, das
Nicht ganz in Ordnung ist.

MAULER
Aber was reden sie? Wenn ich in diesen unaufhörlich
Brennenden Städten und in dem Sturz der
Von oben nach unten durch Jahre
Ohn Unterlaß zur Hölle fließenden
Brüllenden Menschheit solch eine Stimm hör
Die töricht wohl, doch ganz untierisch ist
Ist's mir, als schlüg mich einer mit dem Stock
Ins Rückgrat wie einen schnellenden Fisch.
Doch ist auch das bisher nur Ausflucht, Slift, denn
Was ich fürcht, ist anderes als Gott.

SLIFT
Was dann ist's?

MAULER
Nicht das, was über, das
Was unter mir! Was auf dem Schlachthof steht und nicht
Die Nacht durchstehen kann und doch am Morgen
Aufsteigen wird, ich weiß es.

SLIFT Willst du nicht ein Stück Fleisch essen, lieber Pierpont? Bedenk, jetzt kannst du's wieder mit gutem Gewissen, denn du hast nichts mit Rindermord zu tun seit heut.

MAULER
Meinst du, ich soll's? Vielleicht könnt ich's.
Jetzt müßt ich's wieder können, nicht?

SLIFT Iß was und überleg dir deine Lage, die nicht sehr gut ist. Weißt du auch, daß du heut alles aufgekauft hast, was in Blechdosen steckt?
Ich seh dich, Mauler, verstrickt in die Betrachtung deiner großen Natur, erlaube, daß ich dir schlicht die Lage, die ganz äußerliche, unwichtige, entwickle.
Zunächst hast du dem Fleischring dreihunderttausend Zentner Lager abgenommen. Die hast du in den nächsten Wochen auf dem Markt unterzubringen, der heute schon keine Büchse mehr schlucken kann. Du hast 50 dafür bezahlt, der Preis wird aber mindestens bis 30 heruntergehn. Am 15. November, wenn der Preis auf 30 oder auf 25 steht, liefert dir der Fleischring für 50 achthunderttausend Zentner.

MAULER
Slift, ich bin verloren!

Ich bin ja aus. Ich hab ja Fleisch gekauft!
O Slift, was hab ich da gemacht!
Slift, ich hab mir aufgeladen das ganze Fleisch der Welt.
Gleich einem Atlas stolpere ich, auf den Schultern
Die Zentnerlast von Blechbüchsen, gradenwegs
Unter die Brückenbögen. Noch heute früh
Waren viele fällig, und ich
Ging hin, sie fallen zu sehen und auszulachen
Und ihnen zu sagen, daß es keinen mehr gäb, der so
Ein Narr wär, daß er Fleisch in Büchsen kauft
Und als ich dort steh, höre ich mich sagen:
Ich kaufe alles.
Slift, ich hab Fleisch gekauft, ich bin verloren.

SLIFT Was schreiben dir denn deine Freunde aus New York?

MAULER Ich soll Fleisch kaufen.

SLIFT Was sollst du?

MAULER Fleisch kaufen.

SLIFT Warum jammerst du dann, daß du Fleisch gekauft hast?

MAULER Ja, die schreiben, ich soll Fleisch kaufen.

SLIFT Du hast ja Fleisch gekauft.

MAULER

Ja richtig, ich hab Fleisch gekauft, doch kauft ich's
Nicht wegen diesem Brief mit dieser Nachricht
(Die doch ganz falsch ist, Theorie vom grünen
Tisch), aus niedern Gründen nicht, sondern
Weil die Person mich so erschüttert hat, ich kann schwören
Daß ich den Brief, ich kriegt ihn erst heut früh, kaum durchflog.
Da ist er: »Lieber Pierpont!«

SLIFT *liest weiter:* »Heute können wir Dir mitteilen, daß unser Geld Früchte zu tragen beginnt: viele in der Kammer werden gegen die Zölle stimmen, so daß es geraten scheint, Fleisch zu kaufen, lieber Pierpont. Morgen werden wir Dir wieder schreiben.«

MAULER

Daß so bestochen wird mit Geld, das
Sollt auch nicht sein. Wie leicht gibt's Krieg
Aus solchem Anlaß und um schmutziges Geld
Verbluten Tausende. Ach, lieber Slift, mir ist
Als käme aus solcherlei Nachricht nichts Gutes.

SLIFT
's käm darauf an, wer die Briefschreiber sind.
Bestechen, Zölle aufheben, Kriege machen kann
Nicht jeder Hergelaufene. Sind's gute Leute?
MAULER Solvente Leute.
SLIFT Wer denn?
MAULER *lächelt.*
SLIFT
Dann könnten ja die Preise doch noch steigen?
Wir kämen dann mit einem blauen Aug davon.
Das wär ein Ausblick, wenn nicht das viele Fleisch
Der Farmer wär, das allzu gierig angeboten
Die Preise wieder stürzen läßt. Nein, Mauler
Ich versteh den Brief nicht.
MAULER
Stell dir das so vor: einer hat gestohlen
Und wird von einem abgefaßt.
Wenn er nun den nicht auch noch niederschlägt
Ist er verloren, tut er's, ist er durch.
Der Brief (der falsch ist) verlangt (damit er richtig wird)
Solch eine Untat.
SLIFT Welche Untat?
MAULER
Wie ich sie nie tun kann. Denn von nun an
Will ich in Frieden leben. Mögen sie gewinnen
An ihrer Untat, denn sie werden gewinnen
Sie müßten nur Fleisch kaufen, wo sie's kriegen
Den Viehzüchtern einschärfen, daß zuviel
Fleisch da ist, und hinweisen auf
Die Stillegung des Lennox und ihnen
Ihr Fleisch abnehmen. Dies vor allem:
Den Viehzüchtern ihr Fleisch abnehmen, freilich dann
Sind wieder die betrogen, nein, ich will nichts
Damit zu schaffen haben.
SLIFT
Du hättest nicht Fleisch kaufen sollen, Pierpont!
MAULER
Ja, das ist nicht gut, Slift.
Ich kauf mir keinen Hut mehr, keinen Stiefel

Vor ich aus dieser Sach heraus bin und bin selig
Wenn ich aus dieser Sach mit hundert Dollars herauskomm.

Trommeln. Johanna tritt auf mit den Viehzüchtern.

JOHANNA Wir wollen ihn aus seinem Bau herauslocken, wie man Grillen fängt. Stellt euch hier drüben auf, denn wenn er mich hier singen hört, wird er auf der anderen Seite weggehen wollen, damit er mir nicht mehr begegnen muß, denn mich sieht er nicht gern. *Sie lacht.* Und auch nicht die, die bei mir sind.

Die Viehzüchter stellen sich vor der Tür rechts auf.

JOHANNA *vor der Tür links:* Kommen Sie heraus, Herr Mauler, ich muß mit Ihnen über das Elend der Viehzüchter von Illinois sprechen. Auch sind bei mir einige Arbeiter, die Sie fragen wollen, wann Sie Ihre Fabrik wieder aufmachen.

MAULER Slift, wo ist der andere Ausgang, denn ich will ihr nicht mehr begegnen, und vor allem nicht denen, die bei ihr sind. Auch mach ich jetzt keine Fabrik auf.

SLIFT Komm hier heraus.

Sie gehen im Innern zur Tür rechts.

DIE VIEHZÜCHTER *vor der Tür rechts:* Komm heraus, Mauler, du bist schuld an unserm Unglück, und wir sind mehr als 10000 Viehzüchter in Illinois, die nicht mehr aus noch ein wissen. Kauf uns also unser Vieh ab.

MAULER

Die Tür zu, Slift! Ich kauf nicht.
Soll ich, der ich das Fleisch der ganzen Welt
Soweit's in Büchsen steckt, schon am Genick hab
Auch noch das ganze Vieh des Sirius kaufen?
Das ist, als käm zum Atlas, der die Welt
Grad noch, kaum mehr, derschleppt, einer und sagte:
Der Saturn brauchte noch einen Packträger.
Wer soll's denn mir abkaufen, das Vieh?

SLIFT Höchstens die Grahams, die brauchen Vieh!

JOHANNA *vor der Tür links:* Wir wollen nicht von hier weggehen, bis den Viehzüchtern auch geholfen ist.

MAULER Höchstens die Grahams, ja, die brauchen Vieh. Slift, geh hinaus und sag ihnen, sie sollen mich zwei Minuten nachdenken lassen.

Slift geht hinaus.

SLIFT *zu den Viehzüchtern:* Pierpont Mauler will euer Anliegen prüfen. Er bittet um zwei Minuten Bedenkzeit.

Slift kommt zurück ins Haus.

MAULER Ich kauf nicht. *Er fängt an zu rechnen.*

MAULER Slift, ich kauf. Slift, bring mir alles, was einem Schwein oder einem Ochsen ähnlich sieht, ich kaufe, oder was nach Schmalz riecht, das kauf ich, jeden Fettfleck bring, ich bin der Käufer, und zwar zum Preise dieses Tages, zu 50.

SLIFT

Keinen Hut, Mauler, kaufst du mehr, aber
Das ganze Vieh von Illinois.

MAULER

Ja, das kauf ich mir noch. Jetzt ist's entschieden, Slift.
Nimm a an.
Er zeichnet ein a auf einen Schrank.
's tut einer etwas Falsches, a ist falsch
Weil sein Gefühl ihn übermannt hat, tat er's
Und jetzt tut er noch b, und b ist auch falsch
Und jetzt ist a und b zusammen richtig.
Laß die Viehzüchter ein, es sind gute Leute
Schwer darbend und anständig gekleidet und nicht
Daß man erschrickt, wenn man sie sieht.

SLIFT *tritt vor das Haus, zu den Viehzüchtern:* Um Illinois zu retten und den Untergang der Farmer und Viehzüchter abzuwenden, hat sich Pierpont Mauler entschlossen, alles Vieh aufzukaufen, das auf dem Markt steht.

DIE VIEHZÜCHTER Es lebe Pierpont Mauler, der den Viehhandel rettet! *Sie gehen ins Haus.*

JOHANNA *ruft ihnen nach:* Sagen Sie dem Herrn Mauler, daß wir, die Schwarzen Strohhüte, ihm im Namen Gottes dafür danken. *Zu den Arbeitern:* Wenn die Vieh kaufen und die Vieh verkaufen befriedigt sind, dann wird es auch für euch wieder Brot geben.

7
Austreibung der Händler aus dem Tempel

Haus der Schwarzen Strohhüte

Die Schwarzen Strohhüte sitzen an einem langen Tisch und zählen aus ihren Blechbüchsen die Scherflein der Witwen und Waisen, die sie gesammelt haben.

DIE SCHWARZEN STROHHÜTE *singen:*
Sammelt mit Singen die Pfennige der Witwen und Waisen!
Groß ist die Not!
Haben nicht Obdach noch Brot
Doch der allmächtige Gott
Wird auch sie irgendwie speisen.

PAULUS SNYDER, MAJOR DER SCHWARZEN STROHHÜTE *erhebt sich:* Wenig, wenig! *Zu einigen Armen im Hintergrund, darunter Frau Luckerniddle und Gloomb:* Seid ihr heute schon wieder da! – Ihr kommt ja gar nicht mehr hier heraus! Jetzt wird doch auf den Schlachthöfen wieder gearbeitet!

FRAU LUCKERNIDDLE Wo denn? Die Schlachthöfe sind geschlossen.

GLOOMB Erst hieß es, sie werden aufgemacht, aber sie sind nicht wieder aufgemacht worden.

SNYDER Geht mir nicht zu nahe an die Kasse.

Er winkt sie noch weiter nach hinten. Mulberry, der Hauswirt, tritt ein.

MULBERRY Was ist eigentlich mit meiner Miete?

SNYDER Meine lieben Schwarzen Strohhüte, lieber Herr Mulberry, meine sehr geehrten Zuhörer! Was nun die leidige Frage der Geldbeschaffung betrifft – gut Ding spricht für sich selbst und vor allem braucht's Propaganda –, so haben wir uns bisher an die Armen und Ärmsten gewendet, da wir von dem Gedanken ausgingen, daß die am ehesten etwas für Gott übrig haben, die seine Hilfe am nötigsten hätten, und daß die Masse es macht. Leider haben wir erleben müssen, daß gerade diese Schichten eine ganz unerklärliche Zugeknöpftheit Gott gegenüber an den Tag legen. Es mag dies aber auch daran liegen, daß sie nichts haben. Deshalb habe ich, Paulus Snyder, jetzt in eurem Namen die Reichen und Wohlhabenden Chicagos eingeladen, damit sie uns dazu verhelfen, am nächsten Samstag einen Hauptschlag zu führen gegen den Unglauben und den Materialismus der Stadt Chicago, vor allem gegen die untersten Schichten. Von diesem Geld werden wir auch unserem lieben Hauswirt, Herrn Mulberry, die so liebenswürdig gestundete Miete zahlen.

MULBERRY Es wäre mir allerdings angenehm, aber machen Sie sich nur deswegen keine Sorgen. *Mulberry ab.*

SNYDER So und jetzt geht alle fröhlich an eure Arbeit und reinigt vor allem den Treppenaufgang.

Die Schwarzen Strohhüte ab.

SNYDER *zu den Armen:* Sagt mir, stehen die Ausgesperrten immer noch geduldig auf den Schlachthöfen oder reden sie jetzt schon wie Aufsässige?

FRAU LUCKERNIDDLE Seit gestern machen sie ein großes Geschrei, weil sie wissen, daß die Fabriken Aufträge haben.

GLOOMB Viele sagen schon, ohne Gewalt wird es bald überhaupt keine Arbeit mehr geben.

SNYDER *zu sich:* Das ist günstig. Wenn die Steinwürfe sie hierher jagen, werden die Fleischkönige lieber kommen und uns anhören. *Zu den Armen:* Könnt ihr nicht wenigstens unser Holz hacken?

DIE ARMEN Es ist kein Holz mehr da, Herr Major.

Auftreten der Packherren Cridle, Graham, Slift, Meyers.

MEYERS Graham, das frag ich mich, wo steckt das Vieh?

GRAHAM Ich frag's mich auch, wo steckt das Vieh?

SLIFT Ich auch.

GRAHAM So, du auch? Und Mauler fragt sich wohl auch, was?

SLIFT Mauler wohl auch.

MEYERS

's ist eine Sau da, die da alles aufkauft.
Und die gut weiß, daß wir verpflichtet sind
Kontraktlich abzuliefern Fleisch in Büchsen
Und also Vieh brauchen.

SLIFT Wer mag das sein?

GRAHAM *boxt ihn in die Magengrube:*

Du alter Dreckhund!
Mach uns da nichts vor und sag dem Pierpy, daß er
Da nichts macht! Das ist der Lebensnerv!

SLIFT *zu Snyder:* Was wollt ihr von uns?

GRAHAM *boxt ihn wieder:* Was werden sie wohl wollen, Slift?

SLIFT *macht übertrieben pfiffig die Geste des Geldgebens.*

GRAHAM Getroffen, Slift!

MEYERS *zu Snyder:* Schießen Sie los!

Sie setzen sich auf die Bußbänke.

SNYDER *am Rednerpult:* Wir Schwarzen Strohhüte haben gehört, daß auf den Schlachthöfen 50000 stehen und keine Arbeit haben. Und daß einige schon murren und sagen: wir müssen uns selber helfen. Werden nicht schon eure Namen genannt als diejenigen, welche schuld sind, daß 50000 keine Arbeit haben und vor den Fabriken stehen? Sie werden euch noch die Fabriken wegnehmen und sagen: wir wollen es wie die Bolschewiken machen und die Fabriken in unsere Hand nehmen, daß jeder arbeiten kann und sein Essen habe. Denn es hat sich herumgesprochen, daß das Unglück nicht entsteht wie der Regen, sondern von etlichen gemacht wird, welche ihren Vorteil davon haben. Wir Schwarzen Strohhüte aber wollen ihnen sagen, daß das Unglück wie der Regen kommt, niemand weiß woher, und daß das Leiden ihnen bestimmt ist und ein Lohn dafür winkt.

DIE PACKHERREN Wozu von Lohn reden?

SNYDER Der Lohn, von dem wir reden, wird nach dem Tode bezahlt.

DIE PACKHERREN Wieviel verlangt ihr dafür?

SNYDER 800 Dollars im Monat, denn wir brauchen warme Suppen und laute Musik. Wir wollen ihnen auch versprechen, daß die Reichen bestraft werden, und zwar wenn sie gestorben sind.

Die drei lachen schallend.

SNYDER Und das alles für nur 800 Dollars im Monat!

GRAHAM Brauchen Sie doch gar nicht, Mann. 500 Dollars!

SNYDER Es geht auch mit 750, aber dann –

MEYERS 750. Das eher. Also sagen wir 500.

GRAHAM 500 braucht ihr unbedingt. *Zu den andern:* Das müssen sie haben.

MEYERS *vorn:* Gesteh es ein, Slift, ihr habt das Vieh.

SLIFT Mauler und ich haben nicht für einen Cent Vieh gekauft, so wahr ich hier sitze. Gott kann es bezeugen.

MEYERS *zu Snyder:* 500 Dollars? Viel Geld. Wer soll denn das zahlen?

SLIFT Ja, da müßten Sie jetzt also jemand finden, der Ihnen das gibt.

SNYDER Ja, ja.

MEYERS Das wird nicht leicht sein.

GRAHAM Gesteh's, Pierpy hat das Vieh.

SLIFT *lacht:* Lauter Lumpen, Herr Snyder.

Alle lachen, außer Snyder.

GRAHAM *zu Meyers:* Der Mann hat keinen Humor. Gefällt mir nicht.

SLIFT Die Hauptsache, wo stehen Sie, Mann? Diesseits oder jenseits der Barrikade?

SNYDER Die Schwarzen Strohhüte stehen über dem Kampf, Herr Slift. Also diesseits.

Auftritt Johanna.

SLIFT Da ist unsere heilige Johanna von der Viehbörse!

DIE VIER *zu Johanna brüllend:* Mit Ihnen sind wir nicht zufrieden, Sie, können Sie nicht dem Mauler etwas von uns ausrichten! Da sollen Sie doch Einfluß haben. Es heißt, der frißt Ihnen aus der Hand. Das Vieh ist nämlich so vom Markt gezogen, daß wir ein Aug auf Mauler haben müssen. Sie können ihn rumkriegen, heißt es, zu was Sie wollen. Er soll das Vieh herausrücken. Sie, wenn Sie's tun für uns, wollen wir den Schwarzen Strohhüten vier Jahre lang die Miete zahlen.

Johanna hat die Armen gesehen und ist erschrocken.

JOHANNA Was macht denn ihr hier?

FRAU LUCKERNIDDLE *tritt vor:*

Gegessen sind die 20 Mittagessen.
Fall nicht in Zorn, daß du mich wieder hier siehst.
Von meinem Anblick gern befreit ich dich.
Das ist die Grausamkeit des Hungers, daß er
Wenngleich befriedigt, immer wieder kommt.

GLOOMB *tritt vor:*

Ich kenne dich, dir hab ich zugeredet
Zur Arbeit an demselben Messer, das
Mir meinen Arm wegriß. Heut tät ich Schlimmeres.

JOHANNA Warum arbeitet ihr nicht? Ich habe euch doch Arbeit verschafft.

FRAU LUCKERNIDDLE Wo denn, die Schlachthöfe sind geschlossen.

GLOOMB Erst hieß es, sie werden aufgemacht, aber sie sind nicht wieder aufgemacht worden.

JOHANNA *zu den Packherren:* So warten die immer noch?

Die Packherren schweigen.

JOHANNA

Und ich dachte, sie seien aufgehoben?
Seit sieben Tagen fällt jetzt Schnee auf sie
Und dieser selbe Schnee, der sie umbringt, entzieht
Sie jedem menschlichen Aug. Daß ich so leicht
Vergessen hab, was jeder gern vergißt und ist gleich ruhig.
Wenn einer sagt, 's ist rum, forscht keiner nach.
Zu den Packherren:
Der Mauler hat doch von euch Fleisch gekauft? Auf meine
Fürbitt tat er's! Und jetzt macht ihr eure Fabriken
Immer noch nicht auf?

DIE DREI Ganz recht, wir wollten aufmachen.

SLIFT Aber erst wolltet ihr noch dem Farmer an die Gurgel gehn!

DIE DREI Wie sollen wir schlachten, wenn kein Vieh da ist?

SLIFT Der Mauler und ich haben bei euch Fleisch gekauft, voraussetzend, daß ihr die Arbeit aufnehmt und so der Arbeiter Fleisch kaufen kann. Wer soll jetzt das Fleisch, das wir euch abnahmen, essen, für wen haben wir denn Fleisch gekauft, wenn die Esser nicht bezahlen können?

JOHANNA Wenn ihr schon das ganze Handwerkszeug in der Hand habt von den Leuten in euren großmächtigen Fabriken und Anlagen, dann müßt ihr sie wenigstens heranlassen, sonst sind sie ja ganz aufgeschmissen, denn es ist ja doch so eine Art Ausbeutung dabei, und wenn dann die arme bis aufs Blut gepeinigte Menschenkreatur sich nicht anders zu helfen weiß, als einen Prügel nehmen und ihn seinem Peiniger auf den Kopf hauen, dann macht ihr in die Hosen, ich hab's schon bemerkt, und dann wär die Religion wieder recht und soll Öl auf die Wogen gießen, aber da ist sich der liebe Gott doch zu gut, als daß er euch dann den Gehherda macht und euch euren Saustall wieder ausmistet. Ich lauf von Pontius zu Pilatus und mein: wenn ich euch da oben helf, dann ist denen unter euch auch geholfen. Da ist so eine Art Einheit und wird am gleichen Strang gezogen, aber da war ich schön dumm. Wer denen, die da arm sind, helfen will, der muß ihnen, scheint's, von euch helfen. Habt ihr denn gar keine Ehrfurcht mehr vor dem, was Menschenantlitz trägt? Da könnt es passieren, daß man euch auch nicht mehr als Menschen ansieht, sondern als wilde Tiere, die man einfach erschlagen muß im Interesse der öffentlichen Ordnung und Sicherheit! Und ihr traut euch noch in Gottes Haus zu kommen, nur weil ihr diesen schmutzigen Mammon habt, man weiß schon woher und wodurch, der ist ja nicht ehrlich erworben. Aber da seid ihr bei Gott an den Falschen gekommen, euch muß man einfach hinausjagen, mit einem Stecken muß man euch hinausjagen. Ja, schaut nur nicht so dumm, mit Menschen soll man nicht umgehen wie mit Ochsen, aber ihr seid keine Menschen, hinaus mit euch und schnell, sonst vergreif ich mich noch an euch, haltet mich nicht, ich weiß schon, was ich tu, ich hab's zu lang nicht gewußt.

Johanna treibt sie mit einer umgekehrten Fahne, die sie als Stecken benützt, aus. In den Türen tauchen die Schwarzen Strohhüte auf.

JOHANNA Hinaus! Wollt ihr Gottes Haus zu einem Stall machen? Und zur zweiten Viehbörse? Hinaus! Ihr habt hier nichts zu suchen. Solche Gesichter wollen wir hier nicht sehen. Ihr seid unwürdig und ich weise euch aus. Trotz eurem Geld!

DIE VIER Auch gut. Aber mit uns gehn hier hinaus unwiderruflich schlicht und bescheiden vierzig Monatsmieten. Wir brauchen sowieso jeden Pfennig, wir gehen Zeiten entgegen, wie sie furchtbarer der Viehmarkt nie gesehen hat. *Die Packherren ab.*

SNYDER *läuft ihnen nach:* Bleiben Sie da, meine Herren, gehen Sie nicht fort, sie hat gar keine Vollmacht! Ein verwirrtes Frauenzimmer! Sie wird entlassen! Sie wird Ihnen alles besorgen, was Sie wollen.

JOHANNA *zu den Schwarzen Strohhüten:* Das ist jetzt sicher recht ungeschickt wegen der Miete. Aber da kann man nicht drauf schauen. *Zu Luckerniddle und Gloomb:* Setzt euch da hinter, ich werd euch eine Suppe bringen.

SNYDER *zurückgekehrt:*
Lad dir die Armen zu Gast und bewirte
Sie nur mit Regenwasser und schönem Gerede
Wo doch im Himmel für sie nicht Erbarmen
Sondern nur Schnee ist!
Ohne alle Demut bist du
Dem nächsten Trieb gefolgt! Wie leichter ist's
Einfach auszuweisen den Unreinen hochmütig.
Heikel bist du mit dem Brot, das wir essen müssen.
Allzu neugierig, wie's gemacht wird, und willst doch
Selber auch noch essen! Jetzt geh, du Überirdische
Hinaus in den Regen und bleib rechthaberisch im Schneetreiben!

JOHANNA Heißt das, daß ich meinen Uniformrock ausziehen soll?

SNYDER Ziehen Sie Ihren Uniformrock aus und packen Sie Ihren Koffer! Verlassen Sie dieses Haus und nehmen Sie das Gesindel mit, das Sie uns hereingezogen haben. Denn nur Gesindel und Abschaum ist hinter Ihnen hergelaufen. Sie werden nun selber zu ihm gehören. Holen Sie Ihre Sachen.

Johanna geht und kommt mit einem kleinen Koffer, gekleidet wie ein Landdienstmädchen, zurück.

JOHANNA
Ich will zum reichen Mauler gehn, der nicht
Ohne Furcht und guten Willens ist
Daß der uns hilft. Nicht eher will ich
Wieder anziehen diesen Rock und schwarzen Strohhut
Auch nicht zurückkehren eher in dieses liebe Haus
Der Gesänge und Erweckungen, vor ich
Den reichen Mauler mitbring als einen
Von uns, bekehrt von Grund auf.
Mag auch ihr Geld wie ein Krebsgeschwür
Abgefressen haben Ohr und menschliches Antlitz
Daß sie abgetrennt sitzen, aber erhoben
Unerreichbar jedem Hilfeschrei!
Arme Krüppel!
Ein Gerechter muß doch unter ihnen sein!
Ab.

SNYDER
Arme Unwissende!
Was du nicht siehst: aufgebaut
In riesigen Kadern stehn sich gegenüber
Arbeitgeber und Arbeitnehmer
Kämpfende Fronten: unversöhnlich.
Laufe herum zwischen ihnen, Versöhnlerin und Vermittlerin
Nütze keiner und gehe zugrund.

MULBERRY *herein:* Habt ihr das Geld jetzt?

SNYDER Gott wird sein gewiß kärgliches Obdach, das er auf Erden gefunden hat, ich sage kärglich, Herr Mulberry, auch noch bezahlen können.

MULBERRY Ja, bezahlen, ganz richtig, darum handelt es sich! Sie sprechen das richtige Wort aus, Snyder! Wenn der liebe Gott bezahlt, gut. Aber wenn er nicht bezahlt, nicht gut. Wenn der liebe Gott seine Miete nicht bezahlt, muß er ausziehn, und zwar am Samstag abend, Snyder, nicht wahr? *Ab.*

8
Pierpont Maulers Rede über die Unentbehrlichkeit des Kapitalismus und der Religion

Maulers Kontor

MAULER
Jetzt, Slift, kommt der Tag
Wo unser guter Graham und auch alle, die
Mit ihm den billigsten Viehpreis abwarten wollten
Das Fleisch einkaufen müssen, das sie uns
Schulden.

SLIFT
Sie werden teurer kaufen, denn das
Was heut an Vieh am Markt Chicagos brüllt
Ist unser Vieh.
Und jedes Schwein, das sie uns schulden, müssen sie
Bei uns einkaufen und da ist es teuer.

MAULER
Und jetzt laß los alle deine Aufkäufer, Slift!
Auf daß sie die Viehbörse peinigen mit ihren Fragen

Nach allem, was einem Rind und einem Schwein
Nur irgend ähnlich sieht, damit der Preis steigt.

SLIFT

Was Neues von deiner Johanna? An der Viehbörse
Geht ein Gerücht, du hast mit ihr geschlafen.
Ich trat ihm entgegen. Seit sie uns alle
Aus dem Tempel herauswarf, hört man nichts mehr von ihr
Als hätt das schwarze brüllende Chicago sie eingeschluckt.

MAULER

Das hat mir sehr gefallen von ihr, daß sie
Euch einfach hinauswarf. Ja, die fürchtet sich vor nichts
Und wenn ich auch dabei gewesen wäre
Hätt sie mich auch hinausgeworfen, und das
Lieb ich an ihr und lieb's an diesem Haus
Daß solche dort wie ich nicht möglich sind.
Slift, treib den Preis auf 80, dann sind diese Grahams
So ungefähr wie ein Schlamm, in den wir unsern Fuß
Nur um die Form mal wieder zu sehen, eindrücken.
Ich will kein Quentchen Fleisch herauslassen, damit ich
Ihnen diesmal die Haut endgültig abzieh
Wie's mir Natur ist.

SLIFT

Ich freu mich, Mauler, daß du wieder
Der letzten Tage Schwäche abgelegt. Und jetzt
Geh ich zusehen, wie sie Vieh einkaufen.

Slift ab.

MAULER

Man müßte jetzt dieser verdammten Stadt
Endlich die Haut abziehn und diesen Burschen
Das Fleischgeschäft erklären. Sollen sie
»Untat« schreien.

Johanna tritt mit einem Koffer ein.

JOHANNA Guten Tag, Herr Mauler. Es ist schwer, Sie zu erreichen. Ich stelle meine Sachen einstweilen dorthin. Ich bin jetzt nämlich nicht mehr bei den Schwarzen Strohhüten. Es hat Unstimmigkeiten gegeben. Und da dachte ich: Ich geh einmal nach dem Herrn Mauler sehn. Jetzt wo ich die aufreibende Missionsarbeit nicht mehr habe, kann ich mehr auf den einzelnen Menschen eingehen. Und da werde ich mich jetzt mit Ihnen ein wenig befassen, das heißt, wenn Sie's erlauben. Wissen Sie, das hab ich schon gemerkt, daß Sie zugänglicher sind, mehr als mancher andere. Das ist ein gutes altes Roßhaarsofa, das Sie da haben, aber warum haben Sie denn da ein Leintuch drauf, und ordentlich zusammengelegt ist's auch nicht. Ja, schlafen Sie denn auch da in Ihrem Kontor? Ich hab gedacht, Sie müssen doch einen von den großen Palästen haben.

Mauler schweigt.

Aber das ist richtig von Ihnen, Herr Mauler, daß Sie auch im Kleinen haushälterisch sind als Fleischkönig. Ich weiß nicht, wenn ich Sie seh, dann fällt mir immer die Geschichte vom lieben Gott ein, wie der zum Adam kommt im Paradiesgarten und rufet: »Adam, wo bist du?« Wissen Sie noch? *Lacht.* Adam steht gerad wieder hinter einem Gesträuch und hat die Hände sozusagen wieder bis über die Ellenbogen in einer Hirschkuh, und so voll Blut hört er die Stimme Gottes. Und da tut er wirklich, als ob er nicht da wäre. Aber der liebe Gott läßt nicht locker und geht der Sache nach und rufet noch einmal: »Adam, wo bist du?« Und da sagt der Adam ganz kleinlaut und feuerrot im Gesicht: »Jetzt kommst du, gerad jetzt, wo ich das Hirschle getötet hab. Sag nur nichts, ich weiß schon, ich hätt's nicht tun sollen.« Aber Ihr Gewissen ist ja hoffentlich gerade frei, Herr Mauler.

MAULER Sie sind also nicht mehr bei den Schwarzen Strohhüten?

JOHANNA Nein, Herr Mauler. Und ich gehör auch nicht mehr hin.

MAULER Wovon haben Sie denn dann gelebt?

JOHANNA *schweigt.*

MAULER Also von nichts. Wie lange sind Sie denn nicht mehr bei den Schwarzen Strohhüten?

JOHANNA Acht Tage.

MAULER *weint hinten:*

So sehr verändert und acht Tage nur!
Wo war sie? Mit wem sprach sie? Wovon
Sind dies die Spuren um den Mund?
Die Stadt
Aus der die kommt, kenne ich noch nicht.

Er bringt auf einem Brett Essen.

Ich seh dich sehr verändert, hier wär Essen.
Ich eß es nicht.
Johanna sieht das Essen an.

JOHANNA Herr Mauler, nachdem wir die reichen Leute aus unserem Haus getrieben haben –

MAULER Was mir viel Spaß gemacht hat und recht schien –

JOHANNA Hat der Hausbesitzer, der vom Mietzins lebt, uns für nächsten Sonntag gekündigt.

MAULER So, und den Schwarzen Strohhüten geht es jetzt schlecht wirtschaftlich?

JOHANNA Ja, und darum dachte ich, ich gehe einmal zu dem Herrn Mauler. *Johanna beginnt gierig zu essen.*

MAULER Beunruhige dich nicht. Ich will auf den Markt gehen und euch das Geld beschaffen, das ihr braucht. Ich tu auch das noch, ja, ich will's herschaffen, was es kostet, und müßt ich's aus der Haut dieser Stadt selber schneiden. Ich tu's für euch. Natürlich ist Geld teuer, aber ich schaff's her. Das wird euch recht sein.

JOHANNA Ja, Herr Mauler.

MAULER Geh also hin und sag ihnen, das Geld kommt, bis Samstag ist es da. Der Mauler schafft's her. Eben jetzt ging er auf den Viehmarkt, es herzuschaffen. Es ging ungünstig und nicht ganz wie gewollt mit der Sache der Fünfzigtausend. Ich konnte ihnen nicht gleich Arbeit schaffen. Dich aber nehm ich aus, und deine Schwarzen Strohhüte sollen verschont werden, das Geld, das schaff ich für euch. Lauf und sag's ihnen.

JOHANNA Ja, Herr Mauler!

MAULER
Da hab ich's aufgeschrieben. Nimm's.
Auch mir ist's leid, daß sie auf Arbeit warten
Auf den Schlachthöfen und keine gute Arbeit.
Fünfzigtausend, die
Auf den Höfen stehen und auch nachts nicht mehr weggehn!
Johanna hört auf zu essen.
Aber dies ist ein Geschäft, bei dem's
Um Sein und Nichtsein geht, darum: ob ich
In meiner Klasse der beste Mann bin oder
Selber den dunklen Weg zum Schlachthof geh.
Auch füllt der Abschaum schon wieder die Höfe und

Macht Schwierigkeiten.
Und jetzt, ich sag's wie's ist, ich hätte gern
Von dir gehört, daß recht ist, was ich tu
Und mein Geschäft natürlich: also
Bestätige mir, daß ich nach deinem Rat
Beim Fleischring Fleisch bestellte und bei
Den Viehzüchtern auch, so Gutes tuend, und
Da ich wohl weiß, daß ihr arm seid und eben
Jetzt man das Dach wegschaffen will über euren Köpfen
Will ich euch auch dafür etwas zugeben: zum Beweis
Meiner guten Gesinnung.

JOHANNA Also die Arbeiter warten immer noch vor den Schlachthäusern?

MAULER
Warum bist du gegen Geld? und siehst
Wenn du keins hast, so sehr verändert aus?
Was denkst du über Geld? Sag mir's, ich
Will's wissen, und denk nicht Falsches
Nicht wie ein Dummkopf über Geld denkt als
Etwas Zweifelhaftes. Bedenk die Wirklichkeit und
Platte Wahrheit, vielleicht nicht angenehm, aber doch
Eben wahr, daß alles schwankend ist und preisgegeben
Dem Zufall beinah, der Witterung das menschliche Geschlecht
Geld aber ein Mittel, einiges zu verbessern und sei's
Für einige nur, außerdem: dieser Aufbau!
Seit Menschengedenken errichtet, wenn auch immer aufs neu
Weil immer verfallend, doch ungeheuer, wenn auch Opfer fordernd
Sehr schwierig herzustellen immerfort und mit Gestöhn
Immerfort hergestellt, aber doch unvermeidlich
Abpressend der Ungunst des Planeten das Mögliche, wie immer
Dies sei, viel oder wenig, und also alle Zeit
Von den Besten verteidigt. Denn sieh, wenn ich
Der viel dagegen hat und schlecht schläft, auch
Davon abgehn wollt, das wär, als wenn eine
Mücke davon abläßt, einen Bergrutsch aufzuhalten. Ich würd
Ein Nichts im selben Augenblick und über mich weg ging's weiter.

Denn sonst müßt alles umgestürzt werden von Grund aus
Und verändert der Bauplan von Grund aus nach ganz anderer
Unerhörter neuer Einschätzung des Menschen, die ihr
nicht wollt
Noch wir, denn dies geschähe ohne uns und Gott, der
Abgeschafft würd, weil ganz ohne Amt. Darum müßt ihr
Mitmachen, und wenn ihr schon nicht opfert, was
Wir auch nicht von euch wollen, so doch gutheißen die Opfer.
Kurz und gut: ihr müßt
Gott wieder aufrichten
Die einzige Rettung, und
Für ihn die Trommel rühren, auf daß er
Fuß fasse in den Quartieren des Elends und seine
Stimme erschalle auf den Schlachthöfen.
Das würde genügen.
Er hält ihr den Zettel hin.
Nimm, was du bekommst, aber wisse wofür und
Nimm's dann! Hier ist die Bescheinigung, das ist Miete
für vier Jahre.

JOHANNA
Herr Mauler, was Sie da sagen, verstehe ich nicht, und
Ich will's auch nicht verstehen.
Steht auf.
Ich weiß, ich sollt mich freuen, jetzt zu hören
Daß Gott geholfen werden soll, nur: ich
Gehör zu denen, welchen damit
Noch nicht geholfen ist. Und denen nichts
Geboten wird.

MAULER
Wenn du den Strohhüten das Geld bringst, kannst du auch
Wieder bei ihnen bleiben, denn dies Leben
So ohne Halt ist nicht gut für dich. Glaub mir
Sie sind aus auf Geld, und das ist gut so.

JOHANNA
Wenn die Schwarzen Strohhüte
Ihr Geld annehmen, sollen sie's nur tun
Aber ich will mich setzen zu den Wartenden auf die
Schlachthöfe
Bis die Fabriken wieder auf sind, und

Nichts anderes essen als sie essen, und wenn
Ihnen Schnee gereicht wird, eben Schnee, und was
Sie arbeiten, das will auch ich arbeiten, denn auch ich
Habe kein Geld und kann's nicht anders kriegen, wenigstens nicht
Auf ehrliche Weis, und gibt's keine Arbeit, so geb's
Für mich auch keine, und
Sie, der Sie leben von der Armut und
Können die Armen nicht sehen und verurteilen
Etwas, was Sie nicht kennen, und richten's so
Daß Sie nicht sehen, was dort verurteilt sitzt
Aufgegeben auf den Schlachthöfen, unbesehen:
Wenn Sie mich künftig sehen wollen, dann
Auf den Schlachthöfen.
Sie geht.

MAULER

Also heute nacht
Steh auf, Mauler, zu jeder Stunde und
Sieh durchs Fenster, ob es schneit, und wenn es schneit, dann
Schneit's auf sie, welche du kennst.

9
Johannas dritter Gang in die Tiefe: Der Schneefall.

Gegend der Schlachthöfe

JOHANNA

Hört, was ich träumte in einer Nacht
Vor sieben Tagen:
Ich sah vor mir auf einem kleinen Feld
Zu klein für eines mittleren Baumes Schatten
Weil eingeengt durch riesige Häuser, einen Klumpen
Menschen von unbestimmbarer Anzahl, jedoch
Weit größerer Anzahl, als an so kleiner Stelle
Spatzen Platz hätten, also sehr dichten Klumpen, so daß
Das Feld sich krümmte, in der Mitte aufhob, und jetzt hing
Der Klumpen übern Rand, einen Augenblick
Festhaltend, in sich pulsend, dann
Durch Hinzutritt eines Wortes, irgendwo gerufen

Gleichgültigen Inhalts, fing es an zu fließen.
Nun sah ich Züge, Straßen, auch bekannte, Chicago! Euch!
Sah euch marschieren und nun sah ich mich.
An eurer Spitze sah ich stumm mich schreiten
Mit kriegerischem Schritt, die Stirne blutig
Und Wörter rufend kriegerischen Klangs in
Mir selber unbekannter Sprache, und da gleichzeitig
Von vielen Seiten viele Züge zogen
Schritt ich in vielfacher Gestalt vor vielen Zügen
Jung und alt, schluchzend und fluchend
Außer mir endlich! Tugend und Schrecken!
Alles verändernd, was mein Fuß berührte
Unmäßige Zerstörung bewirkend, den Lauf der Gestirne
Sichtbar beeinflussend, doch auch die nächsten Straßen
Uns allen bekannt, von Grund auf ändernd
So zog der Zug und mit ihm ich
Verhüllt durch Schnee vor jedem feindlichen Angriff
Durch Hunger durchscheinend, keine Zielscheibe
Nirgends treffbar, da nirgends wohnhaft
Durch keine Qual belangbar, da jede
Gewohnt. Und so marschiert er, verlassend den
Unhaltbaren Platz: ihn wechselnd mit jedem andern.
So träumte ich.
Heute seh ich die Deutung.
Vor's morgen wird, werden wir
Von diesen Höfen hier aufbrechen
Und ihre Stadt Chicago erreichen bei Morgengrauen
Zeigend unseres Elends ganzen Umfang auf offenen Plätzen
Alles anrufend, was wie ein Mensch aussieht.
Was weiter wird, weiß ich nicht.

Viehbörse

MAULER *zu den Packherren:*
Meine Freunde aus New York haben mir geschrieben
Daß heut das Zollgesetz im Süden
Gefallen ist.

DIE PACKHERREN
Wehe, das Zollgesetz gefallen und wir

Haben kein Fleisch zu verkaufen! Schon verkauft ist es
Zu niederem Preis und jetzt sollen wir Fleisch kaufen bei steigendem!

DIE VIEHZÜCHTER
Wehe, das Zollgesetz gefallen und wir
Haben kein Vieh zu verkaufen! Es ist schon verkauft
Zu niederem Preis!

DIE KLEINEN SPEKULANTEN
Wehe! Ewig undurchsichtig
Sind die ewigen Gesetze
Der menschlichen Wirtschaft!
Ohne Warnung
Öffnet sich der Vulkan und verwüstet die Gegend!
Ohne Einladung
Erhebt sich aus den wüsten Meeren das einträgliche Eiland!
Niemand benachrichtigt, niemand im Bilde! Aber den letzten
Beißen die Hunde!

MAULER
Weil also Vieh gefragt wird
In Büchsen zu annehmbarem Preis
Forder ich euch auf, mir jetzt das Büchsenfleisch
Das ich vertraglich von euch kriegen muß
Schnell auszuliefern.

GRAHAM Zum alten Preis?

MAULER
Wie's ausgemacht war, Graham.
800000 Zentner, wenn ich mich recht erinnere
An einen Augenblick, wo ich nicht bei mir war.

DIE PACKHERREN
Wie sollen wir jetzt Vieh nehmen bei steigenden Preisen?
Denn da ist einer, der's gekornert hat
Den niemand kennt –
Laß, Mauler, uns heraus aus dem Vertrag!

MAULER
Leider muß ich die Büchsen haben. Aber es gibt
Doch Vieh genug, ein bißchen teuer, schön, aber
Vieh genug. Kauft's auf!

DIE PACKHERREN Vieh kaufen jetzt, pfui Teufel!

Kleines Lokal in der Gegend der Schlachthöfe

Arbeiter und Arbeiterinnen, darunter Johanna. Ein Trupp der Schwarzen Strohhüte kommt. Johanna steht auf und winkt ihnen während des Nachfolgenden verzweifelt ab.

JACKSON *nach einem eiligen Gesang:*

Warum willst du, Bruder, dich an Jesu Brot nicht laben?
Sieh, wie lustig wir und wie fröhlich sind.
Weil wir den Herrn Jesum, unsern Herrn, gefunden haben.
Komm zu ihm auch du geschwind!
Hallelujah!

Ein Mädchen der Schwarzen Strohhüte spricht zu den Arbeitern, wobei sie zwischendrin Bemerkungen zu den Ihren macht.

MÄDCHEN DER SCHWARZEN STROHHÜTE (Das hat wohl keinen Zweck!?) Auch ich, Brüder und Schwestern, stand einmal wie ihr traurig am Wegrain, und der alte Adam in mir wollte nichts als essen und trinken, aber dann hab ich meinen Herrn Jesum gefunden, und da war es so licht in mir und so fröhlich, und jetzt (Sie hören gar nicht zu!), wenn ich nur recht fest an meinen Herrn Jesum denke, der uns alle trotz unserer vielen Missetaten erlöst hat in Schmerzen, dann habe ich keinen Hunger mehr und keinen Durst, außer nach dem Wort unseres Herrn Jesum. (Es nutzt nichts.) Wo der Herr Jesum ist, da ist nicht die Gewalt, sondern der Friede; da ist nicht der Haß, sondern die Liebe. (Es ist ganz umsonst!)

DIE SCHWARZEN STROHHÜTE

Halleluja!

Jackson reicht die Büchse herum. Es wird aber nichts hineingetan.

Halleluja!

JOHANNA

Möchten sie doch nicht hier in der Kälte
Solches Ärgernis geben und da noch reden!
Wirklich, ich könnt jetzt
Kaum hören die Worte, die
Einst mir lieb waren und angenehm! Möchte ihnen doch
Eine Stimme sagen, ein Rest in ihnen: hier ist
Schnee und Wind, hier schweigt!

DIE FRAU Lassen Sie die nur. Das müssen die ja machen, wenn sie dort ein bißchen Wärme und Essen kriegen wollen. Da möcht ich auch sein!

FRAU LUCKERNIDDLE Das war eine schöne Musik!

GLOOMB Schön und kurz.

FRAU LUCKERNIDDLE Das da sind aber doch gute Menschen.

GLOOMB Gut und kurz, kurz und gut.

ARBEITERIN Warum reden sie eigentlich nicht mit uns und bekehren uns?

GLOOMB *macht die Geste des Geldzählens:* Können Sie den Topf am Kochen halten, Frau Swingurn?

ARBEITERIN Die Musik ist sehr hübsch, aber ich erwartete, daß sie uns vielleicht einen Teller Suppe geben würden, da sie einen Topf dabei hatten.

ARBEITER *wundert sich über sie:* Nee, wirklich, haben Sie gedacht?

JOHANNA Gibt es hier nicht Leute, die etwas unternehmen?

EIN ARBEITER Ja, die Kommunisten.

JOHANNA Sind das nicht Leute, die zu Verbrechen auffordern?

DER ARBEITER Nein.

Viehbörse

DIE PACKHERREN
Wir kaufen Vieh! Jungvieh!
Mastvieh! Kälber! Ochsen! Schweine!
Wir bitten um Angebote!

DIE VIEHZÜCHTER
's ist nichts da! Alles, was verkäuflich war
Haben wir verkauft.

DIE PACKHERREN
Nichts da? Und auf den Bahnhöfen
Staut sich's von Vieh.

DIE VIEHZÜCHTER Verkauftem.

DIE PACKHERREN An wen verkauft?

Mauler tritt auf.

DIE PACKHERREN *bestürmen ihn:*
Kein Ochse aufzutreiben in Chicago!
Du mußt uns stunden, Mauler.

MAULER
Es bleibt dabei: Ihr liefert euer Fleisch.
Er stellt sich zu Slift.
Pump sie vollends aus.

EIN VIEHZÜCHTER 800 Ochsen aus Kentucky zu 400.

DIE PACKHERREN Ausgeschlossen. Seid ihr verrückt? 400.

SLIFT Ich. 400.

DIE VIEHZÜCHTER 800 Ochsen an Sullivan Slift zu 400.

DIE PACKHERREN
Der Mauler ist's! Was sagten wir? Er ist's!
Du krummer Hund, uns zwingt er, ihm Büchsenfleisch zu liefern
Und kauft Vieh auf! Daß wir das Fleisch von ihm einkaufen müssen
Das wir brauchen, ihm die Büchsen zu füllen!
Du dreckiger Metzger! Da, nimm unser Fleisch, schneid's dir heraus!

MAULER Wer ein Ochse ist, der darf sich nicht wundern, wenn bei seinem Anblick der Appetit wächst!

GRAHAM *will auf Mauler losgehen:* Hin muß er sein, ich mach ihn kalt!

MAULER
So, Graham, jetzt verlang ich deine Büchsen!
Du kannst dich selbst hineinstopfen.
Ich will euch das Fleischgeschäft lehren, ihr
Kaufleute! Von jetzt an wird jede Klaue, jedes Kalb
Von hier bis Illinois an mich bezahlt und gut bezahlt
Und so biet ich also 500 Ochsen an fürs erste für 56.
Stille.
Und jetzt wegen schlechter Nachfrag, weil hier niemand Vieh braucht
Verlang ich 60! Vergeßt auch nicht
Meine Büchsen!

Anderer Teil der Schlachthöfe

Auf Plakaten steht: Übt Solidarität mit den Ausgesperrten der Schlachthöfe! Auf zum Generalstreik!

Vor einem Schuppen zwei Männer von der Zentrale der Arbeitergewerkschaften. Sie sprechen mit einem Trupp Arbeiter. Johanna kommt.

JOHANNA Sind das die Leute, welche die Sache der Arbeitslosen führen? Ich kann mithelfen. Ich habe das Reden auf öffentlichen Plätzen und in Sälen, auch großen, gelernt, habe keine Furcht vor Belästigungen und kann eine gute Sache, denke ich, gut erklären. Es muß nämlich meiner Meinung nach sofort etwas geschehen. Ich habe auch Vorschläge.

EIN ARBEITERFÜHRER Hört alle zu:
Bisher zeigen die Fleischleute noch nicht die geringste Lust, ihre Fabriken wieder aufzumachen. Zuerst hatte es den Anschein, als ob der Ausbeuter Pierpont Mauler die Wiedereröffnung der Fabriken betreibe, da er von den Fleischleuten große Mengen von Konserven verlangt, die sie ihm kontraktlich schulden. Dann zeigte es sich, daß das Fleisch, das sie für die Konserven brauchen, in Maulers eigener Hand ist und er nicht daran denkt, es herauszugeben. Wir wissen jetzt, daß wir Arbeiter, wenn es nach den Fleischleuten geht, niemals mehr alle in die Schlachthäuser zurückkehren können und niemals mehr zu dem alten Lohn. In dieser Lage müssen wir erkennen, daß nur mehr die Anwendung von Gewalt uns helfen kann. Die städtischen Großbetriebe haben uns nun versprochen, spätestens übermorgen in den Generalstreik zu treten. Diese Nachricht muß jetzt an allen Orten der Schlachthöfe verbreitet werden, denn ohne sie besteht Gefahr, daß die Massen, durch irgendwelche Gerüchte veranlaßt, die Schlachthöfe verlassen und dann sich den Bedingungen der Fleischleute unterwerfen müssen. Deshalb müssen diese Briefe, in denen steht, daß die Gas-, Wasser- und Elektrizitätswerke uns durch Streik helfen wollen, an die Vertrauensleute abgegeben werden, die um 10 Uhr abends an verschiedenen Orten der Schlachthöfe auf unsere Parolen warten. Steck dir den unter den Kittel, Jack, und wart vor Mutter Schmittens Kantine auf die Vertrauensleute!

Ein Arbeiter nimmt den Brief und geht weg.

ZWEITER ARBEITER Gib mir den für die Grahamwerke, die kenn ich.

DER ARBEITERFÜHRER 26. Straße, Ecke Michiganpark.

Der Arbeiter nimmt den Brief und geht weg.

DER ARBEITERFÜHRER 13. Straße beim Westinghouse Building. *Zu Johanna:* Was bist du denn für eine?

JOHANNA Ich bin entlassen worden aus der Stellung, die ich hatte.

DER ARBEITERFÜHRER Was hattest du denn für eine Stellung?

JOHANNA Ich habe eine Zeitschrift verkauft.

DER ARBEITERFÜHRER Für wen hast du denn gearbeitet?

JOHANNA Ich bin Kolporteurin.

EIN ARBEITER Vielleicht ist sie ein Spitzel.

DER ANDERE ARBEITERFÜHRER Wer sagt dir, was sie mit dem Brief macht, den wir ihr geben?

DER ERSTE ARBEITERFÜHRER Niemand. *Zu Johanna:*
Das Netz, dessen eine Masche
Zerrissen ist, nützt nichts mehr:
Durch es schwimmen die Fische an diesem Punkt
Als ob da kein Netz sei.
Plötzlich sind nutzlos
Alle Maschen.

JOHANNA In der 44. Straße habe ich Zeitungen verkauft. Ich bin kein Spitzel. Ich bin von Herzen für eure Sache.

DER ZWEITE Unsere Sache? Ja, ist es denn nicht deine Sache?

JOHANNA Das ist doch nicht im Interesse der Allgemeinheit, daß die Fabrikanten einfach so viele Leute auf die Straße setzen. Das ist ja gerade, als ob die Armut der armen Leute den reichen nützt! Da ist ja womöglich die Armut überhaupt denen ihr Werk!

Schallendes Gelächter der Arbeiter.

JOHANNA Das ist ja unmenschlich!! Ich denk da auch an solche wie den Mauler.

Erneutes Gelächter.

JOHANNA Warum lacht ihr? Ich finde eure Hämischkeit nicht richtig und daß ihr ohne Beweis glauben wollt, es könnt einer wie der Mauler kein Mensch sein.

DER ZWEITE ARBEITERFÜHRER Nicht ohne Beweis. Der kannst du den Brief ruhig geben.

DER ERSTE ARBEITERFÜHRER *gibt ihr den Brief:* Geh zum Speicher 5 der Grahamwerke. Wenn du da drei Arbeiter kommen siehst, die sich umschauen, fragst du, ob sie von den Cridlewerken sind. Für die ist der Brief.

Viehbörse

DIE KLEINEN SPEKULANTEN
Die Papiere sinken! Die Packhöfe in Gefahr!
Was wird aus uns, den Aktieninhabern?
Dem kleinen Sparer, der sein Letztes drangab
Dem ohnehin geschwächten Mittelstand?
So einer wie der Graham, der gehörte
Zerrissen in der Luft, bevor er das Papier
Drauf unser Anteil steht, den wir
An seinen Blutkellern erwarben
Zur Makulatur macht.
Kauft euer Vieh ein, kauft's zu jedem Preis!
Hinten werden während der ganzen Szene die Firmen ausgerufen, die ihre Zahlungen einstellen. Die Zahlungen stellen ein: Meyers & Co. usw.

DIE PACKHERREN Wir können nicht mehr, der Preis steht über 70.

DIE AUFKÄUFER Haut sie herunter, sie kaufen nicht, die Großköpfe.

DIE PACKHERREN Gefragt 2000 Ochsen zu 70.

SLIFT *zu Mauler an einer Säule:* Treib sie herauf.

MAULER
Ich seh, daß ihr euch nicht gehalten habt
An den Vertrag, den ich da mit euch schloß
Durch den ich Arbeit schaffen wollte. Und jetzt hör ich
Sie stünden immer noch draußen auf den Höfen. Aber
Jetzt wird's euch reun: jetzt her mit den Konserven
Die ich gekauft hab!

GRAHAM
Wir konnten nichts tun, denn das Fleisch verschwand
Gänzlich vom Markt!
500 Ochsen zu 75.

DIE KLEINEN SPEKULANTEN
Kauft sie, Bluthunde!
Sie kaufen nicht! Sie liefern lieber
Die Packhöfe aus.

MAULER
Man sollte nicht noch höher treiben, Slift

Sie können schon nicht mehr.
Sie sollen bluten, aber sie dürfen nicht
Verrecken, wenn sie hin sind
Sind wir auch hin.

SLIFT
Sie können noch, treib sie höher.
500 Ochsen zu 77.

DIE KLEINEN SPEKULANTEN
77. Hört ihr's? Warum
Habt ihr nicht gekauft zu 75? Jetzt
Ist's schon 77 und das steigt noch.

DIE PACKHERREN Wir kriegen von dem Mauler 50 für die Büchsen und können nicht dem Mauler zahlen 80 für das Vieh.

MAULER *einige fragend:* Wo sind die Leute, die ich zum Schlachthof schickte?

EINER Dort ist einer.

MAULER Nun, mach das Maul auf.
Der erste Detektiv berichtet.

DER DETEKTIV Unabsehbar, Herr, sind diese Massen. Riefe man nach einer Johanna, meldeten sich vielleicht zehn oder hundert. Ohne jedes Gesicht oder Namen sitzt das und wartet. Außerdem ist eine einzelne Stimme nicht zu hören, und viel zu viele laufen herum und fragen nach Angehörigen, die sie verloren haben. In der Gegend, wo die Gewerkschaften arbeiten, herrscht starke Unruhe.

MAULER Wer arbeitet? Die Gewerkschaften? Und die Polizei läßt sie hetzen? Verdammt! Geh sofort und ruf die Polizei an, nenn meinen Namen, frag sie, wofür wir unsre Steuern zahlen. Verlang, daß man den Hetzern die Köpfe eintrommelt, sprich deutlich mit ihnen.
Erster Detektiv ab.

GRAHAM
Dann gib her, Mauler, wenn wir hin sein sollen
Tausend zu 77, 's ist unser Ende.

SLIFT 500 zu 77 an Graham. Alles darüber zu 80.

MAULER *ist zurückgekehrt:*
Slift, ich hab keinen Spaß mehr an dem
Geschäft. Es könnt zu weit führen.
Geh noch bis 80, dann gib's her für 80.

Ich will's hergeben und sie loslassen.
Es ist genug. Die Stadt muß wieder
Atem schöpfen. Und ich hab andere Sorg.
Slift, dieses Halszudrücken ist mir
Nicht soviel Spaß, wie ich geglaubt hab.
Er sieht den zweiten Detektiv.
Hast du sie gefunden?

DER ZWEITE DETEKTIV Nein, ich sah keine mit dem Uniformrock der Schwarzen Strohhüte, es sind hunderttausend, die auf den Schlachthöfen stehen, dazu ist's dunkel und der scharfe Wind verweht das Ausrufen. Außerdem räumt die Polizei die Schlachthöfe und es wird schon geschossen.

MAULER
Geschossen? Auf wen? Natürlich, ich weiß.
's ist merkwürdig, weil man hier gar nichts hört.
Sie ist also nicht zu finden und geschossen wird?
Geh zu den Telefonzellen, such den Jim und sag ihm
Er soll nicht telefonieren, sonst heißt es wieder
W i r hätten verlangt, daß da geschossen wird.
Der zweite Detektiv ab.

MEYERS 1 500 zu 80!

SLIFT Zu 80 nur 500!

MEYERS 5 000 zu 80! Halsabschneider!

MAULER *ist zur Säule zurückgekehrt:* Slift, mir ist übel, laß nach.

SLIFT Ich denk nicht dran. Sie können noch. Und wenn du schwach wirst, Mauler, treib ich sie höher.

MAULER
Slift, ich muß an die Luft. Führ du
Die Geschäfte weiter. Ich kann's nicht. Führ sie
In meinem Sinn. Es ist mir lieber, ich geb alles weg
Als daß durch mich noch was passierte! Geh
Nicht weiter als bis 85! Aber führ's
In meinem Sinn. Du kennst mich.
Ab.

SLIFT 500 Ochsen zu 90!

DIE KLEINEN SPEKULANTEN
Wir haben gehört, der Mauler
Wollt's geben für 85. Slift hat keinen Auftrag.

SLIFT
Lüge. Ich will euch lehren
Fleisch in Büchsen zu verkaufen und
Kein Fleisch zu haben!
5000 Ochsen für 95!
Gebrüll.

Schlachthöfe

Viele Wartende, darunter Johanna.

LEUTE Warum sitzen Sie hier?

JOHANNA Ich muß einen Brief abgeben. Da werden drei Leute kommen.

Eine Gruppe von Zeitungsleuten kommt, von einem Mann geführt.

DER MANN *deutet auf Johanna:* Das ist sie. *Zu Johanna:* Das sind Zeitungsleute.

DIE ZEITUNGSLEUTE Hallo, sind Sie das Schwarzestrohhutmädchen Johanna Dark?

JOHANNA Nein.

DIE ZEITUNGSLEUTE Wir haben aus dem Büro des Herrn Mauler gehört, daß Sie geschworen haben, die Schlachthöfe nicht eher zu verlassen, als die Fabriken geöffnet sind. Wir haben es, hier können Sie es lesen, in großen Lettern auf der ersten Seite gebracht.

Johanna wendet sich weg.

DIE ZEITUNGSLEUTE *lesen vor:* Unsere liebe Frau vom Schlachthof, Johanna Dark, erklärt, Gott ist solidarisch mit den Schlachthausarbeitern.

JOHANNA Ich habe keine solche Sachen gesagt.

DIE ZEITUNGSLEUTE Wir können Ihnen berichten, Fräulein Dark, daß die öffentliche Meinung mit Ihnen ist. Ganz Chicago, ausgenommen einige skrupellose Spekulanten, fühlt mit Ihnen. Ihre Schwarzen Strohhüte werden damit einen ungeheuren Erfolg haben.

JOHANNA Ich bin nicht mehr bei den Schwarzen Strohhüten.

DIE ZEITUNGSLEUTE Das gibt es doch nicht. Für uns gehören Sie zu den Schwarzen Strohhüten. Aber wir wollen Sie nicht stören und uns ganz im Hintergrund aufhalten.

JOHANNA Ich möchte, daß Sie weggehen.
Sie setzen sich in einiger Entfernung nieder.
ARBEITER *hinten auf den Höfen:*
Vor die Not nicht am höchsten ist
Werden sie die Fabriken nicht aufmachen.
Wenn das Elend gestiegen ist
Werden sie aufmachen.
Aber antworten müssen sie uns.
Geht nicht weg, bevor ihr die Antwort habt.
GEGENCHOR *ebenfalls hinten:*
Falsch! Wohin immer das Elend steigt
Sie werden nicht aufmachen
Nicht, vor ihr Profit steigt.
Wenn ihr auf die Antwort wartet
Werdet ihr die Antwort bekommen:
Aus Kanonen und Maschinengewehren
Werden sie euch antworten.
Und wir raten euch, diese Antwort
Abzuwarten, also nicht wegzugehen.
JOHANNA
Ich sehe dies System und äußerlich
Ist's lang bekannt, nur nicht im
Zusammenhang! Da sitzen welche, Wenige oben
Und Viele unten, und die oben schreien
Hinunter: Kommt herauf, damit wir alle
Oben sind, aber genau hinsehend siehst du was
Verdecktes zwischen denen oben und denen unten
Was wie ein Weg aussieht, doch ist's kein Weg
Sondern ein Brett, und jetzt siehst du's ganz deutlich
's ist ein Schaukelbrett, dieses ganze System
Ist eine Schaukel mit zwei Enden, die voneinander
Abhängen, und die oben
Sitzen oben nur, weil jene unten sitzen
Und nur solang jene unten sitzen und
Säßen nicht mehr oben, wenn jene heraufkämen
Ihren Platz verlassend, so daß
Sie wollen müssen, diese säßen unten
In Ewigkeit und kämen nicht herauf.
Auch müssen's unten mehr als oben sein

Sonst hält die Schaukel nicht. 's ist nämlich eine Schaukel.

Die Zeitungsleute stehen auf und gehen nach hinten, da sie eine Nachricht bekommen haben.

EIN ARBEITER *zu Johanna:* Was haben Sie denn mit diesen Leuten zu tun?

JOHANNA Nichts.

DER ARBEITER Aber sie haben doch mit Ihnen gesprochen.

JOHANNA Sie haben mich verwechselt.

ALTER MANN *zu Johanna:* Sie frieren ja ganz ordentlich. Wollen Sie einen Schluck Whisky?

JOHANNA *trinkt.*

DER ALTE MANN Halt! Halt! Einen Zug haben Sie da am Leibe, der ist nicht von Pappe.

FRAU Unverschämtheit!

JOHANNA Sagten Sie was?

FRAU Ja, Unverschämtheit! Dem alten Mann seinen Whisky auszusaufen!

JOHANNA Halten Sie den Mund, Sie dumme Person. Ja, wo ist denn mein Schal? Den haben sie jetzt auch wieder gestohlen. Das ist doch die Höhe! Stehlen die mir noch meinen Schal! Wer hat jetzt den Schal an sich gebracht? Sofort hergeben. *Sie reißt der neben ihr stehenden Frau den Sack vom Kopfe. Diese wehrt sich.* Na, Sie sind's doch. Lügen Sie nur nicht, und jetzt geben Sie den Sack her.

DIE FRAU Hilfe, die bringt mich um.

EIN MANN Ruhe!

Einer schmeißt ihr einen Fetzen hin.

JOHANNA Wenn's nach euch ginge, könnt ich hier nackigt in dem Zug herumsitzen.
So kalt war's nicht in meinem Traum. Als ich
Mit großem Plan hierherkam, auch bestärkt
Darin durch Träume: daß es hier so kalt
Sein könnte, hab ich nicht geträumt. Jetzt fehlt mir
Von allem am meisten nur mein warmes Tuch.
Ihr habt gut hungern, ihr habt nichts zu essen
Aber auf mich warten sie mit einer Suppe.
Ihr habt gut frieren
Aber ich kann jederzeit
Kommen in den warmen Saal

Die Fahne nehmen und die Trommel schlagen
Und von IHM reden, der in Wolken wohnt.
Was schon verlaßt ihr! Was ich verließ
Nicht nur Berufung war das, auch Beruf
Hohe Gewöhnung, doch auch auskömmliche
Beschäftigung und täglich Brot und Dach und Unterhalt.
Ja, fast ein Schauspiel scheint's mir, also
Unwürdig, wenn ich hierbliebe
Ohne dringendste Not. Trotzdem:
Ich darf nicht weggehn, und doch
Ich sag es offen, Furcht schnürt mir den Hals
Vor diesem Nichtessen, Nichtschlafen,
Nichtausnocheinwissen
Gewöhnliches Hungern, niedriges Frieren, und
Vor allem Fortwollen.

ARBEITER

Bleibt hier! Was auch kommt
Geht nicht auseinander!
Nur wenn ihr zusammenbleibt
Könnt ihr euch helfen!
Wißt, daß ihr verraten seid
Von allen euren öffentlichen Fürsprechern
Und euern Gewerkschaften, welche gekauft sind.
Hört auf niemand, glaubt nichts
Aber prüfet jeden Vorschlag
Der zur wirklichen Änderung führt. Und vor allem lernt:
Daß es nur durch Gewalt geht und
Wenn ihr es selber macht.

Die Zeitungsleute kehren zurück.

DIE ZEITUNGSLEUTE Hallo, Mädchen, Sie haben einen Riesenerfolg: wir erfahren eben, daß der Millionär Pierpont Mauler, in dessen Hand sich große Viehbestände befinden, den Schlachthäusern trotz steigender Preise Vieh abläßt. Unter diesen Umständen wird morgen die Arbeit auf den Höfen wieder aufgenommen.

JOHANNA

Oh, gute Nachricht! Das Eis in ihrer Brust ist aufgetaut.
Zumindest
Der Rechtliche unter ihnen

Hat nicht versagt. Angesprochen als Mensch
Hat er menschlich geantwortet. Es gibt
Also Güte.
In der Ferne knattern Maschinengewehre.

JOHANNA Was ist das für ein Geräusch?

EIN ZEITUNGSMENSCH Das sind die Maschinengewehre des Militärs, welches die Schlachthöfe räumen soll, da jetzt, wo die Schlachthäuser wieder aufgemacht werden, die Hetzer, die zu Gewalttaten aufrufen, zum Schweigen gebracht werden müssen.

EIN ARBEITER Bleiben Sie aber ruhig sitzen, denn die Schlachthöfe sind so groß, daß es noch Stunden dauert, bis das Militär hierher kommt.

JOHANNA Wie viele sind denn da?

DIE ZEITUNGSLEUTE Es werden hunderttausend sein.

JOHANNA
So viel?
Oh, welch unbekannte Schule, ungesetzlicher Raum
Von Schnee erfüllt, wo Hunger lehrt und unhinderbar
Von der Notwendigkeit redet die Not.
Hunderttausend Schüler, was lernt ihr?

ARBEITER *hinten:*
Wenn ihr beisammen bleibt
Werden sie euch niederschlachten.
Wir raten euch, beisammen zu bleiben!
Wenn ihr kämpft
Werden ihre Tanks euch zermalmen.
Wir raten euch zu kämpfen!
Diese Schlacht wird verloren gehen
Und vielleicht auch die nächste noch
Wird verloren gehen.
Aber ihr lernt das Kämpfen
Und erfahrt
Daß es nur durch Gewalt geht und
Wenn ihr es selber macht.

JOHANNA
Halt, lernt nicht weiter
Nicht in so kalter Weise!
Nicht durch Gewalt

Bekämpft Unordnung und die Verwirrung.
Freilich, riesenhaft ist die Verführung!
Noch eine solche Nacht und noch eine solche
Wortlose Bedrückung und niemand
Vermag ruhig zu bleiben. Und sicher standet ihr
Schon in vielen Nächten vieler Jahre
Beisammen und lerntet
Kalt zu denken und furchtbar.
Freilich, es sammelt sich auch
Gewalttat zu Gewalttat im Dunkeln
Schwach zu Schwach und das Unerledigte
Sammelt sich.
Aber was hier gekocht wird: wer
Werden die Esser sein?

Ich will weggehn. Es kann nicht gut sein, was mit Gewalt gemacht wird. Ich gehör nicht zu ihnen. Hätte mir als Kind der Tritt des Elends und der Hunger Gewalt gelehrt, würde ich zu ihnen gehören und nichts fragen. So aber muß ich weggehen. *Sie bleibt sitzen.*

DIE ZEITUNGSLEUTE Wir raten Ihnen, jetzt die Höfe zu verlassen. Sie haben einen großen Erfolg gehabt, aber die Sache ist jetzt zu Ende. *Ab.*

Ein Geschrei von hinten, sich nach vorn fortpflanzend. Die Arbeiter stehen auf.

ARBEITER Man bringt die von der Zentrale.

Die zwei Arbeiterführer werden von Detektiven gefesselt vorgeführt.

EIN ARBEITER *zu dem gefesselten Führer:* Sei ruhig, William, es ist nicht aller Tage Abend.

EIN ANDERER *schreit der Gruppe nach:* Bluthunde!

ARBEITER Wenn sie glauben, so verhindern sie was, sind sie auf dem Holzwege. Die haben schon lang alles geordnet.

In einer Vision sieht Johanna sich selbst als Verbrecherin außerhalb der vertrauten Welt.

JOHANNA

Die mir den Brief gaben, warum
Sind sie gefesselt? Was
Steht in dem Brief? Ich könnt nichts tun
Was mit Gewalt getan sein müßt und

Gewalt erzeugte. Ein solcher stünd ja
Voller Arglist gegen den Mitmenschen
Außerhalb aller Abmachung
Die unter Menschen gewöhnlich ist.
Nicht mehr zugehörig, fände er
In der nicht mehr vertrauten Welt sich
Nicht mehr zurecht. Über seinem Haupte
Liefen jetzt die Gestirne ohne die
Alte Regel. Die Wörter
Änderten ihm ihren Sinn. Die Unschuld
Verließe ihn, der verfolgt und verfolgt wird.
Er sieht nichts mehr arglos.
So könnt ich nicht sein. Und drum geh ich.
Dreitägig ward in Packingtown im Sumpf der Schlachthöfe
Gesehn Johanna
Heruntersteigend von Stufe zu Stufe
Den Schlamm zu klären, zu erscheinen den
Untersten. Dreitägig abwärts
Schreitend, schwächer werdend am dritten und
Verschlungen vom Sumpf am Ende. Sagt:
Es war zu kalt.
Sie steht auf und geht weg. Es schneit.

ARBEITER Ich hab's mir gleich gedacht, daß sie weggeht, wenn der eigentliche Schnee kommt.

Drei Arbeiter kommen, sehn sich nach jemand um, finden ihn nicht und gehn wieder weg. Während es dunkel wird, erscheint eine Schrift:

Der Schnee beginnt zu treiben
Wer wird denn da bleiben?
Da bleiben, wie immer so auch heut
Der steinige Boden und die armen Leut.

Pierpont Mauler überschreitet die Grenze der Armut

Straßenecke in Chicago

MAULER *zu einem der Detektive:*
Nicht weiter, wir wollen umkehren, was sagst du?
Du hast gelacht, gib's zu. Ich sagte, wir wollen

Umkehren, da lachtest du. Sie schießen wieder.
's scheint Widerstand zu geben, was? Ja, was ich
Euch einschärfen wollte: denkt nicht
Drüber nach, wenn ich ein paarmal umkehrte
Als wir den Schlachthöfen näher kamen. Denken
Ist nichts. Ich zahl euch nicht für Denken.
Ich mag meine Gründe haben. Man kennt mich dort.
Jetzt denkt ihr wieder. Ich scheine
Dummköpfe genommen zu haben. Jedenfalls
Kehren wir um. Ich hoff, die, die ich suchte
Wurde schon durch Vernunft bewegt, dort unten
Wo ja die Hölle los zu sein scheint, wegzugehn.
Ein Zeitungsjunge geht vorbei.
Hallo, Zeitungen! Laß sehn, wie's steht am Viehmarkt!
Er liest und wird kalkweiß.
Ja, hier geschah was, was die Dinge ändert
Indem hier schwarz auf weiß gedruckt ist, daß das Vieh
Auf 30 steht und nicht ein Stück verkauft wird
Indem, wie schwarz auf weiß hier steht, die Packer
Sind verkracht und hätten den Viehmarkt verlassen.
Auch soll der Mauler und sein Freund, der Slift
Von allen am verkrachtesten sein. So steht's und hiermit
Wär also erreicht, was zwar nicht angestrebt war, aber
Mit Aufatmen begrüßt wird. Ich kann ihnen nicht mehr helfen
Denn all mein Vieh
Hab ich doch freigegeben zum Gebrauch jedweden Manns
Und keiner nahm's und also bin ich frei jetzt
Und außer Anspruch und hiermit
Entlaß ich euch, die Grenze
Der Armut überschreitend, denn ich brauch euch nicht mehr.
Hinfort wird keiner mich erschlagen wollen.

DIE ZWEI DETEKTIVE Dann können wir also gehen.

MAULER

Das könnt ihr und ich kann's auch, wohin ich will.
Sogar auf die Schlachthöfe.
Und was das Ding aus Schweiß und Geld betrifft
Das wir in diesen Städten aufgerichtet haben:
's ist schon, als hätt einer
Ein Gebäud gemacht, das größte der Welt und

Das teuerste und praktischste, aber
Aus Versehen und weil's billig war, hätt er benutzt als
Material Hundsscheiße, so daß der Aufenthalt
Darin doch schwer wär und sein Ruhm nur der
Am End, er hätt den größten Gestank der Welt gemacht.
Und einer, der aus solchem Gebäud herauskommt
Der hat ein lustiger Mann zu sein.

DER EINE DETEKTIV *im Abgehen:* So, der ist aus.

MAULER

Den Niedrigen mag das Unglück niederschlagen
Mich muß es höher, in das Geistige tragen.

Menschenleere Gegend der Schlachthöfe

Johanna, der Stadt zulaufend, hört zwei vorbeigehende Arbeiter sprechen.

DER ERSTE Zuerst ließen sie das Gerücht aussprengen, die Arbeit in den Schlachthäusern würde wieder voll aufgenommen werden. Jetzt, wo ein Teil der Arbeiter die Höfe verlassen hat, um morgen früh anzutreten, heißt es plötzlich, die Schlachthäuser würden überhaupt nicht mehr eröffnet, weil P. Mauler sie ruiniert habe.

DER ZWEITE Die Kommunisten haben recht behalten. Die Massen hätten nicht auseinanderlaufen dürfen. Um so mehr als die gesamten Chicagoer Betriebe morgen den Generalstreik erklärt hätten.

DER ERSTE Das haben wir hier nicht erfahren.

DER ZWEITE Das ist schlimm. Ein Teil der Boten muß versagt haben. Viele wären geblieben, wenn sie das erfahren hätten. Und zwar trotz der Gewalt, die von der Polizei ausgeübt wurde.

Johanna, herumirrend, hört Stimmen.

STIMME

Keine Entschuldigung weiß
Der nicht ankommt. Den Gestürzten
Entschuldigt der Stein nicht
Nicht einmal der Angekommene
Langweile uns mit dem Bericht seiner Schwierigkeit
Sondern liefere schweigend
Sich ab oder das Anvertraute.

Johanna ist stehengeblieben und läuft jetzt in anderer Richtung.

STIMME *Johanna bleibt stehen:*
Wir haben dir einen Auftrag gegeben
Unsere Lage war dringend
Wer du bist, wußten wir nicht
Du konntest unsern Auftrag ausführen und du konntest
Uns auch verraten.
Hast du ihn ausgeführt?

Johanna läuft weiter und wird von einer neuen Stimme aufgehalten.

STIMME
Wo gewartet wird, muß angekommen werden!

Sich nach einer Rettung vor den Stimmen umblickend, vernimmt Johanna Stimmen von allen Seiten.

STIMMEN
Das Netz, dessen eine Masche
Zerrissen ist, nützt nichts mehr.
Durch es schwimmen die Fische an diesem Punkt
Als ob da kein Netz sei.
Plötzlich sind nutzlos
Alle Maschen.

Johanna bricht in die Knie.

JOHANNA
O Wahrheit, helles Licht! Verfinstert durch einen Schneesturm zur Unzeit!
Nicht mehr gesehn werdend förderhin! Oh, von welcher Gewalt sind Schneestürme!
Oh, Schwäche des Körpers! Was lässest du leben, Hunger?
Was überdauert dich, Nachtfrost!
Ich muß umkehren!

Sie läuft zurück.

10
PIERPONT MAULER ERNIEDRIGT SICH UND WIRD ERHÖHT

Bei den Schwarzen Strohhüten

MARTHA *zu einem anderen Schwarzen Strohhut:* Vor drei Tagen ist hierher ein Bote des Fleischkönigs Pierpont Mauler gekommen, um uns mitzuteilen, daß Pierpont Mauler selber für unsere Miete aufkommen und auch eine große Aktion für die Armen mit uns zusammen machen will.

MULBERRY Herr Snyder, es ist Samstagabend. Ich bitte Sie, die Miete zu zahlen, die sehr niedrig ist, oder mein Lokal zu räumen.

SNYDER Herr Mulberry, wir warten soeben auf Herrn Pierpont Mauler, der uns seine Unterstützung zugesagt hat.

MULBERRY Lieber Dick, lieber Albert, stellt das Mobiliar auf die Straße.

Zwei Männer fangen an, die Möbel auf die Straße zu tragen.

DIE SCHWARZEN STROHHÜTE

Ach, sie tragen die Bußbank weg!
Schon bedroht ihr gieriger Griff
Dampforgel und Rednerpult.
Und lauter schreien wir:
Käme doch der reiche Herr Mauler
Jetzt uns zu retten
Mit seinem Geld!

SNYDER

Seit sieben Tagen auf den verrostenden Schlachthöfen
Stehen die Massen, endlich entfernt von Arbeit.
Befreit von jedem Obdach stehen sie
Wieder unter Regen und Schnee.
Über sich den Zenith unbekannter Bestimmung.
Ach, lieber Herr Mulberry, jetzt warme Suppen
Und etwas Musik und so haben wir sie. In meinem Kopf
Steht das Reich Gottes fix und fertig da.
Eine Kapelle in der Hand und anständige Suppen, aber
Wirklich fetthaltig, und Gott hat ausgesorgt
Und auch der ganze Bolschewismus
Hat ausgelitten.

DIE SCHWARZEN STROHHÜTE

Die Dämme des Glaubens sind gebrochen
In unsrer Stadt Chicago
Und die Schlammflut des Materialismus
Umspült drohend sein letztes Haus.
Sehet, es wankt schon, seht, es versinkt schon!
Aber haltet durch, der reiche Mauler kommt!
Er ist schon im Anzug mit all seinem Geld!

EIN SCHWARZER STROHHUT Wo sollen wir denn jetzt das Publikum hintun, Major?

Drei Arme kommen, darunter Mauler.

SNYDER *schreit sie an:* Das will nur Suppen! Hier gibt's keine Suppen! Hier gibt's Gottes Wort! Da werden wir sie gleich wieder draußen haben, wenn sie das hören.

MAULER Hier sind drei, die zu ihrem Gott kommen.

SNYDER Setzt euch dorthin und haltet Ruhe.

Die drei setzen sich.

MANN *herein:* Ist hier Pierpont Mauler?

SNYDER Nein, aber wir warten auf ihn.

MANN Die Packer wollen ihn sprechen und die Viehzüchter schreien nach ihm. *Ab.*

MAULER *vorn:*

Ich hör, sie suchen einen Mauler.
Ich kannte ihn: ein Dummkopf. Jetzt suchen sie
In Himmel und Hölle, oben und unten diesen Mauler
Der all sein Leben dümmer war als ein
Betrunkener, schmutzbedeckter Strolch.
Steht auf und geht zu den Schwarzen Strohhüten.
Ich kannte einen, den bat man
Um hundert Dollars. Und er hatte an zehn Millionen.
Und kam und gab nicht hundert Dollars, sondern warf
Die zehn Millionen weg
Und gab sich selbst.
Er nimmt zwei von den Schwarzen Strohhüten und läßt sich mit ihnen auf der Bußbank nieder.
Ich will bekennen.
Hier, Freunde, kniete keiner, der
So niedrig war wie ich.

DIE SCHWARZEN STROHHÜTE

Verliert nicht die Zuversicht
Werdet nicht kleingläubig!
Er kommt gewiß, er nahet schon
Mit all seinem Geld.

EIN SCHWARZER STROHHUT Ist er schon da?

MAULER

Ich bitt euch, eine Hymne! Denn mir ist
Leicht ums Herz und zugleich schwer.

ZWEI MUSIKER Ein Stück, aber nicht mehr.

Sie intonieren eine Hymne. Die Schwarzen Strohhüte singen abwesend und nach der Tür blickend mit.

SNYDER *über Rechnungsbüchern:*
Was ich hier ausrechne, ich sag es nicht.
Ruhe!
Bringt mir das Haushaltungsbuch und die unbezahlten Rechnungen, es ist jetzt an dem.

MAULER
Ich klag mich an der Ausbeutung
Mißbrauchs der Gewalt, Enteignung aller
Im Namen des Eigentums. Sieben Tage hielt ich
Diese Stadt Chicago am Hals
Bis sie verreckt war.

EIN SCHWARZER STROHHUT Das ist der Mauler!

MAULER
Aber gleichzeitig führ ich an, daß ich am siebenten
Alles von mir abtat, so daß ich jetzt
Ohne Habe dasteh.
Schuldlos nicht, aber bereuend.

SNYDER Du bist der Mauler?

MAULER Ja, und von Reu zerfleischt.

SNYDER *schreit laut auf:* Und ohne Geld? *Zu den Schwarzen Strohhüten:* Packt die Sachen zusammen, ich stelle hiermit alle Zahlungen ein.

DIE MUSIKER
Wenn das der Mensch ist, von dem ihr
Euch Geld erwartet habt zu unserer Bezahlung
Dann können wir abziehen – Guten Abend.
Sie gehen ab.

CHOR DER SCHWARZEN STROHHÜTE *den scheidenden Musikern nach:*
Wir haben erwartet mit Gebeten
Den reichen Mauler, aber herein
Trat der Bekehrte.
Sein Herz
Trug er uns entgegen, aber sein Geld nicht.
Darum ist unser Herz gerührt, aber
Unsre Gesichter sind lang.
Die Schwarzen Strohhüte singen durcheinander ihre letzten Hymnen, sitzend auf ihren letzten Stühlen und Bänken.

DIE SCHWARZEN STROHHÜTE

An den Wassern des Michigansees
Sitzen wir und weinen.
Nehmt die Sprüche von den Wänden
Schlagt die Gesangbücher in das Tuch der sieglosen Fahne ein
Denn wir können unsre Rechnungen nicht mehr bezahlen
Und gegen uns herauf ziehen die Schneestürme
Des zunehmenden Winters.

Dann singen sie noch: Geht hinein in die Schlacht. Mauler sieht einem Schwarzen Strohhut über die Schulter und singt mit.

SNYDER

Ruhe! Hinaus jetzt, alle hinaus *zu Mauler:* und vor allem Sie!
Wo sind die vierzig Monatsmieten der Unbekehrten
Die Johanna austrieb? Den trieb sie her dafür! Johanna, gib
Mir meine vierzig Monatsmieten wieder!

MAULER

Ich seh, ihr wünschtet euer Haus zu bauen
In meiner Schattenseite. Mensch ist
Euch, was euch hilft, so war auch mir
Mensch nur, was Beute war. Doch auch
Wenn Mensch nur das hieße, wem geholfen wird
Wär's auch nicht anders. Dann braucht ihr Ertrinkende.
Denn euer Geschäft wäre dann
Strohhalme zu sein. So bleibt alles
Im großen Umlauf der Waren wie der Gestirne.
Manch einer, Snyder, wär bitter nach solcher Lehr.
Ich aber seh, daß ich, so wie ich bin
Für euch der Falsche bin.

Mauler will gehen, die Fleischkönige kommen ihm an der Tür entgegen, sie sind alle kalkweiß.

DIE PACKHERREN

Erhabener Mauler! Daß wir dich hier suchen
Dich störend in verwickelten Gefühlen
Deines ungeheuren Kopfes, verzeih's.
Denn wir sind aus. Um uns ist Chaos
Und über uns der Zenit unbekannter Meinung.
Was planst du mit uns, Mauler? Was
Werden deine nächsten Schritte sein?
Denn wir empfingen deine Nackenstreiche.

Herein die Viehzüchter in großer Bewegung, sie sind ebenfalls kalkweiß.

DIE VIEHZÜCHTER

Verdammter Mauler, hier verkriechst du dich?
Zahl uns das Vieh jetzt, statt dich zu bekehren.
Das Geld her, nicht die Seel! Du brauchst
Dir hier nicht das Gewissen zu erleichtern
Hättst du uns unsre Taschen nicht erleichtert!
Zahl uns das Vieh!

GRAHAM *tritt vor:*

Erlaube, Mauler, daß wir dir in Kürze
Den Hergang jener Schlacht erläutern, die
Seit heute morgen, sieben Stunden dauernd
Uns alle in den Abgrund stieß.

MAULER

Oh, ewiges Schlachten! Das ist heut nicht anders
Als es vor Menschenaltern war, wo sie
Mit Eisen sich die Köpfe blutig schlugen!

GRAHAM

Erinnere, Mauler, dich, du hieltest
Uns durch Kontrakte, Fleisch zu liefern
An dich, in diesen Tagen Fleisch zu kaufen
Und sei's von dir, denn nur du hattest Fleisch.
Als du nun gingst um zwölf, drückte der Slift
Den Hals uns enger zu. Mit hartem Zuruf
Trieb er die Preise ständig höher, bis sie
Auf 95 standen. Da gebot
Die alte Nationalbank Einhalt. Blökend trieb sie
Die gute Greisin, voll Verantwortung, kanadisches Jungvieh
Auf den zerrütteten Markt und zitternd standen die Preise.
Aber der wahnsinnige Slift, kaum ansichtig geworden
Der paar weitgereisten Öchslein, packt sie zu 95
Wie ein Besoffener, der schon ein Meer aussoff
Immer noch durstig, einen einzelnen Tropfen
Gierig aufschleckt. Schaudernd sah es die Greisin.
Freilich sprangen ihr zur Seite, zu stützen die Alte
Loew und Levi, Wallox und Brigham, die bestrenommierten
Und verpfändeten, was sie besaßen, sich selbst bis zum letzten Radiergummi

Dafür, daß sie herbeischafften
In drei Tagen aus Argentinien und Kanada
Das letzte Rind – auch das ungeborene versprachen sie
Rücksichtslos zu erfassen, auch alles Rindähnliche
Kalbhafte, Schweinemäßige! Slift schreit: »Nicht in drei Tagen!
Heut! Heut!« Und treibt den Preis hoch. Und die Bankinstitute
Tränenüberflutet stürzten sich in den Endkampf.
Denn sie mußten liefern und also kaufen.
Levi selbst schlug einen von Slifts Maklern
Schluchzend in den Leib. Brigham riß sich den Bart aus
Schreiend: 96! Zu diesem Zeitpunkt
Wäre ein Elefant, zufällig hineingeraten
Einfach zerdrückt worden wie eine Beere.
Selbst die Stifte, von Verzweiflung erfaßt, verbissen sich
Stumm ineinander, wie die Rosse in alter Zeit
Unter den kämpfenden Reitern sich in die Flanken verbissen.
Volontäre, berühmt durch mangelndes Interesse, hörte man
An diesem Tage mit den Zähnen knirschen.
Und immer noch kauften wir, denn wir mußten kaufen.
Da sagte Slift: hundert! Man hätte
Eine Stecknadel fallen hören, so war die Stille.
Und so auch still fielen in sich zusammen die Bankinstitute
Zertretenen Schwämmen gleich, einstmals mächtig und fest
Einstellend wie die Atmung jetzt die Zahlung. Leise sagte
Levi, der Greis, und alle hörten's: »Jetzt
Haltet euch an die Packhöfe selber, wir können
Die Verträge nicht mehr erfüllen«, und also legten sie
Fleischpacker um Fleischpacker
Mürrisch die Packhöfe, die stillgelegten, nutzlosen
Euch zu Füßen, dir und Slift, und gingen nach hinten
Und die Sensale und Vertreter schlossen ihre Mappen.
Und ächzend, wie befreit, in diesem Augenblick
Da kein Vertrag mehr seinen Kauf erzwang
Setzte das Rindfleisch sich ins Bodenlose.
Den Preisen nämlich
War es gegeben, von Notierung zu Notierung zu fallen
Wie Wasser von Klippe zu Klippe geworfen

Tief ins Unendliche hinab. Bei 30 erst hielten sie.
Und so wurd, Mauler, dir dein Vertrag wertlos.
Statt uns am Hals zu halten, hast du uns erwürgt.
Was nützt's, den toten Mann am Hals zu halten?

MAULER

So, Slift, so hast du mir den Kampf geführt
Den ich dir anvertraut?

SLIFT

Reiß mir den Kopf herunter.

MAULER

Was nützt dein Kopf?
Den Hut her, der ist 5 Cents wert!
Wohin
Mit all dem Vieh, das keiner kaufen muß?

DIE VIEHZÜCHTER

Ohne in Erregung zu geraten
Bitten wir Sie, uns zu sagen
Ob, wann und womit Sie
Das gekaufte, aber nicht bezahlte
Vieh bezahlen wollen.

MAULER

Sogleich. Mit diesem Hut und diesem Stiefel.
Da ist mein Hut für 10 Millionen, da
Mein erster Schuh für fünf. Den anderen brauch ich noch.
Seid ihr zufrieden?

DIE VIEHZÜCHTER

Ach, als wir vor Monden
Führten an Stricken das muntere
Kalb und die sauberen Öchslein
Sorgsam gemästet zum Bahnhof des fernen Missouri
Schrie die Familie uns nach
Und nach noch den rollenden Zügen
Mit von Arbeit zerbrochener Stimme uns nach noch:
Vertrinkt das Geld nicht, Jungens, und
Hoffentlich steigt der Viehpreis!
Was tun wir jetzt? Wie
Kehren wir zurück? Was
Sagen wir ihnen
Die leeren Stricke zeigend

Und die leeren Taschen?
Wie können wir so heimfahren, Mauler?

DER MANN VON VORHIN *herein:* Ist hier der Mauler? Ein Brief aus New York für ihn.

MAULER Ich war der Mauler, dem solche Briefe galten. *Macht ihn auf, liest abseits:*

»Neulich, lieber Pierpont, schrieben wir Dir, Du sollst Fleisch kaufen. Heute hingegen raten wir Dir, ein Abkommen mit den Viehzüchtern zu treffen und das Vieh in seiner Anzahl zu beschränken, damit der Preis sich wieder erholt. Für diesen Fall stehen wir Dir gern zur Verfügung. Morgen weiteres, lieber Pierpont.

Deine Freunde in New York.«

Nein, nein, das geht nicht.

GRAHAM Was geht nicht?

MAULER Ich habe Freunde in New York, die wüßten angeblich einen Ausweg. Mir erscheint er nicht gehbar. Urteilt selbst. *Er gibt ihnen den Brief.*

Wie so ganz anders
Jetzt alles scheint. Jagt doch nicht weiter, Freunde.
Euer Gut ist hin, begreift's, das ist verloren.
Doch nicht deshalb, weil wir nicht mehr mit irdischen
Gütern gesegnet sind – das kann nicht jeder sein –
Nur weil wir keinen Sinn für Höheres haben.
Drum sind wir arm!

MEYERS Wer ist das, diese Freunde in New York?

MAULER Horgan und Blackwell. Sell...

GRAHAM Das wär ja Wallstreet?

Durch die Anwesenden geht ein Flüstern

MAULER Der innere Mensch, so unterdrückt in uns...

DIE PACKHERREN UND VIEHZÜCHTER

Erhabener Mauler, wolle dich bequemen
Aus deinen hohen Meditationen
Herabzusteigen zu uns! Bedenk das Chaos
Das alles überfluten würde, und nimm
Da du gebraucht wirst
Auf dich wieder, Mauler, das Joch der Verantwortung!

MAULER

Ich tu's nicht gern.

Auch wag ich's nicht allein. Denn noch im Ohr
Liegt mir das Murren auf den Schlachthöfen und das
Geknatter der Maschinengewehre. Das ginge nur
Wenn's sanktioniert würd in ganz großer Weis
Und als zum Wohl der Allgemeinheit unbedingt gehörend
Begriffen würd. So aufgefaßt
Ging es vielleicht.
Zu Snyder:
Gibt es viele solcher Bibelläden?

SNYDER Ja.

MAULER Und wie stehen sie?

SNYDER Schlecht.

MAULER
Sie stehen schlecht, aber es sind viele.
Wenn wir euch Schwarzen Strohhüten
Eure Sach aufzögen in großer Weise, würdet ihr da
Mit Suppen versehen und Musik und
Geeigneten Bibelsprüchen, auch mit Obdach
In äußersten Fällen, für uns reden
Überall, daß wir gute Leute sind? Gutes planend in
Schlechter Zeit? Denn nur durch
Äußerste Maßnahmen, die hart erscheinen könnten
Weil sie einige treffen, ziemlich viele sogar
Kurz: die meisten, beinah alle
Kann jetzt gerettet werden dies System
Von Kauf und Verkauf, das wir nun einmal haben
Und das auch Schattenseiten hat.

SNYDER Für beinah alle. Ich versteh. Wir würden.

MAULER *zu den Packherren:*
Eure Packhöfe schließ ich zusammen
Zu einem Ring und übernehme
Die Hälfte der Anteile.

DIE PACKHERREN Ein großer Kopf!

MAULER *zu den Viehzüchtern:*
Hört, liebe Freunde!
Sie flüstern.
Die Schwierigkeit, die uns bedrückt hat, hebt sich.
Elend und Hunger, Ausschreitung, Gewalt
Hat eine Ursach und die Ursach klärt sich:

's gab zu viel Fleisch. Verstopft war
In diesem Jahr der Fleischmarkt und so sank
Der Viehpreis in ein Nichts. Nun, ihn zu halten
Beschlossen wir, Packherr und Viehzüchter, gemeinsam
Grenzen zu ziehen der hemmungslosen Aufzucht
Das Vieh, das auf den Markt kommt, zu beschränken
Und vom Vorhandenen auszuschalten, was zu viel ist, also
Ein Drittel allen Viehes zu verbrennen.

ALLE Einfache Lösung!

SNYDER *meldet sich:*
Wär es nicht möglich, dieses viele Vieh
Wenn es so wertlos ist, daß man's verbrennen kann
Den vielen, die da draußen stehn und die's
So gut gebrauchen könnten, einfach zu schenken?

MAULER *lächelt:*
Lieber Herr Snyder, Sie haben
Den Kern der Lage nicht erfaßt. Die vielen, die
Da draußen stehen: Das sind die Käufer!
Zu den andern:
Man sollt's nicht glauben.
Langes Lächeln aller.

MAULER
Sie mögen niedrig scheinen, überflüssig
Ja lästig manchmal, doch dem tiefern Blick
Kann nicht entgehen, daß sie die Käufer sind!
Gleichwohl, sehr viele werden's nicht verstehen, ist es notwendig
Ein Drittel der Arbeiter auszusperren, denn
Auch Arbeit hat uns den Markt verstopft und muß
Begrenzt sein.

ALLE Einziger Ausweg!

MAULER Und die Arbeitslöhne zu senken!

ALLE Das Ei des Kolumbus!

MAULER
Dies alles geschieht, damit nicht
In finsterer Zeit, blutiger Verwirrung
Entmenschter Menschheit
Wo nicht mehr aufhören wollten in den Städten die Unruhen
(Denn wieder ist Chicago erregt von den Gerüchten drohenden Generalstreiks)

Die rohe Gewalt des kurzsichtigen Volkes
Zerschlägt das eigene Handwerkszeug und zertrampelt den eigenen Brotkorb
Sondern zurückkehrt Ruhe und Ordnung. Darum wollen wir
Euch, den Schwarzen Strohhüten, ermöglichen euer ordnungsförderndes Werk
Durch reichliche Geldspenden.
Freilich müßten auch wieder unter euch sein
Solche wie diese Johanna, die durch bloßes Aussehen
Vertrauen erweckt.

EIN MAKLER *stürzt herein:* Frohe Botschaft! Niedergekämpft ist der drohende Generalstreik. In die Zuchthäuser geworfen die Verbrecher, die Ruh und Ordnung frevelhaft gestört.

SLIFT

Nun atmet auf, nun muß der Markt gesunden!
Der tote Punkt ist wieder überwunden.
Das schwierige Werk ist noch einmal getan
Und noch einmal behaupten wir den Plan
Und läuft die Welt die uns genehme Bahn.
Orgel.

MAULER

Und jetzt macht auf euer Tor
Den Mühseligen und Beladenen und füllt den Topf mit Suppe.
Auch stimmt Musik an, und wir selber wollen
Zuvörderst uns auf eure Bänke setzen
Und uns bekehren.

SNYDER Die Türen auf!

Die Türen werden weit geöffnet.

DIE SCHWARZEN STROHHÜTE *singen, nach den Türen blickend:*

Spannt die Netze aus: sie müssen kommen!
Eben grad verlassen sie ihr letztes Haus!
Gott jagt die Kälte auf sie!
Gott jagt den Regen auf sie!
Drum sie müssen kommen! Spannt die Netze aus!
Willkommen! Willkommen! Willkommen!
Willkommen unten bei uns!

Riegelt alles ab, daß keiner rauskommt!
Sie sind auf dem Weg zu uns herab!
Wenn sie ohne Arbeit sind
Wenn sie taub sind und blind
Kommt uns keiner aus: drum riegelt alles ab.
Willkommen! Willkommen! Willkommen!
Willkommen unten bei uns!

Sammelt alles ein, was da hereinkommt!
Hut und Kopf und Grind und Strick und Schuh und Bein!
Hut hat das keinen mehr
Das kommt zum Weinen her!
So, was jetzt hereinschwimmt, sammelt alles ein!
Willkommen! Willkommen! Willkommen!
Willkommen unten bei uns!

Hier sind wir! Da kommen sie herunter!
Seht, das Elend treibt sie auf uns zu wie das Getier!
Sehet, sie müssen herunter!
Sehet, sie kommen herunter!
Unten da ist kein Entrinnen: da stehn wir!
Willkommen! Willkommen! Willkommen!
Willkommen unten bei uns!

Schlachthöfe. Gegend vor dem Lagerhaus der Grahamwerke.

Die Höfe sind fast leer. Nur noch einzelne Trupps von Arbeitern kommen vorbei.

JOHANNA *kommt und fragt:* Sind hier drei Leute vorbeigekommen, die nach einem Brief gefragt haben?

Geschrei von hinten, sich nach vorn fortpflanzend. Dann kommen, von Soldaten eskortiert, fünf Männer: die zwei Männer von der Zentrale und die drei von den Elektrizitätswerken. Plötzlich bleibt der eine Mann von der Zentrale stehen und spricht mit den Soldaten.

DER MANN Wenn ihr uns jetzt in die Zuchthäuser führt, dann wißt: Was wir gemacht haben, das haben wir gemacht, weil wir für euch sind.

SOLDAT Dann geh weiter, wenn du für uns bist.

DER MANN Wartet etwas!

SOLDAT Hast du jetzt Angst?

DER MANN Ja, das habe ich auch, aber darum rede ich nicht. Ich will nur, daß ihr etwas stehenbleibt, damit ich euch sage, warum ihr uns verhaftet habt, denn das wißt ihr nicht.

SOLDATEN *lachen:* Gut, sage uns, warum wir euch verhaftet haben.

DER MANN Selbst besitzlos, helft ihr den Besitzenden, weil ihr noch keine Möglichkeit seht, den Besitzlosen zu helfen.

SOLDAT So, und jetzt gehen wir weiter.

DER MANN Halt! Der Satz ist noch nicht zu Ende: aber schon helfen in dieser Stadt die Arbeitenden den Arbeitslosen. Also kommt die Möglichkeit näher. Kümmert euch darum.

SOLDAT Du willst wohl, daß wir dich laufen lassen?

DER MANN Hast du mich nicht verstanden? Ihr sollt nur wissen, daß es auch für euch bald Zeit wird.

SOLDATEN Können wir jetzt weitergehen?

DER MANN Ja, jetzt können wir weitergehen.

Sie gehen weiter.

Johanna bleibt stehen und schaut den Verhafteten nach. Da hört sie neben sich zwei Leute reden.

DER EINE Was sind das für Leute?

DER ANDERE

Keiner von diesen da
Hat nur für sich gesorgt.
Sondern für fremder Leute Brot
Liefen sie ruhlos.

DER EINE Warum ruhlos?

DER ANDERE Der Ungerechte geht offen über die Straße, aber der Gerechte versteckt sich.

DER EINE Was geschieht mit ihnen?

DER ANDERE

Obgleich sie
Um geringen Lohn arbeiten und für viele nützlich sind
Lebt keiner von ihnen seine Jahre zu Ende
Ißt sein Brot, stirbt satt und wird
In Ehren begraben, sondern
Vor ihrer Zeit enden sie und sind
Erschlagen und zerstampft und in Schande verscharrt.

DER EINE Warum hört man nie von ihnen?

DER ANDERE

Wenn du in den Zeitungen liest, daß einige Verbrecher erschossen oder
In die Zuchthäuser geworfen worden sind, dann sind sie es.

DER EINE Wird das immer so gehen?

DER ANDERE Nein.

Als Johanna sich wendet, wird sie von den Zeitungsleuten angesprochen.

DIE ZEITUNGSLEUTE Ist das nicht unsere liebe Frau vom Schlachthof? Hallo, Sie! Die Sache ist schiefgegangen! Der Generalstreik ist abgeblasen. Die Schlachthäuser machen wieder auf, aber nur für zwei Drittel der Belegschaft und nur zu einem Zweidrittellohn. Aber das Fleisch wird teurer.

JOHANNA Sind die Arbeiter einverstanden?

DIE ZEITUNGSLEUTE Sicher. Nur ein Teil von ihnen hat erfahren, daß ein Generalstreik geplant war, und diesen Teil hat die Polizei mit Gewalt weggetrieben.

Johanna fällt um.

11
Tod und Kanonisierung der heiligen Johanna der Schlachthöfe

Das Haus der Schwarzen Strohhüte ist nunmehr reich ausgestattet. In Gruppen aufgebaut stehen die Schwarzen Strohhüte mit neuen Fahnen, die Schlächter (Packherren), die Viehzüchter und die Aufkäufer und erwarten bei offenen Türen die Gloombs und Luckerniddles.

SNYDER

Und so ist es uns gelungen
Gott hat wieder Fuß gefaßt
Höchstes haben wir bezwungen
Niederstem uns angepaßt.
In den Höhn und Niederungen
Wißt ihr was ihr an uns habt:
Endlich ist es uns gelungen
Endlich hat das Ding geklappt!

Ein Haufen Armer tritt ein, an ihrer Spitze Johanna, von zwei Polizisten gestützt.

DIE POLIZISTEN

Hier ist eine ohne Obdach
Aufgelesen auf den Schlachthöfen in
Erkranktem Zustand. Ihr
Letzter fester Aufenthaltsort war
Angeblich hier.

Johanna hält den Brief hoch, als wollte sie ihn noch abgeben.

JOHANNA

Nimmer nimmt mir der Untergegangene
Meinen Brief ab.
Kleinen Dienst guter Sache, zu dem ich
All mein Leben gebeten wurd, einzigen!
Habe ich nicht ausgerichtet.

Während die Armen sich auf die Bänke setzen, um Suppe zu bekommen, berät Slift sich mit den Packherren und Snyder.

SLIFT Das ist unsere Johanna. Sie kommt wie gerufen. Wir wollen sie groß herausbringen, denn sie hat uns durch ihr menschenfreundliches Wirken auf den Schlachthöfen, ihre Fürsprache für die Armen, auch durch ihre Reden gegen uns über schwierige Wochen hinweggeholfen. Sie soll unsere heilige Johanna der Schlachthöfe sein. Wir wollen sie als eine Heilige aufziehen und ihr keine Achtung versagen. Im Gegenteil soll gerade, daß sie bei uns gezeigt wird, dafür zum Beweis dienen, daß die Menschlichkeit bei uns einen hohen Platz einnimmt.

MAULER

Auch in unsrer Mitte fehle
Nicht die kindlich reine Seele
Auch in unserm Chor erschalle
Ihre herrlich lautre Stimme
Sie verdamme alles Schlimme
Und sie spreche für uns alle.

SNYDER

Erhebe dich, Johanna der Schlachthöfe
Fürsprecherin der Armen
Trösterin der untersten Tiefe!

JOHANNA

Welch ein Wind in der Tiefe! Was für ein Geschrei

Verschweigst du Schnee?
Eßt die Suppe, ihr!
Schüttet nicht die letzte Wärme aus, ihr
Keinebeutemehr! Eßt die Suppe!
Hätte ich doch
Ruhig gelebt wie ein Vieh
Aber den Brief abgegeben, der mir anvertraut war!

DIE SCHWARZEN STROHHÜTE *auf sie zu:*
Ach, wie ist sie noch verwirrt
Die durch Nacht zum Licht gewandelt!
Menschlich nur hast du gehandelt!
Menschlich nur hast du geirrt!

JOHANNA *während sie von den Mädchen wieder in die Uniform der Schwarzen Strohhüte eingekleidet wird:*
Wieder beginnt das Lärmen der Betriebe, man hört es.
Und versäumt ist wieder
Ein Einhalt.
Wieder läuft
Die Welt die alte Bahn unverändert.
Als es möglich war, sie zu verändern
Bin ich nicht gekommen; als es nötig war
Daß ich kleiner Mensch half, bin ich
Ausgeblieben.

MAULER
Ach, der Mensch in seinem Drange
Hält das Irdische nicht aus
Und in seinem stolzen Gange
Aus dem Alltäglichen
Ganz Unerträglichen
In das Unkenntliche
Hohe Unendliche
Stößt er übers Ziel hinaus.

JOHANNA
Geredet habe ich auf allen Märkten
Und der Träume waren unzählige, aber
Den Geschädigten war ich ein Schaden
Nützlich war ich den Schädigern.

DIE SCHWARZEN STROHHÜTE
Ach, es bleibt am Ende alle

Mühe Stückwerk unbeseelt
Wenn der Stoff dem Geiste fehlt.

DIE PACKHERREN

Herrlich ist's in jedem Falle
Wenn sich der Geist dem Geschäfte vermählt!

JOHANNA

Eines habe ich gelernt und weiß es für euch
Selber sterbend
Was soll das heißen, es ist etwas in euch und
Kommt nicht nach außen! Was wißt ihr wissend
Was keine Folgen hat?
Ich zum Beispiel habe nichts getan.
Denn nichts werde gezählt als gut, und sehe es aus wie immer, als was
Wirklich hilft, und nichts gelte als ehrenhaft mehr, als was
Diese Welt endgültig ändert: sie braucht es.
Wie gerufen kam ich den Unterdrückern!
Oh, folgenlose Güte! Unmerkliche Gesinnung!
Ich habe nichts geändert.
Schnell verschwindend aus dieser Welt ohne Frucht
Sage ich euch:
Sorgt doch, daß ihr die Welt verlassend
Nicht nur gut wart, sondern verlaßt
Eine gute Welt!

GRAHAM Man muß dafür sorgen, daß ihre Reden nur durchgelassen werden, wenn sie vernünftig sind. Wir dürfen nicht vergessen, daß sie auf den Schlachthöfen gewesen ist.

JOHANNA

Denn es ist eine Kluft zwischen oben und unten, größer als
Zwischen dem Berg Himalaja und dem Meer
Und was oben vorgeht
Erfährt man unten nicht
Und nicht oben, was unten vorgeht
Und es sind zwei Sprachen oben und unten
Und zwei Maße zu messen
Und was Menschengesicht trägt
Kennt sich nicht mehr.

DIE SCHLÄCHTER UND VIEHZÜCHTER *sehr laut, so daß Johanna überschrieen wird:*

Soll der Bau sich hoch erheben
Muß es Unten und Oben geben.
Darum bleib an seinem Ort
Jeder, wo er hingehört.
Fort und fort
Tue er das ihm Gemäße
Da er, wenn er sich vergäße
Unsre Harmonien stört.
Unten ist der Untere wichtig
Oben ist der Richtige richtig.
Wehe dem, der je sie riefe
Die unentbehrlichen
Aber begehrlichen
Die nicht zu missenden
Aber es wissenden
Elemente der untersten Tiefe!

JOHANNA

Die aber unten sind, werden unten gehalten
Damit die oben sind, oben bleiben.
Und der Oberen Niedrigkeit ist ohne Maß
Und auch wenn sie besser werden, so hülfe es
Doch nichts, denn ohnegleichen ist
Das System, das sie gemacht haben:
Ausbeutung und Unordnung, tierisch und also
Unverständlich.

DIE SCHWARZEN STROHHÜTE *zu Johanna:*

Du mußt gut sein! Du mußt schweigen!

DIE SCHLÄCHTER

Die im freien Raume schweben
Können sich doch nicht erheben
Steigen heißt: auf andere steigen
Und das nach dem Oben Greifen
Ist zugleich ein Tritt nach unten.

MAULER

Handelnd mußt du, ach, verwunden!

DIE SCHWARZEN STROHHÜTE

Stets bewußt des blutigen Schuhes

DIE SCHLÄCHTER

Nicht versuch ihn abzustreifen!
Denn du brauchst ihn stets aufs neue.

DIE SCHWARZEN STROHHÜTE

Mußt du stets nach oben zeigen.
Doch vergiß uns nicht die Reue!

DIE SCHLÄCHTER

Tue alles!

DIE SCHWARZEN STROHHÜTE

Aber tu es
Immer mit Gewissensbissen
Denn als Betrachtender
Selbst dich Verachtender
Hast du Gewissen!

DIE SCHWARZEN STROHHÜTE

Merkt auf, Handelnde!
Bei euren Einkäufen
Vergeßt nicht das herrliche
Vor allem bei Scheinkäufen
Ganz unentbehrliche
Fort und fort
Immer sich wandelnde
Gotteswort.

JOHANNA

Darum, wer unten sagt, daß es einen Gott gibt
Und ist keiner sichtbar
Und kann sein unsichtbar und hülfe ihnen doch
Den soll man mit dem Kopf auf das Pflaster schlagen
Bis er verreckt ist.

SLIFT Hört ihr, ihr müßt etwas sagen, womit ihr diesem Mädchen das Wort abschneidet. Ihr müßt reden, irgend etwas, aber laut!

SNYDER Johanna Dark, 25 Jahre alt, erkrankt an Lungenentzündung auf den Schlachthöfen Chicagos, im Dienste Gottes, Streiterin und Opfer!

JOHANNA

Und auch die, welche ihnen sagen, sie könnten sich erheben im Geiste
Und steckenbleiben im Schlamm, die soll man auch mit den Köpfen auf das Pflaster schlagen. Sondern
Es hilft nur Gewalt, wo Gewalt herrscht, und
Es helfen nur Menschen, wo Menschen sind.

Alle singen die erste Strophe des Chorals, damit Johannas Reden nicht mehr gehört werden.

ALLE

Reiche den Reichtum dem Reichen! Hosianna!
Die Tugend desgleichen! Hosianna!
Gib dem, der da hat! Hosianna!
Gib ihm den Staat und die Stadt, Hosianna!
Gib du dem Sieger ein Zeichen! Hosianna!

Während dieser Deklamationen beginnen Lautsprecher Schreckensnachrichten zu verkünden: STURZ DES PFUNDES! DIE BANK VON ENGLAND SEIT DREIHUNDERT JAHREN ZUM ERSTEN MALE GESCHLOSSEN! *und* ACHT MILLIONEN ARBEITSLOSE IN DEN VEREINIGTEN STAATEN! *und* DER FÜNFJAHRESPLAN GELINGT! *und* BRASILIEN SCHÜTTET EINE JAHRESERNTE KAFFEE INS MEER! *und* SECHS MILLIONEN ARBEITSLOSE IN DEUTSCHLAND! *und* DREITAUSEND BANKINSTITUTE IN DEN VEREINIGTEN STAATEN ZUSAMMENGEBROCHEN! *und* IN DEUTSCHLAND WERDEN BÖRSEN UND BANKEN VON STAATS WEGEN GESCHLOSSEN! *und* VOR HENRY FORDS FABRIK IN DETROIT FINDET EINE SCHLACHT ZWISCHEN POLIZEI UND ARBEITSLOSEN STATT! *und* DER GRÖSSTE EUROPÄISCHE TRUST, DER ZÜNDHOLZTRUST, VERKRACHT! *und* DER FÜNFJAHRESPLAN IN VIER JAHREN!

Unter dem Eindruck der Schreckensnachrichten schreien sich die jeweils gerade nicht Deklamierenden wilde Beschimpfungen zu, wie: »Dreckige Schweinemetzger, hättet ihr nicht zu viel geschlachtet!« und »Elende Viehzüchter, hättet ihr mehr Vieh gezüchtet!« und »Ihr wahnsinnigen Geldschaufler, hättet ihr mehr Leute eingestellt und Löhne bezahlt, wer soll sonst unser Fleisch fressen?« und »Der Zwischenhandel verteuert das Fleisch!« und »Die Getreideschieber sind es, die das Vieh verteuern!« und »Die Frachtsätze der Eisenbahn schnüren uns den Hals zu!« und »Die Bankzinsen ruinieren uns!« und »Wer kann solche Mieten für Viehställe und Getreidesilos bezahlen!« und »Warum fangt ihr nicht an mit dem Abbau!« und »Wir haben doch abgebaut, aber ihr baut nicht ab!« und »Ihr allein seid die Schuldigen!« und »Bevor man euch nicht aufhängt, wird es nicht besser!« und »Du gehörst schon lange ins Zuchthaus!« und »Warum läufst du noch frei herum?«

ALLE *singen die zweite und dritte Strophe des Chorals. Johanna ist nicht mehr hörbar:*

Schenke dem Reichen Erbarmen, Hosianna!
In deinen Armen, Hosianna!
Schenk deine Gnad, Hosianna!
Und deine Hilf dem, der hat, Hosianna!
Hab mit dem Satten Erbarmen, Hosianna!

Man sieht, daß Johanna zu sprechen aufhört.

ALLE

Hilf deiner Klasse, die dir hilft, Hosianna!
Aus reichlichen Händen, Hosianna!
Zerstampfe den Haß, Hosianna!
Lach mit dem Lachenden, laß, Hosianna!
Sein Missetat glücklich enden, Hosianna!

Während dieser Strophe haben die Mädchen versucht, Johanna einen Teller Suppe einzuflößen. Sie hat den Teller zweimal zurückgewiesen. Das dritte Mal ergreift sie ihn, hält ihn hoch und schüttet ihn aus. Dann sinkt sie zusammen und liegt jetzt in den Armen der Mädchen, tödlich verwundet, ohne Zeichen des Lebens. Snyder und Mauler treten zu ihr.

MAULER Gebt ihr die Fahne!

Man reicht ihr die Fahne. Die Fahne entfällt ihr.

PAULUS SNYDER Johanna Dark, 25 Jahre alt, gestorben an Lungenentzündung auf den Schlachthöfen, im Dienste Gottes, Streiterin und Opfer.

MAULER

Ach, das Reine
Ohne Fehle
Unverderbte, Hilfsbereite
Es erschüttert uns Gemeine!
Weckt in unsrer Brust die zweite
Bessere Seele!

Alle stehen lange in sprachloser Rührung. Auf einen Wink Snyders werden alle Fahnen sanft auf sie niedergelassen, bis sie ganz davon bedeckt wird. Die Szene ist von einem rosigen Schein beleuchtet.

DIE SCHLÄCHTER UND VIEHZÜCHTER

Seht, dem Menschen seit Äonen
Ist ein Streben eingesenkt

Daß er nach den höheren Zonen
Stets in seinem Geiste drängt.
Sieht er die Gestirne thronen
Ahnt er tausend Himmelwärtse
Während er zu seinem Schmerze
Mit dem Fleisch nach unten hängt.

MAULER

Ach, in meine arme Brust
Ist ein Zwiefaches gestoßen
Wie ein Messer bis zum Heft.
Denn es zieht mich zu dem Großen
Selbst- und Nutz- und Vorteilslosen
Und es zieht mich zum Geschäft
Unbewußt!

ALLE

Mensch, es wohnen dir zwei Seelen
In der Brust!
Such nicht eine auszuwählen
Da du beide haben mußt.
Bleibe stets mit dir im Streite!
Bleib der Eine, stets Entzweite!
Halte die hohe, halte die niedere
Halte die rohe, halte die biedere
Halte sie beide!

[ANHANG]

[Schlußszene des Bühnenmanuskripts von 1930]

11

TOD UND KANONISIERUNG DER HEILIGEN JOHANNA

Im Hintergrund leuchten große Kirchenfenster mit den Bildnissen Rockefellers und Maulers. Auf einer Tafel wird die Verbrennung des Ochsen gezeigt.

Johanna mit den Armen tritt ein. Sie gehen auf die Bänke zu, wo sie sofort Suppe bekommen.

PAULUS SNYDER

Und so ist es uns gelungen
Gott hat wieder Fuß gefaßt
Höchstes haben wir bezwungen
Niederstem uns angepaßt
In den Höhn und Niederungen
Wißt ihr, was ihr an uns habt
Endlich ist es uns gelungen
Endlich hat das Ding geklappt!

Johanna hält den Brief hoch, als wollte sie ihn noch abgeben.

JOHANNA

Nimmer nimmt mir der Untergegangene
Meinen Brief ab
Kleinen Dienst guter Sache, zu dem ich
All mein Leben gebeten wurd, einzigen
Habe ich nicht ausgerichtet.

PAULUS SNYDER

Erhebe dich, Johanna der Schlachthöfe
Fürsprecherin der Armen
Trösterin der untersten Tiefe!

JOHANNA

Völlig durchkältet
Entronnen nur, um tieferen Höllen zu-
zutragen die vereiste Brust.

Welch ein Wind in der Tiefe! Was für ein Geschrei
Verschweigst du Schnee? Kam ich hierher um etwas Wärme
Eßt die Suppe, ihr!
Schüttet nicht die letzte Wärme aus. Ihr
Ihr keine Beute mehr! Eßt die Suppe!
Hätte ich doch
Ruhig gelebt, wie ein Vieh
Aber den Brief abgegeben, der mir anvertraut war.

DIE SCHWARZEN-STROHHÜTE-MÄDCHEN
Und so sind wir denn am Ende
Und so falten wir die Hände
Daß uns Gottes Segen wird
Der die Nacht zum Lichte wandelt
Menschlich wurde hier gehandelt
Und so wurde hier geirrt
Denn der Mensch in seinem Drange
Hält das Irdische nicht aus
Und in seinem stolzen Gange
Aus dem Alltäglichen
Ganz Unerträglichen
In das Unkenntliche
Hohe Unendliche
Stößt er übers Ziel hinaus.

JOHANNA *während sie von den Mädchen wieder eingekleidet wird:*
Wieder beginnt das Lärmen der Betriebe, man hört es
Und versäumt ist wieder
Ein Einhalt
Wieder läuft
Die Welt die alte Bahn unverändert.
Als es möglich war, sie zu verändern
Bin ich nicht gekommen; als es nötig war
Daß ich kleiner Mensch half, bin ich
Ausgeblieben.

DIE SCHWARZEN-STROHHÜTE-MÄDCHEN
Ach er hemme seine Schritte
Auch die Sterne sind die Wüste
Vor dem Meere liegt die Küste
Und das Ziel liegt in der Mitte!

JOHANNA
Aber geredet habe ich auf allen Märkten
Und der Träume waren unzählige, aber
Den Geschädigten war ich ein Schaden
Nützlich war ich den Schädigern
Wie gerufen kam ich ihnen!
Oh, folgenlose Güte! Unmerkliche Gesinnung!

DIE SCHWARZEN STROHHÜTE
Doch es bleibt am Ende alle
Mühe Stückwerk unbeseelt
Wenn der Geist dem Stoffe fehlt.
Herrlich ist's in jedem Falle
Wenn sich der Geist dem Geschäfte vermählt!

FÜNF OCHSEN
Weil man uns kein Fressen gibt
Wenn wir euch nicht nützlich sind
Bitten wir jeden, der uns liebt
Iß Rind-
Fleisch!

JOHANNA
Eines habe ich gelernt und weiß es für euch
Selber sterbend
Was soll das heißen, es ist etwas in euch und
Kommt nicht nach außen! Was wißt ihr wissend
Was keine Folgen hat?
Ich zum Beispiel habe nichts getan.
Denn nichts werde gezählt als gut, und sehe es aus wie immer, als was
Wirklich hilft, und nichts gelte als ehrenhaft mehr, als was
Diese Welt endgültig ändert: sie braucht es.
Ich selber aber habe nichts geändert.
Schnell verschwindend aus dieser Welt ohne Furcht
Sage ich euch:
Sorgt doch, daß ihr die Welt verlassend
Nicht nur gut wart, sondern verlaßt
Eine gute Welt!

PAULUS SNYDER Johanna Dark, 25 Jahre alt, erkrankt an Lungenentzündung auf den Schlachthöfen Chicagos, im Dienste Gottes, Streiterin und Opfer!!

JOHANNA

Dann ist eine Kluft zwischen oben und unten, größer als
Zwischen dem Berg Himalaja und dem Meer
Und was oben vorgeht
Erfährt man unten nicht
Und nicht oben, was unten vorgeht
Und es sind zwei Sprachen oben und unten
Und zwei Maße zu messen
Und was Menschengesicht trägt
Kennt sich nicht mehr.

ALLE *singen die erste Strophe des Chorals, damit Johannas Reden nicht mehr gehört werden:*

Reiche den Reichtum dem Reichen! Hosianna!
Die Tugend desgleichen! Hosianna!
Gib dem, der hat! Hosianna!
Gib ihm den Staat und die Stadt, Hosianna!
Gib du dem Sieger ein Zeichen! Hosianna!

JOHANNA

Die aber unten sind, werden unten gehalten
Damit die oben sind, oben bleiben
Und der Oberen Niedrigkeit ist ohne Maß
Und auch wenn sie besser werden, so hülfe es
Doch nichts, denn ohnegleichen ist
Das System, das sie gemacht haben
Ausbeutung und Unordnung, tierisch und also
Unverständlich.

DIE SCHLÄCHTER *und* VIEHZÜCHTER *sehr laut, so daß Johanna überschrieen wird:*

Will der Bau sich hoch erheben
Muß es Unten und Oben geben
Darum bleib an seinem Ort
Jeder wo er hingehört
Fort und fort.
Tue er das ihm Gemäße
Da er, wenn er sich vergäße
Unsre Harmonien stört.
Unten ist der Untere wichtig
Oben ist der Richtige richtig
Wehe dem, der je sie riefe

Die unentbehrlichen
Aber begehrlichen
Die nicht zu missenden
Elemente der untersten Tiefe!

JOHANNA

Darum wer unten sagt, daß es einen Gott gibt
Und ist keiner sichtbar
Und kann sein unsichtbar und hülfe ihnen doch
Den soll man mit dem Kopf auf das Pflaster schlagen
Bis er verreckt ist.

ALLE *die zweite Strophe des Chorals. Johanna nicht mehr hörbar:*

Schenke dem Reichen Erbarmen, Hosianna!
In deinen Armen, Hosianna!
Schenk deine Gnad, Hosianna!
Und deine Hilf dem, der hat, Hosianna!
Hab mit dem Satten Erbarmen, Hosianna!

JOHANNA

Und auch die, welche ihnen sagen, sie könnten sich erheben im Geiste
Und steckenbleiben im Schlamm, die soll man auch mit den Köpfen auf das
Pflaster schlagen. Sondern
Es hilft nur Gewalt, wo Gewalt herrscht und
Es helfen nur Menschen, wo Menschen sind.

ALLE *die dritte Strophe des Chorals:*

Hilf deiner Klasse, die dir hilft, Hosianna!
Aus reichlichen Händen, Hosianna!
Zerstampfe den Haß, Hosianna!
Lach mit dem Lachenden, laß, Hosianna!
Sein Missetat glücklich enden, Hosianna!

Während dieser Strophe haben die Mädchen versucht, Johanna einen Teller Suppe einzuflößen. Sie hat den Teller zweimal zurückgewiesen. Das dritte Mal ergreift sie ihn, hält ihn hoch und schüttet ihn aus. Dann sinkt sie zusammen.

PAULUS SNYDER Johanna Dark, 25 Jahre alt, gestorben an Lungenentzündung auf den Schlachthöfen, im Dienste Gottes, Streiterin und Opfer.

VIER SCHWEINE
Ihr seid Menschen, wir sind Schweine
Drum bitten wir euch, nicht vergessen
Mittags und abends Schweine essen!
Jedem das Seine!

DIE SCHLÄCHTER
Mensch, es wohnen dir zwei Seelen
In der Brust!
Hast du's gestern nicht gewußt
Gilt es heut sie zu vermählen!

ARBEITER
Weil ihr uns kein Fressen gebt
Wenn wir euch nicht nützlich sind
Und man aber gerne lebt
Bitten wir Mann, Weib und Kind
Kauft uns!

DIE SCHLÄCHTER
Und was ist es, was uns eint?
Die Liebe!
Was umschlinget Feind und Freund?
Die Liebe!
Liebe des Rindes zu seinem Schlächter
Liebe des Schlächters zu seinem Rind
Liebend wird der Menschenverächter
Wieder zum Kind.
Denn es ahnen Rind und Schlächter
Daß sie auch nicht schuldlos sind.
Daß das Schlachtvieh auch gesund sei
Das von Gott gegeben ist
Daß es so ein ewiger Bund sei
Zwischen Ochse, Schwein und Christ.

DIE SCHWARZEN STROHHÜTE
Dessen Mund nicht nur ein Schlund sei
Der das Höhere vergißt
Sondern dessen Schlund ein Mund sei
Der da singt und nicht nur frißt.
Merkt auf! Handelnde
Bei euren Einkäufen.
Vergeßt nicht das herrliche

Vor allem bei Scheinkäufen
Ganz unentbehrliche
Fort und fort
Immer sich wandelnde
Gotteswort.

DIE SCHLÄCHTER UND VIEHZÜCHTER

Denn dem Menschen seit Äonen
Ist ein Streben eingesenkt
Daß er nach den höheren Zonen
Stets in seinem Geiste drängt
Sieht er die Gestirne thronen
Ahnt er tausend Himmelwärtse
Während er zu seinem Schmerze
Mit dem Fleisch nach unten hängt.

MAULER

Ach in seine arme Brust
Ist ein Zwiefaches gestoßen
Wie ein Messer bis zum Heft
Denn es zieht ihn zu den Großen
Und es zieht ihn zum Geschäft
Unbewußt!

ALLE

Daß er das Eine dem Anderen eine
Sei sein Begehren!
Oh, daß sie unzertrennlich wären
Menschengüte und Güte der Schweine!

Während der letzten Strophen ist das Fundament sichtbar geworden, auf dem alle stehen: Die ganze Bühne wird von einer dunklen Masse von Arbeitern getragen.

Die Ausnahme und die Regel

Lehrstück

Mitarbeiter: H. Emmel · Elisabeth Hauptmann

Personen

Der Kaufmann · Der Führer · Der Kuli · Zwei Polizisten · Der Wirt · Der Richter · Die Frau des Kulis · Der Leiter der zweiten Karawane · Zwei Beisitzer

DIE SPIELER

Wir berichten euch sogleich
Die Geschichte einer Reise. Ein Ausbeuter
Und zwei Ausgebeutete unternehmen sie.
Betrachtet genau das Verhalten dieser Leute:
Findet es befremdend, wenn auch nicht fremd.
Unerklärlich, wenn auch gewöhnlich.
Unverständlich, wenn auch die Regel.
Selbst die kleinste Handlung, scheinbar einfach
Betrachtet mit Mißtrauen! Untersucht, ob es nötig ist
Besonders das Übliche!
Wir bitten euch ausdrücklich, findet
Das immerfort Vorkommende nicht natürlich!
Denn nichts werde natürlich genannt
In solcher Zeit blutiger Verwirrung
Verordneter Unordnung, planmäßiger Willkür
Entmenschter Menschheit, damit nichts
Unveränderlich gelte.

I
Wettlauf in der Wüste

Zwei kleine Trupps hasten in einigem Abstand durch die Wüste.

DER KAUFMANN *zu seinen zwei Begleitern, dem Führer und einem Kuli, der das Gepäck trägt:* Beeilt euch, ihr Faultiere, heute über zwei Tage müssen wir bis zur Station Han gekommen sein, denn wir müssen einen ganzen Tag Vorsprung herausquetschen. *Zum Publikum:* Ich bin der Kaufmann Karl Langmann und reise nach Urga, um die Schlußverhandlungen über eine Konzession zu führen. Hinter mir her kommen meine Konkurrenten. Wer zuerst ankommt, macht das Geschäft. Durch meine Schlauheit und meine Energie bei der Überwindung aller Schwierigkeiten und meine Unerbittlichkeit gegen mein Personal habe ich die Reise bisher beinahe in der Hälfte der üblichen Zeit gemacht. Leider haben auch meine Konkurrenten dasselbe Tempo erreicht. *Er sieht durch sein Fernglas nach hinten.* Seht ihr, da sind sie uns schon wieder auf den Fersen! *Zum Führer:* Warum treibst du den Träger nicht an? Ich habe dich engagiert, damit du ihn antreibst, aber ihr wollt spazierengehen für mein Geld. Hast du eine Ahnung, was die Reise kostet? Euer Geld ist es ja nicht. Aber wenn du Sabotage treibst, zeige ich dich in Urga bei der Stellenvermittlung an.

DER FÜHRER *zum Träger:* Bemühe dich, rascher zu laufen.

DER KAUFMANN Du hast nicht den richtigen Ton im Hals, du wirst es nie zu einem richtigen Führer bringen. Ich hätte einen teureren nehmen sollen. Sie holen immer mehr auf. So schlag den Kerl doch. Ich bin nicht für Schlagen, aber jetzt muß man schlagen. Wenn ich nicht zuerst ankomme, bin ich ruiniert. Du hast dir deinen Bruder als Träger genommen, gesteh's! Er ist ein Verwandter, darum schlägst du nicht! Ich kenne euch doch! An Roheit fehlt es nicht bei euch! Schlag, oder ich entlasse dich! Deinen Lohn kannst du dann einklagen. Um Gottes willen, wir werden eingeholt!

DER KULI *zum Führer:* Schlag mich, aber nicht mit deiner äußersten Kraft, denn wenn ich bis zur Station Han kommen will, darf ich meine äußerste Kraft jetzt noch nicht einsetzen.

Der Führer schlägt den Kuli.

RUFE VON HINTEN Hallo! Geht hier der Weg nach Urga? Hier gut Freund! Wartet auf uns!

DER KAUFMANN *antwortet nicht und schaut auch nicht zurück:* Der Teufel hole euch! Vorwärts! Drei Tage treibe ich meine Leute an, zwei Tage mit Schimpfreden, am dritten mit Versprechungen, in Urga wird man weitersehen. Immer sind mir meine Konkurrenten auf den Fersen, aber die zweite Nacht marschiere ich durch und bin endlich außer Sichtweite und erreiche die Station Han am dritten Tage, einen Tag früher als jeder andere. *Er singt:*

Daß ich nicht schlief, hat mir den Vorsprung verschafft.
Daß ich antrieb, hat mich vorwärts gebracht.
Der schwache Mann bleibt zurück und der starke kommt an.

2
Ende der vielbegangenen Strasse

DER KAUFMANN *vor der Station Han:* Hier ist die Station Han. Gott sei Dank, ich habe sie erreicht, einen Tag früher als jeder andere. Meine Leute sind erschöpft. Außerdem sind sie erbittert gegen mich. Sie haben keinen Sinn für Rekorde. Es sind keine Kämpfer. Es ist ein niedriges Gesindel, das am Boden klebt. Sie wagen natürlich nicht, etwas zu sagen, denn es gibt ja Gott sei Dank noch Polizei, die für Ordnung sorgt.

ZWEI POLIZISTEN *treten heran:* Alles in Ordnung, Herr? Sind Sie zufrieden mit den Straßen? Sind Sie zufrieden mit Ihrem Personal?

DER KAUFMANN Alles in Ordnung. Ich habe die Reise hierher in drei Tagen gemacht anstatt in vier. Die Straßen sind saumäßig, aber ich pflege durchzusetzen, was ich mir vorgenommen habe. Wie sind die Straßen von der Station Han ab? Was kommt jetzt?

DIE POLIZISTEN Jetzt, Herr, kommt die menschenleere Wüste Jahi.

DER KAUFMANN Kann man da eine Polizeieskorte bekommen?

DIE POLIZISTEN *im Weitergehen:* Nein, Herr, wir sind die letzte Polizeistreife, die Sie sehen werden, Herr.

3
Die Entlassung des Führers auf der Station Han

DER FÜHRER Seit wir auf der Straße vor der Station mit den Polizisten gesprochen haben, ist unser Kaufmann wie ausgewechselt. Sein Ton, in dem er mit uns spricht, ist ein ganz anderer geworden: er ist freundlich. Mit dem Tempo der Reise hat dies nichts zu tun, denn es ist auch auf dieser Station, der letzten vor der Wüste Jahi, kein Ruhetag angesetzt worden. Ich weiß nicht, wie ich den Träger in so erschöpftem Zustand bis nach Urga bringen soll. Alles in allem beunruhigt mich dieses freundliche Verhalten des Kaufmanns sehr. Ich fürchte, er plant etwas mit uns. Er geht viel herum, in Nachdenken versunken. Neue Gedanken, neue Gemeinheiten. Was immer er ausheckt, ich und der Träger müssen es aushalten. Denn sonst zahlt er uns den Lohn nicht oder jagt uns fort mitten in der Wüste.

DER KAUFMANN *nähert sich:* Nimm Tabak. Hier ist Zigarettenpapier. Für einen Lungenzug geht ihr ja durchs Feuer. Ich weiß nicht, was ihr alles anstellen könntet, um diesen Rauch in den Hals zu bekommen. Gott sei Dank haben wir genügend bei uns. Unser Tabak reicht dreimal bis Urga.

DER FÜHRER *nimmt den Tabak, bei sich:* Unser Tabak!

DER KAUFMANN Setzen wir uns doch, mein Freund. Warum setzt du dich nicht? Solch eine Reise bringt zwei Leute einander menschlich näher. Aber wenn du nicht willst, kannst du natürlich auch stehen bleiben. Ihr habt ja auch eure Gebräuche. Ich setze mich nicht mit dir für gewöhnlich und du setzt dich nicht mit einem Träger. Das sind Unterschiede, auf denen die Welt aufgebaut ist. Aber rauchen können wir zusammen. Nein? *Er lacht.* Das gefällt mir an dir. Es ist auch eine Art Würde. Also, pack das Zeug vollends zusammen. Und vergiß das Wasser nicht. Es soll wenig Wasserlöcher geben in der Wüste. Übrigens, mein Freund, wollte ich dich noch warnen: hast du bemerkt, wie der Träger dich anschaute, wenn du ihn hart anfaßtest? Er hatte so ein gewisses Etwas im Blick, das auf nichts Gutes hindeutete. Du wirst ihn aber noch ganz anders anfassen müssen in den nächsten Tagen, denn wir müssen unser Tempo womöglich noch verstärken. Und das ist ein fauler Bursche. Die Gegend, in die wir jetzt kommen, ist menschenleer, da wird er vielleicht sein wahres Gesicht zeigen. Ja, du bist ein besserer Mann, du verdienst mehr und brauchst nichts zu tragen. Grund genug, daß er dich haßt. Es wird gut sein, wenn du dich von ihm fernhältst. *Der Führer geht durch eine offene Tür in den Nebenhof. Der Kaufmann ist allein sitzen geblieben.* Komische Leute.

Der Kaufmann bleibt schweigend sitzen. Der Führer beaufsichtigt nebenan den Träger beim Packen. Dann setzt er sich und raucht. Wenn der Kuli fertig ist, setzt er sich hin und bekommt von ihm Tabak und Zigarettenpapier und beginnt ein Gespräch mit ihm.

DER KULI Der Kaufmann sagt immer, daß der Menschheit ein Dienst erwiesen wird, wenn das Öl aus dem Boden geholt wird. Wenn das Öl aus dem Boden geholt ist, wird es hier Eisenbahnen geben und Wohlstand sich ausbreiten. Der Kaufmann sagt, es wird hier Eisenbahnen geben. Wovon soll ich dann leben?

DER FÜHRER Sei ganz ruhig. Es wird so bald keine Eisenbahnen geben. Ich höre, daß das Öl, wenn es entdeckt ist, versteckt wird. Der das Loch zustopft, aus dem das Öl kommt, erhält Schweigegeld. Darum beeilt sich der Kaufmann so. Er will gar nicht das Öl, er will das Schweigegeld.

DER KULI Das verstehe ich nicht.

DER FÜHRER Keiner versteht das.

DER KULI Der Weg durch die Wüste wird wohl noch schlechter werden. Hoffentlich werden meine Füße durchhalten.

DER FÜHRER Sicher.

DER KULI Gibt es Räuber hier?

DER FÜHRER Wir werden nur heute am ersten Reisetag aufmerken müssen, in der Nähe der Station sammelt sich allerlei Gesindel an.

DER KULI Und dann?

DER FÜHRER Wenn wir den Fluß Myr hinter uns haben, wird es darauf ankommen, den Wasserlöchern entlang zu marschieren.

DER KULI Du kennst den Weg?

DER FÜHRER Ja.

Der Kaufmann hat sprechen gehört. Er tritt hinter die Tür, um zu horchen.

DER KULI Ist der Fluß Myr schwierig zu überschreiten?

DER FÜHRER In dieser Jahreszeit im allgemeinen nicht. Aber wenn er Hochwasser hat, reißt er sehr stark und ist lebensgefährlich.

DER KAUFMANN Er spricht wirklich mit dem Träger. Bei ihm kann er sitzen! Mit ihm raucht er!

DER KULI Was macht man dann?

DER FÜHRER Man muß oft acht Tage warten, bis man ohne Gefahr hinüberkommt.

DER KAUFMANN Sieh mal an! Er gibt ihm noch den Rat, sich ja Zeit zu lassen und auf sein kostbares Leben ja recht achtzugeben! Das ist ein gefährlicher Bursche. Er wird ihm noch Vorschub leisten. Auf keinen Fall ist er der Mann, der hier durchgreift. Wenn er nicht noch zu Schlimmerem fähig ist.

Schließlich sind es ab heute zwei gegen einen, zumindest aber fürchtet er sich ganz offenkundig, den unter seinem Kommando Stehenden scharf anzupacken, jetzt, wo die Gegenden menschenleer werden. Dieses Burschen muß ich mich unbedingt entledigen. *Er geht zu den beiden hinein.* Ich habe dir den Auftrag gegeben, zu kontrollieren, ob richtig gepackt wurde. Jetzt wollen wir einmal sehen, ob du meine Aufträge ausführst. *Er zerrt heftig an einem Tragriemen, bis dieser reißt.* Heißt das gepackt? Wenn der Riemen reißt, haben wir einen Tag Aufenthalt. Aber das ist es ja gerade, was du willst: Aufenthalt.

DER FÜHRER Ich will keinen Aufenthalt. Und der Riemen reißt nicht, wenn an ihm nicht gezerrt wird.

DER KAUFMANN Was, du widersprichst auch noch? Ist der Riemen gerissen oder nicht? Wage es, mir ins Gesicht hinein zu behaupten, er sei nicht gerissen! Du bist überhaupt unzuverlässig. Ich habe einen Fehler gemacht, als ich dich anständig behandelte, ihr vertragt das nicht. Ich kann keinen Führer brauchen, der sich beim Personal keinen Respekt verschaffen kann. Du scheinst dich eher zum Träger als zum Führer zu eignen. Ich habe Gründe dafür, anzunehmen, daß du sogar das Personal aufhetzt.

DER FÜHRER Welche Gründe?

DER KAUFMANN Ja, das möchtest du wissen! Also, du bist entlassen.

DER FÜHRER Aber Sie können mich doch nicht auf halbem Wege entlassen.

DER KAUFMANN Du mußt noch froh sein, wenn ich dich nicht in Urga bei der Stellenvermittlung anzeige. Hier hast du deinen Lohn, und zwar bis hierher. *Er ruft den Wirt, der kommt.* Sie sind Zeuge: ich habe den Lohn ausbezahlt. *Zum Führer:* Ich kann dir jetzt schon sagen, daß du dich besser in Urga nicht mehr blicken läßt. *Betrachtet ihn von oben bis unten.* Du wirst es nie zu etwas bringen. *Er geht mit dem Wirt ins andere Zimmer.* Ich breche sofort auf. Wenn mir etwas passiert, Sie sind Zeuge, daß ich mit dem Mann da *zeigt auf den Kuli nebenan* heute allein von hier aufgebrochen bin.

Der Wirt deutet durch Gesten an, daß er nichts versteht.

DER KAUFMANN *betroffen:* Er versteht nicht. Es wird also niemanden geben, der sagen kann, wohin ich gegangen bin. Und das Schlimmste ist, daß diese Burschen wissen, daß es niemanden gibt. *Er setzt sich und schreibt einen Brief.*

DER FÜHRER *zum Kuli:* Ich habe einen Fehler gemacht, als ich mich zu dir setzte. Nimm dich in acht, das ist ein schlechter Mann. *Er gibt ihm seine Wasserflasche.* Behalte diese Flasche als Reserve, versteck sie. Wenn ihr euch verirren solltet – wie willst du den Weg finden? –, wird er dir sicher deine abnehmen. Ich werde dir den Weg erklären.

DER KULI Tu es lieber nicht. Er darf dich nicht mit mir reden hören, und wenn er mich davonjagt, bin ich verloren. Mir braucht er überhaupt nichts zu zahlen, denn ich bin nicht wie du in einer Gewerkschaft: ich muß mir alles gefallen lassen.

DER KAUFMANN *zum Wirt:* Geben Sie diesen Brief den Leuten, die morgen hier ankommen und auch nach Urga gehen. Ich werde mit meinem Träger allein weitermarschieren.

DER WIRT *nickt und nimmt den Brief:* Aber er ist kein Führer.

DER KAUFMANN *für sich:* Er versteht also doch! Er wollte also vorhin nicht verstehen! Er kennt das schon. Er macht keinen Zeugen in solchen Sachen. *Zum Wirt, barsch:* Erklären Sie meinem Träger den Weg nach Urga.

Der Wirt geht hinaus und erklärt dem Kuli den Weg nach Urga. Der Kuli nickt oftmals eifrig mit dem Kopf.

DER KAUFMANN Ich sehe, es wird einen Kampf geben. *Er holt seinen Revolver heraus und reinigt ihn. Dabei singt er:*

Der kranke Mann stirbt und der starke Mann ficht.
Warum sollte der Boden das Öl hergeben?
Warum sollte der Kuli meinen Packen schleppen?
Um Öl muß gekämpft werden
Mit dem Boden und mit dem Kuli
Und in diesem Kampf heißt es:
Der kranke Mann stirbt und der starke Mann ficht.

Er tritt reisefertig in den andern Hof. Kennst du jetzt den Weg?

DER KULI Ja, Herr.

DER KAUFMANN Dann los.

Der Kaufmann und der Kuli gehen hinaus. Der Wirt und der Führer sehen ihnen nach.

DER FÜHRER Ich weiß nicht, ob mein Kollege wirklich begriffen hat. Er hat zu rasch begriffen.

4
Gespräch in einer gefährlichen Gegend

DER KULI *singt:*

Ich geh nach der Stadt Urga
Unaufhaltsam gehe ich nach Urga
Die Räuber halten mich nicht ab von Urga
Die Wüste hält mich nicht zurück von Urga
Essen gibt es in Urga und Lohn.

DER KAUFMANN Wie sorglos ist dieser Kuli! Das ist eine Gegend, in der es Räuber gibt, allerhand Gesindel, das sich in der Nähe der Station sammelt. Und er singt! *Zum Kuli:* Dieser Führer hat mir nie gefallen. Einmal war er roh, einmal war er speichelleckerisch. Kein ehrlicher Mann.

DER KULI Ja, Herr. *Er singt wieder:*

Die Straßen sind beschwerlich bis Urga
Hoffentlich halten meine Füße durch bis Urga
Die Leiden sind unermeßlich bis Urga
Aber in Urga gibt es Ausruhen und Lohn.

DER KAUFMANN Warum singst du eigentlich und bist so fröhlich, mein Freund? Du fürchtest wohl die Räuber nicht? Du meinst wohl, was sie dir nehmen können, das gehört dir nicht, denn was du zu verlieren hast, das gehört mir.

DER KULI *singt:*

Auch meine Frau erwartet mich in Urga
Auch mein kleiner Sohn erwartet mich in Urga
Auch…

DER KAUFMANN *ihn unterbrechend:* Mir gefällt dein Singen nicht. Wir haben keinen Grund zum Singen. Man hört dich ja bis nach Urga. So lockt man ja das Gesindel geradezu an. Du kannst morgen wieder singen, soviel du willst.

DER KULI Ja, Herr.

DER KAUFMANN *der vorausgeht:* Er würde sich keinen Augenblick wehren, wenn man ihm seine Sachen wegnähme. Was würde er tun? Es wäre seine Pflicht, das Meine so zu betrachten wie das Seine, wenn es in Gefahr ist. Aber das würde er niemals. Schlechte Rasse. Er spricht auch nichts. Das sind die Schlimmsten. Ich kann in seinen Kopf nicht hineinsehen. Was hat er vor? Er hat nichts zu lachen und lacht. Worüber lacht er? Warum läßt er mich zum Beispiel vorangehen? Er weiß doch den Weg! Wohin führt er mich überhaupt? *Er schaut sich um und sieht, wie der Kuli Spuren im Sand hinter sich mit einem Tuch verwischt.* Was machst du denn da?

DER KULI Ich verwische unsere Spuren, Herr.

DER KAUFMANN Und warum machst du das?

DER KULI Der Räuber wegen.

DER KAUFMANN So, der Räuber wegen. Man soll aber sehen, wohin du mich geführt hast. Wohin führst du mich denn überhaupt? Geh voraus! *Sie gehen schweigend weiter. Der Kaufmann zu sich:* In diesem Sand sind die Spuren wirklich sehr deutlich zu sehen. Eigentlich wäre es natürlich sehr gut, die Spuren zu verwischen.

5
Am reissenden Fluss

DER KULI Wir sind ganz richtig gegangen, Herr. Was wir dort sehen, ist der Fluß Myr. Zu dieser Jahreszeit ist er im allgemeinen nicht schwierig zu überschreiten, aber wenn er Hochwasser hat, reißt er sehr stark und ist lebensgefährlich. Er hat Hochwasser.

DER KAUFMANN Wir müssen hinüber.

DER KULI Man muß oft acht Tage warten, bis man ohne Gefahr hinüberkommt. Jetzt ist es lebensgefährlich.

DER KAUFMANN Das werden wir ja sehen. Wir können keinen Tag warten.

DER KULI Dann müssen wir eine Furt suchen oder einen Kahn.

DER KAUFMANN Das dauert zu lange.

DER KULI Ich kann aber sehr schlecht schwimmen.

DER KAUFMANN Das Wasser ist nicht so hoch.

DER KULI *steckt einen Stecken hinein:* Es ist sehr hoch.

DER KAUFMANN Wenn du erst im Wasser bist, wirst du auch schwimmen. Denn dann mußt du. Siehst du, du kannst das nicht so überblicken wie ich. Warum müssen wir nach Urga? Kannst du Dummkopf nicht verstehen, daß der Menschheit ein Dienst erwiesen wird, wenn das Öl aus dem Boden geholt wird? Wenn das Öl aus dem Boden heraus ist, wird es hier Eisenbahnen geben und Wohlstand sich ausbreiten. Es wird

Brot und Kleider geben und Gott weiß was. Und wer wird das machen? Wir. Von unserer Reise hängt es ab. Stelle dir vor: daß auf dich gleichsam die Augen dieses ganzen Landes gerichtet sind, auf dich, einen kleinen Mann. Und da zauderst du, deine Pflicht zu tun?

DER KULI *hat während dieser Rede ehrfürchtig genickt:* Ich kann nicht gut schwimmen.

DER KAUFMANN Ich wage doch auch mein Leben. *Der Kuli nickt ehrerbietig.* Ich verstehe dich nicht. Von niederen, gewinnsüchtigen Erwägungen geleitet, hast du gar kein Interesse, die Stadt Urga möglichst bald, sondern das Interesse, sie möglichst spät zu erreichen, da du ja tagweise bezahlt wirst. Die Reise interessiert dich also gar nicht wirklich, sondern nur der Lohn.

DER KULI *steht am Ufer und zögert:* Was soll ich machen? *Er singt:*

1

Hier ist der Fluß.
Ihn zu durchschwimmen, ist gefährlich.
An seinem Ufer stehen zwei Männer
Der eine durchschwimmt ihn, der andere
Zögert. Ist der eine mutig?
Ist der andere feige? Jenseits des Flusses
Hat der eine ein Geschäft.

2

Aus der Gefahr steigt der eine
Aufatmend an das eroberte Ufer
Er betritt sein Besitztum
Er ißt neues Essen.
Aber der andere steigt aus der Gefahr
Keuchend ins Nichts.
Ihn empfängt, den Geschwächten
Neue Gefahr. Sind sie beide tapfer?
Sind sie beide weise?
Ach! Aus dem gemeinsam besiegten Fluß
Steigen nicht zwei Sieger.

3
Wir und: ich und du
Das ist nicht dasselbe.
Wir erringen den Sieg
Und du besiegst mich.

Gestatte wenigstens, daß ich einen halben Tag ausruhe. Ich bin müde vom Schleppen. Ausgeruht kann ich vielleicht hinüberkommen.

DER KAUFMANN Ich weiß ein besseres Mittel. Ich werde dir den Revolver in den Rücken halten. Wetten wir, daß du hinüberkommst? *Er stößt ihn vor sich her. Zu sich:* Mein Geld macht mich die Räuber fürchten und den Fluß vergessen. *Er singt:*
So überwindet der Mensch
Die Wüste und den reißenden Fluß
Und überwindet sich selbst, den Menschen
Und gewinnt das Öl, das gebraucht wird.

6
Das Nachtlager

Am Abend versucht der Kuli, dessen einer Arm gebrochen ist, das Zelt aufzuschlagen. Der Kaufmann sitzt dabei.

DER KAUFMANN Ich habe dir doch gesagt, daß du heute das Zelt nicht aufzubauen brauchst, weil du dir beim Übergang über den Fluß den Arm gebrochen hast. *Der Kuli baut schweigend weiter.* Wenn ich dich nicht aus dem Wasser gezogen hätte, wärst du ertrunken. *Der Kuli baut weiter.* Wenn ich auch an deinem Unfall nicht schuld bin – der Baumstrunk hätte geradesogut mich treffen können –, so ist dir dieses Mißgeschick immerhin auf einer Reise mit mir zugestoßen. Ich habe nur sehr wenig bares Geld bei mir, aber in Urga ist meine Bank, da werde ich dir Geld geben.

DER KULI Ja, Herr.

DER KAUFMANN Spärliche Antwort. Mit jedem Blick läßt er mich merken, daß ich ihn geschädigt hätte. Diese Kulis sind ein heimtückisches Pack! *Zum Kuli:* Du kannst dich niederlegen. *Er geht weg und setzt sich abseits nieder.* Sicher macht ihm sein Mißgeschick weniger aus als mir. Dieses Gesindel kümmert sich nicht viel darum, ob es ganz ist oder lädiert. So was hebt sich nicht höher als bis zu einer Schüssel Rand. Von Natur bresthaft, kümmern sie sich nicht mehr um sich. Wie einer etwas wegwirft, was ihm nicht gelungen ist, werfen sie sich selber weg, das Mißlungene. Nur der Gelungene kämpft. *Er singt:*

Der kranke Mann stirbt und der starke Mann ficht
Und das ist gut so.
Dem Starken wird geholfen, dem Schwachen hilft man nicht
Und das ist gut so.
Laß fallen, was fällt, gib ihm noch einen Tritt
Denn das ist gut so.
Es setzt sich zum Essen, wer den Sieg sich erstritt
Das ist gut so.
Und der Koch nach der Schlacht zählt die Toten nicht mit
Und er tut gut so.
Und der Gott der Dinge, wie sie sind, schuf Herr und Knecht!
Und das war gut so.
Und wem's gut geht, der ist gut; und wem's schlecht geht, der ist schlecht
Und das ist gut so.

Der Kuli ist hinzugetreten. Der Kaufmann erblickt ihn und erschrickt. Er hat zugehört! Halt! Bleib stehen! Was willst du!

DER KULI Das Zelt ist fertig, Herr.

DER KAUFMANN Schleiche nicht so herum in der Nacht. Das paßt mir nicht. Ich will den Tritt hören, wenn der Mann kommt. Und ich wünsche auch einem Mann in die Augen zu sehen, wenn ich mit ihm spreche. Leg dich nieder, kümmere dich nicht zu sehr um mich. *Der Kuli geht zurück.* Halt! Du gehst ins Zelt! Ich sitze hier, weil ich frische Luft gewöhnt bin. *Der Kuli geht ins Zelt.* Ich möchte wissen, wieviel er von meinem Lied gehört hat. *Pause.* Was macht er wohl jetzt? Er hantiert immer noch.

Man sieht den Kuli sorgfältig das Lager bereiten.

DER KULI Hoffentlich merkt er nichts. Ich kann so schlecht Gras schneiden mit dem einen Arm.

DER KAUFMANN Ein Dummkopf, der sich nicht vorsieht. Vertrauen ist Dummheit. Der Mann ist durch mich geschädigt worden, unter Umständen für die Zeit seines Lebens. Es ist nur richtig von ihm, wenn er es mir zurückzahlt. Und der schlafende starke Mann ist nicht stärker als der schlafende schwache. Der Mensch sollte nicht schlafen müssen. Allerdings wäre es besser, im Zelt zu sitzen; hier im Freien drohen Krankheiten. Aber welche Krankheit könnte so gefährlich sein, wie der Mensch es ist? Für wenig Geld geht der Mann neben mir, der ich viel Geld habe. Aber die Straße ist uns beiden gleich beschwerlich. Als er müde war, wurde er geschlagen. Als der Führer sich zu ihm setzte, wurde der Führer entlassen. Als er, vielleicht wirklich der Räuber wegen, unsere Spuren im Sand verwischte, wurde ihm Mißtrauen gezeigt; als er Furcht zeigte am Fluß, bekam er meinen Revolver zu sehen. Wie kann ich mit einem solchen Mann in einem Zelt schlafen? Er kann mir doch nicht vormachen, daß er sich das alles gefallen läßt! Ich möchte wissen, was er jetzt da drinnen ausbrütet! *Man sieht den Kuli im Zelt sich friedlich zum Schlafen legen.* Ich wäre ein Narr, wenn ich ins Zelt ginge.

7a
Am Ende der Strasse

DER KAUFMANN Warum bleibst du stehen?
DER KULI Herr, die Straße hört auf.
DER KAUFMANN Und?
DER KULI Herr, wenn du mich schlägst, schlage mich nicht auf den kranken Arm. Ich weiß den Weg nicht weiter.
DER KAUFMANN Aber der Mann auf der Station Han hat ihn dir doch erklärt.
DER KULI Ja, Herr.
DER KAUFMANN Als ich dich fragte, ob du ihn verstanden hast, hast du ja gesagt.
DER KULI Ja, Herr.
DER KAUFMANN Und du hast ihn nicht verstanden?
DER KULI Nein, Herr!
DER KAUFMANN Warum hast du dann ja gesagt?
DER KULI Ich hatte Furcht, du jagst mich davon. Ich weiß nur, daß es den Wasserlöchern entlang gehen soll.
DER KAUFMANN Dann geh den Wasserlöchern entlang.

DER KULI Ich weiß aber nicht, wo sie sind.

DER KAUFMANN Geh weiter! Und versuche nicht, mich dumm zu machen. Ich weiß doch, daß du den Weg schon früher gegangen bist.

Sie gehen weiter.

DER KULI Aber wäre es nicht besser, wir warteten auf die hinter uns?

DER KAUFMANN Nein.

Sie gehen weiter.

b

Das geteilte Wasser

DER KAUFMANN Wohin läufst du eigentlich? Das ist doch jetzt nach Norden. Osten ist dort. *Der Kuli geht in dieser Richtung weiter.* Halt! Was fällt dir denn ein? *Der Kuli bleibt stehen, schaut aber den Herrn nicht an.* Warum siehst du mir denn nicht in die Augen?

DER KULI Ich dachte, dort sei Osten.

DER KAUFMANN Du wart einmal, Bursche! Dir werde ich schon zeigen, wie man mich führt. *Er schlägt ihn.* Weißt du jetzt, wo Osten ist?

DER KULI *brüllt:* Nicht auf den Arm.

DER KAUFMANN Wo ist Osten?

DER KULI Dort.

DER KAUFMANN Und wo sind die Wasserlöcher?

DER KULI Dort.

DER KAUFMANN *rasend:* Dort? Aber du gingst dorthin!

DER KULI Nein, Herr.

DER KAUFMANN So, du gingst nicht dorthin? Gingst du dorthin? *Er schlägt ihn.*

DER KULI Ja, Herr.

DER KAUFMANN Wo sind die Wasserlöcher? *Der Kuli schweigt. Der Kaufmann, scheinbar ruhig:* Du sagtest doch eben, du weißt, wo die Wasserlöcher sind? Weißt du es? *Der Kuli schweigt. Der Kaufmann schlägt ihn.* Weißt du es?

DER KULI Ja.

DER KAUFMANN *schlägt ihn:* Weißt du es?

DER KULI Nein.

DER KAUFMANN Gib deine Wasserflasche her. *Der Kuli gibt sie ihm.* Ich könnte mich jetzt auf den Standpunkt stellen, daß das ganze Wasser mir gehört, denn du hast mich falsch geführt. Aber ich tue es nicht: ich teile das Wasser mit dir. Nimm deinen Schluck, und dann weiter. *Zu sich:* Ich habe mich vergessen; ich hätte ihn in dieser Lage nicht schlagen dürfen.

C

DER KAUFMANN Hier waren wir schon. Da, die Spuren.

DER KULI Als wir hier waren, konnten wir noch nicht weit vom Weg abgekommen sein.

DER KAUFMANN Schlag das Zelt auf. Unsere Flasche ist leer. In meiner Flasche habe ich nichts. *Der Kaufmann setzt sich nieder, während der Kuli das Zelt aufschlägt. Der Kaufmann trinkt heimlich aus seiner Flasche. Zu sich:* Er darf nicht merken, daß ich noch zu trinken habe. Sonst wird er, hat er nur einen Funken Verstand in seinem Schädel, mich niederschlagen. Wenn er sich mir nähert, schieße ich. *Er zieht seinen Revolver und legt ihn in den Schoß.* Wenn wir nur das vorige Wasserloch wieder erreichen könnten! Mein Hals ist schon wie zugeschnürt. Wie lange kann ein Mensch Durst aushalten?

DER KULI Ich muß ihm die Flasche aushändigen, die mir der Führer auf der Station gegeben hat. Sonst, wenn sie uns finden, und ich lebe noch, er aber ist halb verschmachtet, machen sie mir den Prozeß.

Er nimmt die Flasche und geht hinüber. Der Kaufmann sieht ihn plötzlich vor sich stehen und weiß nicht, ob der Kuli ihn hat trinken sehen oder nicht. Der Kuli hat ihn nicht trinken sehen. Er hält ihm schweigend die Flasche hin. Der Kaufmann aber, in der Meinung, es sei einer der großen Feldsteine und der Kuli, erzürnt, wolle ihn erschlagen, schreit laut auf.

DER KAUFMANN Tu den Stein weg! *Und mit einem Revolverschuß streckt er den Kuli nieder, als der, nicht verstehend, die Flasche ihm weiter hinhält.* Also doch! So, du Bestie. Jetzt hast du's.

8
Lied von den Gerichten

Gesungen von den Spielern, während sie die Bühne für die Gerichtsszene umbauen.

Im Troß der Räuberhorden
Ziehen die Gerichte.
Wenn der Unschuldige erschlagen ist
Sammeln sich die Richter über ihm und verdammen ihn.
Am Grab des Erschlagenen
Wird sein Recht erschlagen.

Die Sprüche des Gerichts
Fallen wie die Schatten der Schlachtmesser.
Ach, das Schlachtmesser ist doch stark genug. Was braucht es
Als Begleitbrief das Urteil?

Sieh den Flug! Wohin fliegen die Aasgeier?
Die nahrungslose Wüste vertrieb sie:
Die Gerichtshöfe werden ihnen Nahrung geben.
Dorthin fliehen die Mörder. Die Verfolger
Sind dort in Sicherheit. Und dort
Verstecken die Diebe ihr Diebesgut, eingewickelt
In ein Papier, auf dem ein Gesetz steht.

9
Gericht

Der Führer und die Frau des Getöteten sitzen schon im Gerichtssaal.

DER FÜHRER *zur Frau:* Sind Sie die Frau des Getöteten? Ich bin der Führer, der Ihren Mann engagiert hat. Ich habe gehört, daß Sie in diesem Prozeß die Bestrafung des Kaufmanns und Schadenersatz verlangen. Ich bin sogleich hergekommen, denn ich habe den Beweis, daß Ihr Mann unschuldig getötet wurde. Er ist hier in meiner Tasche.

DER WIRT *zum Führer:* Ich höre, daß du einen Beweis in der Tasche hast. Ich gebe dir einen Rat: laß ihn in der Tasche.

DER FÜHRER Aber soll die Frau des Kulis leer ausgehen?

DER WIRT Aber willst du auf die schwarze Liste kommen?

DER FÜHRER Ich werde deinen Rat bedenken.

Das Gericht nimmt Platz, auch der angeklagte Kaufmann sowie die zweite Karawane und der Wirt.

DER RICHTER Ich eröffne die Verhandlung. Die Frau des Getöteten hat das Wort.

DIE FRAU Mein Mann hat diesem Herrn das Gepäck durch die Wüste Jahi getragen. Kurz vor Beendigung der Reise hat ihn der Herr niedergeschossen. Wenn mein Mann dadurch auch nicht wieder lebendig wird, so verlange ich doch, daß sein Mörder bestraft wird.

DER RICHTER Außerdem verlangen Sie einen Schadenersatz.

DIE FRAU Ja, weil mein kleiner Sohn und ich den Ernährer verloren haben.

DER RICHTER *zur Frau:* Ich mache Ihnen ja keinen Vorwurf. Der materielle Anspruch schändet Sie gar nicht. *Zur zweiten Karawane:* Hinter der Expedition des Kaufmanns Karl Langmann kam eine Expedition, der sich auch der entlassene Führer der ersteren angeschlossen hatte. Man sichtete, kaum eine Meile von der Route entfernt, die verunglückte Expedition. Was sahen Sie, als Sie näher kamen?

DER LEITER DER ZWEITEN KARAWANE Der Kaufmann hatte nur mehr ganz wenig Wasser in der Flasche und sein Träger lag erschossen im Sand.

DER RICHTER *zum Kaufmann:* Haben Sie den Mann erschossen?

DER KAUFMANN Ja. Er griff mich unvermutet an.

DER RICHTER Wie griff er Sie an?

DER KAUFMANN Er wollte mich hinterrücks mit einem Feldstein erschlagen.

DER RICHTER Haben Sie eine Erklärung für den Grund seines Angriffs?

DER KAUFMANN Nein.

DER RICHTER Haben Sie Ihre Leute sehr stark angetrieben?

DER KAUFMANN Nein.

DER RICHTER Ist hier der entlassene Führer, der den ersten Teil der Reise mitmachte?

DER FÜHRER Ich.

DER RICHTER Äußern Sie sich dazu.

DER FÜHRER Soviel ich wußte, handelte es sich für den Kaufmann darum, wegen einer Konzession möglichst rasch in Urga zu sein.

DER RICHTER *zum Leiter der zweiten Karawane:* Hatten Sie den Eindruck, daß die vor Ihnen marschierende Expedition ungewöhnlich schnell marschierte?

DER LEITER DER ZWEITEN KARAWANE Nein, nicht ungewöhnlich. Sie hatten einen ganzen Tag Vorsprung und hielten ihn.

DER RICHTER *zum Kaufmann:* Dazu müssen Sie doch aber angetrieben haben?

DER KAUFMANN Ich trieb überhaupt nicht an. Das war Sache des Führers.

DER RICHTER *zu dem Führer:* Hat Ihnen der Angeklagte nicht ausdrücklich nahegelegt, den Träger besonders anzutreiben?

DER FÜHRER Ich trieb nicht mehr an als gewöhnlich, eher weniger.

DER RICHTER Warum wurden Sie entlassen?

DER FÜHRER Weil ich mich nach Ansicht des Kaufmanns mit dem Träger zu freundlich stellte.

DER RICHTER Und das sollten Sie nicht? Hatten Sie den Eindruck, daß der Kuli, der also nicht freundlich behandelt werden durfte, ein aufsässiger Mensch war?

DER FÜHRER Nein, er ertrug alles, weil er, wie er mir sagte, Angst hatte, seine Arbeit zu verlieren. Er war in keiner Gewerkschaft.

DER RICHTER Hatte er also viel zu ertragen? Antworten Sie. Und besinnen Sie sich nicht immer auf Ihre Antworten! Die Wahrheit kommt ja doch heraus.

DER FÜHRER Ich war nur bis zur Station Han dabei.

DER WIRT *zu sich:* Richtig, Führer!

DER RICHTER *zum Kaufmann:* Ist danach etwas vorgefallen, was den Angriff des Kulis erklären könnte?

DER KAUFMANN Nein, nichts von meiner Seite.

DER RICHTER Hören Sie, Sie dürfen sich nicht weißer waschen wollen, als Sie sind. So kommen Sie ja nicht durch, Mann. Wenn Sie Ihren Kuli so mit Handschuhen angefaßt haben, wie erklären Sie dann den Haß des Kulis gegen Sie? Doch nur, wenn Sie den Haß glaubhaft machen können, können Sie auch glaubhaft machen, daß Sie in Notwehr gehandelt haben. Immer denken!

DER KAUFMANN Ich muß etwas gestehen. Ich habe ihn doch einmal geschlagen.

DER RICHTER Aha, und Sie glauben, daß aus diesem einen Mal bei dem Kuli solch ein Haß entstand?

DER KAUFMANN Nein, aber ich habe ihm doch den Revolver in den Rücken gehalten, als er nicht über den Fluß wollte. Und beim Übergang über den Fluß brach er sich doch den Arm. Auch daran war ich schuld.

DER RICHTER *lächelnd:* Nach Ansicht des Kulis.

DER KAUFMANN *ebenfalls lächelnd:* Natürlich. In Wirklichkeit habe ich ihn herausgezogen.

DER RICHTER Nun also. Nach der Entlassung des Führers gaben Sie dem Kuli Anlaß, Sie zu hassen. Und vorher? *Eindringlich zum Führer:* Geben Sie es doch zu, daß der Mensch den Kaufmann haßte. Wenn man es sich überlegt, ist es eigentlich selbstverständlich. Es ist ja begreiflich, daß ein Mann, der, schlecht entlohnt, mit Gewalt in Gefahren getrieben wird und für den Vorteil eines anderen sogar Schaden an seiner Gesundheit nimmt, für fast nichts sein Leben riskiert, dann diesen andern haßt.

DER FÜHRER Er haßte ihn nicht.

DER RICHTER Wir wollen jetzt den Wirt der Station Han verhören, ob vielleicht er uns etwas berichten kann, woraus wir uns eine Vorstellung machen können über das Verhältnis des Kaufmanns zu seinem Personal. *Zum Wirt:* Wie hat der Kaufmann seine Leute behandelt?

DER WIRT Gut.

DER RICHTER Soll ich die Leute hier hinausschicken? Glauben Sie, daß Sie in Ihrem Geschäft geschädigt werden, wenn Sie die Wahrheit sagen?

DER WIRT Nein, das ist in diesem Fall nicht nötig.

DER RICHTER Wie Sie wollen.

DER WIRT Er hat dem Führer sogar Tabak gegeben und ihm anstandslos seinen ganzen Lohn ausbezahlt. Und auch der Kuli wurde gut behandelt.

DER RICHTER Ihre Station ist die letzte Polizeistation auf dieser Route?

DER WIRT Ja, danach beginnt die menschenleere Wüste Jahi.

DER RICHTER Ah so! Es handelte sich also bei der Freundlichkeit des Kaufmanns mehr um eine durch die Umstände gegebene, wohl auch kurzbefristete, sozusagen taktische Freundlichkeit. Auch im Kriege ließen es sich unsere Offiziere ja angelegen sein, der Mannschaft, je näher man an die Front kam, desto menschlicher zu begegnen. Solche Freundlichkeiten haben natürlich nichts zu sagen.

DER KAUFMANN Er hatte zum Beispiel immer gesungen beim Marschieren. Von dem Augenblick an, wo ich ihn mit dem Revolver bedrohte, um ihn über den Fluß zu bringen, habe ich ihn auch nie mehr singen hören.

DER RICHTER Er war also völlig verbittert. Das ist ja begreiflich. Ich muß wieder zurückgreifen auf den Krieg. Auch da konnte man ja einfache Leute verstehen, wenn sie zu uns Offizieren sagten: ja, ihr führt euren Krieg, aber wir führen den euren! So konnte auch der Kuli zum Kaufmann sagen: du machst dein Geschäft, aber ich mache das deine!

DER KAUFMANN Ich muß noch ein Geständnis machen. Als wir uns verirrt hatten, habe ich eine Flasche Wasser mit ihm geteilt, aber die zweite wollte ich allein trinken.

DER RICHTER Hat er Sie vielleicht gesehen beim Trinken?

DER KAUFMANN Das nahm ich an, als er mit dem Stein in der Hand auf mich zutrat. Ich wußte, daß er mich haßte. Als wir in die menschenleere Gegend kamen, war ich Tag und Nacht auf meiner Hut. Ich mußte annehmen, daß er bei der ersten Gelegenheit über mich herfallen würde. Wenn ich ihn nicht getötet hätte, hätte er mich getötet.

DIE FRAU Ich möchte etwas sagen. Er kann ihn nicht angegriffen haben. Er hat noch nie jemand angegriffen.

DER FÜHRER Seien Sie ruhig. Ich habe den Beweis seiner Unschuld in meiner Tasche.

DER RICHTER Hat man den Stein gefunden, mit dem der Kuli Sie bedrohte?

DER LEITER DER ZWEITEN KARAWANE Der Mann *deutet auf den Führer* hat ihn aus der Hand des Toten genommen.

Der Führer zeigt die Flasche.

DER RICHTER Ist das der Stein? Erkennen Sie ihn wieder?

DER KAUFMANN Ja, das ist der Stein.

DER FÜHRER So sieh, was in dem Stein ist. *Er gießt Wasser aus.*

ERSTER BEISITZER Es ist eine Wasserflasche und kein Stein. Er hat Ihnen Wasser gereicht.

ZWEITER BEISITZER Jetzt sieht es ja so aus, als habe er ihn gar nicht erschlagen wollen.

DER FÜHRER *umarmt die Witwe des Getöteten:* Siehst du, ich konnte es beweisen: er war unschuldig. Ich konnte es ausnahmsweise beweisen. Ich habe ihm nämlich bei seinem Aufbruch auf der letzten Station diese Flasche gegeben, der Wirt ist Zeuge, und dies ist meine Flasche.

DER WIRT *zu sich:* Dummkopf! Jetzt ist nur auch er verloren!

DER RICHTER Das kann nicht die Wahrheit sein. *Zum Kaufmann:* Er soll Ihnen zu trinken gegeben haben!

DER KAUFMANN Es muß ein Stein gewesen sein.

DER RICHTER Nein, es war kein Stein. Sie sehen doch, daß es eine Wasserflasche war.

DER KAUFMANN Aber ich konnte nicht annehmen, daß es eine Wasserflasche sei. Der Mann hatte keinen Grund, mir zu trinken zu geben. Ich war nicht sein Freund.

DER FÜHRER Aber er gab ihm zu trinken.

DER RICHTER Aber warum gab er ihm zu trinken? Warum?

DER FÜHRER Wohl weil er glaubte, daß der Kaufmann Durst habe. *Die Richter lächeln sich an.* Wahrscheinlich aus Menschlichkeit. *Die Richter lächeln wieder.* Vielleicht aus Dummheit, denn ich glaube, er hatte gar nichts gegen den Kaufmann.

DER KAUFMANN Dann muß er sehr dumm gewesen sein. Der Mann war durch mich geschädigt worden, unter Umständen für die Zeit seines Lebens. Der Arm! Es war nur richtig von ihm, wenn er es mir zurückzahlen wollte.

DER FÜHRER Es war nur richtig.

DER KAUFMANN Für wenig Geld ging der Mann neben mir, der ich viel Geld habe. Aber die Straße war uns beiden gleich beschwerlich.

DER FÜHRER Das weiß er also.

DER KAUFMANN Als er müde war, wurde er geschlagen.

DER FÜHRER Und das ist nicht richtig?

DER KAUFMANN Anzunehmen, der Kuli würde mich nicht bei der ersten Gelegenheit niederschlagen, hätte bedeutet anzunehmen, er habe keine Vernunft.

DER RICHTER Sie meinen, Sie haben mit Recht angenommen, der Kuli müsse etwas gegen Sie haben. Dann hätten Sie zwar einen unter Umständen Harmlosen getötet, aber nur weil Sie nicht wissen konnten, daß er harmlos ist. Das haben wir bei unserer Polizei mitunter. Sie schießen in eine Menge, Demonstranten, ganz friedliche Leute, nur weil sie sich nicht vorstellen können, daß diese Leute sie nicht einfach vom Pferd reißen und lynchen. Diese Polizisten schießen eigentlich alle aus Furcht. Und daß sie Furcht haben, ist ein Beweis von Vernunft. Sie meinen, Sie konnten nicht wissen, daß der Kuli eine Ausnahme bildete!

DER KAUFMANN Man muß sich an die Regel halten und nicht an die Ausnahme.

DER RICHTER Ja, das ist es: welchen Grund sollte dieser Kuli gehabt haben, seinem Peiniger zu trinken zu geben?

DER FÜHRER Keinen vernünftigen!

DER RICHTER *singt:*

Die Regel ist: Auge um Auge!
Der Narr wartet auf die Ausnahme.
Daß ihm sein Feind zu trinken gibt
Das erwartet der Vernünftige nicht.

DER FÜHRER *singt:*

In dem System, das sie gemacht haben
Ist Menschlichkeit eine Ausnahme.
Wer sich also menschlich erzeigt
Der trägt den Schaden davon.
Fürchtet für jeden, ihr
Der freundlich aussieht!
Haltet ihn zurück
Der da jemand helfen will!
Neben dir durstet einer: schließe schnell deine Augen!
Verstopf dein Ohr: neben dir stöhnt jemand!
Halte deinen Fuß zurück: man ruft dich um Hilfe!
Wehe dem, der sich da vergißt! Er
Gibt einem Menschen zu trinken und
Ein Wolf trinkt.

DER RICHTER Wir beraten jetzt.

Das Gericht zieht sich zurück.

DER LEITER DER ZWEITEN KARAWANE Haben Sie keine Angst, daß Sie nie mehr eine Stelle bekommen?

DER FÜHRER Ich mußte die Wahrheit sagen.

DER LEITER DER ZWEITEN KARAWANE *lächelnd:* Ja, wenn Sie müssen…

Das Gericht kommt zurück.

DER RICHTER *zum Kaufmann:* Das Gericht stellt noch eine Frage an Sie. Sie hatten doch durch die Erschießung des Kulis nicht etwa einen Vorteil?

DER KAUFMANN Im Gegenteil. Ich brauchte ihn doch zu dem Geschäft, das ich vorhatte in Urga. Er trug doch die Karten und die Vermessungstabellen, die ich brauchte. Allein war ich doch nicht imstande, meine Sachen zu tragen!

DER RICHTER Sie haben Ihr Geschäft in Urga also nicht gemacht?

DER KAUFMANN Natürlich nicht. Ich kam zu spät. Ich bin ruiniert.

DER RICHTER Dann verkündige ich also das Urteil: Das Gericht unterstellt als bewiesen, daß der Kuli nicht mit einem Stein, sondern mit einer Wasserflasche sich seinem Herrn näherte. Aber selbst dies vorausgesetzt, ist es eher noch zu glauben, daß der Kuli seinen Herrn mit der Wasserflasche erschlagen wollte, als ihm zu trinken zu geben. Der Träger gehörte einer Klasse an, die tatsächlich einen Grund hat, sich benachteiligt zu fühlen. Für solche Leute wie den Träger war es nichts als pure Vernunft, sich vor einer Übervorteilung bei der Verteilung des Wassers zu schützen. Ja, sogar gerecht mußte es diesen Leuten bei ihrem beschränkten und einseitigen, nur an der Wirklichkeit haftenden Standpunkt erscheinen, sich an ihrem Peiniger zu rächen. An dem Tag der Abrechnung hatten sie doch nur zu gewinnen. Der Kaufmann gehörte nicht der Klasse an, der sein Träger angehörte. Er mußte sich von ihm des Schlimmsten versehen. Der Kaufmann konnte nicht an einen Akt der Kameradschaft bei dem von ihm zugestandener maßen gequälten Träger glauben. Die Vernunft sagte ihm, daß er aufs stärkste bedroht sei. Die Menschenleere der Gegend mußte ihn mit Besorgnis erfüllen. Die Abwesenheit von Polizei und Gerichten machte es seinem Angestellten möglich, seinen Teil vom Trinkwasser zu erpressen, und ermutigte ihn. Der Angeklagte hat also in berechtigter Notwehr gehandelt, gleichgültig, ob er bedroht wurde oder nur sich bedroht fühlen mußte. Den gegebenen Umständen gemäß mußte er sich bedroht fühlen. Der Angeklagte wird also freigesprochen, die Frau des Toten mit ihrer Klage abgewiesen.

DIE SPIELER

So endet
Die Geschichte einer Reise.
Ihr habt gehört und ihr habt gesehen.
Ihr saht das Übliche, das immerfort Vorkommende.
Wir bitten euch aber:
Was nicht fremd ist, findet befremdlich!
Was gewöhnlich ist, findet unerklärlich!
Was da üblich ist, das soll euch erstaunen.
Was die Regel ist, das erkennt als Mißbrauch
Und wo ihr den Mißbrauch erkannt habt
Da schafft Abhilfe!

Die Mutter

Nach Gorki

Schauspiel

[Fassung 1933]

Mitarbeiter: Hanns Eisler · Günther Weisenborn

»Die Mutter« mit einer Musik von Eisler ist der 15. der »Versuche«, eine Dramatisierung des Romans von Maxim Gorki. Benutzt wurde außerdem eine Dramatisierung von G. Stark und G. Weisenborn. Die Aufführung fand am Todestag der großen Revolutionärin Rosa Luxemburg statt.

Personen

Die Mutter Pelagea Wlassowa · Pawel Wlassow, ihr Sohn · Anton Rybin, Andrej Nachodka, Iwan Wessowtschikow – Arbeiter in den Suchlinowwerken · Mascha Chalatowa, Arbeiterin · Polizist · Kommissar · Der Portier · Der Arbeiter Karpow · Der Betriebspolizist · Smilgin, Arbeiter · Der Lehrer Nikolai Wessowtschikow · Der Arbeitslose Pawel Sostakowitsch · Aufseher · Jegor Luschin, Gutsarbeiter · Zwei Streikbrecher · Der Metzger Wassil Jefimowitsch · Die Frau des Metzgers · Eine Arbeiterin mit einem Kind · Die Krämerin · Die Hausbesitzerin · Zweite Frau (Verwandte vom Lande) · Dritte Frau (Mieterin) · Der Arzt · Beamter · Eine Frau an der Kupfersammelstelle · Eine schwarzgekleidete Frau · Ein Dienstmädchen

1

Stube der Pelagea Wlassowa

FRÜH AM MORGEN KOCHT DIE MUTTER DEM SOHN, DER AUF ARBEIT GEHT, DIE SUPPE

DIE MUTTER PELAGEA WLASSOWA Fast schäme ich mich, meinem Sohn diese Suppe hinzustellen. Aber ich kann kein Fett mehr hineintun, nicht einen halben Löffel voll. Denn erst vorige Woche ist ihm von seinem Lohn eine Kopeke pro Stunde abgezogen worden, und das kann ich durch keine Mühe mehr hereinbringen. Ich weiß, daß er bei seiner langen, schweren Arbeit kräftigeres Essen braucht. Es ist schlimm, daß ich meinem einzigen Sohn keine bessere Suppe vorsetzen kann; er ist jung und beinahe noch im Wachsen. Er ist ganz anders als sein Vater war. Er liest dauernd Bücher und das Essen war ihm nie gut genug. Jetzt ist die Suppe noch schlechter geworden. So wird er immer unzufriedener. *Sie gießt die Suppe in ein Traggeschirr und trägt es ihrem Sohn hinüber. Wenn sie an den Herd zurückgekehrt ist, sieht sie, wie der Sohn, ohne von seinem Buch aufzusehen, den Deckel des Geschirrs abnimmt und an der Suppe schnuppert, dann den Deckel wieder hinauftut und das Geschirr wegschiebt.* Jetzt schnuppert er wieder an der Suppe. Ich kann ihm keine bessere herschaffen. Er wird auch bald merken, daß ich ihm keine Hilfe mehr bin, sondern eine Last. Wofür esse ich mit, wohne in seiner Stube und kleide mich von seinem Verdienst? Er wird noch weggehen. Was kann ich, Pelagea Wlassowa, 42 Jahre alt, Witwe eines Arbeiters und Mutter eines Arbeiters, tun? Ich drehe jede Kopeke dreimal um. Ich versuche es so und versuche es so. Ich spare einmal am Holz und einmal an der Kleidung. Aber es langt nicht. Ich sehe keinen Ausweg.
Der Sohn Pawel Wlassow hat seine Mütze und das Traggeschirr genommen und ist weggegangen. Die Mutter räumt die Stube auf.

CHOR
von den revolutionären Arbeitern der Mutter zugesungen:

Bürste den Rock
Bürste ihn zweimal!
Wenn du ihn gebürstet hast
Ist er ein sauberer Lumpen.

Koche mit Sorgfalt
Scheue keine Mühe!
Wenn die Kopeke fehlt
Ist die Suppe nur Wasser.

Arbeite, arbeite mehr
Spare, teile besser ein
Rechne, rechne genauer!
Wenn die Kopeke fehlt
Kannst du nichts machen.

Was immer du tust
Es wird nicht genügen.
Die Lage ist schlecht
Sie wird schlechter.
So geht es nicht weiter
Aber was ist der Ausweg?

Wie die Krähe, die ihr Junges
Nicht mehr zu füttern vermag
Machtlos gegen den winterlichen Schneesturm
Keinen Ausweg mehr sieht und jammert:
Siehst du auch keinen Ausweg
Und jammerst.

Was immer du tust
Es wird nicht genügen
Deine Lage ist schlecht
Sie wird schlechter.
So geht es nicht weiter
Aber was ist der Ausweg?

Fruchtlos arbeitet ihr und scheut die Mühe nicht
Zu ersetzen das Unersetzbare

Und einzuholen das nicht Einzuholende.
Wenn die Kopeke fehlt, ist keine Arbeit genug.
Über das Fleisch, das euch in der Küche fehlt
Wird nicht in der Küche entschieden.

Was immer ihr tut
Es wird nicht genügen
Eure Lage ist schlecht
Sie wird schlechter.
So geht es nicht weiter
Aber was ist der Ausweg?

2

Stube der Pelagea Wlassowa

DIE MUTTER SIEHT MIT KUMMER IHREN SOHN IN DER GESELLSCHAFT REVOLUTIONÄRER ARBEITER

ANTON RYBIN Als du vor zwei Wochen unserer Bewegung beitratest, Pawel, hast du uns angeboten, daß wir zu dir kommen können, wenn es eine besondere Arbeit für unsere Bewegung gibt. Es ist bei dir auch am sichersten, da wir noch nie hier gearbeitet haben.

PAWEL WLASSOW Was wollt ihr machen?

ANDREJ NACHODKA Wir müssen Flugblätter für heute drucken. Die letzten Lohnsenkungen haben die Arbeiterschaft in starke Erregung gebracht. Seit drei Tagen verteilen wir Flugblätter im Betrieb. Heute ist der entscheidende Tag. Heute abend wird die Betriebsversammlung beschließen, ob wir uns eine Kopeke abziehen lassen oder ob wir streiken.

IWAN WESSOWTSCHIKOW Wir haben den Hektografenapparat mitgebracht und Papier.

PAWEL Setzt euch. Meine Mutter wird uns Tee kochen.
Sie gehen zum Tisch.

ANTON Wo ist Ssidor?

MASCHA CHALATOWA Mein Bruder ist nicht mitgekommen. Er hat gestern abend beim Nachhausegehen gesehen, daß ihm jemand nachging, der wie ein Polizist aussah. Darum wollte er heute lieber direkt in die Fabrik gehen.

PAWEL Sprecht leise. Meine Mutter hört uns besser nicht. Ich habe ihr bisher nichts von diesen Dingen gesagt, sie ist nicht mehr jung genug und könnte uns doch nicht helfen.

ANTON Hier ist die Vorlage.

Sie beginnen zu arbeiten. Einer hat ein dichtes Tuch vors Fenster gehängt.

DIE MUTTER *abseits:* Ungern sehe ich meinen Sohn Pawel in der Gesellschaft dieser Leute. Sie werden ihn mir noch ganz verderben. Sie hetzen ihn auf und ziehen ihn noch in irgend etwas hinein. Solchen Leuten setze ich keinen Tee vor. *Sie tritt an den Tisch.* Pawel, ich kann euch keinen Tee kochen. Es ist zu wenig Tee da. Das gibt keinen richtigen Tee mehr.

PAWEL Dann koch uns dünnen Tee, Mutter.

DIE MUTTER *ist zurückgegangen und hat sich auf einen Stuhl gesetzt:* Wenn ich jetzt nicht dergleichen tue, werden sie schon merken, daß ich sie nicht leiden kann. Es paßt mir überhaupt nicht, daß sie sich hier aufhalten und so leise sprechen, daß ich nichts hören kann. *Sie tritt wieder an den Tisch.* Pawel, es wäre mir sehr unangenehm, wenn der Hausbesitzer merken würde, daß hier früh um fünf Uhr Leute zusammenkommen und etwas drucken! Wir können sowieso die Miete nicht bezahlen.

IWAN Glauben Sie uns, Frau Wlassowa, daß wir uns für nichts mehr interessieren als für Ihre Miete. Im Grunde genommen kümmern wir uns um nichts anderes, wenn es auch nicht so aussieht.

DIE MUTTER Das weiß ich nicht. *Sie geht zurück.*

ANTON Deine Mutter sieht uns nicht gern hier, Pawel?

IWAN Es ist sehr schwer für deine Mutter, zu begreifen, daß wir das hier machen müssen, damit sie Tee kaufen und die Miete bezahlen kann.

DIE MUTTER So was von dickem Fell! Sie tun einfach, als merkten sie nichts. Was haben sie vor mit Pawel? Er ist in die Fabrik gegangen und war froh, daß er einen Arbeitsplatz hatte. Er verdient wenig. Und im letzten Jahr ist es immer weniger geworden. Wenn sie ihm jetzt noch einmal eine Kopeke abziehen, will ich lieber selber nicht essen. Aber ich sehe mit

Unruhe, wie er diese Bücher liest, und mit Kummer, daß er, statt sich abends auszuruhen, in die Versammlungen läuft, wo nur gehetzt wird. Dadurch wird er nur noch seinen Arbeitsplatz verlieren.

MASCHA *singt der Mutter zu:*

DAS LIED VOM AUSWEG

Wenn du keine Suppe hast
Wie willst du dich da wehren?
Da mußt du den ganzen Staat
Von unten nach oben umkehren
Bis du deine Suppe hast.
Dann bist du dein eigener Gast.

Wenn für dich keine Arbeit zu finden ist
Da mußt du dich doch wehren!
Da mußt du den ganzen Staat
Von unten nach oben umkehren
Bis du dein eigner Arbeitgeber bist.
Worauf für dich Arbeit vorhanden ist.

Wenn man über deine Schwäche lacht
Darfst du keine Zeit verlieren.
Da mußt du dich kümmern drum
Daß alle die schwach sind marschieren.
Dann seid ihr eine große Macht.
Worauf keiner mehr lacht.

STIMME VON DRAUSSEN Achtung, Polizei kommt!

ANDREJ Versteckt die Papiere!

Iwan schließt die Tür. Andrej nimmt Pawel den Hektografenapparat aus der Hand und hängt ihn zum Fenster hinaus. Anton setzt sich auf die Papiere.

DIE MUTTER Siehst du, Pawel, jetzt kommen die Polizisten. Pawel, was machst du, was steht in den Papieren?

MASCHA *führt sie ans Fenster und setzt sie auf einen Stuhl:* Bleiben Sie nur ganz ruhig sitzen, Frau Wlassowa.

Iwan öffnet die Tür. Ein Polizist und ein Kommissar kommen herein.

POLIZIST Halt! Wer sich rührt, wird erschossen! Das ist seine Mutter, Euer Wohlgeboren, und das ist er selbst.

KOMMISSAR Pawel Wlassow, ich muß Haussuchung bei dir halten. Was hast du denn für einen schmierigen Verein aufgegabelt?

POLIZIST Hier ist auch die Schwester des heute früh verhafteten Ssidor Chalatow. Es sind schon die Richtigen.

MASCHA Was ist mit meinem Bruder geschehen?

KOMMISSAR Ihr Bruder läßt Sie grüßen, er ist jetzt bei uns. Er revolutioniert jetzt unsere Wanzen und hat großen Zulauf. Leider fehlen ihm Flugblätter.

Die Arbeiter sehen sich an.

KOMMISSAR Ein paar Nachbarzellen wären übrigens noch frei. Habe ich nicht eben ein schönes Lied singen hören? Laßt euch nicht stören, ich bitte euch, denn auch ich bin musikalisch. Sehr bedauere ich nur, liebe Frau Wlassowa, daß dieses Lied gerade in Ihrem Hause gesungen werden mußte, denn jetzt muß ich in Ihrem Haus die Noten suchen, damit auch wir von der Polizei mitsingen können, mit unsren rauhen Kehlen. *Er geht zum Diwan.* Sehen Sie, Wlassowa, jetzt muß ich zum Beispiel wieder Ihren Diwan öffnen. Haben Sie das nötig?

PAWEL Es sind keine Rubelscheine drinnen, nicht wahr? Das kommt, weil wir Arbeiter sind und nicht sehr viel verdienen.

KOMMISSAR Und der Spiegel an der Wand? Muß er zertrümmert werden von der rauhen Hand eines Polizisten? *Er haut ihn ein.* Sie sind eine anständige Frau, ich weiß es. Und in dem Diwan war auch nichts, was etwa unanständig gewesen wäre. Aber wie ist es mit der Kommode, dem guten alten Stück? *Er wirft sie um.* Sieh da, auch nichts dahinter. Wlassowa, Wlassowa! Ehrliche Leute sind nicht schlau, sollten Sie schlau sein? Und da ist der Schmalztopf mit dem Löffelchen, der rührende Schmalztopf. *Nimmt ihn vom Regal und läßt ihn fallen.* Jetzt ist er mir zu Boden gefallen und jetzt zeigt sich, daß Schmalz drinnen ist.

PAWEL Wenig. Es ist wenig Schmalz darin, Herr Kommissar. Auch in der Brotlade ist wenig Brot und in der Büchse ist nur wenig Tee.

KOMMISSAR *zum Polizisten:* Also doch ein politischer Schmalztopf. Wlassowa, Wlassowa, müssen Sie sich auf Ihre alten

Tage mit uns einlassen, diesen Bluthunden? So sauber sind Ihre Gardinen gewaschen. Das trifft man selten. Das sieht man gern. *Er reißt sie herunter.*

IWAN *zu Anton, der aufgesprungen ist, weil er für den Hektografenapparat fürchtet:* Sitzen bleiben, du wirst erschossen.

PAWEL *laut, um den Kommissar abzulenken:* Wozu ist es nötig, den Schmalztopf auf den Boden zu schmeißen?

ANDREJ *zum Polizisten:* Heb den Schmalztopf auf!

POLIZIST Das ist Andrej Nachodka, der Kleinrusse.

KOMMISSAR *tritt an den Tisch:* Andrej Maximowitsch Nachodka, du bist schon einmal wegen politischer Vergehen in Haft gewesen?

ANDREJ Ja, in Rostow und Saratow, aber da hat mich die Polizei mit »Sie« angeredet.

KOMMISSAR *zieht ein Flugblatt aus der Tasche:* Ist Ihnen bekannt, welche Schurken in der Fabrik diese hochverräterischen Flugblätter verteilen?

PAWEL Schurken sehen wir hier zum ersten Mal.

KOMMISSAR Du, Pawel Wlassow, wirst noch ganz klein werden. Setz dich anständig hin, wenn ich mit dir rede!

DIE MUTTER Schreien Sie nicht so. Sie sind noch ein junger Mensch und haben noch kein Elend kennengelernt. Sie sind Beamter. Sie bekommen regelmäßig Ihr vieles Geld dafür, daß Sie den Diwan aufschneiden und nachschauen, daß im Schmalztopf kein Schmalz ist.

KOMMISSAR Du weinst zu früh, Wlassowa, du wirst deine Tränen noch brauchen. Paß lieber auf deinen Sohn auf, er geht schlimme Wege. *Zu den Arbeitern:* Eines Tages wird euch auch eure Schlauheit nichts mehr nützen. *Der Kommissar geht.*

IWAN *horcht an der Tür:* Sie sind weg.

Die Arbeiter räumen auf.

ANTON Pelagea Wlassowa, wir müssen Sie um Entschuldigung bitten. Wir dachten nicht, daß wir schon unter Verdacht stehen. Jetzt hat man Ihnen Ihre Wohnung zertrümmert.

MASCHA Sind Sie sehr erschrocken, Frau Wlassowa?

DIE MUTTER Ja, ich sehe, daß Pawel einen schlimmen Weg geht.

MASCHA So halten Sie es für richtig, daß die Ihre Wohnung zertrümmern, weil Ihr Sohn für seine Kopeken kämpft?

DIE MUTTER Sie tun nicht das Rechte, aber er tut auch nicht das Rechte.

IWAN *wieder am Tisch:* Wie ist es jetzt mit der Flugblattverteilung?

ANTON Wenn wir heute keine Flugblätter verteilen, nur weil die Polizei begonnen hat einzugreifen, sind wir nichts als Schreihälse gewesen. Die Flugblätter müssen verteilt werden.

ANDREJ Wie viele sind es?

PAWEL Ungefähr 500.

IWAN Und wer verteilt sie?

ANTON Heute ist Pawel dran.

Die Mutter winkt Iwan zu sich.

DIE MUTTER Wer soll die Flugblätter verteilen?

IWAN Pawel. Aber es ist nicht so gefährlich.

DIE MUTTER So, es ist nicht gefährlich! Ihr schickt also Pawel und sagt ihm, es ist nicht gefährlich.

IWAN Es ist nötig.

DIE MUTTER Es ist nötig! Es beginnt mit dem Bücherlesen und dem Spät-nach-Hause-Kommen. Dann kommen die Arbeiten hier im Hause mit solchen Maschinen, die vor das Fenster gehängt werden müssen. Vor dem Fenster muß eine Gardine hängen. Und die Beratungen werden mit leiser Stimme geführt. Es ist nötig! Dann stimmt es plötzlich nicht mehr in der Fabrik. Von all dem erfahre ich nichts. Auf einmal kommt die Polizei ins Haus und die Polizisten behandeln einen wie eine Verbrecherin. *Sie steht auf.* Pawel, ich verlange von dir, daß du diesen Auftrag zurückweisest.

ANDREJ Es ist nötig, Frau Wlassowa.

PAWEL *zu Mascha:* Sag ihr, daß die Blätter Ssidors wegen verteilt werden müssen, damit er entlastet wird.

Die Arbeiter treten zur Mutter, Pawel bleibt am Tisch sitzen.

MASCHA Frau Wlassowa, es ist auch meines Bruders wegen nötig.

IWAN Ssidor kann sich sonst auf Sibirien gefaßt machen.

ANDREJ Wenn heute keine Flugblätter mehr verteilt werden, wissen sie doch, daß es Ssidor gewesen sein muß, der gestern die Flugblätter verteilt hat.

MASCHA Natürlich, das muß doch ein Dummkopf merken. Gestern wurden Flugblätter in den Betrieb geschmuggelt. Sie fassen einen Mann und heute hört der Schmuggel auf. Also hat der Mann sie verteilt, das ist klar.

ANTON Und darum ist es nötig, daß auch heute wieder Flugblätter verteilt werden.

DIE MUTTER Ich sehe, daß es nötig ist. Ich weiß, daß es gemacht werden muß, damit dieser junge Mensch, den ihr hineingebracht habt, nicht vernichtet wird. Aber was ist mit Pawel, wenn er verhaftet wird?

ANTON Es ist nicht so gefährlich.

DIE MUTTER So, es ist nicht so gefährlich. Ein Mensch ist verführt und hineingezogen worden. Um ihn zu retten ist das und das nötig. Es ist nicht gefährlich, aber es ist nötig. Wir stehen unter Verdacht, aber wir müssen Flugblätter verteilen. Es ist nötig, also ist es nicht gefährlich. Und so geht es weiter. Und am Schluß steht ein Mensch am Galgen: Steck deinen Kopf in die Schlinge, es ist nicht gefährlich. Gebt die Flugblätter her, ich, nicht Pawel, werde gehen und sie verteilen.

ANTON Aber wie wollen Sie das anfangen?

IWAN Es darf niemand merken, woher die Flugblätter kommen.

DIE MUTTER Macht euch da keine Sorge. So gut wie ihr werde ich das auch fertigbringen. Meine Freundin Marja Korssunowa verkauft in der Mittagspause Eßwaren in der Fabrik. Ich werde das heute für sie machen, und mit euren Flugblättern wickle ich die Eßwaren ein. *Sie geht und holt ihre Einkaufstasche.*

MASCHA Pawel, deine Mutter bietet sich uns an für die Verteilung unserer Flugblätter. Es spricht viel dafür.

PAWEL Überlegt, was dafür und was dagegen spricht. Ich aber bitte euch, mich zu dem Angebot meiner Mutter nicht äußern zu müssen.

ANTON Andrej?

ANDREJ Ich glaube, daß es ihr gelingen kann. Sie ist unter den Arbeitern bekannt und der Polizei unverdächtig.

ANTON Iwan?

IWAN Auch ich glaube das.

ANTON Selbst wenn sie gefaßt wird, kann ihr am wenigsten geschehn. Sie gehört nicht zur Bewegung und hat es dann lediglich für ihren Sohn getan. Genosse Wlassow, angesichts der besonderen Notlage und der schweren Gefährdung des Genossen sind wir dafür, das Angebot deiner Mutter anzunehmen.

IWAN Wir sind überzeugt, daß sie am wenigsten Gefahr läuft.

PAWEL Es ist mir recht.

DIE MUTTER *zu sich:* Sicher ist es eine sehr schlimme Sache, bei der ich hier helfe, aber ich muß Pawel aus ihr heraushalten.

ANTON Frau Wlassowa, wir übergeben Ihnen also diesen Packen Flugblätter.

ANDREJ So werden Sie jetzt also für uns kämpfen, Pelagea Wlassowa, wie?

DIE MUTTER Kämpfen? Ich bin keine junge Frau mehr und ich bin keine Kämpferin. Ich bin froh, wenn ich meine drei Kopeken zusammenkratze, das ist Kampf genug für mich.

ANDREJ Wissen Sie denn, was in den Flugblättern steht, Frau Wlassowa?

DIE MUTTER Nein, ich kann nicht lesen.

3

Fabrikhof der Suchlinowwerke

IN DER MITTAGSPAUSE VERTEILT DIE MUTTER FLUGBLÄTTER IN DEN SUCHLINOWWERKEN

DIE MUTTER *mit einem großen Korb vor dem Fabriktor:* Es kommt alles darauf an, was der Portier für ein Mann ist: ein fauler oder ein genauer. Ich muß ihn nur dazu bringen, daß er mir einen Passierschein ausstellt. Mit den Flugblättern wickle ich dann die Eßwaren ein. Wenn sie mich dann fassen, sage ich einfach: man hat sie mir hineingeschmuggelt, ich kann nicht lesen. *Sie beobachtet den Fabrikportier.* Es ist ein Dikker, Fauler. Ich will sehen, was er macht, wenn ich ihm eine Gurke anbiete. So einer frißt gern und hat nichts. *Sie geht ans Tor und läßt ein Paket vor dem Portier fallen.* Sie, mir ist mein Paket hinuntergefallen. *Der Portier schaut weg.* Das ist komisch: jetzt habe ich ganz vergessen, daß ich ja nur den Korb hinzustellen brauche, dann habe ich ja die Hände frei. Und da hätte ich Sie jetzt fast bemüht. *Zum Publikum:* Das ist ein

Hartgesottener. Dem muß man mit Gewäsch kommen, dann macht er alles, damit er nur wieder seine Ruhe hat. *Sie geht zum Eingang und spricht schnell:* Das ist wieder echt Marja Korssunowa. Ich sage ihr noch vorgestern: alles, aber keine nassen Füße! Aber meinen Sie, sie folgt mir? Nein. Sie gräbt wieder Kartoffeln und kriegt nasse Füße. Am nächsten Morgen füttert sie die Ziegen. Nasse Füße! Was sagen Sie dazu? Sie liegt natürlich sofort auf der Nase. Aber anstatt liegenzubleiben, geht sie abends wieder aus. Es regnet natürlich, was bekommt sie also? Nasse Füße!

DER PORTIER Sie kommen hier nicht herein ohne Ausweis.

DIE MUTTER Habe ich ihr auch gesagt. Nützt gar nichts. Nasse Füße! Dabei bin ich ihre beste Freundin! Wissen Sie, wir sind ein Herz und eine Seele, aber so was von Halsstarrigkeit haben Sie noch nicht gesehen. Wlassowa, ich bin krank, du mußt für mich in die Fabrik gehen und das Essen verkaufen. Siehst du, Marja, sage ich, jetzt bist du heiser. Aber warum bist du heiser? Wenn du jetzt noch einmal mir gegenüber die nassen Füße in den Mund nimmst, sagt sie, und dabei kann sie nur mehr krächzen, dann haue ich dir diese Tasse an deinen Dickkopf! Halsstarrig!

DER PORTIER *läßt sie seufzend durch:* Gehen Sie!

DIE MUTTER Sehr richtig, ich halte Sie ja nur auf.

Es ist Mittagspause. Die Arbeiter sitzen auf Kisten usw. und essen. Die Mutter bietet Eßwaren an. Iwan Wessowtschikow hilft ihr beim Einwickeln.

DIE MUTTER Gurken, Tabak, Tee, frische Piroggen!

IWAN Und das Einwickelpapier ist das Beste.

DIE MUTTER Gurken, Tabak, Tee, frische Piroggen.

IWAN Und das Einwickelpapier ist umsonst.

EIN ARBEITER Hast du auch Gurken?

DIE MUTTER Ja, hier sind Gurken.

IWAN Und das Einwickelpapier wirft man nicht fort.

DIE MUTTER Gurken, Tabak, Tee, heiße Piroggen.

EIN ARBEITER Sag mal, was steht denn in dem Einwickelpapier Interessantes drin heute? Ich kann nicht lesen.

ANDERER ARBEITER Woher soll ich wissen, was in deinem Einwickelpapier drin steht?

DER ERSTE Ja, Mensch, du hast ja dasselbe in der Pfote.

DER ZWEITE Richtig, da steht was.

DER ERSTE Was denn?

DER ZWEITE Die haben ganz recht, wenn wir uns erst auf Verhandlungen einlassen, sind wir schon eingeseift.

DIE MUTTER *über den Hof:* Gurken, Tabak, Tee, frische Piroggen.

DRITTER ARBEITER Jetzt haben sie doch die Polizei auf dem Genick, und die Fabrikkontrolle ist auch verschärft worden, und jetzt ist doch wieder ein Flugblatt da. Das sind tüchtige Kerle und nicht zu hindern. Es ist doch etwas dran an dem, was die wollen.

ARBEITER Ich muß auch sagen, wenn ich so etwas sehe, dafür bin ich.

DER ARBEITER KARPOW Sind alle Vertrauensleute beisammen?

In einer Ecke des Fabrikhofes versammeln sich die Vertrauensleute des Betriebes, darunter Anton und Pawel.

KARPOW Kollegen, wir haben verhandelt.

ANTON Was habt ihr erreicht?

KARPOW Kollegen, wir kehren auch nicht ohne Erfolg zu euch zurück.

ANTON Habt ihr die Kopeke?

KARPOW Kollegen, wir haben Herrn Suchlinow vorgerechnet, daß der Abzug einer Kopeke vom Stundenlohn bei 800 Arbeitern 24000 Rubel im Jahr ausmacht. Diese 24000 Rubel sollten von jetzt ab in die Tasche des Herrn Suchlinow gehen. Dies mußte unter allen Umständen verhindert werden. Nun, in vierstündigem Kampf haben wir es erreicht. Es wurde verhindert. Diese 24000 Rubel fließen nicht in die Tasche des Herrn Suchlinow.

ANTON Also habt ihr die Kopeke?

KARPOW Kollegen, es ist immer von uns betont worden, daß die sanitären Zustände des Betriebs unhaltbar sind.

PAWEL Ob ihr die Kopeke habt?

KARPOW Die Sümpfe vor dem Osttor der Fabrik sind ein Grundübel.

ANTON Ach so, mit den Sümpfen wollt ihr es machen.

KARPOW Denkt an die Wolken von Mücken, die jeden Sommer uns den Aufenthalt im Freien fast unmöglich machen, an die hohe Zahl der Erkrankungen durch Sumpffieber, an die fortwährende Gefährdung unserer Kinder. Kollegen, für 24000 Rubel können die Sümpfe ausgetrocknet werden. Dazu wäre der Herr Suchlinow bereit. Auf dem neu gewonnenen Gelände würde die Vergrößerung der Fabrik in Angriff genommen werden. Das gibt neue Arbeitsplätze. Ihr wißt, wenn es der Fabrik gut geht, geht es euch auch gut. Kollegen, der Betrieb steht nicht so gut, wie wir vielleicht meinen. Wir können euch nicht verschweigen, was uns Herr Suchlinow mitgeteilt hat, daß der Schwesterbetrieb in Twersk stillgelegt wird und 700 Kollegen von morgen ab auf der Straße liegen. Wir sind für das kleinere Übel. Jeder Klarblickende sieht mit Sorge, daß wir vor einer der größten Wirtschaftskrisen stehen, die unser Land je durchgemacht hat.

PAWEL Also der Kapitalismus ist krank und du bist der Arzt. Du bist also für Annahme der Lohnkürzung?

KARPOW Wir haben keinen anderen Ausweg in der Verhandlung gefunden.

ANTON Wir verlangen den Abbruch der Verhandlungen mit der Direktion, ihr könnt den Lohnabzug doch nicht verhindern. Die Sumpfkopeke lehnen wir ab.

KARPOW Ich warne vor dem Abbruch der Verhandlungen mit der Direktion.

EIN ANDERER ARBEITER Ihr müßt euch klar sein, daß das Streik bedeutet.

PAWEL Nach unsrer Ansicht kann nur noch ein Streik die Kopeke retten.

ANTON Die Frage für die Versammlung heute ist ganz einfach die: Soll der Sumpf des Herrn Suchlinow ausgetrocknet oder soll die Kopeke gerettet werden? Wir müssen den Streik durchführen, und wir müssen sogar am 1. Mai, bis zu dem es ja nur noch eine Woche ist, zu erreichen versuchen, daß auch die anderen Betriebe, in denen die Löhne gekürzt werden sollen, stillgelegt werden. *Er geht mit Pawel weg.*

KARPOW Soll ich unter diesen Umständen weiter verhandeln oder nicht?

EIN ANDERER ARBEITER Karpow, der ganze Fabrikhof liest ihre Flugblätter trotz aller Polizeikontrolle. Sie sind sehr schlau abgefaßt, und ich habe den Eindruck, daß wir die Leute nicht mehr in der Hand haben. Mit der Trockenlegung der Sümpfe kommst du jetzt nicht mehr durch. Ihr Ausdruck »Sumpfkopeke« ist da tödlich.

Auch die anderen Vertrauensleute gehen, da die Sirene pfeift, in den Betrieb zurück.

KARPOW *allein:* Also Streik!

DER PORTIER *sieht ein Flugblatt am Boden liegen:* Was ist denn das? Das sind ja schon wieder solche Hetzblätter! *Er telefoniert:* Jefim, Werkspolizei!!

DIE MUTTER *nach vorn kommend:* Gurken, Tabak, Tee, frische Piroggen.

KARPOW Eine Gurke.

Die Mutter verkauft ihm eine Gurke und setzt sich hin, ihre Einnahme überzählend.

DIE MUTTER *zu sich:* Sie dürfen die Löhne nicht abbauen; das ist ein großes Unrecht, und mich trifft es ganz besonders, denn wenn der Lohn immerfort kleiner wird, wie soll ich da mit Pawel auskommen können? Er ist schon so unzufrieden.

KARPOW *kommt ihr nach:* Also Sie verteilen das? Wissen Sie denn, daß diese Zettel Streik bedeuten?

DIE MUTTER Streik? Wieso?

KARPOW Diese Flugblätter fordern die Belegschaft der Suchlinowwerke zum Streik auf.

DIE MUTTER Davon verstehe ich nichts.

KARPOW Warum verteilen Sie dann das?

DIE MUTTER Dafür haben wir schon unsre Gründe. Warum verhaftet man unsre Leute?

KARPOW Wissen Sie denn überhaupt, was drinnen steht?

DIE MUTTER Nein, ich kann nicht lesen.

KARPOW So werden uns die Leute verhetzt. Ein Streik ist eine schlimme Sache. Morgen früh gehen sie nicht zur Arbeit. Was ist morgen abend? Und was wird nächste Woche sein? Der Firma ist es gleich, ob wir weiter arbeiten oder nicht, aber für uns ist es lebensnotwendig.

Der Betriebspolizist kommt gelaufen.

DER BETRIEBSPOLIZIST Was ist los? *Der Portier zeigt ihm das Blatt.* Ich habe doch eben schon zwei abgefaßt.

DER PORTIER Da ist auch noch einer.

POLIZIST *zu Karpow:* Was liest du denn da? *Er faßt ihn.* Wie kommst du zu dem Flugblatt?

DIE MUTTER Aber dieser Mann ist doch ganz unschuldig. Er hat doch die Flugblätter nicht verteilt.

KARPOW Loslassen, lassen Sie mich los!

POLIZIST *schlägt ihn:* Dir werde ich geben, Flugblätter!

DIE MUTTER Der Mann hat doch nur eine Gurke gekauft.

4

Stube der Pelagea Wlassowa

DIE MUTTER MACHT DEN GENOSSEN VORWÜRFE WEGEN DER FOLGEN DER FLUGBLATTVERTEILUNG UND ERHÄLT IHRE ERSTE BELEHRUNG ÜBER DEN KOMMUNISMUS

DIE MUTTER Pawel, ich habe heute in eurem Auftrag die Flugblätter verteilt, die ihr mir gegeben habt, damit der Verdacht von dem jungen Menschen, den ihr in die Sache hineingezogen habt, abgelenkt wird. Als ich mit dem Verteilen fertig war, mußte ich mit eigenen Augen sehen, daß drei weitere Menschen, die nichts taten, als die Flugblätter lesen, verhaftet wurden. Was habt ihr mit mir gemacht?

ANTON Wir danken Ihnen, Frau Wlassowa, für Ihre geschickte Arbeit.

DIE MUTTER So, das nennt ihr Geschicklichkeit? Und was ist mit Karpow, den ich durch meine Geschicklichkeit ins Gefängnis gebracht habe?

ANDREJ Sie haben ihn nicht ins Gefängnis gebracht. Unseres Wissens haben ihn die Polizisten ins Gefängnis gebracht.

IWAN Aber Sie haben mitgearbeitet an der Einigung der Arbeiter in den Suchlinowwerken. Wie Sie wohl gehört haben, ist fast einstimmig der Streik beschlossen worden.

DIE MUTTER Ich wollte keinen Streik machen, sondern einem Menschen helfen. Und ich habe ihm nicht geholfen, sondern noch drei andere hineingebracht. Was ist mit Ssidor, was ist mit den zwei anderen? Warum werden sie verhaftet? Weil sie Flugblätter lesen? Warum streikt ihr? Was stand in dem Flugblatt?

ANTON Als Sie es verteilten, haben Sie einer guten Sache gut geholfen.

DIE MUTTER Was stand in dem Flugblatt?

PAWEL Was meinst du, das darin gestanden hat?

DIE MUTTER Etwas Unrechtes.

ANTON Es ist uns klar, Frau Wlassowa, daß wir Ihnen Rechenschaft schulden.

PAWEL Setz dich zu uns, Mutter, wir wollen es dir erklären.

Sie holen sich Stühle und setzen sich um die Mutter herum.

IWAN Sehen Sie, in dem Flugblatt stand, daß die Arbeiter es sich nicht gefallen lassen sollen, wenn Herr Suchlinow nach seinem Belieben die Löhne kürzt, die er uns zahlt.

DIE MUTTER Unsinn, was wollt ihr denn dagegen machen? Warum soll Herr Suchlinow nicht nach seinem Belieben die Löhne kürzen können, die er euch zahlt? Gehört ihm seine Fabrik oder gehört sie ihm nicht?

PAWEL Sie gehört ihm.

DIE MUTTER So. Dieser Tisch, zum Beispiel, gehört mir. Jetzt frage ich euch: kann ich mit diesem Tisch machen, was ich will?

ANDREJ Ja, Frau Wlassowa. Mit diesem Tisch können Sie machen, was Sie wollen.

DIE MUTTER So. Kann ich ihn zum Beispiel auch kurz und klein schlagen?

ANTON Ja, diesen Tisch können Sie kurz und klein schlagen.

DIE MUTTER Aha! Kann also Herr Suchlinow mit seiner Fabrik, die ihm gehört wie mir mein Tisch, machen was er will?

PAWEL Nein.

DIE MUTTER Wieso nicht?

IWAN Weil er zu seiner Fabrik uns Arbeiter braucht.

DIE MUTTER Wenn er aber sagt, er braucht euch jetzt nicht?

PAWEL Siehst du, Mutter, das mußt du dir so vorstellen: Er kann uns einmal brauchen und einmal nicht brauchen.

ANTON Richtig.

PAWEL Wenn er uns braucht, müssen wir da sein, und wenn er uns nicht braucht, dann sind wir eben auch da. Wo sollen wir hin? Und das weiß er. Er braucht uns nicht immer, aber wir brauchen ihn immer. Damit rechnet er. Der Herr Suchlinow hat doch da seine Maschinen stehen. Das ist aber unser Handwerkszeug. Wir haben sonst keines. Wir haben keinen Webstuhl mehr und keine Drehbank, sondern wir benutzen eben die Maschinen des Herrn Suchlinow. Seine Fabrik gehört ihm, aber wenn er sie zumacht, nimmt er uns damit unser Handwerkszeug weg.

DIE MUTTER Weil ihm euer Handwerkszeug gehört, wie mir mein Tisch.

ANTON Ja, aber finden Sie das denn richtig, daß ihm unser Handwerkszeug gehört?

DIE MUTTER *laut:* Nein! Aber ob ich es richtig finde, oder ob ich es nicht richtig finde, deswegen gehört es ihm doch. Es kann ja jemand auch nicht richtig finden, daß mir mein Tisch gehört.

PAWEL Siehst du, da sagen wir: es ist ein Unterschied, ob dir ein Tisch gehört oder eine Fabrik. Ein Tisch kann dir natürlich gehören, ein Stuhl auch. Das schadet doch niemand. Wenn du ihn auf den Boden stellst, was soll das schon schaden? Aber wenn dir eine Fabrik gehört, dann kannst du damit vielen hundert Menschen schaden. Denn du hast in deinem Besitz ihr Handwerkszeug und kannst damit die Menschen ausnutzen.

DIE MUTTER Ja, also er kann uns ausnutzen. Tut doch nicht, als wenn ich das noch nicht gemerkt hätte in dreißig Jahren. Nur eines habe ich nicht bemerkt, nämlich, daß man dagegen hätte etwas machen können.

ANTON Pelagea Wlassowa, wir sind also jetzt, was das Eigentum des Herrn Suchlinow betrifft, so weit, daß seine Fabrik ein ganz anderes Eigentum ist als zum Beispiel Ihr Tisch. Er kann sein Eigentum dazu benützen, uns auszunützen.

IWAN Und sein Eigentum hat noch etwas Eigentümliches an sich: ohne daß er uns damit ausnützt, ist es für ihn überhaupt nichts wert. Nur solange es unser Handwerkszeug ist, ist es für ihn viel wert. Wenn es aber nicht mehr unser Produktionsmittel ist, ist es ein Haufen altes Eisen. Er ist also auch auf uns angewiesen mit seinem Eigentum.

DIE MUTTER Gut, aber wie wollt ihr ihm das beweisen, daß er auf euch angewiesen ist?

ANDREJ Sehen Sie, wenn er, Pawel Wlassow, hinaufgeht zum Herrn Suchlinow und sagt: Herr Suchlinow, ohne mich ist Ihre Fabrik ein Haufen altes Eisen und Sie können mir also meinen Lohn nicht abbauen, wie es Ihnen beliebt, dann lacht der Herr Suchlinow und schmeißt den Wlassow hinaus. Aber wenn alle Wlassows in Twersk, achthundert Wlassows, dastehen und das gleiche sagen, dann lacht Herr Suchlinow nicht mehr.

DIE MUTTER Und das ist euer Streik?

PAWEL Ja, das ist unser Streik.

DIE MUTTER Und das stand in dem Flugblatt?

PAWEL Ja, das stand in dem Flugblatt.

DIE MUTTER Das ist eine schlimme Sache, so ein Streik. Von was soll ich kochen, was wird aus der Miete? Morgen früh geht ihr nicht zur Arbeit, was ist morgen abend? Und was wird nächste Woche sein? Aber gut, wir werden auch über das irgendwie hinüberkommen. Aber wenn nur das mit dem Streik drinnen gestanden hat, warum hat dann die Polizei Leute verhaftet? Was hat damit die Polizei zu tun?

PAWEL Ja, Mutter, das fragen wir dich: Was hat damit die Polizei zu tun?

DIE MUTTER Wenn wir unsern Streik mit Herrn Suchlinow austragen, das geht doch die Polizei nichts an? Ihr müßt das falsch angefaßt haben. Da sind sicher Mißverständnisse vorgekommen. Man hat geglaubt, ihr wollt etwas Gewalttätiges. Was ihr müßtet, wäre, der ganzen Stadt zeigen, daß euer Streit mit der Direktion ein friedlicher und gerechter ist. Das wird einen großen Eindruck machen.

IWAN Auch das wollen wir tun, Frau Wlassowa. Am 1. Mai, dem internationalen Kampftag der Arbeiter, wo alle Twersker Betriebe für die Befreiung der Arbeiterklasse demonstrieren, werden wir Transparente tragen, durch die wir alle Twersker Betriebe auffordern, unsern Kampf um die Kopeke zu unterstützen.

DIE MUTTER Wenn ihr ruhig durch die Straßen marschiert und nur eure Transparente tragt, kann niemand etwas dagegen haben.

ANDREJ Wir nehmen an, daß der Herr Suchlinow es sich nicht gefallen lassen wird!

DIE MUTTER Ja, das muß er sich gefallen lassen.

IWAN Die Polizei wird wahrscheinlich die Demonstration auseinandertreiben.

DIE MUTTER Was hat die Polizei mit diesem Suchlinow zu tun?

Die Polizei steht zwar über euch, aber ebensogut steht sie über dem Herrn Suchlinow.

PAWEL Du glaubst also, Mutter, gegen eine friedliche Demonstration wird die Polizei nichts unternehmen?

DIE MUTTER Ja, das glaube ich. Das ist ja nichts Gewalttätiges. Über so etwas, Pawel, würden wir uns niemals einigen. Du weißt, daß ich an einen Gott im Himmel glaube. Ich will nichts von Gewalt wissen. Ich habe sie vierzig Jahre lang kennengelernt und konnte nichts tun gegen die Gewalt. Aber wenn ich sterbe, möchte ich wenigstens nichts Gewalttätiges getan haben.

5

Straße

AM 1. MAI DEMONSTRIEREN DIE TWERSKER ARBEITER GEGEN DEN LOHNABBAU

PAWEL Als wir Arbeiter von den Suchlinowwerken über den Wollmarkt kamen, stießen wir auf den Zug der anderen Betriebe, es waren schon viele Tausende. Wir trugen Transparente, darauf stand: Arbeiter unterstützt unseren Kampf gegen die Lohnsenkung! Verbreitert die Kampffront!

IWAN Wir marschierten ruhig und in Ordnung. An Liedern wurde gesungen: »Wacht auf, Verdammte dieser Erde« und »Brüder, zur Sonne, zur Freiheit«. Unser Betrieb kam direkt hinter der großen roten Fahne.

ANDREJ Neben mir marschierte Pelagea Wlassowa dicht hinter ihrem Sohn. Als wir diesen in der Frühe abgeholt hatten, war sie plötzlich angekleidet aus der Küche gekommen, und auf unsere Frage, wohin sie wolle, hatte sie geantwortet:

DIE MUTTER Mit euch gehen.

ANTON Solche wie sie gingen viele mit uns, denn der strenge Winter, die Lohnsenkungen in den Betrieben und unsere Agitation hatten viele zu uns geführt. Bevor wir zum Erlöserboulevard kamen, sahen wir einige Polizisten und keine Soldaten, aber an der Ecke des Erlöserboulevards und der Twerskaja stand plötzlich eine zweifache Kette von Polizisten. Als die unsere Fahne und unsere Transparente sahen, schrie plötzlich eine Stimme zu uns: Achtung! Auseinandergehen, es wird geschossen, und: Fahne weg! Unser Zug kam ins Stocken.

PAWEL Aber da die hinten Marschierenden nachrückten, konnten die Vorderen nicht stehenbleiben und jetzt wurde geschossen. Als die ersten Leute umschlugen, erfolgte nichts weiter als eine Verwirrung. Viele konnten nicht glauben, daß das, was sie sahen, wirklich geschehen war. Dann setzten sich die Polizisten in Bewegung auf die Menge zu.

DIE MUTTER Ich war mitgegangen, um für die Sache der Arbeiter zu demonstrieren. Es waren lauter ordentliche Leute, die da marschierten, die ihr Leben lang gearbeitet hatten. Freilich waren auch Verzweifelte darunter, die durch die Arbeitslosigkeit zum Äußersten getrieben waren, und Hungrige, die zu schwach waren, sich zur Wehr zu setzen.

ANDREJ Wir standen immer noch ziemlich vorn, und wir gingen auch nicht auseinander, als geschossen wurde.

PAWEL Wir hatten unsere Fahne. Smilgin trug sie, und wir dachten auch nicht daran, sie wegzugeben, denn jetzt schien uns, ohne daß wir uns verständigten, daß es wichtig wäre, daß sie gerade uns träfen und niedermachten und die Fahne, gerade unsere, die rote, wegnähmen. Dies wollten wir aber, damit alle Arbeiter sähen, wer wir sind und wofür wir sind, nämlich für die Arbeiter.

ANDREJ Die gegen uns waren, mußten sich benehmen wie die wilden Tiere. Weil sie dafür von den Suchlinows ihren Lebensunterhalt bekamen.

MASCHA Endlich würde es jeder sehen, und unsere Fahne, die rote, mußte besonders hochgehalten werden, allen sichtbar, nicht zum wenigsten den Polizisten, aber auch allen anderen.

IWAN Und die sie nicht sahen, denen sollte es erzählt werden, heute noch oder morgen, oder in den nächsten Jahren, so lange bis sie wieder gesehen würde. Denn, das glaubten wir zu wissen und viele wußten es sicher in diesem Augenblick, sie würde immer wieder gesehen werden von jetzt ab bis zur völligen Umänderung aller Dinge, die auf dem Marsch ist: Unsere Fahne, die die gefährlichste ist für alle Ausbeuter und Herrschenden, die unerbittlichste!

ANTON Aber für uns Arbeiter die endgültige!

ALLE

Darum werdet ihr sie
Immer wieder sehen
Gern oder ungern
Je nach eurer Stellung in diesem Kampf
Der nicht mehr anders enden wird als
Mit unserem vollständigen Sieg
In allen Städten aller Länder
Wo es Arbeiter gibt.

DIE MUTTER Aber an diesem Tag trug sie der Arbeiter Smilgin.

SMILGIN Ich habe 15 Jahre lang der Bewegung angehört. Ich war einer der ersten, die im Betriebe revolutionäre Aufklärung verbreiteten. Wir haben um die Löhne gekämpft und um bessere Arbeitsbedingungen. Dabei habe ich im Interesse meiner Kollegen oftmals mit den Unternehmern verhandelt. Anfangs voller Feindschaft, aber dann, ich gebe es zu, dachte ich, es ginge anders leichter. Wenn wir unsere Macht vermehrten, dachte ich, würden wir mitzubestimmen haben. Das war wohl falsch. Jetzt stehe ich hier, hinter mir sind es schon viele Tausende, aber vor uns steht wieder die Gewalt. Sollen wir die Fahne weggeben?

ANTON Gib sie nicht weg, Smilgin! Es geht nicht durch Verhandeln, sagten wir, und die Mutter sagte ihm:

DIE MUTTER Du mußt sie nicht hergeben, es kann dir nichts geschehen. Gegen eine friedliche Demonstration kann die Polizei nichts haben.

MASCHA Und in diesem Augenblick schrie ein Polizeioffizier uns zu: Gebt die Fahne heraus!

IWAN Und Smilgin sah hinter sich und sah hinter seiner Fahne unsere Transparente und auf den Transparenten unsere Losungen. Und hinter den Transparenten standen die Streikenden von den Suchlinowwerken. Und wir sahen hin, was er neben uns, einer von uns, mit der Fahne machte.

PAWEL 15 Jahre in der Bewegung, Arbeiter, Revolutionär, am 1. Mai 1900, vormittags 11 Uhr an der Ecke des Erlöserboulevards, im entscheidenden Augenblick. Er sagte:

SMILGIN Ich gebe sie nicht her! Es wird nicht verhandelt.

ANDREJ Gut, Smilgin, sagten wir. So ist es recht. Jetzt ist alles in Ordnung.

IWAN Ja, sagte er, und fiel vornüber auf sein Gesicht, denn sie hatten ihn schon abgeschossen.

ANDREJ Und sie liefen hin, vier, fünf Mann, um sich die Fahne zu holen. Aber die Fahne lag neben ihm. Da bückte sich unsere Pelagea Wlassowa, die Ruhige, Gleichmütige, die Genossin, und griff nach der Fahne.

DIE MUTTER Gib die Fahne her, Smilgin, sagte ich. Gib sie her! Ich werde sie schon tragen. Das wird alles noch anders werden!

6

Wohnung des Lehrers Wessowtschikow

IWAN WESSOWTSCHIKOW BRINGT DIE MUTTER PAWELS NACH DESSEN VERHAFTUNG ZU SEINEM BRUDER NIKOLAI, DEM LEHRER

IWAN Nikolai Iwanowitsch, ich bringe dir hier die Mutter unseres Freundes Pawel, Pelagea Wlassowa. Ihr Sohn ist wegen der Vorgänge bei der Demonstration am 1. Mai verhaftet worden. Daraufhin ist sie in ihrer alten Wohnung gekündigt worden, und wir haben ihrem Sohn versprochen, sie in Sicherheit zu bringen. Deine Wohnung ist unverdächtig. Niemand kann behaupten, daß du irgend etwas mit der revolutionären Bewegung zu tun hast.

DER LEHRER WESSOWTSCHIKOW Jawohl, das ist nur die Wahrheit. Ich bin Lehrer und würde meine Stellung verlieren, wenn ich wie du solchen Hirngespinsten nachjagen wollte.

IWAN Ich hoffe aber, daß du Frau Wlassowa, die keine Unterkunft hat, dennoch hierbehalten wirst. Du wirst mir, deinem Bruder, damit einen Gefallen tun.

DER LEHRER Ich habe keinen Grund, dir einen Gefallen zu tun. Ich mißbillige alles, was du machst, außerordentlich. Es ist alles Unsinn. Das habe ich dir oft genug bewiesen. Aber das betrifft nicht Sie, Frau Wlassowa. Ihre Notlage sehe ich ein. Außerdem habe ich sowieso eine Aufwärterin nötig. Sie sehen, daß hier große Unordnung herrscht.

IWAN Du müßtest ihr natürlich etwas Geld für ihre Arbeit geben, sie muß doch ihrem Sohn ab und zu etwas schicken.

DER LEHRER Ich könnte Ihnen natürlich nur ein ganz kleines Gehalt aussetzen.

IWAN Er versteht von Politik soviel wie dieser Stuhl. Aber er ist kein Unmensch.

DER LEHRER Du bist ein Dummkopf, Iwan. Frau Wlassowa, hier ist die Küche, in der Küche ist ein Sofa, darauf können Sie schlafen. Ich sehe, daß Sie Ihre eigene Wäsche mitgebracht haben. Hier ist die Küche, Frau Wlassowa.

Die Wlassowa geht mit ihrem Bündel in die Küche und beginnt sich dort einzurichten.

IWAN Ich danke dir persönlich, Nikolai Iwanowitsch, und bitte dich, auf die Frau achtzugeben. Sie soll nichts mehr mit Politik zu tun haben. Sie ist in die Unruhen des 1. Mai hineingekommen und soll jetzt zur Ruhe kommen. Sie sorgt sich um das Schicksal ihres Sohnes. Du bist mir für sie verantwortlich.

DER LEHRER Ich werde sie nicht in die Politik hineinziehen, wie ihr das macht.

Der Lehrer Wessowtschikow überrascht die Wlassowa bei der Propaganda

In der Küche sitzen um die Mutter Arbeiter.

FRAU Wir haben gehört, der Kommunismus ist ein Verbrechen.

DIE MUTTER Das ist nicht wahr, der Kommunismus ist gut für uns. Was spricht gegen den Kommunismus? *Sie singt:*

Das Lob des Kommunismus

Er ist vernünftig, jeder versteht ihn. Er ist leicht.
Du bist doch kein Ausbeuter, du kannst ihn begreifen.
Er ist gut für dich, erkundige dich nach ihm.
Die Dummköpfe nennen ihn dumm und die Schmutzigen nennen ihn schmutzig
Er ist gegen den Schmutz und gegen die Dummheit.
Die Ausbeuter nennen ihn ein Verbrechen.

Aber wir wissen:
Er ist das Ende ihrer Verbrechen.
Er ist keine Tollheit, sondern
Das Ende der Tollheit.
Er ist nicht das Chaos
Sondern die Ordnung.
Er ist das Einfache
Das schwer zu machen ist.

FRAU Warum aber sehen das nicht alle Arbeiter ein?

DER ARBEITSLOSE SOSTAKOWITSCH Weil sie in Unwissenheit gehalten werden darüber, daß sie ausgebeutet werden und daß dies ein Verbrechen ist und daß es möglich ist, diesem Verbrechen ein Ende zu bereiten.

Sie verstummen, denn der Lehrer tritt in die Stube nebenan.

DER LEHRER Ich komme da ermüdet von der Bierkneipe, den Kopf noch voll von den Debatten, wobei ich wieder großen Ärger mit diesem Dummkopf Sachar hatte, der mir immer widersprach, obwohl ich natürlich recht hatte, und freue mich schon auf meine ruhigen vier Wände. Ich denke, ich nehme noch ein Fußbad und lese dabei die Zeitung.

DIE MUTTER *kommt herein:* Was, Sie sind schon zurück, Nikolai Iwanowitsch?

DER LEHRER Ja, und ich bitte Sie, mir ein heißes Fußbad zu bereiten. Ich werde es in der Küche nehmen.

DIE MUTTER Es ist sehr gut, daß Sie gekommen sind, Nikolai Iwanowitsch, sehr gut, da Sie gleich wieder weggehen müssen. Eben sagte mir die Nachbarin, Ihr Freund Sachar Smerdjakow sei vor einer Stunde dagewesen. Er hätte Ihnen aber nichts hinterlassen können, da er Sie dringend persönlich sprechen muß. Suchen Sie ihn rasch auf! Suchen Sie ihn rasch auf! Sie haben schon mehrmals jetzt durch Ihren angeborenen Hang zur Bequemlichkeit Ihre Pflichten vernachlässigt. Außerdem scheint es sich um einen persönlichen Gefallen zu handeln, den Herr Smerdjakow von Ihnen benötigt. Wie gesagt, er war vor einer Stunde erst hier.

DER LEHRER Pelagea Wlassowa, ich war mit meinem Freund Sachar Smerdjakow den ganzen Abend zusammen.

DIE MUTTER So? Aber die Küche ist in Unordnung, Nikolai Iwanowitsch. Die Wäsche hängt.

Murmeln in der Küche.

DER LEHRER Seit wann redet meine Wäsche beim Trocknen und *deutet auf den Samowar, den sie in den Händen hält* seit wann trinken meine Hemden Tee?

DIE MUTTER Nikolai Iwanowitsch, ich muß Ihnen gestehen, daß wir zu einer kleinen Unterhaltung bei einer Tasse Tee zusammensitzen.

DER LEHRER So. Was sind es denn für Leute?

DIE MUTTER Ich weiß nicht, ob Sie sich wohl fühlen würden bei ihnen, Nikolai Iwanowitsch. Es sind keine besonders wohlhabenden Leute.

DER LEHRER Aha – dann redet ihr wieder von Politik! Ist der Arbeitslose Sostakowitsch dabei?

DIE MUTTER Ja, und seine Frau und sein Bruder mit seinem Sohn und sein Onkel und seine Tante. Es sind sehr verständige Menschen, und auch Sie würden mit Interesse ihren Ausführungen folgen.

DER LEHRER Pelagea Wlassowa, habe ich Sie nicht seinerzeit darauf aufmerksam gemacht, daß ich in meinem Hause nichts Politisches wünsche? Jetzt komme ich aus meiner Bierkneipe müde nach Hause und finde meine Küche voll von Politik. Ich bin überrascht, Pelagea Wlassowa, ich bin sehr überrascht.

DIE MUTTER Nikolai Iwanowitsch, es tut mir leid, daß ich Sie enttäuschen mußte. Ich habe den Leuten vom 1. Mai berichtet. Sie wissen nicht genug davon.

DER LEHRER Was wissen Sie von Politik, Pelagea Wlassowa? Heute abend erst habe ich meinem Freund Sachar, einem sehr intelligenten Menschen, gesagt: »Sachar Smerdjakow, die Politik ist das Schwierigste und Undurchsichtigste, was es auf Erden gibt.«

DIE MUTTER Sie sind sicher sehr müde und angestrengt. Aber wenn Sie noch etwas Zeit hätten: wir alle waren uns heute abend darüber einig, daß Sie uns vieles erklären könnten, auch in bezug auf den 1. Mai, der sehr undurchsichtig ist.

DER LEHRER Ich habe allerdings wenig Lust, mich mit dem Arbeitslosen Sostakowitsch herumzustreiten. Ich könnte höchstens versuchen, ihnen die Grundbegriffe der Politik beizu-

bringen. Nehmen Sie den Samowar mit und etwas Brot und einige Gurken.
Sie gehen damit in die Küche.

Die Mutter lernt lesen

DER LEHRER *vor einer Schultafel:* Ihr wollt also lesen lernen. Ich begreife zwar nicht, wozu ihr das in eurer Lage brauchen könntet, ihr seid auch schon etwas alt dafür. Aber ich will es Frau Wlassowa zuliebe versuchen. Habt ihr alle was zum Schreiben? Also ich schreibe jetzt drei einfache Wörter an: »Ast, Nest, Fisch«. Ich wiederhole: »Ast, Nest, Fisch«. *Schreibt.*

DIE MUTTER *sitzt mit drei anderen am Tisch:* Muß es eigentlich gerade »Ast, Nest, Fisch« sein? Wir sind alte Leute und müssen doch rasch die Wörter lernen, die wir brauchen!

DER LEHRER *lächelt:* Sehen Sie: woran Sie das Lesen lernen, ist völlig gleichgültig.

DIE MUTTER Wieso? Wie zum Beispiel schreibt man »Arbeiter«? Das interessiert unseren Pawel Sostakowitsch.

SOSTAKOWITSCH »Ast« kommt doch nie vor.

DIE MUTTER Er ist Metallarbeiter.

DER LEHRER Aber die Buchstaben kommen darin vor.

ARBEITER Aber in dem Wort »Klassenkampf« kommen doch auch die Buchstaben vor!

DER LEHRER Ja, aber ihr müßt mit dem Einfachsten anfangen, nicht gleich mit dem Schwierigsten! »Ast« ist einfach.

SOSTAKOWITSCH »Klassenkampf« ist viel einfacher.

DER LEHRER Es gibt doch gar keinen Klassenkampf. Das wollen wir erst mal feststellen.

SOSTAKOWITSCH *steht auf:* Dann kann ich von Ihnen nichts lernen, wenn es bei Ihnen keinen Klassenkampf gibt!

DIE MUTTER Du sollst hier lesen und schreiben lernen, und das kannst du auch hier. Lesen, das ist Klassenkampf!

DER LEHRER Ich halte das alles einfach für Unsinn. Was soll das jetzt wieder heißen: Lesen ist Klassenkampf! Wozu dieses Gerede überhaupt? *Schreibt.* Also das heißt: »Arbeiter«. Nachschreiben!

DIE MUTTER Lesen ist Klassenkampf, das bedeutet: wenn wir lesen und schreiben können, dann können wir unsere Broschüren selber verfassen und unsere Bücher lesen. Dann können wir den Klassenkampf führen.

DER LEHRER Seht ihr, ich selber bin Lehrer, und ich lehre Lesen und Schreiben seit zwölf Jahren, aber ich will euch mal was sagen: Im Innersten weiß ich: es ist alles Unsinn. Bücher sind Unsinn. Davon wird der Mensch nur immer schlechter. Ein einfacher Bauer ist schon einfach dadurch ein besserer Mensch, weil er nicht durch die Zivilisation verdorben ist.

DIE MUTTER Und wie schreibt man also »Klassenkampf«? Pawel Sostakowitsch, Sie müssen die Hand fest auflegen, sonst zittert sie und dann wird die Schrift undeutlich.

DER LEHRER *schreibt:* Klassenkampf. *Zu Sostakowitsch:* Sie müssen in einer geraden Linie schreiben und nicht über den Rand. Wer über den Rand schreibt, der übertritt auch die Gesetze. Da haben nun Generationen und Generationen Wissen auf Wissen gehäuft und Bücher auf Bücher geschrieben. Und die Technik ist weiter als sie je war. Und was hat es genützt? Die Verwirrung ist auch größer als sie je war. Man sollte den ganzen Krempel ins Meer werfen, wo es am tiefsten ist, alle Bücher und Maschinen ins Schwarze Meer. Widerstehet dem Wissen! Seid ihr fertig? Manchmal habe ich Stunden, wo ich ganz in Melancholie versinke. Was, frage ich, sollen solche wirklich großen Gedanken, die nicht nur das Jetzt, sondern das Immer und Ewig, das allgemein Menschliche schlechthin umfassen, mit Klassenkampf zu tun haben?

SOSTAKOWITSCH Solche Gedanken nützen gar nichts. Während ihr in Melancholie versinkt, beutet ihr uns aus.

DIE MUTTER Sei still, Pawel Sostakowitsch! Bitte, wie schreibt man eigentlich »Ausbeutung«?

DER LEHRER Ausbeutung. Das steht ja auch nur in Büchern. Als ob ich schon einmal jemand ausgebeutet hätte?

SOSTAKOWITSCH Das sagen Sie nur, weil Sie von der Beute nichts bekommen.

DIE MUTTER *zu Sostakowitsch:* Das »A« bei der Ausbeutung ist genau wie das »A« bei »Arbeiter«.

DER LEHRER Wissen hilft ja nicht. Wissen hilft ja nicht. Güte hilft.

DIE MUTTER Gib es nur her, dein Wissen, wenn du es nicht brauchst.

LOB DES LERNENS
von den Lernenden gesungen:

Lerne das Einfachste, für die
Deren Zeit gekommen ist
Ist es nie zu spät!
Lerne das Abc, es genügt nicht, aber
Lerne es! Laß es dich nicht verdrießen
Fang an! Du mußt alles wissen!
Du mußt die Führung übernehmen!

Lerne, Mann im Asyl!
Lerne, Mann im Gefängnis!
Lerne, Frau in der Küche!
Lerne, Sechzigjährige!
Du mußt die Führung übernehmen!
Suche die Schule auf, Obdachloser!
Verschaffe dir Wissen, Frierender!
Hungriger, greif nach dem Buch: es ist eine Waffe.
Du mußt die Führung übernehmen.

Scheue dich nicht, zu fragen, Genosse!
Laß dir nichts einreden
Sieh selber nach!
Was du nicht selber weißt
Weißt du nicht.
Prüfe die Rechnung.
Du mußt sie bezahlen
Lege den Finger auf jeden Posten
Frage: wie kommt er hierher?
Du mußt die Führung übernehmen.

DIE MUTTER *steht auf:* Für heute ist es genug. Wir können uns nicht mehr soviel auf einmal merken. Sonst schläft Pawel Sostakowitsch wieder die ganze Nacht nicht. Wir danken Ihnen, Nikolai Iwanowitsch. Wir können Ihnen nur sagen, Sie helfen uns sehr, indem Sie uns Lesen und Schreiben lehren.

DER LEHRER Ich glaube es nicht. Übrigens will ich nicht sagen, daß eure Meinungen keinen Sinn haben. Ich werde in der nächsten Stunde darauf zurückkommen.

IWAN WESSOWTSCHIKOW ERKENNT SEINEN BRUDER NICHT MEHR

IWAN Ich wollte mich wieder einmal nach Ihnen umsehen, Frau Wlassowa, und Ihnen einige von unseren Blättern mitbringen. Hat Ihnen Pawel geschrieben?

DIE MUTTER Nein, keine Zeile. Ich bin in großer Sorge um ihn.

DER LEHRER Um einen Mann wie Ihren Sohn brauchen Sie keine Sorge zu haben.

DIE MUTTER Das schlimmste ist, daß ich niemals weiß, was er gerade macht oder was sie mit ihm machen. Ich weiß zum Beispiel nicht einmal, ob sie ihm genug zu essen geben und ob er nicht etwa friert. Bekommen sie dort eigentlich Decken? Ich bin sehr stolz auf ihn. Ich habe Glück: ich habe einen Sohn, der nötig ist. *Sie rezitiert:*

Viele sind zuviel
Wenn sie fort sind, ist es besser.
Aber wenn er fort ist, fehlt er.

Er organisiert seinen Kampf
Um den Lohngroschen, um das Teewasser
Und um die Macht im Staat.

Er fragt das Eigentum:
Woher kommst du?
Er fragt die Ansichten:
Wem nützt ihr?

Wo immer geschwiegen wird
Dort wird er sprechen

Und wo Unterdrückung herrscht und von Schicksal
die Rede ist
Wird er die Namen nennen.

Wo er sich zu Tisch setzt
Setzt sich die Unzufriedenheit zu Tisch
Das Essen wird schlecht
Und als eng wird erkannt die Kammer.

Wohin sie ihn jagen, dorthin
Geht der Aufruhr und wo er verjagt ist
Bleibt die Unruhe doch.

IWAN Seit sie verhaftet wurden, sind sie wie vom Erdboden verschluckt. Niemand darf zu ihnen. Es ist schlimm für unsere Bewegung, weil Pawel zum Beispiel als einziger die Adressen der Bauern weiß, die sich nach unserer Zeitung erkundigt haben. Und nichts ist gegenwärtig wichtiger als die Aufklärung der landarmen Bauern.

DIE MUTTER Ich habe auch schon gedacht, daß wir mit den Bauern reden müßten.

DER LEHRER Da müßte man noch mit vielen Leuten reden, 120 Millionen Bauern, das könnt ihr ja gar nicht. Überhaupt Revolution, das geht nicht in diesem Land mit diesen Leuten. Der Russe wird nie eine Revolution machen. Das ist eine Sache für den Westen. Die Deutschen, das sind Revolutionäre, die werden eine Revolution machen. Ich habe übrigens zu meinem Freund Sachar Smerdjakow gesagt: in den Zeitungen dieser Leute steht gar nichts.

IWAN *lacht.*

DER LEHRER Was ist denn?

IWAN Wo hast du das schöne Zarenbild hingehängt? Das Zimmer sieht ganz kahl aus.

DER LEHRER Ich habe mir gedacht, ich hänge es einmal für einige Zeit weg. Es wird langweilig, wenn man es immer vor sich hat. Übrigens, warum steht in eurer Zeitung nichts über die Mißstände in den Schulen?

IWAN Ich meinte nur – weil es langweilig ist, kannst du doch das Bild nicht weggehängt haben.

DIE MUTTER Sagen Sie das nicht! Nikolai Iwanowitsch will immer etwas Neues.

IWAN So.

DER LEHRER Jedenfalls sehe ich es nicht gern, wenn man mich als einen Idioten behandelt. Ich habe dich etwas in bezug auf eure Zeitung gefragt.

IWAN Ich kann mich nicht erinnern, Nikolai, daß in deiner Wohnung sich irgend etwas geändert hätte. Schon der Rahmen hat 12 Rubel gekostet.

DER LEHRER Dann kann ich ja den Rahmen wieder hinhängen. Du hast mich immer für einen Dummkopf gehalten, deshalb bist du selbst ein Dummkopf.

IWAN Ich bin überrascht, Nikolai Iwanowitsch, deine hetzerischen Reden und deine verächtliche Haltung gegenüber unserem Zaren wundern mich. Du scheinst ein Agitator geworden zu sein. Du hast auch einen so entschlossenen Blick bekommen. Es ist geradezu gefährlich, dich anzuschauen.

DIE MUTTER Ärgern Sie Ihren Bruder nicht! Er ist ein sehr vernünftiger Mensch. Und da viele Kinder bei ihm etwas lernen, ist es sehr wichtig, was er über die Zustände sagt. Außerdem hat er uns Lesen und Schreiben beigebracht.

IWAN Hoffentlich hast du, als du sie Lesen lehrtest, auch etwas gelernt.

DER LEHRER Nein – ich habe gar nichts gelernt. Diese Leutchen verstehen noch sehr wenig vom Marxismus. Ich will Sie nicht kränken, Frau Wlassowa. Es ist natürlich eine sehr komplizierte Sache und ohne einen geschulten Kopf überhaupt nicht verstehbar. Die Eigentümlichkeit dabei ist, daß die Leute, die das nie verstehen werden, es wie warme Semmeln hineinfressen. Der Marxismus an sich ist nicht schlecht. Er hat sogar manches für sich, wenn natürlich auch große Lücken da sind und Marx in einigen entscheidenden Punkten die Sache direkt falsch sieht. Ich könnte da allerhand zu diesem Thema sagen. Natürlich ist das Ökonomische wichtig, aber nicht nur das Ökonomische ist wichtig. Es ist auch wichtig. Soziologie? Ich verspreche mir zum Beispiel ebensoviel von der Biologie. Ich frage: wo ist das allgemein Menschliche in dieser Lehre? Der Mensch wird sich immer gleichbleiben.

DIE MUTTER *zu Iwan:* Aber er hat sich schon ziemlich geändert, nicht wahr?

Iwan verabschiedet sich.

IWAN Frau Wlassowa, ich erkenne meinen Bruder nicht mehr.

7

Gefängnis

PELAGEA WLASSOWA BENÜTZT EINEN BESUCH BEI IHREM SOHN IM GEFÄNGNIS, UM DIE NAMEN DER MIT DER BEWEGUNG SYMPATHISIERENDEN BAUERN ZU ERFAHREN

DIE MUTTER Der Aufseher wird sehr achtgeben, aber ich muß dennoch die Adressen der Bauern erfahren, die nach unserer Zeitung verlangt haben. Hoffentlich behalte ich diese vielen Namen im Kopf.

Der Aufseher bringt Pawel herein.

PAWEL Wie geht es dir, Mama?

AUFSEHER Sie müssen sich so setzen, daß ein Abstand zwischen Ihnen bleibt. Dahin und dahin. Politische Gespräche dürfen nicht stattfinden.

PAWEL Also sprich von zu Hause, Mutter!

DIE MUTTER Ja, Pawel.

PAWEL Bist du untergebracht?

DIE MUTTER Beim Lehrer Wessowtschikow.

PAWEL Kümmern sie sich um dich?

DIE MUTTER Ja. Aber wie geht es dir?

PAWEL Ich hatte schon Sorge, ob sie dich auch genügend unterstützen können.

DIE MUTTER Dein Bart ist stark gewachsen.

PAWEL Ja, ich sehe ein wenig älter aus, nicht?

DIE MUTTER Ich war auch bei Smilgins Begräbnis. Die Polizei hat wieder um sich gehauen und einige verhaftet. Wir sind alle dabeigewesen.

AUFSEHER Das ist politisch, Frau Wlassowa!

DIE MUTTER So? Wirklich? Man weiß gar nicht, worüber man reden soll!

AUFSEHER Dann sind ja Ihre Besuche überflüssig. Zu reden haben Sie nichts, aber Sie kommen hierhergelaufen und stören uns. Ich trage doch die Verantwortung.

PAWEL Hilfst du im Haushalt?

DIE MUTTER Auch. Wessowtschikow und ich wollen nächste Woche aufs Land fahren.

PAWEL Mit dem Lehrer?

DIE MUTTER Nein, mit Iwan.

PAWEL Wollt ihr euch erholen?

DIE MUTTER Auch. *Leise:* Wir brauchen die Adressen. *Laut:* Oh, Pawel du fehlst uns allen sehr.

PAWEL *leise:* Ich habe die Adressen bei der Verhaftung verschluckt, ich weiß nur noch ein paar auswendig.

DIE MUTTER Oh, Pawel, ich hätte nie gedacht, daß ich meine alten Tage so zubringen müßte.

PAWEL *leise:* Luschin in Pirogowo.

DIE MUTTER *leise:* Und in Krapiwna? *Laut:* Wirklich Kummer machst du mir!

PAWEL *leise:* Sulinowski.

DIE MUTTER Ich bete auch für dich. *Leise:* Sulinowski in Krapiwna. *Laut:* Ich verbringe meine Abende einsam bei der Lampe sitzend.

PAWEL *leise:* Terek in Tobraja.

DIE MUTTER Und der Lehrer Wessowtschikow beschwert sich schon über den Trubel.

PAWEL *leise:* Und von ihnen erfahrt ihr die anderen Adressen.

AUFSEHER Die Besuchszeit ist herum.

DIE MUTTER Noch eine Minute, lieber Herr. Ich bin so verwirrt. Ach, Pawel, was bleibt uns alten Leuten schon übrig, als uns zu verkriechen, damit man uns nicht mehr sehen muß, denn wir sind zu nichts mehr nütze. *Leise:* Luschin in Pirogowo. *Laut:* Man läßt es uns merken, unsere Zeit ist um. Vor uns liegt nichts mehr. Was wir wissen, ist vergangen *leise:* Sulinowski in Tobraja. *Pawel schüttelt den Kopf.* Sulinowski in Krapiwna *laut:* und unsere Erfahrungen betreffen nichts mehr. Unser Rat ist schädlich, denn zwischen uns und unseren Söhnen ist eine Kluft, unüberbrückbar. *Leise:* Terek in Tobraja. *Laut:* Wir gehen hierhin und ihr geht dorthin. *Leise:* Terek in Tobraja. *Laut:* Wir haben nichts Gemeinsames. Die Zeit, die kommt, ist die eure!

AUFSEHER Aber die Besuchszeit ist um.

PAWEL *verbeugt sich:* Leb wohl, Mutter.

DIE MUTTER *verbeugt sich ebenfalls:* Leb wohl, Pawel.

LIED
von dem Darsteller des Pawel gesungen:

Sie haben Gesetzbücher und Verordnungen
Sie haben Gefängnisse und Festungen
(Ihre Fürsorgeanstalten zählen wir nicht!)
Sie haben Gefängniswärter und Richter
Die viel Geld bekommen und zu allem bereit sind.
Ja, wozu denn?
Glauben sie denn, daß sie uns damit kleinkriegen?
  Ehe sie verschwinden, und das wird bald sein
  Werden sie gemerkt haben, daß ihnen das alles nichts mehr nützt.

Sie haben Zeitungen und Druckereien
Um uns zu bekämpfen und mundtot zu machen
(Ihre Staatsmänner zählen wir nicht!)
Sie haben Pfaffen und Professoren
Die viel Geld bekommen und zu allem bereit sind.
Ja, wozu denn?
Müssen sie denn die Wahrheit so fürchten?
  Ehe sie verschwinden, und das wird bald sein
  Werden sie gemerkt haben, daß ihnen das alles nichts mehr nützt.

Sie haben Tanks und Kanonen
Maschinengewehre und Handgranaten
(Die Gummiknüppel zählen wir nicht!)
Sie haben Polizisten und Soldaten
Die wenig Geld bekommen und zu allem bereit sind.
Ja, wozu denn?
Haben sie denn so mächtige Feinde?
  Ehe sie verschwinden, und das wird bald sein
  Werden sie sehen, daß ihnen das alles nichts mehr nützt.

8
Landagitation

Landstraße

Die Mutter, die in Begleitung zweier Arbeiter kommt, wird mit Steinwürfen empfangen. Ihre Begleiter ergreifen die Flucht.

DIE MUTTER *mit einer großen Beule an der Stirn zu den Steinwerfern:* Warum werft ihr denn mit Steinen nach uns?

JEGOR LUSCHIN Weil ihr Streikbrecher seid.

DIE MUTTER So. Das sind Streikbrecher. Darum haben die es so eilig. Wo wird denn hier gestreikt?

JEGOR Auf dem Smirnowschen Gut.

DIE MUTTER Und ihr seid die Streikenden? Das merke ich an meiner Beule. Ich bin aber keine Streikbrecherin. Ich komme aus Twersk und will einen Gutsarbeiter besuchen. Er heißt Jegor Luschin.

JEGOR Luschin, das bin ich.

DIE MUTTER Pelagea Wlassowa. Ich habe unsere Zeitungen mit für euch. Ich wußte nicht, daß ihr in Streik steht, ich sehe aber *deutet auf die Beule am Kopf,* daß ihr euren Kampf mit Schärfe führt.

JEGOR Entschuldige, daß wir dir eine Beule geworfen haben. Unser Streik steht sehr schlecht. Wir haben keine Streikkasse, kein Essen, und die meisten von uns wollen womöglich heute abend noch auseinandergehen und einzeln sehen, wo sie auf den Nachbargütern unterkommen können. Morgen früh soll noch eine ganze Menge Streikbrecher eintreffen. Sie schlachten schon die Schweine und Kälber für sie.

DIE MUTTER Wer schlachtet?

JEGOR Der Gutsmetzger. Die Gutsmetzgerei, die Gutsbäckerei und die Gutsmolkerei streiken natürlich nicht.

DIE MUTTER Warum streiken die denn nicht?

JEGOR Warum sollen die streiken? Der Lohn wurde nur uns abgebaut, den eigentlichen Landarbeitern.

DIE MUTTER Und denen ist der Lohn noch nicht abgebaut worden?

JEGOR Sicher, aber nicht gerade jetzt.

DIE MUTTER Habt ihr denn mit den Leuten nicht geredet?

JEGOR Das hat doch keinen Zweck. Was haben die mit uns zu tun? Du siehst doch, wie der Schornstein der Gutsküche für die Streikbrecher raucht. Die sind Arbeiter und wir sind Bauern. Und Bauern sind Bauern und Arbeiter sind Arbeiter. Der Gutsmetzger ist eben ein Arbeiter. Früher war er in einer Fabrikkantine.

DIE MUTTER Der streikt also nicht mit? Und ihr habt keine Suppe?

JEGOR Gib uns die Zeitungen, statt dich zu wundern.

DIE MUTTER Hier sind sie. *Sie teilt den Zeitungspacken in zwei Teile und gibt ihnen den einen.*

JEGOR Und die? Warum gibst du uns denn nicht alle?

DIE MUTTER Die andere Hälfte muß in die Gutsküche.

JEGOR Etwa für den Metzger? Der weiß doch, was er macht. Dem kannst du nichts Neues erzählen. Aber er macht es, weil er sonst selbst nichts zum Fressen hat. So einer weiß alles, was ihr ihm sagen könnt.

DIE MUTTER Ja, er weiß alles, aber es genügt nicht. Ich will euch etwas sagen. Ich bin selber eine Arbeiterin und finde es nicht richtig, daß ihr überhaupt nicht mit meinen Kollegen gesprochen habt, weil ihr eben auch alles wißt. Ihr hättet vor allem davon ausgehen müssen, daß, wo ein Arbeiter sitzt, noch nicht alles verloren ist. Jedenfalls muß ich ihnen ihre Zeitungen bringen. Wenn es auch wirklich eine Schande ist, daß der Schornstein von der Gutsküche so raucht. *Sie läuft auf die Gutsküche zu.*

JEGOR Das ist eine Dickköpfige. Solche Leute kümmern sich einfach nicht um die Wirklichkeit. Bauer ist Bauer und Arbeiter ist Arbeiter.

Gutsküche

In der Küche des Gutshofes sitzen die zwei Streikbrecher beim Essen und sprechen mit dem Metzger.

EIN STREIKBRECHER *kauend zum anderen:* Wer sein Land in der Stunde der Gefahr im Stich läßt, der ist ein Schuft! Und ein Arbeiter, der streikt, läßt sein Land im Stich.

DER METZGER *beim Fleischklopfen:* Wieso sein Land?

ERSTER STREIKBRECHER Es sind Russen und hier ist Rußland. Und den Russen gehört Rußland.

DER METZGER Ah, wirklich?

ZWEITER STREIKBRECHER Jawohl! Wer das nicht fühlt – das Fleisch ist nicht ganz durch –, dem kann man's auch nicht klarmachen. Aber den Schädel kann man ihm einschlagen.

DER METZGER Richtig!

ERSTER STREIKBRECHER Dieser Tisch ist Vaterland, das Fleisch ist Vaterland.

DER METZGER Aber nicht ganz durch ist es.

ZWEITER STREIKBRECHER Der Platz, auf dem ich hier sitze, ist Vaterland. Und siehst du *zum Metzger:* du bist auch ein Stück Vaterland.

DER METZGER Aber ich bin auch nicht ganz durch!

ERSTER STREIKBRECHER Jeder muß sein Vaterland verteidigen.

DER METZGER Ja, wenn es seines ist!!

ZWEITER STREIKBRECHER Das ist eben dieser niedrige Materialismus.

DER METZGER Arschloch!

Die Frau des Metzgers führt die Mutter herein, die ihre Verletzung am Kopf sehr übertreibt.

DIE FRAU DES METZGERS Setzen Sie sich hierher! Ich werde Ihnen einen kalten Umschlag machen, und dann essen Sie etwas, damit Sie sich von Ihrem Schrecken erholen. *Zu den andern:* Sie ist mit einem Stein geworfen worden.

ERSTER STREIKBRECHER Ja, das ist die Frau. Sie ist mit uns im Zug gefahren.

ZWEITER STREIKBRECHER Das haben die Streikenden gemacht. Wir hatten schon die größte Sorge um sie.

DIE MUTTER Es wird jetzt langsam besser.

DIE STREIKBRECHER Gott sei Dank.

DIE FRAU DES METZGERS Wie die Tiere kämpfen sie um das bißchen Arbeit. Eine solche Beule! *Sie geht Wasser holen.*

DIE MUTTER *zum Zuschauer:* Wieviel mehr Mitleid erweckt eine Beule bei denen, die Beulen erwarten, als bei denen, die Beulen austeilen!

ERSTER STREIKBRECHER *deutet mit der Gabel auf die Mutter:* Diese russische Frau wurde von russischen Arbeitern mit Steinen beworfen. Sind Sie eine Mutter?

DIE MUTTER Ja.

ERSTER STREIKBRECHER Eine russische Mutter wird mit Steinen beworfen!

DER METZGER Ja, mit russischen! *Zum Zuschauer:* Und diesem Gelichter muß ich meine gute Suppe geben. *Zur Mutter:* Warum haben sie denn auf Sie geworfen?

DIE MUTTER *während sie sich mit einem nassen Lappen die Beule kühlt:* Sie haben mich mit Streikbrechern zusammen gehen sehen.

ZWEITER STREIKBRECHER Das sind Schufte!

DIE MUTTER Wieso sind das eigentlich Schufte? Ich dachte mir gerade vorhin, vielleicht sind es gar keine Schufte.

DIE FRAU DES METZGERS Warum haben sie denn mit Steinen nach Ihnen geworfen?

DIE MUTTER Weil sie gedacht haben, ich bin ein Schuft.

DIE FRAU DES METZGERS Wie konnten die denken, Sie sind ein Schuft?

DIE MUTTER Weil sie dachten, ich bin ein Streikbrecher.

DER METZGER *lächelt:* So glauben Sie also, nach Streikbrechern darf man mit Steinen werfen?

DIE MUTTER Ja, doch.

DER METZGER *strahlend zu seiner Frau:* Gib ihr zu essen! Gib ihr sofort was zu essen! Gib ihr zwei Teller! *Er tritt zur Mutter.* Mein Name ist Wassil Jefimowitsch. *Der Frau nachrufend:* Und hol mein Personal herein. Die können was lernen hier. *Das Personal tritt in die Tür.* Diese Frau ist von Streikenden mit Steinen geworfen worden. Sie hat eine Beule am Kopf. Hier ist sie. Ich frage sie nun, warum haben Sie die Beule? Sie sagt: weil man mich für eine Streikbrecherin gehalten hat. Ich frage: darf man nach Streikbrechern mit Steinen werfen? Und was sagt sie da?

DIE MUTTER Ja.

DER METZGER Meine Lieben, wie ich das hörte, sagte ich: gebt ihr zu essen! Gebt ihr zwei Teller! *Zur Mutter:* Warum essen Sie denn nicht? Ist es Ihnen zu heiß? *Zur Frau:* Mußt du ihr das Essen kochend hinstellen? Soll sie sich das Maul verbrennen?

DIE MUTTER *schiebt den Teller von sich:* Nein, Wassil Jefimowitsch, das Essen ist nicht zu heiß.

DER METZGER Warum essen Sie dann nicht?

DIE MUTTER Weil es doch für die Streikbrecher gekocht ist.

DER METZGER Für wen ist es gekocht?

DIE MUTTER Für die Streikbrecher.

DER METZGER So! Das ist allerhand! Jetzt wird es interessant. Ich bin also auch ein Schuft? Seht ihr, ich bin ein Schuft! Und warum bin ich ein Schuft? Weil ich die Streikbrecher unterstütze. *Zur Mutter:* Ist es so? *Er setzt sich zu ihr.* Aber ist das Streiken denn nicht ein Unrecht? Du meinst, es kommt darauf an, warum gestreikt wird? *Die Mutter nickt.* Du meinst, der Lohn wurde doch gekürzt. Aber warum soll der Lohn nicht gekürzt werden können? Sieh mal, was du da siehst, das gehört alles dem Herrn Smirnow, der in Odessa wohnt. Warum soll er nicht die Löhne kürzen können? *Während die Streikbrecher ihm erfreut zustimmen:* Ist es nicht sein Geld? Du glaubst also nicht, er kann die Löhne einmal zwei Rubel sein lassen und einmal zwei Kopeken? So, das glaubst du also nicht? Was war denn im letzten Jahr? Da wurde doch sogar mir der Lohn gekürzt. Und was tat ich *zu seiner Frau* auf dein Anraten? Nichts! Und was wird im September sein? Da werde ich wieder gekürzt! Und wessen mache ich mich jetzt schuldig? Des Verrats an Leuten, die auch gekürzt werden, und die es sich nicht gefallen lassen. Was bin ich also? *Zur Mutter:* Du ißt also mein Essen nicht? Darauf habe ich nur gewartet, daß ein anständiger Mensch mir ins Gesicht sagen muß: er, als anständiger Mensch, ißt mein Essen nicht. Jetzt ist das Maß voll. Das Maß war schon lang voll. Aber es bedurfte eines Tropfens *er zeigt auf die Mutter,* daß es überlief. Zorn und Unzufriedenheit genügen nicht. So etwas muß praktische Folgen haben. *Zu den Streikbrechern:* Sagt eurem Herrn Smirnow, er soll euch das Essen aus Odessa schicken. Sie soll euch gefälligst selber kochen, die Sau.

DIE FRAU Reg dich doch nicht auf.

DER METZGER Ich habe nicht umsonst in Fabrikkantinen gekocht. Ich bin da weggegangen, weil mir der Dreckbetrieb nicht paßte. *Während ihn seine Frau zu beruhigen sucht:* Ich dachte, ich gehe aufs Land, da ist's anständig und was finde ich? Auch ein Dreckloch, wo ich Streikbrecher vollstopfen soll.

DIE FRAU Da können wir ja wieder ziehen.

DER METZGER Sehr richtig, wir ziehen. *Groß:* Holt die Kessel mit den Linsen her. Und du holst allen Speck. Was da hinget und hanget! Wozu ist es gekocht?

DIE FRAU Du machst dich unglücklich! Du bringst uns noch ins Elend.

DER METZGER *zu den Streikbrechern:* Hinaus, ihr Retter des Vaterlandes! Wir streiken. Das Küchenpersonal streikt! Raus! *Er treibt die Streikbrecher hinaus.* Als Metzger bin ich gewohnt, daß zuletzt ich lache und nicht die Sau. *Er tritt, den Arm um die Schulter seiner Frau, vor die Mutter hin.* Und jetzt geh hinaus und sage denen, die den Stein auf dich geworfen haben, daß die Suppe für sie fertig ist.

LOB DER WLASSOWAS
rezitiert vom Gutsmetzger und seinen Leuten:

Das ist unsere Genossin Wlassowa, gute Kämpferin.
Fleißig, listig und zuverlässig.
Zuverlässig im Kampf. Listig gegen unsern Feind und fleißig
Bei der Agitation. Ihre Arbeit ist klein
Zäh verrichtet und unentbehrlich.
Sie ist nicht allein, wo immer sie kämpft
Wie sie kämpfen zäh, zuverlässig und listig
In Twersk, Glasgow, Lyon und Chicago
Shanghai und Kalkutta
Alle Wlassowas aller Länder, gute Maulwürfe
Unbekannte Soldaten der Revolution
Unentbehrlich.

9

Wohnung des Lehrers Wessowtschikow

PAWELS RÜCKKEHR

Pelagea Wlassowa und zwei Arbeiter bringen in die Wohnung des Lehrers Wessowtschikow eine Druckmaschine.

DER LEHRER Pelagea Wlassowa, Sie können mir hier keine Druckmaschine aufstellen. Das heißt, meine Sympathie für die Bewegung mißbrauchen. Sie wissen, daß ich theoretisch auf Ihrem Boden stehe, aber dies geht darüber weit hinaus.

DIE MUTTER Verstehe ich Sie richtig, Nikolai Wessowtschikow: Sie sind für unsere Flugblätter? Ich erinnere Sie daran, daß Sie das letzte für die Gemeindearbeiter selber entworfen haben. Aber Sie sind dagegen, daß man sie druckt?

Sie montieren die Druckmaschine auf.

DER LEHRER Nein. Aber daß man sie hier druckt, dagegen bin ich.

DIE MUTTER *beleidigt:* Wir nehmen dies zur Kenntnis, Nikolai Iwanowitsch.

Sie arbeiten weiter.

DER LEHRER Ja, und?

DER ERSTE ARBEITER Wenn die Wlassowa sich einmal etwas in den Kopf gesetzt hat, ist nichts zu machen. Wir haben schon die größten Anstände mit ihr gehabt in dieser Hinsicht. Aber es wird kein Mensch etwas merken. Wir müssen die Zeitung bis 8 Uhr haben.

DIE MUTTER Wir müssen jetzt deshalb mehr Zeitungen drucken, weil man sie uns immerfort konfisziert. Gerade wenn die Unterdrückung sehr stark wird, fallen die Menschen in Gleichgültigkeit und geben sich zufrieden mit dem Sumpf und der Gemeinheit.

Der Lehrer geht ins Nebenzimmer und liest. Sie beginnen zu drucken, die Maschine macht einen großen Lärm. Der Lehrer stürzt herein.

DIE MUTTER Sie ist ein wenig laut, nicht?

DER LEHRER Bei mir fällt die Lampe vom Tisch! Es ist ganz unmöglich, daß ihr hier ungesetzliche Schriften druckt, wenn es solchen Lärm macht.

DIE MUTTER Nikolai Iwanowitsch, das ist uns auch aufgefallen, daß die Maschine etwas laut ist.

ZWEITER ARBEITER Wenn wir etwas zum Drunterlegen hätten, könnte man in den Nachbarwohnungen überhaupt nichts hören. Haben Sie etwas zum Drunterlegen, Nikolai Iwanowitsch?

DER LEHRER Nein, ich habe nichts.

DIE MUTTER Seien Sie doch nicht so laut! – Die Nachbarin hat in ihrer Kommode einen Filz liegen für Kindermäntel. Ich will ihn mir ausbitten. Druckt inzwischen nicht weiter! *Sie geht zur Nachbarin.*

ERSTER ARBEITER *zum Lehrer:* Es ist uns unangenehm, daß sie Schwierigkeiten mit Ihnen hat. Eigentlich haben wir sie hierhergebracht, damit sie vor der Politik Ruhe hat. Wir hätten sie niemals in eine illegale Druckerei gebracht. Aber sie wollte es ja nicht anders haben.

Es klopft. Sie verdecken die Maschine. Der Lehrer öffnet.

PAWELS STIMME *von draußen:* Wohnt hier Pelagea Wlassowa? Mein Name ist Pawel Wlassow.

Pawel tritt ein.

PAWEL Guten Tag, wo ist meine Mutter?

ZWEITER ARBEITER Sie kommt gleich zurück. Ist man hinter dir her?

PAWEL Ja, auch. Ich muß abends noch weiter nach Finnland.

ERSTER ARBEITER Setz dich hierher. Wir wollen dich für deine Mutter aufbauen.

Sie setzen Pawel auf einen Stuhl der Tür gegenüber und stellen sich um ihn auf. Die Mutter kommt herein.

DIE MUTTER Pawel! *Sie umarmt ihn.* Er wird immer magerer! Statt dicker wird er magerer! Ich dachte mir, daß sie dich nicht lang halten konnten. Wie bist du ihnen ausgekommen? Wie lang kannst du hier bleiben?

PAWEL Abends muß ich weiter nach Finnland.

ZWEITER ARBEITER Haben Sie den Filz bekommen? *Zu Pawel:* Wir müssen nämlich mit der Zeitung bis 8 Uhr fertig sein!

PAWEL Dann druckt los!

DIE MUTTER *strahlend:* Fangt sofort mit dem Drucken an, damit wir dann etwas mehr Zeit haben! Was sagst du dazu: diese Marfa Katerinowna schlägt mir meine Bitte ins Gesicht hinein ab! Ihre Begründung ist: Der Filz ist zu Mänteln für die Kinder bestimmt. Ich sage: »Marfa Katerinowna, ich habe Ihre Kinder erst vorhin aus der Schule kommen sehen. In Mänteln!« »Mäntel«, sagt sie, »das sind ja gar keine Mäntel, das sind geflickte Lumpen. Die Schulkinder lachen schon darüber.« »Marfa Katerinowna«, sage ich, »arme Leute haben schlechte Mäntel. Geben Sie mir den Filz wenigstens bis morgen früh. Ich versichere Ihnen, er wird Ihren Kindern mehr nützen, wenn Sie ihn mir geben, als ihnen ein hübscher Mantel nützt.« Aber sie war die Unvernunft selber, dieses Gelichter! Sie hat ihn mir tatsächlich nicht gegeben. Nicht für zwei Kopeken Verstand! *Sie nimmt unter ihrer Schürze ein paar Filzstücke heraus und legt sie unter die Maschine.*

DER LEHRER Aber was ist denn das?

DIE MUTTER Der Filz doch!

Alle lachen.

ZWEITER ARBEITER Warum beschweren Sie sich dann so ausführlich über diese Marfa Katerinowna?

DIE MUTTER Weil sie mich gezwungen hat, ihn zu stehlen, denn haben müssen wir ihn doch. Und für ihre Kinder ist es sehr gut, daß solche Zeitungen gedruckt werden. Das ist die lautere Wahrheit!

ZWEITER ARBEITER Pelagea Wlassowa, wir danken Ihnen im Namen der Revolution für diesen Filz!

Gelächter.

DIE MUTTER Morgen gebe ich ihn wieder hinüber. *Zu Pawel, der sich gesetzt hat:* Willst du ein Butterbrot haben?

ZWEITER ARBEITER *bei der Maschine:* Und wer nimmt die Blätter hier raus?

Die Mutter stellt sich an die Maschine. Pawel sucht sich Brot.

DIE MUTTER Schau unten in der Anrichte. Das Messer ist in der Schublade.

PAWEL Kümmere dich nicht um mich, ich habe sogar in Sibirien mal ein Stück Brot gefunden.

DIE MUTTER Hört ihr, er macht mir Vorwürfe. Ich kümmere mich nicht um ihn. Ich werde dir wenigstens das Brot abschneiden.

DER LEHRER Und wer nimmt die Blätter hier heraus?

PAWEL *schneidet sich ein Stück Brot vom Laib, während die andern drucken:* Die Blätter werden herausgenommen von der Mutter des Revolutionärs Pawel Wlassow. Kümmert sie sich um ihn? Keineswegs! Setzt sie ihm Tee vor? Bereitet sie ihm ein Bad? Schlachtet sie ein Kalb? Keineswegs! Flüchtend von Sibirien nach Finnland unter den eisigen Stößen des Nordwinds, die Salven der Gendarmen im Ohr, findet er keine Stätte, wo er sein Haupt hinlegen kann, außer in einer Druckerei. Und seine Mutter, statt ihm über das Haar zu streichen, nimmt die Blätter heraus!

DIE MUTTER Wenn du mir helfen willst, komm her.

Pawel nimmt an der Druckmaschine den Platz der Mutter gegenüber ein.

Sie rezitieren:

DIE MUTTER

Ist es dir nicht schlecht gegangen?

PAWEL

Bis auf den Typhus ging alles gut!

DIE MUTTER

Hast du wenigstens immer richtig gegessen?

PAWEL

Bis auf dann, wenn ich nichts hatte, ja.

DIE MUTTER

Und wohin fährst du jetzt? Wird es auf lang sein?

PAWEL

Wenn ihr hier so arbeitet, nicht.

DIE MUTTER

Werdet ihr dort auch arbeiten?

PAWEL

Sicher

Und dort ist es so wichtig wie hier.

Es klopft, Sostakowitsch tritt ein.

SOSTAKOWITSCH Pawel, du mußt sofort weg. Hier sind die Fahrkarten. Auf dem Bahnhof erwartet dich der Genosse Issay, der die finnischen Pässe hat.

PAWEL Ich hatte gedacht, daß es wenigstens ein paar Stunden würden. Aber macht nichts.

DIE MUTTER *holt ihren Mantel:* Ich will mit hinuntergehen.

SOSTAKOWITSCH Nein, das gefährdet Pawel. Sie kennt man, aber ihn kennt man nicht!

PAWEL Auf Wiedersehen, Mutter!

DIE MUTTER Hoffentlich kann ich dir dein Butterbrot das nächste Mal geben.

PAWEL Auf Wiedersehen, Genossen!

Pawel und Sostakowitsch ab.

DER LEHRER Gott wird ihm helfen, Wlassowa.

DIE MUTTER Das weiß ich nicht.

Die Mutter kehrt zur Druckmaschine zurück, sie drucken weiter.

DIE MUTTER *rezitiert:*

DAS LOB DER DRITTEN SACHE

Immerfort hört man, wie schnell
Die Mütter die Söhne verlieren, aber ich
Behielt meinen Sohn. Wie behielt ich ihn? Durch
Die dritte Sache.
Er und ich waren zwei, aber die dritte
Gemeinsame Sache, gemeinsam betrieben, war es, die
Uns einte.
Oftmals selber hörte ich Söhne
Mit ihren Eltern sprechen.
Wieviel besser war doch unser Gespräch
Über die dritte Sache, die uns gemeinsam war
Vieler Menschen große, gemeinsame Sache!
Wie nahe waren wir uns, dieser Sache
Nahe. Wie gut waren wir uns, dieser
Guten Sache nahe.

10

Kramladen

AUCH BEI DEN KLEINEN GELEGENHEITEN DES ALLTAGS SUCHT DIE MUTTER DIE GLEICHGÜLTIGKEIT DER AUSGEBEUTETEN GEGEN IHRE LEIDEN ZU BEKÄMPFEN. DER PAPIERMANTEL.

EINE ARBEITERIN *mit einem Kind:* Wieviel macht es jetzt?

DIE KRÄMERIN Die Wurst macht 5, das Mehl macht 12, die Marmelade macht 10, der Tee macht 20, die Zündhölzer machen 2 Kopeken. Das sind 49 Kopeken.

DIE ARBEITERIN *zu dem Kind:* Siehst du, Iljitsch, 49 Kopeken, und jetzt soll ich dir noch einen Mantel kaufen. *Zu den andern Frauen im Laden:* Es friert ihn nämlich andauernd.

DIE FRAUEN Er ist viel zu dünn angezogen. Da ist es kein Wunder, wenn er sich erkältet. Wie können Sie ihn so herumlaufen lassen, wo es so schneit!

DIE ARBEITERIN Ich habe aber nur noch 20 Kopeken. Haben Sie denn Mäntel?

Die Krämerin zeigt eine Stange, an der sechs Kindermäntel hängen.

DIE ARBEITERIN Da sind ja gleich eine ganze Menge. *Sie prüft den Stoff.* Die richtige Größe wäre es. Der da ist nicht so teuer. Er ist natürlich auch nicht so warm. Aber schlecht ist er nicht. Der mit dem Futter wäre besser.

DIE KRÄMERIN Der ist auch teurer.

DIE ARBEITERIN Und der dünne, was kostet der?

DIE KRÄMERIN Fünfeinhalb Rubel.

DIE ARBEITERIN Ja, dann kann ich ihn nicht kaufen. So viel Geld habe ich nicht.

DIE KRÄMERIN Für nichts ist der Tod. *Zu einer anderen Frau:* Was kann ich Ihnen geben?

DIE FRAU Ein halbes Pfund Grieß.

DIE ARBEITERIN Vorige Woche haben sie in den Muratowwerken schon wieder den Lohn gekürzt.

DIE MUTTER Das habe ich auch gehört: die Arbeiter waren einverstanden.

DIE ARBEITERIN Aber nur, weil Herr Muratow sonst die Fabrik

überhaupt zugesperrt hätte. Wenn ich zu wählen habe zwischen einem niederen Lohn und der Schließung der Fabrik, dann wähle ich den niederen Lohn.

DIE MUTTER Siehst du, Iljitsch, man muß immer für das kleinere Übel sein. Schließlich ist es auch für Herrn Muratow das kleinere Übel. Er wird uns lieber weniger zahlen als mehr. Wenn Herr Muratow einen Profit machen will, lieber Iljitsch, dann muß er deinem Vater den Lohn kürzen. Dein Vater braucht ja nicht weiter zu arbeiten, wenn er nicht will. Aber du brauchst einen Mantel. Und zwar brauchst du nicht einen Mantel für 20 Kopeken, sondern einen Mantel. Wenn er einen Mantel für 20 Kopeken brauchte, wäre das sein Mantel. *Sie nimmt ein Schnittmuster aus Papier vom Ladentisch und zieht es dem kleinen Iljitsch an.*

DIE KRÄMERIN Lassen Sie meine Schnittmuster liegen.

EINE FRAU Sie macht doch nur Spaß.

ZWEITE FRAU Warum wollen Sie das Kind verspotten?

DIE MUTTER Wer verspottet Iljitsch? Ich oder Herr Muratow und der Mantelfabrikant? Iljitsch hat einen Mantel für ein paar Kopeken verlangt, er hat den Mantel bekommen. Ist er nicht warm? Hätte er doch einen warmen verlangt!!

DIE KRÄMERIN Sagen Sie es nur: ich bin schuld, weil ich den Mantel nicht herschenke.

DIE ARBEITERIN Ich habe nichts von Ihnen verlangt, ich weiß, daß Sie das nicht können.

DIE ERSTE FRAU *zur Mutter:* Nicht wahr, das wollten Sie doch gar nicht sagen, daß die Krämerin schuld ist?

DIE MUTTER Nein. Niemand ist schuld außer Iljitsch.

DIE ARBEITERIN Ich kann den Mantel jedenfalls nicht kaufen.

DIE KRÄMERIN Sie müssen ja nicht kaufen, wenn Ihnen der Preis zu hoch ist.

DIE MUTTER Richtig, Iljitsch. Du brauchst keinen Mantel, wenn der Preis zu hoch ist.

DIE ARBEITERIN Ich habe noch 20 Kopeken übrig und nicht mehr.

DIE ZWEITE FRAU Ich kenne sie schon. Sie geht herum und sät nur Unzufriedenheit.

DIE ERSTE FRAU *deutet auf die Krämerin, die jetzt weint:* Sie muß doch die Mäntel dem Fabrikanten bezahlen.

DIE MUTTER Natürlich ist das kein Mantel: er gibt nicht warm. Und das *sie zeigt auf die sechs Mäntel an der Stange* sind auch keine Mäntel: das sind Waren. Wenn der Mantelfabrikant einen Profit machen soll, kann Iljitsch keinen anderen Mantel bekommen. Dieser Mantel, Iljitsch, ist das kleinere Übel. Gar keiner wäre das größere. Geh also hinaus, Iljitsch, mit deinem Mantel, sag dem Schnee, er soll dich verschonen, da Herr Muratow dich nicht verschonen will. Du hast den falschen Mantel und die falschen Eltern, Iljitsch: sie wissen nicht, wie man Mäntel für dich bekommt. Jetzt sag dem Schnee und dem Wind, hierher sollen sie schneien, hier hängen die Mäntel.

11

Wohnung des Lehrers Wessowtschikow

CHOR
von den revolutionären Arbeitern der Mutter zugesungen:

Genossin Wlassowa, dein Sohn
Ist erschossen worden. Aber
Als er zur Wand ging, um erschossen zu werden
Ging er zu einer Wand, die von seinesgleichen gemacht war
Und die Gewehre gerichtet auf seine Brust und die Kugel
War von seinesgleichen gemacht. Nur fortgegangen
Waren sie also oder vertrieben, aber für ihn doch da
Und anwesend im Werk ihrer Hände. Nicht einmal
Die auf ihn schossen, waren andre als er und nicht ewig auch
unbelehrbar.
Freilich er ging noch gefesselt mit Ketten, geschmiedet
Von den Genossen und angelegt dem Genossen, doch
Dichter wuchsen die Werke, er sah es vom Weg aus
Schornstein an Schornstein, und da es am Morgen war
Denn man führt sie am Morgen hinaus, für gewöhnlich
Waren sie leer, aber er sah sie angefüllt
Mit jenem Heer, das immer gewachsen war
Und noch wuchs.

Drei Frauen kommen. Sie bringen eine Bibel und einen Topf Essen.

DIE DREI FRAUEN *vor der Tür:* Pawel Wlassow ist beim Versuch, die finnische Grenze zu überschreiten, gefaßt und erschossen worden. Wir wollen alle Zwistigkeiten mit der Wlassowa vergessen, uns als Christen zu ihr setzen und ihr unser Mitgefühl bezeigen. Da sie an nichts glaubt, muß ihr ja in ihrem Schmerz jeder Halt fehlen. *Sie treten ein.*

DIE HAUSBESITZERIN Frau Wlassowa, Sie sind in diesen schweren Tagen nicht allein, das ganze Haus fühlt mit Ihnen.

Die drei Frauen werden von Rührung übermannt und setzen sich. Sie schluchzen laut.

DIE MUTTER *nach einer Weile:* Nehmen Sie ein wenig Tee. Das erfrischt. *Sie setzt ihnen Tee vor.*

DIE MUTTER Ist es euch jetzt etwas leichter?

DIE HAUSBESITZERIN Sie sind so gefaßt, Frau Wlassowa.

ZWEITE FRAU Aber Sie haben recht. Wir stehen alle in Gottes Hand.

DRITTE FRAU Und Gott weiß, was er tut.

Die Mutter schweigt.

DRITTE FRAU Wir haben gedacht, wir wollen uns etwas um Sie kümmern. Sicher kochen Sie sich in diesen Tagen nichts Richtiges. Hier wäre ein Topf mit Essen. Sie brauchen es nur aufzuwärmen. *Sie übergibt den Topf.*

DIE MUTTER Vielen Dank, Lydia Antonowna. Es ist eine große Freundlichkeit von Ihnen, daß Sie daran gedacht haben. Es ist überhaupt sehr freundlich von Ihnen allen, daß Sie gekommen sind.

DIE HAUSBESITZERIN Liebe Wlassowa, ich habe Ihnen auch meine Bibel mitgebracht für den Fall, daß Sie etwas lesen wollen. Sie können sie behalten, so lang Sie wollen. *Sie reicht der Mutter die Bibel.*

DIE MUTTER Ich danke Ihnen für Ihre gute Absicht, Wera Stefanowna. Aber würde es Sie sehr kränken, wenn ich Ihnen das Buch zurückgäbe? Als der Lehrer Wessowtschikow in die Ferien fuhr, erlaubte er mir, seine Bücher zu benutzen. *Sie gibt die Bibel zurück.*

DIE HAUSBESITZERIN Ich dachte nur, Ihre politischen Zeitungen würden Sie jetzt wohl nicht lesen wollen.

ZWEITE FRAU Lesen Sie die wirklich jeden Tag?

DIE MUTTER Ja.

DIE HAUSBESITZERIN Pelagea Wlassowa, meine Bibel war mir oft ein großer Trost.

Schweigen.

DRITTE FRAU Haben Sie keine Fotografien von ihm?

DIE MUTTER Nein. Ich hatte welche. Aber dann haben wir alle vernichtet, damit die Polizei sie nicht in die Hände bekommt.

DRITTE FRAU Man hat doch gern so etwas für die Erinnerung.

ZWEITE FRAU Er soll so ein hübscher Mensch gewesen sein!

DIE MUTTER Jetzt erinnere ich mich, ich habe doch eine Fotografie. Hier ist sein Steckbrief. Er hat ihn mir aus einer Zeitung ausgeschnitten.

Die Frauen betrachten den Steckbrief.

DIE HAUSBESITZERIN Pelagea Wlassowa, hier steht, daß Ihr Sohn ein Verbrecher geworden ist. Er hatte keinen Glauben und auch Sie haben nie ein Hehl daraus gemacht, ich möchte sagen, bei jeder Gelegenheit haben Sie erkennen lassen, was Sie von unserm Glauben halten.

DIE MUTTER Ja, nichts, Wera Stefanowna.

DIE HAUSBESITZERIN Und sind Sie auch jetzt nicht zu einer anderen Überzeugung gekommen?

DIE MUTTER Nein, Wera Stefanowna.

DIE HAUSBESITZERIN Sie sind also immer noch der Ansicht, daß man alles nur mit der Vernunft machen kann?

DRITTE FRAU Ich habe Ihnen ja gesagt, Wera Stefanowna, daß Frau Wlassowa ihre Ansicht sicher nicht geändert hat.

DIE HAUSBESITZERIN Aber ich habe ja neulich in der Nacht durch die Wand gehört, wie Sie geheult haben.

DIE MUTTER Entschuldigen Sie.

DIE HAUSBESITZERIN Sie brauchen sich nicht zu entschuldigen, ich habe es natürlich nicht so gemeint. Aber: haben Sie aus Vernunft geheult?

DIE MUTTER Nein.

DIE HAUSBESITZERIN Sie sehen also, wie weit man mit der Vernunft kommt.

DIE MUTTER Ich habe nicht aus Vernunft geheult. Aber als ich aufhörte, habe ich auch nicht aus Unvernunft aufgehört. Es war gut, was Pawel gemacht hat.

DIE HAUSBESITZERIN Warum wurde er dann erschossen?

DRITTE FRAU Da waren wohl alle gegen ihn?

DIE MUTTER Ja, aber als sie gegen ihn waren, waren sie auch gegen sich selber.

DIE HAUSBESITZERIN Pelagea Wlassowa, der Mensch braucht Gott. Er ist machtlos gegen das Schicksal.

DIE MUTTER Wir sagen: das Schicksal des Menschen ist der Mensch.

ZWEITE FRAU Liebe Frau Pelagea, wir Bauern –

DIE HAUSBESITZERIN *zeigt auf sie:* Meine Verwandte ist nur zu Besuch hier.

ZWEITE FRAU Wir Bauern denken da anders. Sie haben hier keine Aussaat auf dem Feld stehen, sondern nur den Brotlaib in der Lade. Sie sehen nur die Milch, Sie sehen nicht die Kuh. Sie haben keine schlaflose Nacht, wenn die Gewitter am Himmel stehen, und was ist für Sie der Hagel?

DIE MUTTER Ich verstehe, und in solchen Lagen beten Sie zu Gott.

ZWEITE FRAU Ja.

DIE MUTTER Und Sie machen Prozessionen und Bittgänge im Frühjahr.

ZWEITE FRAU Richtig.

DIE MUTTER Und dann kommen die Gewitter und dann hagelt es. Und die Kuh wird doch auch krank. Gibt es in eurer Gegend noch keine Bauern, die in einer Versicherung gegen Mißernte und Viehseuche sind?

ZWEITE FRAU Doch, davon habe ich gehört.

DIE MUTTER Ja, die Versicherung hilft, wenn das Beten nichts geholfen hat. Sie brauchen also nicht mehr zu Gott zu beten, wenn die Gewitter am Himmel stehen, aber Sie müssen versichert sein. Denn das hilft Ihnen. Wenn er so unwichtig wird, das ist ungünstig für Gott. So besteht doch Hoffnung, daß dieser Gott, wenn er erst über euren Feldern verschwunden sein wird, auch in euren Köpfen verschwindet. In meiner Jugend glaubten alle Leute noch fest daran, daß er irgendwo im Himmel säße und aussähe wie ein alter Mann. Dann kamen die Flugzeuge, und in den Zeitungen stand, daß auch am Himmel neuerdings alles meßbar ist. Niemand redete mehr von einem Gott, der im Himmel sitzt. Dagegen hörte man jetzt oft die Ansicht, er sei wie eine Art Gas, nirgends und doch überall. Aber als man dann las, aus was die Gase alles bestanden, war Gott nicht darunter, und so konnte er sich auch als Luft nicht halten, denn die kannte man. So war er immer dünner geworden und hat sich sozusagen verflüchtigt. Jetzt liest man mitunter, er sei überhaupt nur eine geistige Bezeichnung, und das, Lydia Antonowna, ist doch sehr verdächtig.

DRITTE FRAU So meinen Sie, er ist nicht mehr so wichtig, weil man ihn nicht mehr merkt?

DIE HAUSBESITZERIN Vergessen Sie nicht, Frau Wlassowa, warum Gott Ihnen Ihren Pawel genommen hat.

DIE MUTTER Der Zar, vielmehr der Zar hat ihn mir genommen, und ich vergesse auch nicht warum.

DIE HAUSBESITZERIN Gott hat ihn genommen und nicht der Zar.

DIE MUTTER Lydia Antonowna, ich höre, daß Gott, der mir meinen Pawel genommen hat, nunmehr vorhat, Ihnen am nächsten Samstag Ihre zwei Zimmer zu nehmen. Ist es richtig: Gott hat Ihnen gekündigt?

DIE HAUSBESITZERIN Ich habe ihr gekündigt, weil sie die Miete schon dreimal nicht bezahlt hat.

DIE MUTTER Als Gott also über Sie, Wera Stefanowna, verhängte, daß Sie drei Mieten nicht bekommen sollten, was taten Sie da? *Wera Stefanowna schweigt.* Da kündigten Sie Lydia Antonowna und warfen sie auf die Straße. Sie aber, Lydia Antonowna, was taten Sie, als Gott über Sie verhängte, daß Sie auf die Straße gehen sollten? Ich würde Ihnen vorschlagen, die Hausbesitzerin zu bitten, Ihnen ihre Bibel zu überlassen. Wenn Sie in der Kälte dann auf der Straße sitzen, können Sie darin blättern und Ihren Kindern daraus vorlesen, daß man Gott fürchten muß.

DIE HAUSBESITZERIN Hätten Sie Ihrem Sohn mehr aus der Bibel vorgelesen, lebte er heute noch.

DIE MUTTER Aber sehr schlecht, er lebte sehr schlecht. Warum fürchtet ihr nur den Tod? Mein Sohn fürchtete den Tod nicht so sehr. *Sie rezitiert:*

Sehr aber erschrak er über das Elend
Das in unseren Städten vor aller Augen liegt.
Uns entsetzt der Hunger und die Verkommenheit
Derer, die ihn spüren und derer, die ihn bereiten.

Fürchtet doch nicht so den Tod und mehr das unzulängliche Leben!

Was nützt es Ihnen, wenn Sie Gott fürchten, Lydia Antonowna? Sie sollten eher Wera Stefanowna fürchten. So wie meinen Sohn Pawel nicht der unerforschliche Ratschluß Gottes weggerafft hat, sondern der erforschliche Ratschluß des Zaren, so hat Sie Wera Stefanowna auf die Straße geworfen, weil Sie ein Mann, der in einer Villa sitzt und nichts Göttliches an sich hat, von Ihrem Arbeitsplatz verjagt hat. Warum von Gott reden? Daß in »seines Vaters Hause« viele Wohnungen sind, das sagt man euch, aber daß in Rußland zu wenige sind, und warum, das sagt man euch nicht.

DRITTE FRAU Geben Sie mir einmal die Bibel, Wera Stefanowna. In der Bibel steht ganz deutlich: Liebe deinen Nächsten. Warum werfen Sie mich da auf die Straße? Geben Sie mir die Bibel, ich werde es Ihnen aufschlagen. Das ist doch klar, daß sie Pawel Wlassow erschossen haben, weil er für die Arbeiter und selber ein Arbeiter war.

DIE HAUSBESITZERIN Zu diesem Zweck bekommen Sie die Bibel nicht von mir, zu diesem Zweck nicht.

DRITTE FRAU Ihr Gott nützt mir gar nichts, wenn ich nichts davon merke! *Sie will der Hausbesitzerin die Bibel entreißen.*

DIE DRITTE FRAU *hält die Bibel fest:* Zu welchem Zweck dann? Sicher zu keinem guten! Geben Sie das Buch her, ich werde Ihnen aufschlagen...

DIE HAUSBESITZERIN Das ist mein Eigentum.

DIE DRITTE FRAU Ja, wie das ganze Haus, nicht wahr?

DIE HAUSBESITZERIN Jetzt werde ich Ihnen etwas aufschlagen, nämlich über das Sichvergreifen an fremdem Eigentum.

Die Bibel geht in Fetzen.

DIE ZWEITE FRAU *hebt die Fetzen der Bibel auf:* Jetzt ist sie zerrissen.

DIE MUTTER *die den Eßtopf in Sicherheit gebracht hat:* Besser die Bibel zerrissen, als das Essen verschüttet.

DRITTE FRAU Wenn ich nicht glaubte, daß es einen Gott im Himmel gibt, der alles vergilt, Gutes und Böses, würde ich heute noch in Pelagea Wlassowas Partei eintreten. *Ab.*

DIE HAUSBESITZERIN Pelagea Wlassowa, Sie sehen, wohin Sie Lydia Antonowna gebracht haben, und weil er so redete wie

Sie, wurde Ihr Sohn erschossen und Sie verdienen nichts Besseres.

Sie geht mit ihrer Verwandten ab.

DIE MUTTER Ihr Unglücklichen! *Nachrufend:* Aber auf jeden Fall rate ich Ihnen, Ihre Ernte zu versichern!

12

Eine Hausecke

AUSBRUCH DES KRIEGES 1914

Einige Arbeiter bringen die Mutter, die blutig geschlagen ist, in eine Hausecke.

ERSTER ARBEITER Was ist denn mit der da?

ZWEITER ARBEITER Wir sahen diese alte Frau inmitten der Menge, die den abmarschierenden Truppen zujubelt. Sie rief: »Nieder mit dem Krieg, es lebe die Revolution!« Da kamen die Polizisten und schlugen sie mit ihren Knüppeln über den Kopf. Wir haben sie gleich in diese Hausecke gezogen. Wisch ihr doch das Gesicht ab!

DIE ARBEITER Jetzt lauf aber, Alte, sonst erwischen sie dich doch noch!

DIE MUTTER Wo ist meine Tasche?

DIE ARBEITER Da ist sie!

DIE MUTTER Hier in meiner Tasche habe ich Flugblätter. Darin steht etwas über die Lage von uns Arbeitern im Krieg: die Wahrheit.

DIE ARBEITER Geh doch heim, laß die Wahrheit in deiner Tasche, Alte! Sie ist gefährlich. Wenn sie bei uns erwischt wird, werden wir nur geschlagen und eingesperrt. Hast du selber noch nicht genug?

DIE MUTTER Nein, nein, ihr müßt das wissen! Die Unwissenheit über unsere Lage ist es nämlich, die uns niederhält.

DIE ARBEITER Und die Polizisten!

DIE MUTTER Die sind auch unwissend.

DIE ARBEITER Aber unsere Führer sagen uns, wir müssen zuerst helfen, die Deutschen zu schlagen, und unser Land verteidigen.

DIE MUTTER
So? Was sind das für Führer?
Seite an Seite kämpft ihr mit dem Klassenfeind
Arbeiter gegen Arbeiter?
Eure Organisationen, mühsam aufgebaut
Mit den Pfennigen der Entbehrung, werden zerschlagen.
Eure Erfahrungen sind vergessen
Und vergessen ist die Solidarität aller Arbeiter aller Länder
Ihr gemeinsamer Kampf gegen den Klassenfeind.

DIE ARBEITER Das alles gilt jetzt nicht mehr. Wir haben gestreikt gegen den Krieg in mehreren Fabriken. Unsere Streiks sind niedergeschlagen worden. Die Revolution kommt nicht mehr. Geh nach Hause, Alte, erkenne die Welt, wie sie ist. Was ihr wollt, das wird niemals, niemals, niemals!

DIE MUTTER Lest doch wenigstens, was wir über die Lage sagen. Also wollt ihr? *Sie bietet ihnen die Flugblätter an.* Ihr wollt nicht lesen?

DIE ARBEITER Wir erkennen an, daß du es gut mit uns meinst, aber eure Flugblätter wollen wir nicht mehr nehmen. In Gefahr bringen wollen wir uns nicht mehr.

DIE MUTTER Jaa, aber bedenkt, daß die ganze Welt *schreiend, so daß die erschrockenen Arbeiter ihr den Mund zuhalten* in einer ungeheuren Finsternis lebt, und ihr allein wart es bis jetzt, die noch für die Vernunft erreichbar waren. Bedenkt, wenn ihr versagt!

13

Wohnung des Lehrers

AUF DEM KRANKENBETT ERHÄLT DIE MUTTER DIE NACHRICHT, DASS DIE PARTEI IN GEFAHR IST

Der Lehrer führt den Arzt in die Kammer, wo die Mutter liegt.

DER LEHRER Sie ist im Gedränge niedergeschlagen worden. Sprechen Sie nicht vom Honorar mit ihr, ich regele das. *Zur Mutter:* Frau Wlassowa, erschrecken Sie nicht. Ich habe den Arzt hergebeten. Ihr Schnaufen gefällt mir nicht.
Der Arzt untersucht die Mutter.

DIE MUTTER Hat man Ihnen gesagt, daß ich kein Geld habe?
Der Arzt nickt.

DER ARZT *wieder draußen, achselzuckend zum Lehrer:* Man hat sie schwer geschlagen und sie ist eben schon alt. *Er geht.*
Der Lehrer setzt sich an das Bett.

DIE MUTTER Was steht in der Zeitung?

DER LEHRER Der Belagerungszustand ist verhängt worden. Eure fünf Duma-Abgeordneten sind schon verhaftet und wegen Hochverrat nach Sibirien verschickt worden. Ich will hinuntergehen und das letzte Extrablatt kaufen. Jetzt werden sie eure Partei ganz vernichten. *Er geht.*

CHOR
der Mutter zugesungen:

Steh auf, die Partei ist in Gefahr!
Du bist krank, aber die Partei stirbt.
Du bist schwach, du mußt uns helfen!
Steh auf, die Partei ist in Gefahr!

Du hast gezweifelt an uns.
Zweifle nicht länger:
Wir sind am Ende.
Du hast auf die Partei gescholten.
Schilt nicht mehr auf die Partei:

Sie wird vernichtet.
Steh auf, die Partei ist in Gefahr!
Steh schnell auf!
Du bist krank, aber wir brauchen dich.
Stirb nicht, du mußt uns helfen.
Bleibe nicht weg, wir gehen in den Kampf.
Die Partei ist in Gefahr, steh auf!

Während dieses Chors ist die Mutter mühsam aufgestanden, hat sich angezogen, hat ihre Tasche genommen und ist schwankend, aber immer schneller laufend, durch die Stuben zur Tür hinausgegangen.

14

Vor einer Vaterländischen Kupfersammelstelle

DIE MUTTER MACHT ANTIKRIEGSPROPAGANDA

Vor einer Tür mit einer Fahne und der Inschrift: »Vaterländische Kupfersammelstelle« stehen sieben Frauen mit Kupfergeräten an, darunter die Mutter mit einem kleinen Becher. Ein Beamter in Zivil kommt und schließt die Tür auf.

BEAMTER Es wird soeben mitgeteilt, daß unsere tapferen Truppen mit beispiellosem Heldenmut die Festung Przemysl zum viertenmal dem Feind entrissen haben. 100000 Tote, 2000 Gefangene. Das Armeekommando hat verfügt, daß in ganz Rußland die Schulen geschlossen und die Glocken geläutet werden. Unser heiliges Rußland, es lebe hoch! hoch! hoch! Der Schalter für die Kupferabgabe wird in fünf Minuten geöffnet. *Er geht hinein.*

EINE FRAU Das ist wirklich schön, daß unser Krieg so vorwärtsgeht!

DIE MUTTER Ich habe ja nur ein ganz kleines Becherchen. Das gibt höchstens fünf, sechs Patronen. Wie viele davon treffen schon? Von sechs vielleicht zwei und von den zweien höchstens eine tödlich. – Ihr Kessel da ist schon für mindestens zwanzig Patronen, und die Kanne von der Dame da vorn, das ist überhaupt eine Granate. Eine Granate, die nimmt gleich auf einmal fünf bis sechs Mann. *Zählt die Geräte:* Eins, zwei, drei, vier, fünf, sechs, sieben, halt, die Dame hat ja zwei, also acht. Acht! Da kann man schon wieder einen kleinen Sturmangriff bewerkstelligen. *Sie lacht leise:* Hm, hm, hm, ich hätte mein Becherchen fast nicht hierhergebracht. Begegne ich da zwei Soldaten, die sollte man ja anzeigen, sagen die zu mir: »Ja, liefere dein Kupfer nur ab, alte Ziege, damit der Krieg überhaupt nicht mehr aufhört!« Was sagt ihr dazu? Ist das nicht furchtbar? »Ihr«, sage ich, »gehört glatt erschossen. Und wenn ich mein Becherchen«, sage ich, »nur dazu hergebe, daß man euch euer dreckiges Maul stopfen kann, dann ist es schon nicht umsonst gegeben. Für zwei Patronen wird es schon noch langen.« Denn warum gebe ich, Pelagea Wlassowa, meinen Kupferbecher her? Ich gebe ihn her, damit der Krieg nicht aufhört!

FRAU Was reden Sie daher? Der Krieg soll nicht aufhören, wenn wir unser Kupfer abliefern? Wir liefern es ja gerade ab, damit er aufhört!

DIE MUTTER Nein, wir liefern es ab, damit er nicht aufhört!

EINE SCHWARZGEKLEIDETE FRAU Nein, wenn die Kupfer haben und Granaten machen können, dann siegen sie doch draußen viel schneller. Dann hört der Krieg auf!

DIE MUTTER Ah, wenn die Granaten haben, dann hört er selbstverständlich nicht auf, denn dann können sie ihn weitermachen. Solange die Munition haben, machen sie weiter. Drüben liefern sie doch auch ab.

FRAU *zeigt auf ein Schild:* »Wer Kupfer abliefert, der verkürzt den Krieg!« Können Sie nicht lesen?

DIE MUTTER Wer Kupfer abliefert, verlängert den Krieg! Das ist doch für Spione!

DIE SCHWARZGEKLEIDETE Aber warum wollen Sie denn, daß der Krieg verlängert wird?

DIE MUTTER Na, weil mein Sohn in einem halben Jahre Feldwebel wird. Noch zwei Sturmangriffe, und dann wird mein Sohn Feldwebel. Und da hat er doch doppelte Bezüge. Und dann müssen wir ja auch Armenien bekommen und Galizien, und die Türkei brauchen wir überhaupt.

DIE SCHWARZGEKLEIDETE Was brauchen wir?

DIE MUTTER Die Türkei. Und das Geld, das wir von Frankreich bekommen haben, das muß doch auch zurückgezahlt werden. Insofern ist es ein Befreiungskrieg.

FRAU Natürlich. Freilich ist es ein Befreiungskrieg. Aber deshalb braucht er doch nicht bis in alle Ewigkeit zu dauern.

DIE MUTTER Doch, mindestens noch ein halbes Jahr.

DIE SCHWARZGEKLEIDETE Und Sie meinen, so lange dauert er, wenn die wieder Kupfer haben?

DIE MUTTER Ja, natürlich. Die Soldaten kriegen sie doch umsonst. Sie haben doch auch einen Sohn draußen? Sehen Sie, den Sohn haben Sie schon draußen, das Kupfer geben Sie jetzt auch noch. Dann geht es schon wieder ein halbes Jährchen länger.

DIE SCHWARZGEKLEIDETE Jetzt kenn ich mich aber wirklich nicht mehr aus. Einmal heißt es, der Krieg wird kürzer, einmal, er wird länger. Was soll man da glauben? Mein Mann ist schon gefallen, und mein Sohn steht auch vor Przemysl. Ich gehe nach Hause. *Ab.*

Sie geht. Die Glocken fangen an zu läuten.

FRAU Siegesglocken!

EINE ARBEITERIN Das brauchen Sie der auch nicht zu sagen, daß Sie den Krieg länger haben wollen. Das will doch sonst kein Mensch!

DIE MUTTER Was? Und der Zar? Und die Generäle? Meinen Sie, die fürchten den Krieg mit den Deutschen? Da heißt's: Immer ran an den Feind! Siegen oder sterben! So ist es richtig. Hören Sie die Glocken nicht? Die gibt es doch nur beim Siegen und beim Sterben. Warum sind Sie denn gegen den Krieg? Wer sind Sie denn überhaupt!? Wir sind hier lauter bessere Leute, wenn ich nicht irre? Sie sind doch eine Arbeiterin. Sind Sie eine Arbeiterin oder nicht? Gestehen Sie's nur ein! Sie schmeißen sich ja nur hier heran! Vergessen Sie nicht, daß es da immer noch einen Abstand gibt zwischen Leuten wie Ihnen und uns!

EIN DIENSTMÄDCHEN Das sollten Sie ihr nicht sagen. Sie gibt ihre Sachen auch für das Vaterland her.

DIE MUTTER *zu der Arbeiterin:* Sie können doch gar nicht mit ganzem Herzen hier stehen. Was nützt Ihnen denn der Krieg?

Das ist ja pure Heuchelei, daß Sie da stehen. Wir können ganz gut ohne Sie und Ihresgleichen fertig werden. Das ist unser Krieg! Kein Mensch hat etwas dagegen, wenn ihr Arbeiter mitmacht, aber darum gehört ihr noch lange nicht dazu. Geh du in deine Fabrik und schau, daß du besseren Lohn kriegst, und dräng dich hier nicht auf, wo du nicht hingehörst. *Zum Dienstmädchen:* Sie können ihr ja ihr Gerümpel abnehmen, wenn sie es durchaus anbringen will.

Die Arbeiterin läuft weg.

DRITTE FRAU Wer ist denn das überhaupt, der da das große Wort führt?

VIERTE FRAU Ich höre jetzt auch schon eine halbe Stunde zu, wie sie die Leute vertreibt.

DRITTE FRAU Wißt ihr, was das ist? Das ist eine Bolschewikin!

DIE FRAUEN Was, glauben Sie, ist sie? – Das ist eine Bolschewikin. Und eine ganz raffinierte Person! – Laßt euch einfach nicht mit ihr ein und beachtet sie nicht! – Hütet euch vor dem Bolschewismus, den gibt es in tausenderlei Gestalt! – Wenn ein Polizist vorbeikommt, wird sie einfach abgeführt!

DIE MUTTER Ja, ich bin eine Bolschewikin. Aber ihr seid Mörderinnen, wie ihr da steht! Kein Tier würde sein Junges hergeben, so wie ihr das eure: Ohne Sinn und Verstand für eine schlechte Sache. Euch gehört der Schoß ausgerissen. Er soll verdorren und ihr sollt unfruchtbar werden, wie ihr da steht. Eure Söhne brauchen nicht wiederzukommen. Zu solchen Müttern? Schießend für eine schlechte Sache sollen sie erschossen werden für eine schlechte Sache. Aber ihr seid die Mörderinnen.

ERSTE FRAU *dreht sich um:* Ich werde Ihnen zeigen, was Ihnen gehört, Sie Bolschewikin!

Sie geht mit ihrer Kanne in der Hand auf die Mutter zu und schlägt ihr ins Gesicht. Eine andere wendet sich ebenfalls und spuckt vor ihr aus. Dann öffnet sich der Schalter und die drei Frauen gehen hinein.

DAS DIENSTMÄDCHEN *ist stehengeblieben:* Kümmern Sie sich nicht darum. Aber sagen Sie mir, was ich machen soll. Ich weiß, daß ihr Bolschewiken gegen den Krieg seid, aber ich bin Dienstmädchen und kann doch nicht mit diesen Kupferkannen wieder zu meiner Herrschaft zurückkommen. Ich würde sie nicht abliefern. Aber wenn ich sie nicht abliefere, werde ich niemandem genützt haben und ich würde entlassen werden. Was soll ich also machen?

DIE MUTTER Du kannst allein nichts machen. Liefere du die Kupferkessel im Auftrage deiner Herrschaft dort ab. Im Auftrage deiner Herrschaft werden dort Leute deinesgleichen Munition daraus machen. Und Leute deinesgleichen werden damit schießen. Aber ebenfalls Leute deinesgleichen werden bestimmen, auf wen! Komme heute abend in die *sie sagt ihr die Adresse ins Ohr.* Dort wird ein Arbeiter von den Putilow-Werken sprechen, und wir können dir erklären, wie wir uns verhalten wollen. Sag aber niemandem die Adresse, der sie nicht wissen soll.

15

Straße

Vor einem Demonstrationszug trägt die Mutter die rote Fahne. Neben ihr marschiert das Dienstmädchen.

EIN ARBEITER Als wir über den Lybin-Prospekt kamen, waren wir schon viele Tausende. Etwa 50 Betriebe streikten, und die Streikenden schlossen sich uns an, um gegen den Krieg und gegen die zaristische Herrschaft zu demonstrieren.

ZWEITER ARBEITER Im Winter 1916/17 streikten schon 250000 Mann in den Betrieben. Die unzulänglichen Löhne bei steigenden Preisen, Mangel an Lebensmitteln, die Verzweiflung über den Krieg, das Hinausjagen hungernder Arbeiter und Bauern auf die Schlachtfelder hatten sie zu uns Bolschewiken getrieben.

DRITTER ARBEITER Wir trugen Transparente mit der Aufschrift: »Nieder mit dem Krieg! Es lebe die Revolution!« und rote Fahnen.

DIE MUTTER Denn was habe ich, Pelagea Wlassowa, Witwe eines Arbeiters und Mutter eines Arbeiters, noch alles zu tun! Als ich vor vielen Jahren mit Sorge sah, daß mein Sohn nicht mehr satt wurde, habe ich zuerst nur gejammert. Da änderte sich nichts. Dann half ich ihm bei seinem Kampf um die Kopeke. Damals sind wir in kleinen Streiks für bessere Löhne gestanden. Jetzt stehen wir in einem Riesenstreik in den Munitionsfabriken und kämpfen um die Macht im Staate.

DIENSTMÄDCHEN Viele sagen, das, was wir wollen, geht niemals. Wir sollen zufrieden sein mit dem, was wir haben. Die Macht der Herrschenden ist doch sicher. Wir würden immer wieder niedergeschlagen werden. Auch viele Arbeiter sagen: Das geht niemals!

DIE MUTTER *rezitiert:*

Wer noch lebt, sage nicht: niemals!
Das Sichere ist nicht sicher.
So, wie es ist, bleibt es nicht.
Wenn die Herrschenden gesprochen haben
Werden die Beherrschten sprechen.
Wer wagt zu sagen: niemals!
An wem liegt es, wenn die Unterdrückung bleibt? An uns.
An wem liegt es, wenn sie zerbrochen wird? Ebenfalls an uns.
Wer niedergeschlagen wird, der erhebe sich!
Wer verloren ist, kämpfe!
Wer seine Lage erkannt hat, wie soll der aufzuhalten sein?
Denn die Besiegten von heute sind die Sieger von morgen
Und aus Niemals wird: Heute noch!

DIENSTMÄDCHEN Unsere Fahne trug eine sechzigjährige Frau. Wir sagten ihr: »Ist dir die Fahne nicht zu schwer? Gib uns die Fahne!« Sie aber sagte:

DIE MUTTER Nein, wenn ich müde bin, werde ich sie dir geben, dann wirst du sie tragen.

ERSTER ARBEITER Und so marschierte sie mit uns, unermüdlich, von morgens bis nachmittags.

Die Mutter

Leben der Revolutionärin
Pelagea Wlassowa aus Twersk

[Fassung 1938]

Mitarbeiter: Slatan Dudow · Hanns Eisler

»Die Mutter« mit einer Musik von Hanns Eisler ist eine Dramatisierung des Romans von Maxim Gorki. Die erste Aufführung fand 1932 am Todestag der großen Revolutionärin Rosa Luxemburg statt.

Personen

Pelagea Wlassowa · Pawel Wlassow, ihr Sohn · Anton Rybin, Andrej Nachodka, Iwan Wessowtschikow – Arbeiter in den Suchlinowwerken · Mascha Chalatowa, Arbeiterin · Polizist · Kommissar · Der Portier · Der Arbeiter Karpow · Der Betriebspolizist · Smilgin, Arbeiter · Der Lehrer Nikolai Wessowtschikow · Der Arbeitslose Pawel Sostakowitsch · Aufseher · Jegor Luschin, Gutsarbeiter · Zwei Streikbrecher · Der Metzger Wassil Jefimowitsch · Die Frau des Metzgers · Die Hausbesitzerin · Die Bäuerin · Die arme Frau · Der Arzt · Beamter · Eine Frau an der Kupfersammelstelle · Eine schwarzgekleidete Frau · Ein Dienstmädchen

I

Stube der Pelagea Wlassowa

FRÜH AM MORGEN KOCHT PELAGEA WLASSOWA IHREM SOHN, DER AUF ARBEIT GEHT, DIE SUPPE

PELAGEA WLASSOWA Jeden Morgen koche ich Suppe für meinen Sohn, der in die Fabrik geht. Fast schäme ich mich, ihm diese Suppe hinzustellen. Aber ich kann kein Fett mehr hineintun, nicht einen halben Löffel voll. Denn erst vorige Woche ist ihm von seinem Lohn eine Kopeke pro Stunde abgezogen worden und das kann ich durch keine Mühe mehr hereinbringen. Ich weiß, daß er bei seiner langen, schweren Arbeit kräftigeres Essen braucht. Es ist schlimm, daß ich meinem einzigen Sohn keine bessere Suppe vorsetzen kann; er ist jung und beinahe noch im Wachsen. Er ist ganz anders als sein Vater war. Er liest dauernd Bücher und das Essen war ihm nie gut genug. Jetzt ist die Suppe noch schlechter geworden. So wird er immer unzufriedener. *Sie gießt die Suppe in ein Traggeschirr und trägt es ihrem Sohn hinüber. Wenn sie an den Herd zurückgekehrt ist, sieht sie, wie der Sohn, ohne von seinem Buch aufzusehen, den Deckel des Geschirrs abnimmt und an der Suppe schnuppert, dann den Deckel wieder hinauftut und das Geschirr wegschiebt.* Jetzt schnuppert er wieder an der Suppe. Ich kann ihm keine bessere herschaffen. Er wird auch bald merken, daß ich ihm keine Hilfe mehr bin, sondern eine Last. Wofür esse ich mit, wohne in seiner Stube und kleide mich von seinem Verdienst? Er wird noch weggehen. Was kann ich, Pelagea Wlassowa, zweiundvierzig Jahre alt, Witwe eines Arbeiters und Mutter eines Arbeiters, tun? Ich drehe jede Kopeke dreimal um. Ich versuche es so und versuche es so. Ich spare einmal am Holz und einmal an der Kleidung. Aber es langt nicht. Ich sehe keinen Ausweg.

Der Sohn Pawel Wlassow hat seine Mütze und das Traggeschirr genommen und ist weggegangen. Pelagea Wlassowa räumt die Stube auf.

CHOR
von den revolutionären Arbeitern Pelagea Wlassowa zugesungen:

Bürste den Rock
Bürste ihn zweimal!
Wenn du ihn gebürstet hast
Ist er ein sauberer Lumpen.

Koche mit Sorgfalt
Scheue keine Mühe!
Wenn die Kopeke fehlt
Ist die Suppe nur Wasser.

Arbeite, arbeite mehr
Spare, teile besser ein
Rechne, rechne genauer!
Wenn die Kopeke fehlt
Kannst du nichts machen.

Was immer du tust
Es wird nicht genügen.
Die Lage ist schlecht
Sie wird schlechter.
So geht es nicht weiter
Aber was ist der Ausweg?

Wie die Krähe, die ihr Junges
Nicht mehr zu füttern vermag
Machtlos gegen den winterlichen Schneesturm
Keinen Ausweg mehr sieht und jammert:
Siehst du auch keinen Ausweg
Und jammerst.

Was immer du tust
Es wird nicht genügen
Deine Lage ist schlecht
Sie wird schlechter.
So geht es nicht weiter
Aber was ist der Ausweg?

Fruchtlos arbeitet ihr und scheut die Mühe nicht
Zu ersetzen das Unersetzbare
Und einzuholen das nicht Einzuholende.
Wenn die Kopeke fehlt, ist keine Arbeit genug.
Über das Fleisch, das euch in der Küche fehlt
Wird nicht in der Küche entschieden.

Was immer ihr tut
Es wird nicht genügen
Eure Lage ist schlecht
Sie wird schlechter.
So geht es nicht weiter
Aber was ist der Ausweg?

2

Stube der Pelagea Wlassowa

PELAGEA WLASSOWA SIEHT MIT KUMMER IHREN SOHN IN DER GESELLSCHAFT REVOLUTIONÄRER ARBEITER

Drei Arbeiter und eine junge Arbeiterin kommen früh am Morgen mit einem Hektographenapparat.

ANTON RYBIN Als du vor zwei Wochen unserer Bewegung beitratest, Pawel, hast du uns angeboten, daß wir zu dir kommen können, wenn es eine besondere Arbeit für unsere Bewegung gibt. Es ist bei dir auch am sichersten, da wir noch nie hier gearbeitet haben.

PAWEL WLASSOW Was wollt ihr machen?

ANDREJ NACHODKA Wir müssen Flugblätter für heute drucken. Die letzten Lohnsenkungen haben die Arbeiterschaft in starke Erregung gebracht. Seit drei Tagen verteilen wir Flugblätter im Betrieb. Heute ist der entscheidende Tag. Heute abend wird die Betriebsversammlung beschließen, ob wir uns eine Kopeke abziehen lassen, oder ob wir streiken.

IWAN WESSOWTSCHIKOW Wir haben den Hektographenapparat mitgebracht und Papier.

PAWEL Setzt euch. Meine Mutter wird uns Tee kochen.

Sie gehen zum Tisch.

IWAN *zu Andrej:* Warte du draußen und paß auf die Polizei auf.

Andrej geht hinaus.

ANTON Wo ist Ssidor?

MASCHA CHALATOWA Mein Bruder ist nicht mitgekommen. Er hat gestern abend beim Nachhausegehen gesehen, daß ihm jemand nachging, der wie ein Polizist aussah. Darum wollte er heute lieber direkt in die Fabrik gehen.

PAWEL Sprecht leise. Meine Mutter hört uns besser nicht. Ich habe ihr bisher nichts von diesen Dingen gesagt, sie ist nicht mehr jung genug und könnte uns doch nicht helfen.

ANTON Hier ist die Vorlage.

Sie beginnen zu arbeiten. Einer hat ein dichtes Tuch vors Fenster gehängt.

PELAGEA WLASSOWA *abseits:* Ungern sehe ich meinen Sohn Pawel in der Gesellschaft dieser Leute. Sie werden ihn mir noch ganz verderben. Sie hetzen ihn auf und ziehen ihn noch in irgend etwas hinein. Solchen Leuten setze ich keinen Tee vor. *Sie tritt an den Tisch.* Pawel, ich kann euch keinen Tee kochen. Es ist zu wenig Tee da. Das gibt keinen richtigen Tee mehr.

PAWEL Dann koch uns dünnen Tee, Mutter.

PELAGEA WLASSOWA *ist zurückgegangen und hat sich auf einen Stuhl gesetzt:* Wenn ich jetzt nicht dergleichen tue, werden sie schon merken, daß ich sie nicht leiden kann. Es paßt mir überhaupt nicht, daß sie sich hier aufhalten und so leise sprechen, daß ich nichts hören kann. *Sie tritt wieder an den Tisch.* Pawel, es wäre mir sehr unangenehm, wenn der Hausbesitzer merken würde, daß hier früh um fünf Uhr Leute zusammenkommen und etwas drucken! Wir können sowieso die Miete nicht bezahlen.

IWAN Glauben Sie uns, Frau Wlassowa, daß wir uns für nichts mehr interessieren als für Ihre Miete. Im Grunde genommen kümmern wir uns um nichts anderes, wenn es auch nicht so aussieht.

PELAGEA WLASSOWA Das weiß ich nicht. *Sie geht zurück.*

ANTON Deine Mutter sieht uns nicht gern hier, Pawel?

IWAN Es ist sehr schwer für deine Mutter, zu begreifen, daß wir das hier machen müssen, damit sie Tee kaufen und die Miete bezahlen kann.

PELAGEA WLASSOWA So was von dickem Fell! Sie tun einfach, als merkten sie nichts. Was haben sie vor mit Pawel? Er ist in die Fabrik gegangen und war froh, daß er einen Arbeitsplatz hatte. Er verdiente wenig. Und im letzten Jahr ist es immer weniger geworden. Wenn sie ihm jetzt noch einmal eine Kopeke abziehen, will ich lieber selber nicht essen. Aber ich sehe mit Unruhe, wie er diese Bücher liest, und mit Kummer, daß er, statt sich abends auszuruhen, in die Versammlungen läuft, wo nur gehetzt wird. Dadurch wird er nur noch seinen Arbeitsplatz verlieren.

MASCHA *singt Pelagea Wlassowa zu:*

DAS LIED VOM AUSWEG

Wenn du keine Suppe hast
Wie willst du dich da wehren?
Da mußt du den ganzen Staat
Von unten nach oben umkehren
Bis du deine Suppe hast.
Dann bist du dein eigener Gast.

Wenn für dich keine Arbeit zu finden ist
Da mußt du dich doch wehren!
Da mußt du den ganzen Staat
Von unten nach oben umkehren
Bis du dein eigener Arbeitgeber bist.
Worauf für dich Arbeit vorhanden ist.

Wenn man über deine Schwäche lacht
Darfst du keine Zeit verlieren.
Da mußt du dich kümmern drum
Daß alle, die schwach sind, marschieren.
Dann seid ihr eine große Macht.
Worauf keiner mehr lacht.

ANDREJ *kommt herein:* Polizei!

IWAN Versteckt die Papiere!

Andrej nimmt Pawel den Hektographenapparat aus der Hand und hängt ihn zum Fenster hinaus. Anton setzt sich auf die Papiere.

PELAGEA WLASSOWA Siehst du, Pawel, jetzt kommen die Polizisten. Pawel, was machst du, was steht in den Papieren?

MASCHA *führt sie ans Fenster und setzt sie auf einen Stuhl:* Bleiben Sie nur ganz ruhig sitzen, Frau Wlassowa.

Ein Polizist und ein Kommissar kommen herein.

POLIZIST Halt! Wer sich rührt, wird erschossen! Das ist seine Mutter, Euer Wohlgeboren, und das ist er selbst.

KOMMISSAR Pawel Wlassow, ich muß Haussuchung bei dir halten. Was hast du denn für einen schmierigen Verein aufgegabelt?

POLIZIST Hier ist auch die Schwester des heute früh verhafteten Ssidor Chalatow. Es sind schon die Richtigen.

MASCHA Was ist mit meinem Bruder geschehen?

KOMMISSAR Ihr Bruder läßt Sie grüßen, er ist jetzt bei uns. Er revolutioniert jetzt unsere Wanzen und hat großen Zulauf. Leider fehlen ihm Flugblätter.

Die Arbeiter sehen sich an.

KOMMISSAR Ein paar Nachbarzellen wären da noch frei. Könntet ihr übrigens nicht mit einigen Flugblättern aushelfen? Sehr bedaure ich, liebe Frau Wlassowa, daß ich gerade in Ihrem Haus nach Flugblättern suchen muß. *Geht zum Diwan.* Sehen Sie, Wlassowa, jetzt muß ich zum Beispiel wieder Ihren Diwan öffnen. Haben Sie das nötig?

PAWEL Es sind keine Rubelscheine drinnen, nicht wahr? Das kommt, weil wir Arbeiter sind und nicht sehr viel verdienen.

KOMMISSAR Und der Spiegel an der Wand? Muß er zertrümmert werden von der rauhen Hand eines Polizisten? *Er haut ihn ein.* Sie sind eine anständige Frau, ich weiß es. Und in dem Diwan war auch nichts, was etwa unanständig gewesen wäre. Aber wie ist es mit der Kommode, dem guten alten Stück? *Er wirft sie um.* Sieh da, auch nichts dahinter. Wlassowa, Wlassowa! Ehrliche Leute sind nicht schlau, sollten Sie schlau sein? Und da ist der Schmalztopf mit dem Löffelchen, der rührende Schmalztopf. *Nimmt ihn vom Regal und läßt ihn fallen.* Jetzt ist er mir zu Boden gefallen und jetzt zeigt sich, daß Schmalz drinnen ist.

PAWEL Wenig. Es ist wenig Schmalz darin, Herr Kommissar. Auch in der Brotlade ist wenig Brot und in der Büchse ist nur wenig Tee.

KOMMISSAR *zum Polizisten:* Also doch ein politischer Schmalztopf. Wlassowa, Wlassowa, müssen Sie sich auf Ihre alten Tage mit uns einlassen, diesen Bluthunden? So sauber sind Ihre Gardinen gewaschen. Das trifft man selten. Das sieht man gern. *Er reißt sie herunter.*

IWAN *zu Anton, der aufgesprungen ist, weil er für den Hektographenapparat fürchtet:* Sitzen bleiben, du wirst erschossen.

PAWEL *laut, um den Kommissar abzulenken:* Wozu ist es nötig, den Schmalztopf auf den Boden zu schmeißen?

ANDREJ *zum Polizisten:* Heb den Schmalztopf auf!

POLIZIST Das ist Andrej Nachodka, der Kleinrusse.

KOMMISSAR *tritt an den Tisch:* Andrej Maximowitsch Nachodka, du bist schon einmal wegen politischer Vergehen in Haft gewesen?

ANDREJ Ja, in Rostow und Saratow, aber da hat mich die Polizei mit »Sie« angeredet.

KOMMISSAR *zieht ein Flugblatt aus der Tasche:* Ist Ihnen bekannt, welche Schurken in den Suchlinowwerken diese hochverräterischen Flugblätter verteilen?

PAWEL Schurken sehen wir hier zum ersten Mal.

KOMMISSAR Du, Pawel Wlassow, wirst noch ganz klein werden. Setz dich anständig hin, wenn ich mit dir rede!

PELAGEA WLASSOWA Schreien Sie nicht so. Sie sind noch ein junger Mensch und haben noch kein Elend kennengelernt. Sie sind Beamter. Sie bekommen regelmäßig Ihr vieles Geld dafür, daß Sie den Diwan aufschneiden und nachschauen, daß im Schmalztopf kein Schmalz ist.

KOMMISSAR Du weinst zu früh, Wlassowa, du wirst deine Tränen noch brauchen. Paß lieber auf deinen Sohn auf, er geht schlimme Wege. *Zu den Arbeitern:* Eines Tages wird euch auch eure Schlauheit nichts mehr nützen.

Der Kommissar und der Polizist gehen.

IWAN *horcht an der Tür:* Sie sind weg.

Die Arbeiter räumen auf.

ANTON Frau Wlassowa, wir müssen Sie um Entschuldigung

bitten. Wir dachten nicht, daß wir schon unter Verdacht stehen. Jetzt hat man Ihnen Ihre Wohnung zertrümmert.

MASCHA Sind Sie sehr erschrocken, Frau Wlassowa?

PELAGEA WLASSOWA Ja, ich sehe, daß Pawel einen schlimmen Weg geht.

MASCHA So halten Sie es für richtig, daß die Ihre Wohnung zertrümmern, weil Ihr Sohn für seine Kopeken kämpft?

PELAGEA WLASSOWA Sie tun nicht das Rechte, aber er tut auch nicht das Rechte.

IWAN *wieder am Tisch:* Wie ist es jetzt mit der Flugblattverteilung?

ANTON Wenn wir heute keine Flugblätter verteilen, nur weil die Polizei begonnen hat einzugreifen, sind wir nichts als Schreihälse gewesen. Die Flugblätter müssen verteilt werden.

ANDREJ Wie viele sind es?

PAWEL Ungefähr 500.

IWAN Und wer verteilt sie?

ANTON Heute ist Pawel dran.

Pelagea Wlassowa winkt Iwan zu sich.

PELAGEA WLASSOWA Wer soll die Flugblätter verteilen?

IWAN Pawel. Aber es ist nicht so gefährlich.

PELAGEA WLASSOWA So, es ist nicht gefährlich! Ihr schickt also Pawel und sagt ihm, es ist nicht gefährlich.

IWAN Es ist nötig.

PELAGEA WLASSOWA Es ist nötig! Es beginnt mit dem Bücherlesen und dem Spät-nach-Hause-Kommen. Dann kommen die Arbeiten hier im Hause mit solchen Maschinen, die vor das Fenster gehängt werden müssen. Vor dem Fenster muß eine Gardine hängen. Und die Beratungen werden mit leiser Stimme geführt. Es ist nötig! Dann stimmt es plötzlich nicht mehr in der Fabrik. Von all dem erfahre ich nichts. Auf einmal kommt die Polizei ins Haus und die Polizisten behandeln einen wie eine Verbrecherin. *Sie steht auf.* Pawel, ich verbiete dir, diese Flugblätter zu verteilen.

ANDREJ Es ist nötig, Frau Wlassowa.

PAWEL *zu Mascha:* Sag ihr, daß die Blätter Ssidors wegen verteilt werden müssen, damit er entlastet wird.

Die Arbeiter treten zu Pelagea Wlassowa, Pawel bleibt am Tisch sitzen.

MASCHA Frau Wlassowa, es ist auch meines Bruders wegen nötig.

IWAN Ssidor kann sich sonst auf Sibirien gefaßt machen.

ANDREJ Wenn heute keine Flugblätter mehr verteilt werden, wissen sie doch, daß es Ssidor gewesen sein muß, der gestern die Flugblätter verteilt hat.

MASCHA Natürlich, das muß doch ein Dummkopf merken. Gestern wurden Flugblätter in den Betrieb geschmuggelt. Sie fassen einen Mann und heute hört der Schmuggel auf. Also hat der Mann sie verteilt, das ist klar.

ANTON Und darum ist es nötig, daß auch heute wieder Flugblätter verteilt werden.

PELAGEA WLASSOWA Ich sehe, daß es nötig ist. Ich weiß, daß es gemacht werden muß, damit dieser junge Mensch, den ihr hineingebracht habt, nicht vernichtet wird. Aber was ist mit Pawel, wenn er verhaftet wird?

ANTON Es ist nicht so gefährlich.

PELAGEA WLASSOWA So, es ist nicht so gefährlich. Ein Mensch ist verführt und hineingezogen worden. Um ihn zu retten, ist das und das nötig. Es ist nicht gefährlich, aber es ist nötig. Wir stehen unter Verdacht, aber wir müssen Flugblätter verteilen. Es ist nötig, also ist es nicht gefährlich. Und so geht es weiter. Und am Schluß steht ein Mensch am Galgen: steck deinen Kopf in die Schlinge, es ist nicht gefährlich. Gebt die Flugblätter her, ich, nicht Pawel, werde gehen und sie verteilen.

ANTON Aber wie wollen Sie das anfangen?

IWAN Es darf niemand merken, woher die Flugblätter kommen.

PELAGEA WLASSOWA Macht euch da keine Sorge. So gut wie ihr werde ich das auch fertigbringen. Meine Freundin Marja Korssunowa verkauft in der Mittagspause Eßwaren in der Fabrik. Ich werde das heute für sie machen, und mit euren Flugblättern wickle ich die Eßwaren ein. *Sie geht und holt ihre Einkaufstasche.*

MASCHA Pawel, deine Mutter bietet sich uns an für die Verteilung unserer Flugblätter. Es spricht viel dafür.

PAWEL Überlegt, was dafür und was dagegen spricht. Ich aber bitte euch, mich zu dem Angebot meiner Mutter nicht äußern zu müssen.

ANTON Andrej?

ANDREJ Ich glaube, daß es ihr gelingen kann. Sie ist unter den Arbeitern bekannt und der Polizei unverdächtig.

ANTON Iwan?

IWAN Auch ich glaube das.

ANTON Selbst wenn sie gefaßt wird, kann ihr am wenigsten geschehen. Sie gehört nicht zur Bewegung und hat es dann lediglich für ihren Sohn getan. Genosse Wlassow, angesichts der besonderen Notlage und der schweren Gefährdung des Genossen sind wir dafür, das Angebot deiner Mutter anzunehmen.

IWAN Wir sind überzeugt, daß sie am wenigsten Gefahr läuft.

PAWEL Es ist mir recht.

PELAGEA WLASSOWA *zu sich:* Sicher ist es eine sehr schlimme Sache, bei der ich hier helfe, aber ich muß Pawel aus ihr heraushalten.

ANTON Frau Wlassowa, wir übergeben Ihnen also diesen Packen Flugblätter.

ANDREJ So werden Sie jetzt also für uns kämpfen, Pelagea Wlassowa, wie?

PELAGEA WLASSOWA Kämpfen? Ich bin keine junge Frau mehr und ich bin keine Kämpferin. Ich bin zufrieden, wenn ich meine drei Kopeken zusammenkratze, das ist Kampf genug für mich.

ANDREJ Wissen Sie denn, was in den Flugblättern steht, Frau Wlassowa?

PELAGEA WLASSOWA Nein, ich kann nicht lesen.

3

Fabrikhof der Suchlinowwerke

IN DER MITTAGSPAUSE VERTEILT PELAGEA WLASSOWA FLUGBLÄTTER IN DEN SUCHLINOWWERKEN

PELAGEA WLASSOWA *mit einem großen Korb vor dem Fabriktor:* Es kommt alles darauf an, was der Portier für ein Mann ist: ein fauler oder ein genauer. Ich muß ihn nur dazu bringen, daß er mir einen Passierschein ausstellt. Mit den Flugblättern wickle ich dann die Eßwaren ein. Wenn sie mich dann fassen, sage ich einfach: man hat sie mir hineingeschmuggelt, ich kann nicht lesen. *Sie beobachtet den Fabrikportier.* Es ist ein Dikker, Fauler. Ich will sehen, was er macht, wenn ich ihm eine Gurke anbiete. So einer frißt gern und hat nichts. *Sie geht ans Tor und läßt ein Paket vor dem Portier fallen.* Sie, mir ist mein Paket hinuntergefallen. *Der Portier schaut weg.* Das ist komisch: jetzt habe ich ganz vergessen, daß ich ja nur den Korb hinzustellen brauche, dann habe ich ja die Hände frei. Und da hätte ich Sie jetzt fast bemüht. *Zum Publikum:* Das ist ein Hartgesottener. Dem muß man mit Gewäsch kommen, dann macht er alles, damit er nur wieder seine Ruhe hat. *Sie geht zum Eingang und spricht schnell:* Das ist wieder echt Marja Korssunowa. Ich sage ihr noch vorgestern: alles, aber keine nassen Füße! Aber meinen Sie, sie folgt mir? Nein. Sie gräbt wieder Kartoffeln und kriegt nasse Füße. Am nächsten Morgen füttert sie die Ziegen. Nasse Füße! Was sagen Sie dazu? Sie liegt natürlich sofort auf der Nase. Aber anstatt liegenzubleiben, geht sie abends wieder aus. Es regnet natürlich, was bekommt sie also? Nasse Füße!

DER PORTIER Sie kommen hier nicht herein ohne Ausweis.

PELAGEA WLASSOWA Habe ich ihr auch gesagt. Nützt gar nichts. Nasse Füße! Dabei bin ich ihre beste Freundin! Wissen Sie, wir sind ein Herz und eine Seele, aber so was von Halsstarrigkeit haben Sie noch nicht gesehen. Wlassowa, ich bin krank, du mußt für mich in die Fabrik gehen und das Essen verkaufen. Siehst du, Marja, sage ich, jetzt bist du heiser. Aber warum bist du heiser? Wenn du jetzt noch einmal mir gegenüber die nassen Füße in den Mund nimmst, sagt sie, und dabei kann sie nur mehr krächzen, dann haue ich dir diese Tasse an deinen Dickkopf! Halsstarrig!

DER PORTIER *läßt sie seufzend durch:* Gehen Sie!

PELAGEA WLASSOWA Sehr richtig, ich halte Sie ja nur auf.

Es ist Mittagspause. Die Arbeiter sitzen auf Kisten usw. und essen. Pelagea Wlassowa bietet Eßwaren an. Iwan Wessowtschikow hilft ihr beim Einwickeln.

PELAGEA WLASSOWA Gurken, Tabak, Tee, frische Piroggen!

IWAN Und das Einwickelpapier ist das Beste.

PELAGEA WLASSOWA Gurken, Tabak, Tee, frische Piroggen!

IWAN Und das Einwickelpapier ist umsonst.

EIN ARBEITER Hast du auch Gurken?

PELAGEA WLASSOWA Ja, hier sind Gurken.

IWAN Und das Einwickelpapier wirft man nicht fort.

PELAGEA WLASSOWA Gurken, Tabak, Tee, heiße Piroggen.

EIN ARBEITER Sag mal, was steht denn in dem Einwickelpapier Interessantes drin heute? Ich kann nicht lesen.

EIN ANDERER ARBEITER Woher soll ich wissen, was in deinem Einwickelpapier drin steht?

DER ERSTE Ja, Mensch, du hast ja dasselbe in der Pfote.

DER ZWEITE Richtig, da steht was.

DER ERSTE Was denn?

DER ZWEITE Die haben ganz recht, wenn wir uns erst auf Verhandlungen einlassen, sind wir schon eingeseift.

PELAGEA WLASSOWA *über den Hof:* Gurken, Tabak, Tee, frische Piroggen.

DRITTER ARBEITER Jetzt haben sie doch die Polizei auf dem Genick, und die Fabrikkontrolle ist auch verschärft worden, und jetzt ist doch wieder ein Flugblatt da. Das sind tüchtige Kerle und nicht zu hindern. Es ist doch etwas dran an dem, was die wollen.

DER ERSTE Ich muß auch sagen, wenn ich so etwas sehe, dafür bin ich.

PAWEL Da kommt Karpow endlich.

ANTON Ich bin neugierig, was er erreicht hat.

DER ARBEITER KARPOW *kommt:* Sind alle Vertrauensleute beisammen?

In einer Ecke des Fabrikhofes versammeln sich die Vertrauensleute des Betriebes, darunter Anton und Pawel.

KARPOW Kollegen, wir haben verhandelt!

ANTON Was habt ihr erreicht?

KARPOW Kollegen, wir kehren auch nicht ohne Erfolg zu euch zurück.

ANTON Habt ihr die Kopeke?

KARPOW Kollegen, wir haben Herrn Suchlinow vorgerechnet, daß der Abzug einer Kopeke vom Stundenlohn bei 800 Arbeitern 24 000 Rubel im Jahr ausmacht. Diese 24 000 Rubel sollten von jetzt ab in die Tasche des Herrn Suchlinow gehen.

Dies mußte unter allen Umständen verhindert werden. Nun, in vierstündigem Kampf haben wir es erreicht. Es wurde verhindert. Diese 24000 Rubel fließen nicht in die Tasche des Herrn Suchlinow.

ANTON Also habt ihr die Kopeke?

KARPOW Kollegen, es ist immer von uns betont worden, daß die sanitären Zustände des Betriebes unhaltbar sind.

PAWEL Ob ihr die Kopeke habt?

KARPOW Die Sümpfe vor dem Osttor der Fabrik sind ein Grundübel.

ANTON Ach so, mit den Sümpfen wollt ihr es machen!

KARPOW Denkt an die Wolken von Mücken, die jeden Sommer uns den Aufenthalt im Freien fast unmöglich machen, an die hohe Zahl der Erkrankungen durch Sumpffieber, an die fortwährende Gefährdung unserer Kinder. Kollegen, für 24000 Rubel können die Sümpfe ausgetrocknet werden. Dazu wäre der Herr Suchlinow bereit. Auf dem neu gewonnenen Gelände würde die Vergrößerung der Fabrik in Angriff genommen werden. Das gibt neue Arbeitsplätze. Ihr wißt, wenn es der Fabrik gut geht, geht es euch auch gut. Kollegen, der Betrieb steht nicht so gut, wie wir vielleicht meinen. Wir können euch nicht verschweigen, was uns Herr Suchlinow mitgeteilt hat, daß der Schwesterbetrieb in Twersk stillgelegt wird und 700 Kollegen von morgen ab auf der Straße liegen. Wir sind für das kleinere Übel. Jeder Klarblickende sieht mit Sorge, daß wir vor einer der größten Wirtschaftskrisen stehen, die unser Land je durchgemacht hat.

PAWEL Also der Kapitalismus ist krank und du bist der Arzt. Du bist also für Annahme der Lohnkürzung?

KARPOW Wir haben keinen anderen Ausweg in der Verhandlung gefunden.

ANTON Dann verlangen wir den Abbruch der Verhandlungen mit der Direktion, ihr könnt den Lohnabzug doch nicht verhindern. Die Sumpfkopeke lehnen wir ab.

KARPOW Ich warne vor dem Abbruch der Verhandlungen mit der Direktion.

EIN ANDERER ARBEITER Ihr müßt euch klar sein, daß das Streik bedeutet.

PAWEL Nach unserer Ansicht kann nur noch ein Streik die Kopeke retten.

ANTON Die Frage für die Versammlung heute ist ganz einfach die: soll der Sumpf des Herrn Suchlinow ausgetrocknet oder soll die Kopeke gerettet werden? Wir müssen den Streik durchführen, und wir müssen sogar am 1. Mai, bis zu dem es ja nur noch eine Woche ist, zu erreichen versuchen, daß auch die anderen Betriebe, in denen die Löhne gekürzt werden sollen, stillgelegt werden.

KARPOW Ich warne euch!

Fabriksirene. Die Arbeiter stehen auf, um an die Arbeit zu gehen. Über die Schulter zurück singen sie Karpow das »Lied vom Flicken und vom Rock« zu.

LIED VOM FLICKEN UND VOM ROCK

1

Immer, wenn unser Rock zerfetzt ist
Kommt ihr gelaufen und sagt: so geht das nicht weiter
Dem muß abgeholfen werden und mit allen Mitteln!
Und voll Eifer rennt ihr zu den Herren
Während wir, stark frierend, warten
Und ihr kehrt zurück und im Triumphe
Zeigt ihr uns, was ihr für uns erobert:
Einen kleinen Flicken.
   Gut, das ist der Flicken
   Aber wo ist
   Der ganze Rock?

2

Immer, wenn wir vor Hunger schreien
Kommt ihr gelaufen und sagt: so geht das nicht weiter
Dem muß abgeholfen werden und mit allen Mitteln!
Und voll Eifer rennt ihr zu den Herren
Während wir, voll Hunger, warten
Und ihr kehrt zurück und im Triumphe
Zeigt ihr uns, was ihr für uns erobert:
Ein Stücklein Brot.
   Gut, das ist das Stücklein Brot
   Aber wo ist
   Der Brotlaib?

3
Wir brauchen nicht nur den Flicken
Wir brauchen den ganzen Rock
Wir brauchen nicht nur das Stück Brot
Wir brauchen den Brotlaib selbst.
Wir brauchen nicht nur den Arbeitsplatz
Wir brauchen die ganze Fabrik und die Kohle und das Erz und
Die Macht im Staat.
  Gut, das ist, was wir brauchen
  Aber was
  Bietet ihr uns an?

Die Arbeiter ab.

KARPOW *allein:* Also Streik!

PELAGEA WLASSOWA *nach vorn kommend:* Gurken, Tabak, Tee, frische Piroggen.

KARPOW Eine Gurke.

Pelagea Wlassowa verkauft ihm eine Gurke und setzt sich hin, ihre Einnahme überzählend.

PELAGEA WLASSOWA *zu sich:* Sie dürfen die Löhne nicht abbauen; das ist ein großes Unrecht, und mich trifft es ganz besonders, denn wenn der Lohn immerfort kleiner wird, wie soll ich da mit Pawel auskommen können? Er ist schon so unzufrieden.

KARPOW *kommt ihr nach:* Das ist ja ein Flugblatt! Also Sie verteilen das? Wissen Sie denn, daß diese Zettel Streik bedeuten?

PELAGEA WLASSOWA Streik? Wieso?

KARPOW Diese Flugblätter fordern die Belegschaft der Suchlinowwerke zum Streik auf.

PELAGEA WLASSOWA Davon verstehe ich nichts.

KARPOW Warum verteilen Sie dann das?

PELAGEA WLASSOWA Wir haben schon unsere Gründe. Warum verhaftet man unsere Leute?

KARPOW Wissen Sie denn überhaupt, was drinnen steht?

PELAGEA WLASSOWA Nein, ich kann nicht lesen.

KARPOW So werden uns die Leute verhetzt. Ein Streik ist eine schlimme Sache. Morgen früh gehen sie nicht zur Arbeit. Was ist morgen abend? Und was wird nächste Woche sein? Der

Firma ist es gleich, ob wir weiter arbeiten oder nicht, aber für uns ist es lebensnotwendig. *Der Betriebspolizist kommt mit dem Portier gelaufen.* Anton Antonowitsch, suchen Sie irgend etwas?

DER PORTIER Ja, es sind wieder Flugblätter, die zum Streik auffordern, verteilt worden. Ich weiß nicht, wie sie hereinkommen. Was haben Sie denn da?

Karpow versucht, das Flugblatt in die Tasche zu stecken.

DER BETRIEBSPOLIZIST Was stecken Sie denn in Ihre Tasche? *Er zieht es heraus.* Ein Flugblatt!

DER PORTIER So, Sie lesen diese Flugblätter?

KARPOW Anton Antonowitsch, mein Freund, es ist uns sicher erlaubt, zu lesen, was wir wollen.

DER BETRIEBSPOLIZIST So? *Ihn beim Kragen packend und mit sich ziehend:* Ich will dir zeigen, was es heißt, Flugblätter zu lesen, die in deiner Fabrik zum Streik auffordern!

KARPOW Ich habe doch nichts getan! Diese Frau kann bezeugen, daß ich nichts getan habe.

PELAGEA WLASSOWA Er hat nichts getan! Das kann ich bezeugen. Er ist doch ganz unschuldig!

KARPOW Loslassen! Lassen Sie mich los!

DER BETRIEBSPOLIZIST *schlägt ihn:* Dir werde ich geben! Flugblätter!

Der Betriebspolizist und der Portier mit Karpow ab.

PELAGEA WLASSOWA Der Mann hat doch nur eine Gurke gekauft!

4

Stube der Pelagea Wlassowa

Pelagea Wlassowa erhält ihre erste Lektion in Ökonomie

PELAGEA WLASSOWA Pawel, ich habe heute in eurem Auftrag die Flugblätter verteilt, die ihr mir gegeben habt, damit der Verdacht von dem jungen Menschen, den ihr hineingebracht habt, abgelenkt wird. Als ich mit dem Verteilen fertig war, mußte ich mit eigenen Augen sehen, daß noch ein Mensch, der nichts tat, als dies Flugblatt lesen, verhaftet wurde. Was habt ihr mich machen lassen?

ANTON Wir danken Ihnen, Frau Wlassowa, für Ihre geschickte Arbeit.

PELAGEA WLASSOWA So, das nennt ihr Geschicklichkeit? Und was ist mit Karpow, den ich durch meine Geschicklichkeit ins Gefängnis gebracht habe?

ANDREJ Sie haben ihn nicht ins Gefängnis gebracht. Unseres Wissens haben ihn die Polizisten ins Gefängnis gebracht.

IWAN Aber Sie haben mitgearbeitet an der Einigung der Arbeiter in den Suchlinowwerken. Wie Sie wohl gehört haben, ist fast einstimmig der Streik beschlossen worden.

PELAGEA WLASSOWA Ich wollte keinen Streik machen, sondern einem Menschen helfen. Und ich habe ihm nicht geholfen, sondern noch einen andern hineingebracht. Was ist mit Ssidor, was ist mit dem andern? Warum werden sie verhaftet? Weil sie Flugblätter lesen? Warum streikt ihr? Was stand in dem Flugblatt?

ANTON Als Sie es verteilten, haben Sie einer guten Sache gut geholfen.

PELAGEA WLASSOWA Was stand in dem Flugblatt?

PAWEL Was meinst du, das darin gestanden hat?

PELAGEA WLASSOWA Etwas Unrechtes.

ANTON Es ist uns klar, Frau Wlassowa, daß wir Ihnen Rechenschaft schulden.

PAWEL Setz dich zu uns, Mutter, wir wollen es dir erklären.

Sie holen sich Stühle und setzen sich um Pelagea Wlassowa herum.

IWAN Sehen Sie, in dem Flugblatt stand, daß die Arbeiter es sich nicht gefallen lassen sollen, wenn Herr Suchlinow nach seinem Belieben die Löhne kürzt, die er uns zahlt.

PELAGEA WLASSOWA Unsinn, was wollt ihr denn dagegen machen? Warum soll Herr Suchlinow nicht nach seinem Belieben die Löhne kürzen können, die er euch zahlt? Gehört ihm seine Fabrik oder gehört sie ihm nicht?

PAWEL Sie gehört ihm.

PELAGEA WLASSOWA So. Der Tisch, zum Beispiel, gehört mir. Jetzt frage ich euch: kann ich mit diesem Tisch machen, was ich will?

ANDREJ Ja, Frau Wlassowa. Mit diesem Tisch können Sie machen, was Sie wollen.

PELAGEA WLASSOWA So. Kann ich ihn zum Beispiel auch kurz und klein schlagen, wenn ich will?

ANTON Ja, diesen Tisch können Sie kurz und klein schlagen, wenn Sie wollen.

PELAGEA WLASSOWA Aha! Kann also Herr Suchlinow mit seiner Fabrik, die ihm gehört wie mir mein Tisch, machen, was er will?

PAWEL Nein.

PELAGEA WLASSOWA Wieso nicht?

IWAN Weil er zu seiner Fabrik uns Arbeiter braucht.

PELAGEA WLASSOWA Wenn er aber sagt, er braucht euch jetzt nicht?

PAWEL Siehst du, Mutter, das mußt du dir so vorstellen: er kann uns einmal brauchen und einmal nicht brauchen.

ANTON Richtig.

PAWEL Wenn er uns braucht, müssen wir da sein, und wenn er uns nicht braucht, dann sind wir eben auch da. Wo sollen wir hin? Und das weiß er. Er braucht uns nicht immer, aber wir brauchen ihn immer. Damit rechnet er. Der Herr Suchlinow hat doch da seine Maschinen stehen. Das ist aber unser Handwerkszeug. Wir haben sonst keines. Wir haben keinen Webstuhl mehr und keine Drehbank, sondern wir benützen eben die Maschinen des Herrn Suchlinow. Seine Fabrik gehört ihm, aber wenn er sie zumacht, nimmt er uns damit unser Handwerkszeug weg.

PELAGEA WLASSOWA Weil ihm euer Handwerkszeug gehört, wie mir mein Tisch.

ANTON Ja, aber finden Sie das denn richtig, daß ihm unser Handwerkszeug gehört?

PELAGEA WLASSOWA *laut:* Nein! Aber ob ich es richtig finde, oder ob ich es nicht richtig finde, deswegen gehört es ihm doch. Es kann ja jemand auch nicht richtig finden, daß mir mein Tisch gehört.

PAWEL Siehst du, da sagen wir: es ist ein Unterschied, ob dir ein Tisch gehört oder eine Fabrik. Ein Tisch kann dir natürlich gehören, ein Stuhl auch. Das schadet doch niemand. Wenn du ihn auf den Boden stellst, was soll das schon schaden? Aber wenn dir eine Fabrik gehört, dann kannst du damit vielen hundert Menschen schaden. Denn du hast in deinem Besitz ihr Handwerkszeug und kannst damit die Menschen ausnützen.

PELAGEA WLASSOWA Ja, also er kann uns ausnützen. Tut doch nicht, als wenn ich das noch nicht gemerkt hätte in dreißig Jahren. Nur eines habe ich nicht bemerkt, nämlich, daß man dagegen hätte etwas machen können.

ANTON Frau Wlassowa, wir sind also jetzt, was das Eigentum des Herrn Suchlinow betrifft, so weit, daß seine Fabrik ein ganz anderes Eigentum ist als zum Beispiel Ihr Tisch. Er kann sein Eigentum dazu benützen, um uns auszunützen.

IWAN Und sein Eigentum hat noch etwas Eigentümliches an sich: ohne daß er uns damit ausnützt, ist es für ihn überhaupt nichts wert. Nur solange es unser Handwerkszeug ist, ist es für ihn viel wert. Wenn es aber nicht mehr unser Produktionsmittel ist, ist es ein Haufen altes Eisen. Er ist also auch auf uns angewiesen mit seinem Eigentum.

PELAGEA WLASSOWA Gut, aber wie wollt ihr ihm das beweisen, daß er auf euch angewiesen ist?

ANDREJ Sehen Sie, wenn er, Pawel Wlassow, hinaufgeht zum Herrn Suchlinow und sagt: Herr Suchlinow, ohne mich ist Ihre Fabrik ein Haufen altes Eisen und Sie können mir also meinen Lohn nicht abbauen, wie es Ihnen beliebt, dann lacht der Herr Suchlinow und schmeißt den Wlassow hinaus. Aber wenn alle Wlassows in Twersk, achthundert Wlassows, dastehen und das gleiche sagen, dann lacht Herr Suchlinow nicht mehr.

PELAGEA WLASSOWA Und das ist euer Streik?

PAWEL Ja, das ist unser Streik.

PELAGEA WLASSOWA Und das stand in dem Flugblatt?

PAWEL Ja, das stand in dem Flugblatt.

PELAGEA WLASSOWA Ein Streik ist eine schlimme Sache. Von was soll ich kochen, was wird aus der Miete? Morgen früh geht ihr nicht zur Arbeit, was ist morgen abend? Und was wird nächste Woche sein? Aber gut, wir werden auch über das irgendwie hinüberkommen. Aber wenn nur das mit dem Streik drinnen gestanden hat, warum hat dann die Polizei Leute verhaftet? Was hat damit die Polizei zu tun?

PAWEL Ja, Mutter, das fragen wir dich: was hat damit die Polizei zu tun?

PELAGEA WLASSOWA Wenn wir unsern Streit mit Herrn Suchlinow austragen, das geht doch die Polizei nichts an? Ihr müßt das falsch angefaßt haben. Da sind sicher Mißverständnisse vorgekommen. Man hat geglaubt, ihr wollt etwas Gewalttätiges. Was ihr müßtet, wäre, der ganzen Stadt zeigen, daß euer Streit mit der Direktion ein friedlicher und gerechter ist. Das wird einen großen Eindruck machen.

IWAN Genau das wollen wir tun, Frau Wlassowa. Am 1. Mai, dem internationalen Kampftag der Arbeiter, wo alle Twersker Betriebe für die Befreiung der Arbeiterklasse demonstrieren, werden wir Transparente tragen, durch die wir alle Twersker Betriebe auffordern, unsern Kampf um die Kopeke zu unterstützen.

PELAGEA WLASSOWA Wenn ihr ruhig durch die Straßen marschiert und nur eure Transparente tragt, kann niemand etwas dagegen haben.

ANDREJ Wir nehmen an, daß der Herr Suchlinow es sich nicht gefallen lassen wird!

PELAGEA WLASSOWA Ja, das muß er sich gefallen lassen.

IWAN Die Polizei wird wahrscheinlich die Demonstration auseinandertreiben.

PELAGEA WLASSOWA Was hat die Polizei mit diesem Suchlinow zu tun? Die Polizei steht zwar über euch, aber ebensogut steht sie über dem Herrn Suchlinow.

PAWEL Du glaubst also, Mutter, gegen eine friedliche Demonstration wird die Polizei nichts unternehmen?

PELAGEA WLASSOWA Ja, das glaube ich. Das ist ja nichts Gewalttätiges. Über etwas Gewalttätiges, Pawel, würden wir uns niemals einigen. Du weißt, daß ich an einen Gott im Himmel glaube. Ich will nichts von Gewalt wissen. Ich habe sie vierzig Jahre lang kennengelernt und konnte nichts tun gegen die Gewalt. Aber wenn ich sterbe, möchte ich wenigstens nichts Gewalttätiges getan haben.

5

Straße

Am 1. Mai 1908 demonstrieren die Twersker Arbeiter gegen den Lohnabbau – Pelagea Wlassowa erhält ihre erste Lektion in Politik

PAWEL Als wir Arbeiter von den Suchlinowwerken über den Wollmarkt kamen, stießen wir auf den Zug der anderen Betriebe, es waren schon viele Tausende. Wir trugen Transparente, darauf stand: Arbeiter, unterstützt unseren Kampf gegen die Lohnsenkung! Arbeiter, vereinigt euch!

IWAN Wir marschierten ruhig und in Ordnung. An Liedern wurde gesungen: »Wacht auf, Verdammte dieser Erde« und »Brüder, zur Sonne, zur Freiheit«. Unser Betrieb kam direkt hinter der großen roten Fahne.

ANDREJ Neben mir marschierte Pelagea Wlassowa dicht hinter ihrem Sohn. Als wir diesen in der Frühe abgeholt hatten, war sie plötzlich angekleidet aus der Küche gekommen, und auf unsere Frage, wohin sie wolle, hatte sie geantwortet:

PELAGEA WLASSOWA Mit euch gehen.

ANTON Solche wie sie gingen viel mit uns, denn der strenge Winter, die Lohnsenkungen in den Betrieben und unsere Agitation hatten viele zu uns geführt. Bevor wir zum Erlöserboulevard kamen, sahen wir einige Polizisten und keine Soldaten, aber an der Ecke des Erlöserboulevards und der Twerskaja stand plötzlich eine zweifache Kette von Polizisten. Als die unsere Fahne und unsere Transparente sahen, schrie plötzlich eine Stimme uns zu: Achtung! Auseinandergehen, es wird geschossen, und: Fahne weg! Unser Zug kam ins Stocken.

PAWEL Aber da die hinten Marschierenden nachrückten, konnten die Vorderen nicht stehenbleiben und jetzt wurde geschossen. Als die ersten Leute umschlugen, erfolgte nichts weiter als eine Verwirrung. Viele konnten nicht glauben, daß das, was sie sahen, wirklich geschehen war. Dann setzten sich die Polizisten in Bewegung auf die Menge zu.

PELAGEA WLASSOWA Ich war mitgegangen, um für die Sache der Arbeiter zu demonstrieren. Es waren lauter ordentliche

Leute, die da marschierten, die ihr Leben lang gearbeitet hatten. Freilich waren auch Verzweifelte darunter, die durch die Arbeitslosigkeit zum Äußersten getrieben waren, und Hungrige, die zu schwach waren, sich zur Wehr zu setzen.

ANDREJ Wir standen immer noch ziemlich vorn und wir gingen auch nicht auseinander, als geschossen wurde.

PAWEL Wir hatten unsere Fahne, Smilgin trug sie, und wir dachten auch nicht daran, sie wegzugeben, denn jetzt schien uns, ohne daß wir uns verständigten, daß es wichtig wäre, daß sie gerade uns träfen und niedermachten und die Fahne, gerade unsere, die rote, wegnähmen. Dies wollten wir aber, damit alle Arbeiter sähen, wer wir sind und wofür wir sind, nämlich für die Arbeiter.

ANDREJ Die gegen uns waren, mußten sich benehmen wie die wilden Tiere. Weil sie dafür von den Suchlinows ihren Lebensunterhalt bekamen.

MASCHA Endlich würde es jeder sehen und unsere Fahne, die rote, mußte besonders hochgehalten werden, allen sichtbar, nicht zum wenigsten den Polizisten, aber auch allen anderen.

IWAN Und die sie nicht sahen, denen sollte es erzählt werden, heute noch oder morgen oder in den nächsten Jahren, so lange, bis sie wieder gesehen würde. Denn, das glaubten wir zu wissen und viele wußten es sicher in diesem Augenblick, sie würde immer wieder gesehen werden, von jetzt ab bis zur völligen Umänderung aller Dinge, die auf dem Marsch ist: unsere Fahne, die die gefährlichste ist für alle Ausbeuter und Herrschenden, die unerbittlichste!

ANTON Aber für uns Arbeiter die endgültige!

ALLE

Darum werdet ihr sie
Immer wieder sehen
Gern oder ungern
Je nach eurer Stellung in diesem Kampf
Der nicht mehr anders enden wird als
Mit unserem vollständigen Sieg
In allen Städten aller Länder
Wo es Arbeiter gibt.

PELAGEA WLASSOWA Aber an diesem Tag trug sie der Arbeiter Smilgin.

SMILGIN Mein Name ist Smilgin. Ich habe fünfzehn Jahre lang der Bewegung angehört. Ich war einer der ersten, die im Betriebe revolutionäre Aufklärung verbreiteten. Wir haben um die Löhne gekämpft und um bessere Arbeitsbedingungen. Dabei habe ich im Interesse meiner Kollegen oftmals mit den Unternehmern verhandelt. Anfangs voller Feindschaft, aber dann, ich gebe es zu, dachte ich, es ginge anders leichter. Wenn wir unsere Macht vermehrten, dachte ich, würden wir mitzubestimmen haben. Das war wohl falsch. Jetzt stehe ich hier, hinter mir sind es schon viele Tausende, aber vor uns steht wieder die Gewalt. Sollen wir die Fahne weggeben?

ANTON Gib sie nicht weg, Smilgin! Es geht nicht durch Verhandeln, sagten wir. Und Pelagea Wlassowa sagte ihm:

PELAGEA WLASSOWA Du mußt sie nicht hergeben, es kann dir nichts geschehen. Gegen eine friedliche Demonstration kann die Polizei nichts haben.

MASCHA Und in diesem Augenblick schrie ein Polizeioffizier uns zu: gebt die Fahne heraus!

IWAN Und Smilgin sah hinter sich und sah hinter seiner Fahne unsere Transparente und auf den Transparenten unsere Losungen. Und hinter den Transparenten standen die Streikenden von den Suchlinowwerken. Und wir sahen hin, was er neben uns, einer von uns, mit der Fahne machte.

PAWEL Fünfzehn Jahre in der Bewegung, Arbeiter, Revolutionär, am 1. Mai 1908, vormittags 11 Uhr an der Ecke des Erlöserboulevards, im entscheidenden Augenblick. Er sagte:

SMILGIN Ich gebe sie nicht her! Es wird nicht verhandelt.

ANDREJ Gut, Smilgin, sagten wir. So ist es recht. Jetzt ist alles in Ordnung.

IWAN Ja, sagte er, und fiel vornüber auf sein Gesicht, denn sie hatten ihn schon abgeschossen.

ANDREJ Und sie liefen hin, vier, fünf Mann, um sich die Fahne zu holen. Aber die Fahne lag neben ihm. Da bückte sich unsere Pelagea Wlassowa, die Ruhige, Gleichmütige, die Genossin, und griff nach der Fahne.

PELAGEA WLASSOWA Gib die Fahne her, Smilgin, sagte ich. Gib sie her! Ich werde sie schon tragen. Das wird alles noch anders werden!

6

Projektion: »Mitgliedsbuch der Sozialdemokratischen Partei Rußlands (Bolschewiki) für Pelagea Wlassowa aus Twersk«

Wohnung des Lehrers Wessowtschikow

IWAN WESSOWTSCHIKOW BRINGT PELAGEA WLASSOWA NACH DER VERHAFTUNG IHRES SOHNES ZU SEINEM BRUDER NIKOLAI, DEM LEHRER

IWAN Nikolai Iwanowitsch, ich bringe dir hier die Mutter unseres Freundes Pawel, Pelagea Wlassowa. Ihr Sohn ist wegen der Vorgänge bei der Demonstration am 1. Mai verhaftet worden. Daraufhin ist sie in ihrer alten Wohnung gekündigt worden, und wir haben ihrem Sohn versprochen, sie in Sicherheit zu bringen. Deine Wohnung ist unverdächtig. Niemand kann behaupten, daß du irgend etwas mit der revolutionären Bewegung zu tun hast.

DER LEHRER WESSOWTSCHIKOW Jawohl, das ist nur die Wahrheit. Ich bin Lehrer und würde meine Stellung verlieren, wenn ich wie du solchen Hirngespinsten nachjagen wollte.

IWAN Ich hoffe aber, daß du Frau Wlassowa, die keine Unterkunft hat, dennoch hierbehalten wirst. Du wirst mir, deinem Bruder, damit einen Gefallen tun.

DER LEHRER Ich habe keinen Grund, dir einen Gefallen zu tun. Ich mißbillige alles, was du machst, außerordentlich. Es ist alles Unsinn. Das habe ich dir oft genug bewiesen. Aber das betrifft nicht Sie, Frau Wlassowa. Ihre Notlage sehe ich ein. Außerdem habe ich sowieso eine Aufwärterin nötig. Sie sehen, daß hier große Unordnung herrscht.

IWAN Du müßtest ihr natürlich etwas Geld für ihre Arbeit geben, sie muß doch ihrem Sohn ab und zu etwas schicken.

DER LEHRER Ich könnte Ihnen natürlich nur ein ganz kleines Gehalt aussetzen.

IWAN Er versteht von Politik soviel wie dieser Stuhl. Aber er ist kein Unmensch.

DER LEHRER Du bist ein Dummkopf, Iwan. Frau Wlassowa, hier ist die Küche, in der Küche ist ein Sofa, darauf können

Sie schlafen. Ich sehe, daß Sie Ihre eigene Wäsche mitgebracht haben. Hier ist die Küche, Frau Wlassowa.

Pelagea Wlassowa geht mit ihrem Bündel in die Küche und beginnt sich dort einzurichten.

IWAN Ich danke dir persönlich, Nikolai Iwanowitsch, und bitte dich, auf die Frau achtzugeben. Sie soll nicht sogleich wieder mit Politik zu tun haben. Sie ist in die Unruhen des 1. Mai hineingekommen und soll jetzt zur Ruhe kommen. Sie sorgt sich um das Schicksal ihres Sohnes. Du bist mir für sie verantwortlich.

DER LEHRER Ich werde sie nicht in die Politik hineinziehen, wie ihr das macht.

Der Lehrer Wessowtschikow überrascht seine Haushälterin bei der Propaganda

In der Küche sitzen um Pelagea Wlassowa Arbeiter.

FRAU Wir haben gehört, der Kommunismus ist ein Verbrechen.

PELAGEA WLASSOWA Das ist nicht wahr, der Kommunismus ist gut für uns. Was spricht gegen den Kommunismus? *Sie singt:*

Lob des Kommunismus

Er ist vernünftig, jeder versteht ihn. Er ist leicht.
Du bist doch kein Ausbeuter, du kannst ihn begreifen.
Er ist gut für dich, erkundige dich nach ihm.
Die Dummköpfe nennen ihn dumm und die Schmutzigen nennen ihn schmutzig
Er ist gegen den Schmutz und gegen die Dummheit.
Die Ausbeuter nennen ihn ein Verbrechen.
Aber wir wissen:
Er ist das Ende ihrer Verbrechen.
Er ist keine Tollheit, sondern
Das Ende der Tollheit.
Er ist nicht das Chaos
Sondern die Ordnung.
Er ist das Einfache
Das schwer zu machen ist.

FRAU Warum aber sehen das nicht alle Arbeiter ein?

DER ARBEITSLOSE SOSTAKOWITSCH Weil sie in Unwissenheit gehalten werden darüber, daß sie ausgebeutet werden und daß dies ein Verbrechen ist und daß es möglich ist, diesem Verbrechen ein Ende zu bereiten.

Sie verstummen, denn der Lehrer tritt in die Stube nebenan.

DER LEHRER Ich komme da ermüdet von der Bierkneipe, den Kopf noch voll von den Debatten, wobei ich wieder großen Ärger mit diesem Dummkopf Sachar hatte, der mir immer widersprach, obwohl ich natürlich recht hatte, und freue mich schon auf meine ruhigen vier Wände. Ich denke, ich nehme noch ein Fußbad und lese dabei die Zeitung.

PELAGEA WLASSOWA *kommt herein:* Was, Sie sind schon zurück, Nikolai Iwanowitsch?

DER LEHRER Ja, und ich bitte Sie, mir ein heißes Fußbad zu bereiten. Ich werde es in der Küche nehmen.

PELAGEA WLASSOWA Es ist sehr gut, daß Sie gekommen sind, Nikolai Iwanowitsch, sehr gut, da Sie gleich wieder weggehen müssen. Eben sagte mir die Nachbarin, Ihr Freund Sachar Smerdjakow sei vor einer Stunde dagewesen. Er hätte Ihnen aber nichts hinterlassen können, da er Sie dringend persönlich sprechen muß. Suchen Sie ihn rasch auf! Suchen Sie ihn rasch auf! Sie haben schon mehrmals jetzt durch Ihren angeborenen Hang zur Bequemlichkeit Ihre Pflichten vernachlässigt. Außerdem scheint es sich um einen persönlichen Gefallen zu handeln, den Herr Smerdjakow von Ihnen benötigt. Wie gesagt, er war vor einer Stunde erst hier.

DER LEHRER Frau Wlassowa, ich war mit meinem Freund Sachar Smerdjakow den ganzen Abend zusammen.

PELAGEA WLASSOWA So? Aber die Küche ist in Unordnung, Nikolai Iwanowitsch. Die Wäsche hängt.

Murmeln in der Küche.

DER LEHRER Seit wann redet meine Wäsche beim Trocknen und *deutet auf den Samowar, den sie in den Händen hält* seit wann trinken meine Hemden Tee?

PELAGEA WLASSOWA Nikolai Iwanowitsch, ich muß Ihnen gestehen, daß wir zu einer kleinen Unterhaltung bei einer Tasse Tee zusammensitzen.

DER LEHRER So. Was sind es denn für Leute?

PELAGEA WLASSOWA Ich weiß nicht, ob Sie sich wohl fühlen würden bei ihnen, Nikolai Iwanowitsch. Es sind keine besonders wohlhabenden Leute.

DER LEHRER Aha – dann redet ihr wieder von Politik! Ist der Arbeitslose Sostakowitsch dabei?

PELAGEA WLASSOWA Ja, und seine Frau und sein Bruder mit seinem Sohn und sein Onkel und seine Tante. Es sind sehr verständige Menschen und auch Sie würden mit Interesse ihren Ausführungen folgen.

DER LEHRER Frau Wlassowa, habe ich Sie nicht seinerzeit darauf aufmerksam gemacht, daß ich in meinem Hause nichts Politisches wünsche? Jetzt komme ich aus meiner Bierkneipe müde nach Hause und finde meine Küche voll von Politik. Ich bin überrascht, Frau Wlassowa, ich bin sehr überrascht.

PELAGEA WLASSOWA Nikolai Iwanowitsch, es tut mir leid, daß ich Sie enttäuschen mußte. Ich habe den Leuten vom 1. Mai berichtet. Sie wissen nicht genug davon.

DER LEHRER Was wissen Sie von Politik, Frau Wlassowa? Heute abend erst habe ich meinem Freund Sachar, einem sehr intelligenten Menschen, gesagt: »Sachar Smerdjakow, die Politik ist das Schwierigste und Undurchsichtigste, was es auf Erden gibt.«

PELAGEA WLASSOWA Sie sind sicher sehr müde und angestrengt. Aber wenn Sie noch etwas Zeit hätten: wir alle waren uns heute abend darüber einig, daß Sie uns vieles erklären könnten, auch in bezug auf den 1. Mai, der sehr undurchsichtig ist.

DER LEHRER Ich habe allerdings wenig Lust, mich mit dem Arbeitslosen Sostakowitsch herumzustreiten. Ich könnte höchstens versuchen, ihnen die Grundbegriffe der Politik beizubringen. Aber wirklich, Frau Wlassowa, ich habe große Bedenken, Sie in der Gesellschaft von so anrüchig aussehenden Leuten zu wissen. Nehmen Sie den Samowar mit und etwas Brot und einige Gurken.

Sie gehen damit in die Küche.

Pelagea Wlassowa lernt Lesen

DER LEHRER *vor einer Schultafel:* Ihr wollt also Lesen lernen. Ich begreife zwar nicht, wozu ihr das in eurer Lage brauchen könntet, ihr seid auch schon etwas alt dafür. Aber ich will es Frau Wlassowa zuliebe versuchen. Habt ihr alle was zum Schreiben? Also ich schreibe jetzt drei einfache Wörter an: »Ast, Nest, Fisch«. Ich wiederhole: »Ast, Nest, Fisch«. *Schreibt.*

SOSTAKOWITSCH Wozu solche Wörter?

PELAGEA WLASSOWA *sitzt mit drei anderen am Tisch:* Muß es eigentlich gerade »Ast, Nest, Fisch« sein? Wir sind alte Leute und müssen doch rasch die Wörter lernen, die wir brauchen!

DER LEHRER *lächelt:* Sehen Sie: woran Sie das Lesen lernen, ist völlig gleichgültig.

PELAGEA WLASSOWA Wieso? Wie zum Beispiel schreibt man »Arbeiter«? Das interessiert unsern Pawel Sostakowitsch.

SOSTAKOWITSCH »Ast« kommt doch nie vor.

PELAGEA WLASSOWA Er ist Metallarbeiter.

DER LEHRER Aber die Buchstaben kommen darin vor.

ARBEITER Aber in dem Wort »Klassenkampf« kommen doch auch die Buchstaben vor!

DER LEHRER Ja, aber ihr müßt mit dem Einfachsten anfangen, nicht gleich mit dem Schwierigsten! »Ast« ist einfach.

SOSTAKOWITSCH »Klassenkampf« ist viel einfacher.

DER LEHRER Es gibt doch gar keinen Klassenkampf. Das wollen wir erst mal feststellen.

SOSTAKOWITSCH *steht auf:* Dann kann ich von Ihnen nichts lernen, wenn es bei Ihnen keinen Klassenkampf gibt!

PELAGEA WLASSOWA Du sollst hier Lesen und Schreiben lernen und das kannst du auch hier. Lesen, das ist Klassenkampf!

DER LEHRER Ich halte das alles einfach für Unsinn. Was soll das jetzt wieder heißen: Lesen ist Klassenkampf! Wozu dieses Gerede überhaupt? *Schreibt.* Also das heißt: »Arbeiter«. Nachschreiben!

PELAGEA WLASSOWA Lesen ist Klassenkampf, das bedeutet: wenn wir lesen und schreiben können, dann können wir unsere Broschüren selber verfassen und unsere Bücher lesen. Dann können wir den Klassenkampf führen.

DER LEHRER Seht ihr, ich selber bin Lehrer, und ich lehre Lesen und Schreiben seit zwölf Jahren, aber ich will euch mal was sagen: im Innersten weiß ich, es ist alles Unsinn. Bücher sind Unsinn. Davon wird der Mensch nur immer schlechter. Ein einfacher Bauer ist schon einfach dadurch ein besserer Mensch, weil er nicht durch die Zivilisation verdorben ist.

PELAGEA WLASSOWA Und wie schreibt man also »Klassenkampf«? Pawel Sostakowitsch, du mußt die Hand fest auflegen, sonst zittert sie und dann wird die Schrift undeutlich.

DER LEHRER *schreibt:* Klassenkampf. *Zu Sostakowitsch:* Sie müssen in einer geraden Linie schreiben und nicht über den Rand. Wer über den Rand schreibt, der übertritt auch die Gesetze. Da haben nun Generationen und Generationen Wissen auf Wissen gehäuft und Bücher auf Bücher geschrieben. Und die Technik ist weiter, als sie je war. Und was hat es genützt? Die Verwirrung ist auch größer, als sie je war. Man sollte den ganzen Krempel ins Meer werfen, wo es am tiefsten ist, alle Bücher und Maschinen ins Schwarze Meer. Widerstehet dem Wissen! Seid ihr fertig? Manchmal habe ich Stunden, wo ich ganz in Melancholie versinke. Was, frage ich dann, sollen solche wirklich großen Gedanken, die nicht nur das Jetzt, sondern das Immer und Ewig, das allgemein Menschliche schlechthin umfassen, mit Klassenkampf zu tun haben?

SOSTAKOWITSCH Solche Gedanken nützen gar nichts. Während ihr in Melancholie versinkt, beutet ihr uns aus.

PELAGEA WLASSOWA Sei still, Pawel Sostakowitsch! Bitte, wie schreibt man eigentlich »Ausbeutung«?

DER LEHRER Ausbeutung. Das steht ja auch nur in Büchern. Als ob ich schon einmal jemand ausgebeutet hätte?

SOSTAKOWITSCH Das sagen Sie nur, weil Sie von der Beute nichts bekommen.

PELAGEA WLASSOWA *zu Sostakowitsch:* Das »A« bei der Ausbeutung ist genau wie das »A« bei »Arbeiter«.

DER LEHRER Wissen hilft ja nicht. Wissen hilft ja nicht. Güte hilft.

PELAGEA WLASSOWA Gib es nur her, dein Wissen, wenn du es nicht brauchst.

Lob des Lernens
von den Lernenden gesungen:

Lerne das Einfachste, für die
Deren Zeit gekommen ist
Ist es nie zu spät!
Lerne das Abc, es genügt nicht, aber
Lerne es! Laß es dich nicht verdrießen
Fang an! Du mußt alles wissen!
Du mußt die Führung übernehmen!

Lerne, Mann im Asyl!
Lerne, Mann im Gefängnis!
Lerne, Frau in der Küche!
Lerne, Sechzigjährige!
Du mußt die Führung übernehmen!
Suche die Schule auf, Obdachloser!
Verschaffe dir Wissen, Frierender!
Hungriger, greif nach dem Buch: es ist eine Waffe.
Du mußt die Führung übernehmen.

Scheue dich nicht, zu fragen, Genosse!
Laß dir nichts einreden
Sieh selber nach!
Was du nicht selber weißt
Weißt du nicht.
Prüfe die Rechnung.
Du mußt sie bezahlen.
Lege den Finger auf jeden Posten
Frage: wie kommt er hierher?
Du mußt die Führung übernehmen.

PELAGEA WLASSOWA *steht auf:* Für heute ist es genug. Wir können uns nicht mehr soviel auf einmal merken. Sonst schläft Pawel Sostakowitsch wieder die ganze Nacht nicht. Wir danken Ihnen, Nikolai Iwanowitsch. Wir können Ihnen nur sagen, Sie helfen uns sehr, indem Sie uns Lesen und Schreiben lehren.

DER LEHRER Ich glaube es nicht. Übrigens will ich nicht sagen, daß eure Meinungen keinen Sinn haben. Ich werde in unserer nächsten Stunde darauf zurückkommen.

Iwan Wessowtschikow erkennt seinen Bruder nicht mehr

IWAN Ich wollte mich wieder einmal nach Ihnen umsehen, Frau Wlassowa, und Ihnen einige von unseren Blättern mitbringen. Hat Ihnen Pawel geschrieben?

PELAGEA WLASSOWA Nein, keine Zeile. Ich bin in großer Sorge um ihn.

DER LEHRER Um einen Mann wie Ihren Sohn brauchen Sie keine Sorge zu haben.

PELAGEA WLASSOWA Das schlimmste ist, daß ich niemals weiß, was er gerade macht oder was sie mit ihm machen. Ich weiß zum Beispiel nicht einmal, ob sie ihm genug zu essen geben und ob er nicht etwa friert. Bekommen sie dort eigentlich Decken? Ich bin sehr stolz auf ihn. Ich habe Glück: ich habe einen Sohn, der nötig ist. *Sie rezitiert:*

Lob des Revolutionärs

Wenn die Unterdrückung zunimmt
Werden viele entmutigt
Aber sein Mut wächst.

Er organisiert seinen Kampf
Um den Lohngroschen, um das Teewasser
Und um die Macht im Staat.

Er fragt das Eigentum:
Woher kommst du?
Er fragt die Ansichten:
Wem nützt ihr?

Wo immer geschwiegen wird
Dort wird er sprechen
Und wo Unterdrückung herrscht und von Schicksal die Rede ist
Wird er die Namen nennen.

Wo er sich zu Tisch setzt
Setzt sich die Unzufriedenheit zu Tisch
Das Essen wird schlecht
Und als eng wird erkannt die Kammer.

Wohin sie ihn jagen, dorthin
Geht der Aufruhr, und wo er verjagt ist
Bleibt die Unruhe doch.

IWAN Seit sie verhaftet wurden, sind sie wie vom Erdboden verschluckt. Niemand darf zu ihnen. Es ist schlimm für unsere Bewegung, weil Pawel zum Beispiel als einziger die Adressen der Bauern weiß, die sich nach unserer Zeitung erkundigt haben. Und nichts ist gegenwärtig wichtiger als die Aufklärung der landarmen Bauern.

PELAGEA WLASSOWA Ich habe auch schon gedacht, daß wir mit den Bauern reden müßten.

DER LEHRER Da müßte man noch mit vielen Leuten reden, 120 Millionen Bauern, das könnt ihr ja gar nicht. Überhaupt Revolution, das geht nicht in diesem Land mit diesen Leuten. Der Russe wird nie eine Revolution machen. Das ist eine Sache für den Westen. Die Deutschen, das sind Revolutionäre, die werden eine Revolution machen. Ich habe übrigens zu meinem Freund Sachar Smerdjakow gesagt: diese Leute geben eine Zeitung heraus und es steht nichts drinnen als Fremdwörter, Zeug, das sie nicht verstehen können.

Iwan lacht.

DER LEHRER Was ist denn?

IWAN Wo hast du das schöne Zarenbild hingehängt? Das Zimmer sieht ganz kahl aus.

DER LEHRER Ich habe mir gedacht, ich hänge es einmal für einige Zeit weg. Es wird langweilig, wenn man es immer vor sich hat. Übrigens, warum steht in eurer Zeitung nichts über die Mißstände in den Schulen?

IWAN Ich meinte nur – weil es langweilig ist, kannst du doch das Bild nicht weggehängt haben.

PELAGEA WLASSOWA Sagen Sie das nicht! Nikolai Iwanowitsch will immer etwas Neues.

IWAN So.

DER LEHRER Jedenfalls sehe ich es nicht gern, wenn man mich als einen Idioten behandelt. Ich habe dich etwas in bezug auf eure Zeitung gefragt.

IWAN Ich kann mich nicht erinnern, Nikolai, daß in deiner Wohnung sich irgend etwas geändert hätte. Schon der Rahmen hat zwölf Rubel gekostet.

DER LEHRER Dann kann ich ja den Rahmen wieder hinhängen. Du hast mich immer für einen Dummkopf gehalten, deshalb bist du selbst ein Dummkopf.

IWAN Ich bin überrascht, Nikolai Iwanowitsch, deine hetzerischen Reden und deine verächtliche Haltung gegenüber unserem Zaren wundern mich. Du scheinst ein Agitator geworden zu sein. Du hast auch einen so entschlossenen Blick bekommen. Es ist geradezu gefährlich, dich anzuschauen.

PELAGEA WLASSOWA Ärgern Sie Ihren Bruder nicht! Er ist ein sehr vernünftiger Mensch. Und da viele Kinder bei ihm etwas lernen, ist es sehr wichtig, was er über die Zustände sagt. Außerdem hat er uns Lesen und Schreiben beigebracht.

IWAN Hoffentlich hast du, als du sie Lesen lehrtest, auch etwas gelernt.

DER LEHRER Nein – ich habe gar nichts gelernt. Diese Leutchen verstehen noch sehr wenig vom Marxismus. Ich will Sie nicht kränken, Frau Wlassowa. Es ist natürlich eine sehr komplizierte Sache und ohne einen geschulten Kopf überhaupt nicht verstehbar. Die Eigentümlichkeit dabei ist, daß die Leute, die das nie verstehen werden, es wie warme Semmeln hineinfressen. Der Marxismus an sich ist nicht schlecht. Er hat sogar manches für sich, wenn natürlich auch große Lücken da sind und Marx in einigen entscheidenden Punkten die Sache direkt falsch sieht. Ich könnte da allerhand zu diesem Thema sagen. Natürlich ist das Ökonomische wichtig, aber nicht nur das Ökonomische ist wichtig. Es ist auch wichtig. Soziologie? Ich verspreche mir zum Beispiel ebensoviel von der Biologie. Ich frage: wo ist das allgemein Menschliche in dieser Lehre? Der Mensch wird sich immer gleichbleiben.

PELAGEA WLASSOWA *zu Iwan:* Aber er hat sich schon ziemlich geändert, nicht wahr?

Iwan verabschiedet sich.

IWAN Frau Wlassowa, ich erkenne meinen Bruder nicht mehr.

7

Gefängnis

PELAGEA WLASSOWA BENÜTZT EINEN BESUCH BEI IHREM SOHN IM GEFÄNGNIS, UM DIE NAMEN DER MIT DER BEWEGUNG SYMPATHISIERENDEN BAUERN ZU ERFAHREN

PELAGEA WLASSOWA Der Aufseher wird sehr achtgeben, aber ich muß dennoch die Adressen der Bauern erfahren, die nach unserer Zeitung verlangt haben. Hoffentlich behalte ich diese vielen Namen im Kopf.

Der Aufseher bringt Pawel herein.

PELAGEA WLASSOWA Pawel!

PAWEL Wie geht es dir, Mama?

AUFSEHER Sie müssen sich so setzen, daß ein Abstand zwischen Ihnen bleibt. Dahin und dahin. Politische Gespräche dürfen nicht stattfinden.

PAWEL Also sprich von zu Hause, Mutter!

PELAGEA WLASSOWA Ja, Pawel.

PAWEL Bist du untergebracht?

PELAGEA WLASSOWA Beim Lehrer Wessowtschikow.

PAWEL Kümmern sie sich um dich?

PELAGEA WLASSOWA Ja. Aber wie geht es dir?

PAWEL Ich hatte schon Sorge, ob sie dich auch genügend unterstützen können.

PELAGEA WLASSOWA Dein Bart ist stark gewachsen.

PAWEL Ja, ich sehe ein wenig älter aus, nicht?

PELAGEA WLASSOWA Ich war auch bei Smilgins Begräbnis. Die Polizei hat wieder um sich gehauen und einige verhaftet. Wir sind alle dabeigewesen.

AUFSEHER Das ist politisch, Frau Wlassowa!

PELAGEA WLASSOWA So? Wirklich? Man weiß gar nicht, worüber man reden soll!

AUFSEHER Dann sind ja Ihre Besuche überflüssig. Zu reden haben Sie nichts, aber Sie kommen hierhergelaufen und stören uns. Ich trage doch die Verantwortung.

PAWEL Hilfst du im Haushalt?

PELAGEA WLASSOWA Auch. Wessowtschikow und ich wollen nächste Woche aufs Land fahren.

PAWEL Mit dem Lehrer?

PELAGEA WLASSOWA Nein, mit Iwan.

PAWEL Wollt ihr euch erholen?

PELAGEA WLASSOWA Auch. *Leise:* Wir brauchen die Adressen. *Laut:* Oh, Pawel, du fehlst uns allen sehr.

PAWEL *leise:* Ich habe die Adressen bei der Verhaftung verschluckt, ich weiß nur noch ein paar auswendig.

PELAGEA WLASSOWA Oh, Pawel, ich hätte nie gedacht, daß ich meine alten Tage so zubringen müßte.

PAWEL *leise:* Luschin in Pirogowo.

PELAGEA WLASSOWA *leise:* Und in Krapiwna? *Laut:* Wirklich Kummer machst du mir!

PAWEL *leise:* Sulinowski.

PELAGEA WLASSOWA Ich bete auch für dich. *Leise:* Sulinowski in Krapiwna. *Laut:* Ich verbringe meine Abende einsam bei der Lampe sitzend.

PAWEL *leise:* Terek in Tobraja.

PELAGEA WLASSOWA Und der Lehrer Wessowtschikow beschwert sich schon über den Trubel.

PAWEL *leise:* Und von ihnen erfahrt ihr die anderen Adressen.

AUFSEHER Die Besuchszeit ist herum.

PELAGEA WLASSOWA Noch eine Minute, lieber Herr. Ich bin so verwirrt. Ach, Pawel, was bleibt uns alten Leuten schon übrig, als uns zu verkriechen, damit man uns nicht mehr sehen muß, denn wir sind zu nichts mehr nütze. *Leise:* Luschin in Pirogowo. *Laut:* Man läßt es uns merken, unsere Zeit ist um. Vor uns liegt nichts mehr. Was wir wissen, ist vergangen, *leise:* Sulinowski in Tobraja. *Pawel schüttelt den Kopf.* Sulinowski in Krapiwna, *laut:* und unsere Erfahrungen betreffen nichts mehr. Unser Rat ist schädlich, denn zwischen uns und unseren Söhnen ist eine Kluft, unüberbrückbar. *Leise:* Terek in Tobraja. *Laut:* Wir gehen hierhin und ihr geht dorthin. *Leise:* Terek in Tobraja. *Laut:* Wir haben nichts Gemeinsames. Die Zeit, die kommt, ist die eure!

AUFSEHER Aber die Besuchszeit ist um.

PAWEL *verbeugt sich:* Leb wohl, Mutter.

PELAGEA WLASSOWA *verbeugt sich ebenfalls:* Leb wohl, Pawel.

Lied
von dem Darsteller des Pawel gesungen:

Sie haben Gesetzbücher und Verordnungen
Sie haben Gefängnisse und Festungen
(Ihre Fürsorgeanstalten zählen wir nicht!)
Sie haben Gefängniswärter und Richter
Die viel Geld bekommen und zu allem bereit sind.
Ja, wozu denn?
Glauben sie denn, daß sie uns damit kleinkriegen?
  Ehe sie verschwinden, und das wird bald sein
  Werden sie gemerkt haben, daß ihnen das alles nichts mehr nützt.

Sie haben Zeitungen und Druckereien
Um uns zu bekämpfen und mundtot zu machen
(Ihre Staatsmänner zählen wir nicht!)
Sie haben Pfaffen und Professoren
Die viel Geld bekommen und zu allem bereit sind.
Ja, wozu denn?
Müssen sie denn die Wahrheit so fürchten?
  Ehe sie verschwinden, und das wird bald sein
  Werden sie gemerkt haben, daß ihnen das alles nichts mehr nützt.

Sie haben Tanks und Kanonen
Maschinengewehre und Handgranaten
(Die Gummiknüppel zählen wir nicht!)
Sie haben Polizisten und Soldaten
Die wenig Geld bekommen und zu allem bereit sind.
Ja, wozu denn?
Haben sie denn so mächtige Feinde?
  Sie glauben, da muß doch ein Halt sein
  Der sie, die Schwankenden, stützt.
  Eines Tages, und das wird bald sein
  Werden sie sehen, daß ihnen alles nichts nützt.
  Und da können sie noch so laut »Halt!« schrein
  Weil sie weder Tank noch Kanone mehr schützt!

8

Landstraße

In den Jahren 1909 bis 1913 versuchten die Arbeiter wiederholt, die armen Bauern und die Landarbeiter für die Bewegung zu gewinnen

Pelagea Wlassowa, die in Begleitung zweier Arbeiter kommt, wird mit Steinwürfen empfangen. Ihre Begleiter ergreifen die Flucht.

PELAGEA WLASSOWA *mit einer großen Beule an der Stirn zu den Steinwerfern:* Warum werft ihr denn mit Steinen nach uns?

JEGOR LUSCHIN Weil ihr Streikbrecher seid.

PELAGEA WLASSOWA So. Das sind Streikbrecher. Darum haben die es so eilig. Wo wird denn hier gestreikt?

JEGOR Auf dem Smirnowschen Gut.

PELAGEA WLASSOWA Und ihr seid die Streikenden? Das merke ich an meiner Beule. Ich bin aber keine Streikbrecherin. Ich komme aus Twersk und will einen Gutsarbeiter besuchen. Er heißt Jegor Luschin.

JEGOR Luschin, das bin ich.

PELAGEA WLASSOWA Pelagea Wlassowa.

JEGOR Bist das du, die man im Bezirk »die Mutter« nennt?

PELAGEA WLASSOWA Ja. Ich habe unsere Zeitungen mit für euch. Ich wußte nicht, daß ihr in Streik steht, ich sehe aber *deutet auf die Beule am Kopf,* daß ihr euren Kampf mit Schärfe führt.

JEGOR Entschuldige, daß wir dir eine Beule geworfen haben. Unser Streik steht sehr schlecht. Wir haben keine Streikkasse, kein Essen, und die meisten von uns wollen womöglich heute abend noch auseinandergehen und einzeln sehen, wo sie auf den Nachbargütern unterkommen können. Morgen früh soll noch eine ganze Menge Streikbrecher eintreffen. Sie schlachten schon die Schweine und Kälber für sie.

PELAGEA WLASSOWA Wer schlachtet?

JEGOR Der Gutsmetzger. Die Gutsmetzgerei, die Gutsbäckerei und die Gutsmolkerei streiken natürlich nicht.

PELAGEA WLASSOWA Warum streiken die denn nicht?

JEGOR Warum sollen die streiken? Der Lohn wurde nur uns abgebaut, den eigentlichen Landarbeitern.

PELAGEA WLASSOWA Und denen ist der Lohn noch nicht abgebaut worden?

JEGOR Sicher, aber nicht gerade jetzt.

PELAGEA WLASSOWA Habt ihr denn mit den Leuten nicht geredet?

JEGOR Das hat doch keinen Zweck. Was haben die mit uns zu tun? Du siehst doch, wie der Schornstein der Gutsküche für die Streikbrecher raucht. Die sind Arbeiter und wir sind Bauern. Und Bauern sind Bauern und Arbeiter sind Arbeiter. Der Gutsmetzger ist eben ein Arbeiter. Früher war er in einer Fabrikkantine.

PELAGEA WLASSOWA Der streikt also nicht mit? Und ihr habt keine Suppe?

JEGOR Gib uns die Zeitungen, statt dich zu wundern.

PELAGEA WLASSOWA Hier sind sie. *Sie teilt den Zeitungspacken in zwei Teile und gibt ihnen den einen.*

JEGOR Und die? Warum gibst du uns denn nicht alle?

PELAGEA WLASSOWA Die andere Hälfte muß in die Gutsküche.

JEGOR Etwa für den Metzger? Der weiß doch, was er macht. Dem kannst du nichts Neues erzählen. Aber er macht es, weil er sonst selbst nichts zum Fressen hat. So einer weiß alles, was ihr ihm sagen könnt.

PELAGEA WLASSOWA Ja, er weiß alles, aber es genügt nicht. Ich will euch etwas sagen. Ich bin selber Arbeiterin und finde es nicht richtig, daß ihr überhaupt nicht mit den Arbeitern, die es hier gibt, gesprochen habt, weil ihr eben auch alles wißt. Ihr hättet vor allem davon ausgehen müssen, daß, wo ein Arbeiter sitzt, noch nicht alles verloren ist. Jedenfalls muß ich ihnen ihre Zeitungen bringen. Wenn es auch wirklich eine Schande ist, daß der Schornstein von der Gutsküche so raucht. *Sie läuft auf die Gutsküche zu.*

JEGOR Das ist eine Dickköpfige. Solche Leute kümmern sich einfach nicht um die Wirklichkeit. Bauer ist Bauer und Arbeiter ist Arbeiter.

Gutsküche

In der Küche des Gutshofes sitzen die zwei Streikbrecher beim Essen und sprechen mit dem Metzger.

EIN STREIKBRECHER *kauend zum andern:* Wer sein Land in der Stunde der Gefahr im Stich läßt, der ist ein Schuft! Und ein Arbeiter, der streikt, läßt sein Land im Stich.

DER METZGER *beim Fleischklopfen:* Wieso sein Land?

ERSTER STREIKBRECHER Es sind Russen und hier ist Rußland. Und den Russen gehört Rußland.

DER METZGER Ah, wirklich?

ZWEITER STREIKBRECHER Jawohl! Wer das nicht fühlt – das Fleisch ist nicht ganz durch –, dem kann man's auch nicht klarmachen. Aber den Schädel kann man ihm einschlagen.

DER METZGER Richtig!

ERSTER STREIKBRECHER Dieser Tisch ist Vaterland, das Fleisch ist Vaterland.

DER METZGER Aber nicht ganz durch ist es.

ZWEITER STREIKBRECHER Der Platz, auf dem ich hier sitze, ist Vaterland. Und siehst du *zum Metzger:* du bist auch ein Stück Vaterland.

DER METZGER Aber ich bin auch nicht ganz durch!

ERSTER STREIKBRECHER Jeder muß sein Vaterland verteidigen.

DER METZGER Ja, wenn es seines ist!

ZWEITER STREIKBRECHER Das ist eben dieser niedrige Materialismus.

DER METZGER Arschloch!

Die Frau des Metzgers führt Pelagea Wlassowa herein, die ihre Verletzung am Kopf sehr übertreibt.

DIE FRAU DES METZGERS Setzen Sie sich hierher! Ich werde Ihnen einen kalten Umschlag machen, und dann essen Sie etwas, damit Sie sich von Ihrem Schrecken erholen. *Zu den andern:* Sie ist mit einem Stein geworfen worden.

ERSTER STREIKBRECHER Ja, das ist die Frau. Sie ist mit uns im Zug gefahren.

ZWEITER STREIKBRECHER Das haben die Streikenden gemacht. Wir hatten schon die größte Sorge um sie.

PELAGEA WLASSOWA Es wird jetzt langsam besser.

DIE STREIKBRECHER Gott sei Dank.

DIE FRAU DES METZGERS Wie die Tiere kämpfen sie um das bißchen Arbeit. Eine solche Beule! *Sie geht Wasser holen.*

PELAGEA WLASSOWA *zum Zuschauer:* Wieviel mehr Mitleid erweckt eine Beule bei denen, die Beulen erwarten, als bei denen, die Beulen austeilen!

ERSTER STREIKBRECHER *deutet mit der Gabel auf die Mutter:* Diese russische Frau wurde von russischen Arbeitern mit Steinen beworfen. Sind Sie eine Mutter?

PELAGEA WLASSOWA Ja.

ERSTER STREIKBRECHER Eine russische Mutter wird mit Steinen beworfen!

DER METZGER Ja, mit russischen! *Zum Zuschauer:* Und diesem Gelichter muß ich meine gute Suppe geben. *Zu Pelagea Wlassowa:* Warum haben sie denn auf Sie geworfen?

PELAGEA WLASSOWA *während sie sich mit einem nassen Lappen die Beule kühlt:* Sie haben mich mit Streikbrechern zusammen gehen sehen.

ZWEITER STREIKBRECHER Das sind Schufte!

PELAGEA WLASSOWA Wieso sind das eigentlich Schufte? Ich dachte mir gerade vorhin, vielleicht sind es gar keine Schufte.

DIE FRAU DES METZGERS Warum haben sie denn mit Steinen nach Ihnen geworfen?

PELAGEA WLASSOWA Weil sie gedacht haben, ich bin ein Schuft.

DIE FRAU DES METZGERS Wie konnten die denken, Sie sind ein Schuft?

PELAGEA WLASSOWA Weil sie dachten, ich bin ein Streikbrecher.

DER METZGER *lächelt:* So glauben Sie also, nach Streikbrechern darf man mit Steinen werfen?

PELAGEA WLASSOWA Ja, doch.

DER METZGER *strahlend zu seiner Frau:* Gib ihr zu essen! Gib ihr sofort was zu essen! Gib ihr zwei Teller! *Er tritt zu Pelagea Wlassowa.* Mein Name ist Wassil Jefimowitsch. *Der Frau nachrufend:* Und hol mein Personal herein. Die können was lernen hier. *Das Personal tritt in die Tür.* Diese Frau ist von Streikenden mit Steinen geworfen worden. Sie hat eine Beule am Kopf. Hier ist sie. Ich frage sie nun, warum haben Sie die Beule? Sie sagt: weil man mich für eine Streikbrecherin gehalten hat. Ich frage: darf man nach Streikbrechern mit Steinen werfen? Und was sagt sie da?

PELAGEA WLASSOWA Ja.

DER METZGER Meine Lieben, wie ich das hörte, sagte ich: gebt ihr zu essen! Gebt ihr zwei Teller! *Zu Pelagea Wlassowa:* Warum essen Sie denn nicht? Ist es Ihnen zu heiß? *Zur Frau:* Mußt du ihr das Essen kochend hinstellen? Soll sie sich das Maul verbrennen?

PELAGEA WLASSOWA *schiebt den Teller von sich:* Nein, Wassil Jefimowitsch, das Essen ist nicht zu heiß.

DER METZGER Warum essen Sie dann nicht?

PELAGEA WLASSOWA Weil es doch für die Streikbrecher gekocht ist.

DER METZGER Für wen ist es gekocht?

PELAGEA WLASSOWA Für die Streikbrecher.

DER METZGER So! Das ist allerhand! Jetzt wird es interessant. Ich bin also auch ein Schuft? Seht ihr, ich bin ein Schuft! Und warum bin ich ein Schuft? Weil ich die Streikbrecher unterstütze. *Zu Pelagea Wlassowa:* Ist es so? *Er setzt sich zu ihr.* Aber ist das Streiken denn nicht ein Unrecht? Du meinst, es kommt darauf an, warum gestreikt wird? *Pelagea Wlassowa nickt.* Du meinst, der Lohn wurde doch gekürzt. Aber warum soll der Lohn nicht gekürzt werden können? Sieh mal, was du da siehst, das gehört alles dem Herrn Smirnow, der in Odessa wohnt. Warum soll er nicht die Löhne kürzen können? *Während die Streikbrecher ihm erfreut zustimmen:* Ist es nicht sein Geld? Du glaubst also nicht, er kann die Löhne einmal zwei Rubel sein lassen und einmal zwei Kopeken? So, das glaubst du also nicht? Was war denn im letzten Jahr? Da wurde doch sogar mir der Lohn gekürzt. Und was tat ich *zu seiner Frau* auf dein Anraten? Nichts! Und was wird im September sein? Da werde ich wieder gekürzt! Und wessen mache ich mich jetzt schuldig? Des Verrats an Leuten, die auch gekürzt werden und die es sich nicht gefallen lassen. Was bin ich also? *Zu Pelagea Wlassowa:* Du ißt also mein Essen nicht? Darauf habe ich nur gewartet, daß ein anständiger Mensch mir ins Gesicht sagen muß: er als anständiger Mensch ißt mein Essen nicht. Jetzt ist das Maß voll. Das Maß war schon lang voll. Aber es bedurfte eines Tropfens *er zeigt auf Pelagea Wlassowa,* daß es überlief. Zorn und Unzufriedenheit genügen nicht. So etwas muß praktische Folgen haben. *Zu den Streik-*

brechern: Sagt eurem Herrn Smirnow, er soll euch das Essen aus Odessa schicken. Sie soll euch gefälligst selber kochen, die Sau.

DIE FRAU Reg dich doch nicht auf.

DER METZGER Ich habe nicht umsonst in Fabrikkantinen gekocht. Ich bin da weggegangen, weil mir der Dreckbetrieb nicht paßte. *Während ihn seine Frau zu beruhigen sucht:* Ich dachte, ich gehe aufs Land, da ist's anständig, und was finde ich? Auch ein Dreckloch, wo ich Streikbrecher vollstopfen soll.

DIE FRAU Da können wir ja wieder ziehen.

DER METZGER Sehr richtig, wir ziehen. *Groß:* Holt die Kessel mit den Linsen her. Und du holst allen Speck. Was da hinget und hanget! Wozu ist es gekocht?

DIE FRAU Du machst dich unglücklich! Du bringst uns noch ins Elend.

DER METZGER *zu den Streikbrechern:* Hinaus, ihr Retter des Vaterlandes! Wir streiken. Das Küchenpersonal streikt! Raus! *Er treibt die Streikbrecher hinaus.* Als Metzger bin ich gewohnt, daß zuletzt ich lache und nicht die Sau. *Er tritt, den Arm um die Schulter seiner Frau, vor Pelagea Wlassowa hin.* Und jetzt geh hinaus und sage denen, die den Stein auf dich geworfen haben, daß die Suppe für sie fertig ist.

LOB DER WLASSOWAS
rezitiert vom Gutsmetzger und seinen Leuten:

Das ist unsere Genossin Wlassowa, gute Kämpferin.
Fleißig, listig und zuverlässig.
Zuverlässig im Kampf. Listig gegen unsern Feind und fleißig
Bei der Agitation. Ihre Arbeit ist klein
Zäh verrichtet und unentbehrlich.
Sie ist nicht allein, wo immer sie kämpft
Wie sie kämpfen zäh, zuverlässig und listig
In Twersk, Glasgow, Lyon und Chicago
Shanghai und Kalkutta
Alle Wlassowas aller Länder, gute Maulwürfe
Unbekannte Soldaten der Revolution
Unentbehrlich.

9

Wohnung des Lehrers Wessowtschikow

1913. PAWEL KEHRT NACH EINER LANGEN HAFT IN SIBIRIEN ZURÜCK.

Pelagea Wlassowa, Wassil Jefimowitsch und ein Arbeiter bringen in die Wohnung des Lehrers Wessowtschikow eine Druckmaschine.

DER LEHRER Pelagea Wlassowa, Sie können mir hier keine Druckmaschine aufstellen. Das heißt, meine Sympathie für die Bewegung mißbrauchen. Sie wissen, daß ich theoretisch auf Ihrem Boden stehe, aber dies geht darüber weit hinaus.

PELAGEA WLASSOWA Verstehe ich Sie richtig, Nikolai Wessowtschikow: Sie sind für unsere Flugblätter? Ich erinnere Sie daran, daß Sie das letzte für die Gemeindearbeiter selber entworfen haben. Aber Sie sind dagegen, daß man sie druckt?
Sie montieren die Druckmaschine auf.

DER LEHRER Nein. Aber daß man sie hier druckt, dagegen bin ich.

PELAGEA WLASSOWA *beleidigt:* Wir nehmen dies zur Kenntnis, Nikolai Iwanowitsch.
Sie arbeiten weiter.

DER LEHRER Ja, und?

DER ARBEITER Wenn die Genossin Wlassowa sich einmal etwas in den Kopf gesetzt hat, ist nichts zu machen. Wir haben schon die größten Anstände mit ihr gehabt in dieser Hinsicht. Aber es wird kein Mensch etwas merken. Wir müssen die Zeitung bis 8 Uhr haben.

PELAGEA WLASSOWA Wir müssen jetzt deshalb mehr Zeitungen drucken, weil man sie uns immerfort konfisziert. Gerade wenn die Unterdrückung sehr stark wird, fallen die Menschen in Gleichgültigkeit und geben sich zufrieden mit dem Sumpf und der Gemeinheit.
Der Lehrer geht ins Nebenzimmer und liest. Sie beginnen zu drucken, die Maschine macht einen großen Lärm. Der Lehrer stürzt herein.

PELAGEA WLASSOWA Sie ist ein wenig laut, nicht?

DER LEHRER Bei mir fällt die Lampe vom Tisch! Es ist ganz unmöglich, daß ihr hier ungesetzliche Schriften druckt, wenn es solchen Lärm macht.

PELAGEA WLASSOWA Nikolai Iwanowitsch, das ist uns auch aufgefallen, daß die Maschine etwas laut ist.

WASSIL JEFIMOWITSCH Wenn wir etwas zum Drunterlegen hätten, könnte man in den Nachbarwohnungen überhaupt nichts hören. Haben Sie etwas zum Drunterlegen, Nikolai Iwanowitsch?

DER LEHRER Nein, ich habe nichts.

PELAGEA WLASSOWA Seien Sie doch nicht so laut! – Die Nachbarin hat in ihrer Kommode einen Filz liegen für Kindermäntel. Ich will ihn mir ausbitten. Druckt inzwischen nicht weiter! *Sie geht zur Nachbarin.*

DER ARBEITER *zum Lehrer:* Es ist uns unangenehm, daß Sie mit ihr unzufrieden sind. Eigentlich haben wir sie hierhergebracht, damit sie vor der Politik Ruhe hat. Wir hätten hier niemals eine illegale Druckerei aufgemacht. Aber sie wollte es ja nicht anders haben.

DER LEHRER Ich bin sehr böse. Ich mißbillige es zum Beispiel aufs äußerste, daß ihr sie auch noch ausplündert. Neulich komme ich heim und muß sehen, wie sie mit ihrem alten Portemonnaie dasteht und ihre paar Kopeken herausfischt, als Mitgliedsbeitrag.

WASSIL JEFIMOWITSCH Ja, es wird uns nichts geschenkt. Die Revolution wird wegen des Elends gemacht und dann kostet sie noch Geld. Die Mutter ist sehr streng beim Einsammeln der Beiträge. Das ist wieder ein halber Brotlaib, den ihr für unsere Arbeit zahlen müßt, unsere Firma muß Sprünge machen können, sagt sie beim Kassieren.

Es klopft. Sie verdecken die Maschine. Der Lehrer öffnet.

PAWELS STIMME *von draußen:* Wohnt hier Pelagea Wlassowa? Mein Name ist Pawel Wlassow.

Pawel tritt ein.

PAWEL Guten Tag, wo ist meine Mutter?

WASSIL JEFIMOWITSCH Sie kommt gleich zurück. Ist man hinter dir her?

PAWEL Ja, auch. Ich muß abends noch weiter nach Finnland.

DER ARBEITER Setz dich hierher. Wir wollen dich für deine Mutter aufbauen.

Sie setzen Pawel auf einen Stuhl der Tür gegenüber und stellen sich um ihn auf. Pelagea Wlassowa kommt herein.

PELAGEA WLASSOWA Pawel! *Sie umarmt ihn.* Er wird immer magerer! Statt dicker wird er magerer! Ich dachte mir, daß sie dich nicht lang halten konnten. Wie bist du ihnen ausgekommen? Wie lang kannst du hier bleiben?

PAWEL Abends muß ich weiter nach Finnland.

PELAGEA WLASSOWA Aber deinen Mantel kannst du doch noch ausziehen?

Pawel zieht seinen Mantel aus.

DER LEHRER Ich höre, ihr wollt die Freiheit erkämpfen, aber dabei macht ihr die schlimmste Sklaverei in eurer Partei auf. Eine schöne Freiheit! Nichts als Befehle und Zwang!

PELAGEA WLASSOWA Sehen Sie, Nikolai Iwanowitsch, das ist so. Wir haben nicht soviel gegen diese Befehle wie Sie. Wir brauchen sie nötiger. Wir haben, nehmen Sie es nicht übel auf, mehr vor als Sie. Mit der Freiheit ist das ähnlich wie mit Ihrem Geld, Nikolai Iwanowitsch. Seit ich Ihnen nur noch wenig Taschengeld gebe, können Sie sich viel mehr kaufen. Indem Sie eine Zeitlang weniger Geld ausgeben, können Sie dann mehr Geld ausgeben. Das können Sie nicht bestreiten.

DER LEHRER Ich werde es aufgeben, mit Ihnen zu streiten. Sie sind schrecklich tyrannisch.

PELAGEA WLASSOWA Ja, das müssen wir allerdings sein.

WASSIL JEFIMOWITSCH Haben Sie den Filz bekommen? *Zu Pawel:* Wir müssen nämlich mit der Zeitung bis 8 Uhr fertig sein!

PAWEL Dann druckt los!

PELAGEA WLASSOWA *strahlend:* Fangt sofort mit dem Drucken an, damit wir dann etwas mehr Zeit haben! Was sagst du dazu: diese Marfa Alexandrowna schlägt mir meine Bitte ins Gesicht hinein ab! Ihre Begründung ist: der Filz ist zu Mänteln für die Kinder bestimmt. Ich sage: »Marfa Alexandrowna, ich habe Ihre Kinder erst vorhin aus der Schule kommen sehen. In Mänteln!« »Mäntel«, sagt sie, »das sind ja gar keine Mäntel, das sind geflickte Lumpen. Die Schulkinder lachen schon darüber.« »Marfa Alexandrowna«, sage ich, »arme Leute haben schlechte Mäntel. Geben Sie mir den Filz wenigstens bis morgen früh. Ich versichere Ihnen, er wird Ihren Kindern mehr nützen, wenn Sie ihn mir geben, als ihnen ein hübscher Mantel nützt.« Aber sie war die Unvernunft selber, dieses Gelichter! Sie hat ihn mir tatsächlich nicht gegeben. Nicht für zwei Kopeken Verstand! *Sie nimmt unter ihrer Schürze ein paar Filzstücke heraus und legt sie unter die Maschine.*

DER LEHRER Aber was ist denn das?

PELAGEA WLASSOWA Der Filz doch!

Alle lachen.

WASSIL JEFIMOWITSCH Warum beschweren Sie sich dann so ausführlich über diese Marfa Alexandrowna?

PELAGEA WLASSOWA Weil sie mich gezwungen hat, ihn zu stehlen, denn haben müssen wir ihn doch. Und für ihre Kinder ist es sehr gut, daß solche Zeitungen gedruckt werden. Das ist die lautere Wahrheit!

WASSIL JEFIMOWITSCH Pelagea Wlassowa, wir danken Ihnen im Namen der Revolution für diesen Filz!

Gelächter.

PELAGEA WLASSOWA Morgen gebe ich ihn wieder hinüber. *Zu Pawel, der sich gesetzt hat:* Willst du ein Butterbrot haben?

WASSIL JEFIMOWITSCH *bei der Maschine:* Und wer nimmt die Blätter hier raus?

Pelagea Wlassowa stellt sich an die Maschine. Pawel sucht sich Brot.

PELAGEA WLASSOWA Schau unten in der Anrichte. Das Messer ist in der Schublade. Das ist Genosse Wassil Jefimowitsch, der sich nach meinem kleinen Ausflug auf das Land unserer Bewegung angeschlossen hat. Er ist sehr streng.

PAWEL Kümmere dich nicht um mich, ich habe sogar in Sibirien mal ein Stück Brot gefunden.

PELAGEA WLASSOWA Hört ihr, er macht mir Vorwürfe. Ich kümmere mich nicht um ihn. Ich werde dir wenigstens das Brot abschneiden.

DER LEHRER Und wer nimmt die Blätter hier heraus?

PAWEL *schneidet sich ein Stück Brot vom Laib, während die andern drucken:* Die Blätter werden herausgenommen von der

Mutter des Revolutionärs Pawel Wlassow, der Revolutionärin Pelagea Wlassowa. Kümmert sie sich um ihn? Keineswegs! Setzt sie ihm Tee vor? Bereitet sie ihm ein Bad? Schlachtet sie ein Kalb? Keineswegs! Flüchtend von Sibirien nach Finnland unter den eisigen Stößen des Nordwinds, die Salven der Gendarmen im Ohr, findet er keine Stätte, wo er sein Haupt hinlegen kann, außer in einer illegalen Druckerei. Und seine Mutter, statt ihm über das Haar zu streichen, nimmt die Blätter heraus!

PELAGEA WLASSOWA Wenn du mir helfen willst, komm her.

Pawel nimmt an der Druckmaschine den Platz seiner Mutter gegenüber ein. Sie rezitieren:

PELAGEA WLASSOWA

Ist es dir nicht schlecht gegangen?

PAWEL

Bis auf den Typhus ging alles gut.

PELAGEA WLASSOWA

Hast du wenigstens immer richtig gegessen?

PAWEL

Bis auf dann, wenn ich nichts hatte, ja.

PELAGEA WLASSOWA

Und wohin fährst du jetzt? Wird es auf lang sein?

PAWEL

Wenn ihr hier so arbeitet, nicht.

PELAGEA WLASSOWA

Werdet ihr dort auch arbeiten?

PAWEL

Sicher.

Und dort ist es so wichtig wie hier.

Es klopft, Sostakowitsch tritt ein.

SOSTAKOWITSCH Pawel, du mußt sofort weg. Hier sind die Fahrkarten. Auf dem Bahnhof erwartet dich der Genosse Issay, der die finnischen Pässe hat.

PAWEL Ich hatte gedacht, daß es wenigstens ein paar Stunden würden. Aber macht nichts. *Er zieht seinen Mantel wieder an.*

PELAGEA WLASSOWA *holt ihren Mantel:* Ich will mit hinuntergehen.

SOSTAKOWITSCH Nein, das gefährdet Pawel. Dich kennt man, aber ihn kennt man nicht!

PAWEL Auf Wiedersehen, Mutter!

PELAGEA WLASSOWA Hoffentlich kann ich dir dein Butterbrot das nächste Mal geben.

PAWEL Hoffentlich. Auf Wiedersehen, Genossen!

Pawel und Sostakowitsch ab.

DER LEHRER Gott wird ihm helfen, Pelagea Wlassowa.

PELAGEA WLASSOWA Das weiß ich nicht.

Sie kehrt zur Druckmaschine zurück, sie drucken weiter.

PELAGEA WLASSOWA *rezitiert:*

LOB DER DRITTEN SACHE

Immerfort hört man, wie schnell
Die Mütter die Söhne verlieren, aber ich
Behielt meinen Sohn. Wie behielt ich ihn? Durch
Die dritte Sache.
Er und ich waren zwei, aber die dritte
Gemeinsame Sache, gemeinsam betrieben, war es, die
Uns einte.
Oftmals selber hörte ich Söhne
Mit ihren Eltern sprechen.
Wieviel besser war doch unser Gespräch
Über die dritte Sache, die uns gemeinsam war
Vieler Menschen große, gemeinsame Sache!
Wie nahe waren wir uns, dieser Sache
Nahe. Wie gut waren wir uns, dieser
Guten Sache nahe.

10

Wohnung des Lehrers Wessowtschikow

BEI DEM VERSUCH, DIE FINNISCHE GRENZE ZU ÜBERSCHREITEN, IST PAWEL WLASSOW VERHAFTET UND ERSCHOSSEN WORDEN

CHOR
von den revolutionären Arbeitern der Mutter zugesungen:

Genossin Wlassowa, dein Sohn
Ist erschossen worden. Aber

Als er zur Wand ging, um erschossen zu werden
Ging er zu einer Wand, die von seinesgleichen gemacht war
Und die Gewehre gerichtet auf seine Brust und die Kugel
War von seinesgleichen gemacht. Nur fortgegangen
Waren sie also oder vertrieben, aber für ihn doch da
Und anwesend im Werk ihrer Hände. Nicht einmal
Die auf ihn schossen, waren andere als er und nicht ewig auch unbelehrbar.
Freilich, er ging noch gefesselt mit Ketten, geschmiedet
Von den Genossen und angelegt dem Genossen, doch
Dichter wuchsen die Werke, er sah es vom Weg aus
Schornstein an Schornstein, und da es am Morgen war
Denn man führt sie am Morgen hinaus für gewöhnlich
Waren sie leer, aber er sah sie angefüllt
Mit jenem Heer, das immer gewachsen war
Und noch wuchs.

Drei Frauen kommen. Sie bringen eine Bibel und einen Topf Essen.

DIE DREI FRAUEN *vor der Tür:* Pawel Wlassow ist beim Versuch, die finnische Grenze zu überschreiten, gefaßt und erschossen worden. Wir wollen alle Zwistigkeiten mit der Wlassowa vergessen, uns als Christen zu ihr setzen und ihr unser Mitgefühl bezeigen. Da sie an nichts glaubt, muß ihr ja in ihrem Schmerz jeder Halt fehlen. *Sie treten ein.*

DIE HAUSBESITZERIN Frau Wlassowa, Sie sind in diesen schweren Tagen nicht allein, das ganze Haus fühlt mit Ihnen.

Die drei Frauen werden von Rührung übermannt und setzen sich. Sie schluchzen laut.

PELAGEA WLASSOWA *nach einer Weile:* Nehmen Sie ein wenig Tee. Das erfrischt.

Sie setzt ihnen Tee vor.

PELAGEA WLASSOWA Ist es Ihnen jetzt etwas leichter?

DIE HAUSBESITZERIN Sie sind so gefaßt, Frau Wlassowa.

DIE BÄUERIN Aber Sie haben recht. Wir stehen alle in Gottes Hand.

DIE ARME FRAU Und Gott weiß, was er tut.

Pelagea Wlassowa schweigt.

DIE ARME FRAU Wir haben gedacht, wir wollen uns etwas um Sie kümmern. Sicher kochen Sie sich in diesen Tagen nichts Richtiges. Hier wäre ein Topf mit Essen. Sie brauchen es nur aufzuwärmen. *Sie übergibt den Topf.*

PELAGEA WLASSOWA Vielen Dank, Lydia Antonowna. Es ist eine große Freundlichkeit von Ihnen, daß Sie daran gedacht haben. Es ist überhaupt sehr freundlich von Ihnen allen, daß Sie gekommen sind.

DIE HAUSBESITZERIN Liebe Wlassowa, ich habe Ihnen auch meine Bibel mitgebracht für den Fall, daß Sie etwas lesen wollen. Sie können Sie behalten, so lange Sie wollen. *Sie reicht Pelagea Wlassowa die Bibel.*

PELAGEA WLASSOWA Ich danke Ihnen für Ihre gute Absicht, Wera Stefanowna. Aber würde es Sie sehr kränken, wenn ich Ihnen das Buch zurückgäbe? Als der Lehrer Wessowtschikow in die Ferien fuhr, erlaubte er mir, seine Bücher zu benutzen. *Sie gibt die Bibel zurück.*

DIE HAUSBESITZERIN Ich dachte nur, Ihre politischen Zeitungen würden Sie jetzt wohl nicht lesen wollen.

DIE BÄUERIN Lesen Sie die wirklich jeden Tag?

PELAGEA WLASSOWA Ja.

DIE HAUSBESITZERIN Frau Wlassowa, meine Bibel war mir oft ein großer Trost.

Schweigen.

DIE ARME FRAU Haben Sie keine Fotografien von ihm?

PELAGEA WLASSOWA Nein. Ich hatte welche. Aber dann haben wir alle vernichtet, damit die Polizei sie nicht in die Hände bekommt.

DIE ARME FRAU Man hat doch gern so etwas für die Erinnerung.

DIE BÄUERIN Er soll so ein hübscher Mensch gewesen sein!

PELAGEA WLASSOWA Jetzt erinnere ich mich, ich habe doch eine Fotografie. Hier ist sein Steckbrief. Er hat ihn mir aus einer Zeitung ausgeschnitten.

Die Frauen betrachten den Steckbrief.

DIE HAUSBESITZERIN Frau Wlassowa, hier steht, daß Ihr Sohn ein Verbrecher geworden ist. Er hatte keinen Glauben und auch Sie haben nie ein Hehl daraus gemacht, ich möchte sagen, bei jeder Gelegenheit haben Sie erkennen lassen, was Sie von unserm Glauben halten.

PELAGEA WLASSOWA Ja, nichts, Wera Stefanowna.

DIE HAUSBESITZERIN Und sind Sie auch jetzt nicht zu einer anderen Überzeugung gekommen?

PELAGEA WLASSOWA Nein, Wera Stefanowna.

DIE HAUSBESITZERIN Sie sind also immer noch der Ansicht, daß man alles nur mit Vernunft machen kann?

DIE ARME FRAU Ich habe Ihnen ja gesagt, Wera Stefanowna, daß Frau Wlassowa ihre Ansicht sicher nicht geändert hat.

DIE HAUSBESITZERIN Aber ich habe ja neulich in der Nacht durch die Wand gehört, wie Sie geheult haben.

PELAGEA WLASSOWA Entschuldigen Sie.

DIE HAUSBESITZERIN Sie brauchen sich nicht zu entschuldigen, ich habe es natürlich nicht so gemeint. Aber: haben Sie aus Vernunft geheult?

PELAGEA WLASSOWA Nein.

DIE HAUSBESITZERIN Sie sehen also, wie weit man mit der Vernunft kommt.

PELAGEA WLASSOWA Ich habe nicht aus Vernunft geheult. Aber als ich aufhörte, habe ich auch nicht aus Unvernunft aufgehört. Es war gut, was Pawel gemacht hat.

DIE HAUSBESITZERIN Warum wurde er dann erschossen?

DIE ARME FRAU Da waren wohl alle gegen ihn?

PELAGEA WLASSOWA Ja, aber als sie gegen ihn waren, waren sie auch gegen sich selber.

DIE HAUSBESITZERIN Frau Wlassowa, der Mensch braucht Gott. Er ist machtlos gegen das Schicksal.

PELAGEA WLASSOWA Wir sagen: das Schicksal des Menschen ist der Mensch.

DIE BÄUERIN Liebe Frau Wlassowa, wir Bauern –

DIE HAUSBESITZERIN *zeigt auf sie:* Meine Verwandte ist nur zu Besuch hier.

DIE BÄUERIN Wir Bauern denken da anders. Sie haben hier keine Aussaat auf dem Feld stehen, sondern nur den Brotlaib in der Lade. Sie sehen nur die Milch, Sie sehen nicht die Kuh. Sie haben keine schlaflose Nacht, wenn die Gewitter am Himmel stehen, und was ist für Sie der Hagel?

PELAGEA WLASSOWA Ich verstehe, und in solchen Lagen beten Sie zu Gott.

DIE BÄUERIN Ja.

PELAGEA WLASSOWA Und Sie machen Prozessionen und Bittgänge im Frühjahr.

DIE BÄUERIN Richtig.

PELAGEA WLASSOWA Und dann kommen die Gewitter und dann hagelt es. Und die Kuh wird doch auch krank. Gibt es in eurer Gegend noch keine Bauern, die in einer Versicherung gegen Mißernte und Viehseuche sind?

DIE BÄUERIN Doch, davon habe ich gehört.

PELAGEA WLASSOWA Ja, die Versicherung hilft, wenn das Beten nichts geholfen hat. Sie brauchen also nicht mehr zu Gott zu beten, wenn die Gewitter am Himmel stehen, aber Sie müssen versichert sein. Denn das hilft Ihnen. Wenn er so unwichtig wird, das ist ungünstig für Gott. So besteht doch Hoffnung, daß dieser Gott, wenn er erst über euren Feldern verschwunden sein wird, auch in euren Köpfen verschwindet. In meiner Jugend glaubten alle Leute noch fest daran, daß er irgendwo im Himmel säße und aussähe wie ein alter Mann. Dann kamen die Flugzeuge, und in den Zeitungen stand, daß auch am Himmel neuerdings alles meßbar ist. Niemand redete mehr von einem Gott, der im Himmel sitzt. Dagegen hörte man jetzt oft die Ansicht, er sei wie eine Art Gas, nirgends und doch überall. Aber als man dann las, aus was die Gase alles bestanden, war Gott nicht darunter, und so konnte er sich auch als Luft nicht halten, denn die kannte man. So war er immer dünner geworden und hat sich sozusagen verflüchtigt. Jetzt liest man mitunter, er sei überhaupt nur eine geistige Bezeichnung, und das ist doch sehr verdächtig.

DIE ARME FRAU So meinen Sie, er ist nicht mehr so wichtig, weil man ihn nicht mehr merkt?

DIE HAUSBESITZERIN Vergessen Sie nicht, Frau Wlassowa, warum Gott Ihnen Ihren Pawel genommen hat.

PELAGEA WLASSOWA Der Zar hat ihn mir genommen und ich vergesse auch nicht warum.

DIE HAUSBESITZERIN Gott hat ihn genommen und nicht der Zar.

PELAGEA WLASSOWA *zu der armen Frau:* Lydia Antonowna, ich höre, daß Gott, der mir meinen Pawel genommen hat, nunmehr vorhat, Ihnen am nächsten Samstag Ihre zwei Zimmer zu nehmen. Ist es richtig: Gott hat Ihnen gekündigt?

DIE HAUSBESITZERIN Ich habe ihr gekündigt, weil sie die Miete schon dreimal nicht bezahlt hat.

PELAGEA WLASSOWA Als Gott also über Sie, Wera Stefanowna, verhängte, daß Sie drei Mieten nicht bekommen sollten, was taten Sie da? *Wera Stefanowna schweigt.* Da kündigten Sie Lydia Antonowna und warfen sie auf die Straße. Sie aber, Lydia Antonowna, was taten Sie, als Gott über Sie verhängte, daß Sie auf die Straße geworfen werden sollten? Ich würde Ihnen vorschlagen, die Hausbesitzerin zu bitten, Ihnen ihre Bibel zu überlassen. Wenn Sie in der Kälte dann auf der Straße sitzen, können Sie darin blättern und Ihren Kindern daraus vorlesen, daß man Gott fürchten muß.

DIE HAUSBESITZERIN Hätten Sie Ihrem Sohn mehr aus der Bibel vorgelesen, lebte er heute noch.

PELAGEA WLASSOWA Aber sehr schlecht, er lebte sehr schlecht. Warum fürchtet ihr nur den Tod? Mein Sohn fürchtete den Tod nicht so sehr. *Sie rezitiert:*

Sehr aber erschrak er über das Elend
Das in unseren Städten vor aller Augen liegt.
Uns entsetzt der Hunger und die Verkommenheit
Derer, die ihn spüren und derer, die ihn bereiten.
Fürchtet doch nicht so den Tod und mehr das unzulängliche Leben!

Pause.

Was nützt es Ihnen, wenn Sie Gott fürchten, Lydia Antonowna? Sie sollten eher Wera Stefanowna fürchten. So wie meinen Sohn Pawel nicht der unerforschliche Ratschluß Gottes weggerafft hat, sondern der erforschliche Ratschluß des Zaren, so hat Sie Wera Stefanowna auf die Straße geworfen, weil Sie ein Mann, der in einer Villa sitzt und nichts Göttliches an sich hat, von Ihrem Arbeitsplatz verjagt hat. Warum von Gott reden? Daß in »seines Vaters Hause« viele Wohnungen sind, das sagt man euch, aber daß in Rußland zu wenige sind und warum, das sagt man euch nicht.

DIE ARME FRAU Geben Sie mir einmal die Bibel, Wera Stefanowna. In der Bibel steht ganz deutlich: liebe deinen Nächsten. Warum werfen Sie mich da auf die Straße? Geben Sie mir die Bibel, ich werde es Ihnen aufschlagen. Das ist doch klar, daß sie Pawel Wlassow erschossen haben, weil er für die Arbeiter und selber Arbeiter war. *Sie greift die Bibel.* Geben Sie das Buch her, ich werde Ihnen aufschlagen...-

beiter und selber Arbeiter war. *Sie greift die Bibel.* Geben Sie das Buch her, ich werde Ihnen aufschlagen...

DIE HAUSBESITZERIN Zu diesem Zweck bekommen Sie die Bibel nicht von mir, zu diesem Zweck nicht.

DIE ARME FRAU Zu welchem Zweck dann? Sicher zu keinem guten!

DIE HAUSBESITZERIN Das ist Gottes Wort!

DIE ARME FRAU Eben. Ihr Gott nützt mir gar nichts, wenn ich nichts davon merke! *Sie will der Hausbesitzerin die Bibel entreißen.*

DIE ARME FRAU Ich will das Buch haben.

DIE HAUSBESITZERIN *hält die Bibel fest:* Das ist mein Eigentum.

DIE ARME FRAU Ja, wie das ganze Haus, nicht wahr?

DIE HAUSBESITZERIN Jetzt werde ich Ihnen etwas aufschlagen, nämlich über das Sichvergreifen an fremdem Eigentum.

Die Bibel geht in Fetzen.

DIE BÄUERIN *hebt die Fetzen der Bibel auf:* Jetzt ist sie zerrissen.

PELAGEA WLASSOWA *die den Eßtopf in Sicherheit gebracht hat:* Besser die Bibel zerrissen, als das Essen verschüttet.

DIE ARME FRAU Wenn ich nicht glaubte, daß es einen Gott im Himmel gibt, der alles vergilt, Gutes und Böses, würde ich heute noch in Pelagea Wlassowas Partei eintreten. *Ab.*

DIE HAUSBESITZERIN Pelagea Wlassowa, Sie sehen, wohin Sie Lydia Antonowna gebracht haben, und weil er so redete wie Sie, wurde Ihr Sohn erschossen und Sie verdienen nichts Besseres.

Geht mit ihrer Verwandten ab.

PELAGEA WLASSOWA Ihr Unglücklichen! *Nachrufend:* Aber auf jeden Fall rate ich Ihnen, Ihre Ernte zu versichern! *Sie setzt sich erschöpft.* Pawel!

11

Wohnung des Lehrers

Auf dem Krankenbett erhält Pelagea Wlassowa die Nachricht, dass der Krieg erklärt ist

Der Lehrer hat einen Arzt gerufen, Pelagea Wlassowa zu untersuchen.

DER LEHRER Sprechen Sie nicht vom Honorar mit ihr, ich regele das. Seit dem Tod ihres Sohnes ist sie krank und niedergedrückt. Jetzt ist es mit ihr schlimmer geworden. Ich will nichts von der Hausarbeit erwähnen, aber eine bestimmte Art Arbeit, die sie bisher immer gemacht hat, macht sie auch nicht mehr. *Zu Pelagea Wlassowa:* Pelagea Wlassowa, erschrecken Sie nicht. Ich habe den Arzt hergebeten. Ihr Schnaufen gefällt mir nicht.

Der Arzt untersucht Pelagea Wlassowa.

PELAGEA WLASSOWA Hat man Ihnen gesagt, daß ich kein Geld habe?

Der Arzt nickt.

DER ARZT *wieder draußen, achselzuckend zum Lehrer:* Der Tod ihres Sohnes muß ein harter Schlag für sie gewesen sein. Sie darf unter keinen Umständen aufstehen. Sie ist vollständig erschöpft. Sie ist eben schon alt. *Er geht.*

Der Lehrer setzt sich auf einen Stuhl an das Bett und liest eine Zeitung.

PELAGEA WLASSOWA Was steht in der Zeitung?

DER LEHRER Der Krieg ist erklärt worden.

PELAGEA WLASSOWA Krieg. – Was machen unsere Genossen?

DER LEHRER Unsere fünf Duma-Abgeordneten sind schon verhaftet und wegen Hochverrats nach Sibirien verschickt worden.

PELAGEA WLASSOWA Das ist schlimm. *Pause.* Wenn der Zar mobilisiert, müssen wir Arbeiter auch mobilisieren. *Pause.* Ich muß aufstehen.

DER LEHRER Sie dürfen unter keinen Umständen aufstehen. Sie sind krank. Und was könnten Sie tun gegen den Zaren und seine Generäle? *Pause.* Ich will hinuntergehen und das letzte Extrablatt kaufen. Jetzt werden sie die Partei ganz vernichten. *Er geht.*

CHOR
Pelagea Wlassowa zugesungen:

Steh auf, die Partei ist in Gefahr!
Du bist krank, aber die Partei stirbt.
Du bist schwach, du mußt uns helfen!
Steh auf, die Partei ist in Gefahr!

Du hast gezweifelt an uns.
Zweifle nicht länger:
Wir sind am Ende.
Du hast auf die Partei gescholten.
Schilt nicht mehr auf die Partei:
Sie wird vernichtet.
Steh auf, die Partei ist in Gefahr!
Steh schnell auf!
Du bist krank, aber wir brauchen dich.
Stirb nicht, du mußt uns helfen.
Bleibe nicht weg, wir gehen in den Kampf.
Die Partei ist in Gefahr, steh auf!

Während dieses Chors ist Pelagea Wlassowa mühsam aufgestanden, hat sich angezogen, hat ihre Tasche genommen und ist schwankend, aber immer schneller laufend, durch die Stuben zur Tür hinausgegangen.

12

Straße

WÄHREND DER ERSTEN KRIEGSJAHRE WOLLTEN DIE ARBEITER DIE REVOLUTIONÄRE NICHT ANHÖREN

Einige Arbeiter bringen Pelagea Wlassowa, die blutig geschlagen ist, in eine Hausecke.

ERSTER ARBEITER Was ist denn mit der da?

ZWEITER ARBEITER Wir sahen diese alte Frau inmitten der Menge, die den abmarschierenden Truppen zujubelte. Plötzlich rief sie: »Nieder mit dem Krieg, es lebe die Revolution!« Da kamen die Polizisten und schlugen sie mit ihren Knüppeln über den Kopf. Wir haben sie gleich in diese Hausecke gezogen. Wisch ihr doch das Gesicht ab!

DIE ARBEITER Jetzt lauf aber, Alte, sonst erwischen sie dich doch noch!

PELAGEA WLASSOWA Wo ist meine Tasche?

DIE ARBEITER Da ist sie!

PELAGEA WLASSOWA Hier in meiner Tasche habe ich Flugblätter. Darin steht etwas über die Lage von uns Arbeitern im Krieg: die Wahrheit.

DIE ARBEITER Geh doch heim, laß die Wahrheit in deiner Tasche, Alte! Sie ist gefährlich. Wenn sie bei uns erwischt wird, werden wir nur geschlagen und eingesperrt. Hast du selber noch nicht genug?

PELAGEA WLASSOWA Nein, nein, ihr müßt das wissen! Die Unwissenheit über unsere Lage ist es nämlich, die uns niederhält.

DIE ARBEITER Und die Polizisten?

PELAGEA WLASSOWA Die sind auch unwissend.

DIE ARBEITER Aber unsere Führer sagen uns, wir müssen zuerst helfen, die Deutschen zu schlagen, und unser Land verteidigen.

PELAGEA WLASSOWA

So? Was sind das für Führer?
Seite an Seite kämpft ihr mit dem Klassenfeind
Arbeiter gegen Arbeiter.

Eure Organisationen, mühsam aufgebaut
Mit den Pfennigen der Entbehrung, werden zerschlagen.
Eure Erfahrungen sind vergessen
Und vergessen ist die Solidarität aller Arbeiter aller Länder
Ihr gemeinsamer Kampf gegen den Klassenfeind.

DIE ARBEITER Das alles gilt jetzt nicht mehr. Wir haben gestreikt gegen den Krieg in mehreren Fabriken. Unsere Streiks sind niedergeschlagen worden. Die Revolution kommt nicht mehr. Geh nach Hause, Alte, erkenne die Welt, wie sie ist. Was ihr wollt, das wird niemals, niemals, niemals!

PELAGEA WLASSOWA Lest doch wenigstens, was wir über die Lage sagen. Also wollt ihr? *Sie bietet ihnen die Flugblätter an.* Ihr wollt nicht einmal lesen?

DIE ARBEITER Wir erkennen an, daß ihr es gut mit uns meint, aber eure Flugblätter wollen wir nicht mehr nehmen. In Gefahr bringen wollen wir uns nicht mehr.

PELAGEA WLASSOWA Jaa, aber bedenkt, daß die ganze Welt *schreiend, so daß die erschrockenen Arbeiter ihr den Mund zuhalten:* in einer ungeheuren Finsternis lebt, und ihr allein wart es bis jetzt, die noch für die Vernunft erreichbar waren. Bedenkt, wenn ihr versagt!

13

Vor einer Vaterländischen Kupfersammelstelle

ANTIKRIEGSPROPAGANDA

Vor einer Tür mit einer Fahne und der Inschrift: »Vaterländische Kupfersammelstelle« stehen sieben Frauen mit Kupfergeräten an, darunter Pelagea Wlassowa mit einem kleinen Becher. Ein Beamter in Zivil kommt und schließt die Tür auf.

BEAMTER Es wird soeben mitgeteilt, daß unsere tapferen Truppen mit beispiellosem Heldenmut die Festung Przemysl zum vierten Male dem Feind entrissen haben. Hunderttausend Tote, zweitausend Gefangene. Das Armeekommando hat verfügt, daß in ganz Rußland die Schulen geschlossen und die

Glocken geläutet werden. Unser heiliges Rußland, es lebe hoch! hoch! hoch! Der Schalter für die Kupferabgabe wird in fünf Minuten geöffnet. *Er geht hinein.*

EINE FRAU Das ist wirklich schön, daß unser Krieg so vorwärtsgeht!

PELAGEA WLASSOWA Ich habe ja nur ein ganz kleines Becherchen. Das gibt höchstens fünf, sechs Patronen. Wie viele davon treffen schon? Von sechs vielleicht zwei und von den zweien höchstens eine tödlich. – Ihr Kessel da ist schon für mindestens zwanzig Patronen und die Kanne von der Dame da vorn, das ist überhaupt eine Granate. Eine Granate, die nimmt gleich auf einmal fünf bis sechs Mann. *Zählt die Geräte:* Eins, zwei, drei, vier, fünf, sechs, sieben, halt, die Dame hat ja zwei, also acht. Acht! Da kann man schon wieder einen kleinen Sturmangriff bewerkstelligen. *Sie lacht leise:* Hm, hm, hm, ich hätte mein Becherchen fast nicht hierhergebracht. Begegne ich da zwei Soldaten, die sollte man ja anzeigen, sagen die zu mir: »Ja, liefere dein Kupfer nur ab, alte Ziege, damit der Krieg überhaupt nicht mehr aufhört!« Was sagt ihr dazu? Ist das nicht furchtbar? »Ihr«, sage ich, »gehört glatt erschossen. Und wenn ich mein Becherchen«, sage ich, »nur dazu hergebe, daß man euch euer dreckiges Maul stopfen kann, dann ist es schon nicht umsonst gegeben. Für zwei Patronen wird es schon noch langen.« Denn warum gebe ich, Pelagea Wlassowa, meinen Kupferbecher her? Ich gebe ihn her, damit der Krieg nicht aufhört!

FRAU Was reden Sie daher? Der Krieg soll nicht aufhören, wenn wir unser Kupfer abliefern? Wir liefern es ja gerade ab, damit er aufhört!

PELAGEA WLASSOWA Nein, wir liefern es ab, damit er nicht aufhört!

EINE SCHWARZGEKLEIDETE FRAU Nein, wenn die Kupfer haben und Granaten machen können, dann siegen sie doch draußen viel schneller. Dann hört der Krieg auf!

PELAGEA WLASSOWA Ah, wenn die Granaten haben, dann hört er selbstverständlich nicht auf, denn dann können sie ihn weitermachen. Solange die Munition haben, machen sie weiter. Drüben liefern sie doch auch ab.

FRAU *zeigt auf ein Schild:* »Wer Kupfer abliefert, der verkürzt den Krieg!« Können Sie nicht lesen?

PELAGEA WLASSOWA Wer Kupfer abliefert, verlängert den Krieg! Das ist doch für Spione!

DIE SCHWARZGEKLEIDETE Aber warum wollen Sie denn, daß der Krieg verlängert wird?

PELAGEA WLASSOWA Na, weil mein Sohn in einem halben Jahr Feldwebel wird. Noch zwei Sturmangriffe und dann wird mein Sohn Feldwebel. Und da hat er doch doppelte Bezüge. Und dann müssen wir ja auch Armenien bekommen und Galizien, und die Türkei brauchen wir überhaupt.

DIE SCHWARZGEKLEIDETE Was brauchen wir?

PELAGEA WLASSOWA Die Türkei. Und das Geld, das wir von Frankreich bekommen haben, das muß doch auch zurückgezahlt werden. Insofern ist es ein Befreiungskrieg.

FRAU Natürlich. Freilich ist es ein Befreiungskrieg. Aber deshalb braucht er doch nicht bis in alle Ewigkeit zu dauern.

PELAGEA WLASSOWA Doch, mindestens noch ein halbes Jahr.

DIE SCHWARZGEKLEIDETE Und Sie meinen, so lange dauert er, wenn die wieder Kupfer haben?

PELAGEA WLASSOWA Ja, natürlich. Die Soldaten kriegen sie doch umsonst. Sie haben doch auch einen Sohn draußen? Sehen Sie, den Sohn haben Sie schon draußen, das Kupfer geben Sie jetzt auch noch. Dann geht es schon wieder ein halbes Jährchen länger.

DIE SCHWARZGEKLEIDETE Jetzt kenn ich mich aber wirklich nicht mehr aus. Einmal heißt es, der Krieg wird kürzer, einmal, er wird länger. Was soll man da glauben? Mein Mann ist schon gefallen, und mein Sohn steht auch vor Przemysl. Ich gehe nach Hause.

Sie geht. Die Glocken fangen an zu läuten.

FRAU Siegesglocken!

PELAGEA WLASSOWA Ja, wir siegen! Wir geben unsere Becherchen weg, unsere Kessel und Kupferkannen, aber wir siegen! Wir haben nichts mehr zu essen, aber wir siegen! Entweder du bist für den Zaren und seinen Sieg, oder du bist gegen ihn. Wir siegen, aber wir müssen auch siegen! Sonst gibt es eine Revolution, das ist sicher. Und was wird dann aus unserm geliebten Zaren? Wir müssen bei ihm stehen in Zeiten wie diesen. Schaut auf die Deutschen! Sie fressen schon die Blätter von den Bäumen für ihren Kaiser!

FRAU Was reden Sie eigentlich daher? Erst vor einer Minute nahm hier eine Frau ihre Kessel und lief weg, und nur wegen Ihnen.

EINE ARBEITERIN Das hätten Sie der auch nicht zu sagen brauchen, daß Sie den Krieg länger haben wollen. Das will doch sonst kein Mensch!

PELAGEA WLASSOWA Was? Und der Zar? Und die Generäle? Meinen Sie, die fürchten den Krieg mit den Deutschen? Da heißt's: immer ran an den Feind! Siegen oder sterben! So ist es richtig. Hören Sie die Glocken nicht? Die gibt es doch nur beim Siegen und beim Sterben. Warum sind Sie denn gegen den Krieg? Wer sind Sie denn überhaupt!? Wir sind hier lauter bessere Leute, wenn ich nicht irre? Sie sind doch eine Arbeiterin. Sind Sie eine Arbeiterin oder nicht? Gestehen Sie's nur ein! Sie schmeißen sich ja nur hier heran! Vergessen Sie nicht, daß es da immer noch einen Abstand gibt zwischen Leuten wie Ihnen und uns!

EIN DIENSTMÄDCHEN Das sollten Sie ihr nicht sagen. Sie gibt ihre Sachen auch für das Vaterland her.

PELAGEA WLASSOWA *zu der Arbeiterin:* Sie können doch gar nicht mit ganzem Herzen hier stehen. Was nützt Ihnen denn der Krieg? Das ist ja pure Heuchelei, daß Sie da stehen. Wir können ganz gut ohne Sie und Ihresgleichen fertig werden. Das ist unser Krieg! Kein Mensch hat etwas dagegen, wenn ihr Arbeiter mitmacht, aber darum gehört ihr noch lange nicht dazu. Geh du in deine Fabrik und schau, daß du besseren Lohn kriegst, und dräng dich hier nicht auf, wo du nicht hingehörst. *Zum Dienstmädchen:* Sie können ihr ja ihr Gerümpel abnehmen, wenn sie es durchaus anbringen will.

Die Arbeiterin läuft weg.

DRITTE FRAU Wer ist denn das überhaupt, der da das große Wort führt?

VIERTE FRAU Ich höre jetzt auch schon eine halbe Stunde zu, wie sie die Leute vertreibt.

DRITTE FRAU Wißt ihr, was das ist? Das ist eine Bolschewikin!

DIE FRAUEN Was, glauben Sie, ist sie? – Das ist eine Bolschewikin. Und eine ganz raffinierte Person! – Laßt euch einfach nicht mit ihr ein und beachtet sie nicht! – Hütet euch vor dem Bolschewismus, den gibt es in tausenderlei Gestalt! – Wenn ein Polizist vorbeikommt, wird sie einfach abgeführt!

PELAGEA WLASSOWA Ja, ich bin eine Bolschewikin. Aber ihr seid Mörderinnen, wie ihr da steht! Kein Tier würde sein Junges hergeben, so wie ihr das eure: ohne Sinn und Verstand für eine schlechte Sache. Euch gehört der Schoß ausgerissen. Er soll verdorren und ihr sollt unfruchtbar werden, wie ihr da steht. Eure Söhne brauchen nicht wiederzukommen. Zu solchen Müttern? Schießend für eine schlechte Sache sollen sie erschossen werden für eine schlechte Sache. Aber ihr seid die Mörderinnen.

ERSTE FRAU *dreht sich um:* Ich werde Ihnen zeigen, was Ihnen gehört, Sie Bolschewikin!

Sie geht mit ihrer Kanne in der Hand auf die Mutter zu und schlägt ihr ins Gesicht. Eine andere wendet sich ebenfalls und spuckt vor ihr aus. Dann öffnet sich der Schalter und die drei Frauen gehen hinein.

DAS DIENSTMÄDCHEN *ist stehengeblieben:* Kümmern Sie sich nicht darum. Aber sagen Sie mir, was ich machen soll. Ich weiß, daß ihr Bolschewiken gegen den Krieg seid, aber ich bin Dienstmädchen und kann doch nicht mit diesen Kupferkannen wieder zu meiner Herrschaft zurückkommen. Ich würde sie nicht abliefern. Aber wenn ich sie nicht abliefere, werde ich niemandem genützt haben, und ich würde entlassen werden. Was soll ich also machen?

PELAGEA WLASSOWA Du kannst allein nichts machen. Liefere du die Kupferkessel im Auftrage deiner Herrschaft dort ab. Im Auftrage deiner Herrschaft werden dort Leute deinesgleichen Munition daraus machen. Und Leute deinesgleichen werden damit schießen. Aber ebenfalls Leute deinesgleichen werden bestimmen, auf wen! Komme heute abend in die *sie sagt ihr die Adresse ins Ohr.* Dort wird ein Arbeiter von den Putilow-Werken sprechen und wir können dir erklären, wie wir uns verhalten wollen. Sag aber niemandem die Adresse, der sie nicht wissen soll.

14

Straße

Vor einem Demonstrationszug trägt Pelagea Wlassowa die rote Fahne. Neben ihr marschiert das Dienstmädchen.

EIN ARBEITER Als wir über den Lybin-Prospekt kamen, waren wir schon viele Tausende. Über fünfzig Betriebe streikten, und die Streikenden schlossen sich uns an, um gegen den Krieg und gegen die zaristische Herrschaft zu demonstrieren.

ZWEITER ARBEITER Im Winter 1916/17 streikten schon 250000 Mann in den Betrieben. Die unzulänglichen Löhne bei steigenden Preisen, Mangel an Lebensmitteln, die Verzweiflung über den Krieg, das Hinausjagen hungernder Arbeiter und Bauern auf die Schlachtfelder hatten sie zu uns Bolschewiken getrieben.

DRITTER ARBEITER Wir trugen Transparente mit der Aufschrift: »Nieder mit dem Krieg! Es lebe die Revolution!« und rote Fahnen.

PELAGEA WLASSOWA Denn was habe ich, Pelagea Wlassowa, Witwe eines Arbeiters und Mutter eines Arbeiters, noch alles zu tun! Als ich vor vielen Jahren mit Sorge sah, daß mein Sohn nicht mehr satt wurde, habe ich zuerst nur gejammert. Da änderte sich nichts. Dann half ich ihm bei seinem Kampf um die Kopeke. Damals sind wir in kleinen Streiks für bessere Löhne gestanden. Jetzt stehen wir in einem Riesenstreik in den Munitionsfabriken und kämpfen um die Macht im Staate.

DIENSTMÄDCHEN Viele sagen, das, was wir wollen, geht niemals. Wir sollen zufrieden sein mit dem, was wir haben. Die Macht der Herrschenden ist doch sicher. Wir würden immer wieder niedergeschlagen werden. Auch viele Arbeiter sagen: das geht niemals!

PELAGEA WLASSOWA *rezitiert:*

Wer noch lebt, sage nicht: niemals!
Das Sichere ist nicht sicher.
So, wie es ist, bleibt es nicht.
Wenn die Herrschenden gesprochen haben
Werden die Beherrschten sprechen.
Wer wagt zu sagen: niemals!

An wem liegt es, wenn die Unterdrückung bleibt? An uns.
An wem liegt es, wenn sie zerbrochen wird. Ebenfalls an uns.
Wer niedergeschlagen wird, der erhebe sich!
Wer verloren ist, kämpfe!
Wer seine Lage erkannt hat, wie soll der aufzuhalten sein?
Denn die Besiegten von heute sind die Sieger von morgen
Und aus Niemals wird: heute noch!

DIENSTMÄDCHEN Unsere Fahne trug eine sechzigjährige Frau. Wir sagten ihr: »Ist dir die Fahne nicht zu schwer? Gib uns die Fahne!« Sie aber sagte:

PELAGEA WLASSOWA Nein, wenn ich müde bin, werde ich sie dir geben, dann wirst du sie tragen.

ERSTER ARBEITER Und so marschierte sie mit uns, unermüdlich, von morgens bis nachmittags.

[ANHANG]

[Szenenentwurf von 1935]

EISENBAHNSZENE

DIE MUTTER Jetzt habe ich Pawel wieder ein ganzes Jahr nicht gesehen, und heute, wo ich ihn sehen soll, ist es bei einer gefährlichen Arbeit. Er ist dabei, revolutionäre Zellen in der Kiewer Garnison zu organisieren. Wenn sie ihn fassen, wird er sofort erschossen. Aber diese Arbeit muß gemacht werden, wenn der Zar mobilisiert, müssen wir auch mobilisieren.

Ein Arbeiter aus Szene 9 kommt in das Abteil.

DER ARBEITER Der Lehrer ist weg. Ich habe ihm den Koffer gegeben, bin aber noch ein Stück hinter ihm hergegangen. Aber plötzlich war er weg, wie vom Erdboden verschluckt. Diese Intellektuellen! Sie wissen alles von den Pyramiden bis zu den Bakterien, aber einen Koffer können sie nicht auf die Bahn tragen.

DIE MUTTER Hoffentlich ist ihm nichts passiert. Er wird schon recht alt und wir verlangen immer mehr von ihm. Es gibt jetzt so viele Spitzel.

DER ARBEITER Die Arbeit an diesen Flugblättern hätten wir uns sparen können. Die sind weg. Da ist ein Spitzel am Werk gewesen.

DIE MUTTER *abwesend:* Wir können ihnen die Literatur nicht lassen. Wir müssen zurückgehen.

DER ARBEITER Sicher. Geh nur zurück und sage: Hallo, du Spitzel, du kannst das nicht haben. Wir sitzen die ganze Nacht auf und drucken auf unserer illegalen Presse und du nimmst das einfach weg. Das ist unsere Antikriegs-Literatur. Das ist für die Soldaten. Was willst du denn damit? Du bist ein Spitzel. Gib sie zurück!

Die Mutter lacht.

DIE MUTTER Ja, wir können wieder nur warten. Warten, das ist das einzige, das ich immer noch nicht gelernt habe.

Sie warten. Die Mutter schaut durch das Fenster.

DIE MUTTER Aber da ist er ja! Gib du ihm das Zeichen.

Der Arbeiter winkt unauffällig den Lehrer herein, der einen großen Koffer schleppt.

DER LEHRER Ihr habt kein Recht, das von mir zu verlangen. Das kann mich mehr als meine Stellung kosten. Und wenn ich im Gefängnis sitze, kann ich euch keinen Rat mehr geben. Ich bin immer gern bereit, euch mein Wissen zu übermitteln, aber...

DER ARBEITER *indem er aus dem Koffer ein Bündel zieht:* Es ist auch wichtig für uns, wenn Sie uns unser Wissen übermitteln.

DIE MUTTER Sei still. *Zum Lehrer:* Wir danken Ihnen sehr, daß Sie uns den Koffer gebracht haben. Sehen Sie, Sie können ihn durch die Straßen tragen, wir können es nicht. Wenn man Sie sieht, wird man höchstens sagen: der arme Mann, er hat so viel Wissen, daß er es in seinem Kopf gar nicht alles tragen kann!

DER LEHRER Leider ist das nicht so. Ich bin verfolgt worden.

DER ARBEITER Sind Sie sicher?

DER LEHRER Ich schaute hinter mich und da folgte mir ein Mensch in einem dunklen Mantel. Ich kreuzte die Straße. Er kreuzte die Straße. Ich ging zur Ecke. Er ging zur Ecke. Ich ging schneller. Er ging schneller. Ich glaube, ich hatte ihn schon vorher gesehen, wie er sich vor unserm Haus rumtrieb. Er hatte zwei Narben von der Nase zum Kinn und dadurch eine Art Grinsen im Gesicht.

DIE MUTTER Was taten Sie?

DER LEHRER Ich sprang in eine Droschke und sah ihn dann nicht mehr. Ich muß jetzt gehen. Ich sinke von Stufe zu Stufe. Ihr habt mich weit gebracht.

DIE MUTTER Es kommen Leute.

DER ARBEITER Es ist übrigens nicht sicher, daß Pawel selber kommt. Wenn ein anderer kommt, wird er sagen: Ist hier Platz für mich neben deinem Bündel, Mutter? Und du wirst sagen: Für einen Soldaten des Zaren ist immer Platz. Dann werdet ihr die Bündel vertauschen.

Eine Kleinbürgerin kommt ins Abteil.

DIE MUTTER Also, Gregor Michailowitsch, sagen Sie Ihrer Frau, von diesen Spitzen kann ich noch mehr an den Mann bringen, das ist allerbeste Arbeit.

Die beiden gehen hinaus, und ein Mann in einem dunklen Mantel, der auf dem Korridor gestanden hat, tritt ins Abteil, das sich inzwischen gefüllt hat.

DER MANN Haben Sie etwas dagegen, wenn ich Ihr Bündel wegstelle?

DIE MUTTER Setzen Sie sich in die Ecke dort. Ich will nicht, daß mir meine Eier zerbrochen werden.

DER MANN Ich dachte, es sind Spitzen, was Sie da haben?

DIE MUTTER Eier auch.

DER MANN Ich liebe es nicht, am Fenster zu sitzen. Ich fühle mich nicht wohl. *Plötzlich nach ihrem Bündel langend:* Ich will es für Sie ins Netz legen.

DIE MUTTER *reißt ihm das Bündel weg:* Hände weg! *Sein Mantelkragen ist aufgegangen, und nun sieht sie die zwei Narben von der Nase zum Kinn, so daß es aussieht, als grinse er.* Sie lassen mein Bündel in Ruhe!

DER MANN Was macht Ihre Eier so schwer?

DIE MUTTER *laut:* So freche Leute wie Sie trifft man heutzutage in den Zügen. Keinen Respekt, nicht einmal vor einer alten Frau wie mir. Nach fünf Minuten wollen sie euch in euer Bündel schauen. Sie wollen wissen, wie viele Eier ihr bekommen habt und wie groß sie sind. Wahrscheinlich soll ich jetzt die Holzschnitzereien auspacken, die ich kaufte, um sie in meinem Dorf zu verkaufen, und sie jedem wildfremden Menschen in diesem Wagen unter die Nase halten.

DER MANN So, jetzt sind es Schnitzereien.

DIE MUTTER Ich sage Ihnen, Sie können heutzutage niemandem mehr trauen. Die Gegend ist voll von deutschen Spionen. Sie zählen jeden Bissen, den wir in den Mund stecken, damit sie es dem Kaiser schreiben können, daß wir schon verhungern. Aber wenn wir auch hungern, den Feind geht das nichts an.

EIN SOLDAT Sie setzen sich besser dort wieder hin, wo Sie gesessen haben, Herr!

DIE MUTTER Es gibt immer Leute, die nicht einmal alte Frauen in Ruhe lassen können.

Projektion: »Wie der Krieg der Nationen, so wird auch der Krieg der Klassen mit allen Mitteln geführt. Auch in ihm gibt es Spionage und Gegenspionage. Wie der Zar seinen Krieg vorbereitete, so bereiteten auch die Arbeiter ihren Krieg vor.«

DIE KLEINBÜRGERIN Das ist der Vorort Nijni. Hier werden viele Soldaten einsteigen, die, vor es Nacht wird, in die Kaserne zurückmüssen. Gott weiß, wer von denen noch leben wird, wenn erst ein halbes Jahr vorüber ist.

Soldaten steigen ein, darunter Pawel Wlassow.

PAWEL *lachend:* Ist hier Platz für mich neben deinem Bündel, Mutter?

DIE MUTTER Für einen Soldaten des Zaren ist immer Platz.

Er setzt sich.

DIE MUTTER Nun, werdet ihr es schaffen, ihr Soldaten?

PAWEL Sicher. Wenn das ganze Heer so ist wie meine Kompanie, dann werden wir mit dem Krieg bald fertig sein. Was würdest du sagen, Mutter, wenn dein Sohn kommen würde und sagen: wir schaffen es nicht.

DIE MUTTER *lächelnd:* So etwas würde mein Sohn niemals sagen.

PAWEL *stimmt ihr zu:* Nein. Ich selber kann meine Mutter überhaupt nicht mehr besuchen. Ich würde gern wissen, ob sie darüber nicht böse ist.

DIE MUTTER Sicher nicht. Sie wird sich schon denken: er führt seinen Krieg und konnte nicht kommen.

DER SOLDAT Hast du auch einen Sohn, Mutter?

DIE MUTTER Ja, und er ißt gern Speck, aber ich glaube, das tut ihr alle gern.

Sie nimmt aus einer Schachtel Speck und schneidet für die Soldaten Stücke davon ab. Alle greifen zu, auch Pawel. Sie essen.

DIE KLEINBÜRGERIN Das ist Kiew.

Pawel und noch ein Soldat stehen auf, und Pawel geht in den Gang hinaus. Er hat das Bündel der Mutter mitgenommen.

DIE MUTTER Ich fürchte, ich bin eine schlechte Mutter, jetzt verteile ich den Speck, den ich meinem Sohn schicken wollte. Aber nehmt euch ruhig noch ein Stück mit.

PAWEL Ich denke, jeder Mann würde eine solche Mutter gern haben. Glückliche Reise!

DIE MUTTER Bleibt gesund! Seid nicht zu verwegen!

Schweigen.

DIE MUTTER Wenn man's richtig überlegt, brauchen wir armen Leute eigentlich keinen Krieg. *Zum Soldaten:* Wozu brauchen Sie zum Beispiel die Dardanellen-Festungen? Wollen Sie dort wohnen mit Ihrer Frau? Nein. Aber doch ist der Krieg des Zaren auch für uns arme Leute gut. Schon jetzt haben Sie Schuhe aus richtigem Rindsleder an die Füße bekommen, gestern hatten Sie noch löchrige Bastschuhe an. Und einen Mantel haben Sie nun auch geschenkt bekommen, den hätten Sie allein nie kaufen können. Habe ich recht? Und das Essen! Fleisch! Nicht das Beste vom Rind – das ist vielleicht für die Herren Unteroffiziere bestimmt, die auch den besseren Kopf aufhaben – aber reichlich! Auch Ihren Wodka zahlen jetzt nicht mehr Sie. Die Plackerei mit dem Land ohne richtige Gäule hat aufgehört. Mit klingendem Spiel geht es ins Feld. Und wann hat man Ihnen je vorher ein Gewehr in die Hand gegeben, damit Sie sich wehren können? Jetzt haben Sie schon ein Gewehr. Natürlich, es gibt auch Gefahren für Leib und Leben. Ein Armstumpf oder ein weggerissener Kopf ist keine Kleinigkeit. Aber für nichts ist der Tod, das werden Sie mir zugeben. Der Zar sagt: hier hast du einen Mantel, zu essen usw. und jetzt holst du mir die Dardanellen. Und das ist ganz in der Ordnung: den Krieg der Reichen führen die Armen, so heißt es doch, stimmt's?

DER MANN Das sind komische Reden.

DER SOLDAT *fängt an zu singen:*

Soldatenleben, hei das heißt lustig sein!
Die Kugeln fliegen
Was können sie wiegen
Wohl ein paar Pfund. Wohl ein paar Pfund.

Die andern haben mitgesungen, auch die Mutter.

DIE MUTTER *zu dem Mann:* Sie könnten ruhig mitsingen mit uns einfachen Leuten. Aber Ihnen ist wohl das Lied nicht gescheit genug? Freilich, richtig betrachtet, wir singen hier lustig, und in zwei Monaten oder noch früher hat vielleicht mancher Mutter Sohn ausgesungen für immer. Aber dann ist es für den Zaren gewesen, und das ist immer besser, als daß sich einer gedrückt hätte vorm Kriegsdienst, weil er dem Zaren, der ihn ernährt, wie seinen Sohn, die Dardanellen nicht gönnt. Was weiß denn so ein Mann, wozu der Zar die Dardanellen braucht?

DIE KLEINBÜRGERIN Hauptsächlich geht es diesmal gegen den Kaiser.

DIE MUTTER Ja, auch. Der ist verloren. Die deutschen Soldaten, die können einem geradezu leid tun, wie die Prügel kriegen werden! Wie eine Dampfwalze kommt ihr über die. Und wofür kämpfen sie? Zar haben sie keinen wie wir, der für sie sorgt, und jedermann ist ihm wie ein Sohn.

DIE KLEINBÜRGERIN Der Kaiser soll ja brüllen wie ein Wolf.

DIE MUTTER Das wird seinen armen Soldaten nichts nützen. Vielleicht haben sie ein paar Gewehre und Kanonen am Anfang, aber wenn die Munition verschossen ist und die Zigaretten sind geraucht und der Schnaps ist auch getrunken, und die Besten sind weggeschossen, und wer bestellt die Felder? Was wird dann sein? Dann ist Revolution. Der Kaiser kann sich einfach nicht mehr heimtrauen dann. Sie werden ihm zu verstehen geben: führ du deinen Krieg alleine! Wir sind arme Leute, wir brauchen keinen Krieg.

DER SOLDAT Ja, die haben keinen andern Ausweg.

DIE MUTTER Nur Revolution. Her mit den Gewehren und los auf den Kaiser! Diese fetten Genräle müssen dran glauben, sonst gibt's da keine Ruhe! Zuerst die Genräle runterschießen! Und das sage ich auch euch: wenn ihr einen General seht, so einen dicken oder so einen ausgemergelten mageren, immer zuerst auf den los! Ihr werdet ihn schon an der Uniform herauskennen.

DER MANN Was für einen General?

DIE MUTTER Einen deutschen. Oder so einen deutschen Steuereintreiber, wenn ihr aufgabeln könntet! Das sind immer die Schlimmsten!

DER SOLDAT Ja, das sind die Schlimmsten!

DER MANN So, jetzt ist es aber genug.

DIE MUTTER Warum denn? Sie sind wohl ein naher Verwandter des Kaisers, daß Sie nicht die Wahrheit über ihn hören können?

DER MANN Sie sprechen ja gar nicht über die Deutschen. Über die Russen sprechen Sie!

DER SOLDAT Na, na, na.

DIE MUTTER Das ist die Höhe. Ich spreche nicht über die Deutschen! Dabei rede ich seit einer Viertelstunde von den deutschen Generälen. Sie sind Leuteschinder, wenn Sie das auch nicht hören wollen. Ein russischer General ist doch kein deutscher General. Schon die Sprache, in der er kommandiert, ist anders: russisch nämlich und nicht deutsch. Sie können wohl einen russischen General nicht von einem deutschen unterscheiden?

DER MANN Sie sind sehr schlau, aber wir werden Sie schon fassen.

DIE MUTTER Sie haben nur etwas gegen mich, weil ich Sie nicht neben mir sitzen lassen wollte.

DER SOLDAT Am besten ist es, man sagt gar nichts.

Schweigen.

DIE KLEINBÜRGERIN Jetzt sind wir in Kiew.

Der Zug hält.

DER MANN *zur Mutter:* Sie bleiben hier, bis ich die Bahnhofspolizei gerufen habe.

DIE MUTTER Warum denn?

DER MANN Und Ihr Bündel nehme ich.

DIE MUTTER Oho! Was wollen Sie denn mit meinem Bündel? Helft mir, er will mir mein Bündel wegnehmen.

DER SOLDAT *zu dem Mann:* Lassen Sie der alten Frau das Bündel!

DIE MUTTER Was soll ich denn gesagt haben? Ihr könnt alle bezeugen, daß ich nur gesagt habe, was erlaubt ist. Er will es verdrehen!

Der Mann ruft zum Fenster hinaus nach der Polizei.

DER SOLDAT Bleibt alle hier. Ihr habt gehört, daß sie nichts Unrechtes gesagt hat. Nur gegen die Deutschen.

DIE KLEINBÜRGERIN Ich habe nicht alles verstanden. *Sie geht hinaus.*

DER SOLDAT *zu Pawel:* Aber du hast doch gehört, was da gesprochen wurde.

PAWEL Ich habe nicht zugehört. *Er geht hinaus.*

DER SOLDAT Ihren Speck hat er gefressen, aber helfen will er Ihnen nicht.

Bis auf den Mann, den Soldaten und die Mutter sind alle aus dem Abteil gegangen.

DER SCHAFFNER Was ist los?

DER MANN Die Frau ist verdächtig. Sie ist eine Rote. Ihr Bündel enthält revolutionäre Literatur.

DIE MUTTER *zum Schaffner:* So, Ihnen zeige ich mein Bündel. Sie sind eine Amtsperson.

Sie zeigt das Bündel. Es sind alte Lumpen drinnen.

DER MANN Es sollten doch Spitzen und Schnitzereien sein.

DIE MUTTER Sie können mir nicht zumuten, daß ich allen erzähle, daß ich nur ein paar alte Lumpen in meinem Bündel habe.

DER MANN *wütend:* Das ist nicht das Bündel. Es muß vertauscht worden sein. Und ich weiß auch, wann sie es vertauscht hat. Bevor sie mit ihren frechen Reden anfing. Damit hat sie dann denjenigen gedeckt, der die Literatur an sich genommen hat. *Er läuft aufgeregt hinaus.*

DER SOLDAT Bist du wirklich eine Rote?

DIE MUTTER Ja.

DER SOLDAT Hoffentlich erwischen sie ihn nicht. *Nach kurzem Nachdenken, während die Mutter ihre Schachtel verpackt:* Schade, daß Sie nicht einige von diesen Spitzen für mich übrigbehalten haben.

DIE MUTTER *zum Fenster hinausschauend:* Schauen Sie in Ihre Manteltasche!

Der Soldat zieht grinsend aus seiner Manteltasche einige Flugblätter.

Kommentar

DER FLUG DER LINDBERGHS

Textgrundlage

Der Flug der Lindberghs. Ein Radiolehrstück für Knaben und Mädchen, in: *Versuche*, Heft 1 [2. Auflage] (*Versuche 1-3*), Berlin: Gustav Kiepenheuer Verlag 1930, S. 2-16 (1. Versuch).

Übersicht

Ende 1928: Arbeitsbeginn.
April 1929: Erste Textpublikation als *Lindbergh* in der Zeitschrift *Uhu*.
27. Juli 1929: Uraufführung im Rahmen des Festivals »Deutsche Kammermusik Baden-Baden 1929« als *Der Lindberghflug*.
Juni 1930: Druck der neuen Fassung *Der Flug der Lindberghs* im *Versuche*-Heft 1, Gustav Kiepenheuer Verlag, Berlin.
Ende 1949/Anfang 1950: Das Stück erhält einen neuen Titel, *Der Ozeanflug*, und einen Prolog; einige Textänderungen werden festgelegt.

Entstehung

Brecht beginnt die Arbeit am Lindbergh-Stoff Ende 1928, als Kurt Weill einen Text sucht, mit dessen Vertonung er sich am Baden-Badener Musikfest 1929 beteiligen kann. Diese Veranstaltung will »Originalmusik für Rundfunk« vorstellen, und ein wichtiger Aspekt besteht darin, »Beiträge zur Radiokunst für die Massen im technischen Zeitalter« zu liefern.

Gegenstand des Stücks ist die erste Überquerung des Atlantischen Ozeans mit einem Flugzeug; sie ist dem damals fünfundzwanzigjährigen Amerikaner Charles Lindbergh am 20. und 21. Mai 1927 gelungen. In dem Flugapparat »Spirit of St. Louis« (Geist von St. Louis) hat er die Strecke New York-Paris in 33½ Stunden zurückgelegt. Dieses bedeutsame Ereignis in der Geschichte der Luftfahrt beeindruckt Brecht als technische Leistung und als Beispiel menschlichen Mutes.

Lindbergh hat noch im gleichen Jahr seinen Flug in dem Buch *We* (dt.: *Wir zwei. Im Flugzeug über den Atlantik*, Leipzig 1927) geschildert. Es dient Brecht als Vorlage, in der die Gemeinsamkeit von Mensch und Maschine betont und wiederholt auch auf den Anteil anderer am Erfolg hingewiesen ist. Dabei erwähnt Lindbergh zuerst jene »fortschrittlich gesinnten« Bürger von St. Louis, die bereit gewesen sind, seinen Ozeanflug zu finanzieren, und läßt in seinem Buch Fotografien der acht Geldgeber veröffentlichen. Bei Brecht findet sich ein solcher Hinweis nicht. Die »Angestellten und Arbeiter der Ryan-Flugzeugwerke«, die »sofort den Geist des Unternehmens erfaßt« und mehrmals »vierundzwanzig Stunden ohne Pause gearbeitet« haben, bezeichnet Lindbergh als »die Leute«; Brecht nennt sie »Kameraden«. Bei der Darstellung des Flugs, vor allem der Unbilden des Wetters und der Anfechtungen durch Schlaf, reichert Brecht den sachlichen Bericht Lindberghs erheblich an und verwendet dazu dessen Schilderungen über seine Tätigkeit als Postflieger. Eine Passage des Buchs ist sogar fast wörtlich übernommen: die Liste der beim Flug mitgeführten Gegenstände im Abschnitt 3.

Ein erster in sich abgeschlossener Text wird als Radio-Hörspiel *Lindbergh*, mit dem Hinweis auf eine dazu gehörende Musik von Kurt Weill, 1929 im Aprilheft der Zeitschrift *Uhu* (Berlin) publiziert. Eine zweite Arbeitsphase folgt in der Zeit bis zur Uraufführung am 27. Juli 1929. Noch während der Proben liefert Brecht ein »totales Manuskript« mit ergänzenden Texten, die »nicht vertont« sind, sondern in der Aufführung »lediglich rezitiert« werden (Brief an Ernst Hardt, Juli 1929); es trägt den Titel *Der Lindberghflug*.

Neben Kurt Weill arbeitet Elisabeth Hauptmann von Anfang an am Stück mit. Von Weill stammen sieben der vierzehn Musiknummern für Kammerchor, Kammerorchester, Tenor (Lindbergh), Bariton (Nebel und Stadt New York), Baß (Schneesturm) und Alt (Schlaf). Erst wenige Wochen vor der Uraufführung wird Paul Hindemith als Komponist hinzugezogen; er liefert sechs Musiknummern; eine Szene enthält Kompositionen von Weill *und* Hindemith.

In der ersten Hälfte des Jahres 1930 nimmt Brecht eine grundlegende Überarbeitung des Stücks vor. Diese neue Fassung erscheint im Juni 1930 unter dem Titel *Der Flug der Lindberghs* im *Versuche*-Heft 1. Von diesem Heft gibt es zwei Auflagen, die erste ist bei der Hobokenpresse Berlin, die zweite bei Otto von Holten gedruckt. Die vorliegende Ausgabe verwendet als Textgrundlage die genauer redigierte zweite Auflage; sie unterscheidet sich von der ersten vor allem in der Interpunktion und in zwei kleinen Textänderungen.

Nach der Baden-Badener Aufführung schreibt Brecht, gemeinsam mit Peter Suhrkamp, *Erläuterungen* zum Stück; sie »enthalten Teile einer Musiktheorie« und stellen, wie der Umschlag des *Versuche*-Hefts 1 vermerkt, einen Beitrag zu einer »Radiotheorie« dar. In ihnen ist die bereits der Uraufführung zugrunde liegende Absicht formuliert, »eine Beteiligung des Hörers an der Radiokunst« zu erreichen; das Stück soll »nicht Genuß-, sondern Lehrmittel« sein. Damit wird der *Flug der Lindberghs*, obwohl ursprünglich nicht in diese Richtung angelegt, Brechts erster Versuch mit dem Typus des Lehrstücks, den er später variantenreich ausbaut und methodisch begründet (vgl. den Kommentar zu *Das Badener Lehrstück vom Einverständnis* – S. 410f.). Die *Erläute-*

rungen werden zuerst (in einer kürzeren Variante) in einem vom Kiepenheuer Verlag herausgegebenen Einzeldruck des Stücks (noch in der Textgestalt von 1929 und unter dem Titel *Lindberghflug*) und dann in beiden Auflagen des *Versuche*-Hefts 1 veröffentlicht. Letzteres enthält auch ein Szenenfoto von der Uraufführung des *Lindberghflug*.

Um die Jahreswende 1949/50 richtet Brecht den Text für eine geplante Sendung des Süddeutschen Rundfunks in Stuttgart unter dem Titel *Der Ozeanflug* neu ein. Er tilgt den Namen des Fliegers Lindbergh, der sich durch sein Engagement für den deutschen Faschismus diskreditiert hat, und verfaßt einen Prolog zum Stück. Die Veröffentlichung dieser Fassung erfolgt erst nach Brechts Tod.

Text/Fassungen

Die erste Fassung vom April 1929 mit dem Titel *Lindbergh* ist in 9 Abschnitte gegliedert, die nicht beziffert sind. Sie entsprechen den Abschnitten 1, 3, 4, 5, 6, 7, 13 und 17 der *Versuche*-Fassung von 1930, sind aber teilweise kürzer. Die Szenenüberschriften gleichen bereits weitgehend den später verwendeten; abweichend ist vor allem die zum späteren Abschnitt 17: *Bericht über das Erreichte* (beim Abdruck im Programmheft zur Uraufführung und in der im Juni 1930 publizierten *Versuche*-Fassung: *Bericht über das Unerreichbare*, was ein halbes Jahr später – durch eine Anmerkung zum *Badener Lehrstück vom Einverständnis* im *Versuche*-Heft 2 – in »Bericht über das noch nicht Erreichte« ausgebessert wird). Die Rollenbezeichnung für den Protagonisten lautet »Lindbergh«.

Eine zweite Fassung (vom Juli 1929) stellt der nicht überlieferte Text der Uraufführung unter dem Titel *Der Lindberghflug* dar. Zwei Drucke aus diesem Monat Juli sind Vorstufen dieser Fassung; eine frühe ist im Heft 30 der Programmzeitschrift des Westdeutschen Rundfunks Köln (*Die Werag*) sowie in Nr. 29 der *Südwestdeutschen Rundfunkzeitung*, eine spätere im Programmheft *Deutsche Kammermusik Baden-Baden 1929* veröffentlicht. Im *Werag*-Druck wird das Stück als »Hörspiel« bezeichnet und hat 10 Abschnitte; hinzugekommen sind Verse mit den Überschriften *Die Stadt New York* und *Die Stadt Paris*, die den Abschnitten 10 und 12 der *Versuche*-Fassung von 1930 entsprechen. Bei der Veröffentlichung im Programmheft, dort ohne Gattungsbezeichnung, ist das Stück in 16, erstmals bezifferte Abschnitte gegliedert. (Partitur und Klavierauszug zum *Lindberghflug*, die 1930 im Wiener Musikverlag Universal-Edition mit einer veränderten, nunmehr nur von Weill komponierten Musik erscheinen, weisen – wie der Einzeldruck im Kiepenheuer Verlag – 15 Abschnitte auf; die Wasser-Passage, in der Fassung des *Versuche*-Hefts von 1930 Abschnitt 9 und bereits beim Programmheftdruck nach der Schneesturm-Passage neu eingefügt, entfällt wieder.) Bis zu diesem Zeitpunkt fehlt noch in allen Texten der spätere Abschnitt 8 (*Ideologie*). Der Protagonist heißt wie in der April-Fassung »Lindbergh«.

Die *Versuche*-Fassung von 1930, *Der Flug der Lindberghs,* erhält den Untertitel *Ein Radiolehrstück für Knaben und Mädchen.* Die Rollenbezeichnung für den Fliegerpart erscheint erstmals im Plural: »Die Lindberghs«. Der Stücktext enthält nunmehr 17 Abschnitte sowie – das Inszenierungsmodell übernehmend – bei allen nicht zum Fliegerpart gehörenden Versen und bei den Geräuschanweisungen den in Klammern gesetzten Hinweis auf das Radio als den »Produzenten« dieser Passagen. Charakteristisch für die *Versuche*-Fassung ist nicht nur der als Weltanschauungskommentar ins Zentrum gerückte neue und umfangreiche Abschnitt 8: *Ideologie.* Neben Titelwahl und Hauptrollenbezeichnung betonen auch kleine Texterweiterungen stärker die kollektive Leistung, die den Flug und seinen erfolgreichen Abschluß sicherstellt. So beschreiben einige der bisherigen kurzen Einwürfe Lindberghs jetzt ausführlicher die Haltungen *der* Lindberghs: Die Texte in Szene 5 (12,16-25 und 13,2-8) ersetzen die früheren lakonischen Sätze »Das tue ich nicht« bzw. »Ich fürchte dich nicht«, und die drei Repliken der Lindberghs in Szene 7 stehen anstelle der mehrfach wiederholten Aussage: »Ich schlafe nicht. Ich bin nicht müde.« Neu sind also Feststellungen wie: »Sieben Männer haben meinen Apparat gebaut [...] / Oftmals 24 Stunden ohne Pause / [...] / Sie haben gearbeitet, ich / Arbeite weiter, ich bin nicht allein, wir sind / Acht, die hier fliegen.« Diese Textstelle knüpft übrigens an eine Passage aus Lindberghs Buch *We* an, die in den vorangehenden Fassungen nicht berücksichtigt worden ist.

Eine letzte Fassung unter dem Titel *Der Ozeanflug* entsteht, als der Süddeutsche Rundfunk im Dezember 1949 von Brecht eine Sendeerlaubnis für das Lindbergh-Stück erbittet (die Produktion wird dann nicht realisiert). Brecht antwortet: »[...] wenn Sie den *Lindberghflug* [...] bringen wollen, muß ich Sie bitten, der Sendung einen Prolog voranzustellen und einige kleine Änderungen im Text selber vorzunehmen. Lindbergh hat bekanntlich zu den Nazis enge Beziehungen unterhalten; sein damaliger enthusiastischer Bericht über die Unbesieglichkeit der Naziflugwaffe hat in einer Reihe von Ländern lähmend gewirkt. Auch hat L. in den USA als Faschist eine ganz dunkle Rolle gespielt.« Lindbergh hat sich 1940 als Sprecher der faschistischen Bewegung »American First Committee« (Komitee Amerika über alles) engagiert sowie 1941 den Eintritt der USA in den Krieg gegen Hitler-Deutschland verurteilt. »In meinem Hörspiel«, so legt Brecht fest, »muß daher der Titel in *Der Ozeanflug* umgeändert werden, man muß den Prolog sprechen und den Namen Lindbergh ausmerzen. [...] Die Änderungen mögen eine kleine Schädigung des Gedichts bedeuten, aber die Ausmerzung des Namens wird lehrreich sein.« (Brief an den Süddeutschen Rundfunk, Stuttgart, 2. Januar 1950.)

Der Prolog der nunmehr für Aufführungen als obligatorisch betrachteten Fassung trägt im Nachlaßmanuskript den Titel *An die Veranstalter und Hörer des Lindberghflugs* und lautet:

Hier hört ihr
Den Bericht über den ersten Ozeanflug
Im Mai 1927. Ein junger Mensch
Vollführte ihn. Er triumphierte
Über Sturm, Eis und gefräßige Wasser. Dennoch
Sei sein Name ausgemerzt, denn
Der sich zurechtfand über weglosen Wassern
Verlor sich im Sumpf unserer Städte. Sturm und Eis
Besiegten ihn nicht, aber der Mitmensch
Besiegte ihn. Ein Jahrzehnt
Ruhm und Reichtum und der Unselige
Zeigte den Hitlerschlächtern das Fliegen
Mit tödlichen Bomben. Darum
Sei sein Name ausgemerzt. Ihr aber
Seid gewarnt: Nicht Mut noch Kenntnis
Von Motoren und Seekarten tragen den Asozialen
Ins Heldenglied.

Die durch die Festlegung von 1950 entstandene Fassung weist neben dem neuen Titel und der (auch in den Szenentiteln) korrigierten Rollenbezeichnung – jetzt: Die Flieger – folgende Änderungen auf: In Abschnitt 1 (9,6) heißt es anstatt »Den Ozeanflug des Kapitän Lindbergh« nunmehr »Die erste Befliegung des Ozeans«; in Abschnitt 3 (9,36) anstatt »Mein Name ist Charles Lindbergh« nunmehr »Mein Name tut nichts zur Sache«; in Abschnitt 10 (18,26) statt »Des Kapitän Lindbergh glücken wird« nunmehr »Des Kapitän Derundder glücken wird«; in Abschnitt 16 (23,17) statt »Ich bin Lindbergh« nunmehr »Ich bin Derundder«.

Zur Textgestaltung in der vorliegenden Ausgabe:

8,1 *Mitarbeiter]* In der Textgrundlage sind die Mitarbeiter am Ende des Stückabdrucks genannt: »Brecht. Hauptmann. Weill.«

8,3-9 *Der erste Versuch ...]* Dieser Text ist den Vorbemerkungen zum *Versuche*-Heft 1 entnommen.

8,12 *Personen]* Das Personenverzeichnis ist nachträglich eingefügt worden.

21,15 *Die Lindberghs]* In der Textgrundlage – offenbar durch ein Versehen: »Die Lindberghs (Radio)«.

Wirkung

Der *Lindberghflug* wird am 27. Juli 1929 im Rahmen der Veranstaltung »Deutsche Kammermusik Baden-Baden 1929« uraufgeführt. Das geschieht innerhalb eines dreiteiligen Abendprogramms, das auch neue Rundfunkmusiken von Jerzy Fitelberg und Walter Goehr (nach Gedichten aus Lion Feuchtwangers »amerikanischem Liederbuch« *Pep*) vorstellt. Brechts Stück ist bereits am Vormittag auf einer öffentlichen Generalprobe gezeigt worden. Regisseur ist Ernst Hardt, zu dieser Zeit Intendant der Westdeutschen Rundfunk AG Köln (WERAG); Hermann Scherchen dirigiert das Frankfurter Rundfunkorchester. Die Schlesische Funkstunde Breslau überträgt die Generalprobe. Am 28. bzw. 29. Juli wird eine Aufzeichnung der Aufführung vom Südwestdeutschen Rundfunkdienst Frankfurt a. M. und von der WERAG gesendet.

Brecht beteiligt sich aktiv am Zustandekommen der Aufführung. Er betrachtet vor allem die Generalprobe, für Fachleute des Rundfunks gedacht, als Möglichkeit, ein Experiment zu realisieren: »Es könnte wenigstens optisch gezeigt werden, wie eine Beteiligung des Hörers an der Radiokunst möglich wäre. (Diese Beteiligung halte ich für notwendig zum Zustandekommen des ›Kunstaktes‹.)« (Brief an Ernst Hardt, Juli 1929.) – Damit werden – erstmals – Brechts Absichten mit dem Lehrstücktypus (wozu der *Lindberghflug* ursprünglich nicht gehört) erprobt. Das Stück, so notiert er nach der Aufführung, »hat keinen Sinn, wenn man sich nicht daran schult«. In der Fassung von 1930 ist der *Flug der Lindberghs,* worauf bereits die Einstudierung des *Lindberghflug* 1929 hingearbeitet hat, für Brecht »ein *Lehrgegenstand* und zerfällt in zwei Teile. Der eine Teil (die Gesänge der Elemente, die Chöre, die Wasser- und Motorengeräusche usw.) hat die Aufgabe, die Übung zu ermöglichen; d. h. einzuleiten und zu unterbrechen, was am besten durch einen Apparat geschieht. Der andere *pädagogische* Teil (der Lindberghpart) ist der Text für die Übung: der Übende ist Hörer des einen Textteiles und Sprecher des anderen Teiles.« *(Erläuterungen.)*

Ernst Hardt setzt das Stück diesen Vorstellungen entsprechend in Szene; Brecht beschreibt das in den *Erläuterungen:* Auf der einen Seite des Spielpodests sind hinter einer Tafel mit der Aufschrift »Das Radio« der Dirigent, das Orchester, der Chor und jene Solisten, die die Partien der »Elemente« singen, postiert; auf der anderen Seite sitzt unter einem Schild mit der Aufschrift »Der Hörer« der Interpret der Lindbergh-Rolle. Vor sich auf dem Tisch die Partitur, in die er wiederholt hineinblickt, singt er seine Noten zur instrumentalen Begleitung des Orchesters. Die Sprechertexte trägt er, am Schluß jeder Verszeile deutlich absetzend, ohne Gefühlsbetonung vor. Wie das überlieferte Foto ausweist, ist im Hintergrund auf einer großen Leinwand die der Demonstration zugrunde liegende Idee, »freischwebende Gefühle anläßlich von Musik« zu verhindern, aufgeschrieben. Sie zielt darauf, daß der Hörer als Lernender / sich Schulender, »dem Grundsatz folgend: tun ist besser als fühlen, [...] die Musik [...] im Buch mit den Augen verfolgt oder im Verein mit anderen laut singt« (in veränderter Form in den *Erläuterungen*).

In der Presse wird dieses Experiment als das wichtigste Ergebnis der Kammermusiktage hervorgehoben. Es findet vor allem bei Rundfunkpraktikern und Anhängern der Schulmusikbewegung große Anerkennung. Text und Musik besäßen »eine rundfunkgemäße Form« (Heinrich Strobel in: *Der Deutsche Rundfunk*, Berlin, 1929, Heft 3); die Autoren hätten »den großen Rhythmus und den herben Hauch einer echten Poesie des Wirklichen« erfaßt, »einen ebenso neuartigen und fruchtbaren Weg gewiesen« (Karl Holl in: *Frankfurter Zeitung*, 2. August 1929).

Dennoch bleiben Uraufführung und Radioübertragung weitgehend folgenlos. Brecht benennt dafür in den *Erläuterungen* gesellschaftliche Ursachen: »Solche Übungen nützen dem einzelnen nur, indem sie dem Staat nützen, und sie nützen nur einem Staat, der allen gleichmäßig nützen will.« Eine solche Anwendung, »die nur der Staat organisieren kann«, der seit 1925 über die Reichsrundfunk-Gesellschaft letztlich alle Verfügungsrechte über das Radio besitzt, erscheint ihm aber nicht möglich, da »der gegenwärtige Staat kein Interesse hat, diese Übung zu veranstalten«.

Bis Ende 1932 gibt es vom *Lindberghflug* bzw. vom *Flug der Lindberghs* – nachgewiesen – noch zwei konzertante Aufführungen: eine in Berlin (musikalische Leitung: Otto Klemperer), wo das Stück erstmals mit der nur von Weill komponierten Musik als »Kantate für Soli, Chor und Orchester« aufgeführt wird, und eine durch das Philadelphia Orchestra (musikalische Leitung: Leopold Stokowski); weiterhin vier Einstudierungen an Theatern (Breslau, Düsseldorf, Hamburg-Altona, Osnabrück) sowie zwei spezielle Funkproduktionen (Funkstunde Berlin, Tschechischer Rundfunk). Die konzertanten Aufführungen und die Funkproduktionen stützen sich auf die Fassung von 1929, bringen also nicht die *Ideologie*-Szene. Für die Theateraufführungen, auch für die Inszenierung mit Laien an der Music School of the Henry Street Settlement in New York von 1933, konnte nicht ermittelt werden, ob ihnen der veränderte und ergänzte Text der *Versuche*-Fassung von 1930 (vor allem mit der *Ideologie*-Szene) zugrunde gelegen hat. Zu Brechts Lebzeiten wird das Stück letztmalig 1938 vom Belgischen Rundfunk produziert.

Zeilenkommentar

10,1 *210 km in der Stunde]* Nach Lindberghs Angaben bei den Testflügen erzielte Höchstgeschwindigkeit.

10,3 *Die Ryanflugzeugwerke in San Diego]* Diese Firma in der kalifornischen Industriestadt baute den Flugapparat im Auftrag Lindberghs in 60 Tagen (Februar bis April 1927).

10,20-33 *Ich habe bei mir...]* Fast wörtlich aus Charles A. Lindbergh, *We* (dt.: *Wir zwei. Im Flugzeug über den Atlantik*, Leipzig 1927, S. 140), übernommen.

10,35 *Blériot]* Louis Blériot überflog 1909 als erster den rund 30 km breiten Ärmelkanal.

11,19 *»Empress of Scotland«]* (Engl.) Kaiserin von Schottland.

12,22 *mit dem Schild oder auf dem Schild]* Anspielung auf das altgriechische Heldenideal, entweder mit dem Schild – als Sieger – oder auf dem Schild – als Gefallener – aus der Schlacht zurückzukehren. Diese Redensart hat Brecht bereits in *Trommeln in der Nacht* aufgegriffen.

13,3 *24 Stunden ohne Pause]* Wörtlich übernommene Formulierung aus Lindberghs Buch *Wir zwei*, S. 137 (vgl. zu 10,20-33).

14,27 *zwei Männer]* Gemeint sind Charles Nungesser und François Coli (vgl. zu 19,36).

15,17 *Felder von Missouri]* Im amerikanischen Bundesstaat Missouri (Hauptstadt: St. Louis) hat Lindbergh während seiner Zeit als Post- und Schauflieger gelebt.

15,29-37 *Viele sagen... ein kleines Wasser.]* Die acht Verszeilen sind identisch mit der ersten Strophe des Gedichts *Über den Einzug der Menschheit in die großen Städte zu Beginn des dritten Jahrtausends* aus dem *Joe Fleischhacker*-Fragment. Die letzten drei Verse (15,35-37) werden fast wörtlich in die erste Szene der deutschsprachigen Fassungen von *Leben des Galilei* übernommen.

16,4 *der dialektischen Ökonomie]* Gemeint sind die philosophischen und ökonomischen Theorien von Karl Marx.

16,30 *Ein wirklicher Atheist]* An die folgende Argumentation gegen die Gottesexistenz (16,32-17,32) erinnert die atheistische Passage der Pelagea Wlassowa in *Die Mutter* (Szene 10 der Fassung von 1938).

19,36 *Schatten Nungessers]* Charles Nungesser ist Mitte Mai 1927, wenige Tage vor Lindberghs Atlantikflug, mit seinem Flugzeug »Oiseau-Blanc« (Weißer Vogel) beim Versuch, einen Entfernungsrekord aufzustellen, gemeinsam mit dem Copiloten François Coli über dem Nordatlantik abgestürzt.

20,27 *Wir zwei]* Titel der deutschen Ausgabe des Lindbergh-Buches über seinen Atlantikflug (vgl. zu 10,20-33).

21,2f. *In St. Louis... / Länger in der Luft]* Bezieht sich auf die Nonstop-Langstreckenflüge Lindberghs in Vorbereitung der Atlantiküberquerung, u. a. von San Diego nach St. Louis (10./11. Mai) und von St. Louis nach New York (12. Mai).

23,31-24,14 *Zu der Zeit... Unerreichbare.]* Diese Verszeilen übernimmt Brecht weitgehend wörtlich in den Abschnitt 1 des *Badener Lehrstücks vom Einverständnis.*

24,9 *Ende des 3. Jahrtausend]* Bei der Übernahme des Textes in das *Badener Lehrstück vom Einverständnis* verändert zu »Ende des zweiten Jahrtausends« (vgl. 27,31).

24,13f. *das / Unerreichbare]* Brecht ordnet in einer Fußnote zum Druck des *Badener Lehrstücks vom Einverständnis* im *Versuche*-Heft 2 (Ende 1930) an: »Dies ist auszubessern in: das noch nicht Erreichte« (vgl. 27,38f.).

DAS BADENER LEHRSTÜCK VOM EINVERSTÄNDNIS

Textgrundlage

Das Badener Lehrstück vom Einverständnis, in: *Versuche*, Heft 2 (*Versuche* 4-7), Berlin: Gustav Kiepenheuer Verlag 1930, S. 123-146 (7. Versuch).

Übersicht

Anfang 1929: Arbeitsbeginn.
28. Juli 1929: Uraufführung im Rahmen des Festivals »Deutsche Kammermusik Baden-Baden 1929« unter dem Titel *Lehrstück*.
Etwa Oktober 1929: Erstveröffentlichung des Texts zum *Lehrstück* in einer Partiturausgabe, Verlag B. Schotts Söhne, Mainz.
Ende 1930: Erstdruck der neuen Fassung *Das Badener Lehrstück vom Einverständnis* im *Versuche*-Heft 2, Gustav Kiepenheuer Verlag, Berlin.

Entstehung

Die Arbeit am Stück beginnt Anfang 1929 – spätestens im März/April. Es wird – wie *Der Lindberghflug* – für das Festival »Deutsche Kammermusik Baden-Baden 1929« geschrieben. Die Musik komponiert Paul Hindemith im Frühjahr 1929. Die Uraufführung in Baden-Baden findet am 28. Juli des gleichen Jahres unter dem Titel *Lehrstück* statt. Damit verwendet Brecht den Begriff »Lehrstück« erstmals für eine seiner dramatischen Arbeiten. (Der ursprünglich als Hörspiel bezeichnete *Lindberghflug* erhält erst bei seiner Umarbeitung zum *Flug der Lindberghs*, also im Frühjahr 1930, den Untertitel *Radiolehrstück*.)

Die Bezeichnung »Lehrstück« steht bei Brecht von nun an für einen bestimmten Stücktypus, der »sich auf der Bühne einer ›epischen‹ (erzählenden) Darstellungsweise bedient«. Gerichtet auf die »Nachahmung hochqualifizierter Muster« (also nicht realer Vorgänge), setzt er »ästhetische Maßstäbe für die Gestaltung von Personen, die für die Schaustücke gelten, außer Funktion [...] Besonders eigenzügige, einmalige Charaktere fallen aus«. Das Lehrstück hebt sich durch »Abstrahierung« »von einer ganz konkreten, im rein Anschaulichen bleibenden« Darstellungsweise ab, geht *nicht* den »Weg der [...] sensuellen Erfahrung«, den »Weg des Erlebnisses«; es stellt den Rezipienten einem Modell »gegenüber« statt ihn in einen theatralischen Vorgang »hineinzuziehen«. Die Lehrstücke sind für Brecht eine »Kette von Versuchen, die sich zwar theatralischer Mittel bedienten, aber die eigentlichen Theater nicht benötigten«, »die weniger für die Zuschauer als für die Mitwirkenden stattfanden«, um sie »durch Theaterspielen zu erziehen, das heißt, sie zugleich zu Tätigen wie Betrachtenden zu machen«. Es handelt sich also in erster Linie um »Kunst für den Produzenten« (auch wenn der »Zuschauer [...] natürlich verwertet werden« kann), wobei die am Spiel Beteiligten durch die Einübung des Modells, »ebenso durch die Kritik an solchen Mustern« (keineswegs durch bloße Belehrung), »gesellschaftlich beeinflußt werden« können. Dabei gilt: »Im Lehrstück ist eine ungeheure Mannigfaltigkeit möglich.« (Vgl. Brechts Aufsätze und Notierungen *Theorie der Pädagogien*, *Mißverständnisse über das Lehrstück*, *Das deutsche Theater der zwanziger Jahre*, *Zur Theorie des Lehrstücks*.)

Auf das *Lehrstück* bezogen, schreibt Brecht im Programmheft *Deutsche Kammermusik Baden-Baden 1929*, die neue Arbeit sei angeregt »durch einige Theorien musikalischer, dramatischer und politischer Art, die auf eine kollektive Kunstübung hinzielen«, und es sei »zur Selbstverständigung der Autoren und derjenigen, die sich daran tätig beteiligen, gemacht«. Zugleich notiert er dort, das Stück sei bis zur Premiere »nicht einmal ganz fertig gemacht«. Eine Partiturausgabe wird noch im Oktober 1929 vom Musikverlag B. Schotts Söhne, Mainz, herausgebracht.

1930 – vermutlich im Sommer bzw. im Herbst – nimmt Brecht eine grundlegende Überarbeitung und Erweiterung des Texts vor und schreibt eine längere *Anmerkung* zum Stück. Die Neufassung entsteht in Auswertung der Uraufführung sowie zur deutlichen Abgrenzung von den Intentionen, die Hindemith dem Stück unterlegt und in einem Vorwort zur Partiturausgabe geäußert hat: »dem die Übung Leitenden und der Gemeinschaft der Ausführenden ist es überlassen, die für ihre Zwecke passende Form zu finden« und dazu beliebige »Auslassungen, Zusätze und Umstellungen« vorzunehmen (Paul Hindemith/Bert Brecht, *Lehrstück*, Mainz: B. Schotts Söhne o. J.). Brecht polemisiert in seiner *Anmerkung* gegen die in solcher Äußerung sich ausdrückende Haltung, daß »der einzige Schulungszweck«, den das Stück anstrebe, »ein rein musikalisch formaler« sei. Er verweist demgegenüber auf einen mit diesem Lehrstück bezweckten gesellschaftlichen Verständigungsprozeß über die »die Menschen unserer Zeit mit ganz anderer Gewalt auseinandertreibenden Kollektivbildungen auf breitester und vitalster Basis«, der über die von Hindemith beanspruchte musikpädagogische Absicht hinaus in den sozialen Bereich reicht. Die neue Fassung entsteht in enger Verbindung mit der Veränderung des *Lindberghflug* zum *Flug der Lindberghs*, mit der Überarbeitung des *Jasager* und im Zusammenhang mit den ersten Arbeiten an der *Maßnahme* sowie der Beschäftigung mit dem *Fatzer*-Stoff, dem *Brotladen*-Projekt und dem Stück *Die heilige Johanna der Schlachthöfe*. Brecht läßt das veränderte Stück, jetzt mit dem Titel *Das Badener Lehrstück vom Einverständnis*, Ende

1930 im *Versuche*-Heft 2 zusammen mit der *Anmerkung* veröffentlichen – ohne auf die Unterschiede gegenüber der Uraufführungsfassung von 1929 ausdrücklich hinzuweisen.

Das Badener Lehrstück schließt an den im *Lindberghflug* behandelten Gegenstand an. Brecht greift die dort am Ende artikulierte Problematik des »Unerreichten« (bzw. – im *Flug der Lindberghs* – »Unerreichbaren«) auf. Dabei rückt er im Verlauf der Arbeit unter dem stärker auf Veränderung des Gesellschaftszustandes zielenden Gesichtspunkt des »noch nicht Erreichten« den Widerspruch zwischen naturwissenschaftlichem Fortschritt, technischer Pioniertat und Fortbestehen der sozialen Gegensätze ins Zentrum.

Neu eingeführt wird in diesem Zusammenhang der Begriff des »Einverständnisses«. Er ist möglicherweise angeregt von Francis Bacons Satz »Natura enim non nisi parendo vincitur« (Die Natur nämlich kann nur besiegt werden, wenn man ihr gehorcht) aus der Schrift *Novum Organum* (1620; dt.: *Neues Organon*). Eine solche Feststellung korrespondiert mit Brechts kritischer Haltung gegenüber einer unverwechselbaren, unabhängigen »Individualität«; auch er betrachtet das Verständnis und die Anerkennung der objektiven Gesetze der Natur (und der Gesellschaft) als Voraussetzung für ihre Beherrschung. Dieser natur- und gesellschaftsphilosophische Aspekt des Stücks ist beeinflußt durch Brechts Marxismus-Studien, die aphoristisch-experimentierende Form der Darbietung durch seine Beschäftigung mit den Lehren des chinesischen Philosophen Me-ti (um 400 v. d. Z.). Der Einverständnis-Begriff wird von Brecht in der Folgezeit, vor allem in den Lehrstücken, unterschiedlich genutzt, mit sich verändernden weltanschaulich-politischen Inhalten verbunden.

Mitarbeiter am Text sind nach Brechts Angaben Elisabeth Hauptmann und Slatan Dudow, dessen Name damit erstmalig im Zusammenhang mit Brechts Arbeit auftaucht; das betrifft aber möglicherweise erst die Herstellung der *Versuche*-Fassung von 1930.

1949 greift Brecht auf das Clownspiel aus dem Abschnitt 3 des *Badener Lehrstücks* zurück und entwickelt daraus eine aktuelle Szene zur politischen Situation in Westdeutschland; einen Titel legt er dafür nicht fest. Die beiden Figuren Einser und Zweier sind jetzt Konrad Adenauer und George Marshall, der Initiator des damaligen Wirtschaftshilfeprogramms der USA für Westeuropa; Herr Schmitt ist der deutsche Michel, der von diesen Vertretern der Großbourgeoisie wirtschaftlich und politisch geprellt wird. Zu dieser Szene schreibt Brecht ein kleines Gedicht mit der Anfangszeile »Steh auf, Michel!« und eine zweistrophige *Bonner Bundeshymne*, eine Parodie auf *Das Lied der Deutschen* (1841) von Hoffmann von Fallersleben, kurz auch als »Deutschlandlied« bezeichnet, das nach Diskussionen in den Jahren 1949/50 (ohne die erste Strophe) zur Hymne der Bundesrepublik Deutschland erklärt wird. Die Musik zu diesen beiden Texten komponiert Paul Dessau gleichfalls 1949.

Text/Fassungen

Vom Stück sind keine kompletten Manuskripte oder Typoskripte, nur einige – undatierte – Entwürfe überliefert. Die beiden ausgearbeiteten Fassungen sind zur Entstehungszeit jeweils einmal – in einer Partitur-Ausgabe und im *Versuche*-Heft 2 – gedruckt worden.

Die Uraufführungsfassung von 1929 trägt den Titel *Lehrstück.* Sie umfaßt sieben Abschnitte. Ihre Texte werden später, in der *Versuche*-Fassung von 1930, an den folgenden, in Klammern genannten Stellen verwendet: 1 *Bericht vom Fliegen* (Abschnitte 1 und 2) – 2 *Untersuchung ob der Mensch dem Menschen hilft* (Erste Untersuchung aus Abschnitt 3) – 3 *Der Chor spricht zum Abgestürzten* (Abschnitt 10) – 4 *Betrachtet den Tod* (eine Totentanz-Szene, vgl. S. 415; 1930 werden statt dessen Fotografien über das Abschlachten von Menschen gezeigt; es folgen die ersten Verse des Abschnitts 7) – 5 *Belehrung* (Sprecher-Text aus Abschnitt 7, noch ohne die ersten drei Sätze) – 6 *Zweite Untersuchung ob der Mensch dem Menschen hilft* (Dritte Untersuchung aus dem Abschnitt 3, das Clownspiel) – 7 *Examen* (Abschnitt 8). Das *Lehrstück* endet mit den Verszeilen »Jetzt hat er / Seine kleinste Größe erreicht« (vgl. 41,31 f.). – Darüber hinaus weicht die Fassung von 1929 gegenüber der von 1930 in folgenden Punkten auffällig ab: Die Perspektive der Lehr- und Lerndemonstration ist anders; am Ende des Abschnitts 1 wird noch auf das »Unerreichbare« verwiesen, wie das auch 1929 im *Lindberghflug* und selbst noch im Sommer 1930 in der *Versuche*-Fassung *Der Flug der Lindberghs* der Fall ist. Und das *Lehrstück* von 1929 kennt nur eine Demonstrationsfigur, »Der Gestürzte«; auch dies eine Analogie zum *Lindberghflug* mit der Protagonistenrolle »Lindbergh« (erst 1930, im *Flug der Lindberghs*: »Die Lindberghs«).

Die *Versuche*-Fassung von 1930 – *Das Badener Lehrstück vom Einverständnis* – hat elf Abschnitte. Brecht verändert nicht nur die Demonstrationsperspektive (das »Noch nicht Erreichte« statt das »Unerreichbare«), gliedert das Figurenensemble neu (»Der gestürzte Flieger« und »Die drei gestürzten Monteure« als Kontrastrollen anstelle der Solorolle »Der Gestürzte«) und nimmt den Einverständnisbegriff in den Titel auf. Das Stück erhält insgesamt eine neue Struktur. Die drei Untersuchungen, ob der Mensch dem Menschen hilft, im *Lehrstück* an verschiedenen Stellen eingefügt, werden jetzt im Abschnitt 3 konzentriert. Und der Stückschluß, beginnend mit dem neuen Ende des *Examen*-Abschnitts (ab 41,33), wird durch die Umgruppierung von Texten und durch neue Textpassagen grundlegend verändert. Indem Brecht die Ansprache des Chors an den gestürzten Flieger (im *Lehrstück* unmittelbar an den ersten Untersuchungstext anschließend) in den neuen Abschnitt 10 (*Die Austreibung*) verlegt, führt er die Differenzierung zwischen Flieger und Monteuren weiter, die in der »Austreibung« des »unbelehrbaren« Fliegers und der Belehrung der lernbereiten Monteure im Abschnitt 11 (*Das Einverständnis*) kulminiert. Völlig neu sind die Abschnitte 5 (*Die Beratung*), 6 (*Betrachtung der Toten*), 9 (*Ruhm und Enteignung*) und der Abschnitt 11 (*Das Einverständnis*) mit der Aufforderung, »daß alles verändert wird«: »Vor allem die Unordnung / Der Menschenklassen«. Auch die Textpassage der Menge im Abschnitt 4 (*Hilfeverweigerung*) mit dem Satz »Und das Ganze muß verändert werden«, der den zitierten Appell vorbereitet, gibt es erst in der Fassung von 1930. – »Die Menge« bekommt gleichfalls einen anderen Stellenwert. Einerseits erhält sie jetzt eine wichtige neue Textpassage (35,32-36,14), andererseits entfällt eine im *Lehrstück* angelegte spieltechnische Funktion: Beim (in Librettoform überlieferten) Uraufführungstext ist den Einwürfen und Antworten der Menge stets ein deren Passagen vorformulierender Text von »Einigen aus der Menge« vorausgegangen. Hindemith hat dazu (im Vorwort der Partitur-Ausgabe) die Absicht beschrieben: »Das Publikum ist als handelnde Person an der Ausführung direkt beteiligt: es singt die in der Partitur der ›Menge‹ zugewiesenen Sätze. ›Einzelne‹ aus der Menge, die vorher die betreffenden Stellen einstudiert hatten, singen diese unter Leitung eines Dirigenten (oder Vorsängers) der Menge erst vor. Diese wiederholt sodann.« Die Fassung von 1930 übernimmt die Unterscheidung in »Einzelne aus der Menge« und »Menge« nicht. In dem Maße, in dem sich Brechts Auffassung des Lehrstücks als einer Übung für Produzenten (Spieler) festigt, wird für ihn das aus Hindemiths vorrangig musikerzieherischen Intentionen hergeleitete Prinzip, das Publikum als »handelnde Person« an der Aufführung spontan zu beteiligen, problematisch. Die genannte, in die Fassung von 1930 neu eingefügte Textpassage der Menge (35,32-36,14) ist wegen ihrer Länge auch kaum noch nachzusprechen.

Zur Textgestaltung in der vorliegenden Ausgabe:

26,1 *Mitarbeiter]* In der Textgrundlage sind die Mitarbeiter am Ende des Stückabdrucks genannt: »Brecht. Dudow. Hauptmann.«

26,3-10 *Der siebente Versuch ...]* Der Text ist den Vorbemerkungen zum *Versuche*-Heft 2 entnommen.

26,13 *Personen]* Das Personenverzeichnis ist nachträglich eingefügt worden.

30,20 *vom Boden]* Im Librettodruck von 1929 (*Lehrstück*): »am Boden«; ebenso in den *Stücke*-Editionen (Bd. 3) des *Badener Lehrstücks vom Einverständnis* im Suhrkamp Verlag und im Aufbau-Verlag (1955).

40,8 *... ungeheuer gerühmt]* In der Textgrundlage fehlt möglicherweise – durch ein Versehen – nach dieser Stelle eine Chorpassage, die analog zur Konstruktion der anderen Strophen eine Wiederholung der vorangehenden Feststellung enthält. Im Librettodruck des *Lehrstücks* von 1929 ist sie vorhanden; »Einzelne, von der Menge wiederholt«, sprechen sie. Für die *Stücke*-Edition des *Badener Lehrstücks vom Einverständnis* (1955) wird eine solche Wiederholung, entsprechend dem veränderten Aufbau der Fassung von 1930, dem Führer des gelernten Chors zugeteilt. Dort heißt es (zwischen 40,8 und 40,9):

DER FÜHRER DES GELERNTEN CHORS *zur Menge:*
Sie wurden ungeheuer gerühmt.

Wirkung

Uraufgeführt wird das *Lehrstück* am 28. Juli 1929, einen Tag nach der Premiere des *Lindberghflug,* im Rahmen der Festtage »Deutsche Kammermusik Baden-Baden 1929« in der Stadthalle von Baden-Baden. Brecht übernimmt die Regie; ihm assistiert Ernst Hardt, unter dessen Leitung zur gleichen Zeit und am gleichen Ort *Der Lindberghflug* einstudiert wird. Am Dirigentenpult stehen Alfons Dressel und Ernst Wolff; Caspar Neher verantwortet die Bühnengestaltung sowie den Einsatz von Filmmaterial und Projektionen. Zu den Mitwirkenden gehören neben Chor und Orchester (Berufs- und Laienkünstler) sowie den Sängern auch vier Schauspieler: Gerda Müller-Scherchen als Sprecher; Theo Lingen, Karl Paulsen und Benno Carlé spielen die Clownszene. Den (in die Fassung von 1930 nicht übernommenen) Totentanz hat, auf Bitten Brechts, die Tänzerin Valeska Gert interpretiert; er wird in der Aufführung als Film gezeigt. Die Textpartien der Menge erscheinen, im Notenbild projiziert, auf einer Leinwand, wodurch das Publikum angeregt werden soll, mitzusingen. Mit besonderer Sorgfalt ist das Clownspiel einstudiert worden. Theo Lingen spielt den Herrn Schmitt auf Stelzen, mit verlängerten Armen und überdimensionalem Kopf, wodurch die Amputation der Gliedmaßen deutlich demonstriert werden kann. Die Kostüme charakterisieren Herrn Schmitt als Kleinbürger, die beiden anderen Clowns als Bourgeois.

Die Aufführung stößt auf weitgehendes Unverständnis. Verwirrung schafft vor allem die rigorose Demonstration des Stücks und der Versuch, das Publikum als Menge einzubeziehen. Das Mißverständnis wird bereits bei der Vorführung des Totentanz-Films und bei einer von Brecht für die Inszenierung hinzugefügten Projektion »Betrachtung der Toten« zum Unmut. Brecht weist daraufhin Gerda Müller-Scherchen an, als Sprecher erneut vors Publikum zu treten und zu verkünden: »Nochmalige Betrachtung der mit Unlust aufgenommenen Darstellung des Todes« (*Theorien des Lehrstücks*), worauf die Fotografien erneut gezeigt werden. (Bei der Umarbeitung des *Lehrstücks* zum *Badener Lehrstück vom Einverständnis* nimmt Brecht diese Improvisation in den Text auf; vgl. 37,7f.) Nachdem das Clownspiel erneut Empörung hervorgerufen hat, kommt es am Ende zu einem Theaterskandal mit protestierendem Johlen und Pfeifen sowie ebenso lautstarken Gegenreaktionen.

Kontrovers reagiert auch die Presse, die vor allem durch Lokalberichterstatter und Musikkritiker vertreten ist. Die namhaften zeitgenössischen Theaterkritiker nehmen die Aufführung im Rahmen einer Musikwoche nicht wahr; sie rezensieren das Stück (wie die anderen frühen Lehrstücke Brechts) auch bei späteren Inszenierungen nicht. Die Komposition Hindemiths erfährt zur Premiere und später in den meisten Fällen Achtung oder gar hohes Lob als Beispiel einer neuen »Gemeinschaftsmusik« »in ideeller Annäherung an die Singbewegung der Jugend« (*Frankfurter Zeitung,* 21. Mai 1930). Brechts Leistung findet einerseits wohlwollendes, wenn auch unsicheres Verständnis. In der Zeitschrift *Melos* (Mainz, 1930, Heft 9) heißt es, die »Idee« des Stücks sei »die Bedeutungslosigkeit des einzelnen Menschen, gemessen an seinem Verhältnis zum Tode«, und anläßlich einer späteren Inszenierung spricht Walter Dirks vom Ausdruck eines »heroischen Stoizismus«, einer Haltung, die »etwas von der christlichen Demut und vom christlichen Gehorsam« enthalte (*Rhein-Mainische Volkszeitung,* Frankfurt a. M., 30. Dezember 1930). Hans Holl wiederum glaubt, in dem »Kollektiv-Kunstwerk« eine »radikalsozialistische Weltanschauung« im Stile des Prolet-Kult zu erkennen; solche Mittel seien aber »bereits in den Kultordnungen der großen Kirchen verwirklicht« gewesen (*Frankfurter Zeitung,* 2. August 1929). Andererseits wird das Stück als ein »allen Gesetzen der Ästhetik und Moral Hohn« sprechendes Machwerk bezeichnet, wie es die Kritikerin der *Badischen Volkszeitung,* Elsa Bauer, am 30. September 1929 tut. Sie meint, »dieses *Lehrstück* (schreib: Leerstück)« habe ein »absoluter Nichtskönner und Bluffer« geschrieben: es sei »etwas geradezu Sadistisches«, der »absolute Bolschewismus auf dem Theater«. Und sie fordert dazu auf, anstelle des Clowns dem Autor sämtliche Gliedmaßen zu amputieren, »um ihn dauernd unschädlich zu machen«.

Auch die folgenden Inszenierungen finden unterschiedliche Resonanz. Sie bieten allerdings nicht in allen Fällen den vollständigen Text und alle Musiknummern. Die Einstudierung zur Neuen Musikwoche in München im März 1930 (Musikalische Leitung: Hermann Scherchen) verzichtet beispielsweise auf das Clownspiel. Insgesamt erreicht das Stück in den Jahren zwischen 1929 und 1933 dreizehn – durch Rezensionen und Aufführungsverträge belegte – Einstudierungen in Deutschland, Österreich, Belgien und Frankreich. Sie folgen alle dem Aufführungsmaterial des Musikverlags B. Schotts Söhne, zeigen also die Fassung von 1929, das *Lehrstück.* Zwar gibt es seit 1930 eine vertragliche Regelung, daß die neue Fassung, das *Badener Lehrstück vom Einverständnis,* für das der Verlag Gustav Kiepenheuer die Rechte besitzt, auch ohne Musik aufgeführt werden kann. Nach heutigen Erkenntnissen geschieht das jedoch zu Brechts Lebzeiten nicht.

Zwischen 1933 und 1956 gibt es keine Theateraufführung des *Lehrstücks* bzw. des *Badener Lehrstücks vom Einverständnis.* Eine eigens dafür zusammengestellte Schauspielergruppe des Berliner Ensembles studiert allerdings Ende 1949 auf Veranlassung Brechts das auf westdeutsche Verhältnisse hin aktualisierte Clownspiel aus dem Abschnitt 3 des *Badener Lehrstücks* (vgl. S. 412) ein. Es wird im Rahmen eines Werbeprogramms zweimal in Berliner Betrieben aufgeführt; »Mr. Marshall in Uniform und Polizeihelm und sein Kanzler, Herr Adenauer, mit Zylinder, Frack und Glacéhandschuhen« (*BZ am Abend*, Berlin/DDR, 13. Dezember 1949).

Zeilenkommentar

25,1 *Einverständnis]* Diesen Begriff hat Brecht bereits in der Fassung von 1929, dem *Lehrstück*, eingeführt (Verlesung der Kommentare durch den Sprecher). Jetzt erscheint er im Titel und ist bis zum Abschnitt 11 (*Das Einverständnis*) problembestimmend (vgl. den Abschnitt »Entstehung«, S. 412). Brecht verwendet ihn als die Handlung konstituierend auch in den folgenden Lehrstücken: *Der Jasager*, *Der Jasager* und *Der Neinsager*, *Die Maßnahme;* der Begriff erhält dabei veränderte Bedeutungen (vgl. die Abschnitte »Entstehung« in den Kommentaren zu den genannten Stücken, S. 421f., 427 und 432).

27,14-36 *Zu der Zeit... Erreichte.]* Die Verse der vier Flieger sind eine fast wörtliche Wiederholung aus der Schlußszene von *Der Flug der Lindberghs.*

27,31 *Gegen Ende des zweiten Jahrtausends]* In *Der Flug der Lindberghs* lautet die entsprechende Textstelle: »Gegen Ende des 3. Jahrtausend« (vgl. 24,9).

27,38f. *Im ersten Versuch...]* Die Fußnote bezieht sich auf das Stück *Der Flug der Lindberghs* und seine Publikation im *Versuche*-Heft 1 (vgl. 24,13f.).

29,29 *Einer von uns]* Anspielung auf die Entdeckung Amerikas durch Christoph Kolumbus (1492).

29,37 *Einer von uns]* Anspielung auf die Erfindung des Prinzips der modernen Dampfmaschine durch James Watt (um 1770).

35,40 *Vgl. Versuch 6...]* Die Fußnote verweist auf ein im gleichen *Versuche*-Heft publiziertes Gedicht: »Wenn ich mit dir rede / Kalt und allgemein / Mit den trockensten Wörtern / Ohne dich anzublicken / [...] / So rede ich doch nur / Wie die Wirklichkeit selber / [...] / Die du mir nicht zu erkennen scheinst« (vgl. *Lesebuch für Städtebewohner*).

37,34-36 *Wer etwas entreißt... etwas entrissen.]* Vgl. Matthäus 25,29: »Denn wer da hat, dem wird gegeben werden, und er wird die Fülle haben; wer aber nicht hat, dem wird auch, was er hat, genommen werden.«

37,39 *Fatzerkommentar...]* Die Fußnote bezieht sich auf einen Text, dessen Veröffentlichung offenbar im gleichen *Versuche*-Heft geplant gewesen, aber dann nicht realisiert worden ist. Er stammt aus dem Material zum Stückfragment *Untergang des Egoisten Johann Fatzer*, trägt dort den Titel *Todeskapitel* und entspricht fast wörtlich dem 2. Kommentartext (vgl. 38,13-17).

38,13 *der Denkende]* Die Figur – 38,25 näher charakterisiert als »der eingreifend Denkende« – wird von Brecht seit 1929 wiederholt verwendet, um eine dialektische Betrachtung der Wirklichkeit anzuregen. In den zur gleichen Zeit entstehenden *Geschichten vom Herrn Keuner*, von denen elf im Juni 1930 im *Versuche*-Heft 1 abgedruckt sind, wird Keuner ebenfalls als »der Denkende« definiert; die Geschichte *Vom Überstehen der Stürme* entspricht, mit Varianten, dem 2. Kommentartext. Die Figur des Denkenden findet sich ebenso in dem etwa gleichzeitig entstandenen Entwurf zu dem Fragment bleibenden Stück *Aus nichts wird nichts.* Später übernehmen solche Funktionen Me-ti im *Buch der Wendungen (Me-ti)* oder der Philosoph im *Messingkauf.*

38,17 *in seiner kleinsten Größe]* Vgl. zu 43,19f. die dort zitierte Notiz Brechts zu den »wachsenden Kollektiven«.

40,30 *Charles Nungesser]* Französischer Flieger, stürzte im Mai 1927 bei einem Flug über dem Nordatlantik ab. Brecht hat sich auf Nungesser bereits im *Flug der Lindberghs* bezogen.

42,33-40 *Tausend Jahre ... unserer Zeitrechnung.]* Die Verse sind eine fast wörtliche Wiederholung einer Passage des Abschnitts 1 (27,24-31), die wiederum eine Textstelle aus *Der Flug der Lindberghs* aufgreift.

43,19f. *sein Gesicht / Verlosch]* Der Vorgang des Unkenntlichmachens (vgl. 43,7f.: »Völlig unkenntlich / Ist jetzt sein Gesicht«), das Auslöschen des Individuellen, der Subjektivität wird im Lehrstück *Die Maßnahme* (Szene 2: *Die Auslöschung*) zu einem zentralen Motiv. Im engen Zusammenhang damit steht eine Notiz Brechts im Gefolge seiner 1926 begonnenen Marxismus-Studien: »In den wachsenden Kollektiven erfolgt die Zertrümmerung der Person. [...] Sie geht über in anderes, sie ist namenlos, sie hat kein Antlitz mehr, sie flieht aus ihrer Ausdehnung in ihre kleinste Größe – aus ihrer Entbehrlichkeit in das Nichts –; aber in ihrer kleinsten Größe erkennt sie tiefatmend übergegangen ihre neue und eigentliche Unentbehrlichkeit im Ganzen« *(Individuum und Masse).*

43,40 *Indem man ihn anruft, entsteht er.]* Vgl. *Mann ist Mann,* wo – erstmals für die Berliner Aufführung von 1931 – Galy Gay am Ende der Kantinen-Szene gegenüber Witwe Begbick argumentiert: »Einer ist keiner. Es muß ihn einer anrufen.« (Vgl. auch *Mann ist Mann,* Fassung 1938, Szene 9.)

45,12 *Fluß der Dinge]* Hergeleitet von der Naturphilosophie des griechischen Philosophen Heraklit: »panta rhei« (alles fließt, alles ist im Flusse); man kann deshalb nicht zweimal in dem gleichen Flusse baden (vgl. die Bilder vom Fluß und vom Schwimmen: 44,13f. und 44,22f.). An diese Terminologie knüpft Brecht auch im *Buch der Wendungen (Me-ti)* an.

45,34f. *die Unordnung / Der Menschenklassen]* Ein von Brecht wiederholt aufgegriffenes Motiv zur Charakterisierung der kapitalistischen Produktionsweise. Die Unordnung ist u. a. ein zentraler Begriff im *Buch der Wendungen (Me-ti).*

DER JASAGER

Textgrundlage

Der Jasager. Schuloper, in: *Aus dem 4. Heft »Versuche«*, Berlin: Gustav Kiepenheuer Verlag 1930 (10. Versuch).

Übersicht

Ende 1929: Arbeitsbeginn.
April 1930: Erstdruck in der Zeitschrift *Die Musikpflege.*
23. Juni 1930: Uraufführung in der Aula des Berliner Zentralinstituts für Unterricht und Erziehung; etwa gleichzeitig Publikation in einem Vorausdruck *Aus dem 4. Heft »Versuche«*, Gustav Kiepenheuer Verlag, Berlin.
(Siehe auch *Der Jasager. Der Neinsager.*)

Entstehung

Brechts Beschäftigung mit dem Stoff beginnt Ende 1929. Nach dem Erfolg des Hörspiels *Der Lindberghflug* während der Baden-Badener Kammermusiktage vom Juli 1929 konzipieren er und Kurt Weill als Komponist das neue Vorhaben in Hinblick auf die geplante Folgeveranstaltung, Neue Musik Berlin 1930, und zwar als Schuloper. Die Idee zum Genre Schuloper kommt von Weill. Er weist ihr drei Aufgaben zu: Sie soll »Schulung für den Komponisten oder eine Komponisten-Generation« sein, um »die Gattung ›Oper‹ auf neue Grundlagen zu stellen«; sie soll zugleich eine »Schulung für die Operndarstellung« ermöglichen, die zu »Einfachheit und Natürlichkeit« zwingt; und sie soll schließlich »für den Gebrauch in den Schulen bestimmt« sein, nicht kindlich im Sinne leichter Nachsingbarkeit und Darstellungsform, sondern »auf ein sorgfältiges, sogar langwieriges Studium berechnet«, »zunächst eine rein musikalische«, »aber mindestens ebensosehr eine geistige« Schulung. »Die pädagogische Wirkung der Musik kann nämlich darin bestehen, daß der Schüler sich auf dem Umweg über ein musikalisches Studium intensiv mit einer bestimmten Idee beschäftigt« (Kurt Weill, *Über meine Schuloper »Der Jasager«*, im Programmheft zur Uraufführung, *Neue Schule und Musik*, und in: *Die Szene*, Berlin, 1930, Nr. 8). Obwohl Brecht wie Weill zeitweilig für ihre Schuloper den Begriff Lehrstück nicht verwenden, stellt sie einen Versuch mit dem Typus des Lehrstücks dar.

Die Vorlage für den *Jasager* bildet eine von Elisabeth Hauptmann angefertigte deutsche Übersetzung des dem japanischen Dramatiker Zenchiku (1405-1468) zugeschriebenen No-Spiels *Tanikô*. Sie geht wiederum zurück auf eine freie, gekürzte Nachdichtung des Originals durch den Engländer Arthur Waley aus dem Jahr 1921 *(Tanikō – The Valley-Hurling)*, in der u. a. auf die mythologische Schlußlösung verzichtet ist. Die Hauptmannsche Übersetzung trägt den Titel *Taniko oder Der Wurf ins Tal.* – No-Spiele stellen die älteste, klassische Theaterform Japans dar, in der Wort, Musik und Tanz eng miteinander verschmolzen sind. Sie verarbeiten mythologische oder legendäre Stoffe und sind nach strengen Regeln gebaut. Charakteristische Merkmale dieser Theaterform sind: wenige Darsteller, die Verwendung eines Chores, eine knappe, berichtende Exposition sowie ein würdevoller und symbolhafter Darstellungsstil mit typisierenden Gesten, Haltungen, auch Masken. Psychologisierende Charakter- oder Situationsschilderungen bleiben weitgehend ausgespart. Elisabeth Hauptmann betrachtet diese Dramenform als Anregung für Versuche mit einem epischen, demonstrierenden Stücktypus. Sie gibt ihre *Tanikô*-Übersetzung (veröffentlicht im Dezember 1929 in den von Hannes Küpper herausgegebenen Blättern der Städtischen Bühnen Essen, *Der Scheinwerfer*) zuerst Weill, über ihn erhält sie Brecht.

Die erste Textfassung des *Jasager* ist im Januar 1930 in den Grundzügen abgeschlossen; zu dieser Zeit arbeitet Weill bereits an den Entwürfen für die dann im April/Mai fertiggestellte Musik. Brecht übernimmt rund 90 Prozent von Elisabeth Hauptmanns *Tanikô*-Übersetzung, bis auf Ausnahmen wortwörtlich. Dennoch führen einige Änderungen am Verlauf und in der Motivierung der Handlung, die Brecht vornimmt, sowie wenige Textergänzungen zu einer anderen Fabel, zu einem neuen Stück.

Verändert sind die Voraussetzungen der Fabel. Die Schule ist nicht mehr an einen Tempel gebunden (wie im Original und in den Nachdichtungen Waleys und Hauptmanns); der Lehrer begibt sich statt auf eine Pilgerfahrt auf eine Forschungsreise; der Knabe will daran teilnehmen, nicht um für die Gesundheit seiner Mutter zu beten, sondern um für sie bei den – neu eingeführten – »großen Ärzten« jenseits der Berge Medizin und Unterweisung zu holen. Und von Brecht stammen die fünf Anfangsverse des großen Chors sowie die Verspartien des Lehrers und der Mutter am Ende des ersten Spielteils, die für das Stück ein Thema vorgeben: »Wichtig zu lernen vor allem ist Einverständnis.« Damit wird eine Problemstellung aus dem ein halbes Jahr vorher uraufgeführten *Lehrstück* aufgegriffen, die allerdings erst später, in dessen Neufassung als *Badener Lehrstück vom Einverständnis,* zum inhaltlichen Zentrum wird (vgl. Kommentar zum *Badener Lehrstück*). Einverständnis bedeutet jetzt aber nicht mehr nur Verständnis und Anerkennung der objektiven Gesetze der Natur und der Gesellschaft, um sie zu beherrschen. Zur Diskussion gestellt ist vielmehr ein bis zur Todesbereitschaft gehendes

Einverständnis mit einer auf »Richtiges« zielenden (die Heilung einer Krankheit bezweckenden) Lebensmaxime, wie sie Brecht damals aus seinen Marxismus-Studien und seinem sich verstärkenden Engagement in den zeitgenössischen Klassenauseinandersetzungen ableitet. Kurt Weill meint, daß der von Brecht und ihm hinzugefügte Begriff »Einverständnis« den Knaben mit der Aufgabe konfrontiere, »für eine Gemeinschaft oder für eine Idee, der er sich angeschlossen hat, alle Konsequenzen auf sich zu nehmen« (Weill, *Über meine Schuloper »Der Jasager«*). – Auch im zweiten Teil des Spiels werden auf Entmythisierung der Originalfabel zielende neue Begründungen für einige Handlungsdetails gegeben. Eingefügt ist der Hinweis auf die natürlichen Schwierigkeiten, mit einem Kranken die Felswand zu überwinden; und abgewandelt sind die Regeln des Großen Brauches: Der Kranke ist nicht einfach dazu bestimmt, ins Tal geworfen zu werden; er muß sein Einverständnis mit diesem Reglement erklären.

Im April-Heft 1930 veröffentlicht die in Leipzig erscheinende Monatsschrift *Die Musikpflege* diese Fassung des Stücks sowie ein *Aktuelles Zwiegespräch über die Schuloper* mit Kurt Weill, der bei Gelegenheit dieses Interviews den ersten Akt der Schuloper vorspielt. Im Mai veranstaltet Heinrich Martens im Berliner Zentralinstitut für Erziehung und Unterricht eine Lesung vor Schülern und Studenten. Im Rahmen dieser Institution wird das Stück dann am 23. Juni 1930 uraufgeführt. Etwa gleichzeitig erscheint der Text im Gustav Kiepenheuer Verlag als ein erster Vorausdruck *Aus dem 4. Heft »Versuche«*.

Die Resonanz der Berliner Premiere, Diskussionen im Zusammenhang mit einer weiteren Schüleraufführung in Berlin-Neukölln und kritische Hinweise von Freunden veranlassen Brecht, Ende 1930 den *Jasager*-Stoff erneut aufzugreifen. Aus dieser Beschäftigung entsteht die Kombination der Schulopern *Der Jasager* und *Der Neinsager*.

Text/Fassungen

Die drei Publikationen der Uraufführungsfassung unterscheiden sich nur unwesentlich voneinander. Abweichungen gibt es u. a. bei Titelgebung und Quellenverweis. Beim Zeitschriftendruck im April (*Die Musikpflege*) lautet der Titel der Schuloper *Lehrstück vom Jasager*, »nach einem japanischen Märchen«. Zwei Monate später, im Programmheft zur Uraufführung, heißt das Stück *Der Jasager*, »nach einem japanischen Stück bearbeitet«. Beide Veröffentlichungen kennen noch nicht jene Regieanweisungen, die auf das für die Uraufführung entworfene Bühnenschema mit jeweils zwei Handlungs-»Räumen« Bezug nehmen. Diese Regieanweisungen enthält erst die gleichfalls in der Jahresmitte 1930 erscheinende erste Kiepenheuer-Edition des *Jasager* im Vorausdruck *Aus dem 4. Heft »Versuche«*. In einer Fußnote zu der als 10. Versuch bezeichneten Schuloper gibt es den Hinweis: »Nach dem japanischen Stück *Tanikô*, in der englischen Nachdichtung von Arthur Waley.« Dieser Kiepenheuer-Druck, von Brecht redigiert, wird der vorliegenden Ausgabe zugrunde gelegt.

Zur Textgestaltung in der vorliegenden Ausgabe:

48,1 *Mitarbeiter]* In der Textgrundlage sind die Mitarbeiter am Ende des Stückabdrucks genannt: »Brecht. Hauptmann. Weill.«

48,4 *Personen]* Das Personenverzeichnis ist nachträglich eingefügt worden.

49,25 *nach Raum 2]* In der Textgrundlage verkürzt: »nach 2«.

50,27 *nach Raum 2]* In der Textgrundlage entgegen dem szenischen Vorgang: »nach Raum 1«.

51,28f. *Der große Chor...]* Aus der Textgrundlage ist nicht ersichtlich, ob diese Zeile als Vers oder Prosa gelesen werden soll.

52,14 *die drei Studenten]* In der Textgrundlage ist in den Regieanweisungen und bei den Rollennamen eine unterschiedliche Schreibform verwendet (»drei« und »3«); sie wurde für die vorliegende Ausgabe vereinheitlicht.

Wirkung

Die Uraufführung findet am 23. Juni 1930 innerhalb einer Veranstaltung der Musikabteilung des Berliner Zentralinstituts für Erziehung und Unterricht in der Aula dieses Instituts statt. Allerdings nicht, wie vorgesehen, im Rahmen der Festwoche Neue Musik Berlin 1930. Denn inzwischen ist am 12. Mai 1930 Brechts und Eislers *Offener Brief an die künstlerische Leitung der Neuen Musik Berlin 1930* erschienen, in dem beide Künstler die Kontrollansprüche dieses Gremiums gegenüber dem zweiten für das Musikfest vorbereiteten Brecht-Stück, *Die Maßnahme*, ablehnen und dessen Aufführung außerhalb bürgerlicher Institutionen ankündigen. Brecht und Weill, der sich mit dem *Offenen Brief* solidarisiert, ziehen eine solche Konsequenz bereits für die erste *Jasager* Auffuhrung. Sie bildet den zweiten Teil eines Abends, der mit Gesangsvorträgen aus einem »Staatlichen Liederbuch für die Jugend« eingeleitet wird. Das Programmheft nennt als Darsteller »Kräfte des Jugendchors«, betreut von der Musikabteilung des Zentralinstituts, und als Orchestermitwirkende die »Jugendgruppe und Instrumentalgruppe der Staatlichen Akademie für Kirchen- und Schulmusik«. Alle Ausführenden sind Schüler Berliner Lehranstalten. Ungenannt bleibt das Regieteam der von Heinrich Martens initiierten Aufführung.

Die Bühnenraumgestaltung zielt auf einfache Arrangements, die epische Demonstrationen ermöglichen: Mit wenigen dekorativen Andeutungen werden zwei »Räume« geschaffen, die für die beiden Teile des

Stücks – ergänzt durch Tafeln (»Bergpfad«, »Berggipfel«) – jeweils unterschiedliche Spielsituationen ermöglichen. Auf einer Satzvorlage für den *Versuche*-Druck von 1931 hat Brecht dieses Bühnenschema wie folgt skizziert:

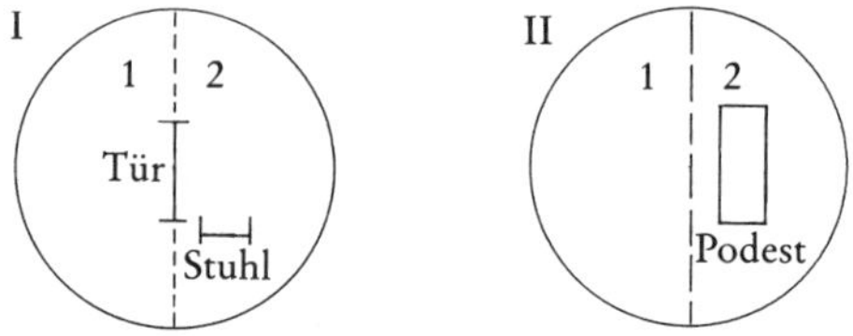

Die Resonanz auf die Uraufführung und deren Radioübertragung widerspricht den Intentionen Brechts. Er erntet – auch später, nachdem seit Dezember 1930 ein veränderter *Jasager*-Text vorliegt (vgl. S. 427) – das Lob jener Kritiker, die ihre religiösen Anschauungen bestätigt finden. Walter Dirks z. B. überschreibt seine Betrachtungen zu Brechts ersten Lehrstücken mit *Die Oper als Predigt* und meint, »daß die Anerkennung der Motive des Knaben, der Mutter, des Lehrers Elemente einer Welt sind, die die wirkliche Welt, die Welt Gottes ist« (*Rhein-Mainische Volkszeitung*, Frankfurt a. M., 30. Dezember 1930). Solchen Lobsprüchen über das im Stück angeblich dargestellte »über das Erdhafte ins Metaphysische reichende Sein« (Siegfried Günther in: *Die Musik*, Stuttgart/Berlin, 1930/31, Heft 7) stehen harte Vorwürfe von linksbürgerlicher Seite entgegen. So äußert Frank Warschauer, daß »in dieser Schuloper kunstvoll eine Lebensanschauung in die Seelen junger Menschen geblasen wird, die alle bösen Ingredienzien eines auf sinnlose Autorität gegründeten reaktionären Denkens fein verteilt, aber höchst wirksam enthält«; er sieht in dem Stück eine Verteidigung von »Kadavergehorsam« und kritisiert: »diese Jasager erinnern frappant an die Jasager während des Krieges« (*Die Weltbühne*, Berlin, 1930, Nr. 28).

Dessenungeachtet erlebt *Der Jasager* am Beginn der dreißiger Jahre zahlreiche Einstudierungen, wesentlich mehr als jedes andere Lehrstück. Die meisten werden von Vertretern der bürgerlichen Schulmusikbewegung veranlaßt und nur einmal aufgeführt. Auf Grund vorliegender Verträge sind zwischen 1930 und 1932 insgesamt 60 Inszenierungen nachweisbar; davon sechs in der Schweiz und jeweils eine in Österreich, in den Niederlanden, in Frankreich, in Rumänien und in Japan. Ihnen liegt das Aufführungsmaterial des Wiener Verlags Universal-Edition zugrunde, das die Fassung der Uraufführung vom Juni 1930 enthält. Das trifft auch für die zwölf Einstudierungen im Ausland zwischen 1933 und 1945 und für die Inszenierung Karl Heinz Martins im Berliner Hebbel-Theater (1946) zu.

Zeilenkommentar

49,4 *Einverständnis]* Vgl. zu diesem Begriff – im vorliegenden Band – auch *Das Badener Lehrstück vom Einverständnis* (u. a. 38,28-39) und *Die Maßnahme* (u. a. Szene 2). Zum »Einverständnis«-Begriff und seinen Veränderungen geben die Abschnitte »Entstehung« in den Kommentaren zu *Das Badener Lehrstück vom Einverständnis* (S. 412), *Der Jasager* (S. 421 f.), *Der Jasager* und *Der Neinsager* (S. 427) und *Die Maßnahme* (S. 432) Hinweise.

DER JASAGER. DER NEINSAGER

Textgrundlage

Der Jasager und *Der Neinsager. Schulopern*, in: *Versuche*, Heft 4 (*Versuche 11-12*), Berlin: Gustav Kiepenheuer Verlag 1931, S. 308-325 (11. Versuch).

Übersicht

Ende 1929-Juni 1930: Erarbeitung und Uraufführung der Schuloper *Der Jasager* (siehe S. 420).
Dezember 1930: Veröffentlichung eines neuen, später in die Stückekombination aufgenommenen *Jasager*-Texts in einem (zweiten) Vorausdruck *Aus dem 4. Heft der »Versuche«*, Gustav Kiepenheuer Verlag, Berlin.
Zwischen Januar und Oktober 1931: Entstehung des zweiten Teils der Stückekombination, *Der Neinsager.*
Ende 1931: Erstdruck im *Versuche*-Heft 4, Gustav Kiepenheuer Verlag, Berlin.
1951: Erste Aufführung im Living Theatre New York.

Entstehung

Diese als eigenständiger Versuch mit dem Lehrstücktypus zu betrachtende Stückekombination (»Die zwei kleinen Stücke sollten womöglich nicht eins ohne das andere aufgeführt werden« – Vorbemerkung zum *Versuche*-Heft 4) hat die im Juni 1930 abgeschlossene und uraufgeführte Schuloper *Der Jasager* von Brecht/Weill zur Grundlage.

Brecht hat die Uraufführung nicht sehen können, weil er zu dieser Zeit in Frankreich an der *Heiligen Johanna der Schlachthöfe* und an dem Lehrstück *Die Ausnahme und die Regel* arbeitet. Aber er registriert die widerspruchsvollen Reaktionen darauf (vgl. den Abschnitt »Wirkung« im Kommentar zu *Der Jasager*, S. 424). Auch von seinen Freunden ist Kritik gekommen. Hanns Eisler erinnert sich später, daß er die Anfang 1930 vorliegende Fassung der Schuloper als »schwachsinniges feudalistisches Stück« bezeichnet habe (Nathan Notowicz, *Gespräche mit Hanns Eisler und Gerhart Eisler*, Berlin/DDR 1971, S. 191). In dieser Situation vereinbart Brecht im Herbst 1930 eine weitere Einstudierung mit der Aufbauklasse am Kaiser-Wilhelm-Gymnasium in Berlin-Neukölln, die wenig später den Namen Karl-Marx-Schule erhält. Es ist dies eine der Schulreformbewegung verbundene fortschrittliche Lehranstalt, an der begabte junge Menschen, die zum Teil schon einen Beruf erlernt haben, in zwei bis vier Jahren das Abitur erwerben können. Dort finden auch im November und Dezember Diskussionen unter den Schülern über das Stück statt. Einwände der Schüler richten sich u. a. gegen »die Mystik, die die Oper durchzieht«, oder sie finden die Motivierung der Handlung nicht deutlich, nicht real genug. Kritisiert wird auch, daß der Knabe fast zu einem Märtyrer verklärt sei; man schlägt vor, daß die Unmöglichkeit, den Knaben über den Pfad zu bringen, gezeigt werden solle und dieser sich sein Einverständnis mit dem Wurf ins Tal überlegen möge. Brecht läßt sich Aufzeichnungen dieser Gespräche geben; später werden daraus für den Druck eingerichtete Auszüge im *Versuche*-Heft 4 veröffentlicht. (Vgl. *Protokolle von Diskussionen über den »Jasager« [...]*)

Die Auswertung all dieser Reaktionen führt im Dezember 1930 zu einer neuen Fassung, wiederum unter dem Titel *Der Jasager*, in der zwar wenige, aber entscheidende Veränderungen gegenüber der Uraufführungsfassung vorgenommen sind. Vor allem werden die Bedingungen und Umstände der Reise erschwert, um den Tod des Knaben stärker zu begründen. Dieser *Jasager* erscheint noch im Dezember 1930 in einem zweiten Vorausdruck *Aus dem 4. Heft der »Versuche«* (jetzt als achter Versuch eingeordnet) im Gustav Kiepenheuer Verlag.

In der Folge entsteht, den neuen *Jasager* ergänzend, eine zweite kleine Schuloper: *Der Neinsager*. Dabei greift Brecht weitere Hinweise aus der Neuköllner Schülerdiskussion auf, z. B. daß man überprüfen möge, ob der Opfertod des Knaben notwendig sei. Das hat zur Folge, daß der Begriff »Einverständnis«, den er zuerst im *Badener Lehrstück vom Einverständnis* verwendet hat, im Hinblick auf die »jeweilige Lage« präzisiert wird. Eine genaue Entstehungszeit des *Neinsager* ist nicht bekannt; es kommt dafür die Zeit zwischen Januar und Oktober 1931 in Frage. Der neue Text entsteht also parallel zur Umarbeitung der *Maßnahme* von der Fassung 1930 zur Fassung 1931, parallel auch zur weiteren Beschäftigung mit dem *Fatzer*- und *Brotladen*-Stoff sowie zur Arbeit an der *Heiligen Johanna der Schlachthöfe*.

Die Stückekombination *Der Jasager* und *Der Neinsager* wird – als der elfte Versuch – erstmalig im *Versuche*-Heft 4 veröffentlicht, das der Kiepenheuer Verlag Ende 1931 herausbringt. Dort sind auch, nach dem Stücke-Abdruck, die *Protokolle von Diskussionen über den »Jasager« (auszugsweise) in der Karl-Marx-Schule, Neukölln* enthalten (vgl. Band 24 der vorliegenden Ausgabe). Für die beiden neuen Stücke werden keine Kompositionen angefertigt. Sie stellen – strenggenommen – Libretti ohne Musik dar.

Text/Fassungen

Die beiden Texte der Stückekombination *Der Jasager* und *Der Neinsager* verändern auf unterschiedliche Weise die Fabel des *Jasager* in der Uraufführungsfassung vom Juni 1930.

Der neue *Jasager* variiert die Voraussetzungen der Fabel. Die Krankheit erhält eine gesellschaftlich genauer bestimmte Funktion. Ist sie in der Fassung von Mitte 1930 nur auf die Mutter bezogen gewesen, so betrifft sie jetzt viele, ist Folge einer »Seuche«. Hat das Leiden zuerst »keine bösen Folgen« gehabt, so geht es nun der Betroffenen »nicht besser«, »da man gegen diese Krankheit ja bis jetzt keine Medizin kennt«. Die Tragweite der Fahrt ins Gebirge erscheint damit größer; aus einer »Forschungsreise« wird eine »Hilfsexpedition«. – Ebenso einschneidend sind die Veränderungen im zweiten Teil des Spiels. Der Große Brauch als entscheidendes Handlungsmotiv entfällt; an seine Stelle tritt die »Notwendigkeit« (die nicht mehr im Talwurf, sondern im Zurücklassen des Kranken besteht). In neuen Textpassagen und Spielsituationen wird deutlich gemacht, daß der Knabe nicht über den schmalen Gebirgsgrat getragen werden kann (was in der Fassung vom Juni 1930 einfach vorausgesetzt gewesen ist) und daß er nicht spontan reagiert, sondern sich seine Entscheidung überlegt. Die Tötung geschieht nicht mehr, weil ein Ritus befolgt wird, sondern auf Wunsch des Knaben, der die Notwendigkeit erkennt, daß die Hilfsexpedition seinetwegen nicht abgebrochen werden darf, der sich aber fürchtet – liegen gelassen –, allein zu sterben.

Im *Neinsager* werden die Voraussetzungen der Reise und die Gesetze des Großen Brauchs beibehalten, wie sie in der Uraufführungsfassung des *Jasager* vom Juni 1930 vorliegen. Hinzugefügt ist am Anfang lediglich eine Textpassage (67,30-32), in der der Knabe darauf hingewiesen wird, daß er mit allem einverstanden sein müsse, was ihm auf der Reise zustoßen könne. Geändert ist dagegen der Schluß des Stücks. Er zeigt jetzt das Nichteinverständnis des Knaben mit dem alten Brauch unter den gegebenen Bedingungen.

Die Besonderheit der zweifachen Fabelveränderung gegenüber dem alten Stück zeigt sich in Brechts Einrichtung der Druckvorlage für das *Versuche*-Heft 4. Während er beim *Jasager* Seiten des im Herbst 1930 herausgekommenen zweiten Vorausdrucks benutzt, der bereits die Veränderungen gegenüber der Textgestalt vom Juni 1930 enthält, korrigiert er für den *Neinsager* auf Seiten des ersten *Jasager*-Vorausdrucks vom Frühjahr 1930, indem er den alten Stückschluß streicht und den neuen hinzufügt.

Sowohl der neue *Jasager*, der für die Stückekombination verwendet wird, als auch der *Neinsager* sind – entsprechend den unterschiedlichen Fabelverläufen auf jeweils eigene Weise – Gegenentwürfe zur Uraufführungsfassung des *Jasager* vom Juni 1930. Neue, in ihrer gesellschaftlichen Tragweite zugespitzte Bedingungen fordern weiterhin den Tod (und zwar als Einsicht in eine Notwendigkeit, nicht als Unterwerfung unter einen Brauch); die alten, in ihrer Zwangsläufigkeit nicht erkennbaren und nicht akzeptablen Bedingungen führen dagegen zum Bruch mit dem Brauch und zur Konstituierung eines neuen, nämlich dem, »in jeder neuen Lage neu nachzudenken«.

Zur Textgestaltung in der vorliegenden Ausgabe:

57,1 f. *Der Jasager/Der Neinsager]* Für die Kombination der beiden Stücke gibt es keinen eigenen Titel; auf dem Einband des *Versuche*-Hefts 4 heißt es »Der Jasager und Der Neinsager«, wobei das »und« in kleinerer Schrift erscheint.

58,1 *Mitarbeiter]* In der Textgrundlage sind die Mitarbeiter am Ende des Stückabdrucks genannt: »Brecht. Hauptmann. Weill.«

58,3-6 *Der elfte Versuch…]* Der Text ist den Vorbemerkungen zum *Versuche*-Heft 4 entnommen.

58,9 *Personen]* Das Personenverzeichnis ist nachträglich eingefügt worden.

59,30 *nach Raum 2]* In der Textgrundlage verkürzt: »nach 2« (analog: 64,5 und 66,29).

60,34 *nach Raum 2]* In der Textgrundlage entgegen dem szenischen Vorgang: »nach Raum 1« (ebenso: 67,34).

61,33 f. *Der große Chor…]* Aus der Textgrundlage ist nicht ersichtlich, ob diese Zeile als Vers oder als Prosa zu lesen ist (ebenso: 68,34 f.).

62,14 *die drei Studenten]* In der Textgrundlage ist (für beide Stücke) in den Regieanweisungen und bei den Rollennamen eine unterschiedliche Schreibform (»drei« und »3«) verwendet; sie wurde für die vorliegende Ausgabe vereinheitlicht.

63,10 *vor dem Mund]* Vgl. Zeilenkommentar zu 63,10.

66,21 *aus Raum 2 in Raum 1]* In der Textgrundlage entgegen dem szenischen Vorgang: »aus Raum 1 in Raum 2«.

72,23 *Entgegen dem Gelächter, mit geschlossenen Augen]* Vgl. Zeilenkommentar zu 72,23.

Wirkung

Die Veröffentlichung der neuen Texte vom Jahresende 1931 bleibt bis zu Brechts Tod weitgehend ohne Folgen.

Der Jasager wird bei Schul- und Theateraufführungen auch nach Erscheinen des *Versuche*-Hefts 4 nur in der mit dem Aufführungsmaterial der Universal-Edition vertriebenen Uraufführungsfassung vom Frühjahr 1930 gespielt. Die mit der Kombination der beiden neuen Texte veränderte ästhetische und pädagogische Dimension wird erstmals 1951 durch eine Zimmertheateraufführung des New Yorker Living Theatre erprobt; der Titel lautet *He Who Says Yes* and *He Who Says No*. Die Inszenierung im Gründungsjahr dieses Ensembles findet keine größere öffentliche Beachtung; Brecht scheint davon nichts gewußt zu haben. Sie bleibt zu seinen Lebzeiten die einzige nachweisbare Aufführung des elften Versuchs.

Zeilenkommentar

58,4 *mit einer Musik von Weill]* Weills Musik ist für die Uraufführungsfassung des *Jasagers* vom Juni 1930 geschrieben. Für die Neufassung der Schuloper *Der Jasager* und für den *Neinsager* sind keine Musiken komponiert worden.

59,9 *Einverständnis]* Vgl. *Der Jasager*, Zeilenkommentar zu 49,4.

63,10 *vor dem Mund]* Nach dieser Regieanweisung ist bei der Satzherstellung für das *Versuche*-Heft 4 von Ende 1931 (wie bereits für den zweiten Vorausdruck von Ende 1930) ein Widerspruch entstanden: die Studenten rufen – aber sie haben keinen Text. Dies ist 1938 in den *Gesammelten Werken* (Malik-Verlag) korrigiert worden. Nach der Regieanweisung ist dort eine neue Passage der Studenten eingeschaltet: »Bist du krank? – Er antwortet nicht.« – 1955, im Band 4 der *Stücke*-Ausgaben (Suhrkamp Verlag und Aufbau-Verlag), ist die gesamte Regieanweisung (63,9f.) gestrichen. – Der von Elisabeth Hauptmann redigierte *Versuche*-Neudruck im Aufbau-Verlag (1963) liefert eine (nicht autorisierte) Konjektur: Zwischen Regieanweisung und Studententext (also zwischen 63,10 und 63,11) wird eine Dialogpassage aus der *Jasager*-Fassung vom Frühjahr 1930 (vgl. 53,11-17) bzw. aus dem *Neinsager* (vgl. 70,15-21) eingefügt.

72,23 *Entgegen dem Gelächter, mit geschlossenen Augen]* Dieser Text resultiert aus einer direkten Übernahme einer analogen Stelle im *Jasager* (vgl. 55,8 bzw. 65,22: »Und warfen ihn hinab mit geschlossenen Augen«). Die so entstandene, dem Sinn der neuen Situation widersprechende Formulierung wird 1938 in den *Gesammelten Werken* (Malik-Verlag) geändert: »Entgegen dem Gelächter, mit offenen Augen«. Im Band 4 der *Stücke*-Ausgaben (Suhrkamp Verlag und Aufbau-Verlag, 1955) heißt es wieder: »mit geschlossenen Augen«.

DIE MASSNAHME

Textgrundlage

Fassung 1930: *Die Maßnahme. Lehrstück,* in: *Aus dem 4. Heft der »Versuche«*, Berlin: Gustav Kiepenheuer Verlag 1930 (9. Versuch).

Fassung 1931: *Die Maßnahme. Lehrstück,* in: *Versuche,* Heft 4 (*Versuche 11-12*), Berlin: Gustav Kiepenheuer Verlag 1931, S. 329-358 (12. Versuch).

Übersicht

Etwa Februar 1930: Arbeitsbeginn.
Mai 1930: Eine erste Niederschrift, auf deren Grundlage Hanns Eisler die Musik komponiert, ist abgeschlossen.
Zwischen September und November 1930: Veröffentlichung der Uraufführungsfassung in einem Vorausdruck *Aus dem 4. Heft der »Versuche«*, Gustav Kiepenheuer Verlag, Berlin.
13./14. Dezember 1930: Uraufführung im Haus der Berliner Philharmonie.
Ende 1931: Veröffentlichung einer veränderten Fassung im *Versuche*-Heft 4, Gustav Kiepenheuer Verlag, Berlin.
1938: Veröffentlichung mit erneuten Textänderungen im Band 2 der *Gesammelten Werke,* Malik-Verlag, London.

Entstehung

Die Arbeit am Stück beginnt etwa im Februar 1930. Anfang Mai liegt eine erste Niederschrift vor. Über diesen Stand der Arbeit wird die Leitung des Vereins »Neue Musik Berlin 1930« informiert, für dessen Festwoche im Juni das Stück gedacht ist. Die Aufführung im Rahmen des Musikfestivals kommt aber nicht zustande. Während seines Frankreichaufenthalts im Frühsommer beschäftigt sich Brecht nicht mit der *Maßnahme* (Brief an Hanns Eisler, Juni/Juli 1930). In dieser Zeit, vom 7. Juli bis zum 2. August, komponiert Eisler auf der Grundlage der (nicht überlieferten) ersten Niederschrift die Lieder und Chöre. In Vorbereitung der Erstveröffentlichung des Texts und der Chorstimmen (also etwa zwischen August und Oktober) wird erneut an Dialog- und Szenendetails gearbeitet.

Von Veränderungen während der Probenzeit (November/Dezember) abgesehen, beginnt dann kurz nach der Uraufführung am 13./14. Dezember 1930 eine weitere Arbeitsphase. Die Auswertung von Zuschauerreaktionen und Kritiken konzentriert sich auf die Monate Januar und Februar 1931 und ist spätestens im Sommer dieses Jahres mit der Manuskriptherstellung für das *Versuche*-Heft 4 abgeschlossen. – Ende 1935/Anfang 1936, als die Verlagsgenossenschaft ausländischer Arbeiter in der Sowjetunion (VEGAAR) den Text veröffentlichen möchte (was dann nicht geschieht), schlägt Brecht dem Verlag weitere Änderungen für das Schlußbild vor. Eine größere Überarbeitung nimmt er 1937/38 für den Druck des Stücks in den 1938 vom Malik-Verlag herausgegebenen *Gesammelten Werken* vor.

Mit der *Maßnahme* greift Brecht auf seine Schuloper *Der Jasager* zurück, die er Anfang 1930 schreibt und 1931 (also parallel zur Überarbeitung der *Maßnahme*) weiterführt zur Stückekombination *Der Jasager* und *Der Neinsager.* Die erste Notierung zur Szene 1 der *Maßnahme* trägt die Überschrift *Der Jasager (Konkretisierung)* und belegt – wie ein anderes Fragment dieser Szene –, daß Brecht anfangs sehr direkt an den *Jasager* anzuknüpfen versucht. Der Junge Genosse trägt noch die Rollenbezeichnung »Der Knabe«, und für die szenische Lösung sind die beiden für die Schuloper gefundenen Handlungsräume (Raum 1 und Raum 2) vorgesehen. In diesen Notizen heißt der Leiter des Parteihauses »Keuner«, wie die Titelfigur der seit dieser Zeit entstehenden *Geschichten vom Herrn Keuner.* Brecht überträgt jedoch die im *Jasager* behandelten legendenhaften Vorgänge um den Opfertod eines jungen Mannes in die aktuellen Klassenauseinandersetzungen zur revolutionären Veränderung der Gesellschaft. Dabei werden die damals vieldiskutierten Vorgänge der zweiten, revolutionären Phase des Bürgerkriegs in China (1927-1937 zwischen bürgerlicher Guomindang-Armee und kommunistischer Volksbefreiungsarmee) für den Aufbau der Fabel genutzt. Im Verlauf der Arbeit erhält das Einverständnis-Motiv eine ganz spezielle Bedeutung. Brecht hat es erstmals im *Badener Lehrstück vom Einverständnis* aufgegriffen (vgl. S. 412) und dann in der Schuloper *Der Jasager* sowie in der Stückekombination *Der Jasager* und *Der Neinsager* als zentrales Moment für den Aufbau der Fabel benutzt (vgl. S. 421f. und 427). Jetzt zielt es auf eine konkrete politische Aufgabe: »Im Interesse des Kommunismus einverstanden mit dem Vormarsch der proletarischen Massen aller Länder« zu sein (78,27-29 bzw. 104,33-35).

Am Text hat neben Slatan Dudow, dem Regisseur der Uraufführung, vor allem Hanns Eisler von Anfang an maßgeblichen Anteil. Diese Zusammenarbeit von Brecht und Eisler ist durch ihre Begegnung während des Baden-Badener Musikfests im Sommer 1929 und bei der Piscator-Inszenierung von Walter Mehrings *Der Kaufmann von Berlin* im Herbst des gleichen Jahres vorbereitet worden. Eisler, der Anfang 1930 auch über die Arbeit am *Jasager* informiert gewesen ist, erinnert sich später, daß er diese Schuloper stark kritisiert und Brecht daraufhin mit der *Maßnahme* ein »Gegenstück« beabsichtigt habe; während der ersten Entstehungsphase habe man in Brechts Wohnung täglich vier Stunden gemeinsam am Text gearbeitet (vgl. Nathan Notowicz, *Gespräche mit Hanns Eisler und Gerhart Eisler*, Berlin/DDR 1971, S. 189-191). Für diese Arbeit besitzt auch der im April 1930 in deutscher Sprache erscheinende Band 25 der *Sämtlichen Werke* Lenins (*Das Jahr 1920*) erhebliche Bedeutung. Die dort abgedruckten Schriften und Reden – vor allem *Der »Radikalismus«, die Kinderkrankheit des Kommunismus* (später unter dem Titel *Der »linke Radikalismus«, die Kinderkrankheit im Kommunismus*) und die *Rede auf dem 3. Allrussischen Kongreß des kommunistischen Jugendverbandes Rußlands* (später unter dem Titel *Die Aufgaben der Jugendverbände*) – gewinnen Einfluß auf die Problemdarstellung im Stück. Sie spielen auch für die *Anmerkungen* eine Rolle, die Brecht im Zusammenhang mit der ersten Aufführung und der Stückveröffentlichung von 1931 verfaßt.

Ein weiteres Moment, das die Entstehung wesentlich beeinflußt, ist die von Eisler und Dudow vermittelte Zusammenarbeit mit Arbeiterchören und Laienorchestern. Auf diese Weise werden die Vorbereitung der Inszenierung und die Aufführungen eng mit dem Kommunikationssystem der revolutionären Arbeiterbewegung verknüpft. Die vorangegangenen Lehrstücke sind demgegenüber im Zusammenhang mit bürgerlichen Reformbemühungen im Bereich der Medien und Künste (Radiopioniere, Vertreter der »Neuen Musik«, Schulmusikbewegung) entwickelt worden.

Text/Fassungen

Der *Maßnahme*-Text wird zu Brechts Lebzeiten viermal veröffentlicht. Zum erstenmal in dem Vorausdruck *Aus dem 4. Heft der »Versuche«* zwischen September und November 1930, und zwar als 9. Versuch. Eine (wenn auch nicht als solche gekennzeichnete) Neufassung bringt das Heft 4 der *Versuche* Ende 1931, ausgewiesen als 12. Versuch; dieses Heft enthält auch *Anmerkungen* zur *Maßnahme* und ein Szenenfoto von der Uraufführung. Neuerliche Änderungen enthält die Veröffentlichung des Stücks im Band 2 der *Gesammelten Werke*, der 1938 im Malik-Verlag, London, erscheint. Nach 1945 legt Brecht für den Band 4 der *Stücke*-Ausgaben des Suhrkamp Verlags und des Aufbau-Verlags (1955) den Text der Fassung von 1931 zugrunde. Die vorliegende Ausgabe veröffentlicht, der erheblichen Unterschiede wegen, die Fassungen von 1930 sowie von 1931 und referiert die wichtigsten Änderungen für die Fassung von 1938 (vgl. S. 437f.).

Nicht erhalten ist eine erste Niederschrift, die bereits im Mai 1930 (also vor der Uraufführung des *Jasager*) vorgelegen haben muß. Hanns Eislers Partitur-Autograph vom Juli/August geht auf sie zurück. In dieser

Arbeitsphase sind Fabelverlauf und Grundstruktur des Stücks und damit wesentliche Teile der Fassung vom Herbst 1930, die dem Erstdruck und der Uraufführung zugrunde liegt, bereits ausgearbeitet. Noch wollen allerdings die Agitatoren nach Urga (heute: Ulan-Bator) und nicht nach Mukden (heute: Shenyang) reisen, also in jene Stadt Urga, die auch das Reiseziel des Kaufmanns in Brechts gleichfalls 1930 konzipiertem Lehrstück *Die Ausnahme und die Regel* ist. Das Stück ist in neun statt später acht Szenen gegliedert, weil *Die Zeit der äußersten Verfolgung* und *Die Analyse* noch nicht in einem Szenenkomplex zusammengefügt sind.

Die im Herbst 1930 gedruckte Fassung, die auch der Uraufführung zugrunde liegt, weist gegenüber der ein halbes Jahr vorher angefertigten ersten Niederschrift eine Reihe von Veränderungen auf, die weniger die Fabel als einzelne Akzente betreffen. Getilgt werden einige auf den *Jasager* zurückgehende Motive: eine Passage, in der der Junge Genosse bei der Verfolgung noch als krank bezeichnet wird, und Formulierungen in den Schlußversen der drei Agitatoren (97,39-98,3), die an den Talwurf (vgl. 55,6-12 bzw. 65,20-26) erinnern:

Fuß an Fuß standen wir zusammengedrängt
An dem Rande des Abgrunds
Und warfen ihn hinab
Mit offenen Augen
Und warfen Kalkklumpen
Und flache Steine
Hinterher.

Größere Veränderungen gibt es – neben Textumstellungen – in den Szenen *Empörung gegen die Lehre* und *Die Grablegung*. Im ersten Fall führt die Überarbeitung zur Zuspitzung der Situation: Die neuen Führer der Arbeitslosen, an denen sich der Junge Genosse orientiert, sind in der ersten Niederschrift vom Mai noch »sieben Obdachlose« gewesen; statt des Generalstreiks sollte dort lediglich ein »Umzug der Obdachlosen« organisiert werden; auch das demonstrative Zerreißen der Klassikerschriften war noch nicht vorgesehen. Und schließlich wird der Begriff »Revolution«, ursprünglich eine wichtige Vokabel, mit der der Junge Genosse sein Handeln begründet, getilgt bzw. durch die Formulierung »Aktion« ersetzt. Die Szene *Die Grablegung* erfährt eine Erweiterung durch neuen Text (97,7-19), der die Tragik der Situation poetisch erfaßt (»Furchtbar ist es, zu töten«) und eine genauere Begründung der Maßnahme gibt. – Weitere Änderungen sind vorwiegend stilistischer Art: Anfangs in Versen geschriebene Textpassagen der Szene 4 werden in Prosa übertragen. Einige Dialoge sind knapper und präziser gefaßt. Dabei entstehen auch neue inhaltliche Nuancen: etwa, wenn aus der allgemeinen Überzeugung des Jungen Genossen, »daß die klassenlose Gesellschaft nur durch die Diktatur des Proletariats verwirklicht werden kann«, jetzt ein direktes Bekenntnis zu den »Maßnahmen der kommunistischen Partei« (75,33f.) wird; wenn die Agitatoren (die in der ersten Niederschrift vom Mai 1930 alle Sowjetbürger waren) erst jetzt bei der wiederholten Proklamierung ihrer Aufgabe (z. B. 76,27-29) die Worte »den Klassenbewußten« benutzen; oder wenn die große Chorpassage der Szene 1 nun den Titel *Lob der U. S. S. R.* erhält. Einen neuen Akzent bekommen auch die Analyse-Verse (95,31-96,10), indem der im Mai vorgesehene Titel *Wir sind der Abschaum der Welt* gestrichen wird.

Die Fassung von 1931, im *Versuche*-Heft 4 gedruckt, stellt eine grundlegende Umarbeitung des 1930 als Vorausdruck publizierten Texts dar. Damit reagiert Brecht auf kritische Einwände, die nach der Uraufführung geäußert worden sind (vgl. den Abschnitt »Wirkung«).

Hat die Aufgabe der Agitatoren bisher gelautet: »in den Betrieben aufbauen die chinesische Partei« (75,21), so sollen sie jetzt »in den Betrieben unterstützen die chinesische Partei« (101,26f.). Auch wird in einem erweiterten Text der vier Agitatoren (116,32-38) näher begründet, weshalb der Junge Genosse nach drei erfolglosen Einsätzen dennoch einen weiteren Auftrag erhält.

Anders verlaufen vor allem drei der vier Situationen, in denen sich der Junge Genosse bewähren muß (Szenen 3, 4 und 6), und zwar entsprechend der neuen Orientierung im Vorspiel (101,13-15) und dem erstmals gegebenen Resümee am Stückschluß (125,28-35). – In der Szene 3 (*Der Stein*) wird der Auftrag der Agitatoren an den Jungen Genossen konkretisiert: Er soll erreichen, daß die Kulis soziale (Teil-) Forderungen stellen, nämlich andernorts bereits eingeführte, die Arbeit erleichternde Schuhe verlangen. Nicht nur indem er den Kulis aus Mitleid hilft, statt unter ihnen zu agitieren, begeht er einen Fehler, sondern indem er den sich abzeichnenden Erfolg bei der Propagierung des Kampfes um Arbeitserleichterungen durch spontanes Mitleid selbst untergräbt. Charakteristisch in diesem Zusammenhang ist auch die veränderte Einschätzung seines Fehlers durch die Agitatoren; statt »daß er das Gefühl über den Verstand gestellt hatte« (83,7f.) heißt es jetzt, »daß er das Gefühl vom Verstand getrennt hatte« (110,6f.). In Szene 4 (*Gerechtigkeit*) besteht die Aufgabe des Jungen Genossen nicht mehr darin, für einen Streik zu agitieren, sondern einen bereits ausgebrochenen Teilstreik zum Massenstreik zu entwickeln. Der kurze *Gesang der Textilarbeiter* aus der Fassung von 1930 ist gestrichen und durch eine neue Passage des Kontrollchors, einen Solidaritätsaufruf (110,39-111,19), ersetzt. Als Fehler steht nicht mehr nur das unüberlegte Niederschlagen des Polizisten zur Debatte, sondern auch die Beschimpfung eines Arbeitswilligen, die im Widerspruch zum Solidaritätsaufruf steht und zur Vertreibung der Streikposten, zum Abbruch des Teilstreiks sowie zur Verhinderung des Massenstreiks führt. – In Szene 6 (*Der Verrat*) plädiert der Junge Genosse statt für einen –

nicht vorbereiteten – Generalstreik, wie in der Fassung von 1930, für einen – unüberlegten – Sturm auf die Kasernen. Zugleich wird den rebellischen Vorstellungen der Arbeitslosenführer, von denen sich der Junge Genosse beeindrucken und beeinflussen läßt, eine Darlegung der konkreten revolutionären Situation gegenübergestellt. Ein eingefügter Satz (117,7-9) unterstreicht, daß die Sammlung und Aufklärung der Massen für den gemeinsamen Kampf, nicht der Putsch auf der Tagesordnung stehen. In gleichfalls neuen Textpassagen (118,18-35) verweisen die drei Agitatoren nicht nur auf das Elend der Arbeitslosen, sondern auch auf das Elend der Arbeitenden und der Bauern; ja, sie betonen das auf Beseitigung der Ausbeutung gerichtete Interesse der Polizisten als Ausgebeutete in Uniform. Wie mit der Hervorkehrung der Solidaritätsproblematik in Szene 4 wird damit auf die Politik der KP Chinas in jener Zeit Bezug genommen, die auf ihrem Moskauer Parteitag von 1928 entsprechend den Beschlüssen der Kommunistischen Internationale einen verstärkten Kampf um die Gewinnung der Massen fordert.

Diese neuen Akzente im Handlungsablauf finden ihre Entsprechung in der Veränderung zentraler lyrischer Passagen, der »Vorgaben« des Kontrollchors. Einmal geschieht das in Szene 5, wo das Chorlied *Ändere die Welt, sie braucht es* um fünf Zeilen (89,36-40) verkürzt wird. Zum anderen erfolgt eine Überarbeitung jener Textteile, die sich auf die Partei beziehen. Verändert werden die vier Schlußzeilen vom *Lob der Partei* (vgl. 92,39-93,3 und 120,31-34). Damit reagiert Brecht auf Einwände kommunistischer Kritiker. Ihre Hinweise berücksichtigt er auch bei der Erweiterung des Dialogs zwischen den drei Agitatoren und dem Jungen Genossen (119,20-120,18). Denn Durus (d. i. Alfréd Kemény) hatte in der Zeitschrift *Arbeiterbühne und Film* (Berlin-Steglitz, 1931, Heft 2) den Vorwurf einer »Vergöttlichung der Partei« erhoben. Auf die Frage »Wer aber ist die Partei?« heißt es jetzt: »Wir sind sie. / Du und ich und ihr – wir alle.« (Vgl. Otto Bihas Formulierung in seiner Kritik in der *Linkskurve*, Berlin, 1931, Nr. 1: »Die Partei sind wir – ich und du, Genosse.«) Mit diesen Änderungen, die auf eine konkretere Verbindung von marxistischer Theorie (der »Lehre«) und revolutionärer Praxis zielen, korrespondiert die Neuformulierung zweier Szenenüberschriften. Szene 1 heißt nicht mehr *Die Schriften der Klassiker*, sondern *Die Lehren der Klassiker*, Szene 6 nicht mehr *Empörung gegen die Lehre*, sondern *Der Verrat*.

Die Veränderungsvorschläge von 1935/36 für die geplante Veröffentlichung in der UdSSR betreffen lediglich die letzte, die 8. Szene. Sie erhält einen neuen Titel, *Die Maßnahme* statt *Die Grablegung*, womit eine weitere Reminiszenz an den *Jasager* getilgt wird. Eine neu formulierte Einschätzung der Position und der Perspektive des Jungen Genossen wird später in die 1938 veröffentlichte Fassung übernommen. Alle weiteren Änderungen von 1935/36 (in der Kontrollchor-Passage 124, 14-18) bzw. Streichungen (die Gesprächsrekonstruktion 124,19-125,1) berücksichtigt Brecht später nicht mehr.

Die 1938 in der Malik-Ausgabe der *Gesammelten Werke* gedruckte Fassung folgt über weite Strecken dem 1931 im *Versuche*-Heft 4 veröffentlichten Text. Es gibt drei neue Überschriften für die Szenen 4 (jetzt: *Das kleine und das große Unrecht*), 7 (jetzt: *Die Flucht*) und – dem Vorschlag von 1935/36 folgend – 8 (jetzt: *Die Maßnahme*). Die auffälligsten Eingriffe in den Text erfolgen in der 4., 6., 7. und 8. Szene. – In Szene 4 wird bei der Agitation unter den Textilarbeitern die Bewährung nicht »beim Streik«, sondern »beim Flugblattverteilen« gefordert; die 1931 eingefügte Auseinandersetzung mit den sich nicht am Streik beteiligenden Arbeitern (112,36-113,8) wird wieder eliminiert; der Schluß der Szene (nach 112,35) lautet jetzt:

DIE VIER AGITATOREN Und er mußte sich in Sicherheit bringen, anstatt Flugblätter zu verteilen, denn die Polizeibewachung wurde verstärkt.

DISKUSSION

DER KONTROLLCHOR Aber ist es nicht richtig, das Unrecht zu verhindern, wo immer es vorkommt?

DIE VIER AGITATOREN Er hatte ein kleines Unrecht verhindert, aber das große Unrecht, der Streikbruch, ging weiter.

DER KONTROLLCHOR Wir sind einverstanden.

In Szene 6 ist das Ziel der Arbeitslosen, dem sich der Junge Genosse anschließt, nicht mehr, die Kasernen zu stürmen; man will »als ein Fanal für den Aufstand das Stadthaus besetzen«. Daraus ergeben sich neue Textpartien. Vor allem ist eine längere Passage eingefügt, aus der hervorgeht, daß der Junge Genosse den neuen Führer der Arbeitslosen, dessen Losungen er folgt und den die Agitatoren als Spitzel kennen, falsch einschätzt. Deshalb erhält der Auftrag für diese Situation (118,18-27) eine neue Nuance: »entlarve den Agenten der Kaufleute und seinen Rat, das Stadthaus zu stürmen«. – Szene 7 wird durch einen größeren Strich – er betrifft die Zeilen 122,16-31 – weiter komprimiert und nach 122,15 widerspricht der Kontrollchor dem Jungen Genossen: »Wir aber sagten: unsere Sache ist nicht verloren.« – In die Schlußszene schließlich wird die 1935/36 notierte Einschätzung der Position und Perspektive des Jungen Genossen aufgenommen. Anstelle von 124,37-125,2 heißt es jetzt:

DER JUNGE GENOSSE Ja. Ich sehe, ich habe immer falsch gehandelt.

DIE DREI AGITATOREN Nicht immer.

DER JUNGE GENOSSE Ich, der ich so sehr nützen wollte, habe nur geschadet.

DIE DREI AGITATOREN Nicht nur.

DER JUNGE GENOSSE Aber jetzt wäre es besser, ich wäre nicht da.

DIE DREI AGITATOREN Ja. Willst du es allein tun?

Weitere charakteristische Varianten gegenüber der Fassung von 1931 betreffen die Stellen:

103,25 *beratend]* Jetzt: »betreuend«.

105,8f. *zu unterstützen die chinesische Partei]* Jetzt: »die chinesischen Arbeiter zu unterstützen«.

106,6f. *In der Stadt Mukden... Propaganda]* Jetzt: »In der Stadt Mukden halfen wir den chinesischen Genossen und trieben Propaganda.«

109,39 *vorkommt]* Jetzt: »leidet«.

110,2 *Und der Unterdrückung!]* Die Verszeile ist gestrichen.

112,12 *Er kann erschossen werden.]* Jetzt: »Er kann ins Gefängnis geworfen werden.«, worauf der Junge Genosse (statt 112,13f.) antwortet: »Warum willst du, daß er ins Gefängnis geworfen wird? Bist du nicht auch ein Prolet?«

116,35f. *Anhang in den Jugendverbänden]* Jetzt: »Anhang unter den Arbeitslosen«.

120,37f. *kündige alles Einverständnis mit allen]* Diese fünf Worte sind gestrichen.

121,10 *Ich sah zuviel.]* Nach diesem Vers ist folgende Passage eingeschoben:

Ich schweige nicht länger.
Warum jetzt noch schweigen?
Wenn sie nicht wissen, daß sie Freunde haben
Wie sollen sie da sich erheben?

121,27-31 *So waren wir kenntlich... brüllen.]* Jetzt:

So waren wir entdeckt!
Und schon hörten wir, daß die Kanonen donnerten
Im inneren Stadtteil, und die Unwissenden sagten:
Jetzt oder niemals! Und die Unbewaffneten schrien:
Heraus aus den Häusern!
Er aber hörte nicht auf zu brüllen
Auf offener Straße.

124,21-25 *(Freilich das Gesicht... begrüßte.)]* Der Klammersatz ist gestrichen.

125,20 *Die Lehre der Klassiker]* Jetzt: »Die Lehren der Klassiker«.

Für den Druck im Band 4 der *Stücke*-Ausgaben des Suhrkamp Verlags und des Aufbau-Verlags von 1955, der ansonsten der Fassung von 1931 folgt, gibt es eine weitere Variante:

104,38-105,6 *Wer für den Kommunismus kämpft...]* Die Textstelle erscheint in Versen.

Zur Textgestaltung in der vorliegenden Ausgabe:

Die Druckvorlagen geben auf Grund ihrer typographischen Gestaltung vor allem bei einigen einzeiligen Repliken keinen zuverlässigen Aufschluß, ob diese Passagen als Vers oder als Prosa zu lesen sind. Das gilt für die Fassung von 1930 (z. B. 93,10-16; 97,24-28) wie für die Fassung von 1931 (z. B. 121,1-6; 124,33-125,3).

Fassung 1930:

74,1 *Mitarbeiter]* In der Textgrundlage sind die Mitarbeiter am Ende des Stückabdrucks genannt: »Brecht. Dudow. Eisler«.

74,4 *Personen]* Das Personenverzeichnis ist nachträglich eingefügt worden.

94,28 *Eine Maßnahme!]* Da die Satzvorlage zum Vorausdruck nicht erhalten ist, läßt sich nicht feststellen, ob diese Formulierung, die von der sonst benutzten (»Eure Maßnahme«) abweicht, ein Druckfehler ist.

Fassung 1931:

100,1 *Mitarbeiter]* In der Textgrundlage sind die Mitarbeiter am Ende des Stückabdrucks genannt: »Brecht. Dudow. Eisler«.

100,3-5 *Der zwölfte Versuch...]* Der Text ist den Vorbemerkungen zum *Versuche*-Heft 4 entnommen.

100,8 *Personen]* Das Personenverzeichnis ist nachträglich eingefügt worden.

107,23 *sie stehen]* In der Textgrundlage: »die Kulis stehen«, ein Relikt der Fassung von 1930, in der der *Gesang der Reiskahnschlepper* dem Kontrollchor (nicht den Kulis) zugeschrieben ist. Die beim Druck von 1931 entstehende Begriffsdoppelung wird 1938 in den *Gesammelten Werken* berichtigt.

Wirkung

Erste öffentliche Aufmerksamkeit erweckt *Die Maßnahme,* noch ehe die Arbeit am Stück beendet ist. In einem *Offenen Brief an die künstlerische Leitung der Neuen Musik Berlin 1930* vom 12. Mai 1930 lehnen es Brecht und Eisler ab, den Text des »zwischen uns verabredeten Lehrstücks« einem »uns namentlich nicht bekannten ›Programmausschuß‹ [...] zur Zerstreuung politischer Bedenken vorzulegen«. Die Leitung des Vereins hat bereits vorher den Text (bzw. einen Entwurf) zur Kenntnis genommen und erhebt – künstlerische Bedenken vorschützend, den rein musikalischen Charakter der Veranstaltung betonend – Einwände gegen die offensichtliche Tendenz dieser Arbeit, zu der es im Mai noch keine Musik gibt. Brecht und Eisler kündigen daraufhin an, sie würden die Aufführung ihres neuen Stücks »aus allen Abhängigkeiten« der »großen, von hundert Bedenken gehemmten Apparate« herausnehmen und mit Laienkünstlern realisieren. In der Presse – zuerst, von Herbert Jhering vermittelt, im *Berliner Börsen-Courier* mitgeteilt – erregt dieser Protest der Autoren Aufsehen. Bereits am 4. Juni berichtet *Die Rote Fahne* (Berlin): »*Die Maßnahme* wird aber vom bekannten proletarischen ›Schubert-Chor‹ aufgeführt werden.«

Die Uraufführung des Lehrstücks findet in einer Nachtvorstellung am 13./14. Dezember 1930 im Haus der Berliner Philharmonie statt. Als Veranstalter fungiert die Internationale Tribüne, ein »Arbeitskreis zur Förderung der internationalen revolutionären Kunst und Literatur«. Regisseur ist Slatan Dudow, musikalischer Leiter Karl Rankl, der drei Berliner Arbeiterchöre – den von ihm betreuten Schubert-Chor, den Gemischten Chor Groß-Berlin und den Fichte-Chor – für die Aufgabe vereinigt, die umfangreiche und anspruchsvolle Partie des Kontrollchors zu interpretieren. Die vier Darstellerrollen sind mit den Schauspielern Helene Weigel, Ernst Busch, Alexander Granach und dem Sänger Anton Maria Topitz besetzt. »Auf dem Podium ein großer gemischter Chor, ein kleines Orchester, Blechbläser, Pauken, Saxophone, ein Flügel«, vorn »zur Rechten ein kleines Sonderpodium« (*Deutsche Allgemeine Zeitung*, Berlin, 15. Dezember 1930), »eine Spielfläche in der Art eines Boxrings« (*Berliner Börsen-Courier*, 15. Dezember 1930), auf der die szenische Handlung und ihre Bewertung (Diskussion und Analyse) betont sachlich, die Modellhaftigkeit hervorkehrend, demonstriert werden. (Diese bewußte Künstlichkeit schätzen einige ablehnende Kritiker als primitiv ein; sie bezeichnen die damit angestrebte Aufforderung zur Diskussion über politische Strategie als bloße Agitation.) Im Hintergrund ist »vor dem Orgelprospekt [...] eine Leinwand aufgespannt, auf der in Kinder-Frakturschrift die Texte«, die wichtige Thesen des Stücks erfassen, »projiziert werden« (*Berliner Tageblatt*, 15. Dezember 1930). Der gesamte Gestus der Vorführung ist auf eine geistige Auseinandersetzung mit dem dargestellten Problem ausgerichtet; Hanns Eisler, »an diesem Abend selbst Sänger unter Sängern« (*Die Welt am Abend*, Berlin, 15. Dezember 1930), ist »im Chor versteckt, macht den Ansager, stellt Fragen, diskutiert« (*BZ am Mittag*, Berlin, 15. Dezember 1930).

Die Qualität der Aufführung wird – von Ausnahmen abgesehen – kaum bezweifelt: »Prachtvoll die Leistungen der Schauspieler: sie wirken wie Bolschewiken und machen kein ›Theater‹ «, heißt es in der *Roten Fahne* (16. Dezember 1930), »glänzend die Wiedergabe« notiert das *Berliner Tageblatt*; die *Vossische Zeitung* bestätigt der Produktion »ihre besondere Geschlossenheit« (Berlin, 15. Dezember 1930). »Neben den Spitzen der fortschrittlichen Berliner Intelligenz« füllen »Scharen von Arbeitern und Arbeiterinnen« (*BZ am Mittag*) den Saal. Der Premierenerfolg ist groß. Die Zustimmung gilt, je nach dem Interesse der Besucher, dem Gegenstand oder/und seiner neuartigen künstlerischen Bewältigung. Sympathisanten wie erklärte Gegner verwenden dabei nur unterschiedliche Vokabeln: »Der Beifall der stark literarisch durchsetzten Hörerschaft [war] sehr laut« (*Berliner Börsen-Courier*); »Der Beifall am Schluß war sehr freundlich« (*Deutsche Allgemeine Zeitung*).

Bei vielen Urteilen zu Stück und Aufführung steht das Interesse an der Musik im Vordergrund. Das ist nicht zuletzt dadurch bedingt, daß die Aufführungen und Textveröffentlichungen von Brechts *Lehrstück* (später: *Badener Lehrstück vom Einverständnis*) und vom *Jasager* unter den fortschrittlichen bürgerlichen Musiktheoretikern und -kritikern – u. a. in der Mainzer Zeitschrift *Musik und Gesellschaft* – eine lebhafte Debatte über die Schuloper und das mit musikalischem Material arbeitende Lehrstück in Gang gesetzt haben. Auch in der Tagespresse wird die Besprechung der *Maßnahme*-Inszenierung oft den Musikrezensenten übertragen, im *Berliner Börsen-Courier* z. B. Heinrich Strobel, nicht Herbert Jhering.

Dem Text gegenüber sind die Pressereaktionen von vornherein kontrovers. Sie reichen von rigoroser Verurteilung in den konservativen und reaktionären Zeitungen (»eine primitive [...] Zweckarbeit« – *Deutsche Allgemeine Zeitung*; »eine gefährliche Verseuchung der uns gemäßen kulturellen Werte« – *Münchner Neueste Nachrichten*, 20. Dezember 1930) bis zur wohlwollenden Anerkennung durch liberale und demokratische Rezensenten. Diese heben vor allem die neue ästhetische Qualität hervor. Hans Heinz Stuckenschmidt meint: »Über die politischen Probleme des Stoffs zu urteilen, ist meine Sache nicht« (*BZ am Mittag*); Mersmann, Preußner und Strobel heben hervor: »Eine Auseinandersetzung mit der Ideologie des Brechtschen ›Lehrstückes‹ ist hier nicht beabsichtigt« (*Melos*, Mainz, 1931, Nr. 1). Sofort melden sich auch Stimmen zu Wort, die den dramatischen Vorgang (die Tötung eines Genossen, der einen politischen Auftrag gefährdet) benutzen, um *Die Maßnahme* als »ein Lehrstück des kommunistischen Militarismus, des Militarismus in Reinkultur« einzuschätzen (*Berliner Tageblatt*).

Die intensivste Auseinandersetzung mit Stück und Aufführung findet, wie von Brecht und Eisler beabsichtigt, innerhalb der revolutionären Arbeiterbewegung statt. (Die sozialdemokratische Presse und Öffentlichkeit in Deutschland reagiert – anders als die österreichische *Arbeiter-Zeitung* mit ihrer Rezension zur *Maßnahme*-Inszenierung in Wien von 1932 – uninteressiert.) Brecht hat am Premierenabend Fragebogen verteilen lassen, in denen die Besucher aufgefordert werden, ihr Urteil über diese Veranstaltung abzugeben und vor allem darüber zu befinden, ob *Die Maßnahme* »politischen Lehrwert« für den Zuschauer und für die Ausführenden habe. Von vornherein ist dazu ein Diskussionsabend vorgesehen gewesen, der dann eine Woche nach der Premiere, am 20. Dezember, in einer Schule in der Weinmeisterstraße stattfindet.

In dieser Debatte, wie in den Reaktionen von Presseorganen der revolutionären Arbeiterbewegung, zeigt sich, daß die Meinungen zu Stück und Aufführung geteilt sind, auch wenn Brechts Frage prinzipiell positiv beantwortet wird: »Jene Auffassung drang fast einstimmig durch, daß der Aufführung ein hoher politischer Lehrwert zukommt und daß sie zwangsläufig zur Auseinandersetzung mit entscheidenden politischen Problemen der Gegenwart führt« (*Die Rote Fahne*, 24. Dezember 1930). Unter diesem Aspekt gibt es jedoch neben Zustimmung auch kritische Einwände. *Die Welt am Abend* vom 15. Dezember meint, daß

»alle Erwartungen und Hoffnungen, die man auf das Stück gesetzt hatte, erfüllt« worden seien, daß es sich um »ein *marxistisches* Lehrstück« handle. Die Rezension der *Roten Fahne* vom 16. Dezember macht dagegen deutliche Einwände geltend. Diesen Tenor tragen auch die programmatischen Kritiken von Otto Biha (*Die Linkskurve*, Berlin, 1931, Nr. 1), von dem mit dem Pseudonym Durus zeichnenden Alfréd Kemény (*Die Rote Fahne*, 20. Januar 1931; *Arbeiterbühne und Film*, Berlin-Steglitz, 1931, Nr. 2) und – auch in der theoretischen Argumentation am ausgeprägtesten – von Alfred Kurella (*Literatur der Weltrevolution*, Moskau, 1931, Nr. 4). Sie gehen alle vom Text des Vorausdrucks und den bei der Dezember-Premiere gewonnenen Eindrücken aus.

Dieses Urteil maßgeblicher marxistischer Kritiker führt folgende Hauptgesichtspunkte an: Die Aufführung ist von »epochaler Bedeutung« (*Die Rote Fahne*, 16. Dezember 1930) für die 375 000 im Deutschen Arbeiter-Sängerbund (DASB) organisierten Arbeitersänger, die bis dahin unter dem Einfluß der reformistischen Führung dieser großen proletarischen Kulturorganisation gestanden haben, während beispielsweise viele dem Arbeiter-Theater-Bund Deutschlands (ATBD) angeschlossene Laienspielgruppen bereits seit 1928 auf eine revolutionäre Funktion des proletarischen Laienkunstschaffens orientiert sind. (In der Meinungsbildung über *Die Maßnahme* wird wiederholt das »Schulungsstück« der Agitproptruppe »Rotes Sprachrohr«, *Für die Sowjetmacht* – seit Oktober 1930 gespielt –, als Vorbild zitiert.) Ungeteilte Anerkennung findet auch das Grundanliegen Brechts: »Die *Maßnahme* nimmt entschieden für den Marxismus, für die revolutionäre Bewegung, für die Partei Stellung« (Durus, *Arbeiterbühne und Film*). Die »außergewöhnliche Bedeutung dieser Aufführung« schließe jedoch eine prinzipielle Kritik am Text nicht aus; es solle versucht werden, »mit Brecht kameradschaftlich zu sprechen« (*Die Rote Fahne*, 16. Dezember 1930).

Die Kritik zielt insbesondere auf folgende Punkte: »Das Erschießen des jungen, disziplinlosen Genossen [...] ist nicht gerechtfertigt, wenn man das Augenmerk auf die revolutionäre Praxis lenkt« (Durus, *Die Rote Fahne*, 20. Januar 1931); in den Debatten wird vorgeschlagen, ihn aus der Partei auszuschließen. – »Aus der Handlung geht auch nicht zwingend hervor, warum dieser junge Genosse, der an verantwortlicher Stelle der illegalen Arbeit dauernd Fehler begeht, stets neue, noch schwierigere Arbeiten zur Erledigung erhält« (Biha). – »Der Kommunismus ist für die Autoren eine *Idee*, er *besteht* in der ›Lehre der Klassiker‹. [...] Wenn das Stück die Partei verherrlicht [...], so geschieht es, weil die Partei ›Die Lehre‹ verkörpert. Ja der Bestand und die Unzerstörbarkeit der Partei beruht [...] nicht darauf, daß diese Partei das Proletariat darstellt, [...] sondern wiederum ›auf der Lehre der Klassiker‹« (Kurella). – Diskutiert wird auch die aus dem Text entnommene »undialektische Fragestellung, ob Verstand oder Gefühl sprechen müssen« (*Die Welt am Abend*, 22. Dezember 1930). – Dem Stück wird deshalb von Durus eine idealistische, unmarxistische Konzeption, ein »halbanarchistischer« Charakter (*Die Rote Fahne*, 20. Januar 1931) vorgeworfen, und Paul Friedländer urteilt: »Das Lehrbild der kommunistischen Parteiaktion und Parteidisziplin wird zum Zerrbild« (*Die Welt am Abend*, 24. Januar 1931). Dies rühre daher, daß Brecht sich zwar intellektuell dem Marxismus angenähert habe, doch noch keine Kenntnisse von der revolutionären Praxis besitze, daß er allgemeine theoretische Probleme bewege, aber die reale Kampfsituation nicht verstehe. Alfred Kurella versucht, mit Analogien zu Ereignissen aus der Geschichte der Arbeiterbewegung nachzuweisen, daß der Junge Genosse in entscheidenden Situationen mit seinem revolutionären Instinkt sogar gegenüber den allgemeinen Erwägungen der Agitatoren recht habe, daß sein Verhalten revolutionär, das der Agitatoren opportunistisch sei.

Diese Reaktionen bewegen Brecht und seine Mitarbeiter zu entscheidenden Veränderungen im Fabelablauf und bei der lyrischen Formulierung marxistischer Grunderkenntnisse (vor allem zur Parteifrage). Sie werden bei einer zweiten Aufführung am 18. Januar 1931 im Großen Schauspielhaus bereits teilweise berücksichtigt und schlagen sich Ende 1931 in der neuen Fassung des Stücks nieder. Diese Fassung wird allerdings nicht erneut öffentlich diskutiert. Und sie kann und will, obwohl sie die politischen Argumente der marxistischen Kritik sämtlich zu berücksichtigen versucht, vor allem einen Einwand nicht beheben, der sich gegen die Struktur des Stücks richtet und ein »blutvolles, mit Erlebnissen geladenes Werk« fordert (Durus, *Arbeiterbühne und Film*). Brecht bewahrt den Charakter des Stücks als eines Modells, an dem sich Haltungen zu Lehr- und Lernzwecken demonstrieren lassen (Kurella bezeichnet dies als »ein künstlich begrenztes ›Manövriergelände‹ aus Stückchen von Wirklichkeit her«); er verändert seine Arbeit nicht in Richtung eines Zeitstücks mit kathartischer Wirkung, wie das viele Kritiker wünschten.

Die Ablehnung durch die konservative Kritik einerseits und die Debatten innerhalb der kommunistischen Bewegung andererseits erschweren es, daß sich *Die Maßnahme* rasch und in größerem Umfang mit ihrer neuen ästhetischen Qualität als Übungs- und Propagandastück der Arbeiterlaienkunstbewegung durchsetzen kann. Außerdem untersagt die Leitung des Arbeiter-Sängerbundes eine weitere Aufführung der Inszenierung vom Dezember 1930 im Rahmen der von ihr im Mai 1931 veranstalteten Sängerfestwoche, weil sie »störend den harmonischen Verlauf des Festes beeinflussen könne« (*Kampfmusik*, Berlin, 1931, Nr. 1).

Zwar erscheint 1931 eine Schallplatte *Aus dem Lehrstück »Die Maßnahme«*, herausgebracht von der Firma Homocord. Sie enthält das Gespräch des Händlers mit dem Jungen Genossen und den *Song von Angebot und Nachfrage* aus Szene 5 mit dem Tenor Erik Wirl und Brecht als Sprecher (Text des Jungen Genossen); Dirigent ist Hanns

Eisler. Weitere Inszenierungen der *Maßnahme* folgen jedoch erst 1932 auf der Basis der neuen Fassung von 1931. Aufführungsorte der fünf Produktionen in Deutschland sind Düsseldorf (»Bund für neue Volksmusik« und »Truppe im Westen«; Regie: Wolfgang Langhoff), Leipzig (Chorvereinigung »Freiheit«), Frankfurt a. M., Chemnitz und Köln. Im September 1932 wird das Lehrstück auch am Proletarischen Theater Wien (Regie: Hans Vogel) erfolgreich aufgeführt; eine weitere Inszenierung durch das Schauspielerkollektiv »Tribüne« in Sofia ist nicht eindeutig belegt. Es handelt sich dabei in der Regel um einmalige Aufführungen in großen Sälen – in Köln z. B. in der Großen Messehalle – unter dem Patronat proletarischer Kulturorganisationen wie der Internationalen Vereinigung für Arbeiterkultur (IfA). Am 20. Januar 1933 veranstaltet die Kampfgemeinschaft der Arbeitersänger im Reichshallentheater Erfurt die letzte *Maßnahme*-Aufführung vor Hitlers Machtantritt. Sie wird wegen kommunistischer Propaganda aufgelöst, gegen die Veranstalter ein Strafverfahren wegen Aufforderung zum Hochverrat eingeleitet.

Nach 1945 finden, bis zu Brechts Tod, zwei Lesungen des Stücks – 1945 in Mailand, 1955 durch die Studentenbühne Erlangen – sowie, gleichfalls 1955, eine Aufführung im Studio des Mailänder Piccolo Teatro (Regie: Giorgio Strehler) statt.

1947 werden beim Verhör Brechts vor dem »Kongreßausschuß zur Untersuchung unamerikanischer Tätigkeiten« (HUAC) in Washington vom Anklagevertreter Passagen aus dem Stück *Die Maßnahme* als Belastungsmaterial zitiert. 1948 benutzt Ruth Fischer, 1926 wegen ultralinker, sektiererischer politischer Haltungen aus der KPD ausgeschlossen, dieses Stück, um Brecht und mit ihm die KPdSU sowie die kommunistische Weltbewegung dieser Jahre zu verunglimpfen. Sie nennt Brecht einen »Sänger der GPU«, des Staatssicherheitsdienstes der UdSSR; er habe 1930 mit den Einschätzungen der Rechenschaftslegung der Agitatoren durch den Kontrollchor eine »Vorwegnahme der Moskauer Prozesse« von 1936 gegeben (vgl. Ruth Fischer, *Stalin and German Communism [Stalin und der deutsche Kommunismus]*, Cambridge 1948). Diese Denunziation Brechts wird nicht nur Anfang der fünfziger Jahre in der BRD kolportiert (vgl. Herbert Lüthy, *Vom armen Bert Brecht*, in: *Der Monat*, Frankfurt a. M., 1952, Heft 44). Als der schwedische Lehrer Paul Patera, Vertreter der »Jungen Rechten«, vier Jahre später eine Inszenierung des Lehrstücks mit Laien in Uppsala plant und Brecht um die Aufführungsgenehmigung bittet, antwortet dieser in einem Brief vom 21. April 1956: »Aufführungen vor Publikum rufen erfahrungsgemäß nichts als moralische Affekte für gewöhnlich minderer Art beim Publikum hervor. Ich gebe daher das Stück seit langem nicht für Aufführungen frei. Viel besser eignet sich das kleine Stück *Die Ausnahme und die Regel* für Einstudierungen für unprofessionelle Theater.« Patera bringt *Die Maßnahme* trotzdem am 26. April 1956 heraus; die Inszenierung wird, wie Brecht befürchtete, Teil der antikommunistischen Propaganda dieser Zeit.

Für seine eigene Arbeit und für mögliche Perspektiven des Theaters schätzt Brecht in seinen letzten Lebensjahren *Die Maßnahme* weiterhin als wichtig ein. 1953, bei den Vorarbeiten zu einem Stück um den Aktivisten Garbe (*Büsching*), erwägt er, bei dieser dramatischen Arbeit an den »Stil« der *Maßnahme* (bzw. der *Mutter*) anzuknüpfen. Und obwohl Brecht wie Eisler insbesondere in den fünfziger Jahren skeptisch sind, was Aufführungen der *Maßnahme* betrifft, spricht Brecht kurz vor seinem Tod davon, daß er dieses Lehrstück, die in ihm erprobte theatralische Kommunikationsweise, für »die Form des Theaters der Zukunft« halte (vgl. Manfred Wekwerth, *Schriften. Arbeit mit Brecht*, Berlin/DDR 1975, S. 78).

Zeilenkommentar

Fassung 1930:

75,17 *Die Schriften der Klassiker]* Gemeint sind die Klassiker des Marxismus-Leninismus: Marx, Engels, Lenin.

75,20 *Mukden]* Hauptstadt der Mandschurei; heute: Shenyang, Hauptstadt der nordostchinesischen Provinz Liaoning.

75,22f. *das letzte nach der Grenze zu]* Das Parteihaus ist bei dem Reiseziel Mukden im fernöstlichen Sibirien zu denken. Die folgenden Fragen des Jungen Genossen beziehen sich demnach auf die erwartete materielle und politische Unterstützung beim sozialistischen Aufbau in diesem damals besonders rückständigen Teil der UdSSR.

77,5 *U. S. S. R.]* Zeitgenössische deutsche Schreibform für die Abkürzung von Union der Sozialistischen Sowjetrepubliken (UdSSR).

77,23 *einverstanden]* Vgl. zu 93,6f.

77,28 *Die Auslöschung]* Der in dieser Szene am Beispiel des Jungen Genossen dargestellte Vorgang der »Auslöschung seines Gesichts« ist ein zentrales Motiv in Brechts früher Lyrik wie in seinen an der Wende von den zwanziger zu den dreißiger Jahren entstandenen Lehrstücken; es ist ein Bild für die objektive Auslöschung der Individualität in der kapitalistischen Gesellschaftsordnung, aber auch für die bewußte Aufgabe von Subjektivität im Interesse eines gemeinsamen, revolutionären gesellschaftlichen Ziels. Vgl. u. a. *Das Badener Lehrstück vom Einverständnis*, Abschnitt 9: »sein Gesicht / Verlosch mit seinem Amt« (43,19f.) und den zugehörigen Zeilenkommentar.

78,32-39 *Wer für den Kommunismus kämpft...]* Diese Passage des Kontrollchors knüpft an die Schrift *Der »Radikalismus«, die Kinderkrankheit des Kommunismus* (1920) an, die im April 1930 im Band 25 der Werke Lenins (*Das Jahr 1920*) in deutscher Sprache erschien. Dort heißt es u. a.: »Man muß [...] zu all und jedem Opfer entschlossen sein und sogar – wenn es sein muß – zu allen möglichen Listen, Kniffen, illegalen Methoden, zur Verschweigung, Verheimlichung der Wahrheit bereit sein [...]«, und: »Man muß die größte Treue für die Idee des Kommunismus mit dem Vermögen vereinigen, alle notwendigen, praktischen Kompromisse einzugehen, zu lavieren, zu paktieren, im Zickzack vorzugehen, Rückzüge anzutreten u. dgl. [...]« (Lenin, *Sämtliche Werke*, Bd. 25, Wien/Berlin 1930, S. 240, 284). – Aufgegriffen werden auch Gedanken aus Lenins *Rede auf dem 3. Allrussischen Kongreß des Kommunistischen Jugendverbandes Rußlands* vom Oktober 1920, gleichfalls 1930 in deutscher Sprache veröffentlicht: »Unsere Sittlichkeit leiten wir aus den Interessen des proletarischen Klassenkampfes ab«, und »[...] für den Kommunisten besteht die ganze Sittlichkeit in dieser festen, solidarischen Disziplin und in dem bewußten Kampf der Massen gegen die Ausbeuter. Wir glauben an keine ewige Sittlichkeit [...]« (Lenin, *Sämtliche Werke*, Bd. 25, Wien/Berlin 1930, S. 483, 487). – Brecht greift im *Buch der Wendungen (Me-ti)* darauf zurück: »Mi-en-leh sagte: Unsere Sittlichkeit leiten wir von den Interessen unseres Kampfes gegen die Unterdrücker und Ausbeuter ab.«

81,2 *Zu klein für eines Hundes Schatten]* Einen ähnlichen Topos verwendet Brecht in *Die heilige Johanna der Schlachthöfe* (Beginn der Szene 9): »Zu klein für eines mittleren Baumes Schatten«.

83,11 f. *Klug ist nicht...]* Vgl. Lenin, *Der »Radikalismus«, die Kinderkrankheit des Kommunismus:* »Klug ist nicht derjenige, der keine Fehler macht. [...] Klug ist derjenige, der keine allzu wesentlichen Fehler macht und es versteht, sie rasch und mit Leichtigkeit zu korrigieren« (Lenin, *Sämtliche Werke*, Bd. 25, Wien/Berlin 1930, S. 219).

86,28 f. *den alten Verbänden]* Hier und bei der folgenden Erwähnung des Kuliverbands wird auf die – reformistische – Gewerkschaftsbewegung europäischer Prägung angespielt.

89,23 *Ändere die Welt, sie braucht es]* Vgl. *Die heilige Johanna der Schlachthöfe*, Szene 11: »nichts gelte als ehrenhaft mehr, als was / Diese Welt endgültig ändert: sie braucht es«.

90,6-91,28 *Empörung gegen die Lehre]* Die szenische Situation verarbeitet Lenins Argumentationen aus *Der »Radikalismus«, die Kinderkrankheit des Kommunismus*, in denen eine Auseinandersetzung mit der revolutionären Ungeduld in nicht unmittelbar revolutionären Situationen geführt wird. Es heißt dort u. a.: »Viel schwerer – und viel wertvoller – ist es, ein Revolutionär zu sein, wenn die Bedingungen für einen direkten, offenen, wirklich revolutionären Kampf der Massen *noch nicht* vorhanden sind, die Interessen der Revolution (propagandistisch, agitatorisch, organisatorisch) in nichtrevolutionären, oft sogar in direkt reaktionären Institutionen, in einer nichtrevolutionären Situation, unter einer Masse zu verfechten, die unfähig ist, auf einen Schlag die Notwendigkeit der revolutionären Kampfmethoden zu begreifen. Den konkreten Weg oder die besondere Wendung der Ereignisse, die die Massen zum wirklichen, entscheidenden, letzten großen, revolutionären Kampf *heranführt,* herauszufinden, herauszufühlen, richtig zu bestimmen – darin besteht die Hauptaufgabe [...]« (Lenin, *Sämtliche Werke,* Bd. 25, Wien/Berlin 1930, S. 286). – Diese Hinweise werden in der *Maßnahme*-Fassung von 1931, in der die Szene 6 den Titel *Der Verrat* erhält, verstärkt berücksichtigt (vgl. vor allem 118,18-35).

91,39-92,3 *Denn sie beruht... Die Massen ergreift.]* Diese Passage, im *Lob der Partei* wiederholt (92,39-93,3), ist zur Uraufführung auf eine Leinwand im Bühnenhintergrund projiziert worden. Sie geht auf Karl Marx' *Zur Kritik der Hegelschen Rechtsphilosophie. Einleitung* (1843/44) zurück, wo es heißt: »die Theorie wird zur materiellen Gewalt, sobald sie die Massen ergreift«. In der Fassung von 1931 werden die vier Verse verändert (vgl. 120,31-34).

93,6f. *kündige alles Einverständnis mit allen]* Der Begriff Einverständnis wird von Brecht erstmals im Frühjahr 1929 im *Lehrstück* verwendet und ist 1930 bei der Überarbeitung dieses Texts zum *Badener Lehrstück vom Einverständnis* fabelbestimmend (vgl. den Kommentar zu diesem Stück, S. 412 und 417). Erneut aufgegriffen, aber anders verstanden wird er in der Schuloper *Der Jasager,* und schließlich wird er in der Stückekombination *Der Jasager* und *Der Neinsager* dialektisch in Frage gestellt (vgl. dort die Abschnitte »Entstehung«, S. 421f. und 427). In der *Maßnahme*-Fassung von 1938 kommt er nicht mehr vor.

96,8 *der Abschaum der Welt]* Vgl. *Die heilige Johanna der Schlachthöfe,* Szene 3 (147,30).

96,26f. *Aber auch... und zwar ganz.]* Knüpft an den *Jasager* an (vgl. 53,38-54,1).

96,30-34 *Und wir fragen... geantwortet.]* Knüpft an den *Jasager* an (vgl. 54,15-19).

97,30-32 *Lehne deinen Kopf... Wir tragen dich.]* Übernahme aus *Der Jasager* (vgl. 54,25-27).

Fassung 1931:

101,22 *Die Lehren der Klassiker]* Vgl. zu 75,17.

101,25 *Mukden]* Vgl. zu 75,20.

101,35 *das letzte nach der Grenze zu]* Vgl. zu 75,22f.

103,11 *U. S. S. R.]* Vgl. zu 77,5.

103,34 *Die Auslöschung]* Vgl. zu 77,28.

104,38-105,6 *Wer für den Kommunismus kämpft...]* Vgl. zu 78,32-39.

105,16 *Lob der illegalen Arbeit]* Brecht nimmt die Chorpassage in der Fassung von 1931 – um drei Verse verkürzt – 1934 in die Sammlung *Lieder Gedichte Chöre* auf.

106,20 *Tientsin]* Stadt in dem an die damalige Mandschurei angrenzenden Gebiet, südöstlich von Peking.

107,14 *Zu klein für eines Hundes Schatten]* Vgl. zu 81,2.

110,10f. *Klug ist nicht...]* Vgl. zu 83,11f.

113,23f. *den alten Verbänden]* Vgl. zu 86,28f.

116,14 *Ändere die Welt, sie braucht es]* Vgl. zu 89,23.

117,2-118,35 *Der Verrat]* Vgl. zu 90,6-91,28 (*Empörung gegen die Lehre*).

118,33f. *Rat des Genossen Lenin]* Die Orientierung auf die werktätige Bauernschaft als Hauptverbündeten des Proletariats bei der Vorbereitung und Durchführung der sozialistischen Revolution sowie bei der Sicherung ihrer Ergebnisse gehört zu den zentralen Lehren des Leninismus und ist in vielen Schriften und Reden Lenins dargelegt.

119,28-120,15 *Wer aber ist die Partei?...]* Die Frage des Jungen Genossen und die Antwort der drei Agitatoren nimmt Brecht fast unverändert unter dem Titel *Wer aber ist die Partei?* in *Lieder Gedichte Chöre* auf.

120,21 *Lob der Partei]* In der Fassung von 1931 nahezu unverändert in *Lieder Gedichte Chöre* eingegangen.

120,37f. *kündige alles Einverständnis mit allen]* Vgl. zu 93,6f.

123,15 *der Abschaum der Welt]* Vgl. zu 96,8.

124,26f. *Aber auch... und zwar ganz.]* Vgl. zu 96,26f.

124,34-37 *So fragen wir... Ja.]* Vgl. zu 96,30-34.

125,5f. *Lehne deinen Kopf...]* Übernahme aus *Der Jasager* (vgl. 54,25); gegenüber der Fassung von 1930 (vgl. 97,30-32) verkürzt.

DIE HEILIGE JOHANNA DER SCHLACHTHÖFE

Textgrundlage

Die heilige Johanna der Schlachthöfe. Schauspiel, in: *Versuche,* Heft 5, (*Versuche 13*), Berlin: Gustav Kiepenheuer Verlag 1932, S. 362-455 (13. Versuch). – Anhang: Schlußszene zu *Die heilige Johanna der Schlachthöfe. Schauspiel,* Berlin: Verlag Felix Bloch Erben 1931 (hektographiertes Bühnenmanuskript, S. 96-101).

Übersicht

1929: Arbeitsbeginn.
Ende 1931: Veröffentlichung als hektographiertes Bühnenmanuskript im Verlag Felix Bloch Erben, Berlin.
11. April 1932: Ausschnitte aus sieben (von elf) Szenen werden in einer Radioaufführung der Funkstunde Berlin gesendet.
Mitte 1932: Abdruck einer neuen Fassung im *Versuche*-Heft 5, Gustav Kiepenheuer Verlag, Berlin.
1937: Überarbeitung im dänischen Exil.
1938: Druck einer weiteren Fassung im Band 2 der *Gesammelten Werke,* Malik-Verlag, London.
30. April 1959: Postume Uraufführung am Hamburger Schauspielhaus.

Entstehung

Die Arbeit an diesem Stück beginnt 1929, vermutlich in der zweiten Jahreshälfte, und wird relativ kontinuierlich bis zum Beginn des Jahres 1932 fortgesetzt. Die ersten Veröffentlichungen erfolgen Ende 1931 (als Bühnenmanuskript im Verlag Felix Bloch Erben) und Mitte 1932 im *Versuche*-Heft 5. In der Zeit zwischen dem Versand des Bühnenmanuskripts und dem Erscheinen des *Versuche*-Drucks schreibt Brecht eine Radiofassung, die am 11. April 1932 in der Berliner Funkstunde gesendet wird; das Typoskript dazu ist nicht überliefert. *Die heilige Johanna der Schlachthöfe* entsteht also parallel zur Niederschrift bzw. Überarbeitung der Lehrstücke – vom *Flug der Lindberghs* bis zur *Maßnahme* –, zur Herstellung der Uraufführungsfassung der *Mutter* sowie zur Arbeit an Projekten wie *Der Brotladen* und *Untergang des Egoisten Johann Fatzer.*

Brecht beginnt schon Mitte der zwanziger Jahre, sich als Dramatiker mit Vorgängen der kapitalistischen Wirtschaft und der Börsenspekulation sowie den sich darin zeigenden Gesetzmäßigkeiten der spätbürgerlichen Gesellschaftsordnung zu beschäftigen. 1925 befaßt er sich, angeregt durch die kurz zuvor erschienene deutsche Übersetzung von Bouck Whites Biographie eines amerikanischen Börsenmaklers, mit einem Stück *Dan Drew.* 1926 beginnt er, nach vorheriger Materialsammlung, ein Projekt, das eine Getreidespekulation zum Gegenstand hat: *Joe Fleischhacker in Chicago*; unter dem Titel *Weizen* kündigt es die Piscator-Bühne für die Spielzeit 1927/28 als Uraufführung an. Beide Pläne werden nicht verwirklicht, gehen aber mit ihren Erfahrungen, ja, mit ganzen Handlungsteilen in *Die heilige Johanna der Schlachthöfe* ein. Seit Winter 1927 interessiert sich Brecht auch für die Heilsarmee, ihre sozialen Hilfsaktionen und religiösen Propagandafeldzüge, die die Ursachen der kapitalistischen Ausbeutung verdecken. Seine Beobachtungen werden u. a. bei der Arbeit an dem Stück *Happy End* (1929) von Dorothy Lane (d. i. Elisabeth Hauptmann) genutzt, für das Brecht die Songtexte schreibt; sie finden teilweise im Johanna-Stück wieder Verwendung. Im gleichen Jahr versucht er, das Wirken des kapitalistischen Marktmechanismus, das Funktionieren des Ausbeutungssystems und die Aktivitäten der Heilsarmee in einer dramatischen Fabel zu verbinden, und zwar in dem – Fragment bleibenden – Stück *Der Brotladen.*

Die literarischen und nichtliterarischen Quellen für *Die heilige Johanna der Schlachthöfe* sind sehr zahlreich. Keine von ihnen wird fabelbestimmend, aber sie liefern viele Fakten und Motive und gewinnen Einfluß auf die Struktur und den Stil des Stücks.

Das Milieu der Schlachthäuser Chicagos findet Brecht in Upton Sinclairs Roman *The Jungle* (1906, dt.: *Der Sumpf,* 1906; später auch unter dem Titel *Der Dschungel*). Das Buch hat Brecht bereits 1920 gelesen und dabei Anregungen für das Stück *Im Dickicht der Städte* erhalten. Die Beschreibung der Schlachtmethoden z. B., die Einbeziehung der »Knochenmühle« (der den Schlachthöfen angeschlossenen Düngemittelfabrik), der Sturz des Arbeiters Luckerniddle in den Sudkessel, die Szenen in Kälte und Schnee gehen auf Sinclairs Roman zurück. Für die Börsenspekulationen des Fleischkönigs Mauler dienen – wie bereits bei dem *Joe Fleischhacker*-Projekt – die Schilderungen solcher Aktionen in dem Roman *The Pit* (1903, dt.: *Die Getreidebörse. Eine Geschichte aus Chicago,* 1912) von Frank Norris als Anregung. Hier wird die Nutzung und Manipulierung der Kursschwankungen bei lebensnotwendigen Waren (wie Getreide oder Fleisch) in Zeiten wirtschaftlicher Depression wie wirtschaftlichen Aufschwungs dargestellt. Dabei spielt die Kombination verschiedener Spekulationsformen, der sogenannte Corner (vgl. zu 187,31 und zu 190,5), eine besondere Rolle.

Für die Behandlung des Hintergrunds der Maulerschen Geschäfte dienen auch wissenschaftliche Literatur sowie amerikanische Bestseller über Börsenmakler und Geschäftsleute als Quellen. Wichtige Anregungen liefert das Studium von Karl Marx' *Kapital*: Die dort gegebene Darstellung des kapitalistischen Krisenzyklus hat wesentlichen Einfluß auf den Handlungsaufbau, in dessen Rahmen sich der Corner vollzieht. Zu Brechts Lektüre gehört das zweibändige Werk von Gustavus Myers *The History of Great American Fortunes* (1907, dt.: *Geschichte der großen amerikanischen Vermögen,* 1916), in dem ausführlich über Großindustrielle wie Astor, Rockefeller, Vanderbilt, Pullmann und Carnegie oder über die Magnaten der United States Steel Corporation, John Pierpont Morgan (Vater und Sohn), berichtet wird. Und wichtige Informationen sowie Anregungen für die Fabelführung entnimmt Brecht, wie bereits für das geplante *Dan Drew*-Stück, dem Werk von Bouck White: *The Book of Daniel Drew. A Glimpse of the Fisk-Gould-Tweed Regime from the Inside* (1910, dt.: *Das Buch des Daniel Drew. Leben und Meinungen eines amerikanischen Börsenmannes,* 1922). Auch hier werden Börsenspekulationen ausführlich geschildert und die Praktiken des Corner beschrieben. Das Milieu einer »Schweinefleisch-Versand-Großhandlung« in Chicago ist der Hintergrund des Briefromans von George Horace Lorimer, *Letters from a Self-Made Merchant to his Son* (1902, dt.: *Briefe eines Dollar-Königs an seinen Sohn,* 1904), den Brecht bereits 1921/22 in seinen Tagebüchern erwähnt. Jetzt entnimmt er ihm keine wesentlichen neuen Anregungen, wenn man davon absieht, daß Lorimers Dollarkönig Graham heißt (diesen Namen erhält im Stück einer der Schlachthofbesitzer), der Sohn heißt Pierrepont.

Mindestens ebenso wichtig wie die Beschäftigung mit dieser Literatur sind für Brecht die Informationen über zeitgenössische Marktbewegungen und ihre Manipulationen. Über sie sammelt er seit der Arbeit am *Joe Fleischhacker*-Stoff Zeitungsausschnitte, die im Nachlaß überliefert sind, und andere Belege. Ähnliches gilt für die Heilsarmee, die Brecht auf den Straßen Berlins und in ihren Versammlungsräumen beobachtet; außerdem kennt er zahlreiche zeitgenössische Darstellungen (u. a. von Alfred Döblin und von Paul Wiegler) oder die Festschrift von 1925 zum 60. Gründungsjahr dieser Organisation.

Im weiteren Verlauf der Arbeit werden etwa ab 1930 für die Ausbildung der Stückstruktur »einige klassische Vorbilder und Stilelemente verwendet«. Dies soll die Absicht unterstützen, »die heutige Entwicklungsstufe des faustischen Menschen« zu zeigen und dabei der Darstellung bestimmter Vorgänge »die ihr historisch zugeordnete Form« zu verleihen, »nicht nur die Vorgänge, sondern auch die Art ihrer literarisch-theatralischen Bewältigung« auszustellen (Vorbemerkungen zum *Versuche*-Heft 5). Das klassische Vorbild für die Johanna-Figur ist Schillers Romantische Tragödie *Die Jungfrau von Orleans* (1801); und Brecht kennt die moderne literarische Gestaltung des Stoffs in George Bernard Shaws Schauspiel *Saint Joan* (1923, dt.: *Die heilige Johanna,* 1924). Er benutzt aber auch Vorgänge, literarische Bilder und Versstrukturen aus anderen dramatischen Werken Schillers und aus dessen Lyrik. Auch zu Goethes *Faust*-Dichtung (1790-1833) gibt es wichtige Bezüge, und verwendet werden – für die Darstellungen der Kämpfe an der Börse – antike und Shakespearische Schlachtenschilderungen oder – im Börsenschlachtbericht – Friedrich Hölderlins Gedicht *Hyperions Schicksalslied* (1799); vgl. dazu im einzelnen den Zeilenkommentar. Wie die Vorbemerkungen zum *Versuche*-Heft 5 zeigen, geht es Brecht dabei um die Auseinandersetzung mit klassischen bürgerlichen Traditionen, um ein Überprüfen ihrer inhaltlichen und formalen Leistungen, das dem historischen Fortschritt Rechnung trägt und der »heutigen Entwicklungsstufe« der Menschheit und des menschlichen Denkens entspricht. Er konfrontiert Vorgänge, wie sie unter »großen«, einmaligen historischen Helden vor allem bei den Klassikern überliefert sind, mit dem Klassenantagonismus seiner Gegenwart – auch, indem er für verschiedene Figuren oder Figurengruppen, divergierende Haltungen oder Gedanken unterschiedliche tradierte Versformen (Blankvers, Hexameter, freie Rhythmen) verwendet. All das führt zu zeitgenössischen, die gesellschaftlichen Umstände und Widersprüche erhellenden parodistischen Anspielungen auf die »zitierten« Vorbilder, nicht zu bloßen, im ästhetischen Bereich verbleibenden stilistischen Travestien.

Das Stück *Die Heilige Johanna der Schlachthöfe* entsteht von Anfang an in einem Kollektiv. Brecht nennt als Mitarbeiter Hermann Borchardt, dem vor allem beratende Aufgaben zukommen, sowie Emil Burri und Elisabeth Hauptmann, die zu verschiedenen Zeiten selbst größere Textpassagen ausarbeiten, die Brecht dann »redigiert«. Der Beraterkreis ist jedoch größer; Walter Benjamin und Bernhard Reich beispielsweise erinnern sich an Diskussionen über dieses Stück. Das von Brecht genannte Kollektiv trifft sich kontinuierlich zu Gesprächsrunden, über die aber nicht »Protokoll« geführt worden ist, so daß der Anteil der einzelnen Mitarbeiter an der Entwicklung von Fabel und Text nicht exakt zu belegen ist. Es zeichnen sich drei wesentliche Arbeitsabschnitte ab.

Die erhaltenen Teile eines ersten Texts (1929) sind in Prosa abgefaßt. Die einzelnen Bilder – vor allem die spätere Schlußszene fehlt noch ganz – haben keine Ziffern und Szenenüberschriften. In vielen Fabelteilen und Episoden zeichnet sich zwar schon das Gerüst der später ausgeführten Handlung ab, aber der Gang der Ereignisse konzentriert sich auf den Verlauf einer Spekulation zur Zeit der Jahrhundertwende. Darin ist die Geschichte noch stark dem *Joe Fleischhacker*-Projekt und seiner Quelle, dem Roman *Die Getreidebörse* von Norris, verpflichtet. Eingearbeitet ist das aus Sinclairs Roman *Der Sumpf* übernommene Schlachthofmilieu; ihm sind auch einige Motive entlehnt, die vorerst episodisch benutzt werden. Die Massenszenen besitzen ein beträchtliches Gewicht; es ist stärker als in den Druckfassungen. Dabei spielen neben den Debatten der Arbeiter vor den Schlachthöfen die missionarischen Auftritte der Heilsarmee eine große Rolle. Das verweist auf die Nähe zu *Happy End*; aus diesem Stück wird auch ein Figurenname übernommen; Mauler heißt teilweise noch Cracker. Wenig ausgeprägt sind dagegen die individuellen Züge der handelnden Figuren; Johanna wird zu keiner »Erkenntnis« geführt, wie später. Ein Bezug zur historischen Jeanne d'Arc ist nicht vorhanden. Ebenso fehlen Anzeichen einer Verarbeitung klassischer Literatur, wenn man von der bereits angelegten Erkennungssituation in der späteren Szene 3 absieht, die auf Schillers *Jungfrau von Orleans* (I, 9-10) zurückgehen könnte.

Ein Typoskript von 1930 bringt die Umstellung aus der Prosa in den Vers. Die Hauptfigur erhält den Namen Johanna Dark. Bezüge zu Schiller, auch Anspielungen auf Goethes *Faust*, sind jetzt vorhanden, ohne daß allerdings bereits eine umfassende Verarbeitung der klassischen Vorlagen erfolgt ist. Das zeigt sich vor allem in der hier erstmals gefundenen Schlußlösung, der Szene *Tod und Kanonisierung der heiligen Johanna*, neben dem Einfügen des Briefauftrags für Johanna die wichtigste Ergänzung der Fabel gegenüber der vorangegangenen Arbeitsphase. Das Typoskript von 1930, Brecht bezeichnet es handschriftlich als »Johanna-Original«, enthält gegenüber den früheren Entwürfen wie gegenüber den späteren Drucken wesentlich ausführlichere Heilsarmee-Szenen. Dort gibt es u. a. eine Figur »Gott« und einen Text, überschrieben *Der Ausbruch des lieben Gottes*: »Ich habe da ein Buch gelesen über Konjunkturforschungen. Die Krisen sollen da auf Naturgesetzen beruhen. Da frage ich Sie aber doch, davon müßte schließlich ich auch etwas wissen. Und ich sage Ihnen, kein Wort wahr! Ich habe mit Wirtschaft nie das Geringste zu tun gehabt. Für mich ist Wirtschaft überhaupt nicht vorhanden. Ich habe mich nie in sie eingemischt, und ich werde mich nicht einmischen.« – Zu dieser Zeit erscheint auch der erste öffentliche Hinweis auf das neue Projekt: »Bert Brechts nächstes Drama *Die heilige Johanna der Schlachthöfe* wird den Fall der Jungfrau von Orleans sozusagen in modernstem Milieu wiederholen und zur Diskussion stellen. Auch gegenüber Shaws *Johanna* wird der Unterschied darin liegen, daß Leben und Schicksal der Brechtschen Heldin [...] unmittelbar den materialistischen Bedingungen der Gegenwart unterliegt. Geschrieben wurde die Titelrolle für Carola Neher« (*Tempo*, Berlin, 2. August 1930).

Eine weitere Entwicklungsetappe führt 1931 zur ersten für die Veröffentlichung freigegebenen Fassung, in der vor allem die Heilsarmee-Szenen gestrafft und die literarischen Bezüge weiter ausgebaut sind. Eine Umarbeitung dieses Texts Anfang 1932 für den Druck im *Versuche*-Heft 5 schließt vorerst Brechts Beschäftigung mit dem Stück ab. Weitere Veränderungen nimmt er erst 1937 im dänischen Exil vor.

Text/Fassungen

Die erste der drei publizierten Fassungen erscheint Ende 1931 als hektographiertes Bühnenmanuskript im Verlag Felix Bloch Erben. Anfang 1932 überarbeitet sie Brecht für eine Einstudierung im Rundfunk und vor allem für den Abdruck im *Versuche*-Heft 5 vom Sommer 1932. In dieser neuen Fassung stellt Brecht das Stück erstmals in Gänze der Öffentlichkeit vor. Sie bedeutet einen vorläufigen Abschluß der Entstehungsgeschichte und wird deshalb dem Abdruck in der vorliegenden Ausgabe zugrunde gelegt. Eine erneute Überarbeitung erfolgt 1937, vor allem für den Druck im Band 2 der 1938 im Malik-Verlag erscheinenden *Gesammelten Werke*. In dieser Ausgabe werden erstmals *Anmerkungen zur »Heiligen Johanna der Schlachthöfe«* gedruckt, die möglicherweise im Hinblick auf eine 1935 geplante, aber nicht verwirklichte Aufführung am Königlichen Theater Kopenhagen entstanden sind. In ihnen schlägt Brecht Texte für Zeitungsausrufer vor, die an festgelegten Handlungsabschnitten »über die Bühne oder durch den Zuschauerraum geschickt werden«, »um den Gang der Geschäfte deutlich zu machen«. Diese dritte publizierte Fassung des Stücks wird fortan von Brecht als verbindlicher Lesetext betrachtet. Sie wird auch in den *Stücke*-Band 4 (Suhrkamp Verlag und Aufbau-Verlag, 1955) aufgenommen.

Von dem in der vorliegenden Ausgabe gedruckten Text aus dem *Versuche*-Heft 5 von 1932 unterscheiden sich die beiden anderen Fassungen von 1931 bzw. 1938 – trotz weitgehender Übereinstimmung im Fabelbau – zum Teil erheblich.

Die Fassung des Bühnenmanuskripts von 1931 enthält noch einen – später getilgten – Hinweis auf eine Handlungszeit »um 1900«, die aus der Anfangsphase der Arbeit stammt. Der Text stützt diese konkrete Zeitbestimmung nicht. Es gibt vielmehr eine Reihe ganz aktueller Bezüge. In Szene 2 spricht Johanna vom Kino als einem Medium für die Massen; dazu wird es aber erst in den zwanziger Jahren. Und in Szene 7 befürchtet Snyder, daß es die Arbeiter »wie die Bolschewiki machen« werden.

Die Handlung ist in 5 Akte eingeteilt. Der Erste Akt umfaßt die Szenen 1 bis 3, der Zweite Akt die Szenen 4 und 5, der Dritte Akt die Szenen 6 bis 8, der Vierte Akt die in der Szene 9 zusammengestellten Bilder sowie das Bild *Schlachthöfe. Gegend vor dem Lagerhaus der Grahamwerke* (1932 am Ende der Szene 10), der Fünfte Akt das Bild *Bei den Schwarzen Strohhüten* aus Szene 10 und die Szene 11. Die Szenen 1, 2, 4, 5, 6 und 8 besitzen noch keine Titel, andere nicht den für den Druck von 1932 festgelegten vollständigeren Titel. Einige Prosastellen der Fassung von 1932 (135,18-23; 176,22-26; 177,27-39) sind im Bühnenmanuskript in Versen gefaßt.

Es fehlen eine Reihe von Passagen, z. B. im Dialog Maulers mit seinem Detektiv (143,22-25). Einige Situationen, wie das mit *P. Mauler* überschriebene Straßenbild (132,15-27) oder sämtliche Auftritte der Zeitungsleute, sind noch nicht vorhanden, andere werden anders beschrieben: die Vertreibung der Börsenmakler (Szene 7), der Johanna 1931 »mit einem Stecken« Nachdruck verleiht, erfolgt 1932, stärker an das kriegerische Vorbild der Schillerschen Jungfrau von Orleans anknüpfend, »mit einer umgekehrten Fahne, die sie als Stecken benützt«. Andererseits verzichtet Brecht später auf einige Details aus dem Bühnenmanuskript, etwa auf die in der Szene *Der Grillenfang* von Johanna angestimmte *Ballade vom Branntweinhändler*, die auf ein Gedicht von 1920 (*Vorbildliche Bekehrung eines Branntweinhändlers*) zurückgeht, das wiederum in veränderter Form unter dem Titel *Das Lied vom Branntweinhändler* bereits 1929 in *Happy End* Eingang gefunden hat.

Eine Reihe von Texten und Handlungssituationen sind 1931 anders plaziert als in der *Versuche*-Fassung von 1932. So steht die dort in das Bild vor den Lennoxschen Fleischfabriken eingearbeitete Klage der Arbeiter über die Schließung der Schlachthöfe (138,9-23) noch am Ende der Szene (also nach 139,28). Und anders verläuft der Gang der Handlung in Szene 9. Dem ersten *Viehbörse*-Bild (nach 187,38) folgt ein weiteres Bild *Auf den Schlachthöfen* (nicht, wie seit 1932: *Kleines Lokal in der Gegend der Schlachthöfe*). Hier werden wesentliche Passagen, die später erst im vierten *Schlachthöfe*-Bild erscheinen (197,21-198,1; 199,16-28; 200,22-201,14) bereits in die Handlung eingeführt. Im Bühnenmanuskript besitzt also das dritte Bild der Szene 9 (mit über vier Druckseiten Text gegenüber einer reichlichen Druckseite in der *Versuche*-Fassung) ein dramaturgisch besonders entscheidendes Gewicht, das Brecht 1932 auf das siebente Bild dieser Szene (mit über sechs Druckseiten Text gegenüber reichlich drei Druckseiten im Bühnenmanuskript) verlagert. Die Szene 9 schließt mit dem Bild *Schlachthöfe. Gegend vor dem Lagerhaus der Grahamwerke,* das 1932 ans Ende der Szene 10 verlegt wird.

Ein weiterer wesentlicher Unterschied der Fassung von 1931 gegenüber dem *Versuche*-Druck von 1932 liegt in der Struktur der Schlußszene *Tod und Kanonisierung der heiligen Johanna.* Der andere Handlungsraum (»große Kirchenfenster mit den Bildnissen Rockefellers und Maulers«), die spezifische Symbolverwendung (»Die ganze Bühne wird von einer dunklen Masse von Arbeitern getragen«) sowie der unterschiedliche Text (die Dialogpassagen für fünf Ochsen und vier Schweine, das Fehlen der Schreckensnachrichten und Beschimpfungen sowie der von Schiller übernommenen Regieanweisungen beim Tod Johannas usw.) stellen eine Variante dar, die durch Beschreibung nicht ausreichend charakterisiert werden kann. Die Schlußszene der Bühnenmanuskript-Fassung wird deshalb in der vorliegenden Ausgabe in einem Anhang abgedruckt.

Die Malik-Fassung von 1938 enthält gegenüber dem *Versuche*-Druck von 1932 vor allem Veränderungen in der umfangreichen Szene 9. Dabei wird Frau Luckerniddle, die bisher nur in Szene 4 aufgetreten ist, in das weitere Geschehen einbezogen und dadurch eine Art von Kontrastposition zu Johannas Haltungen und Handlungen entwickelt. Im Zuge dieser Überarbeitung werden aus der Szene 10 die Szenen 10 und 11 (diese Ziffer erhält das letzte Bild: *Schlachthöfe. Gegend vor dem Lagerhaus der Grahamwerke*), und es entsteht eine kurze neue Szene 12 (*Vor dem Lagerhaus der Grahamwerke*). Die letzte Szene *Tod und Kanonisierung der heiligen Johanna der Schlachthöfe* bekommt deshalb die Ziffer 13.

Bei der Überarbeitung im dänischen Exil ändert Brecht den Text von 1932 über weite Strecken nicht oder nur geringfügig. Die neuen, auf Frau Luckerniddle bezogenen Passagen sind allerdings hier aufzulisten, um den neuen Akzent der Fassung von 1938 zu belegen.

Am Ende des Bildes *Gegend der Schlachthöfe* heißt es (nach 186,30) jetzt:

GLOOMB Haben Sie das verstanden, Frau Luckerniddle? Ich nicht.

FRAU LUCKERNIDDLE Hätte sie nicht bei den Schwarzen Strohhüten so das Maul aufgerissen, dann säßen wir jetzt im Warmen und löffelten unsere Suppe!

Im Bild *Kleines Lokal in der Gegend der Schlachthöfe* lautet die Abschlußpassage (statt 189,15-20):

EIN ARBEITER *wundert sich über sie:* Nee, wirklich, haben Sie gedacht?

FRAU LUCKERNIDDLE Ich möchte auch lieber Taten sehen. Reden habe ich genug gehört. Wenn gewisse Leute geschwiegen hätten, wüßte ich, wo heute nacht hingehen.

JOHANNA Gibt es hier nicht Leute, die etwas unternehmen?

DER ARBEITER Ja, die Kommunisten.

JOHANNA Sind das nicht Leute, die zu Verbrechen auffordern?

DER ARBEITER Nein.

Stille.

JOHANNA Wo sind die Leute?

GLOOMB Das kann Ihnen Frau Luckerniddle sagen.

JOHANNA *zu Frau Luckerniddle:* Woher wissen Sie denn das?

FRAU LUCKERNIDDLE Wissen Sie, zu einer Zeit, wo ich mich noch nicht auf Leute wie Sie verlassen habe, war ich oft dort wegen meinem Mann.

Im Bild *Anderer Teil der Schlachthöfe* erhält die Rede des Arbeiterführers (191,29 – zwischen »müssen.« und »Deshalb«) folgenden Zusatz:

Sicher werden die Fleischleute vor morgen früh noch allerhand Lügen ausstreuen, daß alles geordnet sei und der Generalstreik nicht stattfinde.

Kurz darauf (nach 192,9) erfolgt eine weitere Ergänzung:

DER ARBEITERFÜHRER Nein, ich kenne sie, sie ist bei der Heilsarmee und bekannt bei den Polizisten. Niemand würde sie verdächtigen, daß sie für uns arbeitet. Das ist günstig, denn an dem Ort, wo die Genossen von den Cridlewerken hinkommen wollen, wird von der Polizei schon scharf kontrolliert. Wir haben niemand, der so wenig auffallen wird wie sie.

Und schließlich wird am Bildschluß (statt 192,34f.) Frau Luckerniddle noch einmal einbezogen:

DER ZWEITE ARBEITERFÜHRER Nicht ohne Beweis. Der kannst du den Brief ruhig geben. Sie kennen sie, Frau Luckerniddle? *Frau Luckerniddle nickt.* Sie ist doch ehrlich?

FRAU LUCKERNIDDLE Ehrlich ist sie.

Im dritten *Viehbörse*-Bild begegnet Mauler bei seinem Abgang (nach 195,34) den Zeitungsleuten mit folgendem Dialog:

DIE ZEITUNGSLEUTE Was Neues, Mauler?

MAULER *im Abgehen:* Man muß auf den Schlachthöfen bekanntmachen, daß ich den Schlachthäusern jetzt Vieh abgelassen habe, so daß jetzt Vieh da ist. Sonst kommt's zu Gewalttaten.

Im folgenden *Schlachthöfe*-Bild heißt es nach 199,35 und den Beginn von Johannas folgender Verspassage verändernd:

JOHANNA Oh, gute Nachricht!

FRAU LUCKERNIDDLE Das sind die Lügen, von denen die Unsern gesprochen haben. Nur gut, daß in unserm Brief die Wahrheit steht.

JOHANNA

Hört ihr, es gibt Arbeit!
Das Eis in ihrer Brust ist aufgetaut. [...]

Wenig später (nach 200,10) ist folgender neuer Dialog eingefügt:

EINE FRAU Soll man jetzt heimgehen?

EIN ARBEITER Woher wissen wir, ob das wahr ist, daß es wieder Arbeit geben soll?

JOHANNA Warum soll es denn nicht wahr sein, wenn es diese Herren sagen? Mit so was kann man doch nicht spaßen.

FRAU LUCKERNIDDLE Reden Sie nicht so dumm. Sie haben überhaupt keinen Verstand. Sie sind eben zu kurz hier in der Kälte gesessen. *Sie steht auf.* Ich werde jetzt zu den Unsrigen hinüberlaufen und ihnen sagen, daß die Lügen schon da sind. Aber rühren Sie sich nicht vom Fleck mit dem Brief, hören Sie! *Sie geht weg.*

JOHANNA Aber es wird doch geschossen.

Schließlich, als Johanna ihren Posten verläßt (nach 202,22), gibt es wiederum eine kurze Ergänzung:

FRAU LUCKERNIDDLE *kommt zurück:* Alles Lüge! Wo ist denn die Person hingegangen, die bei mir gesessen hat?

Das Bild *Menschenleere Gegend der Schlachthöfe* (204,14) beginnt mit einer völlig neuen Situation:

Im Schneetreiben trifft Frau Luckerniddle Johanna.

FRAU LUCKERNIDDLE Da sind Sie ja! Wo laufen Sie denn hin? Haben Sie den Brief abgegeben?

JOHANNA Nein. Ich gehe weg von hier.

FRAU LUCKERNIDDLE Das hätte ich mir ja denken müssen. Geben Sie sofort den Brief her!

JOHANNA Nein, Sie kriegen ihn nicht. Sie brauchen gar nicht näher herzukommen. Da steht doch nur wieder etwas Gewalttätiges drin. Jetzt ist alles in Ordnung, aber ihr wollt weitermachen.

FRAU LUCKERNIDDLE So, für Sie ist alles in Ordnung?! Und ich habe gesagt, Sie seien ehrlich, sonst hätte man Ihnen den Brief überhaupt nicht gegeben. Aber Sie sind eine Schwindlerin und gehören zu den andern. Ein Dreck sind Sie! Geben Sie den Brief her, den man Ihnen anvertraut hat. *Johanna verschwindet im Schneetreiben.* Hallo, Sie! Sie ist wieder weg.

Der folgende Text (ab 204,16) gehört jetzt zu einem neuen Bild: *Andere Gegend,* das wiederum, im Stimmenchor der Johanna, eine neue Verspassage (nach 205,22) erhält:

STIMME DER LUCKERNIDDLE

Ich habe für dich gutgesagt.
Aber den Brief, der die Wahrheit enthielt
Hast du nicht abgeliefert.

Die bereits erwähnte neue Szene 12 (einzuordnen nach 219,19) hat folgenden Wortlaut:

Vor dem Lagerhaus der Grahamwerke
Ein Trupp von Arbeitern, mit Laternen.

DIE ARBEITER Hier muß sie liegen. Von dort ist sie gekommen, und hier hat sie den Unsern zugerufen, daß die Städtischen Betriebe streiken wollen. Wegen des Schneetreibens hat sie wohl die Soldaten nicht bemerkt. Einer hat sie mit dem Gewehrkolben niedergeschlagen. Ich habe sie einen Augenblick lang deutlich gesehen. Da liegt sie! Solche müßte es mehr geben. Nein, das ist sie ja gar nicht! Es war eine alte Arbeiterin. Die da gehört nicht zu uns. Laßt sie liegen, bis die Soldaten kommen, die werden sie dann aufheben.

Weiterhin gibt es in der Fassung von 1938 – neben einigen Umwandlungen von Vers- in Prosapassagen (und umgekehrt) – u. a. folgende Detailergänzungen und -veränderungen gegenüber dem *Versuche*-Druck von 1932:

141,7 *... einspart.]* Cridles Redetext ist danach um folgende Verse erweitert:

's gibt da ein neues System. Höchst listig ist's.
Das Schwein fährt hoch am Band aus Drahtgeflecht
Ins höchste Stockwerk, dort beginnt die Schlachtung.
Fast ohne Hilfe stürzt das Schwein sich selbst
Von oben in die Messer. Gut? Das Schwein
Schlachtet sich selbst. Und macht sich selbst zur Wurst.
Denn nun, fallend von Stock zu Stock, verlassen
Von seiner Haut, die sich in Leder wandelt

Sich trennend auch alsdann von seinen Borsten
Die Bürsten werden, endlich seine Knochen
Abwerfend, draus wird Mehl, drängt's durch sein eigenes
Gewicht nach unten in die Blechbüchs. Gut?

145,3 *Der unter uns]* Neue, sinnverändernde Kommasetzung: »Der, unter uns,«.

171,27 *...auf dem Markt steht.]* Die Slift-Passage wird durch folgenden Satz ergänzt: »Aber die Kontrakte sollen nicht auf seinen Namen laufen, denn sein Name darf nicht genannt werden.«

226,14 *Sein Missetat]* Jetzt: »Seine Missetat«.

Zur Textgestaltung in der vorliegenden Ausgabe:

Im *Versuche*-Heft 5 ist wegen der typographischen Gestaltung vor allem bei einzeiligen Repliken nicht eindeutig zu entscheiden, ob diese Passagen als Vers oder als Prosa zu lesen sind.

128,1f. *Mitarbeiter]* In der Textgrundlage sind die Mitarbeiter am Ende des Stückabdrucks genannt: »Brecht. Borchardt. Burri. Hauptmann.«

128,4-11 *Der dreizehnte Versuch...]* Der Text ist den Vorbemerkungen zum *Versuche*-Heft 5 entnommen.

128,14 *Personen]* Das Personenverzeichnis ist nachträglich eingefügt worden.

147,27-30 *Slift...]* Die Aufteilung in Verse ist möglicherweise ein Versehen; seit dem Malik-Druck von 1938 ist diese Passage als Prosa gedruckt. (Ebenso der Mauler-Text 157,22-26.)

164,8f. *Ach,... geblieben.]* In der Textgrundlage sind die zwei Verszeilen als eine gedruckt.

185,8 *der Sie leben]* In der Textgrundlage (auch im Bühnenmanuskript von 1931): »die Sie leben«. Die grammatikalische Veränderung findet sich erstmals im Malik-Druck von 1938.

193,16 *Meyers & Co.]* In der Textgrundlage: »Meyer & Co.«; im Stück ist jedoch der Rollenname Meyers verwendet. Eine Korrektur erfolgt erstmals in der *Stücke*-Edition (1955).

211,12 *Brigham]* In der Textgrundlage: »Brigman« (Angleichung an die Schreibweise entsprechend 210,37).

212,24 *Den anderen]* Möglicherweise – die Durchbrechung der Metrik weist darauf hin – ein Druckfehler. In den Fassungen von 1931 und 1938 steht: »Den andern«.

230,32 *ohne Furcht]* Möglicherweise ein Druckfehler. In den Fassungen von 1932 (vgl. 222,20) und 1938 heißt es »Frucht«, in der *Stücke*-Ausgabe (Band 5) von 1955 erneut »Furcht«.

Wirkung

Die heilige Johanna der Schlachthöfe bleibt vorerst weitgehend unbekannt, obwohl intimere Kenner von Brechts Arbeit das neue Stück lebhaft begrüßen und auch einige Theaterleute sich für die Uraufführung interessieren. Aber die Bedenken gegen ein Schauspiel mit so offenkundigen marxistischen Positionen sind in dieser Zeit bereits zu groß, um Absichten Wirklichkeit werden zu lassen.

So bildet eine Radioaufführung in der Berliner Funkstunde am 11. April 1932 die einzige Möglichkeit, das Stück wenigstens in Auszügen einem breiteren Publikum vorzustellen. Unter der Regie von Alfred Braun, der bereits 1927 eine Hörspielfassung von *Mann ist Mann* inszeniert hat, sprechen Carola Neher die von Anfang an für sie geschriebene Johanna-Rolle, Fritz Kortner den Mauler, Peter Lorre den Slift und Helene Weigel die Frau Luckerniddle; weiterhin sind Paul Bildt, Ernst Busch und Friedrich Gnaß beteiligt. Herbert Jhering spricht einleitende und verbindende Worte zu den Ausschnitten aus sieben Szenen, in denen ein knappes Drittel des Textes präsentiert wird. Diese Aufführung vermag trotz des engagierten Einsatzes, den einige »artistisch interessierte Intellektuelle« (Brecht) damit verbinden, nur einen schwachen Ersatz für die ausgebliebene Bühneninszenierung zu liefern: »Es wird einmal zu den denkwürdigsten, aber unrühmlichsten Merkmalen in der Kulturgeschichte unserer Zeit gehören, daß das Theater die Vermittlung eines der größten und bedeutendsten Dramen der Epoche dem Rundfunk überlassen mußte« (Fritz Walter in: *Berliner Börsen-Courier*, 12. April 1932). Die reduzierte Fabel erschwert die Einsicht in die ökonomischen Abläufe. Überdies wird der angestrebte Stil des Stücks durch die Uneinheitlichkeit der Rezitation verdeckt: Kortner schöpft seine an klassischen Texten geschulte Sprechkultur voll aus; die Weigel stellt die Luckerniddle mit harten, sachlichen Tönen vor; die Neher läßt vor allem die Naivität der Johanna anklingen.

Die Pressestimmen auf die Rundfunkaufführung sind spärlich, auch die *Versuche*-Publikation erfährt kaum noch eine nennenswerte öffentliche Resonanz. Zwischen April 1932 und Januar 1933 werden allerdings erneut Aufführungspläne erwogen. Doch Erwin Piscator, der sich Brecht am 18. April 1932 anbietet, hat kein Theater; Heinz Hilperts Absicht, das Stück an der Berliner Volksbühne einzustudieren, und Berthold Viertels Plan zu einer Wiener Tournee-Inszenierung lassen sich an der Jahreswende 1932/33 ebensowenig verwirklichen wie Inszenierungsabsichten am Nationaltheater Mannheim. Und als am 25. Januar 1933 das Hessische Landestheater in Darmstadt – seit den Inszenierungen von *Mann ist Mann* (1926) und *Im Dickicht der Städte* (1927) eng mit dem Autor verbunden – mitteilt, daß man Brechts neues Drama zur Uraufführung angenommen habe, setzt in der Presse und im Landes- und Stadtparlament ein Kesseltreiben gegen diese Bühne und ihren Intendanten Gustav Hartung ein. Der Uraufführungsvertrag muß storniert werden; Hartung verliert sein Amt und emigriert – wie Brecht.

Auch in den Jahren der Emigration werden fremdsprachige Inszenierungsvorhaben in Moskau (1933), an der Prager Avantgardebühne Nové divadlo (1934) und am Königlichen Theater Kopenhagen (1935) nicht realisiert. Eine wiederum fragmentarische Aufführung kommt Mitte der dreißiger Jahre durch das Revolutionäre Arbeitertheater Kopenhagen zustande (Regie und Darstellerin der Johanna: Ruth Berlau); über eine Beteiligung Brechts ist nichts bekannt. An Übersetzungen erscheint in diesen Jahren nur 1934 eine russische im sowjetischen Staatsverlag für Kunst und Literatur (Brecht, *Epičeskie dramy* [Epische Dramen]) mit zwei weiteren Stücken Brechts (*Die Maßnahme* und *Die Mutter*). Den Band stellt Sergej M. Tretjakow zusammen; er hat auch die Stücke übersetzt.

Nach Kriegsende telegraphiert Brecht an Gustaf Gründgens, damals Generalintendant in Düsseldorf: »Sie fragten mich 1932 um die Erlaubnis, die *Heilige Johanna der Schlachthöfe* aufführen zu dürfen. Meine Antwort ist ja.« (Telegramm an Gründgens, 18. Januar 1949.) Das hier angesprochene Interesse des Regisseurs der Preußischen Staatstheater von 1932 ist anderweitig nicht überliefert. Brechts Vorschlag von 1949 wird, dafür gibt es nicht zuletzt Besetzungsgründe, rund zehn Jahre lang nicht verwirklicht; der Versuch Gründgens', die erste vollständige Bühnenaufführung ans Züricher Schauspielhaus weiterzudelegieren, scheitert gleichfalls.

Nach einer szenischen Lesung in Oberhausen (Januar 1956) findet dann die Uraufführung am 30. April 1959 – etwa 28 Jahre nach der Erstveröffentlichung des Stücks und fast drei Jahre nach Brechts Tod – in Gründgens' Inszenierung am Hamburger Schauspielhaus statt; die Musik ist von Siegfried Franz komponiert. Gestrichen sind alle Textstellen, in denen von den Kommunisten die Rede ist, und die Montage der Schreckensnachrichten im Schlußbild. Gründgens tilge, so urteilen einige Rezensenten, auf diese Weise »weitestgehend den von Brecht geforderten ›Hintergrund‹« (Alexander von Cube in: *Vorwärts*, Bonn, 15. Mai 1959), er liefere damit bloß ein »Beispiel für den nicht endenden, nur die Vorwände verändernden Kampf zwischen der Macht und der Ohnmacht« (Siegfried Melchinger in: *Stuttgarter Zeitung*, 5. Mai 1959). Andere Kritiker unterstreichen hingegen, Gründgens habe trotz dieser Striche »die Ausbeuterpraktiken nicht verniedlicht, die religiöse Verlogenheit der Heilsarmeetätigkeit nicht verkleinert und sogar die marxistische These nicht verschwiegen, daß dieses System verbrecherisch ist und einer gewaltsamen Beseitigung bedarf« (André Müller in: *Deutsche Volkszeitung*, Düsseldorf, 16. Mai 1959). Gründgens sucht nach einer hohen theatralischen Verallgemeinerung der Vorgänge und verwendet dazu auch im Kostüm klassische und moderne Attribute: »Und die Schlächter traten auf wie die Pairs von Shakespeare, ihre Regenschirme hatten die Griffe von Schwertern und ihre Jacketts die Litzen von Generälen, und darunter die Westen waren kugelsicher in Gold und Silber gleich Kettenhemden« (Melchinger). Diesen Akzent unterstützt auch Caspar Nehers Bühnenbild »in Farben, die nicht Blut waren, aber nach Blut rochen, mit zwei Ochsenköpfen, die wie Reichsadler hineingehängt waren«; die Schlußszene »aufgebaut als Altarbild, in hellstes Licht getaucht; Goldprunk und Lametta umrahmten das Menschenkind, das in dieser Kanonisierung seine zweite Hinrichtung erlebte« (Melchinger). – Brechts Tochter Hanne Hiob spielt die Johanna »einfach, bescheiden, fast ärmlich« (Herbert Jhering in: *Die andere Zeitung,* Hamburg, 6. Mai 1959), »mit einer Stimme, deren Inbrunst die Schwäche in Überzeugungskraft verwandelte, und mit Augen, deren im Mitleid brennender Glanz unvergeßlich bleiben wird« (Melchinger). Hermann Schomberg interpretiert den Mauler als »einen Heinrich VIII., seine geschäftlichen Transaktionen mit derselben Größe durchführend, mit der in den großen Königsdramen Staatsaktionen betrieben werden« (Müller); zugleich zeigt er »eine Sentimentalität, an die sich der Mann längst gewöhnt hat und mit der er nur noch kokettiert« (Melchinger). – Die Premiere wird »ein großer Abend«, der »unzählige Vorhänge« erlebt (Melchinger), »eine der größten Bühnensensationen« (Müller). In der Pressereaktion fehlt es jedoch nicht an massierten Vorwürfen gegen den Dichter und das Theater, das die Uraufführung ausgerechnet auf den Vorabend des 1. Mai angesetzt hat: »Ein primitiver Singsang aus der Mottenkiste des Klassenkampfes«, »ein böses Zerrbild, verlogen und voller Haß« (*Berliner Zeitung,* Berlin/West, 4. Mai 1959).

Zeilenkommentar

128,5 f. *des faustischen Menschen]* Bezogen auf die Titelfigur von Goethes *Faust* (1790-1833), in der sich das »immerstrebende Bemühen« zur menschlichen und gesellschaftlichen Vervollkommnung manifestiert und zugleich die Spannung zwischen Handeln und Denken, zwischen Wirklichkeit und Ideal in das Bild von den »zwei Seelen« gefaßt wird, die in Fausts Brust wohnen.

128,16 *Johanna Dark]* Dark: (engl.) die Dunkle; in der Schreibform d'Arc Bezug auf die lothringische Bauerntochter Jeanne d'Arc, die während des Hundertjährigen Krieges zwischen Frankreich und England (1337-1453) in den Jahren 1429 bis 1431 als »Gottgesandte« die französische Armee zum Sieg führte, an der Krönung Karls VII. zum König von Frankreich teilnahm, von den Engländern gefangengenommen und von einem Kirchengericht als Ketzerin zum Tod auf dem Scheiterhaufen verurteilt wurde. 1920 wurde sie heiliggesprochen. Literarische Gestaltung dieses Stoffs u. a. durch Friedrich Schiller in der Romantischen Tragödie *Die Jungfrau von Orleans* (1801).

128,16 *der Schwarzen Strohhüte]* Auf volkstümlichen Redewendungen basierende Umschreibung Brechts für die Heilsarmee (engl.: Salvation Army), die 1865 in London von William Booth als religiöse Sekte gegründet und 1878 militärisch organisiert wurde. Die schwarzen Strohhüte sind ein Teil der Uniform der Heilsarmee-Soldaten. – Die Heilsarmee, 1929 in über 80 Ländern tätig, verstärkte ihre religiöse Werbearbeit sowie ihre Aktionen zur Armenhilfe (Beköstigungen, Übernachtungen) seit den zwanziger Jahren auch in Deutschland, insbesondere in der Zeit der Weltwirtschaftskrise von 1929 bis 1933.

128,16f. *Pierpont Mauler]* Namensgebung mit mehrfacher Bezüglichkeit. To maul: (engl.) zerfleischen; der Vorname spielt auf den amerikanischen Großindustriellen John Pierpont Morgan (1837-1913) an, den Gründer der United States Steel Corporation, auch auf dessen gleichnamigen Sohn und Nachfolger.

128,25 *Die Packherren]* Dieser Begriff (auch: die Packer) bezeichnet die Besitzer der großen Fleischfabriken. Im Bühnenmanuskript von 1931 heißt es: »Packherren (Büchsenfleischfabrikanten)«.

129,7-9 *liest einen Brief... Zollmauern im Süden]* In einer der literarischen Vorlagen Brechts, dem Roman *The Pit* (1903, dt.: *Die Getreidebörse. Eine Geschichte aus Chicago*, 1912) von Frank Norris, geht die dort geschilderte Spekulation davon aus, daß eine Depesche eintrifft, die darüber informiert, daß sich der Markt durch hohe Einfuhrzölle für Weizen verknappt.

130,12 *das listenreiche]* »Listenreich« ist in der griechischen Sage das Attribut des Odysseus; vgl. Homer: *Ilias* und vor allem *Odyssee.*

132,21 *der P. Maulerschen Krankenhäuser]* Anspielung auf die philanthropischen Stiftungen amerikanischer Großindustrieller; die Kosten solcher als humanitäre Leistungen offerierten Aktionen werden als Spenden von der Steuer abgesetzt.

132,32 *Gang in die Tiefe]* Anspielung auf Fausts Gang zu den Müttern (Goethe, *Faust II*, 1. Akt: *Finstere Galerie*), auch auf die Legende vom Gottesauftrag Jeanne d'Arcs, der im Gang der Schäferin von den Bergen in die Täler bildhaften Ausdruck (und bei Schiller – I,1 – poetische Gestalt) findet.

132,38-133,4 *In finsterer Zeit blutiger Verwirrung... Wo nicht mehr aufhören... die Unruhen]* Diese Wendungen werden von Brecht mehrfach gebraucht; auch Mauler benutzt sie in Szene 10 (215,36-38). Vgl. *Die Ausnahme und die Regel* (Vorspruch) und das Gedicht *An die Nachgeborenen.*

134,5-29 *Obacht, gib Obacht!...]* Das »Kampflied der Schwarzen Strohhüte« (vgl. auch die Variation in Szene 5) geht auf den Song *Der kleine Leutnant und der liebe Gott* zurück, den Brecht 1929 für *Happy End* geschrieben hat; zu singen von der Darstellerin des Heilsarmee-Kapitäns Lilian Holiday.

134,31 *»Der Schlachtruf«]* Die wichtigste Zeitschrift der Heilsarmee hieß damals *War Cry* (Kriegsruf).

135,12 *Das Unglück kommt wie der Regen]* Der Regen, als Naturvorgang, wird von Brecht wiederholt zum Aufbau poetischer Bilder und zur Darstellung weltanschaulicher Haltungen benutzt. Hier erfolgt durch Johanna eine direkte Gleichsetzung gesellschaftlicher Vorgänge mit Naturgeschehnissen. Im 7. Bild gebraucht Snyder, gleichfalls die bestehende Ordnung gutheißend, ein gegenteiliges Argument: »daß das Unglück nicht entsteht wie der Regen« (174,19). Im revolutionären Sinn verwendet Brecht das Bild in *Das Lied vom Klassenfeind.*

135,35 *wie Milch und Honigseim]* 2 Mose 3,7-8: »ein Land, darin Milch und Honig fließt«.

135,36f. *Ophyr und Alabaster]* Eigenständige Begriffsbildung; hergeleitet von »Ophir«, nach dem *Alten Testament* ein sagenhaftes Goldland (1 Könige 9,28); Alabaster: eine marmorähnliche Gipsart, benannt nach der altägyptischen Stadt Alabastros.

135,37f. *Vögel unter dem Himmel... Lilien auf dem Felde]* Bezüge auf 1 Mose 1,26 und Matthäus 6,28.

135,39-136,1 *lobsingen zu seinem Preis]* Vgl. Psalm 30,5.

136,5 *Stehkragen]* Detail der bürgerlichen Männerkleidung um 1900 und später; im übertragenen Sinn auch als soziale Charakteristik verwendet: verbürgerlichte Arbeiter z. B. werden als »Stehkragenproletarier« bezeichnet.

136,9 *Gummikragen]* Leicht abwaschbares und oft verwendbares Kleidungsstück der ärmeren Bevölkerungsschichten.

137,4 *Wie bezahl ich mein Häuschen...]* Die Geschichte des Abzahlungskaufs für ein Haus ist dem Roman *The Jungle* (1906, dt.: *Der Sumpf*) von Upton Sinclair entnommen. Bereits in der ersten Niederschrift des Stücks (1929) ist sie – recht ausführlich – enthalten; die Versfassung führt zu einer stofflichen und gedanklichen Komprimierung.

137,26-30 *Geht hinein in die Schlacht...]* Zitiert ist das *Heilsarmeelied I,* das Brecht 1929 für *Happy End* geschrieben hat.

137,35f. *Das erhebt sich... Schüssel Rand.]* Brecht greift das Bild in *Die Ausnahme und die Regel* (Szene 6) erneut auf.

144,4-17 *sag nicht, daß ich... Wie kennst du mich?]* Die Selbstverleugnung Maulers und das Erkennen durch Johanna korrespondiert mit einer Situation in Schillers *Jungfrau von Orleans* (1. Aufzug, Ende des 9. und Beginn des 10. Auftritts).

146,37f. *Erst muß... / Der Mensch sich ändern.]* Hier wird ein Grundgedanke aus Schillers Briefen *Über die ästhetische Erziehung des Menschen* (1795) aufgegriffen.

147,30 *Der Abschaum der Welt]* Vgl. *Die Maßnahme,* Szene 7 (96,8 bzw. 123,15).

148,14f. *Der Name Cridle ist... durchgestrichen.]* Den Ausstieg aus der gemeinsamen Firma hat – bereits in Szene 1 – Mauler angekündigt.

Im Band 4 der *Stücke*-Edition des Suhrkamp Verlags und des Aufbau-Verlags von 1955 steht deshalb: »Der Name Mauler ist [...] durchgestrichen.« Möglich ist aber auch: Mauler hat seinen Anteil an Cridle verkauft, und er ruiniert diesen wie Lennox, so daß er bereits in dieser Szene *seinen* Alleinbesitz an der Firma durchgesetzt hat.

148,18 *ein Mann... in den Sudkessel gefallen]* Die Schilderung dieses Unfalls geht auf Upton Sinclairs Roman *Der Sumpf* zurück.

148,31 *Blattspeck]* Besonders zarter Speck aus den Schulter-(Blatt-)Partien der Schlachttiere.

149,5 *in den Kunstdüngerkellern]* Die Arbeitsbedingungen in diesen Abteilungen der Fleischfabriken hat Upton Sinclair in *Der Sumpf* ausführlich beschrieben.

154,29 *Kentuckyschmalz]* Nach dem US-Bundesstaat Kentucky benannt.

154,31 *Und es ward stille über den Wassern]* Hergeleitet von Markus 4,39: »Und er stand auf und bedrohte den Wind und sprach zu dem Meer: Schweig und verstumme! Und der Wind legte sich, und es ward eine große Stille.«

155,5 *ein Schweigen ward über den Bergesgipfeln]* Anspielung auf Goethes Gedicht *Wandrers Nachtlied* (»Über allen Gipfeln / Ist Ruh [...]«).

155,6 *verhüllten ihr Haupt]* Vgl. Jeremia 14,3 (alttestamentarische Geste der Trauer und Betrübnis).

155,24 *Hausse]* (Franz.: Steigen) anhaltend starkes Steigen vieler Börsenkurse.

156,21 *Nestbeschmutzer]* (Engl.: muckraker) von der konservativen Presse der USA am Beginn des Jahrhunderts gebrauchte diskreditierende Bezeichnung für Schriftsteller wie Upton Sinclair oder Frank Norris, die in ihren Büchern die Verhältnisse der kapitalistischen Warenproduktion, der Spekulation usw. kritisch darstellten.

156,34 *Effektenmarkt]* Effekten: Sammelbezeichnung für Wertpapiere.

157,36 *Baisse]* (Franz.: Sinken) anhaltend starkes Fallen der Preise und der Börsenkurse.

162,13 *ihr Mühseligen und Beladenen]* Vgl. Matthäus 11,28: »Kommet her zu mir alle, die ihr mühselig und beladen seid; ich will euch erquicken.«

163,34f. *Nicht... dem Ochsen... das Maul verbinden!]* Vgl. 5 Mose 25,4.

164,3f. *Wann ermangelt je das Brot]* Anspielung auf Jesaja 30,18-20.

165,27 *Der Grillenfang]* Vgl. George Bernard Shaw im Vorwort zu seinem Heilsarmee-Stück *Major Barbara* (1905, dt.: 1909); er schreibt dort, gegen die mangelnde Empörung der Armen gewandt: »›Hört auf Sklaven zu sein, um Grillenfänger zu werden‹, ist kein sehr begeisternder Aufruf zum Kampf [...].«

166,11 *Hautabziehn]* Das Bild wird im Stück wiederholt verwendet (180,20 und 29); Brecht hat es bereits in dem Stück *Im Dickicht der Städte* benutzt.

168,4 *Atlas]* Er trägt, nach den Vorstellungen der griechischen Mythologie, die Himmelsschale auf seinen Schultern.

170,28 *Sirius]* Hellster Fixstern des nördlichen Himmels, auch »Hundsstern« genannt.

170,30 *derschleppt]* (Oberdt.) schleppt.

170,31 *Saturn]* Sechster Planet des Sonnensystems.

171,24 *Illinois]* US-Bundesstaat, dessen größte Stadt Chicago ist.

172,2 *Austreibung der Händler aus dem Tempel]* Anspielung auf die biblische Darstellung der Vertreibung der Händler und Wechsler aus dem Tempel von Jerusalem durch Jesus (Lukas 19,45-48). Der Hinauswurf der Packherren und Slifts durch Johanna im Verlauf der Szene (177,19f.) ist eine Verarbeitung dieser Vorlage; zugleich werden Attribute der Schillerschen Jeanne-d'Arc-Figur aufgegriffen (Verwendung der Fahne als Geißel).

173,25 *Auftreten der Packherren…]* Slift wird in dieser Regieanweisung als Packherr eingeordnet; im Stück ist er Maulers Makler.

175,18 *Die Vier]* Diese Rollenangabe – auch 177,27 – unterscheidet sich von den vorherigen bzw. späteren Bezeichnungen »Die Packherren« oder »Die Drei«, die sich jeweils auf Cridle, Graham und Meyers beziehen. Sie weist nicht eindeutig aus, wer der vierte Sprecher ist. Seit der *Stücke*-Edition (1955) verändert in »Die Drei«.

176,37 *Gehherda]* Von Brecht gelegentlich verwendete Bezeichnung für einen, der anderen die Geschäfte erledigen soll bzw. erledigt. Vgl. *Die Tage der Kommune* (Szene 6 – in der Form: Geh-her-da), das Dramenfragment *Das wirkliche Leben des Jakob Gehherda* und *Flüchtlingsgespräche.*

176,38 *Ich lauf von Pontius zu Pilatus]* Sprichwörtliche Redensart zur Bezeichnung des nutzlosen Hin- und Herlaufens zwischen behördlichen Instanzen; hergeleitet vom römischen Prokurator von Judäa, Pontius Pilatus – vgl. Lukas 23.

179,4 *In riesigen Kadern]* Kader: der herangebildete Stamm von Führungskräften; hier sind die sich antagonistisch gegenüberstehenden Gesellschaftsklassen gemeint.

181,4 *Leintuch]* (Süddt.) Bettuch.

181,13 *»Adam, wo bist du?«]* 1 Mose 3,9. – Gottes Frage zielt auf Adam, der soeben im Paradies von den verbotenen Früchten gegessen hat; Johanna deutet die Situation auf Mauler um, indem sie das Bild von der toten Hirschkuh gebraucht.

182,36 *Um Sein und Nichtsein]* Anspielung auf Shakespeares *Hamlet* (III,1): »Sein oder Nichtsein, das ist hier die Frage«.

184,5f. *Gott, der / Abgeschafft würd… ohne Amt]* Dieses Bild hat Brecht bereits in Szene 8 des Radiolehrstücks *Der Flug der Lindberghs* benutzt; es wird von ihm in *Die Mutter* (Szene 11 der Fassung von 1933) wieder aufgegriffen.

185,28 *Hört, was ich träumte...]* Die Traumerzählung knüpft an die Traumerzählung der Jeanne d'Arc in Schillers *Jungfrau von Orleans* (Prolog, 4. Auftritt) an.

187,31 *gekornert]* To corner: (engl.) aufkaufen; in der Börsensprache bedeutet es, eine lebensnotwendige Ware bei günstigem Preisstand möglichst vollständig aufkaufen und dann den Preis nach oben treiben, um die auf niedrige Preise (Kurse) spekulierenden Konkurrenten auszuschalten.

188,17 *der alte Adam in mir]* Wendung nach Epheser 4,22: »Leget von euch ab den alten Menschen« (Adam = Mensch, alter Adam = sündhafter Mensch).

189,18f. *Kommunisten... die zu Verbrechen auffordern]* Vgl. *Die Mutter,* Szene 6; dort beantwortet die Wlassowa das Argument »Wir haben gehört, der Kommunismus ist ein Verbrechen« mit dem Lied *Das Lob des Kommunismus* (285,31).

190,5 *800 Ochsen... zu 400.]* Besonders auffällig werden hier Verfahrensformen der kapitalistischen Börsenspekulation, des »Corner«. Mauler hat (171,9) bei günstigem Angebot alles Vieh zum Tageskurs von 50 kaufen lassen. Jetzt erwirbt er bei der dadurch entstandenen Angebotsflaute die letzten 800 verfügbaren Ochsen zu einem extrem hohen Preis, um sein Monopol am Besitz dieser Ware zu sichern. Anschließend verkauft er das Vieh an die Schlachthofbesitzer, die er vorher vertraglich zur Lieferung von Büchsenfleisch zum Kurs von 50 verpflichtet hat (vgl. 194,12), zu einem Kurs von 56 bzw. 60 (190,28 und 32), den Slift in der Folge bis auf 95 steigert (196,5), wobei er zur Preisstützung importiertes Jungvieh zu diesem Preis selbst aufkauft. Zuletzt wird der Kurs bis auf 100 getrieben (vgl. 211,22) – und damit die Situation überreizt. Die Manipulation wird deutlich, als nach dem Bankrott der zahlungsunfähigen Schlachthofbesitzer (der sie ihrer Verpflichtungen gegenüber Mauler enthebt) der Kurs auf 30 fällt (vgl. 212,1).

192,8 *Kolporteurin]* Im Straßenverkauf tätige, sogenannte fliegende Buch- und Zeitschriftenhändlerin.

196,28 *Unsere liebe Frau]* Anrede der Jungfrau Maria in der katholischen Kirche.

197,4 *Vor die Not nicht am höchsten]* Anspielung auf das Sprichwort »Wenn die Not am größten, ist Gottes Hilfe am nächsten.« Brecht verwendet es auch im Finale der *Dreigroschenoper.*

199,26-28 *vor allem lernt... es selber macht]* Diese Passage enthält Gedanken und Formulierungen, wie sie Karl Liebknecht nach Beendigung der Berliner Januarkämpfe von 1919 in seinem letzten Artikel verwendet hat (*Trotz alledem!*, in: *Die Rote Fahne*, Berlin, 15. Januar 1919).

202,14 *Packingtown]* Vor allem zu Beginn des 20. Jahrhunderts verbreitete Bezeichnung für einen Vorort im Süden Chicagos. Dort waren die Schlachthöfe und Massenquartiere der Arbeiter konzentriert. Brecht übernimmt diese Bezeichnung vermutlich aus Upton Sinclairs Roman *Der Sumpf.*

204,32 *Johanna... hört Stimmen.]* Die folgenden Passagen bis zum Ende des Bildes gehen auf die Legende über die historische Jeanne d'Arc zurück sowie auf deren Verarbeitung in Schillers *Jungfrau von Orleans,* wo die Heldin von »des Geistes Ruf« und »Zeichen« berichtet, mit denen sie konfrontiert gewesen sei (Prolog, 4. Auftritt).

205,16-22 *Stimmen...]* Die Stimmen zitieren den Text des ersten Arbeiterführers im dritten Schlachthöfe-Bild der Szene 9 (192,13-18).

205,35 *erniedrigt sich und wird erhöht]* Anspielung auf Hesekiel 21,31: »der sich erniedrigt, soll erhöht werden«.

208,11 *Sieben Tage]* Anspielung auf die biblische Schöpfungsgeschichte – 1 Mose 2,2: »Und also vollendete Gott am siebenten Tage seine Werke [...], und ruhte am siebenten Tage«; Mauler spricht davon, »daß ich am siebenten / Alles von mir abtat« (208,16f.).

209,15f. *Johanna... meine vierzig Monatsmieten]* Hergeleitet von dem sprichwörtlich gewordenen Ausspruch des römischen Kaisers Augustus bei Erhalt der Nachricht von der verlorenen Schlacht im Teutoburger Wald (9 d. Z.): »Varus, gib mir meine Legionen wieder!«

210,12 *Den Hergang jener Schlacht erläutern]* Diese und die nächste – umfangreiche – Passage Grahams mit der Schilderung der Vorgänge an der Börse geht auf Norris' Roman *Die Getreidebörse* zurück. Die sprachliche Gestaltung ist inspiriert von klassischen Schlachtenschilderungen, u. a. bei Homer *(Ilias, Odyssee),* Vergil *(Äneis)* und Shakespeare. Brecht verwendet, wie die Vorbilder, den klassischen Blankvers bzw. Hexameter.

211,33 *Sensale]* Freiberufliche Handelsmakler.

211,39-212,1 *Wie Wasser... hinab]* Umformung der dritten Strophe von *Hyperions Schicksalslied* aus Hölderlins Roman *Hyperion oder der Eremit in Griechenland* (1797-1799); vgl. vor allem die Verszeilen: »Wie Wasser von Klippe / Zu Klippe geworfen, / Jahr lang ins Ungewisse hinab.«

213,28 *Wallstreet]* Straße in New York; hier hat die größte Wertpapierbörse der Welt, die New York Stock Exchange, ihren Sitz. Im übertragenen Sinne Bezeichnung für den Geld- und Kapitalmarkt der USA.

215,8 *Ein Drittel allen Viehes zu verbrennen]* Anspielung auf die in der kapitalistischen Wirtschaft – u. a. während der Weltwirtschaftskrise 1929-1933 – geübte Praxis, Lebensmittel und Rohstoffe zu vernichten, um ein hohes Preisniveau für diese Waren zu halten. Brecht verweist auf solche Aktionen auch in dem Filmszenarium *Kuhle Wampe.*

215,36-38 *In finsterer Zeit... Unruhen]* Wiederaufnahme von Formulierungen aus Johannas Auftrittsmonolog (132,38-133,4).

219,22 *Kanonisierung]* Aufnahme in das Verzeichnis der Heiligen, den »Kanon«: Heiligsprechung im katholischen Ritus. – Die Schlußszene bezieht sich parodistisch auf die Dramenschlüsse von Goethes *Faust II* und Schillers *Jungfrau von Orleans.* Im Detail wird auch aus anderen klassischen Werken »zitiert« bzw. durch das Anknüpfen an dort verwendete metrische Formen auf sie angespielt.

221,11 f. *Menschlich nur... hast du geirrt!]* Anspielung auf Goethes *Faust I* (*Prolog im Himmel*): »Es irrt der Mensch, solang er strebt.«

221,25 *der Mensch in seinem Drange]* Anspielung auf Goethes *Faust I* (*Prolog im Himmel*): »Ein guter Mensch, in seinem dunklen Drange, / Ist sich des rechten Weges wohl bewußt.«

221,28-31 *Aus dem Alltäglichen... Hohe Unendliche]* Parodistischer Bezug auf Versformen, die der späte Goethe verwendet; vgl. den Chorus Mysticus am Ende von *Faust II*: »Das Unzulängliche, / Hier wird's Ereignis; / Das Unbeschreibliche, / Hier ist's getan.«

222,16 *Diese Welt endgültig ändert: sie braucht es]* Vgl. das Lied *Ändere die Welt, sie braucht es* in *Die Maßnahme*, Szene 5.

223,1 f. *Soll der Bau... Oben geben.]* Anklänge an Schillers *Lied von der Glocke:* »Soll das Werk den Meister loben, / Doch der Segen kommt von oben.«

224,7-11 *Aber tu es... Gewissen!]* Vgl. Goethe, *Maximen und Reflexionen*, Nr. 251: »Der Handelnde ist immer gewissenlos; es hat niemand Gewissen als der Betrachtende.«

224,25 *mit dem Kopf auf das Pflaster schlagen]* Ein ähnliches Bild verwendet Brecht in *Die Tage der Kommune* (Szene 2), wenn Thiers die Liquidierung der Kommune fordert: »Man muß diese ungewaschenen Mäuler auf das Pflaster schlagen, im Namen der Kultur.«

225,10 *Schreckensnachrichten]* Die folgenden Schlagzeilen-Zitate beziehen sich auf den Börsenkrach vom 25. Oktober 1929, der in den USA seinen Ausgang nahm und sich auf alle kapitalistischen Staaten der Erde ausdehnte, sowie auf dessen Folgen, die Weltwirtschaftskrise; sechs Millionen Arbeitslose gab es in Deutschland 1931. – Dagegengesetzt sind die wirtschaftlichen Erfolge der UdSSR im ersten Fünfjahrplan (1928/29-1932/33); das gesteckte Ziel, die Aufgaben vorfristig zu erfüllen, wurde Anfang 1933 – nach viereinviertel Jahren – erreicht.

225,19 *Henry Fords Fabrik]* Ford gründete 1903 den amerikanischen Automobilkonzern Ford Motor Company in Detroit; verwirklichte in den zwanziger Jahren im großen Stil wirtschaftliche Rationalisierungsmaßnahmen (Fließbandarbeit u. a.). Diese technischen Neuerungen, verbunden mit der von Ford propagierten Ideologie eines reformierten Kapitalismus, wurden in den zwanziger Jahren als Fordismus bezeichnet.

226,21 *Gebt ihr die Fahne!]* Identisch mit den Schlußworten des Königs in Schillers *Jungfrau von Orleans* (V,14). Auch die folgenden Situationsbeschreibungen (226,22 und 33-36) zitieren wörtlich Schillers Regieanweisungen.

226,31 f. *in unsrer Brust die zweite / Bessere Seele]* Anspielung auf

Goethes *Faust I* (Szene *Vor dem Tore*): »Zwei Seelen wohnen, ach! in meiner Brust«. Im folgenden Text (227,8f. und 16f.) wird dieser Bezug fortgeführt.

226,38 *seit Äonen]* Anspielung auf Goethes *Faust II* (Monolog Fausts in der Szene *Großer Vorhof des Palasts*): »Es kann die Spur von meinen Erdetagen / Nicht in Äonen untergehn«. – Äon: (griech.) Weltalter; im Plural gleichbedeutend mit Ewigkeit.

228,4 *Schlußszene des Bühnenmanuskripts von 1930]* Vgl. S. 455.

228,9 *große Kirchenfenster]* In der Inszenierung von *Happy End* (1929) wurden im Schlußbild »zwei buntbemalte Kirchenfenster« aus dem Schnürboden heruntergelassen, »die Henry Ford und John D. Rockefeller zeigten«.

228,10 *Rockefellers]* John Davidson Rockefeller, amerikanischer Großindustrieller; gründete 1870 den Vorläuferkonzern der Standard Oil Company; galt in den zwanziger Jahren als »der reichste Mann der Welt«; errichtete eine Reihe hochdotierter, namhafter Stiftungen zu wissenschaftlichen, kulturellen und sozialen Zwecken.

DIE AUSNAHME UND DIE REGEL

Textgrundlage

Die Ausnahme und die Regel. Lehrstück, in: *Gesammelte Werke,* Band 2, London: Malik-Verlag 1938, S. 273-299.

Übersicht

1930: Arbeitsbeginn.
Ende 1932: Abschluß eines für die Veröffentlichung bestimmten Texts.
Zwischen 1934 und 1936: Verschiedene Arbeits- und Experimentierphasen.
September 1937: Erstdruck in *Internationale Literatur. Deutsche Blätter,* Moskau, Heft 9.
1938: Revidierter Druck in den *Gesammelten Werken,* Band 2, Malik-Verlag, London.
1. Mai 1938: Uraufführung (in hebräischer Sprache) durch das Amateurtheater des Kibbuz in Givat Chaim (Palästina).

Entstehung

Brechts Beschäftigung mit diesem Lehrstück beginnt 1930. Ausgangspunkt ist die Übersetzung eines chinesischen Stücks, die Elisabeth Hauptmann in dieser Zeit nach einer (nicht ermittelten) französischen Vorlage unter dem Titel *Die zwei Mantelhälften* angefertigt hat. Geschildert wird darin die Geschichte der Familie Tschang:

Hiac, der Sohn des Kaufmanns Tschang, hilft dem Zechpreller Tschin Hou und gewinnt ihn lieb. Hiac veranlaßt deshalb seinen Vater, Hou als Adoptivsohn aufzunehmen. Dieser überredet Hiac, gegen den Willen der Eltern, zu einer Reise. (Vorher wird ein Mantel geteilt, dessen zwei Hälften später das Wiedererkennen ermöglichen.) Während der Reise stürzt Tschin Hou seinen Wohltäter Hiac in den Gelben Fluß, und er erzwingt die Ehe mit dessen Frau Li Yu. Tschangs Haus fällt danach einer Feuersbrunst zum Opfer; das Kaufmannsehepaar muß bettelnd durchs Land ziehen. – Nach achtzehn Jahren aber entlarvt Hiac, der von einem Fischer gerettet worden war und jetzt Priester ist, den Übeltäter Hou. Ein Verbannter, Hing Sun, und Li Yus inzwischen herangewachsener Sohn Tschin Pac helfen ihm dabei. Am Ende verkündet der Gouverneur den Spruch des kaiserlichen Gerichtshofes. Als das Walten »unparteiischer Gerechtigkeit« werden die Wiedervereinigung der Familie Tschang gelobt, »die Urteilssprüche der pflichtvergessenen

Beamten« revidiert und die Hinrichtung des Verräters Tschin Hou angekündigt.

Die Anregung, die Brecht dieser Vorlage entnimmt, ist vor allem der berichtende und demonstrative Gestus der dramatischen Erzählweise; weiter verwendet er Handlungselemente wie die Reise und den Gerichtsprozeß – wobei die »unparteiische Gerechtigkeit« in einen Fall sozial motivierter Rechtsprechung umfunktioniert wird.

Brecht plant ursprünglich eine Stückekombination (ähnlich wie *Der Jasager* und *Der Neinsager*), in dem einmal ein klassenbedingtes Urteil im Interesse der Ausbeuter, das andere Mal ein Urteil im Interesse der Ausgebeuteten am Ende stehen soll. Dieses Vorhaben kommt 1930 über Fabelschemata, Notizen und Entwürfe nicht hinaus. Im Lauf der Arbeit werden jedoch Namen, Motive und Handlungsverläufe schrittweise verändert, und das Geschehen wird in der Gegenwart angesiedelt. 1931 vermutlich (und nicht bereits 1930, wie 1937 im Zusammenhang mit der Erstveröffentlichung mitgeteilt) entsteht für das erste Stück eine zusammenhängende (zumindest die Szenen 1-6 bzw. 1-7 umfassende) Niederschrift; die Arbeit am geplanten zweiten Teil wird nicht fortgesetzt.

Am Entstehen des Stücks sind Elisabeth Hauptmann und Emil Burri beteiligt, die gleichzeitig an dem Schauspiel *Die heilige Johanna der Schlachthöfe* mitarbeiten. Als Titel wird zuerst erwogen: *Die Geschichte einer Reise* bzw. *Wer wen? Die Geschichte einer Reise.* Die Frage »Wer wen?« knüpft an eine Losung an, die Lenin im Oktober 1921 in einer Rede entwickelt hat; sie verweist auf den Kampf zweier Klassen- und Gesellschaftssysteme, die sich unversöhnlich gegenüberstehen – auf die Entscheidungsnotwendigkeit in der Machtfrage (vgl. *Die Neue Ökonomische Politik und die Aufgaben der Ausschüsse für politisch-kulturelle Aufklärung*, in: Lenin, *Werke*, Bd. 33, Berlin/DDR 1962, S. 46).

1932 heißt der Titel dann *Die Ausnahme und die Regel.* Für einige Lieder stützt sich Brecht auf Texte Rudyard Kiplings (den er bereits um 1920 gelesen hat), in denen er die Moral der Ausbeuterklasse besonders treffend formuliert findet. Die Veröffentlichung ist im *Versuche*-Heft 8, das dann 1933 nicht mehr erscheinen kann, vorgesehen. Die Korrekturabzüge für den geplanten Druck (bis Szene 4, ohne Prolog) verwendet Brecht für die weitere Arbeit am Text, die er im Exil etwa 1934 wiederaufnimmt. Das überlieferte Klebeskript (aus Korrekturfahnen und Typoskript) enthält nunmehr den Prolog. Zugleich versucht Brecht, die Ereignisse der Reise und den Prozeß durch zwei Chöre zu kommentieren. Um 1936 schließlich entsteht ein Redetext, vermutlich für die Gerichtsszene, der auf Hitlers politische Methoden anspielt, seine Gegner ohne konkreten Grund zu liquidieren. Bezug genommen ist auf den Reichstagsbrand (1933) und die Ermordung der SA-Führung um Ernst Röhm (1934). So heißt es u. a.: »In weniger Monaten als nötig sind, ein Haus aufzubauen, vernichtete Hitler die Macht der Kulis, indem er alle ihre Führer ins Gefängnis warf und alle ihre Rechte aufhob. So behandelte er sie nicht anders, als wenn sie einen blutigen Aufruhr gemacht hätten. [...] Dies tat er, weil er sagte: da sie hungern, haben sie genug Grund zum Aufruhr, es kann sein, daß sie ihn nicht durchführen, aber wer weiß das! Laßt sie uns behandeln wie Aufrührer, dann werden sie keinen Aufruhr haben. Das war weise.«

1936/37 richtet Brecht das Manuskript erneut für eine Veröffentlichung ein. Dabei verzichtet er wieder auf die Chöre; auch die aktuelle antifaschistische Anspielung wird nicht aufgenommen.

Die erste Publikation erfolgt 1937 im Heft 9 der Moskauer Zeitschrift *Internationale Literatur. Deutsche Blätter.* Nur wenige Monate später erscheint das Stück auch im Band 2 der *Gesammelten Werke* im Malik-Verlag. Da Brecht die Korrekturfahnen für den Malik-Druck noch einmal durchgesehen hat, wird diese erste Buchveröffentlichung dem Abdruck in der vorliegenden Ausgabe zugrunde gelegt.

Als Brecht nach 1945 *Die Ausnahme und die Regel* von seinen Lehrstücken als erstes wieder veröffentlichen läßt (*Versuche*-Heft 10, 1950) und es – vor allem nichtprofessionellen Gruppen – zur Aufführung empfiehlt, kommt es nicht zu neuerlichen grundlegenden Änderungen des Texts.

Paul Dessau schreibt 1948 eine Musik zum Stück. Sie wird erstmals 1950 für eine Inszenierung in Paris verwendet. Komponiert sind Einleitungs- und Schlußmusik sowie die Lieder; weiterhin gibt es Musik für pantomimische Darstellungen des Wettlaufs in der Wüste und der Flußüberquerung.

Text/Fassungen

Das Stück durchläuft zwar viele Arbeitsphasen, aber Brecht hat es nur in einer Fassung veröffentlicht. Beim Erstdruck in der *Internationalen Literatur* ist kein Genre angegeben (obwohl die Vorlage für diesen Druck die Bezeichnung »Lehrstück« enthält). Seit der Publikation in den *Gesammelten Werken* wird der Text stets als Lehrstück ausgewiesen.

Die Drucke zu Brechts Lebzeiten zeigen nur unerhebliche – meist kleine stilistische – Veränderungen. Das betrifft den Zeitschriftenabdruck von 1937 und den Malik-Druck von 1938 sowie die Veröffentlichung im *Versuche*-Heft 10 (Suhrkamp Verlag 1950, Aufbau-Verlag 1951); dort wird das Stück als 24. Versuch bezeichnet.

Die Textveränderungen, die etwa 1934 vorgenommen, aber nicht veröffentlicht werden, bestehen vor allem darin, daß Brecht zwei Chöre einführt. Einer, »Der rechte Chor«, argumentiert aus dem Blickwinkel der Ausbeuter, der andere, »Der linke Chor«, aus dem der Ausgebeuteten.

Zum Teil übernehmen diese Chöre Texte, die auch in der Druckfassung enthalten sind. So spricht der linke Chor (bzw. sein Leiter) den Prolog, das Lied des Kulis in Szene 5, das *Lied von den Gerichten* (Szene 8) und den Epilog. Dem rechten Chor wird der Schlußgesang des Kaufmanns in Szene 5 und das Lied des Kaufmanns in Szene 6 (unterbrochen durch neue »Antwort«-Verse des linken Chors) zugeteilt.

Im Klebeskript dieser Einrichtung des Stücks, das im Nachlaß erhalten ist, hat Brecht an sechs Stellen weitere Chorpassagen in Form von Rede und Gegenrede eingeschoben. Das betrifft die Stellen 237,39 (Szene 1, nach »Tempo erreicht.«), nach 239,23 (Ende der Szene 2), nach 243,38 (Szene 3), nach 250,9 (Ende der Szene 7a), nach 251,6 (Ende der Szene 7b) und nach 251,38 (Ende der Szene 7c). Weiter erhält der rechte Chor (bzw. sein Leiter) nach den Prologversen des linken Chors (nach 237,18) folgende Passage:

Wir bestätigen
Die Wahrheit der Vorgänge. Aber
Wir erblicken in ihnen einen unglücklichen Zwischenfall
In der Geschichte der Ölgewinnung
Durch die Pioniere des Westens.
Wir verweisen auf das, was hinter den Dingen steht:
Die Eroberung der Erde
Durch das Geschlecht des Menschen.

Ebenso gibt es für ihn noch einen Text nach der Urteilsverkündung (nach 259,39):

Das Recht ist gesprochen. Das Urteil erscheint hart.
Aber das Öl muß aus dem Boden
Und der Packen muß geschleppt werden.
Nicht um glücklich zu sein
Ist der Mensch geboren. Möge nun also
Der Vorgang vergessen werden.

Diese Verse sind konfrontiert mit dem folgenden, hier vom linken Chor gesprochenen Epilog, der dazu auffordert, gerade nicht zu vergessen, sondern den Mißbrauch des Rechts zu erkennen und Abhilfe zu schaffen.

Außerhalb des Klebeskripts gibt es noch drei Niederschriften von Chortexten, von denen nicht exakt festzustellen ist, ob und wo sie einzuschalten sind. Das Material für diesen Versuch Brechts, das Stück zu verändern, muß deshalb als einer Arbeitsfassung zugehörig eingeschätzt werden.

Um ihre Eigenart näher vorzustellen, sei hier noch ein Beispiel für die neu geschriebenen Chortexte zitiert. Es ist für die Szene 1 (nach 237,39, »[...] erreicht.«) vorgesehen.

DER RECHTE CHOR

Vorwärts! Kaufmann! Unsere Städte entstanden
In großen Wettkämpfen! Das Öl

Wird billig geliefert und in reichlicher Menge
Der ärmlichsten Hütte in Wettkämpfen! Die Gesittung
Wird in Wettkämpfen verbessert! Den Schnellen
Besiegt der Schnellere. Also vorwärts! Den Listigen
Besiegt der Listigere. Also vorwärts! Der den größeren Nutzen bringt
Dem wird es gelohnt. Also vorwärts!

DER LINKE CHOR

Ach, er läuft zu schnell!
Langsam, Kuli! Ihre Städte sind groß
Aber nicht gut. Das Öl beleuchtet
In der durchlässigen Hütte den Hunger. Die Wettkämpfe
Verschlimmern die Roheit. Der listige Schlepper
Ist langsam. Er kämpft
Gegen die Eile, die ihn umbringt. Jeder Schritt
Der gespart werden kann, ist ein gewonnener.
Deiner Ausbeuter Wettkämpfe
Sind nicht die deinen. Der Nützlichste
Hat den schlechtesten Lohn.

Zur Textgestaltung in der vorliegenden Ausgabe:

236,4 *Personen]* Das Personenverzeichnis ist nachträglich eingefügt worden.

257,8 *nur auch er]* In den auf Brechts Veranlassung angefertigten Typoskripten (nicht aber in den Drucken) findet sich auch die Schreibweise: »nun auch er«.

Wirkung

Zu den Veröffentlichungen des Stücks in der antifaschistischen Emigration ist keine Resonanz nachweisbar.

Die Uraufführung findet am 1. Mai 1938 – in hebräischer Sprache – in Givat Chaim (Palästina, jetzt Israel) statt. Sie wird von der Amateurtheatergruppe des dortigen Kibbuz veranstaltet und auch in anderen Städten gezeigt (Regie: Alfred Wolf, ein deutscher Emigrant; Bühnenbild: Anatol Gurevitsch; Musik: Nissim Nissimow). Gespielt wird auf einem Rasen im Freien; als Bühne ist eine Sandfläche ausgestreut, auf der ein Schild mit der Aufschrift »Sanddüne« steht. Die Darsteller treten in ihrer Arbeitskleidung und mit Masken aus Papiermaché auf. Die Premiere ist sehr erfolgreich. Der Bühnenbildner Gurevitsch und einer der Hauptdarsteller, Ytzchak Bergstein, berichten später, daß am Ende der Vorstellung mit einer alten Kibbuz-Sitte, nach der Schlußapplaus verpönt ist, gebrochen worden sei.

Nach Kriegsende gibt es, bis zu Brechts Tod, elf nachweisbare Inszenierungen an Berufs- und Laientheatern. Eine wird von einem deutsch-französischen Tournee-Ensemble vor allem in der damaligen französischen Besatzungszone Deutschlands gezeigt. Sechs Inszenierungen gibt es in Frankreich (zum Teil mit aktuellem Bezug auf die Kolonialkriege in Nordafrika) – davon eine in zwei Versionen mit unterschiedlicher Besetzung, von denen wiederum eine die Musik Paul Dessaus verwendet, zwei in Schweden, je eine in den USA und in Polen. Die offizielle deutschsprachige Erstaufführung findet kurz nach Brechts Tod am 30. September 1956 in Düsseldorf statt (Regie: Hansjörg Utzerath).

Damit ist allerdings die Wirksamkeit dieses Brechtschen Lehrstücks keineswegs erfaßt. Vor allem sind offensichtlich nicht wenige Laientheateraufführungen der fünfziger Jahre in ehemaligen Kolonialländern und anderen Staaten der dritten Welt unbekannt geblieben. Dort wird der antiimperialistische Lehrgehalt des Stücks aufgegriffen und die Bühne als Forum politischer Aufklärung genutzt. Mitte der fünfziger Jahre spielt *Die Ausnahme und die Regel* auch eine wichtige Rolle bei der Entwicklung des sozialistischen Laientheaterschaffens in der DDR, ausgehend von Brechts Anregung auf dem 4. Deutschen Schriftstellerkongreß vom Januar 1956 in Berlin, den »kleinen, mobilen« Theaterformen aus der Tradition der Agitprop-Bewegung der zwanziger und dreißiger Jahre wieder größere Aufmerksamkeit zu schenken. Das Zentralhaus für Volkskunst in Leipzig hat mit diesem Stück Lehrgänge für Laienspieler organisiert und in seinen Publikationen die dabei gesammelten methodischen Erfahrungen an Spieler und Regisseure vermittelt.

Zeilenkommentar

236,1 *H. Emmel]* Schutzpseudonym für Brechts Mitarbeiter Emil Burri, der in Deutschland geblieben war. Der richtige Name wird erstmals im *Versuche*-Heft 10 (Suhrkamp Verlag 1950; Aufbau-Verlag 1951) genannt.

237,15-17 *In solcher Zeit... Entmenschter Menschheit]* Vgl. *Die heilige Johanna der Schlachthöfe,* Auftrittsmonolog der Johanna (Szene 2, 3. Bild) und Maulers Besuch bei den Schwarzen Strohhüten (Szene 10, 1. Bild).

237,32 *Urga]* Jetzt: Ulan-Bator, Hauptstadt der Mongolischen Volksrepublik. – Die Stadt ist im Stück nicht als konkrete geographische Örtlichkeit zu verstehen. Auch andere Ortsangaben (die Station Han, die Wüste Jahi, der Fluß Myr) sind fiktiv. Begriffe wie »Stellenvermittlung«, »Gewerkschaft«, »Schwarze Liste« sowie einige Anspielungen (vgl. zu 256,3-5 und zu 258,1 f.) verweisen auf den Modellcharakter der Vorgänge.

238,36 *Der schwache Mann bleibt zurück...]* Anspielung auf Rudyard Kipling (vgl. zu 243,26).

243,26 *Der kranke Mann stirbt … ficht.]* Zitat aus Rudyard Kiplings Roman *The Light that Failed* (1891, dt.: *Das Licht erlosch,* 1894): Motto des 12. Kapitels.

248,2f. *So was hebt sich … Schüssel Rand.]* Wiederaufnahme eines Bildes aus *Die heilige Johanna der Schlachthöfe* (Szene 2, 4. Bild).

248,4 *bresthaft]* Mit Gebrechen belastet.

248,18 *der Gott der Dinge, wie sie sind, schuf Herr und Knecht]* Geht zurück auf Rudyard Kiplings Gedicht *When Earth's Last Picture is Painted* (Wenn das letzte Bild der Erde gemalt wird) von 1892; dort lautet die Schlußpassage: »the God of Things as They are«. Einen ähnlichen Text gibt es im Fragment *Untergang des Egoisten Johann Fatzer.* – Das Verhältnis Herr–Knecht (bzw. Herrschaft–Knechtschaft) behandelt Hegel im Teil IV der *Phänomenologie des Geistes* (1807). Er weist darauf hin, daß der Herr von der Arbeit des Knechts abhängig ist; verweigert sie dieser, ist die Existenz des Herrn bedroht. Brecht greift die Herr-Knecht-Problematik wiederholt auf, in *Herr Puntila und sein Knecht Matti* ist sie fabelbestimmend.

252,40 *laß ihn in der Tasche]* Das Bild vom Verstecken des Beweises, vom Verbergen der Wahrheit (aus persönlichen Gründen bzw. im Klasseninteresse) wird von Brecht häufig verwendet (vgl. *Die Mutter,* Szene 12; *Leben des Galilei,* Fassung 1955/56, Szene 14; vgl. auch den Aufsatz *Fünf Schwierigkeiten beim Schreiben der Wahrheit*).

256,3-5 *im Kriege … menschlicher zu begegnen]* Anspielung auf das Verhalten vieler Offiziere im ersten Weltkrieg.

258,1f. *Das haben wir bei unserer Polizei mitunter.]* Diese Feststellung und das folgende Beispiel beziehen sich auf Erfahrungen vor allem im Deutschland der Weimarer Republik. 1929 war Brecht Zeuge, wie die Berliner Polizei auf Arbeiter schoß, die sich zu der – nicht genehmigten – Demonstration anläßlich des 1. Mai formierten (der sogenannte Blutmai).

258,15 *Auge um Auge!]* 2 Mose 21,24.

Textgrundlage

Fassung 1933: *Die Mutter. Nach Gorki. Schauspiel*, in: *Versuche*, Heft 7 (*Versuche 15-16*), Berlin: Gustav Kiepenheuer Verlag 1933, S. 4-64 (15. Versuch).

Fassung 1938: *Die Mutter. Leben der Revolutionärin Pelagea Wlassowa aus Twersk*, in: *Gesammelte Werke*, Band 2, London: Malik-Verlag 1938, S. 149-218.

Anhang: *Eisenbahnszene*, Typoskript aus dem Nachlaß.

Übersicht

Sommer 1931: Arbeitsbeginn.
17. Januar 1932: Uraufführung im Komödienhaus am Schiffbauerdamm, Berlin.
Januar 1933: Erstdruck eines gegenüber der Uraufführung veränderten Texts im *Versuche*-Heft 7, Gustav Kiepenheuer Verlag, Berlin.
Herbst 1935: Erneute Änderungen im Zusammenhang mit einer Aufführung in New York.
1938: Veröffentlichung einer neuen Fassung im Band 2 der *Gesammelten Werke*, Malik-Verlag, London.
Herbst/Winter 1950: Herstellung einer Bühnenfassung für die Inszenierung am Berliner Ensemble 1951 (gedruckt 1970).
1957: Teile davon gehen ein in die postume (von Brecht vorbereitete) Veröffentlichung einer weiteren Fassung im Band 5 der *Stücke*-Edition, Suhrkamp Verlag, Berlin/West und Frankfurt a. M., sowie Aufbau-Verlag, Berlin/DDR.

Entstehung

An diesem Stück arbeitet Brecht sehr kontinuierlich von Sommer bis Herbst 1931. Während der Proben zur Uraufführung am 17. Januar 1932, die im Dezember/Januar stattfinden, kommt es zu weiteren Änderungen.

Vorlage ist der Roman *Mat* (1906, dt.: *Die Mutter*, 1907) von Maxim Gorki. Er zeigt das Leben und die Kämpfe russischer Arbeiter in einer mittelgroßen Stadt während des Aufschwungs der revolutionären Bewegung, der Herausbildung der bolschewistischen Strategie und Taktik in der russischen Sozialdemokratie in den Jahren 1904/05 sowie deren Bemühen, die arme Bauernschaft für ihre Ziele zu gewinnen. Pelagea

Wlassowa, von ihrem verstorbenen Mann, einem Trinker, geschlagen und gedemütigt, hat sich darauf eingerichtet, ihr ärmliches Leben mit Gottergebenheit zu tragen. Über ihren Sohn Pawel lernt sie revolutionäre Arbeiter, Sozialisten, kennen. Von der Suche nach Wahrheit und Gerechtigkeit bei ihrem Sohn und den neuen Bekannten beeindruckt, bemüht sie sich, ihnen – zuerst aus bloßer Mutterliebe – bei Flugblattaktionen zu helfen, und wird dabei Schritt für Schritt zu einer aktiven Mitstreiterin, die die politische Arbeit ihres inhaftierten Sohnes und seiner Genossen fortsetzt. – Der Roman, der ausführlich das historische und nationale Milieu schildert, in dem sich die Ereignisse abspielen, ist in Deutschland 1907 zuerst in der sozialdemokratischen Zeitung *Vorwärts*, Berlin, erschienen. In den zwanziger Jahren gilt er allgemein als wichtiges Vorbild der sowjetischen Literatur und wird in der Folgezeit als ein erstes, wegweisendes Beispiel für die künstlerische Methode des sozialistischen Realismus in der epischen Literatur verstanden. Weite Verbreitung findet der Roman *Die Mutter* in Deutschland insbesondere ab 1924 (Angabe nach: *Deutsches Bücherverzeichnis*, Bd. 7, Leipzig 1926), als er im Rahmen der vom Malik-Verlag herausgegebenen *Gesammelten Werke* Gorkis erscheint. Bis 1929 erreicht diese Ausgabe – auch durch einen Lizenzdruck in der Sieben Stäbe- Verlags- und Druckereigesellschaft – eine Auflagenhöhe von 85 000 Exemplaren.

Unmittelbare Anregung für Brechts »Nachdichtung des Gorkischen Romans« (*Eine kleine Bemerkung*) ist eine Dramatisierung von Günther Weisenborn und Günther Stark (Dramaturg der Berliner Volksbühne am Bülowplatz) von Anfang 1930. Sie liegt als hektographiertes Bühnenmanuskript des J. Ladyschnikow Theaterverlags vor. Das Stück von Stark und Weisenborn schildert, dem Handlungsgang des Romans folgend, in acht Szenen die revolutionären Ereignisse des Jahres 1905 in der russischen Provinz. Es endet mit der Rede Pawel Wlassows vor dem zaristischen Gericht, einem Bekenntnis zur sozialistischen Revolution, und der Feststellung der Mutter: »Eine Idee kann man nicht töten mit Gewalt.« In den Spielplanungen der Volksbühne ist diese Dramatisierung nirgends erwähnt. Dies und die von Weisenborn in Gesprächen mit Brecht gewonnene Überzeugung, daß Brechts »Theorie vom epischen Theater für ganz bestimmte Zwecke kaum zu entbehren ist« (Programmheft zur Uraufführung), veranlassen Weisenborn, Brecht die Zusammenarbeit anzutragen; an ihr beteiligt sich auch Hanns Eisler. In späteren Publikationen (seit 1938) wird zudem Slatan Dudow als Mitarbeiter genannt.

Aus dieser Zusammenarbeit entsteht ein Stück, dessen Fabel und dessen Erzählform sich sowohl vom Roman wie von der vorangegangenen Bühnenbearbeitung wesentlich unterscheidet. Es folgt zwar in wichtigen Handlungssituationen bis zur Szene 9 (*Landagitation*) dem Gorkischen Roman. Aber die illegalen Gespräche im Hause der Wlassowa, die Haussuchung, das Verteilen der Flugblätter durch die Mutter, die

Auseinandersetzung um die »Sumpfkopeke«, die Demonstration am 1. Mai oder der Besuch im Gefängnis sind oft anders begründet und verknüpft als bei Gorki: dort lernt die Mutter *heimlich* lesen; nach Pawels Verhaftung wird sie bei einem Lehrer, der *Genosse* ist, einquartiert; Auseinandersetzungen mit anarchistischen Haltungen unter den Arbeitern bleiben unberücksichtigt, usw. Für das Rollenensemble verwendet Brecht Namen und Eigenarten der Romanfiguren vor allem aus dem Kreis der Revolutionäre (neben der Wlassowa und Pawel: Nachodka, Wessowtschikow, Rybin; auch den Namen der Nachbarin Marja Korssunowa). Von der Prosavorlage (wie von der Stark/Weisenborn-Dramatisierung) unterscheidet sich das Stück dadurch, daß Brecht die Gerichtsverhandlung gegen die Revolutionäre nicht übernimmt. Dafür verlängert er den Fabelverlauf über das Jahr 1905 hinaus bis 1917 (Szene 9-15 der Fassung von 1933). Brecht arbeitet dabei, wesentlich stärker als Stark und Weisenborn, die sich, sozial engagiert, vor allem auf das im Roman geschilderte nationale Kolorit stützten, die wachsende politische Bewußtheit des Kollektivs der Revolutionäre, besonders der Mutter, heraus. Das Wort »Herz«, von Gorki häufig verwendet, fehlt in Brechts Stück.

Veränderungen gegenüber dem Roman (und seiner Adaption durch Stark und Weisenborn) ergeben sich auch aus Brechts Anliegen, ein den Bedingungen der zeitgenössischen Klassenkämpfe in Westeuropa entsprechendes Verständnis der historischen Ereignisse in Rußland zu erreichen. Er hebt später hervor, daß er sein Stück »Nach dem Buch des Genossen Gorki und vielen / Erzählungen proletarischer Genossen aus ihrem / Täglichen Kampf« geschrieben habe (*Brief an das Arbeitertheater Theatre Union in New York, das Stück »Die Mutter« betreffend* aus den *Anmerkungen*, 1938). Mit den Erfahrungen der Arbeiterbewegung im Deutschland der Weltwirtschaftskrise ausgerüstet, nutzt er im Roman geschilderte Vorgänge, um aktuelle Kampfaufgaben des Proletariats und zugleich allgemeine Gesetzmäßigkeiten der internationalen Klassenkämpfe sichtbar zu machen. Gorkis Interesse für solche Ziele der Arbeiterbewegung wie die Revolutionierung der Mütter und Frauen, die Aneignung von Wissen oder die Festigung des Bündnisses mit der armen Bauernschaft wird – ergänzt durch neue Anforderungen wie die Auseinandersetzung mit dem Reformismus – speziell thematisiert und in relativ selbständigen lyrischen Passagen (Lieder, Chöre, Rezitationen) behandelt. (Auch Stark und Weisenborn sahen in ihrer Dramatisierung Lieder vor; diesen kam jedoch eine weitgehend illustrative, stimmungshafte Funktion zu. Gedacht war in zwei Fällen an traditionsreiche Arbeiterlieder, z. B. *Es klirren die Ketten*, in anderen offensichtlich an folkloristische Gesänge.) Lieferten Stark/Weisenborn ein soziales Genrebild, das mit seiner epischen Konstruktion in Form der Reihung ausgewählter Romanpassagen auf kathartische Wirkung zielte (auf die auch Gorkis Roman angelegt war), so konzentriert

Brechts Dramaturgie, indem »die jeweiligen Situationen in der kürzestmöglichen und trockensten Weise angedeutet« werden, die Zuschauer »sogleich auf das Wesentliche: das jeweilige Verhalten der Menschen den Situationen gegenüber« (*Eine kleine Bemerkung*). »Das Stück *Die Mutter*, im Stil der Lehrstücke geschrieben, aber Schauspieler erfordernd, ist ein Stück antimetaphysischer, materialistischer, *nichtaristotelischer Dramatik*« (*Anmerkungen*, 1933). Der Bezug auf den Lehrstücktypus und die spätere Bestimmung des Stücks als »historische Biographie einer Arbeitermutter« (H. C. Loewe, *Gespräch mit Bert Brecht*, 1935), die »keinesfalls als Story wirken« dürfe, sondern »den Charakter einer Historie« trage (*Empfehlung für die »Theatre Union«*), lassen neue Absichten des Dramatikers Brecht erkennen. Diese deuten – wie die Notierungen, daß das Stück Schauspieler erfordere und daß es nicht die »hingebende Einfühlung« schlechthin, sondern deren unbedenkliche Verwendung ohne Lehreffekt attackiere (*Anmerkungen*, 1933) – auf eine Variation seiner bisherigen Vorstellungen zum Lehrstück ausschließlich als Lehrgegenstand für die Produzenten hin. Erfahrungen mit dem Lehrstück und neu erprobte Praktiken einer das epische Theater bedienenden dramatischen Biographie und Historie verschmelzen miteinander.

Weisenborn resümiert das Ergebnis der Brechtschen Dramatisierung im Programmheft zur Uraufführung: »Wir begannen die Arbeit zunächst mit formalen Erwägungen. Es stellte sich jedoch bald heraus, daß sie zwangsläufig politische wurden, so daß von Anfang an weltanschaulich-politische Diskussionen die Hauptarbeit bildeten. Es ergab sich für mich bald, daß die epische Form des Theaters zumindest dann die beste ist, wenn das Thema des Stückes politisches Verhalten ist.«

Hanns Eisler schreibt im September/Oktober 1931 zur *Mutter* die Musik für neun Lieder und Chöre. Sie wird »bewußter als in irgendeinem anderen Stück des epischen Theaters«, soweit es zu dieser Zeit vorliegt, eingesetzt, »um dem Zuschauer [...] die kritisch betrachtende Haltung zu verleihen« (*Über Verwendung von Musik für ein episches Theater*).

Brecht wertet die Uraufführung und die folgenden Vorstellungen, auch deren kritische Reflexion, aus und arbeitet bereits Anfang 1932 weiter am Text. Der Erstdruck im *Versuche*-Heft 7, das im Januar 1933 erscheint, berücksichtigt diese Veränderungen. – Neue Fassungen des Stücks entstehen im Zusammenhang mit einer Inszenierung in New York von 1935 (Druck im Band 2 der *Gesammelten Werke*, 1938) und mit Brechts eigener Inszenierung 1951 am Berliner Ensemble.

Ende 1935/Anfang 1936 schreibt Brecht auf Anregung Hanns Eislers einen Text, der die Fabelerzählung, kurze Spielszenen sowie zwölf Lieder und Chöre des Stücks für eine konzertante Aufführung kombiniert (*Die Mutter. Text für eine konzertante Aufführung*). Und 1949 erarbeiten Brecht und Eisler gemeinsam eine Kantatenfassung der *Mutter*. Sie faßt zwölf Lieder und Chöre, verbunden durch Sprechertexte, in einer neuen Instrumentierung zusammen und wird im Juni 1949 erstmals vom Wiener Rundfunk gesendet.

Text/Fassungen

Zwischen 1931/32 und 1956 hat Brecht drei Fassungen des Stücks für den Druck erarbeitet, die letzte kurz vor seinem Tod; sie erscheint 1957 postum. Die vorliegende Ausgabe gibt die Fassungen des Erstdrucks von 1933 und die der *Gesammelten Werke* von 1938 wieder, da beide trotz eines über weite Strecken gleichen Textkorpus wichtige Strukturunterschiede aufweisen. Änderungen für die Fassung von 1957 werden im folgenden (vgl. S. 483-486) referiert.

Der Uraufführungstext (1932) umfaßt 14 Szenen. Er ist als zusammenhängendes Skript nicht überliefert, entspricht jedoch offensichtlich – mit zwei wichtigen Unterschieden – weitgehend dem des Erstdrucks.

Dieser erscheint im Januar 1933, ein Jahr nach der Uraufführung, im letzten, dem siebenten der vom Kiepenheuer-Verlag herausgegebenen *Versuche*-Hefte unter dem Titel *Die Mutter. Nach Gorki. Schauspiel* und wird als 15. Versuch ausgewiesen. Das Heft enthält auch *Anmerkungen* zum Stück, drei Skizzen des Bühnenbildners Caspar Neher und ein Szenenfoto sowie, unter der Überschrift *Geschichten aus der Revolution*, die Gedichte *Die Bolschewiki entdecken im Sommer 1917 im Smolny [...]* und *Die Teppichweber von Kujan-Bulak.* Das Stück hat jetzt 15 Szenen. Als Szene 10 ist ein Agitationsgespräch der Mutter in einem Kramladen eingefügt (Erstveröffentlichung: *Die Rote Fahne*, Berlin, 25. Dezember 1932). Sie wird nie gespielt, entfällt bei allen späteren Drucken wieder und erscheint ab 1938 in den *Anmerkungen* als »Modell für weitere Szenen« unter dem Titel *Der Papiermantel.* Neu eingeführt ist in Szene 4 die Figur des Smilgin. Statt seiner hat in der Uraufführung der Gewerkschaftsführer Karpow, der in Szene 3 die These vom »kleineren Übel« vertreten hat, an der Mai-Demonstration teilgenommen und ist dabei erschossen worden. Ob diese Veränderung, die auf Kritiken (u. a. in der *Roten Fahne*) reagiert, daß durch die rasche »Wandlung« Karpows die Gefahr und Hartnäckigkeit des Reformismus unterschätzt werde, noch im Februar/März 1932 auf der Bühne erprobt oder erst Ende 1932 bei der Einrichtung des Stücks für den Druck vorgenommen wird, ist ungeklärt.

Die Fassung von 1938, im Band 2 der *Gesammelten Werke* gedruckt, umfaßt wieder 14 Szenen. Sie berücksichtigt die Erfahrungen der New Yorker Inszenierung von 1935 und trägt den Titel *Die Mutter. Leben der Revolutionärin Pelagea Wlassowa aus Twersk.* Auch in dieser Ausgabe werden – allerdings wesentlich umfangreichere – *Anmerkungen* zum Stück veröffentlicht.

Neben einigen neuen Dialogen (Argumentationen) gibt es in der Fassung von 1938 vor allem zwei Veränderungen, die den Fabelverlauf betreffen. In Szene 3 wird, die Reformismus-Thematik verstärkend, das *Lied vom Flicken und vom Rock* eingefügt. Es ist bereits Bestandteil der New Yorker Inszenierung gewesen, und Hanns Eisler hat dafür – ebenso wie zur Schlußpassage des Stücks (*Lob der Dialektik*) – im November 1935 die Musik geschrieben. Auch eine Szenenumstellung in dieser Fassung ist 1935 auf der Bühne erprobt worden: Die Situation am Krankenlager der Mutter, 1933 *nach* der ergebnislosen Straßenagitation bei Kriegsausbruch plaziert, wird nun *vor* dieser Szene eingeordnet. Indem die Erkrankung und Niedergeschlagenheit der Wlassowa nicht an die Verletzung und den Mißerfolg bei der bolschewistischen Agitation gegen die allgemeinen chauvinistischen Stimmungen gebunden ist, sondern an den Tod ihres Sohnes, wird ihr zeitweiliges Ausscheiden aus der Parteiarbeit in erster Linie mit persönlicher Betroffenheit, nicht mit politischer Resignation begründet. In den zwei nun aufeinander folgenden Szenen wird jetzt der Weg von einer erfolglosen Agitation auf der Straße zur erfolgreichen Antikriegspropaganda vor der Kupfersammelstelle gezeigt. Neue Akzente erhalten schließlich die Szenenüberschriften. Sie orientieren jetzt mit Angaben von Jahreszahlen stärker in Richtung einer »historischen Biographie«.

Eine die Druckfassung von 1957 vorbereitende Variante ist die Einrichtung des Stücks für die Inszenierung am Berliner Ensemble von 1951 (publiziert in: Bertolt Brecht, *Die Mutter [...] Bühnenfassung des Berliner Ensembles*, Berlin/DDR 1970). Sie wird unter dem Titel *Die Mutter. Leben der Revolutionärin Pelagea Wlassowa aus Twer (Nach dem Roman Maxim Gorkis)* gespielt. Neben Veränderungen, die in die Druckfassung von 1957 übernommen (und in diesem Zusammenhang unten beschrieben) werden, erhält hier die Gruppe der Revolutionäre ein von der bisherigen Anlage abweichendes Profil. Es werden neue Rollen geschaffen: Der Mechaniker Semjon Lapkin und die Arbeiter Archip und Stepan. Sie erhalten die Texte von Anton Rybin, Andrej Nachodka und Iwan Wessowtschikow in einer anderen Aufteilung. So entsteht eine neue Orientierungsfigur: Lapkin; Pawel ist als »Neuling in der Bewegung« angelegt (*Der Volksschauspieler Ernst Busch*); damit wird die Widersprüchlichkeit und Lebendigkeit im kollektiven Denk-, Argumentations- und Entwicklungsprozeß der Parteizelle verstärkt.

Die letzte, 1956 noch von Brecht für den Druck vorbereitete Fassung erscheint 1957 im Band 5 der *Stücke*-Edition des Suhrkamp Verlags und des Aufbau-Verlags. Sie verarbeitet die Erfahrungen der Inszenierung am Berliner Ensemble von 1951 und trägt gleichfalls den Titel *Die Mutter. Leben der Revolutionärin Pelagea Wlassowa aus Twer (Nach dem*

Roman Maxim Gorkis). Die neugeschaffenen Arbeiterrollen aus der Bühnenfassung werden nicht übernommen, aber die Figurenprofile im Kollektiv der Revolutionäre und ihrer Verbündeten sind durch den Austausch einiger Textpassagen leicht verändert. Die Rolle des Gutsmetzgers Wassil Jefimowitsch aus der Szene 8, der schon in der Fassung von 1938 auch in Szene 9 (anstelle des »zweiten Arbeiters«) auftritt, wird weitergeführt bis zur Demonstration im Januar 1917, mit der das Stück endet.

Die wichtigste, aus der Inszenierungspraxis von 1951 hergeleitete Neuerung in dieser Fassung betrifft die Figur des Smilgin. Er wird jetzt – als einer der gewerkschaftlichen Vertrauensleute, die gegen den Streik sind – bereits in Szene 3 eingeführt und beteiligt sich, noch vor Karpows Auftritt, an dem Disput der Arbeiter über die Flugblätter. Smilgin wirft (nach 338,13) ein: »Ich bin dagegen, daß man solche Flugblätter verteilt, solange verhandelt wird«, und verfolgt (indem ihm – 339,37 – der Text des »anderen Arbeiters« übertragen wird) die Auseinandersetzung zwischen Karpow und der Gruppe der Bolschewiki. Im Dialog mit der Wlassowa erhält er (ab 341,25) den Text Karpows. Am Ende der Szene, von 342,17 bis zum Szenenschluß, heißt es jetzt:

SMILGIN Ich bin nicht für den Streik, Karpow kann das bezeugen.
DER BETRIEBSPOLIZIST Dann sag, woher du das Flugblatt hast.
SMILGIN *nach einer Pause:* Es hat am Boden gelegen.
DER BETRIEBSPOLIZIST *schlägt ihn:* Dir werde ich's geben! Flugblätter!
Der Betriebspolizist und der Portier mit Smilgin ab.

Aus dem lamentierenden Karpow wird mit Smilgin eine Figur, die praktische Solidarität mit der Flugblattverteilerin beweist und sie auf eine ganz konkrete Frage hin nicht verrät. In Szene 4 wird durch die erweiterte Replik Iwans (343,11-13) genauer auf Smilgin und seine veränderte Haltung hingewiesen:

IWAN Er ist wieder freigelassen worden, da man hat feststellen müssen, daß er einer der wenigen war, die gegen den Streik gestimmt haben. Aber jetzt ist er für den Streik. Frau Wlassowa, Sie haben mitgearbeitet [...]

In den Szenenüberschriften für diese Fassung ist das Geschehen konsequent an die Kämpfe der russischen Arbeiterbewegung gebunden: Szene 5 spielt am 1. Mai 1905, Szene 8 im Sommer 1905, Szene 9 im Jahre 1912, Szene 11 bei Ausbruch des Weltkriegs, Szene 13 im Jahre 1916 und Szene 14 im Januar 1917. Für Szene 5 gibt es seit 1951 eine neue Musik Hanns Eislers unter dem Titel *Bericht vom 1. Mai.*

Weitere Varianten der Fassung von 1957 gegenüber dem Text von 1938 betreffen die Stellen:

327,30 *zweiundvierzig Jahre alt]* Diese Altersangabe für die Wlassowa ist nicht mehr enthalten. Später (345,5) beruft sich die Mutter auf vierzig (statt vorher dreißig) Jahre Lebenserfahrung. Die Änderung erfolgte im Hinblick auf das Alter der Weigel im Jahre 1951. Ähnliches gilt (349,1) für Smilgin, damals von Friedrich Gnass gespielt, der jetzt »zwanzig Jahre lang der Bewegung angehört« (statt bisher fünfzehn), sowie (355,2) für den Lehrer, 1951 wie neunzehn Jahre vorher bei der Uraufführung von Gerhard Bienert gespielt, der jetzt »seit achtzehn Jahren« (statt bisher zwölf) diesen Beruf ausübt.

331,15 *Das Lied vom Ausweg]* Jetzt unter dem Titel *Lied vom Ausweg*; die dritte Strophe (331,31-33) beginnt: »Wenn man über eure Schwäche lacht / Wie wollt ihr euch da wehren? / Da müßt ihr euch kümmern drum«.

347,28 *Polizisten]* Hier und im folgenden Text stets »Soldaten« statt »Polizisten«.

352,2 *Sostakowitsch]* Als neuer Rollenname wird »Sigorski« verwendet.

354,36-39 *Lesen ist Klassenkampf...]* Die Passage lautet jetzt: »Lesen ist Klassenkampf, damit meinte ich: wenn die Soldaten in Twer unsere Transparente hätten lesen können, hätten sie vielleicht gar nicht auf uns geschossen. Es waren lauter Bauernsöhne.«

357,5 *Iwan Wessowtschikow...]* Die Szene beginnt damit, daß Iwan der Mutter ihr Parteibuch überreicht.

357,21 *Lob des Revolutionärs]* Der ersten Strophe wird die Anfangsstrophe aus der Fassung von 1933 (vgl. 291,25-27) vorangestellt.

358,10-26 *Iwan... verstehen können.]* Dieser Dialog ist stark redigiert; u. a. diskutieren der Lehrer und die Wlassowa über aktuelle Probleme: die Gutsbesetzungen, den III. Parteitag der Sozialdemokratischen Arbeiterpartei Rußlands (SDAPR) vom April 1905, die »Psychologie des russischen Bauern«, den Führungsanspruch des Proletariats, später auch »den Blutigen Sonntag des Zaren« (das Zusammenschießen einer friedlichen Arbeiterdemonstration in Petersburg im Januar 1905).

362,34 *die Schwankenden]* Jetzt: »die Stürzenden«.

363,3-364,38 *Landstraße...]* Das Bild ist stark gekürzt, es schließt mit der neuen Feststellung der Wlassowa: »So zerfleischen wir uns, Arbeiter und Arbeiter, und die Ausbeuter lachen über uns.«

370,39 *nach Finnland]* Hier und im folgenden Text der Szene sind alle Bezüge auf Finnland (bis auf eine Ausnahme) getilgt. Dies geht auf die Inszenierung von 1951 zurück, wo – wie der Titel zur Szene 10 aussagt – Pawel »wegen seiner Beteiligung am Moskauer Aufstand« (Dezember 1905) standrechtlich erschossen worden ist. Die 1957 gedruckte Fassung geht wieder wie 1933 und 1938 davon aus, daß Pawel »bei dem Versuch, die finnische Grenze zu überschreiten«, verhaftet und erschossen wird.

375,17 *Und noch wuchs.]* Danach zwei neue Verszeilen: »Ihn aber führten seinesgleichen zur Wand jetzt / Und er, der es begriff, begriff es auch nicht.«

384,5 *Ihr gemeinsamer Kampf...]* Diese letzte Verszeile entfällt.

390,8-14 *Dienstmädchen ...]* Das Stück endet mit den Rezitationszeilen der Mutter. Die in der Fassung von 1938 folgenden Repliken sind vor die Wlassowa-Passage »Denn was habe ich...« (389,21) gestellt.

Zur Textgestaltung in der vorliegenden Ausgabe:
Fassung 1933:

262,1 *Mitarbeiter]* In der Textgrundlage sind die Mitarbeiter am Ende des Stückabdrucks genannt: »Brecht. Eisler. Weisenborn.«

262,3-7 *»Die Mutter«...]* Der Text ist den Vorbemerkungen zum *Versuche*-Heft 7 entnommen.

262,10 *Personen]* Das Personenverzeichnis ist nachträglich eingefügt worden.

282,19 *Smilgin trug sie]* In der Textgrundlage: »Karpow trug sie«; offensichtlich ein Versehen bei der Einrichtung des Uraufführungsmanuskripts (in dem es die Smilgin-Rolle noch nicht gegeben hat) für den Druck; in einem Arbeitsexemplar des *Versuche*-Hefts korrigiert Brecht dies handschriftlich.

288,29 *Sostakowitsch]* In der Textgrundlage lautet der Rollenname hier (bis Szenenende) »Pawel«; um Verwechslung mit dem Rollennamen »Pawel« (Wlassow) zu vermeiden, wurde (analog zu 286,11 und 288,22) in »Sostakowitsch« geändert.

315,21-26 *Dritte Frau... Eigentum.]* Hier liegt offenbar eine Textverderbnis vor. Eine Korrektur erfolgt bei späteren Veröffentlichungen (vgl. Fassung von 1938: 380,5-13).

Fassung 1938:

326,1 *Mitarbeiter]* Slatan Dudows Mitarbeit wird hier erstmals vermerkt; nicht mehr genannt ist Günther Weisenborn – eine Schutzmaßnahme für den in Deutschland lebenden Autor.

326,9 *Personen]* Das Personenverzeichnis ist nachträglich eingefügt worden.

346,3 *Streit]* Möglicherweise ein Druckfehler; in den anderen Stückfassungen steht an dieser Stelle »Streik«.

347,23 *gingen viel]* In den anderen Stückfassungen steht an dieser Stelle »gingen viele«.

349,11 *...weggeben?]* Nach dieser Stelle entwickelt Brecht – vermutlich 1935 und bei dem Versuch, die dann in der Fassung von 1938 veränderte Darstellung der Reformismusproblematik auszuarbeiten – eine Variante, in der Karpow am 1. Mai mitdemonstriert und seine Haltung zur roten Fahne mit der der Revolutionäre konfrontiert wird. Sie findet sich als Typoskripteinfügung in einem *Versuche*-Heft von 1933, das Brecht als Arbeitsexemplar diente, wird aber später in keiner Fassung verwendet:

ANDREJ Bei uns war auch der alte Karpow. Der sagte laut:

KARPOW Gib sie doch weg; das ist ein Stück Tuch! Wenn ihr die Kopeke wollt, müßt ihr verhandeln.

ANTON Wir aber sagten: Gib sie nicht weg [...]
Anhang:
394,25 *stehen auf, und Pawel geht]* In der Textgrundlage: »stehen auf und geht«.

Wirkung

Die Mutter erlebt zu Brechts Lebzeiten vierzehn nachweisbare Inszenierungen. Die ersten fünf werden in den dreißiger Jahren – teilweise fragmentarisch – von nichtkommerziellen Schauspieler- bzw. Laiengruppen erarbeitet: Berlin und Dresden 1932, Sofia um 1932/33, New York und Kopenhagen 1935; die sechste geht 1941 im Volkshaus Zürich über die Bühne. Von den acht Einstudierungen nach 1945 finden je eine in Helsinki (1949) und Wien (1953) und sechs in der DDR statt: Leipzig und Schwerin 1950, Berliner Ensemble, Potsdam und Zwickau 1951, Eisenach 1952. Für die Aufführungs- und Rezeptionsgeschichte sind drei Inszenierungen – an deren Zustandekommen Brecht selbst beteiligt gewesen ist und deren wichtigste Ergebnisse er beschrieben hat – von besonderer Bedeutung: Die Uraufführung in Berlin, die Inszenierung in New York und die Einstudierung am Berliner Ensemble.

Ihre Uraufführung erlebt *Die Mutter* am 17. Januar 1932 im Komödienhaus Berlin, das am Schiffbauerdamm gelegen, aber nicht mit dem Theater am Schiffbauerdamm identisch ist. Voraus gehen ab 12. Januar vier geschlossene Aufführungen für »Hunderte von Betriebsräten und Frauenvertrauensleuten« (*Berlin am Morgen,* 17. Januar 1932) im Wallner-Theater. Diese Inszenierung ist eine Aufricht-Produktion in Arbeitsgemeinschaft mit der Gruppe Junger Schauspieler, die sich durch namhafte Künstler im Regiestab und im Darstellerkollektiv sowie durch Laien verstärkt hat. Regisseur ist Emil Burri; Brecht nahm, wie sich Helene Weigel später in einem Gespräch erinnert, gewöhnlich an der Regie teil. Das Bühnenbild entwirft Caspar Neher; für die Projektionen zeichnet Wolfgang Roth verantwortlich. Helene Weigel spielt die Pelagea Wlassowa, Ernst Busch den Pawel. Weiter sind u. a. Gerhard Bienert als Lehrer, Theo Lingen als Polizeikommissar und Margarete Steffin in der Rolle des Dienstmädchens beteiligt. Die Aufführungen finden im Rahmen der Jungen Volksbühne statt, einer gegen die Theaterkonzeption der Berliner Volksbühne opponierenden Besucherorganisation der Arbeiterbewegung. Sie mietet die Theater, übernimmt den Kartenvertrieb und ermöglicht bis März 1932 insgesamt 35 Vorstellungen. Sie finden auch im Lustspielhaus in der Friedrichstraße sowie in traditionellen Versammlungsräumen der Berliner Arbeiterbewegung statt. Wie Polizeiberichte belegen, sind in den Vorstellungen Spitzel anwesend. Eine Aufführung im Moabiter Gesellschaftshaus, wo öfter Theaterveranstaltungen über die Bühne gegangen sind, wird bereits

Ende Februar »feuerpolizeilich« verboten. Das Ensemble improvisiert daraufhin mit großem Erfolg eine szenische Lesung. Auf die Dauer ist jedoch die Aufführungsserie gegen den wachsenden Druck reaktionärer Kräfte nicht fortzusetzen.

In der Inszenierung wird die epische Spielweise konsequent angewendet, man bedient sich »denkbar einfachster, den Sinn der Vorgänge übersichtlich ausdrückender Gruppierungen« (*Anmerkungen*, 1933): »Der szenische Rahmen war von großer Einfachheit« – nicht zuletzt dadurch bedingt, daß die Dekoration für den Einsatz an verschiedenen Spielorten leicht zu transportieren sein mußte; wie Helene Weigel später berichtet: in nur einem Taxi. Er »stellte aber zugleich mit seinem Verzicht auf jede Illusion – es gab weder richtige Zimmer noch Straßen, nur einfache Leinwandwände, auf denen Texte und Zitate standen – große Anforderungen an das Denken des Publikums. Alles Russische war in Kostüm und Dekoration vermieden« (*Das Stück »Die Mutter«*). Besonders deutlich zeigt sich die angestrebte Inszenierungsweise in der Demonstrationsszene am 1. Mai: »Sprecher erzählen den Vorgang, währenddessen tritt die Mutter aus der Gruppe und stellt mit wenigen Gesten den Vorgang dar [...]. Man [...] hört schon Geschehenes, und dieses Vergangene wird gegenwärtig und gegenständlich. Es wirkt also schon als Resultat, nicht mehr als heißer Effekt, sondern als kühle Erkenntnis.« »Ferner gibt es einige mimische Stellen von ungewöhnlicher Eindringlichkeit, z. B. das Wiedersehen zwischen Mutter und Sohn«, weil »hier jede Sentimentalität vermieden wurde, ja, beinahe jedes Gefühl, und doch die Wirkung durch die Demonstrierung knappster Gesten erreicht wurde« (Herbert Jhering in: *Berliner Börsen-Courier*, 18. Januar 1932). Brecht bezeichnet diese Art der Gestaltung von Menschen und ihrer Beziehungen zueinander als eine »anwendbare, politische Psychologie« (*Anmerkungen*, 1933). »Die einzelnen Szenen wirkten wie Gleichnisse. Was vorgezeigt wurde, konnte in vielen Ländern vorgehen, überall, wo Zustände und Bewegungen wie die eben geschilderten vorkamen« (*Das Stück »Die Mutter«*). Der Absicht, mittelbare, also nachprüfbare Wirkungen zu erzielen, dienen auch die Projektionen von Szenentiteln, Zitaten marxistischer Klassiker, Fotografien und des Hammer-und-Sichel-Emblems. (Der Wortlaut dieser Projektionen unterscheidet sich zum Teil von dem in der Druckfassung; Brecht zitiert ihn in den *Anmerkungen*, 1933.) Eine mit der gleichen Intention vorbereitete Filmmontage am Schluß – mit dokumentarischen Aufnahmen zur Oktoberrevolution – wird von der Zensur verboten. Auch der Bühnenbau unterstützt die Absichten Brechts. Mit ihren »spärlichen Andeutungen von Möbeln, Türen usw.« soll die Bühne »keine wirkliche Örtlichkeit vortäuschen: sie nahm sozusagen selber Stellung zu den Vorgängen, sie zitierte, erzählte, bereitete vor und erinnerte« (*Anmerkungen*, 1933).

Die Resonanz auf die Inszenierung beim Arbeiterpublikum ist groß, die Zustimmung der kommunistischen Tagespresse einhellig. Man sieht von dieser Seite in der *Mutter*-Inszenierung – drei Wochen nach dem Debüt der »Truppe 1931« mit Gustav von Wangenheims Stück *Die Mausefalle* – einen weiteren erfolgreichen Schritt zur Entwicklung eines revolutionären Theaters: »Brechts Versuch ist kein Versuch mehr. Er hat den zweiten Sieg an dieser Front errungen« (*Die Rote Fahne*, Berlin, 19. Januar 1932). Diesem Urteil folgt lediglich eine kleine Zahl anderer fortschrittlicher Kritiker, wie Herbert Jhering, und auch nur bedingt. Alfred Polgar z. B., der Gorki lobt, weil er seine Wlassowa »in ihrer privat-mütterlichen Ideologie befangen« zeige, sieht Brechts Mutter skeptisch, denn sie »streift alles Private ab, ent-puppt sich«; und er bemängelt: »Fraglich bleibt, ob nicht das indirekte Verfahren: – Geschehnisse, Tatbestände, Erlebnisinhalte zu geben, so eindringlich zu geben, daß der Hörer gar nicht anders kann, als selbst die richtigen Schlüsse aus dem Geschauten zu ziehen –, ob dieses Verfahren nicht das wirksamere ist« (*Die Weltbühne*, Berlin, 1932, Heft 4). Auch in der marxistischen Fachkritik wird die Forderung nach einer stärkeren Nacherlebbarkeit der Vorgänge durch den Zuschauer erhoben (vgl. Andor Gábor, *Zwei Bühnenereignisse*, in: *Die Linkskurve*, Berlin, 1932, Nr. 11/12).

Die Inszenierung spaltet – was beabsichtigt ist – das Publikum und die Kritik. Brecht dokumentiert das durch eine umfängliche Zitatmontage aus Kritiken in seinen *Anmerkungen* zum Stück. Der überwiegende Teil der bürgerlichen Presse reagiert scharf ablehnend. Im *Berliner Tageblatt* vom 18. Januar 1932 nennt Alfred Kerr *Die Mutter* ein »Idiotenstück«. Sich auf die im Programmheft abgedruckte Gegenüberstellung von dramatischer und epischer Form des Theaters aus den *Anmerkungen zur Oper »Aufstieg und Fall der Stadt Mahagonny«* von 1930 beziehend, auf die auch viele andere Kritiker reagieren, schätzt er das epische Theater und den darauf gerichteten Versuch mit dem neuen Stück als »anspruchsvolle Schwachgeistigkeit«, als »analphabetischen Bluff« ein. Vor allem Rezensenten konservativer und rechter Blätter verbinden ihren Vorwurf, daß »das eigentliche Schauspielerische«, die »verwandelte Leidenschaft im erlebten Spiel der Bühne« (*Deutsche Zeitung*, Berlin, 18. Januar 1932) fehle, mit einer Attacke gegen Stück und Aufführung als »rotestes, allerrotestes Parteitheater« (*Berliner Lokal-Anzeiger*, 17. Januar 1932), als »kommunistische Propaganda-Arbeit«, die »keine dichterischen, sondern rein politische Ziele im Auge« habe (*Deutsche Allgemeine Zeitung*, Berlin, 18. Januar 1932). Man bezeichnet Brecht als »literarischen Interpreten des Bolschewismus in Deutschland« (*Germania*, Berlin, 19. Januar 1932) und behauptet, daß seine nichtaristotelische Dramatik und das epische Theater primitiv seien: »verstümpert für Analphabeten, papriziert mit ›Songs‹« (*Berliner Lokal-Anzeiger*). Diese aus eindeutig politischen Gründen getroffenen Urteile gipfeln sogar in Verbotsforderungen: »Also – muß es verboten werden« (*Germania*). Dem widerspricht am beweiskräftigsten Walter

Benjamin in seinem Artikel *Ein Familiendrama auf dem epischen Theater*: »Brechts Gegenstand ist ein soziologisches Experiment über die Revolutionierung der Mutter. Damit hängt eine Reihe von Vereinfachungen zusammen, die nicht agitatorischer, sondern konstruktiver Art sind [...] Diese Vereinfachungen haben die Aufgabe, die Einfachheit ihrer Lehren zu unterstreichen« (*Die Literarische Welt*, Berlin, 1932, Nr. 6).

Die zweite *Mutter*-Inszenierung mit Brechts Beteiligung erfolgt durch die Theatre Union, ein Arbeitertheater, in New York. Premiere ist am 19. November 1935 (erste Voraufführung vor Publikum: 14. November) im Civic Repertory Theatre (Regie: Victor Wolfson). Die Übersetzung des Stücks, die einer »Umarbeitung« (Brecht) gleichkommt, hat der amerikanische Dramatiker Paul Peters besorgt. Brecht, der sie im August 1935 zugesandt erhält, lehnt diese Adaption ab, da sie »wieder zu älteren Prinzipien zurückführte« (*Anmerkungen*, 1938). Während er sich bemüht habe, »Naturalismen zu vermeiden, weil es mir schien, daß die Arbeiterbewegung große und einfache Formen braucht«, bevorzuge Peters für seine Bearbeitung eine »liebevolle Milieumalerei«, die solchem Vorhaben entgegensteht, »weil dann die Art, wie die Personen handeln, vom Zuschauer immer aus dem Milieu heraus erklärt wird und das subjektive Moment, richtiges oder falsches politisches Verhalten, unter den Tisch fällt« (Brief an Paul Peters, Ende August 1935). Brecht bietet seine Regiemitarbeit an und macht Vorschläge, wie sein Stück wiederhergestellt werden könne. Sie richten sich vor allem gegen eine rigorose Verknappung des Schlusses, der Szenen nach Pawels Tod: »Würde die Regie die Rolle des Pawel allzusehr in den Mittelpunkt schieben, dann käme natürlich ein Mutter-Sohn-Stück heraus [...] Aber das darf eben nicht sein« (Brief an Paul Peters, 3. Oktober 1935). Brecht plädiert für eine neue Szenenanordnung, und er übersendet die (dann doch nicht gespielte) Neufassung einer Agitationsszene im Eisenbahnabteil, die Peters für seine Bearbeitung geschrieben und die Brecht gut gefallen hat. Die neue Szenenanordnung betrifft den Austausch der Szenen 12 (Agitation bei Kriegsausbruch) und 13 (Krankenbett der Mutter) aus der *Versuche*-Fassung von 1933. – Ende Oktober kann Brecht nach New York fahren und im November an einigen Proben teilnehmen. Es gelingt, die Mängel der Bearbeitung weitgehend zurückzudrängen. Aber Regie und Darsteller zeigen sich nicht in der Lage, Brechts Absichten und den Gestus der Eislerschen Musik umzusetzen oder die von Brecht gutgeheißene Bühnenraumgestaltung von Mordecai Gorelik zu nutzen. Das Theater versucht, die wegen solcher Mißverständnisse gefährdete Inszenierung durch rigorose Kürzungen im letzten Drittel des Stücks (sowie durch eine am Tag vor der Premiere vorgenommene Russifizierung der Kostüme) zu »retten«. Man kürzt und korrigiert den Text – gegen Brechts Protest – in der Bibelszene, am Krankenbett der Mutter und bei der Straßenagitation zu Kriegsbeginn. Diese Eingriffe werden in den nächsten Vorstellungen noch verstärkt:

Die Szenen bei der Landagitation und vor der Kupfersammelstelle fallen dem Rotstift zum Opfer. Obwohl Brecht meint, daß das Stück »verhunzt worden« (Brief an Erwin Piscator, 8. Dezember 1935) und seine Absetzung Mitte Dezember (nach ca. 35 Aufführungen, wegen zu geringer Einspielergebnisse) der mangelnden Konsequenz und Qualität der Inszenierung geschuldet sei, schreibt er: »War die New Yorker Aufführung auch in ihren Prinzipien schwankend, so blieb doch genügend, um sie zu einer epischen zu stempeln« (*Anmerkungen*, 1938). Zugleich notiert er in den neuen Anmerkungsteilen die Erfahrungen mit der Inszenierung kritisch. Literarisch geschieht das in dem noch 1935 in freien Rhythmen geschriebenen *Brief an das Arbeitertheater Theatre Union in New York, das Stück »Die Mutter« betreffend*, der für den Malik-Druck 1938 ebenfalls in die *Anmerkungen* aufgenommen wird.

Nach der Rückkehr aus der Emigration inszeniert Brecht *Die Mutter* am Berliner Ensemble. Vorausgegangen ist, als Test, eine Einstudierung in Leipzig im Januar 1950. Ruth Berlau hat sie, mit dem Bühnenbild Caspar Nehers und mit Charlotte Küter in der Titelrolle, nach Vorgaben Brechts ausgeführt, der selbst die Endproben leitet. – Die Premiere am Berliner Ensemble findet dann am 12. Januar 1951 statt. Das Bühnenbild entwirft wiederum Caspar Neher, die Vorlagen für die Projektionen stammen von den Brüdern Heartfield-Herzfelde und von Hainer Hill. Das Darstellerensemble vereinigt erfahrene kommunistische und antifaschistische Schauspieler mit jungen Nachwuchskräften. Die Titelrolle übernimmt erneut Helene Weigel; es ist nach der Mutter Courage die zweite große Rolle, mit der sie sich nach den Emigrationsjahren wieder auf einer deutschen Bühne vorstellt. In der Premierenbesetzung spielen Ernst Kahler den Pawel, Ernst Busch die Rolle des (für diese Inszenierung geschaffenen) Mechanikers Semjon Lapkin, Friedrich Gnass den Smilgin, Gerhard Bienert (wie 1932) den Lehrer und Erwin Geschonnek den Metzger. In kleineren Rollen wirken u. a. Angelika Hurwicz (Hausbesitzerin), Regine Lutz (ihre Verwandte vom Lande) und Käthe Reichel (Dienstmädchen) mit.

Diese Inszenierung gehört zu den programmatischen Produktionen des Berliner Ensembles in seiner Gründungsphase. Sie stellt eine »Auflockerung des alten Modells« von 1932 dar (*Journale*, 10. Januar 1951) und geht davon aus, daß sich auf dem Territorium der DDR unter Führung der Arbeiterklasse und ihrer Partei seit 1945 durch die Entmachtung der großen Ausbeuter wesentliche soziale Veränderungen vollzogen haben. Für Brecht tritt daher der aktuelle Lehrwert des Stücks, den er in den dreißiger Jahren für die zeitgenössischen Klassenkämpfe betont hat, zurück. Er sieht *Die Mutter* jetzt nicht nur als eine »Historie«, sondern als »ein historisches Stück«, als Chronik der Epoche der proletarischen Revolution, die eine Art Biographie der kämpfenden Revolutionäre als Erfahrungswert vermittelt und »die Sowjetunion liebenswert machen« soll (Notat *Die Mutter*). Das Bühnenbild »zitiert« die ursprüngliche Lösung eines einfachen Spielgerüsts, liefert aber – ebenso wie die farbigen, malerischen Hintergrundprojektionen – wesentlich mehr historisches Kolorit. Auch Interieurs und Kostüme sind behutsam der russischen Wirklichkeit am Jahrhundertbeginn angeglichen. Das verhilft »zu größerer Anschaulichkeit« (Material *Das Mutter-Modell*, im Nachlaß). Für die Arrangements nutzt die Inszenierung gleichfalls Vorgaben von 1932. Aber der Regisseur Brecht legt Wert darauf, daß die Korrektur des Dramatikers Brecht berücksichtigt wird, der seine Absicht vom Beginn der dreißiger Jahre, »aus dem Reich des Wohlgefälligen zu emigrieren«, bereits 1948 widerrufen hat (*Kleines Organon für das Theater*). Er ist bemüht, die Schönheit auch politischer Vorgänge sichtbar zu machen. Das geschieht z. B. durch neue Details für die Arrangements oder durch farbliche Nuancen in den Kostümen. Wiederaufgenommen wird schließlich der durch Verbot vereitelte Plan der Uraufführung, die Inszenierung mit einem Film abzuschließen. Eine Montage von Dokumentar- und Spielfilmsequenzen zur russischen Revolution von 1905, zur Oktoberrevolution von 1917 und zum chinesischen Befreiungskampf der endvierziger Jahre – auf einem rasch herabfallenden Fahnentuch aufgefangen – zeigt »den Verlauf der revolutionären Bewegung bis zur Gegenwart« (*Theaterarbeit. 6 Aufführungen des Berliner Ensembles*, hg. v. Berliner Ensemble, Helene Weigel, Dresden 1952, S. 167). Züge des Agitprop-Theaters bleiben vor allem in den Chorszenen erhalten, während für das Gesamtbild der Inszenierung Erfahrungen genutzt werden, die »auf der Bau- und Ausdrucksweise des nationalen deutschen Theaters (von Goethes *Götz* bis zu Büchners *Woyzeck*)« beruhen (Notat *Die Mutter*). Die aus den errungenen Siegen der internationalen Arbeiterbewegung resultierende Überlegenheit, die dem Zuschauer vermittelt werden soll, läßt auch die Heiterkeit, den Humor in den Vorgängen und den Beziehungsreichtum in den Haltungen der Kämpfenden deutlich hervortreten. Das schließt eine aus Erfahrungen mit Faschismus und Krieg resultierende Unerbittlichkeit nicht aus. In Szene 12, nach Kriegsausbruch, hat die Weigel 1932 »heiter und freundlich« agitiert; 1951 spielt sie die gleiche Passage »ungeduldig und hart« (Material *Das Mutter-Modell*). Eislers neue Instrumentierung seiner Musik (jetzt ohne Posaune, aber mit Flöte, Klarinette, Horn und Banjo) entspricht gleichfalls dem Anliegen der Inszenierung von 1951: Die Kargheit der Produktion von 1932 wird durch größeren Nuancenreichtum ersetzt; die neue Inszenierung besitzt viel Freundlichkeit. Neben der Darstellung der Weigel schätzt Brecht insbesondere die Leistung Ernst Buschs sehr hoch; er nennt sie »die erste große Darstellung eines klassenbewußten Proletariers auf der deutschen Bühne« (*Der Volksschauspieler Ernst Busch*).

Die Publikums- und Presseresonanz in der DDR auf die Premiere ist fast einheitlich zustimmend, ja enthusiastisch. Die Inszenierung widerlegt Befürchtungen, daß am Berliner Ensemble das epische Theater als ein »graues Theater« entwickelt werden könne. Mit ihr vollzieht sich die endgültige Integration Brechts und des Berliner Ensembles in die neue Theaterlandschaft der DDR. Auf dem 5. Plenum des ZK der SED im März 1951, das u. a. zu zeitgenössischen Kunstdebatten Stellung nimmt, die zu der Problematik Realismus/Formalismus geführt werden, erheben sich jedoch auch kritische Stimmen zu Stück und Aufführung. Für Hans Rodenberg wird »das Didaktische zum Selbstzweck, und das ist Formalismus«. Fred Oelßner meint »irgendwie eine Kreuzung oder Synthese von Meyerhold und Proletkult« zu erkennen und fordert »ein wirklich zusammenhängendes, komponiertes *Theaterstück*« (*Der Kampf gegen den Formalismus in Kunst und Literatur, für eine fortschrittliche deutsche Kultur*, Berlin/DDR 1951, S. 131 und 51). Diese Meinungen beeinträchtigen nicht den Erfolg der Inszenierung. *Die Mutter* steht – bis zum Tod von Helene Weigel 1971 – zwanzig Jahre lang ununterbrochen auf dem Spielplan des Berliner Ensembles. Die Inszenierung erlebt drei Neueinstudierungen (1954 noch von Brecht besorgt, 1957, 1967) und erzielt im eigenen Haus und auf Gastspielreisen im Ausland 248 Vorstellungen. Sie ist als Filmdokument aufbewahrt, das das DEFA-Studio für Wochenschau und Dokumentarfilm 1958 mit einer von der Premiere abweichenden Besetzung (z. B. ohne Ernst Busch) hergestellt hat.

Reichlich zweieinhalb Jahre nach der Berliner Premiere nutzt Brecht die dabei gesammelten Erfahrungen für eine *Mutter*-Inszenierung am Wiener Neuen Theater in der Scala. Er leitet diese Einstudierung, erneut mit dem Bühnenbild Caspar Nehers, Regie führt Brechts Schüler Manfred Wekwerth; Helene Weigel und Ernst Busch spielen die Rollen der Wlassowa und des Mechanikers Lapkin (Premiere: 31. Oktober 1953).

Eine eigenständige Wirkung erreichen die Lieder und Chöre aus der *Mutter*. Einige von ihnen werden 1934 in der Sammlung *Lieder Gedichte Chöre* veröffentlicht. In der Vertonung Hanns Eislers gehen sie in der Folgezeit fest in den Liedschatz der deutschen und internationalen Arbeiterbewegung ein. *Lob des Lernens* wird 1935 auf einer Schallplatte mit Kampfliedern, gesungen von dem Arbeiterchor »The New Singers«, als erster Song aus der *Mutter* in diesem Medium produziert (Timely Recording, New York). Vor und nach 1945 finden die Liedtexte und die Musiken aus dem Stück in der Interpretation durch Ernst Busch auf Arbeiterveranstaltungen und in Konzertsälen, im Funk und über die Schallplatte weltweite Verbreitung.

Zeilenkommentar

Fassung 1933:

262,6 *Die Aufführung... am Todestag]* Am 15. Januar 1932, dem 13. Todestag Rosa Luxemburgs, fand eine Voraufführung der ersten *Mutter*-Inszenierung statt; die Premiere war zwei Tage später.

263,38 *Chor]* Der Text, von Hanns Eisler für die Uraufführung unter dem Titel *Wie die Krähe* vertont, wird von Brecht 1934 in die Sammlung *Lieder Gedichte Chöre* mit kleinen Änderungen (»Pfennig« statt »Kopeke«) aufgenommen; dort trägt er die Überschrift *An die Frauen.*

265,21 *unserer Bewegung]* Gemeint ist die 1898 gegründete Sozialdemokratische Arbeiterpartei Rußlands (SDAPR), und zwar speziell der von Lenin geführte revolutionäre Flügel der »Bolschewiki« (Mehrheitler), der sich 1912 als selbständige Partei, die SDAPR (B), formiert.

267,7 *Das Lied vom Ausweg]* In *Lieder Gedichte Chöre* (mit Strophenziffern) unter der Überschrift *Das Lied von der Suppe* (so auch der Titel der Eislerschen Komposition von 1931) aufgenommen.

273,27 *Piroggen]* Pirogge: Russische Pastetenart.

274,8 *Fabrikkontrolle]* Von den Unternehmern im zaristischen Rußland praktizierte polizeiähnliche Maßnahmen zur politischen Überwachung der Arbeiter in den Betrieben.

275,9 *Twersk]* Dieser Ortsname (wie der Fabrikname Suchlinowwerke) ist von Brecht erfunden. Seit der Inszenierung des Berliner Ensembles 1951 und dann in der Druckfassung von 1957 wird er in Twer verändert. Denkbar ist jetzt ein Bezug auf das alte Twer (heute: Kalinin) im Wolgagebiet nordwestlich von Moskau.

275,11 *das kleinere Übel]* Revisionistische, von Eduard Bernstein hergeleitete Losung, die den Klassenkampf des Proletariats durch Reformen im Rahmen der bürgerlichen Demokratie, durch ein »allmähliches Hineinwachsen in den Sozialismus«, ersetzt wissen möchte; in der deutschen Sozialdemokratie, insbesondere in der von ihr beeinflußten Gewerkschaftsbewegung, während der Weimarer Republik von großem Einfluß.

275,14 *der Kapitalismus ist krank]* Die These, die Arbeiterklasse müsse zur Sanierung der kapitalistischen Wirtschaft die Krisenlasten tragen, »Arzt am Krankenbett des Kapitalismus« sein, verkündete der Gewerkschaftsführer Fritz Tarnow, Verfechter der reformistischen Theorie von der »Wirtschaftsdemokratie«, auf dem Leipziger SPD-Parteitag im Mai/Juni 1931.

278,37f. *Das ist aber unser Handwerkszeug.]* Argumentationen aus der Eigentumsdebatte in dieser Szene greift Brecht in *Die Tage der Kommune* (Szene 5) wieder auf. In der Diskussion über den Priesterseminaristen, angehenden Physiker und Kommunarden François Faure wird dort argumentiert: »François will sein Mikroskop, nicht? Und warum? Weil es sein Eigentum ist, basta.« Darauf wird entgegnet: »Das Mikroskop ist sein Handwerkszeug, darum will er es. Und die Drehbänke in den Lokomotivwerkstätten sind unser Handwerkszeug, darum wollen wir sie.«

281,18 *Am 1. Mai]* 1905 kam es an diesem Tag in nahezu 200 Städten Rußlands zu Streiks und zu Demonstrationen unter der Losung »Nieder mit der Selbstherrschaft«. – Am 1. Mai 1929 war Brecht Zeuge, wie die Polizei auf unbewaffnete Berliner Arbeiter schoß, die sich dem Verbot der Mai-Demonstration durch den Polizeipräsidenten Zörgiebel (SPD) widersetzten; es gab bei den entstehenden Kämpfen 31 Tote.

281,26f. *An Liedern wurde gesungen]* Die genannten Titel, *Die Internationale* und *Brüder, zur Sonne, zur Freiheit,* gehörten Anfang des 20. Jahrhunderts auch in der russischen Arbeiterbewegung zu den bekanntesten Kampfliedern.

283,35f. *am 1. Mai 1900]* In Gorkis Roman handelt es sich um eine Maidemonstration des Jahres 1905 (vgl. zu 281,18). Seit der *Mutter*-Inszenierung des Berliner Ensembles 1951 datiert Brecht die Szene, auch für die Druckausgaben, auf 1905.

285,27 *der Kommunismus ist ein Verbrechen]* Vgl. *Die heilige Johanna der Schlachthöfe*; dort fragt Johanna in Szene 9, am Ende des 3. Bildes, auf die Kommunisten bezogen: »Sind das nicht Leute, die zu Verbrechen auffordern?«

285,31 *Das Lob des Kommunismus]* In einer ersten Niederschrift von 1931 haben die Verse den Titel *Lob des Kommunismus als des Vernünftigen* (mit Varianten: »Verbrecher« statt »Ausbeuter«, »Wirrnis« statt »Chaos«, »Klarheit« statt »Ordnung«). Der für das Stück entwickelte Text wird in *Lieder Gedichte Chöre* (mit kleinen, bereits in der Niederschrift von 1931 verwendeten Abweichungen: »Rätsel« statt »Chaos«, »Lösung« statt »Ordnung«) aufgenommen. Auf Grund der Übersetzung für die amerikanische Aufführung auch unter dem Titel *Lob des Sozialismus* (*In Praise of Socialism*) bekannt.

290,4 *Lob des Lernens]* Unverändert in *Lieder Gedichte Chöre* aufgenommen.

291,25-292,12 *Viele sind zuviel...]* Die Verse werden in dieser Fassung unter dem Titel *Lob des Revolutionärs* in *Lieder Gedichte Chöre* aufgenommen (vgl. zu 357,21).

292,25-27 *Der Russe... eine Revolution machen]* Der Lehrer übernimmt hier Argumente, die seit dem Ende des 19. Jahrhunderts von den russischen Liberalen, insbesondere den sogenannten Volkstümlern (Narodniki), vertreten werden.

296,3 *Lied]* Der Text (entsprechend der Fassung von 1933) ist von Hanns Eisler 1931 unter dem Titel *Im Gefängnis zu singen* (Autograph) bzw. *Über die Unzerstörbarkeit des Kommunismus* (Programmzettel der Uraufführung) vertont worden. Brecht notierte in einem Typoskript die Überschrift *Lied für alle, die verzagen wollen (Im Gefängnis zu sin-*

gen). Das Lied ist in einer Druckvorlage für die Sammlung *Lieder Gedichte Chöre,* nicht aber im Druck selbst enthalten. (Vgl. auch zu 362,1.)

299,16 *Jeder muß sein Vaterland verteidigen.]* Die Argumentation folgt dem politischen Kurs der Bourgeoisie und, in deren Gefolge, der Führer der reformistischen Arbeiterbewegung nach Beginn des Weltkriegs im Jahr 1914. Sie versucht, die sozialen Gegensätze zu leugnen und die »Vaterlandsverteidigung« als erste Bürgerpflicht zu propagieren. In diesem Zusammenhang wird – wenig später – betont, daß eine russische Mutter mit russischen Steinen beworfen worden ist.

306,6 *Schlachtet sie ein Kalb?]* Anspielung auf das biblische Gleichnis vom verlorenen Sohn (Lukas 15,23).

307,14 *Das Lob der dritten Sache]* Die »dritte Sache« meint das die persönlichen Interessen der Mutter und Pawels überschreitende Anliegen, die revolutionäre Anschauung und Tätigkeit im Kampf um die Befreiung der Arbeiterklasse, die sie mit allen Gleichgesinnten gemeinsam haben. Im *Buch der Wendungen (Me-ti)* heißt es, »daß das Verhältnis zwischen zwei Menschen gut sei, wenn da eine dritte Sache vorliege, der das Interesse beider gelte. [...] Dadurch, daß sie gemeinsam einer äußeren Sache ergeben sind, ordnet sich alles unter ihnen viel leichter, eben nach dem Bedürfnis dieser Sache.«

310,18 *Chor]* Unter dem Titel *Bericht über den Tod eines Genossen* in *Lieder Gedichte Chöre* aufgenommen. Später arbeitet Brecht Teile dieses Texts für Paul Dessaus Chorwerk *Deutsches Miserere* (1944-1947) um; das neue Gedicht ist *Aber wenn er zum Block ging* überschrieben.

313,7f. *das Schicksal des Menschen ist der Mensch]* Dieses Motiv, mit dem der mythische Schicksalsbegriff in Frage gestellt wird, hat Brecht wiederholt aufgegriffen; u. a. im 3. Abschnitt des Aufsatzes *Fünf Schwierigkeiten beim Schreiben der Wahrheit* (1935): »Denn wir leben in einer Zeit, wo des Menschen Schicksal der Mensch ist.«

313,32 *das ist ungünstig für Gott]* Die in der folgenden Passage von der Mutter vorgetragene antireligiöse Argumentation findet sich bereits im *Flug der Lindberghs* (Szene 8, Abschnitt 3 und 4).

315,10 *in »seines Vaters Hause« viele Wohnungen]* Vgl. Johannes 14,2.

315,14 *Liebe deinen Nächsten.]* Vgl. 3 Mose 19,18.

315,29 *Sichvergreifen an fremdem Eigentum]* 5 Mose 5,21: »Du sollst nicht begehren deines nächsten Haus, Acker, Knecht, Magd, Rind, Esel, noch alles was sein ist.«

316,20 *»Nieder mit dem Krieg...!«]* Bolschewistische Losung gegen die Kriegspolitik der zaristischen Regierung.

316,31f. *laß die Wahrheit in deiner Tasche]* Das Bild vom Verbergen der – gefährlichen – Wahrheit vor dem Gegner und das Problem der List beim Verbreiten der Wahrheit hat Brecht wiederholt in poetischen und theoretischen Texten verwendet. Vgl. u. a. *Die Ausnahme und die Regel* (Szene 9), bezogen auf einen Beweis: »laß ihn in der Tasche«; *Leben des*

Galilei (Fassung 1955/56; Szene 14): »Gib acht auf dich, wenn du durch Deutschland kommst, die Wahrheit unter dem Rock«; oder *Fünf Schwierigkeiten beim Schreiben der Wahrheit.*

316,39-317,2 *unsere Führer sagen... unser Land verteidigen]* Bezieht sich auf die Haltung der Führer der europäischen sozialdemokratischen Parteien im August 1914. Entgegen vorherigen Festlegungen der II. Internationale, im Kriegsfall die Waffen nicht gegeneinander zu erheben, riefen sie bei Kriegsbeginn zum Burgfrieden mit der eigenen Bourgeoisie und zur »Vaterlandsverteidigung« auf. Brecht spielt damit nicht nur auf die Menschewiki in Rußland an, sondern auch auf die SPD in Deutschland, die im Parlament die Kriegskredite bewilligt hat.

318,22f. *fünf Duma-Abgeordneten... nach Sibirien]* Die bolschewistischen Abgeordneten in der Duma (dem Parlament im zaristischen Rußland, 1906-1917) wurden am 4. November 1914 verhaftet, als sie auf einer illegalen Konferenz die Strategie Lenins, »Umwandlung des Krieges in den Bürgerkrieg«, propagierten, und im Februar 1915 zu lebenslanger Deportation verurteilt. – In der 4. Duma (1912-1917) waren die Bolschewiki mit sechs Abgeordneten vertreten.

318,27 *Chor]* Der Text, zu dem Hanns Eisler 1931 unter dem Titel *Die Partei ist in Gefahr* die Musik geschrieben hat, wird von Brecht – mit dieser Überschrift – in eine Druckvorlage für die Sammlung *Lieder Gedichte Chöre* aufgenommen, ist aber nicht im Druck selbst enthalten.

319,27 *Przemysl]* Galizische Kreisstadt in Südostpolen; damals zu Österreich gehörig. Zwischen Oktober 1914 und Juni 1915 kam es zwischen den deutschen bzw. österreichischen und den russischen Truppen zu langwierigen, verlustreichen Kämpfen um diese strategisch wichtige Festung.

322,23 *Euch gehört der Schoß ausgerissen.]* Dieses Bild gebraucht Brecht auch in dem *Gedicht vom unbekannten Soldaten unter dem Triumphbogen,* zuerst 1934 in *Lieder Gedichte Chöre* veröffentlicht.

323,10f. *den Putilow-Werken]* Großer Metallbetrieb in Petrograd (Leningrad), in dem die Bolschewiki unter der Arbeiterschaft besonders starken Einfluß hatten.

323,23 *Als wir über den Lybin-Prospekt kamen]* Die Schilderung der Demonstration folgt den Vorgängen in Petrograd (Leningrad). Hier zogen am 23. Februar 1917 die Putilow-Arbeiter, denen sich Werktätige anderer Betriebe, darunter zahlreiche Frauen, anschlossen, unter Losungen wie »Brot!«, »Nieder mit dem Krieg!« und »Nieder mit der Selbstherrschaft!« in die Innenstadt. Diese Protestbewegung ging am 25. Februar in einen Generalstreik und am 26. Februar in den Aufstand über, der zum Sturz des Zarismus und zur Einsetzung einer bürgerlichen Regierung führte.

323,27 *Im Winter 1916/17]* Im Januar 1917 streikten in Rußland 250000, im Februar 400000 Arbeiter.

324,11-23 *Wer noch lebt...]* In einer um sieben Anfangszeilen erweiterten Fassung unter dem Titel *Lob der Dialektik* in *Lieder Gedichte Chöre* aufgenommen.

Fassung 1938:

325,4 *Twersk]* Vgl. zu 275,9.
326,4f. *Die erste Aufführung... am Todestag]* Vgl. zu 262,6f.
328,1 *Chor]* Vgl. zu 263,38.
329,26 *unserer Bewegung]* Vgl. zu 265,21.
331,15 *Das Lied vom Ausweg]* Vgl. zu 267,7.
337,38 *Piroggen]* Vgl. zu 273,27.
338,19 *Fabrikkontrolle]* Vgl. zu 274,8.
339,25 *das kleinere Übel]* Vgl. zu 275,11.
339,28 *der Kapitalismus ist krank]* Vgl. zu 275,14.

340,13 *Lied vom Flicken und vom Rock]* Das in die Fassung von 1938 neu eingefügte Lied hat zuerst den Titel *Verurteilung des Reformismus* getragen. Es ist angeregt von einem 1929 entstandenen Gedicht Kurt Tucholskys, *Bürgerliche Wohlanständigkeit* (dort u. a.: »Gut. Das ist der Pfennig. / Aber wo ist die Mark –?«). Ein genaues Entstehungsdatum ist nicht bekannt. Wahrscheinlich wird es 1935 im Zusammenhang mit der New Yorker Inszenierung geschrieben. Eisler vertont den Text im November 1935. – Kritisch setzt sich Brecht mit dem Reformismus und mit karitativen bürgerlichen Bestrebungen zu Beginn der dreißiger Jahre auch in seinen Stücken *Die heilige Johanna der Schlachthöfe* und *Der Brotladen* sowie in den Gedichten *Ballade vom Tropfen auf den heißen Stein* und *Die Nachtlager* auseinander.

344,22f. *Das ist aber unser Handwerkszeug.]* Vgl. zu 278,37f.

347,5 *Am 1. Mai 1908]* Die Zeitangabe folgt der New Yorker Inszenierung von 1935. Dort ist die Wlassowa in der folgenden Szene 6 – laut Projektion – 1908 beim Lehrer Wessowtschikow einquartiert worden. (Vgl. zu 281,18 und zu 283,35f.)

347,14f. *An Liedern wurde gesungen]* Vgl. zu 281,26f.
351,19f. *der Kommunismus ist ein Verbrechen]* Vgl. zu 285,27.
351,24 *Lob des Kommunismus]* Vgl. zu 285,31.
356,1 *Lob des Lernens]* Vgl. zu 290,4.

357,21 *Lob des Revolutionärs]* In dieser Fassung in die *Svendborger Gedichte* aufgenommen (vgl. zu 291,25-292,12).

358,21-23 *Der Russe... eine Revolution machen]* Vgl. zu 292,25f.

362,1 *Lied]* Die Schlußverse sind gegenüber der Fassung von 1933 verändert (vgl. auch zu 296,3).

363,5 *In den Jahren 1909 bis 1913]* Diese Zeitangabe folgt der New Yorker Inszenierung von 1935. Der Höhepunkt der Bauernunruhen in Rußland und der revolutionären Agitation der Arbeiter auf dem Land lag im Frühjahr und Sommer 1905. In Gorkis Roman spielen die Dorfszenen gleichfalls 1905. In den anderen Druckfassungen ist der Handlungszeitraum der Szene nicht terminiert (1933) oder auf den Sommer 1905 festgelegt (1957).

365,23 *Jeder muß sein Vaterland verteidigen.]* Vgl. zu 299,16.

373,3f. *Schlachtet sie ein Kalb?]* Vgl. zu 306,6.

374,10 *Lob der dritten Sache]* Vgl. zu 307,14.

374,36 *Chor]* Vgl. zu 310,18.

377,27f. *das Schicksal des Menschen ist der Mensch]* Vgl. zu 313,7f.

378,13 *das ist ungünstig für Gott]* Vgl. zu 313,32.

379,30 *in »seines Vaters Hause« viele Wohnungen]* Vgl. Johannes 14,2.

379,34f. *liebe deinen Nächsten]* Vgl. 3 Mose 19,18.

380,16 *Sichvergreifen an fremdem Eigentum]* Vgl. zu 315,29.

381,32f. *fünf Duma-Abgeordneten... nach Sibirien]* Vgl. zu 318,22f.

382,5 *Chor]* Vgl. zu 318,27.

383,14 *»Nieder mit dem Krieg...!«]* Vgl. zu 316,20.

383,25f. *laß die Wahrheit in deiner Tasche]* Vgl. zu 316,31f.

383,33-35 *unsere Führer sagen... unser Land verteidigen]* Vgl. zu 316,39-317,2.

384,36 *Przemysl]* Vgl. zu 319,27.

388,4 *Euch gehört der Schoß ausgerissen.]* Vgl. zu 322,23.

388,30f. *den Putilow-Werken]* Vgl. zu 323,10f.

389,8 *Als wir über den Lybin-Prospekt kamen]* Vgl. zu 323,23.

389,12 *Im Winter 1916/17]* Vgl. zu 323,27.

389,35-390,7 *Wer noch lebt...]* Vgl. zu 324,11-23.

391,6 *Eisenbahnszene]* Entstanden auf der Grundlage einer Szene, die der amerikanische Übersetzer Paul Peters bei der Adaption des Brecht-Stücks für die New Yorker Aufführung von 1935 geschrieben hat. Brecht wurde davon angeregt, eine eigene Fassung anzufertigen. Die Szene ist bisher nicht gedruckt oder gespielt worden; sie fügt sich, 1914 angesiedelt, als Pawel bereits erschossen ist, nicht in die »historische Biographie« ein, kann aber, wie die *Kramladen*-Szene der Fassung von 1933, als »Modell für weitere Szenen« gelten. Die Bezeichnung »Eisenbahnszene« ist eine handschriftliche Hinzufügung von Margarete Steffin.

394,36 *Dardanellen-Festungen]* Türkische Verteidigungsanlagen an der Seestraße zwischen der Halbinsel Gallipoli und Kleinasien, die den Schiffsverkehr vom Mittelmeer zum Schwarzen Meer und umgekehrt kontrollieren. Im Februar/März 1915 versuchten britische Flottenverbände vergeblich, die Forts einzunehmen und nach Konstantinopel (Istanbul) vorzudringen, um den Seeverkehr mit dem Weltkriegsverbündeten Rußland zu sichern.

Inhalt

Der Flug der Lindberghs 7
Das Badener Lehrstück vom Einverständnis 25
Der Jasager 47
Der Jasager. Der Neinsager 57
Die Maßnahme (1930) 73
Die Maßnahme (1931) 99
Die heilige Johanna der Schlachthöfe 127
Anhang:
Schlußszene des Bühnenmanuskripts von 1930 228
Die Ausnahme und die Regel 235
Die Mutter (1933) 261
Die Mutter (1938) 325
Anhang:
Szenenentwurf von 1935 391

Kommentar

Der Flug der Lindberghs
Textgrundlage/Übersicht 401
Entstehung 401
Text/Fassungen 403
Wirkung 406
Zeilenkommentar 408
Das Badener Lehrstück vom Einverständnis
Textgrundlage/Übersicht 410
Entstehung 410
Text/Fassungen 413
Wirkung 415
Zeilenkommentar 417
Der Jasager
Textgrundlage/Übersicht 420
Entstehung 420
Text/Fassungen 422
Wirkung 423
Zeilenkommentar 425
Der Jasager. Der Neinsager
Textgrundlage/Übersicht 426

Entstehung 426
Text/Fassungen 428
Wirkung 429
Zeilenkommentar 430
Die Maßnahme
Textgrundlage/Übersicht 431
Entstehung 431
Text/Fassungen 433
Wirkung 439
Zeilenkommentar
Fassung 1930 445
Fassung 1931 447
Die heilige Johanna der Schlachthöfe
Textgrundlage/Übersicht 449
Entstehung 449
Text/Fassungen 454
Wirkung 460
Zeilenkommentar 462
Die Ausnahme und die Regel
Textgrundlage/Übersicht 471
Entstehung 471
Text/Fassungen 473
Wirkung 475
Zeilenkommentar 476
Die Mutter
Textgrundlage/Übersicht 478
Entstehung 478
Text/Fassungen 482
Wirkung 487
Zeilenkommentar
Fassung 1933 494
Fassung 1938 498

Zu dieser Ausgabe

Die Große kommentierte Berliner und Frankfurter Ausgabe der Werke Bertolt Brechts ist eine Gemeinschaftsausgabe des Aufbau-Verlags Berlin und Weimar und des Suhrkamp Verlags Frankfurt am Main; sie erscheint gleichzeitig in beiden Verlagen. Die Edition basiert auf den zu Lebzeiten Brechts publizierten Texten und auf dem Nachlaß im Bertolt-Brecht-Archiv der Akademie der Künste der DDR.

Innerhalb der Gruppierungen nach Gattungen sind die Werke in der Chronologie ihrer Entstehung angeordnet. Bei Stücken und Romanen werden aber die Fragmente gesondert behandelt; innerhalb der Gedichte und der Prosa wird zwischen Sammlungen und Einzeltexten unterschieden; bei den Schriften sind die Texte zu Stücken und die Theatermodelle jeweils in einem gesonderten Band versammelt.

Die Ausgabe enthält grundsätzlich die autorisierten und wirksam gewordenen Erstdrucke oder geht bei postum erschienenen Werken auf die Texte aus dem Nachlaß zurück. Ohne die Normen einer historisch-kritischen Ausgabe anzustreben, dokumentiert sie gegebenenfalls durch Varianten und Druck mehrerer Fassungen Hauptstufen der weiteren Umformung eines Werkes. Diese erscheinen jeweils im Anschluß an die frühe Fassung.

Sämtliche Texte sind anhand der Drucke und des Materials im Nachlaß überprüft worden. Die Orthographie ist unter Erhaltung des Lautstandes modernisiert. Auch die Interpunktion ist, bei Bewahrung einiger charakteristischer Eigentümlichkeiten Brechts, den heute gültigen Regeln angeglichen. Alle Zusätze der Herausgeber, z. B. bei Titeln, stehen in eckigen Klammern.

Der Kommentar beschreibt jeweils knapp Quellen, Entstehungs- und Textgeschichte sowie die Wirkung bis zu Brechts Tod. Der Zeilenkommentar beschränkt sich auf Sacherläuterungen. Allgemeine Angaben zu den erwähnten Personen bietet das kommentierte Gesamtregister.

Ein ausführlicher Editionsbericht erscheint in Band 30.

Der vorliegende Band wurde von Manfred Nössig (Akademie der Wissenschaften der DDR) bearbeitet.

Bertolt Brecht Werke

Band 1
Stücke 1: Die Bibel · Baal (1919) · Baal (1922) · Lebenslauf des Mannes Baal · Trommeln in der Nacht · Die Hochzeit · Der Bettler oder Der tote Hund · Er treibt einen Teufel aus · Lux in tenebris · Der Fischzug · Prärie · Im Dickicht · Im Dickicht der Städte

Band 2
Stücke 2: Leben Eduards des Zweiten von England · Mann ist Mann (1926) · Mann ist Mann (1938) · Die Dreigroschenoper · Mahagonny · Aufstieg und Fall der Stadt Mahagonny

Band 3
Stücke 3: Der Flug der Lindberghs · Das Badener Lehrstück vom Einverständnis · Der Jasager · Der Jasager. Der Neinsager · Die Maßnahme (1930) · Die Maßnahme (1931) · Die heilige Johanna der Schlachthöfe · Die Ausnahme und die Regel · Die Mutter (1933) · Die Mutter (1938)

Band 4
Stück 4: Die Spitzköpfe und die Rundköpfe · Die Rundköpfe und die Spitzköpfe · Die sieben Todsünden der Kleinbürger · Die Horatier und die Kuriatier · Die Gewehre der Frau Carrar · Furcht und Elend des III. Reiches

Band 5
Stücke 5: Leben des Galilei (1938/39) · Galileo · Leben des Galilei (1955/56) · Dansen · Was kostet das Eisen?

Band 6
Stücke 6: Mutter Courage und ihre Kinder · Das Verhör des Lukullus · Die Verurteilung des Lukullus · Der gute Mensch von Sezuan · Herr Puntila und sein Knecht Matti

Band 7
Stücke 7: Der Aufstieg des Arturo Ui · Die Gesichte der Simone Machard · Schweyk im zweiten Weltkrieg · The Duchess of Malfi

Band 8
Stücke 8: Der kaukasische Kreidekreis · Die Antigone des Sophokles · Die Tage der Kommune · Der Hofmeister von J. M. R. Lenz · Biberpelz und Roter Hahn von Gerhart Hauptmann

Band 9
Stücke 9: Coriolanus · Anna Seghers' Der Prozeß der Jeanne d'Arc zu Rouen 1431 · Turandot oder Der Kongreß der Weißwäscher · Don Juan von Molière · Pauken und Trompeten

Band 10
Stücke 10: Stück-Fragmente. Darunter: Hans im Glück · Galgei · Hannibal · Dan Drew · Joe Fleischhacker · Untergang des Egoisten Johann Fatzer · Der Brotladen · Der böse Baal der asoziale · Das wirkliche Leben des Jakob Gehherda · Leben des Konfutse · Der Wagen des Ares · Büsching

Band 11
Gedichte 1: Sammlungen 1918-1938: Lieder zur Klampfe von Bert Brecht und seinen Freunden. 1918 · Psalmen · Bertolt Brechts Hauspostille · Die Augsburger Sonette · Die Songs der Dreigroschenoper · Aus dem Lesebuch für Städtebewohner · Geschichten aus der Revolution · Sonette (1933/34) · Englische Sonette · Lieder Gedichte Chöre · Chinesische Gedichte · Studien

Band 12
Gedichte 2: Sammlungen 1938-1956: Svendborger Gedichte · Steffinsche Sammlung · Hollywoodelegien · Gedichte im Exil · Kriegsfibel · Deutsche Satiren (Zweiter Teil) · Kinderlieder. Neue Kinderlieder · Buckower Elegien · Gedichte aus dem Messingkauf. – Gedichtverzeichnis zu den Sammlungen (Band 11-12)

Band 13
Gedichte 3: Gedichte, Gedicht-Fragmente, Gedichte aus Stükken. 1912-1926

Band 14
Gedichte 4: Gedichte, Gedicht-Fragmente, Gedichte aus Stükken. 1926-1945

Band 15
Gedichte 5: Gedichte, Gedicht-Fragmente, Gedichte aus Stükken. 1945-1956. – Gesamtverzeichnis zu den Gedichten (Band 11-15)

Band 16
Prosa 1: Dreigroschenroman

Band 17
Prosa 2: Roman-Fragmente: Das Buch Gasgarott · Die Rothaut · Flucht Karls des Kühnen nach der Schlacht bei Murten · Das Renommee · Tatsachenreihe · Der Tuiroman · Die Geschäfte des Herrn Julius Caesar

Band 18
Prosa 3: Geschichten (Sammlungen) und Dialoge: Geschichten vom Herrn Keuner · Buch der Wendungen (Me-ti) · Kalendergeschichten · Flüchtlingsgespräche · Mies und Meck

Band 19
Prosa 4: Geschichten, Filmgeschichten. 1918-1941

Band 20
Prosa 5: Geschichten, Filmgeschichten. 1941-1956

Band 21
Schriften 1: 1914-1933

Band 22
Schriften 2: 1933-1941

Band 23
Schriften 3: 1941-1956

Band 24
Schriften 4: Texte zu Stücken

Band 25
Schriften 5: Theatermodelle (Aufbau einer Rolle. Laughtons Galilei · Antigonemodell 1948 · Couragemodell 1949) · »Katzgraben«-Notate. – Register zu den Schriften (Band 21-25)

Band 26
Journale 1: 1920-1941: Tagebücher 1920-1922 · Autobiographische Schriften 1920-1941 · Journale 1938-1941

Band 27
Journale 2: 1941-1956: Journale 1941-1956 · Autobiographische Schriften 1941-1956. – Register zu den Journalen (Band 26-27)

Band 28
Briefe 1: 1919-1941

Band 29
Briefe 2: 1941-1956. – Register zu den Briefen (Band 28-29)

Band 30
Registerband: Editionsbericht · Gesamtinhalt der Bände 1-29
Brecht-Titelregister · Personenregister (kommentiert)

Bertolt Brecht, Werke, Band 3
Suhrkamp Verlag Frankfurt am Main
Satz: In Garamond von IBV Satz- und Datentechnik GmbH, Berlin
Druck: Offizin Andersen Nexö, Leipzig
Bindung: Buchbinderei Lachenmaier, Reutlingen
Holzfrei Daunendruckpapier von Scheufelen, Lenningen
Feincanvas-Gewebe der Vereinigten Kaliko, Bamberg
Naturnarbiges Lammleder der Kripper Lederfabrik, Remagen
Printed in the German Democratic Republic
ISBN 3-518-40003-7 (Leinen)
ISBN 3-518-40063-0 (Leder)